Staread
星文文化

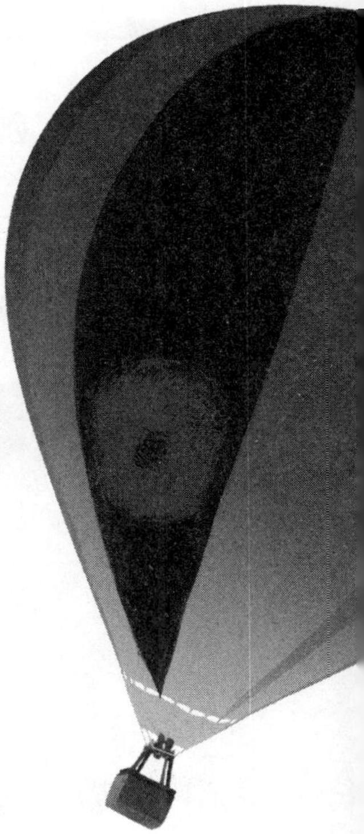

住在我
隔壁的侦探

THE DETECTIVE
NEXT DOOR

上

鹧鸪天　著

成都时代出版社
CHENGDU TIMES PRESS

目录 / CONTENTS

001 第一案 墙中藏尸案

002 墙里有人

018 案件的新进展

037 失踪的尸体

052 坐地起价

067 第十二局

080 血腥的印记

091 第二案 老宅密室杀人案

092 奇怪事务所

100 鬼气森森

111 重演现场

125 夜半诡事

135 绝处逢生

147 父爱无声

159
第三案
“闹鬼”的太平间
160 英雄有个强悍的妈
170 暴躁的老医生
178 我和我的小伙伴都惊呆了
190 判断失误
200 居心叵测的人
213 有我陪着你
227 死而复活
247 迷雾重重

第一案

墙中藏尸案

墙里有人

Chapter 1

我遇到郭子晋的那天是一个阳光明媚、适合约会的好日子。那天，北伐的少帅打了胜仗，城内到处都是喜气洋洋的场面。街上张灯结彩，常去的咖啡馆还有甜品送……可那天我并没有去和楚南约会，而是搬了家。

我叫成书瑶，今年20岁，从女校毕业有小半年了。在毕业后的小半年里，我好说歹说，爸妈才同意我从家里搬出来，去离工作地点近一些的地方租房住。

我租住在北州市的一间五层公寓，环境、朝向都还不错，楼里还安装了最新式的电梯。大铁皮盒子移动起来吱吱嘎嘎，很是新奇有趣。房东是南方人，和我爸爸年纪差不多，他那个在美国留学的女儿跟我年纪也差不多大。在这层奇妙的缘分下，他把我的房租降到了极致。

我卧室的窗户和隔壁阳台的窗户形成了一个拐角，是完全紧挨着的。听说设计师是法国人，所以很喜欢搞这种我完全不理解的"浪漫"。我来看房子的那几天，隔壁的窗帘一直是拉上的。也正是因为这一点，我一直觉得隔壁没有人住。

搬完家后我睡了一觉，醒来发现隔壁的窗帘不仅被拉开了，而且阳台上还站了个男人。虽然我们不在一间房里，可看着却如此之近。我看着他的时候，他也正看着我。

我们就这样四目相对，而最要命的是我穿着睡衣，他却什么都没穿。

我大脑空白了几秒钟，接着惊慌失措地想要回避。对于突然出现的我，阳台上的男人完全地淡然处之，似乎已经习惯了这样，还丝毫不以为意地端起茶杯喝了一口茶。

他脸部五官精巧的布局、仰头洒脱的姿势、喉头滚动的频率、肌肉被牵动时紧致的状态……从某种程度上来讲，他算是个比较英俊的男人。

如果他能穿上衣服就更好了。

我大概清楚男女之间身体的差异是怎么一回事儿，可“大概清楚”和“直接看到”完全是两个意思。就在我手足无措时，楼管的大嗓门便嚷嚷开来，即便有门板挡住，我也能听到他正在敲着隔壁的门：“郭子晋先生！郭子晋先生！你在家不？”

原来隔壁的人叫郭子晋。

阳台上的男人离开了，没多一会儿，隔壁的大门似乎打开了。

楼管继续大着嗓门说：“你楼下的邻居来找我们，说你家好像漏水了。”

郭子晋的嗓音低沉，我什么都没听见。

“可是郭先生，楼下的邻居说，你家漏下去的水都是血红色的。”楼管的话让我胆战心惊。“楼下的邻居说，从你家流下去的好像是血水……所以我上来看看，你是不是安全。我能问问吗？你到底在家里做了什么，竟然会有这么多的血水流到楼下去？”

血……血水？我的手不自觉地发抖。

郭子晋好像又说了些什么，因为楼管的态度明显动摇了：“是吗？那个……我方便进去看看吗？”

楼管嘴比较笨，说了没两句，便被隔壁的人打发了：“好吧，那我去跟楼下的住户解释一下。打扰你了，不好意思……嗯，再见……嗯，祝你晚安。”

什么破楼管啊！怎么这么好骗，居然不进屋看看就走了，万一有什么不可告人的事情发生呢？

我大力地拍了下床板，气得直咬牙。以防万一，我拨通了巡捕房的电话。

楼下的举报，肯定不会是捕风捉影。我心里紧张得要命，甚至隐隐感到害怕。隔壁的这个男人万一是杀人犯怎么办？万一他杀掉我灭口怎么办？

就在我考虑再三，想着准备去哪个朋友家过夜的时候，家里的门铃却响了。

“谁？”我暗自抓起门口的网球拍叫道，“谁在那儿？”

一个陌生的男声说：“女士你好，我是这个片区的巡捕。刚才我们接到报警，请问是你打的电话吗？”

我从猫眼看出去，门外站着的还真是穿制服的巡捕。

我大喜过望，赶紧拉开门：“我可算把你盼来啦！是我报的警，那个——”

话说到一半，我猛地停住。隔壁的房门开着，郭子晋裸着上身，穿着横条纹睡裤，正斜倚在门框上看着我发笑。

他的个子很高，头顶仿佛都要撞到门顶了，鼻梁窄挺，眼睛炯炯发亮，唇薄如削，嘴角带着一丝不可一世的骄傲。

巡捕笑得无比亲切温和："女士，你电话里没说清楚，你报警是为什么事儿啊？有什么需要我帮你的？"

"是啊！"郭子晋似笑非笑地看我，"成书瑶，有什么事儿，你倒是和他说啊！"

我吓得脸色发白："你……你是怎么知道我的名字的？你是不是跟踪我？"

郭子晋笑了笑，没说话。

"他家往下流血水，这件事你们总不能不管吧？"我没控制住音量，语气也变得不太好，"万一我真有什么事儿，你们岂不是失职？"

"郭先生，"巡捕转头问郭子晋，"我方便去你家看看吗？"

郭子晋低头摆弄手指，拖着让人讨厌的长音："你要是有搜查令，我方不方便都得让你看，是不是？"

橙黄色的灯光下，郭子晋瘦削脸颊上的笑容让我毛骨悚然。

"女士，如果他不同意的话，我是没办法强行进屋的。我先回去了，有什么事儿的话，你再给我们打电话吧！"

巡捕公事公办地说了几句客套话，然后就离开了。一时间，走廊里只剩下我和郭子晋两个人。

气氛变得有点尴尬。

我壮着胆子，问他："郭先生，你以前见过我吗？"

"没有。"郭子晋答得干净利索。

"那你是怎么知道我叫成书瑶的？"我真是奇怪了。

郭子晋一脸的高深莫测。

好吧，不管怎么说，缓和关系是要紧的。

"郭先生，我刚搬过来，有什么事儿，还需要你多多关照！"

"哪里哪里，不敢不敢。"郭子晋假装谦卑的样子讽刺而又滑稽，"是我需要你多多关照高抬贵手，免得你哪天不高兴，再打电话报警来抓我。"

几句话下来，我便被郭子晋说得面红耳赤。

"成书瑶，这才是你搬来的第一天，我们来日方长吧！"郭子晋笑眯眯地看着我说。

因为隔壁的怪人郭子晋，我的乔迁之喜蒙上了一层挥之不去的阴影。

连着差不多一周的时间，我卧室的窗帘是没有拉开过的。这段时间我一直在做噩梦，梦里全是郭子晋那副尖刻阴损的嘴脸。

我觉得，我真的快魔怔了。好在郭子晋还没那么阴魂不散，除了搬来的第一天不太愉快，接下来的一周他都十分安静。有时候我拉开窗帘偷偷往郭子晋家看，却见他家的窗帘也同样是拉得密不透风。

怪人。我总是忍不住地这么想。

可能因为受到郭子晋的影响，搬来的一周我都没休息好。周三晚上，我和楚南一起吃饭，我整个人无精打采的。开车送我到楼下时，楚南犹豫地开口问道：“瑶瑶，你怎么了？是有什么心事吗？”

我不想让楚南知道郭子晋的事儿，不然，以他的性格很容易小题大做。我好不容易从家里搬出来，才不想被父母绑回去。我没有心情玩笑，只是随口敷衍道：“没有，我挺好的，就是上了一天的班，有点累了。”

“瑶瑶，”楚南解开安全带，扳过我的身子，“你是不是觉得现在的工作做得不开心？”

其实，现在的工作我确实不太喜欢。工作没激情，生活没动力。每天上班等下班，下班盼退休……这些我不是没和楚南抱怨过，但抱怨了也没用。这半年楚南除了劝我好好上班，就不会说别的了。

这次楚南的反应完全出乎我的意料，他竟然说：“瑶瑶，做得不开心，那就别做了。”

“不做了？”我没多想，话张嘴便来，“不上班你养我啊？”

楚南似乎就在等我这句话，我刚说完，他立马接道：“好啊，我养你啊！”

车厢里灯光昏暗，楚南的脸上有我分辨不清的紧张。我们两个大眼瞪小眼，楚南缓慢而又仔细地掏出戒指。

这突如其来的求婚让我的脑袋一片混乱，随口说道：“这钻石是真的？还挺大的。”

楚南已经习惯了我的颠三倒四，直接将戒指给我戴上：“是真的，放心戴吧！要是不喜欢，等我以后再给你换个更大的。”

“我……我好像还没答应你的求婚吧？”我想了想，确定自己刚才并没有答应他的求婚，“你直接给我戴上戒指，便算是礼成了？”

“瑶瑶，难道说，你不想嫁给我？”

即便在暗处，我也能看出楚南的脸红了。

“你让我想想吧！”我慎重地摇摇头，虽然很尴尬，但结婚毕竟是大事儿，“楚南，等我想明白了，我再告诉你。”

楚南没继续难为我，他知道我性格执拗又认死理。我从车上下来，楚南只是说了声等我的答复。接着，他便开车离开了。

看着楚南的车渐渐融入夜色中，我长长地叹了口气。我不讨厌楚南，但是结婚，我还没做好心理准备。楚南家的条件不错，基本上嫁到他家我就可以当少奶奶了。每天打打牌，做做衣服，生了孩子养孩子……我也喜欢小资情调的生活，但我清醒地知道，情调不能成为生活的主旋律。

楚南的戒指，确实成了我的负担。我把它摘下来，怕它丢了；我把它戴上，又怕它掉了。晚上洗澡的时候，我一眨不眨地盯着戒指看，生怕它自己长脚跑了。

澡洗到一半，外面楼道里突然响起了急促的脚步声。我拿过浴巾裹住自己还没冲净的身子，好奇地拉开窗帘往外瞧……我的个亲娘！

楼顶着火了，上面浓烟滚滚！

我慌里慌张地往身上套衣服，却越着急越穿不上。身上的水太多，衣服沾到皮肤立马打卷。浓烟滚滚的楼梯里挤满了住户。因为是晚上，有好多人跟我一样衣衫不整。逃命的关键时刻，大家也没心思看别人穿什么。楼里的火警铃声跟催命似的，所有人都低头往下跑。

就在我迈着碎步往楼下走的时候，一个男人逆着人潮往楼上走来。开始我还想这人得是多么不怕死，可等我看到男人瘦削的脸，顿时觉得不稀奇了。

高瘦精干的郭子晋挡住了我下楼的路，我站在他上面的台阶上，但气势上我丝毫没能占到便宜。

直觉告诉我，郭子晋是来找麻烦的。

“失火了，你还不跑？”我问郭子晋。

“别跑，有本事你这辈子都别跑！烧死你才好呢！”我心里咒骂道。

“哪怕你想我被烧死，估计也不行了。”郭子晋就跟会读心术似的，他的话让我恨不得将他的嘴撕烂。“我不跑，是因为楼上根本没着火。火警，是我报的。”

“你报的？”我难以置信地说，“谎报火警是要被抓的吧？”

郭子晋很认真地想了一下，又很认真地解释道：“看到楼顶那么大的烟，正常人都会以为失火了，然后‘误报’火警吧？随手报火警，拯救邻居……啧啧啧，我真是好邻居。”

是，我看到烟的时候第一反应也是火势汹汹……可这不是重点好吧？

“要是杀人不犯法，我估计你早死了。”我不想继续和郭子晋在这儿纠缠，“你是误报的也好，是谎报的也罢……我干吗和你说这些！”

我裹着大衣往回走，郭子晋在我身后放肆地大笑。

晚上我愤怒地给房东打电话，有郭子晋这么个邻居，我无论如何也不想继续住下去了。可我抱怨了半天，房东只是很无奈地说：“咱们已经签了一年的租赁合同了呀！你即便不住，房租你也是要按时交给我的。”

等我再打电话过去，房东直接挂掉。

第二天一整天，我都在寻思郭子晋的事儿。在过往的人生里，我从没遇到像郭子晋这么让人烦躁的人。晚上我下班，楚南早早地便在我公司门口等着了……我这才想起来，我还没有回复他求婚的事儿。

我们简单吃了饭，楚南又开车送我回家。路上，楚南漫不经心地问我：“我今天早上看报纸，新闻说你住的大楼昨天晚上着火了，你昨天吓坏了吧？怎么没给我打电话？我可以去接你啊！”

“没事儿。”我漫不经心地说，“楼上冒烟，我邻居以为着火了。火警是误报的，事实上根本没着火。”

“怎么会有这种人呢？报警是瞎胡闹的吗？这种人抓住，就应该被判刑！”楚南找准了切入口，“要我说，你还是搬来和我住吧！我住的地段好，邻居的素质也高。”

楚南是在拐着弯儿地问我求婚的事儿。

看我没接话，楚南不太自然地把话题转到别处。直到我们到了公寓楼下，楚南依然没有要走的意思。昨天晚上被火警折磨得一宿没睡好，我其实有点累，可楚南明显是来要答复的，他恐怕不会让我轻易地蒙混过去。

不好意思驳他的面子，我邀请他上楼坐坐。可我刚关上房门，楚南就从后面抱住了我。

“瑶瑶，你嫁给我吧！”楚南的手不规矩起来，“我妈一直在催呢！她都等不及要抱孙子了。”

我很不喜欢楚南这样，他的话，他的手，都给我造成了无形的压力。我没有回答他，而且试着挣脱他的怀抱……楚南却越抱越紧，他力气大得让我感觉很不适。

就在我想要发飙时，我身后的墙壁突然发出了强烈的撞击声！

楚南吓得松开了手，他问我：“怎么回事儿？”

我摇摇头，示意自己并不知情。虽然砸墙声震得我头疼，我却第一次在心里感谢郭子晋的胡闹。

听这动静，应该是郭子晋在拿锤子大力地砸墙，墙面受到击打，上面的白灰洋洋洒洒地往下掉。直到墙壁裂开了，他还没有住手。接着，传来一阵响动，那是砖块碎裂后落地的声音。

我和郭子晋的卧室就隔着这么一堵墙，这要是砸开，我俩就连成一家了。

楚南极为不满，他气呼呼地拉开门便往外跑。我追了出去，却没拦住他。郭子晋家的大门并没关，此时他正抡着锤子奋力地砸墙，对于楚南的怒气，他全然无视。

直到楚南冲进郭子晋家，郭子晋才懒懒散散地打了声招呼：“嗨，楚南，处男。”

楚南红着脸回头看我。

我赶紧解释道：“我什么都没和他说。”

但我这话说得实在没有力度，毕竟楚南是我的男朋友，郭子晋是我的邻居。不管郭子晋知道他是楚南也好，是处男也罢……楚南自然以为是我说的。

郭子晋完全没有要解释的意思，他专心致志地忙着砸墙。

楚南的视线在我和郭子晋之间晃荡了好几圈，气得拂袖离开。我在“追楚南”和“阻止郭子晋”之间徘徊了好久，还没等我做出选择，楚南已经彻底跑没影了。

“喂！”既然追楚南没戏，我只有留下阻止郭子晋，免得他把房子拆了我去睡大街，“郭子晋！你发什么疯！你把锤子放下！”

郭子晋并没有停下，他在一片乒乒乓乓声中问我：“怎么不去追他？”

“闭嘴！”我气急败坏地喊，“你再砸的话，我真报警了啊！你现在的行为，已经危及我的人身安全了！”

此时我才意识到郭子晋屋子里臭烘烘的，便捂着鼻子问他：“你屋子里什么味儿啊？”

郭子晋没回答我，只是沉默地砸墙不说话。

这一侧的墙体破裂后，郭子晋似乎一锤子砸到了个软乎乎的东西上。随即，一阵类似皮质物件漏气的呲呲声传来，屋里瞬间盈满了恶臭。

我忍不住大叫道：“好臭！这是什么东西啊？你藏在墙里的？”

郭子晋家没开灯，室内仅有的光线便是走廊上的感应灯。墙里的东西臭气熏天，只一会儿的工夫我便被呛得脑袋疼。

被砸成碎末的砖屑和墙里的东西混杂在一起，让人辨识不清。

“你还真看得起我，这东西我可藏不了。”郭子晋从一旁的桌子上拿起一张纸巾垫着手，在墙里那团臭烘烘的软物上扒拉两下，“准确地说，这不是我屋子里的，而是你屋子里的。”

我大吃一惊：“我屋子里的？”

郭子晋没回答我的话，他继续在墙里仔细翻检。

我实在好奇，忍不住问他：“郭先生，我冒昧地问一下，你是做什么工作的？”

“你觉得呢？”郭子晋反问我。

我觉得……我要是能觉得出来，我还用得着问你吗？

郭子晋像听到我的腹诽一般，他难得好心地解释给我听：“我是个侦探。”

我感觉自己的下巴都快惊掉了，半信半疑道："侦探？"

郭子晋点头。

"你是类似福尔摩斯的那种……侦探？"我对这个领域一无所知，"还是说，你是街边挂牌查人隐私的那种侦探？"

郭子晋停下手里的动作，回头看着我，目光让我有点发毛。郭子晋的眸子是琥珀色的，像猫一样，锐利的眼神也跟猫一样，感觉只要你有轻微的移动，立马会被他的视线捕捉到。

"我属于混合型的。"郭子晋似是而非地给了我一个答案，开始继续研究墙里的东西，"去把灯给我打开。"

我不知道郭子晋家灯的开关在哪儿，摸着黑也找不到方向。我顺着墙往门口摸，顺嘴问郭子晋："郭先生，墙里的那是什么啊？"

郭子晋答得风轻云淡："死尸。"

"什么？"我一个没注意，整个人都绊倒在郭子晋家的地板上，"你说什么？死……死……死……死……死尸？"

郭子晋蹲到我面前，笑着说："不然你以为是什么？"

屋子里的臭味似乎变得更让人难以忍受了，我趴在地上，胃里翻江倒海，开始吐了起来。

郭子晋递纸给我，似乎对我的行为表示了充分的理解："我第一次见尸体的时候，吐得比你还严重呢！不错不错，你居然现在才开始吐。"

吐完之后，我的脑袋清醒多了。

郭子晋打开灯，亮光刺得我眼睛发疼。我眯着眼睛看郭子晋砸出来的洞，问："死尸，是谁？我们是不是应该报警？"

"尸体已经腐烂了，是谁……这个问题我也想知道。"郭子晋低头看看手表，"至于巡捕，他们大概会在两分钟左右到。"

我并不信郭子晋的话，等他说完，便在心里默默地计时……

两分多钟后，巡捕竟然真的到了。

"你是怎么知道的？"我觉得不可思议，"郭先生，你也太神奇了！"

投入工作中的郭子晋明显没兴趣回答我这个问题，只是敷衍地答道："这有什么好神奇的？他们每次来用的时间都差不多。"

"每次？"

郭子晋不再回答我的问题了，他走到那位看起来是探长之类的人身边说："闫树海，从尸体的腐烂程度看，死者死了有一个月了。”

“什么人这么大胆，居然敢当着你的面儿犯案？”这个叫闫树海的人话语中有几分吹捧，吹捧中又有几分挖苦，“不过，这个人既然当着你的面作案，你怎么现在才发现呢？”

郭子晋面容冷漠地审视着墙里的死尸：“我最近在忙别的案子，不经常在家。一个月前的话，应该是在我去美国的时候埋的尸。”

闫树海立马拿腔拿调地吩咐手下：“去，把隔壁的住户给我带过来！”

“你们……是在说我吗？”第一次见证了凶案现场，我也不知道现在说话是否合适，“我是隔壁的住户，但我搬过来还不到半个月。警长，你该不会以为是我埋的尸吧？”

此时尸体已经完全被挖掘出来，尸体的脸已经粘到我卧室的壁纸上。即便今天郭子晋不把尸体挖出来，过不了几天，也会有液体流出来。从尸体的位置看，我最近一段时间应该和尸体只有一纸之隔……这个场景让我胃里再度翻江倒海，又吐在了地上。

“那个谁，给她个塑料袋，吐得屋里这个味儿啊……”闫树海一本正经地说，“你不用解释了，我当警长这么多年，破过的案子比你吃过的饭都多！你现在的举动，完全是做贼心虚！你要是没杀人，那你紧张什么？”

我是被恶心的好吧……

但闫树海不听我的解释，他武断地下命令：“那个谁还有那个谁，把她给我抓局里去！回去就给我审，我不信审不出什么来！”

“喂！”我连连后退，“我都说了啊，这事儿跟我没关系！我是刚搬过来的……要抓，也要抓我的房东吧？”

闫树海点点头，故作高深地说：“是啊，是啊！你的房东，我当然会抓来。不过，你刚才呕吐的行为很可疑。从心理学上讲，你的身体语言都在反映你的内心。你的呕吐，你以为是你看到尸体恶心反胃了？”

不然还能有别的？

一旁正在认真研究尸体的郭子晋却很不给脸地笑了。

“不管怎么说，你已经被我确定为第一号犯罪嫌疑人。”闫树海略微尴尬地轻咳一声，“带回局里去！好好给我调查她！”

因为杀人案而被抓到巡捕房去，怎么听都不是什么光彩的事儿。况且，我并不觉得自己应该为墙里的尸体负责任。以闫树海的水平，我很怀疑他会屈打成招，最后判成冤假错案。

我读懂了郭子晋脸上轻蔑的笑意，直觉告诉我，郭子晋这个怪人一定能证明什么。

于是，在被手铐铐上前，我委屈地央求道：“郭先生！你救救我！”

郭子晋扫着墙上的灰，面无表情。

“带走！”闫树海扬扬下巴示意。

“郭子晋！”我真是没见过这种阵仗，也从来没惹过如此大的麻烦，“你帮帮我……这事儿真的跟我一点关系都没有！”

郭子晋想了想，说：“我是私家侦探，请我帮忙是要花钱的。”

现在根本不是钱的事儿，我妈如果知道我被牵扯到杀人案里，以后我恐怕要跪着回家了。

我可怜兮兮地求他：“没关系，没关系！我会付钱给你的！”

“不问问我的价格吗？”郭子晋眉头轻扬。

“这个……应该不会很贵吧？哈哈，是吧？”我讪笑道。

“不出家门的案子，一般都不太贵。”郭子晋的前半句话刚让我稍微放下点心，他后半句立马害得我心惊肉跳起来，“但你这个是杀人案……可能要用你一年的工资当酬劳吧！”

一年的工资！

就在我纠结是被巡捕抓走好，还是花钱买个清静好时，郭子晋却说话了：“闫树海，放了她吧，杀人案跟她一丁点关系都没有。天可怜见的，这傻姑娘在不知情的情况下租了一间凶宅。”

“我知道了，这案子一定是房东干的！”闫树海立马再次草率地下定论，“估计房东杀了人，然后弃尸在自己家墙中。房子租出去，他便可以推得一干二净。”

郭子晋不屑地冷哼了一声。

闫树海鼓足勇气，问：“子晋，你觉得我说得有道理吗？”

“有道理啊！”郭子晋答道，“最起码，比说成书瑶是杀人犯靠谱点。”

“是吗？”被郭子晋说完，闫树海稍微有点下不来台，“我也觉得房东是个突破点……不过，就算跟她没关系，她也要配合我调查调查。”

郭子晋笑得自负又讽刺：“你抓她去问，还不如抓楼下报摊的老板娘实际。你看看她，从穿衣打扮到言语行为……哼哼，你居然会怀疑她杀人？就算杀人不犯法，我估计她都不敢杀我。”

虽然郭子晋是为我说话，可他的语气、用词简直是太贱太刻薄了！唯一让我心理比较平衡的是，闫树海和我一样地丢脸。在下属面前被指正，闫树海的脸忽红忽白。闫树海隐忍了好半天，才勉强放下姿态询问：“子晋，那这个案子，你有线索吗？”

郭子晋的心情似乎很愉快："到目前为止，四个线索。"

郭子晋说案情的时候极为投入，不仅他的神情、语言，连他平时刻板的动作都变得生动起来。

"这是一具女性尸体，她的身高一米六五左右，体重大约六十五公斤。从衣服上残存的配饰看，死者年龄应该是二十三四岁；这间房子常年出租，所以根据经验来判断，一般租客都是来北州市的外来人士；由于死后被埋在墙里，所以尸体的腐烂程度较轻，因此我们还能看出死者遇害后脸部有被毁容的迹象。综合这些，我推断，死者死于仇杀。杀人埋尸可不是一个轻松的活，需要充沛的体力。因此，我初步推断凶手是男性。从墙上水泥被刮出的痕迹看，凶手的身高在一米八到一米八五之间。"

"仇杀？"闫树海插话，"为什么一定是仇杀？"

我也感到困惑不解："毁容这么小心眼儿的举动，难道不是女人也会干出来的吗？会不会是情杀？"

"想要将尸体拖进墙里而不用外人参与，女人一般是做不到的。再说了，凶手为了藏尸，特地在成书瑶的卧室墙壁上加了一层砖，我也是因为这一层砖而看出墙有问题的。"郭子晋不耐烦地指指尸体被埋的位置，"我算了下日子，凶手是在我去美国办案的那几天藏尸的。算起来，凶手杀人弃尸的时间不会超过三天。再加上砌墙、凿墙，短时间内要完成这么大的体力活，哪个女人能做到？"

即便知道郭子晋会生气，我也实在忍不住插嘴道："为什么一定是一个人呢？会不会是一个男人再加一个女人呢？比如……女人负责毁容，男人负责藏尸？"

"你的想法可以理解，但是在这个案子里不太现实。"郭子晋扬扬得意地说，"首先，如果凶手是两个人的话，这无疑会增加犯罪曝光的概率；从尸体的伤口和墙上的划痕看，无论是动作还是幅度，都明显是一个人所为——当然，也可能是多人作案，只是这种可能性很低很低。"

郭子晋语气笃定，但他的话太像信口胡诌了。

"只是看到了尸体而已，你怎么能知道这么多？你随便说的吧？"我不服气地说。

"你看死者的衣服，你看！"郭子晋竟然兴奋得脸都红了，"死者遇害前应该是出来赴约的，所以她精心打扮了一番。不过比较遗憾，她中途被人拉到这间屋子，便再没能出去。"

闫树海总结道："死者是外来人士，这一点我回去会查失踪人口档案；凶手是男性，身材高大健壮；死者和犯罪嫌疑人之间有仇……子晋，你说的第四个线索是什么？"

就在我们所有人都在翘首期盼着他说出第四个线索的时候，郭子晋却不出声了。

“我不能再说下去了，”郭子晋的语气颇为遗憾，“按理说，我是有义务协助巡捕办案的。可我毕竟不是专业的办案人士，万一说多了，给巡捕办案造成不必要的误导就不好了。”

“哼，”巡捕中有人小声嘀咕，“每次都这么说，可每次有案子不都是跑在最前面？不就是喜欢看我们巡捕房出丑嘛！我们是没你聪明，可我们不像你，连警校都没——”

“闭嘴！”闫树海呵斥完手下，又转头笑着对郭子晋说：“子晋啊，当初在警校的时候，虽然我是你师哥，你是我师弟，但我可从来没欺负你啊！你还记不记得，每次你和唐菲约会，都是我去替你打掩护？”

郭子晋微笑点头，闫树海的话显然没说到点子上。

“子晋啊！”闫树海擦擦脸，这次他是一点没端着，“从毕业到现在，五年了，我能当上警长，这完全是你的功劳。上学那会儿我就说，整个学校，没有比你更聪明的人了……我看全国巡捕加起来，都比不上你一个郭子晋。”

这一次，郭子晋十分满意闫树海的话，他摇摇手指说：“不……不要停，继续夸！”

我算是大开眼界了。像郭子晋这么自恋和不要脸的人，我还是第一次见。

就在我急得抓耳挠腮、几欲撞墙时，郭子晋才缓缓开口道：“凶手是左撇子，而且他的左手是六指。有一句话，成书瑶说对了，这个案子，确实是跟情有关的仇杀案。”

听到郭子晋的肯定，我心里产生了大大的满足感。那一刻，我突然能理解郭子晋的行为了。猜中案情的感觉确实不赖。

郭子晋又将注意力转移到案子上。他指着墙上不易发现的水泥刮痕，说：“看到没，这些水泥是由右往左抹上的，这足以说明抹水泥的人是左撇子。看这里，这些已经涂抹好的水泥中间，有一个个点状且带有残缺指纹的痕迹……对，就是这个。这个便是凶手左手上的六指。凶手本想用水泥掩藏住行凶的地点，可没想到却弄巧成拙，反而暴露了自己的身份。”

“行凶地点？”我脑子里突然有一个念头一闪而过，“那个……郭先生，这位小姐……该不会是在我卧室被杀的吧？”

郭子晋笑得天真无邪：“不然呢？你以为是在哪儿？”

这回，不仅是我，连闫树海都听不懂了：“你为什么说凶案现场是在隔壁呢？你有什么证据？”

“没有证据，我只是合理推测而已。”郭子晋慢悠悠地坐到沙发上，盯着墙上藏尸位置愣愣地出神，“因为一些不知道的原因，凶手骗被害人前来。等进了屋子后，他们两个人可能先聊了几句。又因为一些我们不知道的原因，两个人起了冲突……女人要走，但是男人不干。恼羞成怒下，男人扯过女人的头发，他按着女人的脑袋往墙上撞……啊，女人被他撞死了。男人很慌张，他其实也很害怕。他恨这个女人，这个女人活着的时候不让他好受，死了还要害他坐牢……最后，男人害怕的情绪转变成愤怒，于是他刮花了女人的脸。”

屋子里没有人说话，连呼吸声似乎都跟着变轻了。郭子晋低缓沉稳的语调，似乎瞬间带我们穿越回了案发现场。

“男人刮花了女人的脸，所以他的气消了。现在他不害怕了，可他也不想死。这间屋子的主人请他来装修房子，所以他一定要尽快处理掉尸体，不能让屋子的主人发现。也正是因为男人的这份工作，所以他才能神不知鬼不觉地将尸体藏在墙里面。只要没人来丈量房子的尺寸、面积，那么就不会有人知道墙壁被他加厚了。没人知道墙壁被加厚了，那也自然没人知道墙里藏了尸体……呵呵，可他不知道，他的隔壁住着郭子晋。”

郭子晋说完后好久，闫树海才反应过来：“你的意思是说，凶手是给这间房子做装修的装修工人？”

“对呀。不过，这只是我的猜测而已。”郭子晋的嘴上又挂上讽刺的笑容，“又或者说，因为其他特殊的原因，房主将钥匙托付给了凶手。你们调查的时候，顺着这两个方向去查，一定能有结果。”

闫树海问了我房东的电话，然后吩咐其他警务人员把尸体运走。

我的视线一直没离开郭子晋，一眨不眨地盯着郭子晋的大脑看。

今天晚上发生的事情，简直是太神奇了。

尸体被挖掘出来，后续的调查工作才刚刚开始。闫树海走的时候不断地嘱咐：“子晋啊，你无论查到什么，一定要及时告诉我啊！我不反对你自己办案，但你可千万注意分寸。别像上次似的，闹到署长那儿可不好看了啊！”

郭子晋没礼貌地沉默着，可闫树海似乎并不介意。警长们简单处理了郭子晋家的墙壁，我的屋子也被封了起来。

我低头看了眼手表，现在已经凌晨三点了。我的朋友们估计都睡了，这个时间我只有去外面住酒店。

郭子晋仍然在愣神，他完全没在看我。我害怕打扰他思考，便小心翼翼地往外走……可还没等我碰到门把手，郭子晋却发话了。

“你干什么去？”郭子晋的话语里有一丝不常见的沉稳。

我略微错愕，指指门说：“我该回家了啊！”

“回家？”郭子晋问，“你家不是被划为凶案现场保护起来了吗？你现在回家，岂不是要破坏凶案现场？”

这么大的罪名我可担不起，所以我解释道：“我去外面住酒店。”

“不用住酒店了。”郭子晋说，“晚上你不许走，你要留在我家。”

“为什么？”我警觉地往后退一步，“我为什么要住你家？”

郭子晋似乎已经彻底从案件里脱离出来，毫不留情地讽刺道：“少用这种眼神看我，我没想把你怎么样。你吐了我家一地，不擦干净你就想走？”

我心里不高兴，但又不能反驳什么。地上的秽物确实是我吐的，不擦干净好像是说不过去……

我忍不住嘟嘴，不情不愿地问：“行吧！那你家的抹布在哪儿？”

郭子晋指指浴室。我心不甘情不愿地往里走，虽然不困，但我实在是太想躺下了。

我的视线在郭子晋的家里游移，映入眼帘的都是稀奇古怪的东西。

屋里最多的是书，粗略一扫，大部分是旅游杂志。其次便是衣服，挂在成排的架子上，放眼望去极有规律，却完全没章法。架子上有各种场合穿的西装，同样也有各式样的制服。在衣堆的最里层，我似乎还看到了女装。

难道说，郭子晋是个变装癖？

我心不在焉地打开浴室门，浴室里的东西却吓得我厉声尖叫！

闯入我视线里的，竟然是一具泡在浴缸里的鲜血淋淋的女尸！此刻女尸眼神空洞，支在浴缸外面的手臂还在不断往下淌血！

“你鬼吼鬼叫什么？”郭子晋一个箭步冲上来，捂住我的嘴警告道，“楼下的女人最近精神开始衰弱了，你要是把她吵醒了，估计今天晚上你没清静日子过了。”

我扒开郭子晋的手，声音发颤地说：“你你你……你家浴缸里有死人！”

“这是我用来模拟案发现场的，密室杀人，案情回放。”可能他也意识到自己说太多我也听不懂，所以干脆直接单手将浴缸里的女人捞出来，“只是一个模型而已，只不过比较逼真。要不，你上来摸摸？”

“不不不！”我赶紧摇手拒绝，“郭先生，我知道我错怪你了，麻烦你把抹布递给我，我好出去，谢谢！”

郭子晋做人比较较真，他执意拉起我的手在“尸体”上摸了摸。

我的尖叫声在触摸到硅胶材质的模型后停下，郭子晋笑呵呵地看我：“看，我没骗你吧！”

在浴室橙黄色的灯光下，郭子晋的笑容竟多了几丝暖意。

“怎么会做得这么像？”我胆子大了些，又在模型上摸了摸，“现在的工艺简直是可以以假乱真了，刚才进来时我还以为是真人。”

“是啊！”

趁郭子晋转身放模型时，我好奇地拿起洗手池上放着的手枪模型，“这个做得也是——”

我的话还没说完，手里的“模型”枪却走了火，棚顶的灯泡被子弹打碎，浴室里瞬间陷入了黑暗。我的耳朵被震得嗡嗡响。

“这是真枪。”郭子晋无奈的叹息声从暗处传来。

楼下的女住户恐怕早已经让郭子晋折磨得精神衰弱，枪响之后没多久，巡警便接到举报立马赶来了。

这一次，我和郭子晋两个人一起进了巡捕房，一个是因为私藏枪支，一个是因为破坏公共治安。

值班的中年人见到郭子晋时都笑了：“郭子晋，又来了啊！好久没见到你了，最近没在家？”

“最近有点忙。”郭子晋的视线若有似无飘向我，“攀上个倒霉邻居。”

“姑娘，刚搬到郭子晋家隔壁？是他牵连你进来的吧？”中年巡捕顺着郭子晋的视线看我，笑容十分亲切，“私藏枪支可是犯法的！根据相关管理规定，非法持有、私藏枪支、弹药，是要被拘役或者管制的。”

郭子晋哀叹一声。

我更是沮丧。

刚出虎穴又入狼窝，杀人藏尸的嫌疑我还没撇清，现在又要因为意外走火的枪支被判刑……

我一屁股瘫软在椅子上，忍不住哇哇大哭。

“别哭了，谁年轻时还不犯点错误？”巡捕老张好心地递纸巾给我，“给家里打个电话吧！让他们来保释你。”

接过纸巾，我哭得更加伤心。眼见劝说不管用，老张便转身开门出去了。

“行了行了。”郭子晋打着哈欠，“不就开个枪吗？多大点儿事儿啊！”

“多大点儿事儿？”我抽噎着抱怨，“我一个清白的大姑娘，就因为摸了一下你的破枪，现在要被判刑？还有，我男朋友前脚刚跟我求婚，后脚就因为你的一句话而气走了。我俩肯定黄了……我怎么这么倒霉……”

郭子晋脸色微红，压低声音说：“你胡说八道什么呢？”

经郭子晋提醒，我猛然惊觉自己说话声音有点儿大。我不甘心地嘟囔：“都怪你！

这完全是你的错！”

然而郭子晋却跟没事儿人似的，甚至躺在了巡捕房的长椅上。

“郭子晋，”我叫他，“你不担心吗？”

“担心什么？”郭子晋随意地答我，他声音里已经明显带着困意，“成书瑶，你不通知你爸妈吗？”

我想了想，摇了摇头，说：“我爸妈离婚了，也都各自再婚了……我打给他们，不合适。”

郭子晋了然地轻笑。

“你该不会又知道了吧？”我忍不住问，“郭子晋，你到底是怎么知道我叫什么的？”

还没等郭子晋回答我的问题，关押室的门便打开了。巡捕老张手里拿着一大串钥匙，朗声叫道：“郭子晋，成书瑶！署长要见你们！”

我身上的力气仿佛瞬间被抽走了，绝望地呜咽道：“这次彻底完了，大晚上的，竟然连署长都惊动了……”

案件的新进展

Chapter 2

“能不能别这么没出息？”郭子晋对我的行为嗤之以鼻，“署长咋的了？能吃人啊？”

我心烦意乱地瞪着郭子晋：“你说得倒轻松，现在是要被判刑！要坐牢的！”

“走吧！”郭子晋跟我一样心烦意乱，他粗暴地抓起我的手，拉着我往外走，“快点解决了好回家。”

还回家？

我忍气吞声没说话，郭子晋倒是熟门熟路地在前面走。郭子晋的指尖微凉，他的掌心布满了各式各样新新旧旧的结痂。看着郭子晋白皙的手背，我后背生起一阵寒气……想起郭子晋今天用手扒拉死人脑袋时的模样，我周身的寒气似乎更重了。

到了署长办公室门口，我赶紧甩开郭子晋的手，说：“一会儿进屋你配合点，记住没有？虽然咱俩的错误严重，但怎么也要争取个宽大处理不是？没准署长一高兴，念在咱俩是初犯……你是初犯吧？”

郭子晋微微一愣，转瞬笑了：“你觉得呢？”

我绝望了：“唉，希望署长能明察秋毫发现我是初犯，给我个宽大处理吧！”

郭子晋站在走廊上哈哈大笑。

“在外面叽叽喳喳地说什么呢？”郭子晋的笑声被办公室里的呵斥打断，一个粗犷的男声吼道，“滚进来！”

“这署长怎么这样啊？”我忍不住嘀咕，“这也太不尊重人了。”

“他不尊重人的地方多着呢！”郭子晋推我往里走，“进去吧！”

办公室的门被打开，满屋子的低气压吓得我一哆嗦。我看看办公桌前坐着的署长，又无意识地偏头看看一旁站着的郭子晋……

像，长得真是太像了。署长完全是郭子晋的加大做旧版。不用介绍，我都能猜出他俩的关系来。

和郭子晋一样，署长的眼睛炯炯发亮。我和郭子晋在办公桌前并排站好，署长粗声粗气地骂道：“你个浑小子，谁让你进来了？你给我滚出去！”

“老头，你到底想让我干吗？一会儿让我滚进来，一会儿又让我滚出去……你当你二十多年前生的是个皮球？”虽说是父子，可郭子晋说话时一点没有对长辈的尊敬，“你是不是最近失眠了？莫非，又被你老婆轰去睡沙发了？”

郭子晋刚说完话，署长抄起桌上的奖杯便要往郭子晋身上砸：“我还不如生个皮球呢！生皮球，我最起码不高兴的时候还能踹几脚！生你有什么好？常年不是给我惹祸就是给我惹气！滚滚滚！给老子滚出去！”

郭子晋耸耸肩看着我，说：“成书瑶，你小心点吧！这老头最近‘更年期’……”

“滚！”署长桌上的水晶奖杯擦着郭子晋的耳朵飞过，随后掉在地上，摔了个稀烂。

在署长拿起第二个奖杯砸他之前，郭子晋机灵地开门跑出去了。门被关好，署长这才气呼呼地坐回椅子上。

屋里就我们两个人，署长略微尴尬地收敛起自己的情绪。此刻他坐在办公桌后看我，面容冷漠。

署长没发话，我站在房子中间连大气儿都不敢喘。时间每过去一秒，我的紧张便加重一分。

裙带关系害死人啊！署长不会是想让我当替死鬼，给郭子晋背黑锅吧？我禁不住想。

署长犀利的眼神“凌迟”了我有五分钟，五分钟后，他才缓缓开口：“你也出去吧！”

呃……完事儿了？

郭子晋的言行举止已经如此怪异，我自然不会奢望郭子晋他爸会比一般人正常太多。不过现在关乎我的人身安全，我觉得还是问清楚点好：“那个……署长，我想问一下，我和郭子晋今天……”

“你说开枪的事儿？”署长就是署长，说起话来干脆，“郭子晋是我儿子，他的手枪是我老婆的。”

似乎察觉到我的疑惑，署长解释道：“我老婆是警长，她是允许配枪的。今天的开枪事件，原本就是个意外。你和郭子晋可以回去了。”

听到可以走了，我笑得合不拢嘴。我刚打算告辞离开，署长却又开口道：“你要问的问题我都知道，你要说的话，我也完全能够料想到。现在我直奔主题，好心地提醒你一下，以后你还是离我儿子远点吧，就你这胆识，经不起我儿子几番折腾。那小子，混蛋着呢！”

署长说的话太武断了，我顿时火冒三丈，但想到此刻的处境，我也只能小心翼翼地出言反驳道：“郭先生……我指的是您的儿子郭子晋，郭先生和我，我们两个是邻居。”

署长微微讶异：“邻居？”

“是的，邻居。”我不知道署长开始把我和郭子晋的关系想成了什么，可我觉得自己应该解释一下，“像您说的，您儿子的性格确实有点能折腾。但我不认为他是个坏人……今天我家墙里发现一具死尸，幸好有郭子晋为我辩护，不然我恐怕早被抓起来了。”

署长坐在皮椅上哈哈大笑，现在他一笑，脸上的五官都变得生动多了。

我被他笑得不知所措，问：“我说错话了？”

“那倒没有。”署长擦擦笑出的眼泪，“我只是太高兴了……这么多年，我第一次听人说我儿子不是坏人。”

不是坏人，这算不得什么褒奖吧，至于开心成这样吗？

“成书瑶小姐，既然你是我儿子的邻居，那以后需要你多多照顾他了。”署长竟然倾身上前，还跟我握了握手，“如果有事情，我欢迎你随时打给我。这是我的名片，你一定要揣好。”

我有种不好的感觉，问：“能有什么事儿啊？”

署长避重就轻，没回答我的话，自顾自地要送我出门，而我则愣在原地。

“老头和你说什么了？”郭子晋站在走廊一头，似乎有些紧张，“他有没有给你电话，他有没有说以后有事儿随时打给他？”

真是邪了门了，是不是他们郭家的人都天生自带透视眼的？

不用我多说，郭子晋自己就发现了我上衣口袋里的名片。他拿起名片扇了扇，自言自语地嘀咕：“这老头，每次都玩这招儿，有劲没劲？”

“你们家……”我问，“难道说，你爸会把他的名片给你所有的邻居？你是得多不让人放心啊！”

郭子晋笑而不语，往前走去。

我跑上前去：“我听你署长爸爸的意思，咱俩可以走了？”

“是的，咱俩可以走了。”郭子晋微微不悦，“什么署长爸爸？有你这么称呼人的吗？”

得知不用坐牢了，我的心情顿时轻松起来。精神放松后，我的好奇心也被激发出来。

为了让下面的问题顺理成章出口，我笑着恭维郭子晋：“这么叫你爸，不是显得更加亲切吗？怪不得你这么厉害，你有个当署长的爹啊！说正经的，你是怎么一眼推断出那么多内容的？你居然比巡捕长断案都准！”

“署长的儿子就一定厉害？还有，我比闫树海断案准有什么稀奇的？闫树海是我以前警校的师哥，他这辈子估计就打麻将的时候说话靠谱。”郭子晋的表情不屑，语气却很温和，“还这么称呼亲切……你这不是想害我家老头犯错误吗？唉，有我这么个混账儿子，他估计躲都躲不过来。”

郭子晋话说得云淡风轻，但我觉得他心里并不是那么无所谓。可能因为我家庭的原因，所以对于这种家庭关系特别敏感。

我尝试着安慰郭子晋说：“你爸爸其实对你挺好的，你看，他留名片给我了呢！他说有什么事儿让我打给他，这说明他很担心你啊！”

“不，你错了。”郭子晋郑重地说，“我爸是很担心你。”

我想起之前那些不愉快的经历，加上这么一晚上的折腾，我算是知道了，郭子晋那句“我爸是很担心你”，完全不是空话。

又是死尸，又是杀人现场，又是开枪……再继续下去，我恐怕真的会丧命。

初秋清晨的北州市，空气湿漉漉的，太阳在高高的云层间穿行，时不时露出个头。我和郭子晋走进晨雾里，他散落在额间的黑发瞬间被打湿。

看着街上奔走的人群，郭子晋突然问我：“从他们身上，你看到了什么？”

“什么？”我迷茫地瞥了一眼，又迷茫地问，“车，树，周末还需要上班的人……难道你看到的不是这些？”

“我看到的是满街的抱怨、仇视、寂寞，还有背井离乡的愁苦、不被理解的愤慨，以及贫富悬殊造成的不满。什么样的因，自然会结出什么样的果。”郭子晋的话锋一转，“你真的想知道我怎么知道你名字的？”

我眼睛发亮，猛地点头：“我昨天晚上看你在案发现场的推理，简直是太精彩了！只是见到一个结果便能推断出基本过程……我从来没见过这么聪明的人！我很好奇，你到底是怎么知道我的名字的？也是这么推理出来的吗？”

“告诉你，也行。”郭子晋骄傲得不可一世，“我告诉你我是怎么知道你名字的，但是，你支付侦探费的方式，便需要我来选择。”

我猛然想起，按照之前的约定，自己确实是欠郭子晋钱的。

不过，支付方式有啥好选择的？

“行！”我有“选择困难症”，有人帮着选择，我还挺高兴，“到时候需要哪种方式，我配合你就是了！现在你快告诉我，你到底是怎么知道我叫什么名字的？”

郭子晋用手枕着脑袋，慢悠悠地往前走，慢悠悠地说：“哦，其实也没什么特别的，就是第一天你和你房东在走廊说话的时候，我恰好听到了，然后我就记住了。”

我差点呕出一口血。

“我需要的支付方式，其实特别简单。”郭子晋停下来回头看我，笑起来连牙齿都在晨光中发亮，“你住在我家，给我做家务……我便算你付过我报酬了。”

这次我没有吐血，可是我脸红了。

和陌生男子住在一起，是非常不明智，且非常危险的一个选择。

如果说这话从别的男人口中说出来，我会觉得他疯了。但由郭子晋讲出来，总觉得还有点合理性。

“你家不是被封了吗？”郭子晋说，“你还有别的地方住吗？除了那个处男家。”

你看，确实是有合理性的吧？

往回走的路上，我不确定地问：“我能不答应吗？”

“不能。”郭子晋答得干脆。

“好吧。”我妥协了。

“你的案子，我不跟你狮子大开口。”郭子晋语速很快，“按照市场家政的价，你大概在我家干八十天，就能还清欠我的钱。不过，算上你的水电费以及食宿费……取整抹零，你在我家做四个月的家务好了。”

“四个月！”我不理解，“那个……其实，我做家务一点都不好，而且我还特别懒。我给你钱，你找保姆不好吗？”

“不好。”郭子晋断然拒绝，脸色变得难看起来，“我不是没请过保姆，其中有三次我被当成杀人犯送进了巡捕房，有两次被当成精神病人送到精神病院。对我来说，在这个世界上，保姆是比我家老头更可怕的存在！你觉得我会再花钱请人送我进巡捕房或者精神病院吗？拜托，我虽然看起来像疯子，但我又不是真的疯子。”

我按捺不住好奇：“你经常被人理解成精神病人吗？”

“这是聪明人的无奈。”郭子晋答得理所当然，“你们这种蠢人，根本理解不了我超前的思维。”

我完全没有攻击郭子晋的意思，可他的回答伤害了我脆弱的自尊心：“既然你这么聪明，你什么都行，你倒是自己做家务啊！请我这种蠢人住在你家，难道你不怕我给你下毒吗？”

“那也没办法，”郭子晋一五一十地说，“虽然在我眼里，你们的行为都幼稚无聊、愚不可及，但没办法，我不喜欢擦地。不，我是极其厌恶擦地。正好你家你暂时不能住，你可以天天在我家擦地。”

我恼怒地反问：“我为什么要天天在你家擦地？”

郭子晋咧嘴笑道：“因为你欠我钱啊！”

我无话可说。

一晚上没睡，我是又困又累。郭子晋比我好得多，不但不困，反而神采奕奕。我跟在郭子晋的后面进屋，看到墙上藏尸的破洞，他瞬间又乐了：“成书瑶，你说我多长时间能破这个案子？”

“啊？”我困得大脑反应迟钝，“我猜的话，怎么也要三个月吧！”

“三个月？”郭子晋随手摸了摸墙上的尘土，倨傲地回头看我，“打个赌怎么样？”

我爸教导过我，一般敢跟你打赌的人，基本上他都有必胜的把握。而郭子晋这么问我，他肯定确信自己会尽快破案。

我赶紧改口道：“我赌一个月！一个月肯定要用上的，毕竟在北州找一个六指左撇子简直是太不容易了。”

虽然我改了口，但看样子我还是低估了郭子晋。

我说完，郭子晋轻笑一声，说：“你想赌点什么？”

“赌你裸奔好了！”我随口说道，“你要是一个月之内没有破案子，你就出去裸奔，怎么样？”

郭子晋戏谑地问我：“那我要是一个月之内破了案子，是不是你要出去裸奔？”

我再次无话可说。

说不过他，我索性去睡觉……

我站在被砸得乱七八糟的客厅问他：“我要住哪儿？”

在寸土寸金的北州，郭子晋一个人奢侈地住着三居室。不过他家堆得简直是太满了，空间看上去还没有我租的一居室大。

郭子晋的三间屋子，有一间是他住的，一间是用来放杂物的，还有一间上了锁，不知道是干什么用的。郭子晋还算大方，他把卧室让给我，他自己睡客厅。

“谢谢你啊！”本来我还挺生气的，但郭子晋说把卧室给我住，我又感到不太好意思，“我看放杂物那间屋子有床，不然我住那儿吧？那里只是东西多，收拾收拾我看挺好。”

郭子晋看似态度诚恳，可他说出的话却无比气人："那怎么行呢？你不休息好，谁擦地板、谁洗窗帘？不用跟我客气，该住住你的。"

我真的是困得要命，看郭子晋不像作假，索性我也大方接受他的好意。我锁好门，直接倒在郭子晋的床上就睡。

郭子晋的床很硬，我睡了不到三个小时便醒了。看着郭子晋的卧室，我反应了好半天才想起来自己在哪儿。我眯着眼睛仔细打量郭子晋的卧室，还没等我研究明白屋里的摆设，屋外响亮的声音就吸引了我全部的注意力。

我打开卧室门，浓重的灰尘味儿扑面而来。

我呛得咳嗽，哑声问："郭子晋！你干吗呢？"

"拆壁纸！"

郭子晋的声音离我很远，我踩着一地的墙灰去找他。

"你在哪里呢？"

"你家！"等我走到客厅时，郭子晋的声音变得清晰了，"成书瑶，我在你的卧室里。"

郭子晋将壁纸捅破了，藏尸洞被他扩到了半人高。郭子晋用手撑着墙洞，站在我的卧室喊话道："睡醒了？睡醒了好，睡醒了好干——"

"啊啊啊啊！"我尖叫着打断郭子晋，"你不是说不能破坏犯罪现场吗？你怎么把墙打穿了？还有，你把壁纸都撕了，我要怎么跟房东交代？"

郭子晋挠挠满是白灰的下巴，说："你动，算是破坏现场；我动，那就是案件调查。"

我从洞里钻过去，在尘土飞扬的房间里找东西。

"成书瑶，"郭子晋声调愉悦地问，"你难道不想知道我发现了什么吗？"

"发现了什么？"我没好气地说，"尸体都被运走——"

在转身后，我的话猛地顿住。

郭子晋身后被扒光壁纸的光秃秃的水泥墙里，多出了四具腐烂程度不同的尸体……

我比第一次见到尸体时镇定多了，最起码此刻我没吐出来。

郭子晋在四具尸体间走来走去，边走边说："哈哈，我就知道这里肯定不止一具尸体！果然啊！果然我没猜错！"

郭子晋脸上的表情赤裸裸地显示着"快表扬我快表扬我"几个大字，简直趾高气扬到一种非常可怕的地步。

"那你为什么昨天没跟闫树海说？"我无语了，"现在你自己挖出这四具尸体，你要怎么办？让他们四个凑一桌打麻将？"

郭子晋似乎认真考虑了一下，说："你说得……有点道理。"

“以前碰到这种情况你都怎么办？”我真想不出来郭子晋是如何活到现在的，“你不会打算……就一直把他们放在屋子里吧？”

郭子晋老实地点头回答：“以前的话，我会等我破了案子再叫巡捕房来人把尸体抬走。”

“报警，立刻，马上！”这件事儿我觉得我不能妥协，“如果我在不知道的情况下住了凶宅也就算了，现在我明知道墙里藏着四具死尸，我是打死都住不下去的。”

郭子晋瞬间情绪低落了，不过他也对我表示理解：“唉，好吧！早知道要打电话叫巡捕来，我何必费力自己把尸体刨出来……不过，在报警之前，我先看看现场。”

看现场，我并不反对。实话实说，我自己也很好奇。郭子晋拿出手套和口罩递给我，他自己也接着戴上。

屋里尘土大，浓郁的尸臭味儿相对被削弱了不少。可能是因为熟练的缘故，郭子晋戴口罩时动作流畅得极为优雅。他下巴略收，额头稍低，白色的绒线绕过耳骨……我看得愣神，甚至连郭子晋回头都没注意到。还是郭子晋拍拍我的肩膀，我这才回过神来，赶紧屏气凝神。

在凶案现场犯花痴，我恐怕也是古今第一人了。

郭子晋的敬业程度，完全不是一般人能比得上的。一般人敬业是“不疯魔不成活”，郭子晋比疯魔的人还要严重一些，他是彻头彻尾地魔怔了。

“总共五具尸体。”郭子晋站在挖走尸体的坑洞里，将自己融入其中，“从每具尸体的腐烂程度看，死者被害的时间各不相同。我们可以试着把范围缩小——凶手要埋这么多具尸体，必然选择没人在家的时间。所以说，这个人不但了解我的作息时间，还要了解你房东的行程，这么说来，那他应该是我们周围的人。”

“我们？”

“是的，我们。”郭子晋闭上眼睛，将戴着塑胶手套的手掌重叠在胸前，“凶手以我们的房子为圆心，以楼间距为半径画了一个圆。凶手，肯定藏在这个圆上面的无数个点上。”

我走到窗户边上往外看了看，阳光反照，对面楼的玻璃上一片漆黑。

郭子晋继续说：“看来这个凶手杀人已经有一段时间了，左边腐烂最严重的那具尸体，遇害时间最起码有半年以上。”

“一连杀了五个人都没被发现，而且凶手还在我们身边？”我心里有点怕怕的，“难道死者家属没有报警的吗？”

“我今早问的问题你还记得吗？”

郭子晋不知道什么时候已经来到我旁边，他一说话吓了我一跳。我拍拍胸口，惊魂未定地说：“你怎么突然过来了？”

“还记得吗？我早上问你的那个问题。”郭子晋和我并排站着往楼下看，然后指着花坛旁的打扫大妈，“张婶是东北人，三年前来北州。为了给瘫痪的丈夫治病，她常年居住在地下室。因为地下室阴潮，她得了风湿，关节过早变形。还有那个男士，他和五个来自不同地方的青年合租一个房子；正在遛狗的那位大爷，他儿子可是一位大老板，在这条街上有五套房子，每套都价值不菲。”

郭子晋脑海中可能呈现出了一幅清晰的人物关系脉络图，可我看到的，只是他指出的一个个零散的碎片。

为了不给自己丢脸，我很努力地想了想，心虚地问道：“你是告诉我……他们中的某一个是凶手？”

“不。”郭子晋摇摇头，眼神变得悲戚而又迷茫，“我给你看的，是凶手的杀人动机。”

“什么动机？”

“从心理学上说，人之所以会暴力犯罪，是因为人们内心的负面情绪需要宣泄和释放。”郭子晋把口罩往下拉了拉，“当一个人的负面情绪长期得不到舒缓和释放，自然会衍生出暴力杀戮等失控行为……如果只是杀了一个，我们也许还可以说凶手是激情杀人，是过失。但是，如果一连杀了五个人，那便不是什么意外了。之前我说过，凶手极有可能是外来人口，很有可能在生活中遭到过什么不公平的待遇。这种被压抑的情绪扭曲到一定程度，自然就爆发了。”

我叹了口气，问：“这话挺有道理的，是哪个心理学家说的？”

“郭子晋。”他回答。

短短的一天时间里，我已经对郭子晋的骄傲和自恋麻木了。我问他：“你昨天说凶手应该是激情杀人吧？你现在让我看这些……是不是恰好证明，你昨天的推理都错了？”

“那倒……也不是。”郭子晋收回视线，再次将注意力转移到四具尸体上，“昨天挖出来的那具尸体，确实很可能是凶手激情杀人所致。但后面这四具，应该是有预谋的谋杀。连杀了五个人都没被发现，不得不承认，这个人确实做得完美，十分完美。如果不是我，恐怕这案子还要晚几年才被发现。”

郭子晋说完，我感觉自己浑身都在发抖。我居然在一间埋了五具尸体的房间住了将近半个月？

“你卧室是十六平方米，长宽比例是 4:1。我量了一下，每隔一米，这里便埋一具尸体。如此说来，凶手必定早料到自己会杀四个人。不过，第五具尸体的存在打破了凶手预先设计好的模式，所以第五个人确实是凶手一时激愤杀的。至于过程，正如我昨天晚上所说的那样。”

我不满地瞪了他一眼。虽然这五具尸体没名没姓，但郭子晋那欢快的语调还是让我觉得他亵渎了死者。

“别看了！”郭子晋并未发现我的不满，“我们去找闫树海吧，他应该已经查出女死者的身份了。成书瑶，你和我一起吧！”

“我能一起去吗？”我微微讶异，“这种杀人案……我在场会不会很尴尬？”

“当然不会。”郭子晋摘掉手套丢在地上，轻笑道，“只要你胆子够大，跟我在一起，你哪里都能去。”

我看了眼四具尸体，问：“一会儿你怎么跟闫树海解释另外四具尸体的事儿？”

“这几具尸体先放一下吧！”郭子晋已经回到他的房间，找出客厅架子上的衣服穿上，“如果再发现四具尸体，案子的受关注程度肯定比现在更大。既然凶手在我们的周围，我们还是不要打草惊蛇比较好。”

“那晚上，这些尸体不搬走了？你刚才明明说……”从洞里钻回来，我似乎有种重返人间的错觉，“这些尸体不搬走的话，那我晚上还是去我朋友家住吧！”

郭子晋递给我一套蓝色的制服，满不在乎地开着玩笑：“有什么好怕的？你又不是第一天跟他们几个住在一起，他们没准还很喜欢你呢。”

我接过制服，不高兴地指责道：“喂！你对死者到底有没有最起码的尊重啊？他们都死了，你还开玩笑？”

“我理解的尊重和你理解的尊重可能不太一样。”郭子晋找出一套相同款式的男士制服，“我能给死者最好的尊重，就是为他们找出凶手。所以，现在，收起你那套没用又虚假的人道主义关怀，抓紧换好衣服，我们要出门了。”

我的指责确实是说得有点重，不过好在郭子晋并没有太生气。为了转移尴尬，我轻咳一声，问：“你怎么会有女士的制服？”

郭子晋二话不说，按着我的头将我推进他的卧室。

我讨了个没趣，只好老实地换衣服。在换衣服的过程中，我不断地打量着郭子晋的卧室。

这个卧室面积大概有二十多平方米，正南朝向，温暖而又明亮。郭子晋的卧室跟他这个人一样，看上去一点章法都没有。卧室窗户旁边是床，床紧挨着书桌放。书桌上面摆满了郭子晋在警校获得的表彰证书……

比表彰证书放得更显眼的，是郭子晋的处分书。我简单浏览了一下，大部分的处分都是因为顶撞老师、不遵守学校的纪律。在处分书最下面，有一段修长有力的字迹——

畏暗趋光是人的本性，哪怕真正沦亡，也会有人渴望阳光。终究需要有人站在黑暗里拿着火把，去指引黑暗中的人找寻光明。这个世界上，没有任何人、任何机构能够代表正义。永远不会有。正因为这样，暗夜骑士的伟大才会被看见。

我摸摸处分书的边框，笑着呢喃："怪人。"

郭子晋等不及了，他不耐烦地在外面敲敲门板："成书瑶，你好了没？我们要走了！"

"好了！"

郭子晋穿的制服一看就不合身，制服在他身上又松又垮。我从卧室出来，郭子晋摸着下巴皱眉："我总感觉好像哪里不太对。"

"哪里不太对？"我低头翻看自己的身上，"什么都没差啊？"

郭子晋揽过我的脑袋闻了闻，他皱眉："你几天没洗头了？"

要是这么说的话……

我讪笑道："好像，是有几天了。"

"快去把头发洗洗！"郭子晋推开我，"脱下这身衣服你是成书瑶，现在穿上这身衣服，你便是女法医——当然了，你的身份是假的。不过，既然名义上是法医，最起码你要拿出点专业的样子，你这头发的味道比尸臭好闻不了多少。"

"我昨天一晚上没睡，又被半夜抓进了巡捕房，我哪有时间顾及个人卫生啊？"我红着脸为自己辩解，"竟然说比尸臭好不了多少……你也太夸张了吧？"

郭子晋没理会我的解释，再次推着我进了卧室："你先用里面的浴室梳洗，抓紧时间，我只给你三分钟。"

"三分钟时间也太少了！"我愤怒地回道。

郭子晋板着脸道："作为侦探，最重要的就是效率！"

"我又不是侦探！"

郭子晋当着我的面把门关上，在门外说："我只等你三分钟，三分钟后你不出来，我就自己走了。"

我不敢怠慢，赶紧跑到浴室去洗头。郭子晋的话很有威慑力，他毫不费力地治好了我的拖延症。连我自己都觉得不可理喻的是，我居然很珍惜和郭子晋去巡捕房的机会，这简直是太难得了。

如此激动人心的场面，估计我一辈子都不会再遇到了。

更令我觉得不可思议的是，我竟然开始庆幸郭子晋住在我的隔壁。

等我洗好头，还是晚了一分钟。我裹着毛巾出去，郭子晋已经不在屋里了。此刻我也顾不得滴滴答答流水的头发，拔腿就追了上去。

郭子晋并没觉得我脑袋上包着毛巾有什么不妥，他把手里的公文包递给我一个，说："一会儿你跟着我进去，尽量少说话，知道吗？"

"好。"我喘匀气儿问，"但是别人问我的话，我要怎么说？"

郭子晋皱眉思考了一下："你说你是新来的实习生好了。"

"哪个部门的？"我依然不太放心，"要是别人跟人求证的话，那我不是露馅了？"

郭子晋轻笑道："这不是你需要担心的问题。"

从某种程度上来说，我心里十分信任郭子晋。虽然多数时候他看起来疯癫不靠谱，可跟满嘴假仁假义的人比起来，郭子晋要真实多了。

一路上我们各自沉默，直到巡捕房门口，看到闫树海，郭子晋才开口问道："闫树海，你们查出什么来了？"

"死者叫江彩琴，24 岁，是本地一家大企业的员工，居住在上班地点附近的地下室……"

郭子晋接过闫树海手里的报告扫了几眼："你打上问号的位置是什么意思？"

"这是我急着叫你过来的原因。"闫树海圆润的脸上布满了不解，"死者遇害时间……有一个月。"

"然后呢？"

"然后，这一个月的时间里，她每天都有按时上下班。"

"啊？"我吓得捂住了嘴。

闫树海这才发现我，他指着我问："子晋，你怎么把她带来了？"

"还有什么？"郭子晋没理会闫树海的提问，"尸体解剖没有？尸体胃里的东西分析了吗？"

郭子晋如果不想回答，谁也别想问出什么来。闫树海比较了解郭子晋的性格，只好忽略掉我这个小人物。

"已经解剖完毕，但是没有什么太重要的发现……我找房东问过话了，你不看看笔录吗？"

"带我去看看尸体吧！"郭子晋合上报告，"我要带成书瑶一起去。"

闫树海不满地扫了我一眼，继续跟郭子晋说道："我觉得可以去江彩琴的工作地点问问，肯定会有重大发现。人死了一个月，还能按时上下班，这简直是太不合理了。如果我们以此为突破点，肯定会有线索的。我们也联系了江彩琴的家人，他们明天能到。”

虽然我不懂该如何推理破案，但我觉得闫树海的话颇有道理。

郭子晋眼睛发亮地看着我，笑得满脸深意：“看你的表情，也认为闫副探长的话有道理？”

“是啊！”我说，“去问活人，总比检查死人的收获要大吧？”

“成书瑶，假如你在一家大型企业上班，你告诉我，你会记得每一位同事的具体情况吗？”

郭子晋一句话便问得我哑口无言。

有郭子晋带着，闫树海没有过多阻拦我。在我们进屋之前，闫树海找借口先将其他人员支了出去。等到里面没人了，闫树海才趴门上叫道：“子晋，进来吧！”

我是第一次到巡捕房的解剖室，紧张和害怕的情绪俱全。郭子晋往前走，我的腿却有点不听使唤。门都拉开了，郭子晋才注意到我还站在原地没动。

“成书瑶，看你那点出息！”郭子晋拿过我手里的公文包，拉着我往前走，“死人而已，没什么好怕的。”

郭子晋的手掌火热，就跟他此时的心情一样。我能察觉出，郭子晋全身都因为即将见到的场景而兴奋。

我小声问：“你为什么会喜欢这种地方呢？”

“为什么不喜欢呢？”郭子晋反问。

想起郭子晋在处分书上写下的话，我忍不住发笑。

“女人真是让人费解的生物啊！”郭子晋听到我的笑声，怅然道，“刚才我还以为你是害怕……”

进了解剖室，我们两个便不再多说了。闫树海在门口的位置给我们一人一件防护服，他和我们两个一起套上。

可能是朝北的原因，屋子里面感觉凉气森森的。即便我穿上长袖，还是感到冷。解剖室是长方形的，墙上贴着简洁的纯白色瓷砖。屋子中间有一张不锈钢的解剖床，正对门的墙大半面是玻璃，这样好方便另一间屋子的工作人员观察解剖室内的情况。长条洗手池和立着的冷冻柜全是不锈钢质地的，看上去冰冷刚硬。

郭子晋率先走到解剖床边，戴上手套后，他的手指依旧灵巧。郭子晋翻了翻尸体解剖的切口，问：“尸体是谁解剖的？不像陈凯的手法。”

“是新来的法医，叫邹珊珊。”闫树海口罩下的声音沉闷无比，他的眼睛却闪闪发亮，“邹珊珊不仅长得漂亮，专业技能也十分过硬。她来没几天，帮着我们破了好几个大案子。”

郭子晋头都没抬，讽刺道：“行了，当着我的面不要吹嘘了。是哪个领导家的亲戚？”

“确实是领导家的孩子。”闫树海挠挠脸，他丝毫不觉尴尬，“不过她也确实有能力。”

郭子晋的语气依然丝毫没有退让的意思：“是，专业技能真是过硬。她的侧重点完全是错误的……比如，胃里的食物呢？”

“在冷冻柜里。”闫树海拉开冷冻柜，拿出一包黑漆漆变质的食物递给郭子晋，“我有听你的，连尸体上掉下来的脚趾盖我都留着呢！”

郭子晋十分难得地赞扬道：“嗯，做得不错。”

简单的五个字而已，闫树海却激动得跟什么似的。闫树海的喜悦太夸张，好像郭子晋给他颁了个“破案王”的勋章一般。

郭子晋没理会一旁絮絮叨叨的闫树海，突然问我：“成书瑶，从这包食物上，你能看出什么？”

“啊？”我控制住自己反胃的感觉，“这……这食物已经腐烂了啊！这能看出什么？”

“子晋啊！”得过表扬的闫树海拿出资深人士的做派，“我知道你一直想找个人和你一起破案，但你怎么也要找个专业一些的吧？唐菲以前最起码还是……”

郭子晋不受影响，他继续问：“成书瑶，你能看出什么？”

闫树海的样子令我生气，我真巴不得说出一段精妙绝伦的推理让他目瞪口呆！可生气也不能改变什么，就像我想破大天，也想不出郭子晋那么绝妙的推理演绎。

我苦恼地说：“食物这么多……是不是能说明，死者在死前刚吃完饭？”

“哼！”闫树海学着郭子晋轻蔑的样子，“专业不专业，差别还真是大！刚吃完饭？这算什么新发现？”

“确实是没什么新发现。”郭子晋不冷不热地接过话，“只不过可以让我们从死者还没来得及消化的食物中，推测出她死之前去过哪里、见过什么人而已。”

“我说对了是吗？”要不是眼前有尸体在，我几乎都要笑出声了，“郭子晋，我说对了是不是？”

“当然，你说对了。”郭子晋将手里的袋装胃容物塞到闫树海怀里，轻巧地脱掉手套，摘掉口罩，“江彩琴死之前精心打扮过，而且她胃里又充满了食物。这么说的话，江彩琴死前，很可能跟人约会过。先分析下她胃里的食物，看能不能查出她生前吃过什么，在哪个餐馆吃的饭。还有，你们找江彩琴的同事估计也问不出什么有用的线索来，不如去她住的地下室问问。对了，你把她住的地下室的地址发给我，我一会儿就过去看看。要不然，等你们审批文件下来，凶手估计早跑了。”

说完，郭子晋拉着我出了解剖室。

脱掉防护服，我像是卸掉了一层重负。我站在走廊里贪婪地吸了两口新鲜空气，而此时走廊上已经有一名年轻漂亮的女巡捕在等着我们——或者说，在等着郭子晋。

这个女人的年纪跟我相仿，身高相似，丰胸细腰大屁股，典型的模特身材。她素着张脸，大眼睛水汪汪的，非常有灵性。

郭子晋估计还在想着案子，沉默着低头往前走。直到我拉拉他的袖子，他才看到走廊上站着的女人。

“你……”郭子晋只是片刻停顿，连惊讶的表情都不曾有过，“你是唐菲的表妹？”

唐菲？

一天之内，我听过这个名字三次，其中有两次是闫树海说的。从闫树海的只言片语中，我能感觉出这个唐菲和郭子晋的关系不一般。他们从同一个学校毕业，还约会过。至于郭子晋和她还有什么深层次的交流，我就不得而知了。突然间，我对唐菲产生了强烈的好奇。这个跟怪人郭子晋交情匪浅的女人，真是让人不好奇都难哪！

从女人的表情看，她算是默认自己和唐菲的关系了。不过她并未提到唐菲，她的唇边挂着浅浅的酒窝，笑着说：“师兄，我是法医系的邹珊珊。”

“你和唐菲长得可真像。”

我以为郭子晋怎么也要和邹珊珊叙会儿旧，没想到他说完之后转身叫住我：“成书瑶，走了！去吃饭吧，我好饿。”

吃……吃饭？

虽然已经一天没吃饭，但我现在除了反胃还是反胃……况且，眼前有个美女法医还在等着和郭子晋说话，我觉得这么走了，似乎不太合适。

“郭子晋，你是不是还有话和她说？”

“没有了。”郭子晋看上去不是装的，他是真的一点都不懂人情世故，“快走吧！刚才验尸的时候我突然特别想吃泰国菜，我知道一家好吃的菜馆，我带你去。”

郭子晋说完，我胃里的东西又开始往上冲撞。

邹珊珊趁机叫住我，说：“这位女士，你参加法医的工作没多久吧？我第一次见尸体的时候也不太舒服，当时都吐了呢！”

有人跟我有一样的体验，这让我极为愉悦，随即问道：“是吗？那你是怎么克服的啊？”

“尸体见多了就好了啊！”邹珊珊笑眯眯地看着我和郭子晋说，“不过每次从解剖室出来，我都吃酸梅。刺激下味蕾，可能会舒服一些。”

酸梅？似乎不错啊……

我刚想着出去找卖酸梅的，邹珊珊又说：“我那里有好多，我送你一袋好了。”

“不用不用！”我接受不了这种莫名其妙的示好，“我一会儿出去买就可以了，谢谢你啦！”

郭子晋推推我说：“干吗还要自己去买啊？她给你，你拿着好了。”

“是啊！”邹珊珊亲切地笑了笑，“没准咱们以后会是同事呢！”

我看看自己身上的制服，心想，合着邹珊珊是拿我当新同事了啊。

既然这样的话，我也不推托了，说：“好吧，谢谢你了，邹珊珊。”

“别客气。”邹珊珊爽朗地拉着我去她办公室，“以后你叫我珊珊好了。”

邹珊珊的大部分同事都是郭子晋的校友，为了避免见面寒暄，郭子晋毅然决然地留在门口等我。

我和邹珊珊进去取酸梅，推开门，办公室里却空荡荡的。看到我不解的眼神，邹珊珊笑着说：“因为知道郭子晋师兄来，所以其他人都吓得躲出去了。”

我重复道：“躲？”

郭子晋是说话难听些，但也不至于到集体躲着他的程度吧？

“是啊！”邹珊珊解释道，“我听办公室的人说，他们很怕郭子晋，有郭子晋在，他们谁出去乱搞了，谁接受了贿赂，不用多说，他一眼便能看出来。”

哦，也对。

“你和我师兄是怎么认识的？”邹珊珊对郭子晋的称呼渐渐变得亲切起来，她边打开办公桌的抽屉边问，“我看你不像是法医专业毕业的。”

我把和郭子晋事先商量好的说辞告诉了邹珊珊，可她似乎并不相信。邹珊珊手里把玩着酸梅，却不急着给我，问我：“你知道唐菲这个人吗？”

“不知道。”即便我好奇郭子晋和唐菲的关系，但我也不会无聊到四处打探郭子晋的隐私，“我可以走了吗？郭子晋还在外面等着呢！”

邹珊珊像是没听到我的话似的，继续追问：“你知道也好，不知道也好，我给你提个醒，郭子晋，不是你能碰的人。”

“恕我直言，虽然我认识郭子晋没几天，但给我提这个醒的，你还真不是第一个。”

呵呵，什么拿酸梅，我算是看明白了，完全是醉翁之意不在酒。

“郭子晋我自然高攀不起，酸梅我还是买得起的。酸梅，你留着自己吃吧！你天天对着死尸，你比我更需要！”

邹珊珊快速绕到我面前挡住我的路，平视我的眼睛，话语里充满了复杂的意味："郭子晋自私又自利，除了案子，他什么都不关心。你以为他带你去吃泰国菜，你以为他等你，算是对你好了？你等着看吧！在你和案子中间，郭子晋永远会选择案子，丢下你。"

"呵呵。"我冷笑道，"你还挺懂他的？"

"当然。"邹珊珊极为坦白，"我表姐唐菲，便是郭子晋的前女友。"

哦，前女友。

这时，早就不耐烦的郭子晋在外面敲门问道："好了没有啊？成书瑶，你是拿酸梅还是种酸梅啊？"

"既然唐菲是郭子晋的前女友，你是唐菲的表妹，你的态度会不会太奇怪了点？"我没理郭子晋的催促，淡定地说，"我一点都不觉得你也不喜欢郭子晋。"

"我没说我不喜欢郭子晋。"邹珊珊把酸梅塞到我的手里，凑到面前看我，"我说你碰不起，但不代表我碰不起。这个世界上，能配得上郭子晋的人，只有我邹珊珊一个。"

我干笑着打开袋子，自顾自地拿出一粒酸梅塞到嘴里。剩下的那些，我又还到邹珊珊的手里，说："你没必要对我敌意这么深，我对郭子晋不感兴趣。我只是他的邻居，凑巧因为现在的案子认识了他而已。"

"是吗？"虽然邹珊珊没有郭子晋一眼看透人心的本领，可她的眼神也极为锐利，"是你自己还没意识到吧？成书瑶，其实你很享受郭子晋的安排。"

我略微呆愣了一下。

"到底好没好？"郭子晋脑袋上的头发再一次被他揉得乱糟糟的，"你再不走，我可自己去吃了！"

"来了！"

唉……

看着在我面前畅快地吃着咖喱牛肉的郭子晋，我忍不住发出第三次长叹。

郭子晋头都没抬，问："你真的不吃点吗？饭菜不合胃口？"

在郭子晋把油汪汪、带着酸辣气息的食物递过来之前，我赶紧连连摆手道："不用了，我喝点茶就可以了。"

郭子晋的黑眼圈深重，这显得他的皮肤更加苍白。反正没事儿干，我便开始细致地研究起他的脸来："郭子晋，你是不是一天一宿没睡过觉了？你都不会困吗？"

"不会，"郭子晋动作灵巧地用勺子舀起牛肉，说，"好久没碰到这么让我兴奋的案子了，对我来说，破案的过程就像坐云霄飞车一样刺激！不抓到凶手，我根本没时间犯困。”

除了会笑会说话，我觉得郭子晋工作起来完全像一台机器。

郭子晋继续专注地吃着食物，我也不再多话。邹珊珊的话我没有和郭子晋说，唐菲的事情我同样没多问。不过，好奇的想法跟猫爪子挠似的，我不断地在脑子里幻想着郭子晋的女朋友会是什么样的人。

吃完饭回去的路上，我问：“侦探的生意好吗？来委托你的，大部分是有钱人吧？”

郭子晋像是受到了亵渎似的，他皱眉批评我说：“侦探不是生意，你见过有几个人靠这个发家致富的？”

“别人或许没有这个能力，”认识时间虽然不长，但是我对郭子晋有一种盲目的信任，“但我相信你是肯定可以的，毕竟像你这样头脑好使的人太少啦！”

郭子晋被我表扬得很高兴，脸上的不快瞬间散去。可能是因为肚子填饱了，郭子晋也不像往常说话那般尖酸：“我头脑确实是要好一些，可没有人会把侦探这个行业当成一门生意，我觉得，你把它说成是手艺要更贴切些。”

“那你这手艺可不是普通人能学到的。”我真心实意地恭维说。

“是啊！”郭子晋的脸因为我的赞美有点红，“我要感谢祖师爷赏饭吃。”

我们两个有一句没一句地搭着话，等到了公寓楼下时，天已经黑了。

我正打算回头问郭子晋关于尸体的问题，他却突然毫无预兆地朝楼上跑。

“郭子晋！”

我刚想上前去追，一楼的楼管便双手插兜，问我：“小姐，怎么了？郭先生是不是又打扰到你了？”

楼管的嗓门大，吓了我一跳。

在确保自己不太尴尬的情况下，我拍拍胸口说：“没什么，郭先生人挺好的，我们相处很愉快。”

楼管抱臂，笑呵呵地问：“我昨天晚上没当班，我听我同事说你家里有巡捕来了，是家里出了什么事情吗？”

“楼管大哥，你不知道巡捕上门就是因为郭先生扰民吗？他哪有不扰民的时候。”

郭子晋说过，千万不要打草惊蛇，我自然也不敢说太多。

“呵呵呵，好吧！”楼管大哥识趣地回屋了，“那有什么事儿，你一定要跟我说。你房东今天来的时候还特意嘱咐过我，让我多关照关照你。”

“我房东今天来了？”我问。

楼管答：“是啊！下午三点多来的吧……我也记不太清了，这会儿估计早走了。”

简单闲聊几句，我便没了话题。正好警卫室的电话响，我也找到了理由离开。

我走进了门廊，却发现郭子晋并没进屋，他面容凶狠地在门廊里来回踱步。走廊里的灯忽闪忽闪的，照得郭子晋煞气十足。

“怎么了？”我小心翼翼地问郭子晋，“你不进屋，在这儿晃荡什么？吃饭吃撑了？”

郭子晋大手一挥，指着我的屋门怒道：“你去看！你自己进屋看！”

屋里还有尸体，我感觉有点怕怕的。但郭子晋现在气成这样，我已经不指望他会和我一起进去。我壮着胆子推门进去，门推到一半，门板便撞到了一个软乎乎的东西。

屋里的灯光透了出来，我头皮瞬间炸开，手脚冰凉。

我们走的时候，是白天，屋子里根本没开灯。

失踪的尸体

Chapter 3

郭子晋嫌我动作慢，一把便推门进屋。我眯缝着眼睛跟在郭子晋身后进屋，却看到一个躺在地上、一身血迹的人。

我猛地瞪大眼睛："房东！"

"跟我进去！"郭子晋拉着我边往屋里走边说，"你房东完全是个二百五！他没事儿跑来干什么？不用说，肯定是他打开的门廊和房门……"

郭子晋带着我进了卧室，这下不用他说，我也能猜出伤害我房东的人是谁了。

卧室里，被撕掉了壁纸的墙上，如今只剩下一排坑洞。本应该码在坑洞内的四具尸体，全都不翼而飞！

"怎么会这样？"我感到无比惋惜和痛心，"尸体哪里去了？没有尸体的话，破案难度是不是要加大了？"

郭子晋没工夫理会我，他气得不停地在原地暴走："每次都是！每次都是！只要我有单独办案的机会，肯定会有这样那样的干扰！"

我比郭子晋要理智些，说："我们是不是应该先报警，然后叫救护车？我看我房东那样……"

"叫救护车也没用了。"郭子晋看了地上的房东一眼，"我检查过了，你房东已经死了！我猜也能猜到，他可能无意间看到了凶手的样子。这人真是蠢得要命，竟然随便给别人开门！"

虽然我的房东之前不同意我退租，可我觉得他人还是很不错的。最起码在临死前，他还会交代楼管照顾我……郭子晋冷漠的样子让我承受不了，我气得眼泪往下掉，大吼着骂道："郭子晋！你还有没有点人性？我的房东，他也是你的邻居！就算你们的邻里关系再不好，你也不应该在他惨死后这么说他！你对一条生命，是不是应该有最起码的尊重？"

我不看郭子晋，抖着手去报警。

没多久之后，巡捕和救护车一起来了。简单地录完笔录，我直接开门离开。

郭子晋从楼上追下来，站在单元门口叫我："成书瑶！大晚上的，你干吗去？"

"我回家！"这一次，即便是挨我妈和继父的骂，我也不要跟郭子晋住在一起，"我不想跟你这个冷血的人住在一起！太可怕了！"

我气呼呼地跑出很远，肺腔里被空气撞得发疼。这时候，我这才想起自己身无分文。

在战火纷争的年代里，北州是个很怪异的存在。别的地方常年征战，这里还是一片歌舞升平。晚上的北州，热闹无比。整个北州就像是一个大熔炉，将各式各样的人推到里面，沾染上斑斓的色彩。想起解剖室里的江彩琴和不翼而飞的四具尸体，我心里更多的是对死亡的悲悯。

一连杀了六个人……这个凶手，简直让人震惊和寒心。

我失魂落魄地在大街上闲晃完，最后只好先去同事魏可可家借宿。虽然魏可可家地方不大，但总比我自己流落街头好。

魏可可跟我一样，也是一个人留在北州。为了供养在老家的弟弟，魏可可每个月的收入基本都寄回老家了。魏可可节衣缩食，跟七八个人一起，住在合租的房间内。

"你怎么穿成这样？"魏可可给我开门时大为震惊，"哪来的制服？你这是搞派对去了？"

我无法给魏可可讲述我这一天经历的事情，不然我很担心她会把我当成精神病患者。我随意地敷衍她几句后，魏可可试探着问我："你和楚南吵架啦？"

要是魏可可不说，我真的已经忘了楚南这个人了。案件不仅仅刺激了郭子晋，连带着我，也亢奋得跟打了鸡血似的，一天到晚连轴转。

我叹了口气，问："可可，你有没有觉得，现在的生活很无聊？"

"无聊？"魏可可的大眼睛转了一圈，她嘟起嘴，"不会啊！我每天的生活很忙碌很充实，每当我攒够钱往家寄的时候，我都会很有成就感，很开心。"

这便是我问题的症结所在。

和魏可可不同，我没有值得奋斗的目标。父母离婚后各自成家，并且又各自有了新的子女，我不需要过分担心赡养老人的问题。但是，和魏可可不同，我没有自己热爱的事业。我只有一份不轻不重、不痛不痒的文员工作，每天都在无限循环中度过，以此消耗我的人生。

晚上，我和魏可可早早躺下休息，可我怎么都睡不着。租户们的呼噜声、交谈声、脚步声，以及男女夜里的亲昵声，好像都被放大了许多倍……估计是受郭子晋的影响，我现在看什么都感觉不一般。

第二天一早，报纸上竟然刊登了墙内发现五具尸体的新闻，整个北州都因为这个案子而轰动，人心惶惶。媒体报道、大众舆论，甚嚣尘上。各行各界一致表态，强烈谴责杀人凶手灭绝人性的行为。

为此，巡捕房承担了巨大的压力。魏可可看到我家楼下挤满了记者，低呼道："瑶瑶，这是你家吗？你家墙里真的有死人啊？这简直太可怕了！"

如今我已经淡定多了，回道："确实是很可怕，希望能尽早结案吧！"

魏可可对我的遭遇表示理解和同情，她热情地欢迎我在她家长住。然而我还没想出理由拒绝，楚南便追着找了过来。

"瑶瑶，出了这么大的事儿，你怎么不和我说？"楚南是又气又急，"你还好吧？受伤没有？"

我无奈地跟楚南解释道："我家墙里确实发现了死尸，但不是发现了凶手……那个，我是想说，我没事儿，我挺好的。"

"去我家住。"楚南不由分说地拉着我往外走，"你家的东西都不要了，我给你买新的。走吧！去我家，别在这儿给可可添麻烦了！"

我赶紧甩掉楚南的手，笑着说："一点都不麻烦可可！凶手还没抓到，可可自己一个女孩子住也不安全。我最近先在她家住着，我俩一起上下班，还能有个伴。"

楚南说不过我，只好作罢。

周一我和魏可可一起坐电车上班，车厢里几乎所有人都在关注这个案件报道。闫树海出面代表巡捕房表了下决心，说是会尽早破案，可大众更希望看到案件的进展，而非冠冕堂皇的说辞。

中午休息的时候，我特意看了看前台的小妹。我来这家公司也有一段时间了，前台是什么来头，我还真没有注意过。

电梯里，魏可可对我的行为表示奇怪："你怎么突然对前台同事这么感兴趣了？莫非想抢她的工作？"

"不是。"我想了想，对魏可可坦白，"墙里的五具尸体，其中一具便是这个职位。她死了，公司里居然没人发现。可可，我如果哪天意外死了，你会记得我吧？"

跟我的小忧伤相比，魏可可对案件更感兴趣，她追问道：“你是怎么知道的？报纸上根本没提到死者的私人信息呀。”

电梯里的人全都回头看我，这让我十分尴尬。在其他人对我发问前，我拉着魏可可出了电梯。

看着饱受好奇心折磨的魏可可，我轻描淡写地将周末的事情说了一下。

“哇哦！”魏可可的眼睛放光，“这简直是太酷了！你隔壁的侦探太厉害了！瑶瑶，你还能问到案情吗？你问到案情，可以告诉我吗？”

我苦闷地叹了口气：“我骂他是机器，没人性……以我邻居那么小心眼的性格，八成他这辈子都不会想见我了。”

我工作的地方在商业区，中午吃饭的时候，各个餐厅全都人满为患。我和魏可可等了好一会儿，才排到我们。然而我们的屁股还没坐热乎呢，旁边桌几个男人就开始热烈地讨论起来：

“你们看报道没有？昨天民居里挖出来五具尸体，简直太吓人了！”

“还有那个房东……啧啧啧，从新闻上的照片看，那房东脑袋都被打爆了！”

“我先出去待会儿！”我脑海中反复重现着在解剖室看到的场景，嘈杂的环境使我的情绪渐渐变得焦躁，“可可，饭好了你叫我。”

我几乎是跑着从饭店里出来，站在大街上大口大口地喘着气。眼前明明是我熟悉的生活，却让我十分不自在。

到底是哪里出问题了？

我站了十多分钟，旁边桌的几个人已经吃完饭离开。魏可可叫我进屋，猛然间，我竟然在人群中看到了郭子晋。

我还是第一次在如此正常的场合碰到郭子晋，他穿着西装西裤，长手长脚，从容优雅。在我的印象里，郭子晋该是常年在家拉着厚窗帘，研究案件。

现在他如此明晃晃地站在太阳下……感觉倒也不坏。

郭子晋并没看到我，他不断地打量着跟他擦肩而过的人，似乎在找寻什么。我犹豫着要不要上前跟他打个招呼，但又想不到该如何开口。

正在我左右为难的时候，魏可可帮我解决了这个问题。

“瑶瑶！”魏可可见我站在饭店门口半天没动地方，便上前拍拍我的肩膀，“你傻站着干什么呢？快去吃饭吧！不然我们该——我的妈呀！你谁啊！”

郭子晋顺着魏可可说话的声音看到我，迅速而又突兀地走了过来，吓了魏可可一跳。我安抚地握着魏可可的手，介绍说：“这是我的邻居，郭子晋先生……这位是我的同事，魏可可。”

“啊，你就是那个侦探？”魏可可对郭子晋非常有好感，“侦探先生，你出来办案吗？赶时间吗？要不要跟我们一起吃个饭？”

郭子晋上下打量了魏可可一下，十分没礼貌地忽略掉魏可可的话，转头对我说：“成书瑶，你在这儿干吗呢？”

“我现在午休，来吃饭……”

郭子晋没提上次分别时的不愉快，我自然不会主动去提。魏可可稍显尴尬地站在一旁，我无奈地帮着郭子晋打圆场：“可可，你先去吃饭吧！我等下过去。”

魏可可刚一离开，郭子晋便迫不及待地问：“成书瑶，一般来这边吃饭的，都是什么人？”

郭子晋显然没把我上次的话放在心上，我真不知道是该高兴还是难过。

我陪着郭子晋沿街溜达，说：“这条街上的饭店、餐馆里都是家常菜，你也看出来了，环境不是很好。一般的话，收入低一点的职员会在这里吃饭，好吃又便宜。收入高的话，那条街的饭店，消费要高点。”

郭子晋没有回答，似乎在思考什么问题。

“你来查案子的吗？”我的烦闷感顿时消散，“案子现在怎么样了？昨天有进展吗？”

本来我只是抱着试试看的心态询问一下，以郭子晋的性格，他会告诉我才奇怪。

不过，我似乎又看错了郭子晋。

他很坦然地告诉我：“昨天我跟闫树海再次检查了墙壁，发现凶手虽然清理过现场，但还是留下了些许被害者的痕迹。加上我之前查到的关于尸体的一些线索，基本确定了几位死者的身份。”

“有什么发现？”

“四名死者可能都是高收入人群。”郭子晋仰头看了看对面的高楼，“而且，他们极有可能跟江彩琴是同事。不过，目前还没有拿到正式的检测报告。”

“啊？”我听不懂，“这能说明什么？”

“说明很多啊！”郭子晋继续往前走，不急不缓地问我，“你还跟着我往前走？你不用去吃饭了？”

我害怕郭子晋不带我去，赶紧撒谎道：“我不饿，我都坐一天了，正好溜达溜达……你在这儿溜达，是想查到什么，想要找什么人吗？”

郭子晋再次停下，他回头笑着看我：“不错，有进步了，居然能看出来我是来调查的。”

“这个很好猜啊！”我耸耸肩，尽量不让自己的样子看起来太得意，“在这种情况下，能让你从屋子里走出来的，也只有查案子了吧？”

“这……有道理。”郭子晋赞扬地点点头。

我们两个顶着大中午的日头，漫无目的地在街上游走。我虽然不知道郭子晋在找什么，但郭子晋对路线的选择很有章法……

果然，我们刚走过一个路口，郭子晋突然跑了起来。

经过前天晚上的事儿，我瞬间明白过来，郭子晋一有这样的举动，肯定是因为他发现新的问题了。我也不再喊他，撒腿去追。

如果不是郭子晋停下来，估计我玩命跑也追不到他。我以为郭子晋是找到了案情的线索，可我赶到时，郭子晋正忙着和一个美女搭讪。

我颇为尴尬地跑过来，此时却不知道该如何是好。郭子晋忙着和人搭讪，我总不好上前说话。而我现在要是掉头往回跑，也是够丢脸的。

“你在这儿干吗呢？”搭讪完的郭子晋拍拍我的肩膀，他误会了我的来意，“你认识她？”

“不认识！”我的脸都红了，“你认识她？”

我打量了一下郭子晋搭讪的女人，她正满脸期待地看着郭子晋。

“你跑了这么远的路，就是为了追她？”他的眼光可真不怎么样。

郭子晋笑笑，问我：“成书瑶，你下午有事儿吗？”

我想起办公桌上堆着等待打印的文件，想起下午即将召开的会议，想起要为老板准备按时服用的雪蛤油……我忙得都要脚打后脑勺了，我说出口的却是：“我没事儿，我闲得很！你要去哪儿？需要我跟着一起去吗？”

“你真的有时间？你每天不应该很忙吗？”郭子晋的眸子在日光下看着更亮，他似乎看透了我的谎话，但并没拆穿，“我马上要去江彩琴的出租屋看看，你如果能跟我一起去，我调查起来更加方便。”

我怕郭子晋反悔，立马拉着他往路边走：“我能啊！我有时间！我们老板出差了，所以我最近闲得要命……但是我可一点都不专业，带着我，会不会给你办事儿添麻烦？”

“不会。”郭子晋的手指插在一起，“我去的话，很容易让人起疑。男人查案就是这点不好，很容易让人产生抵触情绪，让人感到危险……如果带着个女性一起，可能要好很多，会增加别人对我的信任。”

我似懂非懂地点点头：“所以，你带着我，是希望咱俩在神不知鬼不觉的情况下潜入出租屋是吗？到时候我们要怎么办？一个进到屋里，一个在屋外放风吗？还是……”

“哈哈哈！”

郭子晋扶着电线杆子，笑得直不起腰来了。我被他羞得满脸通红，怒道：“你至于笑成这样吗？”

郭子晋没再说什么，沉默地带着我往前走。

“走吧，我们去江彩琴的出租屋。”

我也顾不上请假了，更顾不上可可了，也跟了上去。

到了江彩琴租住的地下室，迎面而来的潮腥味让我忍不住皱眉：“这里能住人吗？在这种地方住的时间长了，身体是会出毛病的吧？”

郭子晋依旧没理我，继续带着我往里走。

江彩琴住的地方，是大楼的地下室管道层。地下的位置被隔断，打造成一个个十平方米左右的小屋，没有窗户，即便是白天，走廊里也开着灯。由于空气不流通，这里臭味特别明显。

“这间是江彩琴的屋子。”郭子晋用手挑了一下门板上的锁，“奇怪，上面没有灰尘……”

“没有灰尘？江彩琴是每天都回来住吗？”我接过话，瞬间感觉背后凉森森的，“门既然被锁上了，那我们来这儿找什么？”

“没什么。”郭子晋挠挠下巴，“我们来找人。”

郭子晋说找人，那我只好耐心地陪着他等。这里时不时有男女经过，他们经过时都会神情怪异地瞄我们两个人一眼。

我被看得浑身不自在，不住地往郭子晋身后躲。

“你有没有觉得……”我舔舔唇，“你有没有觉得，他们的眼神……”

“很暧昧？”郭子晋明白了我隐喻的意思，点点头表示同意，“是的，而且，他们的暧昧简直是太露骨了。”

我打了个哆嗦。

没多久，一个操着浓重北方口音的中年妇女走过来问我们：“你们干什么的？忘带钥匙嘞？”

“是啊！早上上班太着急，钥匙落在里面了。”郭子晋眼角上挑，浓浓的笑里带着暖意，“大娘，你是舍管吧？你那儿是不是有备用钥匙？你能帮我开下门吗？”

“你们是什么人？”

郭子晋拉着我，陪着大妈去拿备用钥匙，他笑眯眯地问：“是不是该交房租了？正好我俩今天回来得早，我直接把房租给你得了。”

“那是最好不过的了。”大妈拉开收发室的门，里面的味道不比走廊里好多少，“你们这些年轻人啊，总是喜欢拖着欠着，麻利点给钱不是大家都愉快吗？”

郭子晋干脆地付了钱，大妈便再也没有怀疑他的身份。看着大妈开心地数钱，我都为郭子晋感到心疼……为了破案，他的资金投入也忒大了。

大妈写好收据递给郭子晋，她显然对郭子晋的印象很好：“你们刚住这儿吧？好多邻居跟我投诉，说你们两个晚上太吵了。”

“是吗？”郭子晋既没承认也没否认，顺着大妈的话往下聊，“是不是给您添麻烦了？”

大妈跷起二郎腿，指指椅子示意我们坐下：“我知道你们年轻人不容易，条件稍微好一点的，谁会来租我这儿住呢？年轻人，就是精力旺盛……但是你们晚上要是吵到别人休息，那就不好了啊！唉，话说回来，现如今这个年月，谁又活得容易呢？”

我意识到大妈在暗示我们“吵”的是什么，登时羞得满脸通红。

大妈看看我红透的脸，怪笑道：“小姑娘，脸皮儿还挺薄。”

郭子晋抿嘴笑了笑，我坐在一旁，脸上热气儿冒得跟个大开水壶似的。

大妈的八卦欲望高涨，继续忙着对我们的生活品头论足：“不是我说，你们年轻人也太粗心了。你说说啊，前些天你们晒个床单，居然晒那儿五天了才收回去，是不是也太没记性了……”

大妈说得越多，我越觉得瘆得慌。

江彩琴死了一个月有余，如今不仅有人顶替她按时上下班，她家里竟然也是有人住的样子？

郭子晋发现我的不适，牵起我的手，关切地问道：“宝贝儿，你怎么了？不舒服了？是不是想回去休息了？”

宝……宝贝儿？

我瞪大眼睛看着郭子晋，可他像是没看见我的表情一样：“宝贝儿，你晕不晕？用不用我抱你回去？”

郭子晋的演技，真的是炉火纯青，被他这么关心完，我真的要晕了。

“行了，我不说了。”大妈把备用钥匙递给郭子晋，“你们心里有点数啊！”

郭子晋满口答应，接过钥匙拉着我往外走。

出了收发室，我赶紧甩开郭子晋的手：“我不要进去了……我怕。”

“怕什么啊！”郭子晋把铁钥匙凑到鼻子前嗅了嗅，“有人鸠占鹊巢了！”

郭子晋说的话让我又一次胆战心惊，我问道："那，江彩琴这一个月都有上班，你要怎么解释？"

郭子晋的鼻尖上蒙了一层细密的汗珠，他笑得神神秘秘："想知道，那你跟我进去看看不就得了？"

"不行，不去。"我嘴上说着不去，腿却已经不自觉地开始往江彩琴的屋门口迈，"郭子晋，我跟你说，我胆子其实一直都特小。上学的时候，我晚上起夜上厕所都要拉上我旁边床的女生一起。我还是不……啊！"

在我没做好准备时，郭子晋已经动手把江彩琴的屋门打开了。他担心我的叫声引来其他人，便眼疾手快地将我拉进他的怀里。

他的力度太大，我鼻骨撞到他硬邦邦的胸口，痛得我眼泪直往外流。

郭子晋身上充斥着淡淡的薄荷香气，比空气好闻多了。我恨不得让鼻子长在郭子晋衣服上，这样就不用被地下室恶劣的空气折磨……但现在急着办案，郭子晋才不会理会我受伤的鼻黏膜，他拉着我，嘱咐说："你可千万别露馅，不然的话，咱俩又要进巡捕房了。"

进巡捕房？这我可不想。既然已经打开门了，我便不再挣扎。我一只手捂住嘴，一只手捂住眼睛，诚惶诚恐地跟着郭子晋往屋里走。

虽然这间卧室只有十多平方米，但收拾得十分干净整洁。简易的衣柜里，放着寥寥几件衣物；由于房间潮湿，放在一旁的行李箱长了一层淡淡的霉斑；床上放着洗好的被单，看样子应该堆了有几天了；桌子上面放了一台收音机，郭子晋用手摸了一下……没有灰尘。

"我猜，有人故意晚上开着收音机。"郭子晋指指桌上说，"这样一来，其他住户自然以为这间屋子有人住。"

"收音机啊！"我感叹道，"很贵呢！"

"想想他杀的那些人吧！"郭子晋说，"买一个收音机而已，对凶手来说不是什么难事儿。"

我想了想，不知道该说什么好。

郭子晋拉开衣柜，又使劲嗅了嗅，问我："你闻到什么没有？"

"什么什么？"我学着他的样子，使劲嗅了嗅，"闻到了，霉菌味儿。"

郭子晋显然跟我闻到的不是一个东西，他从西装口袋里拿出塑料手套戴上，动作利落地伸手到衣柜里翻找……没费太大力气，便拎出一件女士内衣递到我面前。

"是这个。"郭子晋更加确定自己的想法，"这……你是不是也用这款香水来着？"

我是一点都没闻出来，“女人的内衣上有香水味儿，这有什么好奇怪的？”

郭子晋刚打算解释给我听时，门外走廊闪过一个人影，快速地向外跑去。我看得很清楚，那个人影刚才的姿势，很明显在往江彩琴的屋子里偷看！

虽然只看到个背影，我依然可以肯定，刚才在门外偷看的一定是个女人！

不用郭子晋多说，我第一时间冲了出去。

这是一种很奇妙的体验，一种我从来不曾有过的体验。我将所有注意力全都集中在即将消失的人影上。我的脚上穿着高跟鞋，但我依旧觉得自己的动作灵活轻便。我全身的血液都在沸腾，胸腔里的心跳得无比迅速。

在我看来，自己的速度已经很快了，可我身后的郭子晋还是感到不满意，尤其是跑到走廊里时，郭子晋更是气恼我挡住了他的路。

看人影马上要跑不见了，我大喊大叫道：“郭子晋，你快追！她要跑了！”

“你闭上嘴！”郭子晋在我身后干着急，“我看到了！”

过道狭窄，我给郭子晋让开路。我们俩从地下跑到地上，从楼里追到了楼外。眼看快要追到时，郭子晋竟然不跑了。

“你怎么当侦探的？”我眼睛急红了，态度恶劣地对着他发脾气，“你这才跑了多远你就跑不动了？侦探、巡捕要都像你这样还用不用破案了？”

郭子晋挑高眉头，目光炯炯地看向我：“成书瑶，你所有的益智项目是不是都锻炼在怎么长肉上了，脑子却是空的？”

郭子晋把头偏到一边，并不看我。

“好嘛，我真不是故意挡住你的路的。”我冷静下来，怀着歉意说，“可我也是好心啊！我正好看到那个人往里偷看，我又正好站在门边，正好门是开着的……我是想帮忙破案的。”

郭子晋头偏得更加厉害，他依旧不看我。

“我知道你找线索不容易，我也清楚事情多严重……要我怎么样你才能不生气啊？”

如果说郭子晋对我大吵大嚷，没准我还不往心里去。他现在这样，我心里反而愧疚、自责得更加厉害。

我说完话，他的后背猛抽了几下。我以为他被我气哭了，便扳过他的肩膀……结果看到郭子晋憋笑憋得脸都扭曲了！

“喂！”我不满道，“你又耍我！”

郭子晋整理整理凌乱的西装领口，微笑重新出现在他脸上：“我没有耍你的意思，我只是说你脑子不好，可我从来没说你闯祸了啊！”

是，他是没说过，可他表现出来的明明是这个意思啊！

郭子晋颇为得意地说："好吧，不逗你了，那个人是我故意放走的。"

"你就吹吧！"因为刚才郭子晋耍我，现在我忍不住想要气他，"自己技不如人没抓到，找那么多借口干吗？"

郭子晋嘿嘿一笑，俊朗的五官在阳光下面熠熠生辉："别说就只跑了这么几步，就是让我抱着你从北州跑到东州，我都能追上她！侦探、巡捕要都像你以为的那样，确实不用破案了。"

我盯着郭子晋看了好一会儿，不无感慨地想：这个人，还真是又好看又自恋啊……

"这个人不追上，也没什么要紧的，很可能只是个小卒罢了。"说完了气话，郭子晋开始分析案情，"江彩琴在一个半月前去公司面试，一个月前她才正式上班。很多同事还没怎么记住她的容貌，她便遇害了……"

走在车水马龙的大街上，听郭子晋分析案件，真是特别怪异。

"凶手杀害了江彩琴，可他不想让别人发现江彩琴死了。所以，他找人顶替江彩琴上下班，然后每天亲自过来，制造有人在屋里生活的假象……至于为什么不让别人过来，我想，这是因为他对顶替的人也不是百分之百放心。"

"那为什么今天来出租屋的人不是凶手？"我不解。

"很简单啊！"郭子晋枕着自己的手掌望着天，"凶手发现我在查他，所以想先一步毁掉证据。可凶手不能自己出面，所以只好派别人先过来。"

"证据？"听到有新的证据，我兴奋得两眼冒光，"什么证据？你找到没有？给我看看好吗？"

郭子晋用手拍拍我的头顶："少安毋躁。难道你不想知道刚才跑掉的女人是谁吗？"

"是谁？"我由衷地赞叹道，"不会吧，只是看一看背影，你就已经知道是谁了？你也太神了吧？"

郭子晋突然谦虚起来："哪里哪里，神倒不至于，只是我确实很聪明而已……刚才跑掉的女人，是我刚才在那条街上搭讪的女人。即便她换了衣服，我还是一眼认出她的特征来。凶手这两天忙着盯我们，又要忙着弃尸、杀人，肯定不会面面俱到。没能通知那个顶替死者上班的女人早点离开，这是凶手犯的第一个错误。"

我瞬间醒悟过来："你过去搭讪，是因为你早就清楚那个女人的身份了？我说巡捕房怎么一直没公布死者的身份呢，原来是怕打草惊蛇？行，这个我明白了，可你说的出租屋里的证据……"

就在这时，我身后不远处突然传来一声震天的爆炸声响！

我想说的话，被生生咽了回去。附近大楼的玻璃都被震碎，窗户上掉下的玻璃碎片吓得路人惊慌失措，四处乱跑。一时间，街上吵闹声喧天。

“打仗了！打仗了！南面的部队打过来了！”不知道是谁在喊。

郭子晋半搂住我蹲在地上，我从缝隙间看到，江彩琴出租屋所在的大楼下面冒着滚滚的黑烟和火星。

要是郭子晋跑得慢几步，现在的我们就葬身火海了。

“这是爆炸了？”我被浓烟呛得直咳嗽，傻愣愣地问郭子晋，“应该……不会是意外吧？”

郭子晋拉着我从地上站起来，随手拍掉自己身上的灰尘，说：“很显然，这不是意外。”

“不是说有证据在那儿吗？你怎么这么淡定啊！”我扯着郭子晋的袖子往回跑，“虽然爆炸了，可说不定还能留下什么呢！”

郭子晋依然站在原地未动，我去拉扯他，反倒被嫌弃了。看郭子晋不着急的样儿，我只好揶揄道：“你要是怕危险的话，你告诉我，我去帮你找好了！”

“你不用这么激动，”郭子晋漫不经心地说，“破不了案子，丢脸的是我。话说回来，成书瑶，你是不是该去上班了？”

郭子晋说得有道理，我确实是有点激动过头了……可不知道为什么，自打见过凶案现场之后，我对生活中的其他人和事都失去了兴趣，如今我的关注点，全在案子上。就像打开了潘多拉的魔盒，一发不可收拾，无论怎么打压，都收不回去。

“我理解。”在四下乱跑的人群之中，郭子晋显得十分淡定。他顺手为我擦掉鼻子上的灰，说：“成书瑶，你是个有血有肉的人。你觉得你房东对你好，现在他死了，你想帮忙想出力……虽然我不懂你这是什么样的情感，但是我看出来了。”

“郭子晋，对不起，我那天的话说严重了。我说你冷血……”

“不用道歉，你说的都是实话。”郭子晋脏兮兮的脸上挂着无所谓的笑容，“除了死人，其他的怎么样我根本不在乎。你应该也能看出来，我全部的精力都放在案子上。其他人的事儿，跟我一点关系都没有。”

虽然郭子晋在笑，但他说的话，简直是太让人心寒了……

说的人和听的人，都感到心寒。

“好了，要说的就是这么多。”郭子晋拍拍他西装口袋侧面的位置，笑道，“证据其实我已经找到了，我早就猜出凶手会跑来毁尸灭迹，事实上我还特地让闫树海派人将大楼附近戒严了，但我没想到，凶手竟然如此心狠手辣……一会儿，我要去巡捕房，你有事儿吗？如果有事的话，那……”

“我没事儿！”我努力让自己的样子看起来很开心，“我今天下午都不用去上班了，我有时间跟你一起去。”

“行了。”郭子晋推开我的脑袋，昂首阔步往前走，“不用摆出这样的表情，好像你多可怜我似的。”

郭子晋说得没错，我确实感觉他很可怜。郭子晋的智商高，我们一般人很少能看懂他看懂的东西。他把自己看懂的东西告诉我们，可我们完全理解不了。理解不了不说，其他人还清一色地嘲笑他是精神病，是怪人。同学、邻居都躲着他、怕他，父母也不理解他，唯一一个关系好些的师兄，还是因为工作上有求于他。

我看看前面走着的郭子晋，突然觉得，他其实活得挺孤独。

我快步跟上，不再多说一句话。在郭子晋面前，即便是再微小的感情宣泄也会让他看出破绽来。

我们两个满身是灰，直奔闫树海的巡捕房。等我们到的时候，闫树海正在门口等着。闫树海不停地在巡捕房大门处绕圈走，发型稍显凌乱。见到郭子晋，闫树海立刻跑了过来：“子晋啊！这次真的是出事儿了！你不是让我派人去盯着出租屋吗？巡捕房的人刚才来电话说——”

“爆炸了，我知道。”郭子晋的脚步不停，话说得跟脚步一样快，“我正是从爆炸现场过来的，现在我要用一下化验室，里面有人吗？”

“你要用？”闫树海擦擦脑袋上的汗，迅速往楼上跑去，“你等着，我去给你清场！”

刚才在路上我没太好意思说话，现在到巡捕房了，我问道：“郭子晋，你说你拿到证据了，你拿的是什么证据？”

“你也看过了。”郭子晋从他西装里面的大口袋里拿出来一件东西，“是江彩琴的内衣。”

“内衣？”我看不明白了，“这算是哪门子证据啊？这内衣又不是江彩琴临死前穿的，凶手即使留下证据也不会留在这里呀！”

郭子晋不再说话，快步往化验室走。我小跑着跟上他，心里充满了疑问。

到了化验室，郭子晋自顾自地开始工作。闫树海和我站在一旁，他小声问道：“你和子晋去出租屋，你们见到凶手没有？”

我实话实说：“没有，只有一个女人，但他说那个人不是凶手。”

“哦，你说的是那个替江彩琴上班的女人？”闫树海的脸上满是失望，“子晋昨天就安排我盯着那个女人，虽说这样能顺藤摸瓜找到线索，可凶手实在是太狡猾。就在刚才，我们把那个女的带回来了，可是她说她根本没见过凶手，也不知道杀人的事儿……嘿，你说气不气人？”

闫树海的压力似乎有点大，喋喋不休地跟我唠叨个没完。

“你们能不能闭会儿嘴？”

郭子晋不耐烦地大力拍了下桌子，闫树海立刻收了声。

闫树海对郭子晋寄予了很高的期望，他再三拜托：“有什么需要你告诉我，我都给你准备……老天保佑，赶快抓住这个凶手吧！不然，真不知道要出什么乱子。”

郭子晋的回答依旧冷漠：“这还用你说？”

说完，郭子晋就将闫树海赶了出去。

闫树海看起来对郭子晋的粗鲁挺无所谓的，可我这个外人看了却很难受。

“你对闫树海是不是有点太凶了？”虽然闫树海不会破案，没脑子，可我觉得闫树海还不是太讨厌，“其实你转变下说话方式，可能……”

“成书瑶，你过来。”郭子晋对我招招手，他展示给我看，“这是我刚才做的检测，是江彩琴内衣上的香水痕迹。对此，你有什么想说的？”

唉，我就知道郭子晋听不进去我的劝告。我顺着郭子晋的思路往下说：“你的意思是，是我用的那个牌子的？”

郭子晋点点头。

纸上的分析图让我感到迷茫，除了知道那是香水，我真是什么都看不出来。

“你花重金收买了舍管，进了出租屋拿了江彩琴的内衣。现在你知道江彩琴穿粉红色 36B 的内衣，你还知道江彩琴用这个牌子的香水，然后呢？”

“拜托，你是女人。”郭子晋笑得讽刺而又滑稽，“如此明显的破绽，难道还要我告诉你吗？”

“愿闻其详。”

“哼，你啊，也只有这么点想象力了。”郭子晋无奈地摆摆手，“你想想江彩琴的生活条件，她的收入不高，又租住在地下室，再加上其他的生活费和杂费，她怎么会有这个能力购买这款一瓶的价格就要赶上一个月房租的香水呢？所以，江彩琴用的香水，肯定不是她的。”

我反驳郭子晋的话：“这也不一定吧。万一是朋友送的或者是商家赠送的呢？你这么说会不会太武断了点？”

“这正是问题所在，”郭子晋纤长白皙的手指在纸上划过，“看到没有？香水的喷点都集中在胸部位置，而且喷点之间的间距十分小，小到可以忽略不计。由此可知，江彩琴喷香水的时候，香水的喷头离她的内衣是非常近的。在江彩琴家你也看到了，江彩琴并不是个过分讲究吃穿的人。我分析她内衣上的纤维时，发现肩带的位置残留着男士剃须水的痕迹。”

“你的意思是，江彩琴身上的香水，是在一个男人家喷的？”我似乎听明白了郭子晋暗示的意思，“难道是凶手家？”

郭子晋放下手里的资料，笑着看着我说：“当然不是了，我猜，应该是那四具尸体中的一个。”

我从郭子晋笃定的话语里听出了他的暗示：“四个中的哪个？”

“应该是四具尸体中最后一个遇害的，他和江彩琴遇害的时间相差不到一周。”郭子晋从闫树海提供的一堆资料里翻出一份档案，“就是这个男人。”

男人叫王磊，三十来岁，两年前回国，在国内的一家知名企业工作。值得一提的是，这个人不仅学历高、收入高，还是个名副其实的“钻石王老五”。

我看着资料，继续问道：“你的意思是，江彩琴在和王磊谈恋爱？那他们会不会是得罪了同一个人，所以被寻仇的杀了？”

“他们两个是什么关系，得去王磊家检查后才能确定。”郭子晋比较谨慎，“男女之间的关系是不是亲密，可不是住不住在一起就可以下结论的。”

“好吧。”我知道，他这是又要转移地方调查了，“你什么时候去王磊家检查？”

说实话，我有点等不及了。

“等一下吧！”郭子晋低头看一眼腕表，“等我跟闫树海再交代一下。”

虽然郭子晋确实很怪，可还是让我由衷地赞叹。如果说郭子晋这样的工作狂去办公室上班，恐怕老板再也不会找麻烦了。

闲话说尽，我们起身去王磊家。这次郭子晋没有再问我，他自然而然地带着我一起了。

王磊家和江彩琴家不一样，王磊住的是高档公寓，进楼都需要身份确认。所以，当我们两个在王磊家门口被拦下来时，我都有点丧气了。

我用期待的眼神看着郭子晋，说：“现在你能怎么办，大侦探？”

坐地起价

Chapter 4

事实证明，想看郭子晋出丑实在是件不太容易的事儿。郭子晋笑笑没回答，他从西装裤兜里掏出一串钥匙，显摆地说："不用屋主确认也行，我有钥匙。"

我瞬间佩服得五体投地，"你从哪儿弄来的钥匙？总不会是王磊给你的吧？"

"王磊的尸体上。"

"……"

我们如愿以偿地进入了王磊家。郭子晋打开屋子里的灯，简短地解释道："挖出尸体后，我从王磊的衣兜里找到了钥匙。我猜这把钥匙一定会有用，所以在东西上交之前配了一把。"

连钥匙都会配……真是技多不压身，我觉得郭子晋以后即使不干侦探了，也不会失业的。

郭子晋丝毫没有因为私闯别人家而感到愧疚，虽然我很担心我们会被人抓住丢出来，但在好奇心的驱使下，我仍旧小心翼翼地跟在郭子晋后面。

"墙柜用的是钢琴漆，这漆可不便宜……海归嘛，生活注重情调。不过他没有学到情调的内涵，很可能是为了附庸风雅。"郭子晋一边走一边为我分析王磊的人物性格，"酒柜上的酒都开过了，而且大部分是烈酒，看来有酗酒的习惯；他不是过分注重家里卫生的人，家里没有烟灰缸，那应该不抽烟……"

我除了看出一屋子都是高档的家具，便看不出其他了。听郭子晋讲解完，我也跟着产生了新的疑问："江彩琴跟这个王磊，一个住出租屋，一个住高档公寓；一个穿地摊货，一个一瓶酒上万。不是我心存偏见，只是我觉得他俩真不是一路人。”

郭子晋没立即回答我，他再次拿出手套戴上。戴好手套后，郭子晋还不忘嘱咐我：“什么都不要碰，虽然巡捕房的人来检查过了，但你的指纹出现在死者家里，可不是好事儿。”

郭子晋严肃的语气吓得我赶紧将手揣到兜里。我还记得闫树海草率地认定我是凶手的情形，所以郭子晋说的也不是不可能……郭子晋吝啬地回头笑一下，继续一脸严肃地往卧室走。

呃，他是不是又在逗我？我想。

“哈……”郭子晋重重地吸了下卧室的空气，“去浴室看看。”

我紧张得要命，心都提到了嗓子眼儿。就算知道不会有人来，可我还是有一种屋主随时随地会开门抓贼的恐慌。我害怕自己不注意碰到什么留下指纹，只好用力抓住郭子晋西装的下摆跟着他走。

郭子晋瞥了眼我的手，皱眉往里走。值得庆幸的是，虽然郭子晋不高兴，但他默许了我的小动作。

“是这个剃须水。”郭子晋的嗅觉跟警犬一样灵敏，他将闻过的瓶子递到我的鼻端，“我有充分的理由怀疑，江彩琴和王磊，他们确实保持着亲密的关系。”

“可是我没看到女士香水啊！在江彩琴家，我也没有看到。”我鼻腔被剃须水刺激得有点痒，“既然他们两个关系亲密，王磊为什么不把香水送给江彩琴呢？难道说，凶手把香水拿走了？”

“凶手拿走了香水也不是不可能啊！”郭子晋似乎也没太想明白这个问题，他随手打开浴室柜的门，“只是现在，我还不知道凶手为什么这么干。”

“对不起，你说什么？”我不敢置信地掏掏耳朵，“最后一句话，你再说一遍？”

郭子晋笑得无所谓：“我说我不知道啊！你干吗这么惊讶？我又不是老天爷，我怎么可能什么都知道？我要是什么都知道还当侦探？我直接去算命好了。”

“可是你明明就摆出自己什么都知道的样子啊！”我哈哈大笑，“原来你也有……”

“等下我们再说这个。”郭子晋将我拉过来，我们两个一起面对着墙上的镜子。此刻，郭子晋再次陷入案情里，“四个死者里，两位男性，还有两位是女性，而且全都和江彩琴在一座大楼工作，而其中一个还跟江彩琴有亲密关系。我有理由怀疑，江彩琴曾经被这四个人欺负过。”

郭子晋一说话，他呼出的温热气息都喷在我的脖子上。我受不了这种又痒又热的感觉，从郭子晋的怀里挣脱出来，红着脸问：“这话怎么讲？”

“我们先这么看。”郭子晋拉着我在硕大的浴缸边坐下，“江彩琴和凶手很可能认识，而且都居住在高档大厦的地下室。他们每日进进出出，不可避免地会接触到许多收入高的人群。女人之间总是喜欢攀比、嫉妒，江彩琴的出身极可能让那两位女死者自觉高人一等，所以看不起她。凶手为了给江彩琴出气，所以先对女性下手。”

郭子晋全身心地投入案情中，以至于完全没有意识到，现在我们两个之间的距离非常地……暧昧。

我坐在浴缸边上，他还拉着我的手不放。他炯炯有神的目光注视着我，搞得我心里有点毛毛的。

“你觉得呢？”我太久没有回答，郭子晋问我说，“你是怎么想的？”

“你不是说那四个人跟江彩琴在一栋大楼里工作吗？”我没时间再想其他的，全神贯注地和郭子晋讨论着案情，“可是江彩琴刚正式上班就被杀害了，跟她在一个楼里工作的同事，哪有机会得罪她？”

“生活的玄妙之处就在于，许多看似不相关的事儿，却有着千丝万缕的联系。”郭子晋摸摸下巴，“恐怕，这正是江彩琴被害的原因之一。”

多出来的四具尸体，增加了破案的难度，郭子晋的推理也不似最初那般自信：“王磊之外的另一个男性受害者，我还没想明白凶手为什么会杀他。不过，王磊的死，绝对是因为江彩琴的关系。凶手恐怕也是因为江彩琴发现了什么端倪，这才错手杀了江彩琴。”

郭子晋查案子的手段跟一般人不一样，他找的线索也稀奇古怪的。在王磊家先后搜集了一些皮屑组织和剃须水样本之后，我们才离开。

“我最近要住在我朋友家。”上次吵架之后，我自然不好意思再去郭子晋家住，“那个……你的费用，我还你现金行吗？”

郭子晋笑得无比灿烂：“当然可以了。”

正在我诧异郭子晋为何如此好说话时，他又一次笑着开口道：“不过，我上次说的价格，是一条命案的价格。现在案子的情况变了，算上你的房东，现在你身上可是背负了六条人命，你只需要照着上次我给出的价格再翻五倍就好了。别哭丧着脸，我已经算给你友情价了。”

“……”

我没法不哭丧着脸，按照这种方式计算，我不知道何年何月才能还完。

我试着挽救道：“郭先生，你现在这样坐地起价，不合适吧？”

“我不是坐地起价啊！”郭子晋仰头说，“你想想啊！你房东死亡时，正好咱俩在一起。即便我愿意出庭帮你做证，以我一向在法庭上的做法，我的证词法官也未必会全信。”

我皱眉，好像……是这么回事儿。

“再有啊！”郭子晋一直盯着前面没看我，“现在案子闹得这么大，时间紧，任务重。虽然巡捕们公正无私，但有时候难免会有冤假错案发生，到时候你给凶手背黑锅，也不是没可能的事儿。”

我吓得腿有点软，“那……那我该怎么办？”

“付钱，我尽快帮你破案呗！”郭子晋说得轻松，“不然还能有什么办法？”

我的钱都交房租了，哪还有钱给郭子晋？我在心里不断地哀号，恐怕我是普天之下最倒霉的倒霉蛋了。

就在这时，门外又是一道黑影一闪而过。郭子晋大吼了一声，追了出去。

我跟着郭子晋一起追了出去，我们两个追到了楼道里。楼道里没有开灯，光线十分昏暗。郭子晋不管不顾地往下冲，我只好跟着他一起。不知道是吓的还是地滑，我站立不稳，一不小心就摔在了地上。

我心里紧张，嘴也控制不住地“哎哟”一声叫了出来。就在这时，郭子晋差不多追上了那个男人，他扯着男人的裤子不松手……适应了昏暗光线的我看到了对方左手的六指！

我想要过去帮郭子晋的忙，他却也发出一声惨叫。

“郭子晋！”我凭着感觉去找他，“你怎么样了？你在哪里呢？”

“咳咳……”郭子晋在暗处发出沉重的咳声，他痛苦地哼着，示意我他所在的位置。在王磊家拿走的剃须水洒了，整个空间里都是淡淡的天竺葵芳香。

我找到了郭子晋，扶着他从楼道里出来。就着屋外的光亮，我看到郭子晋的额头被什么划伤了，他的样子十分狼狈，不过意识还算清醒。

郭子晋沉默着，似乎在想着心事。

“你没事吧？”我有气无力地安慰着郭子晋，“凶手跑了，你再抓呗！对你来说，这又不是什么难事儿。”

我和他一起累得坐到地上，看着他的样子，突然忍不住呵呵发笑。至于为什么会笑，我自己也不清楚。可我脸上的肌肉控制不住似的，笑得我眼泪都下来了。

早上出门的时候，我还是那个衣着光鲜的小职员，郭子晋则是风流倜傥的大侦探……一天过去了，我们两个浑身上下已经找不到一块干净的布料和肌肤。我的头发凌乱，郭子晋则满脸血污。

看看我们两个狼狈的样子，我再次放声大笑。

这到底是什么神奇的命运啊！

我们俩离开王磊家，来到郭子晋家的楼下后，我问他："刚才在楼道里没看清楚他的脸，不过凶手的那双手，我好像在哪儿见过，但是我又不记得在哪里见过了。你记性好，你有印象没有？郭子晋？郭子晋？"

郭子晋不知道在想什么，脸此刻臭得要命。

"成书瑶！"还没等我听到郭子晋的回答，一道叫着我名字的尖锐、高亢女声划破了夜空。一个满身香气的中年妇女俯冲着跑过来。

"你个死丫头！你死哪儿去了？"

我彻底惊呆了——妈！我妈来了！

"妈，你怎么来了？"我略微不安地问，"你不是去旅游了，下个月才回来吗？"

"我不来？"我妈眼神凶恶地瞪了我一眼，"我要是不来看看，你岂不是还得上天啊！你不是去上班了吗？你怎么弄得浑身脏兮兮的？"

我妈是非典型家庭妇女，脾气向来火暴。当年她和我爸离婚，就是因为两个人的性格都太过强势。他们离婚后，我被判给了我妈抚养。在新家里，她依旧说啥是啥，别人要是稍微表现出跟她观点相左的意见，基本上立刻会被判"斩立决"。她之所以会同意我搬出来住，完全要感谢我妈的现任老公陆叔叔。我搬家那两天，正好赶上我妈和陆叔叔结婚纪念日，他们便出门旅游去了。听说我搬完家了，我妈便打算来这里"视察情况"。

视察就视察吧，本来我还没觉得有什么，可如今我租的房子成了凶案现场，我怎么带我妈上去？

郭子晋早就不知道什么时候已经离开了，也不知道我妈有没有看见跟我一起回来的郭子晋，如果我妈见到奇奇怪怪的郭子晋，恐怕她会立刻绑着我回家。

见我支支吾吾地说不清楚话，我妈挎着我便往楼上走："别磨磨蹭蹭的！赶紧带我上去看看！要是环境不好的话，你立刻给我回家！"

"妈！别去了！"我不断往后缩，急得话里都带着哭音，"这个时间了，你不回去看陆涵吗？弟弟还那么小，你赶紧回去照顾他吧！"

我妈停下来，眉眼冷峻地看着我："成书瑶，怎么的，你还没结婚呢，现在就不想让妈妈去你家了？是不是以后你结婚了，我连上你家坐坐都不行了？啊？"

"没有没有。"我意识到自己在这里跟她解释下去也不是办法，"我刚下班，又累又饿的……妈，要不咱俩先去吃饭吧？"

其实这是缓兵之计，在拖延时间而已。我弟弟陆涵岁数还小，他特别缠我妈。尤其我妈跟我在一起时，他总是会想尽一切办法把妈妈抢回去。

我妈看透了我的小心思，她一针见血地戳穿我："陆涵去他奶奶家了，成书瑶，今天晚上我一定要去你家。"

"妈……"

"少跟我来这套！"我妈用她有力的手指狠狠戳了我额头一下，"你是我生的，你玩啥小心眼儿，我还能看不出来？我们先去吃饭，吃完饭再回来。我倒是要看看，你到底藏着掖着些什么，这么怕我看见！"

我欲哭无泪。

一路上，我妈颐指气使地训我："你说说你，好好的家不住，非要自己出来租房子！其他人要是知道我的女儿住这么寒酸的地方，我还有面子吗？"

"妈，这里已经不错了，我住着——"

"不错什么不错？"我妈打断我的话，"你跟你爸一个熊样！做人一点要求都没有！"

唉，我还是闭嘴吧。

我闭嘴，我妈却不肯闭嘴，依然说个没完："你和楚南怎么样了？还处着吗？"

"嗯，还在一起呢！"我战战兢兢的跟下属做报告似的，也没敢提楚南求婚的事儿，"妈，我都挺好的，你不用担心我——"

"你不是放屁吗？"坐在高档餐厅里，我妈的话语也没有收敛，"你要不是我生的，我担心你干什么？楚南那个小白脸，我是不知道你看好他什么了。磨磨唧唧，一点不像个男人，趁早分了算了。这年头不安稳，找个当兵的最稳妥了。"

这顿饭吃得，简直是味如嚼蜡。等到我妈训高兴了、骂满意了，这顿饭也就吃完了。

"妈，我要跟你说个事儿。"我放下手里的餐布，硬着头皮往下讲，"我租那个房子，其实——"

"行了，你什么都不用跟我说。"我的话再次被我妈打断，她意志坚定得简直到了不屈不挠的地步，"你有屋子的钥匙吧？有钥匙就行，你现在带我去看。"

我知道我完蛋了，是彻底完蛋了。刚才那个六指凶手没能伤害我，但我妈今天肯定会让我哭都找不到调的。

我带着一种慷慨就义、凛然赴死的心情，带着我妈上了楼。就在我犹豫着要不要给我妈下跪认错的时候，已经换好干净衣服的郭子晋从我家的门廊里出来，笑着和我打招呼："成小姐，你回来了啊！"

"他是谁啊？"我妈问得很没礼貌。

"哦，他是那个——"

"我是成小姐的邻居。"郭子晋抢过话，他的脸上表现出被冲撞后的不悦，"成小姐，你的同事魏可可刚才过来了。她说你下班走得着急，钥匙落在办公桌上了。你不在家，她把钥匙放我这儿，让我转交给你。”

说着，郭子晋不由分说地将他家的房间钥匙放在我手里。“没有什么事儿的话，我要先出门了，再见。”

直到郭子晋消失，我和我妈妈才齐齐回过神来。我妈感觉自己的威严受到了藐视，“这人怎么这么没礼貌？”

“妈，是你先没礼貌的吧？”我忍不住替郭子晋说话，“他是我的邻居，你刚才那么说多不合适啊！”

“成书瑶，你急什么？”我妈奇怪地看了我一眼，“不就是个邻居吗，我说说怎么了？我说楚南说得比这都狠呢，那时候怎么没见你急眼啊？”

我小声地嘀咕：“那能一样吗？”

“行了。”我妈也知道自己理亏，故意岔开话题，“快去开门！我要进去看看！等下还要去接你弟弟呢！”

我握着钥匙，迟迟不敢动手去开门。如果说是一般的人家，我可能直接就开门进去了，但郭子晋家，我真的害怕一打开门之后看到的不是死尸就是死人。何况……郭子晋家的墙上还有个洞呢！

“你想什么呢？”我妈已经站得不耐烦，抢过我手里的钥匙开了门，“一把钥匙，有什么好看的？”

“妈妈！”在我妈进门之前，我一把抱住她，“我屋子里太乱了……你得保证，无论看到什么，你都不会打死我！”

我妈的巴掌照着我额头狠拍一下，“一天天的，净胡说八道！”

打开房门口的灯，我吓得赶紧闭紧眼睛。耳边传来一阵窸窸窣窣的声响，我妈似乎是换鞋进屋了。

我站在原地没敢动，等着我妈大发雷霆。

安静良久，我妈终于又开始唠叨起来：“一个女孩子住这样的地方，确实是不太干净。你看看，这比萨吃完怎么没丢掉，都有味儿了吧？”

“啊？”

我一点点睁开眼睛，简直是大吃一惊！眼前的场面出乎我的意料，我甚至怀疑自己是不是走错屋了。墙上和我卧室那面连着的坑洞，已经被郭子晋用他的衣服架子挡住了。而他衣服架子上的衣服，已经全换成了我的衣服。虽然一进门的位置放了个衣服架子，可屋里的空间却比以前大很多。郭子晋那些奇奇怪怪的东西已不知去向，我的行李箱零散地摆放在客厅的地上。

“这个架子，为什么放这儿啊？”我妈显然也觉得衣服架子的位置有问题，她把手包放在沙发上，自己动手过来推，“把它推到拐角的位置多好，不然进门太——”

“妈！”在半人高的坑洞露出之前，我赶紧拉我妈到沙发旁，“这些东西是房东留下的，我还没收拾呢！你先歇会儿，我去给你倒杯水。”

我妈这才满意地笑了笑：“这才是我的好女儿嘛，行了，水我就不喝了，我坐一会儿还要——啊！成书瑶，这是什么东西！”

就在沙发的夹缝处，露出了一个形似人手的断肢。这模型太过逼真，看得我也是触目惊心。

也不知道是不是跟郭子晋在一起待久了，我觉得自己脑袋转得特别快，赶紧说：“我房东以前是做服装的，这是她留下的模特身上掉的。呵呵，她还跟我说呢，说我收拾屋子看到的话，就给她留着。”

“真的？”我妈对我的话将信将疑，拿起人手状的断肢反问我，“模特有这么逼真吗？还有，你这模特胳膊上怎么还有红色的颜料啊？”

我继续撒谎：“呵呵，就是文身啊什么的，她都喷在模型手臂上。”

我担心一会儿她再碰到奇奇怪怪的东西，又补充道：“她家店的人体模特不少，屋子大，掉得哪里都是。呵呵，妈妈，我还没收拾呢！等收拾全了，我都还她。”

我妈不高兴地把断肢往茶几上一丢，说：“瑶瑶，你租房子之前没打听打听房东是什么人吗？这么奇怪的房子，你也敢住？我看你的房东不像什么好人，咱们回家吧，不要租她的房子住了。”

“妈，我合同都签好了。”我无奈地叹了口气，“我签了一年的合同啊，即使我不住，也还是要交钱的。”

我妈想了想，转身就往郭子晋的房间走：“我去你的房间看看……咦，瑶瑶，你不是租的一居室吗？怎么这是三居室？”

“这个……”

我妈不听我的解释，自己动手推门。

郭子晋的主卧是锁上的，旁边放杂物的屋子也是锁上的，唯有原本被锁上的那间是开着的。

“你住这间？”我妈扶着门把手狐疑地看我，“另外两间是谁的？成书瑶，你给我说实话，你是不是跟人在外面合租呢？”

我现在浑身酸软，头大得要命。郭子晋的速度太快，我也不知道他到底能在这间屋子里变出什么来。

我没有力气继续撒谎，干脆豁出去了：“你进去看吧！我今天真是太累了。”

“那你去洗澡吧！”我妈倒直接，“我自己在屋子里转转。”

要不是怕她被吓昏在屋子里，我才不想陪她逛郭子晋家呢！我无奈地想。

我妈看了看卧室，终于满意地说：“这还像点样子嘛！真看不出来，客厅装修得这么怪，卧室还挺有格调的。”

我跟着我妈进屋，却感受到了十足的“惊喜”而非“惊吓”。

眼前的卧室是淑女风十足的装修和布置，白色的欧式化妆台，粉红色的帷幔、窗帘，蕾丝的床铺，甜甜的芬芳……连我自己都大跌眼镜。

我无意识地顺着我妈的话说：“可不是吗？我都没想到。”

好在我妈对浴室并不感兴趣，坐在床上和我闲聊了一会儿，便着急回家找儿子了。如果说这个世界上有一个人能让我妈从女王转变成女仆，那么这个人一定是我弟弟。

“成书瑶，”我妈再次强调，“你还是跟我回家去吧！你自己在外面住，我总感觉不放心。再说了，你爸要是问起的话……”

“没事儿的。”我笑着拒绝，“我都这么大了，也不能一直在家给你们添麻烦。我爸那边，我会找机会跟他说的。你放心回去吧！不然一会儿我弟弟又该哭了。”

我妈伸手摸摸我的脸，可是她的姿势和动作怎么都感觉有点生硬。临走之前，她不忘嘱咐我：“这个周末带楚南回来吃饭吧！我和你陆叔叔买了不少的东西，到时候你们来拿回去。”

“好。”我笑得乖巧。

我妈点点头，起身回家去。

关上郭子晋家的大门，我感到前所未有的失落和惆怅……

回家，哪里又是我家呢？

即便郭子晋把藏尸洞堵上了，可我一个人在屋里也还是挺发怵的。我犹豫着坐在沙发上，想等郭子晋回来把钥匙交还给他再离开。

可我左等右等还是没等到郭子晋，倒是把自己等睡着了。这一天折腾得不像话，我全身累得跟散架了似的。我在沙发上躺了一宿，甚至连个梦都没做。

第二天，我便被乒乒乓乓的打砸声吵醒了。可能是对郭子晋的房间感觉不熟悉，我一下从沙发上站了起来。醒来后奈何身体酸疼得厉害，我又无力跌回到沙发上。

郭子晋端着盘子从厨房出来，在从外面透过来的阳光下一晃，他脸上的伤口看着尤为显眼。郭子晋换了件水蓝色的衬衫，白色的棉布裤子，打扮得干净又清爽。

“早啊！醒了啊！”

客厅里拉着厚厚的窗帘，我也分辨不清现在是白天还是黑夜。生物钟紊乱得厉害，我有一种云里雾里的感觉。

我纳闷道：“你怎么在这儿？”

刚问完我就觉得自己的话很莫名其妙，这是郭子晋家，他怎么不能在这儿？

然而接下来，我问了句更加莫名其妙的话：“我怎么睡这儿了？”

“这个问题问得很好。”郭子晋手上的玻璃盘子里盛着刚洗好的草莓，“我也不知道你怎么睡这儿的，等我回来的时候，你已经睡着了。我有叫过你，但是你把我推开了。”

“不可能。”我从盘子里拿出一颗草莓，仔细擦了擦才往嘴里放，“我睡眠一向都浅，屋里稍微有点声我就能醒。”

郭子晋笑笑没说话，他脸上的表情说明了一切。

一晚上没喝水，我嗓子干得厉害。郭子晋拿来的草莓很爽口，我一连吃了好几颗。

我想起昨天的事情，问郭子晋：“昨天那个凶手抓住没有？”

“很遗憾啊！”郭子晋把草莓盘子递给我，拿过一旁的纸巾擦擦手，“凶手是惯犯，该注意什么，不该注意什么，他比我们还清楚。”

我回想起昨天晚上的场景，有些激动地说：“我昨天有看到凶手！他的左手跟你推理的一样，是六指！我一定在哪里见过他的手，但是我想不起来了。”

郭子晋皱眉，用手抹掉我喷在他脸上的唾沫星子，讽刺地说着反话：“你说得真好！一个可能碰见过的凶手，和六指的明显特点……啊，这么全面的线索，在北州这种地方找凶手，还真是一点都不费力呢！”

“好吧！”我气馁地往嘴里塞草莓，“可我就想起这么多啊！也不见得完全没用，是不是？万一哪天我就在大街上见到凶手了呢，我肯定能认出他来的啊！”

“那还真是了不起啊！”郭子晋笑得气人。

我才不会笨到跟郭子晋生气呢！我淡定地问他：“凶手来杀我们，是担心我们找到线索吗？”

“肯定是这样。”郭子晋摊摊手，答得言简意赅，“凶手会出面，这说明我们的调查方向是对的。如果我们的方向对了，那就说明闫树海的调查很可能没有结果。”

我突然想起了什么，问郭子晋：“现在几点了？”

“现在啊……”郭子晋慢条斯理地拉着长音，挽起袖子看了眼腕表，“现在是上午11点半了。”

“噗！”我嘴里的草莓全都吐在了郭子晋脸上。

“你怎么不早点叫我！”我火急火燎地丢下草莓盘子，又胡乱地拿过纸巾擦了擦嘴，“都这个时间了，我已经迟到了！”

郭子晋气极反笑，风凉话又接了上来：“也不算太晚啊！等你洗完脸、刷完牙、换过衣服、吃完饭……我觉得，你还是能赶上下班的。”

我苦闷地捶胸，满脸的痛心疾首：“唉，我的奖金啊！这次估计是彻底泡汤了！”

“别难过。”郭子晋嘲讽道，“你明年努力努力，还是能争取到的！”

我抱着破罐子破摔的心情打电话跟单位请了假，又有些丧气地坐到了郭子晋的身边。转头看看他的脸，我竟然丝毫没有感觉出别扭或者是不适。

跟郭子晋，怎么也算是共同经历过生死了，加上昨天他在我妈面前帮我圆了谎，我对他的好感度是直线飙升。

“郭子晋，”我也不跟他客气，“你家有吃的没有？”

郭子晋也没要求我跟他客气，他扬扬下巴示意我说：“你先去洗澡吧！我去煮面条。”

有人做饭吃，我倒是乐意坐享其成。郭子晋把我的衣物搬过来，我也省了不少的麻烦。我拿着换洗的衣物去浴室，路过昨天的那个房间时，我忍不住拉拉门——房门再次被锁上了。

真是奇怪……

一个女人的卧室，是不是可以说明，郭子晋家以前住过女人？

我一边洗澡，一边忍不住想那间房子的主人会是谁。是郭子晋的妹妹，还是郭子晋的妈妈？要不就是郭子晋家七大姑八大姨什么的？

难道说……是唐菲？

不知道，不清楚，不晓得。

在浴室弥漫的水雾里，我脑海中幻想出了无数个旖旎的画面。

“成书瑶，我家没有锅了……你家有吗？”

隔着门板，郭子晋的声音不太清晰。

“你家的锅呢？”我好奇道，“你不会平时连饭都不做吧？”

家里既然住过女人，难道都不做饭的吗？

郭子晋叹了口气说：“前阵子，我学了一种古代的验尸方法，叫蒸骨大法。我家的锅让我用来蒸馏凶案现场的血水了。我跟你说说，其实挺简单的，只要把死人的骨头放在锅里用水——”

“行了行了！”我胃里的东西开始往上翻滚，“你等下吧，我马上洗完了。”

从郭子晋家的日常情况看，我估摸着他生活自理能力应该挺差。我虽然不会做饭，但作为女人，我怎么也比他强点。

我打开浴室的门，郭子晋正靠在门口的墙上。他盯着棚顶看得认真，似乎在思考什么。我怕打扰他，小心翼翼地从他身边溜过……

跟他错身时，郭子晋却突然叫住我："你干吗去？"

"我回家取锅啊！你不想吃面条了？"

郭子晋摇摇头说："吃面条啊！吃面条好啊！我有几个问题没太想明白，吃面条顺溜顺溜，没准儿我瞬间就能想通了。"

吃面条有助于破案？我皱眉，这能挨着边吗？

不管能不能挨着边，郭子晋说有用的话，那就值得试一试。要是能尽早破案，郭子晋想吃龙肉我都会想办法给他弄到手。

墙壁被打通后，我和郭子晋家连起来变成了个大四居。我把挡着洞口的衣架推开，两个人一前一后钻过去取锅。我家里的地上被人用粉笔画了一个人形的标志——那正是我房东遇害的位置。

去厨房取了锅后，我站在人形标志前看了好一会儿。郭子晋在屋子里转了一圈，来到我身边，说："一般女孩子不是都比较怕死过人的地方吗？你的胆子倒是够大的啊，你居然还敢站这儿看。"

唉，这不是被郭子晋培养出来了吗？

"郭子晋，"我呢喃着问，"你有没有亲眼见过你很在乎的人死？"

郭子晋不像往日反应那么快，停顿了好一会儿才回答我说："有。"

"我也有。"我叹了口气，"我是看着我姥姥去世的，你看的是谁？"

郭子晋没有说，我也不介意。

"人都说人死为鬼，不知道是真是假……不过我总觉得，善良的人死后，肯定也是变成好鬼。我房东挺精明的，但我觉得他人并不坏。"我盯着地上的粉笔圈，愣愣地出神，"他给我的房租价格很实惠，还特意给我换上了新的家具。我来的时候爸妈不在身边，他还好心帮着我一起搬家。没想到，他竟然就这么不明不白地死了。"

郭子晋一直沉默着，我估计他可能早被我絮叨得不耐烦了。我不过是凡夫俗子，郭子晋已经摆脱人最基本的七情六欲了。跟他说这些话，完全是在浪费时间。

"走了！"我收拾起伤感的情绪，转身往郭子晋家钻，"面条你打算怎么吃？炸酱面吗？"

我都钻过墙洞口了，郭子晋却还站在原地没动。我探过头去看，郭子晋的样子完全像是中了邪。

“我会破案子的。”郭子晋就跟真的中邪了似的，在凶杀案发生的卧室里，他的每一个字都掷地有声，“成书瑶，你给我一个星期，一个星期之内，我一定把案子破了。”

“好。”我看着他笑了，“我信你。”

郭子晋也笑了。

因为侦查的需要，我屋子里的窗帘通通被摘掉了。虽然卧室里面死气沉沉的，可是倾泻进来的阳光却温暖如常。

郭子晋面不改色地说完那些话，接着，他挠着眉角，若无其事地走回来，说：“吃面条，饿死了。”

我抱着锅，完全傻了眼。直到郭子晋走过，我这才不自觉揉了揉胸口的位置。

刚才郭子晋说那些话的时候，我心脏的位置，似乎很奇异地跳动了一下。

“成书瑶！”

“来了！”

我跑去厨房煮面条，问他：“郭子晋，你今天不查案子了吗？王磊的剃须水洒了，你用不用回去取点？”

郭子晋站到我旁边，眼神专注地盯着我的动作，连话都说得漫不经心：“暂时先不用了，这个时候，该他们巡捕房的人出马才是。像我这样的私家侦探如果想干点什么，实在太喧宾夺主了。”

我真是觉得惊讶，郭子晋竟然还明白什么是喧宾夺主！

“可是，凶手这么狡猾，不用你帮忙真的可以吗？”虽然接触得不多，可我对巡捕房的其他人并不太信任，“还有，你刚才不是说你一星期之内要破案吗？”

“现在出面完全是费力不讨好，不仅巡捕房的人不领情，民众还可能一边倒地斥责我干预司法公平、公正，”郭子晋缓缓地呼了口气，“先让巡捕房的人去忙几天吧！不出三天，恐怕他们就会被舆论压力搞得焦头烂额。到时候，巡捕房的人会来请我帮忙，我那个时候再出面也不迟。”

我和郭子晋有一句没一句地聊着案情，没多久，炉灶上煮面条的水就开了。

“很快能吃了。”我得意地说，“让你尝尝我的成氏——”

我的话还没说完，厨房里突然发生了件意想不到的事情——下面时我将面条放得太多，开水溢了出来，灶台上和地面上，瞬间到处都是水和面条！

“成书瑶……”郭子晋云淡风轻地调侃道，“你的厨艺是跟谁学的，修鞋师傅吗？”

我耸耸肩，又觉得有点尴尬：“我又没说我会做饭。”

郭子晋用拖鞋踢了踢地上的面条，问道：“现在怎么办？出去吃？”

面条煮成这个样子，我们除了出去吃也没别的办法了。

在餐馆里，我好奇地问：“郭子晋，你家锁上的那间屋子是谁住的啊？”

“哪间？哦，你说那间啊！放杂物的。”郭子晋拿着报纸看，分明是在顾左右而言他，“这家的牛肉面很好吃，你要不要尝尝？”

郭子晋一提面条，我脑海中瞬间浮现出刚才厨房里的景象。我控制不住发笑，嘴里的饮料都喷了出来。郭子晋递纸巾给我，怒道：“你怎么吃什么都往外喷？吃草莓喷草莓，喝饮料喷饮料……下回你吃东西的时候在嘴外面套个袋子好了，跟驴一样。”

“你以为我脸长点就是驴啊？”

“没有，你别误会。”郭子晋浅笑，“我只是想说你是驴子脸骡子命而已。”

郭子晋明显不愿意提那间卧室的事儿，我自然不会惹人讨厌地穷追猛打追问下去。我偏头，在餐馆的玻璃镜子里研究自己的脸，虽然我脸形偏长，可我的五官比较大方，说我是驴子脸，也太过分了点。

“吃完了没有？”郭子晋草草地将钱丢在餐桌上，“我现在要去找闫树海一趟，你呢？你是继续吃饭，还是下午去上班？或者你想回我家继续休息？我可以把钥匙给你。”

我跟郭子晋认识的时间很短，感觉却像是相处多年的老朋友一般。虽然中间发生了很多不愉快的事情，但这样的关系，给我的感觉并不算太坏。

鬼使神差地，我竟然脱口而出道：“我不吃了，我跟你一起去。”

郭子晋竟然没有反对，转身就率先出了饭店。

我跑着追上他，问道：“你刚才不是说，要三两天后等巡捕房的人过来请你，你才会过去帮忙吗？现在不到一天，怎么就要去了？”

“我等不及了。凶手犯案多、杀人多，但是留下的线索却非常非常少。”郭子晋说话的语速很快，“所有的杀人事件，都是经过凶手缜密的安排。基本可以说，对凶手的信息，我们是一无所知。”

“没审问一下凶手雇佣的那个女人吗？”我推着郭子晋上了一辆黄包车，“她应该见过凶手吧？”

郭子晋报了巡捕房的地址，接着摇头看着我：“审问过了，那个女人只是出来打工的。她说在大街上有人给她介绍了个工作，让她替一个朋友去上班。她也没多心，就去了。”

“啊？这也太缺心眼了吧？”

郭子晋不赞同我的话：“不是那个女人缺心眼，而是凶手太狡猾了。你的房东不也是被凶手骗上去了吗？”

“你之前不是说过，凶手可能以前给我的房东装修过房子吗？”我的大脑里已经彻底乱成了一团，“从这个方向下手不行吗？或者你问问房东的家人、亲戚，万一有人见过装修房子的凶手呢？”

郭子晋突然陷入了沉默，他看着街边的风景，没说话。

从昨天见到凶手的左手后，我便对郭子晋的推理深信不疑。“郭子晋，你不去当巡捕真是太可惜了。只是看到墙上的划痕，你就能想出那么多的细节来！一般巡捕比你差远了！”

郭子晋回过神，他笑得很不谦虚：“我又不是一般人。”

到了巡捕房，我和郭子晋直达闫树海的办公室。闫树海真是忙得焦头烂额，我们坐在椅子上半个小时，他的电话就没停过。

郭子晋等得不耐烦了，他直接站起来，把闫树海的座机电话按掉，说：“闫树海，我不是来听你讲电话的。”

“喂！”闫树海哭丧着脸，“我正在给报社打电话！你把电话挂了，明天的新闻更不知道会怎么说了！”

郭子晋索性将事情做得更狠，动作灵巧地将电话线扯掉：“有讲电话这个时间，还不如多办点实事儿。案子破了，报纸也就不会乱写了。”

闫树海无奈地叹息道：“子晋啊！百姓的情绪也是需要安抚的啊，我们要是不交代清楚，民众会更惶恐的！”

我理解闫树海的苦衷，办实事固然重要，但这些面子功夫，也总是要有人来做的。郭子晋虽然聪明，但是他很少会注意这些细节。郭子晋的眼中，只有办案、办案、办案……

“闫队长，”我试着缓和尴尬的气氛，“郭子晋他是想快点破案，您也知道，我们两个昨天差点被凶手害死……他脾气急躁了些，您别介意，别介意。”

有了台阶，闫树海也顺着往下走，“成书瑶说得对啊！也不是我想耽误他的时间，是想听报告的人还没来啊！”

“谁听我的报告？我的什么报告？”郭子晋皱眉道，“我又不会做报告。”

闫树海一边试图把电话机修好，一边说：“也不算是报告，只是上面的人知道你的本事，他们想听听你对案件的看法。”

“到底是谁要来？”

“一会儿你就知道了。”

第十二局

Chapter 5

又等了十多分钟，邹珊珊敲门进来说："闫副，第十二局的高先生来了。"

"走吧！"闫树海庄重地整理一下制服领子，伸手拍拍郭子晋的肩膀，"子晋，你别紧张。到时候，你只需要把你对案件的了解情况陈述一下就可以了。"

"我会紧张？"郭子晋眉头高挑，不满地反问。

我深有感触地接话："是啊！郭子晋比较擅长让别人紧张吧？"

闫树海叹了口气说："这才是我最担心的啊……"

门口的邹珊珊好奇地问："闫副，你们在说什么呢？"

"唉！"闫树海重重地叹了口气，没答邹珊珊的话，"我们走吧！别让他们等急了。"

邹珊珊上下打量了我一番后，走在前面带路。

路上我问郭子晋："第十二局是什么？"

"警卫中心内部分为十六个局，每个局负责的工作不一样。"郭子晋没跟我说得太细，"第十二局是负责社会调查的。"

到了会议室的门口，闫树海似乎有话要说。

在闫树海开口之前，郭子晋解释道："成书瑶必须跟我一起进去！这件案子，成书瑶比你们的人有发言权。先不说别的，成书瑶最起码见过凶手的左手。"

"我又没说什么。"闫树海急着辩解，可他的红脸泄了他的底。邹珊珊在场，闫树海不好发作，"行了，进去吧！一会儿说话，一定要小心。"

闫树海开门进去后，我拉住了郭子晋。现在跟调查案件不一样，我忐忑极了。

我凑在郭子晋的耳朵边，小声问："要不我在外面等你吧？我害怕我说错话啊。"

“怕什么？”郭子晋睥睨地轻笑道，“有我在这儿呢，你说什么话都不会有错的。”

“唉，可是……”

还没做好准备，郭子晋就拉我进了会议室。巡捕房的会议室跟其他地方的会议室没有区别，会议室门口放着报纸，墙上挂着表彰先进的旗帜，长桌、椅子，典型的黑棕搭配。在长桌另一端，则坐着一个穿着西装，年纪跟郭子晋相仿的男人。

我从没跟这类人打过交道，我也不清楚这西装算不算他们的制服。男人长得清秀斯文，戴着无框眼镜，镜片后面发亮的眼睛和郭子晋相似。他的面容没有太鲜明的特点，属于那种如果丢在大街上会让人转眼即忘的类型。

我和郭子晋进入会议室后，这个人一直在用余光打量我们两个。

闫树海礼貌地跟男人握手：“欢迎第十二局的高航先生，我是巡捕房的副探长闫树海。我代表我们巡捕房欢迎你来调查情况。我们署长忙着在外面亲自指挥这次的调查工作，所以由我来——”

“闫副探长，”高航摘掉眼镜笑了笑，他嘴边挂着浅浅的酒窝，直截了当地说，“案件紧急，我们还是省掉寒暄的时间吧！我今天主要是替我们局长来了解案件的，我们尽快开始，好吧？”

“得，又来了郭子晋这种主儿。”我想。

“好好好。”闫树海自然地介绍我和郭子晋：“这位是侦探郭子晋，尸体就是他发现的。先让我为你介绍一下，郭子晋是——”

“我知道，我知道。”高航镜片上的光亮微晃，“就是帮着巡捕抓到了珠宝大盗的那个破案天才嘛！”

听高航表扬郭子晋，闫树海脸上带着与有荣焉的笑容说：“是啊，这是我的师弟，他特别——”

“郭子晋的大名，我早在军校的时候就听说过了。由他来给我介绍案情，那一定是再好不过。”这个高航，说话办事都跟郭子晋如出一辙，“可是，谁能给我介绍介绍，这位女士是干什么的？我看，她应该不是你们巡捕房的人吧？”

我尴尬地指指自己的鼻子，问：“你，你是说……我？”

“是啊！”高航一本正经，样子认真，“如果你不是巡捕房的人，这么重要的案子你在场，会不会太不合适了？”

我偏着头看郭子晋，郭子晋又去看闫树海。

还是闫树海出面解释道：“高航先生可能有所不知，最初的五具尸体就是在成书瑶小姐的房间里找到的。而新的被害人陈凯，便是成书瑶小姐的房东，他也是死在成书瑶小姐的卧室……”

“既然这样，难道她不应该是最主要的犯罪嫌疑人吗？”高航的表情渐渐严肃起来，“闫副探长，你们为什么没有暂时将她收押？不但没收押，现在反而让她参与这么重要的案件？”

高航的话说得轻声细语，可他句句字字都令闫树海答不上话。

我再次看郭子晋，郭子晋却悠闲地望着会议室外面。

“闫副探长，”高航轻轻地用手敲击桌面，“虽然我们属于两个部门，彼此之间互不干涉，可是既然我们局长让我来了解情况，我怎么也要问问清楚。如果问不清楚，那我恐怕要上报了。”

闫树海紧张得额头上都是汗，估计他没料想到会来个跟郭子晋一样难缠的调查员……

就在闫树海开口解释时，郭子晋突然拉着我，从会议室出去了。

高航脸上的表情含义不明，闫树海却傻眼了。站在门口的邹珊珊见我们两个人出来，还纳闷道：“郭师兄，你这就说完了？这才几分钟，也太快了吧？”

郭子晋大步流星走在前面，我快速地捯着碎步跟在后面。出了巡捕房之后我才敢叫住他，“郭子晋！你不是说要帮闫树海的吗，你这么走了，闫树海会不会有麻烦啊？”

“哼！”郭子晋松开我的手，反笑一声，“什么警卫中心的，你们被骗了！”

“啊？”我晕头转向，不明所以，“可是闫树海说那个高航是……”

郭子晋笑意更盛，他的眼睛因为兴奋眯了起来：“高航可能确实是警卫中心的，但是这个人，肯定不是他说的那个高航。”

郭子晋的解释，我更加听不懂了。

“这是什么意思？你说这个高航不是警卫中心的，可你又说警卫中心里有叫高航的。郭子晋，到底是怎么回事儿？我听不懂了。”

“刚才办公室的那个男人，他手指叩桌子的动作，你看到了吧？”郭子晋拿起我的手掌，一下下地用指尖在我掌心敲击，“他手的动作，有时候是食指点一下，有时候是四个手指快速连续点过。”

“然后呢？”

“是摩斯密码。”郭子晋用微凉的指尖在我的掌心示范，“划（—）和点（·），这是摩斯密码的基本组成。变化划和点的组合方式，就能代表不同的字母、数字。”

我对摩斯密码的构成不太感兴趣，追问道：“会议室的那个男人是什么意思？真奇怪，他有话为什么不直接告诉你呢？”

“直接说可能觉得太有失水准了吧！”郭子晋拿树枝在地上完整地画出了那个男人表述的摩斯密码，“Born enemy，既生航何生晋……他是在对我宣战。”

“宣战？”我皱紧眉头，“宣什么战？你认识他？难道说你们以前有过节？”

“不认识啊！”郭子晋随意地用脚将地上画出的痕迹抹掉，“从他刚才的站姿和语气看，他应该是当过兵；他能一眼看出你非警务人员，肯定不是一般的人；他对警卫中心的情况似乎很了解，说明他很可能是……”

看郭子晋的表情不太乐观，我问：“你是猜出这个人是谁了吗？”

“是，我是猜出来了。”郭子晋眉头皱得紧，“不过，我猜的那个人，他应该已经死了。”

“谁？”想起郭子晋家的那间女士房间，我意识到自己似乎问太多了，“我就是随便问问，你要是觉得不方便，可以不用说的。”

“倒是没什么不方便。”郭子晋叹息，“只是我不知道该从何说起。”

接着，郭子晋开始滔滔不绝地讲述起一段往事。

虽然现在的郭子晋嘴贱又讨厌，不过他上学的时候一直是优秀学生。哪怕纪律上表现不优秀，可他学习成绩绝对是一等一的好。每年郭子晋都会代表学校参加比赛，基本回回他都是第一名。

“我对成绩一向不怎么敏感，去参加考试也是为了应付我爸。”郭子晋说，“同届的学生中，有个叫闻人航的人，总是得第二名。我考试每次都是满分，而他的成绩，则每次、每科正好比我差 13 分。”

至于分数为什么会差得如此整齐，郭子晋并未解释。按照他的说法，如果不是闻人航的姓氏比较特殊，估计他早忘了这么个人。郭子晋后来如愿考上了警校，那个闻人航则考去了军事院校。这么多年，郭子晋没见过闻人航，可他们两个人之间似乎一直有种很奇妙的联系。

就在郭子晋读警校的第二年，警校和军校突然联合举办了一场竞赛。

“这怎么可能？”我提出疑问，“警校是训练警务人员的，军校是训练保家卫国的栋梁的。这是完全不同的两个领域，要怎么在一起竞赛？”

郭子晋解释道：“是，警校和军校确实区别很大。但当时参加比赛的只有警校刑侦科的学生和军校军事情报科的学生，比赛的内容也是一些情报搜集、推理，监听、监控，爆破、擒拿之类的项目。”

“你赢了是吧？”对郭子晋，我有种盲目的信心，“你俩一起比赛过，那刚才你怎么没认出闻人航？”

“我没有赢。”郭子晋摇头，“比赛还没开始便结束了……比赛需要用的爆破演练场地发生了意外，闻人航和警校派去的几个学生代表……他们都被炸死了。”

“那闻人航现在宣战是什么意思？”我不解，“他是借尸还魂，还是起死回生？以前他没赢过你，现在打算赢回来？”

“这你就要去问他了。”郭子晋摊摊手道，“当年，闻人航应该是故意输给我的。他应该是想告诉我，他知道我的实力，并且他一定会赢我。”

每次都分毫不差地少十三分，这还真不是一般人能做到的。

“郭子晋，你要是和闻人航在一起比赛推理，估计会相当精彩。你们学校都教些什么，怎么把你们培养得这么厉害？而且，他怎么看出我不是巡捕房的人这一点的，也太神奇了点吧？”

“有什么好神奇的？”郭子晋抱着胳膊上下审视我，点评道，“警务人员不会像你一样，你走路的时候步子散漫发飘，目光不够专注，精力不够集中……凭这些特点，就能很容易看出你不是这里的人好吧？”

行吧，我还是先不说话了。

跟郭子晋一起回家拿了几件换洗衣服，我决定暂时先去魏可可家住。不然我妈哪天又突然跑来，看到我和郭子晋住在一起，她一定会疯掉。

郭子晋还是很赞同我的决定的，他说：“凶手上次在楼道里没成功打死我，他肯定会再想办法找机会杀我。你要是住在我家，难免会受到牵连。”

其实我不住在郭子晋家，倒不是因为怕被牵连。可现在郭子晋一说，我又觉得自己不够仗义，犹豫着该不该走，“郭子晋，不然的话……”

“没什么不然，”郭子晋推着我的脑袋一直送我到门口，“成书瑶，你怎么这么笨呢？我其实想说的是，你走了更好，免得留下来妨碍我做事。”

“闻人航会来找你吗？”我不甘心地奋力扭头看郭子晋，“喂！你们两个要是PK推理，你一定要叫上我啊！”

“行了行了！”郭子晋动作粗暴地将我赶出门，“好好上你的班，案子有进展，我会告诉你的。”

郭子晋这么说，我才稍微放下点心。走之前，我对郭子晋喊道：“虽然你不算瘦弱，但那个凶手可比你强壮多了！侦探先生，碰到打不过的对手，逃跑不丢人！别再用生命破案子啦！”

郭子晋站在后面哈哈大笑。

魏可可下班回来，迫不及待地追问我案件进展情况。我也没藏着掖着，声情并茂地给她讲述了这两天的一些经过。当我说到自己在楼梯间与凶手碰面时，魏可可惊讶地捂住嘴道："天！真被郭子晋说中啦！"

"郭子晋不是说中了，他是靠凶手留下的零散线索推理出来的。"我骄傲地说，"虽然郭子晋的话都像是随口说说，可他的话——"

魏可可拉住我的手，神色暧昧地打断我："瑶瑶，你有没有发现，每次提到郭子晋的时候，你的情绪都很不一般。"

"确实是很不一般。"我由衷赞叹，"郭子晋敏锐的观察力和行动力，那真不是——"

"咳，谁说这个了！"魏可可为我着急，"我说，你是不是喜欢郭子晋？别说你不是啊！我看你对自己的男朋友都没这么上心，却天天将郭子晋挂在嘴边。"

魏可可一说，我才想起自己还有楚南这么个男朋友……虽然我并不觉得自己喜欢郭子晋，但是，楚南上次的求婚依旧让我很头疼。

因为那让人头疼的求婚，我妈要我俩周末回去的事儿，我也一直没告诉楚南。

不过现在我没有心情再去想这些，今天我又无缘无故旷工一天，第二天上班，注定要被老板骂。我所在的公司是家跨国企业，幕后老板是个日本人，事儿多又矫情。

果然，第二天上班，老板足足骂了我半个小时。

"成书瑶！你当公司是你家呢！"老板骂人的时候中文倒是很顺溜，"员工都像你这样，我还怎么做生意？这个月你都给我留下加班！晚上不到八点，你不准离开公司！"

如果是以前，没准被老板骂几句我又继续回去工作了，可最近跟郭子晋这种藐视规章制度的人处久了，我也产生了少有的反抗精神。

对于老板的谩骂和无理要求，我决定不再忍受："我不加班。"

老板没想到我会拒绝，他愣了几秒钟，接着恼怒道："不加班？不加班你就给我滚！"

"谁滚？你才滚呢！"我摘下工作牌扔在老板的桌子上，"老娘我不干了！我辞职！有给你这个吸血鬼加班的时间，我还不如去帮着巡捕抓逃犯呢！"

在老板诧异的目光中，我气势汹汹地走出了办公室。魏可可从办公间里探出头来，悄悄地对我竖起了大拇指。

工作辞了，办公室的东西我也不要了。我拿好外套和背包，昂首挺胸地走出了大楼。

看着大街上的人群，我全身的血液似乎都在沸腾着。此刻的我不仅没有失业的痛苦，反而骄傲得像个旗开得胜的英雄。我妈一直说我属于神经大条的那种人，想问题从来不切实际，可我并不觉得有什么不好。如果每个人都跟她一样精明、计较，世界还不乱套了。

这个世界上既然有天才一样的郭子晋存在，也会有傻瓜一样的成书瑶存在。有人占便宜，自然有人吃亏，公平得很。

不用上班，我感到无比轻松。我一个人看了场电影，还去商店逛了逛，下午三点便准备回魏可可家……可不知道怎么回事，绕着绕着，又回到了郭子晋家附近的汽车站。

毫无意外的，我又遇到了郭子晋，他见到我的第一句话就是：“成书瑶，凶手抓到了。”

听到这句话，我立马精神一振。

“凶手是谁啊？在哪儿抓住的？怎么这么快抓到了？为什么不叫上我？”

“你一下这么多的问题，你要我先回答哪个？”郭子晋不但没回答我，反而问我，“成书瑶，你今天又没上班？”

“我辞职了！既然你知道了，你倒是快点告诉我啊！凶手到底是谁啊？”

我裹了裹身上的西装外套，在车站前的候车椅上坐下，“郭子晋，谁是凶手？你快点说！”

郭子晋开始说正经事儿：“凶手确实是生活在我们周围，我昨天终于把他引出来了。”

本来我只是感觉有点凉，郭子晋讲的时候，我觉得全身发寒。

昨天晚上和我分开后，郭子晋在小区院里逛了半天。秋天晚上出来遛弯的人不是很多，小区花园只有郭子晋一个人。

郭子晋的目的很明显，就是引诱凶手上钩。虽然我们住的不算什么高档住宅区，但是绿化做得很好。花园里面树木茂密，风吹枝叶沙沙作响。院子暗处，影影绰绰。

一片静谧中，郭子晋注意到了身后的脚步声。在路灯的照射下，一个高大的男人影子爬上了他的后背……

“可以了可以了。”我搓搓手臂上的鸡皮疙瘩，“气氛你已经渲染得很到位了，所以，你和凶手会面了……然后呢？”

然后，察觉有异的郭子晋转过了身，可他并没有看到人。

凶手快速藏进树林里，静静地观察着郭子晋。

“你不会在这里杀我的。”郭子晋对着凶手藏匿的地方说，“从你的作案手法中我能看出来，你是个极度自卑同时又极度自信的人。所以，即便你有把握，你也不会在这里杀我。你害怕，你害怕暴露在青天下。”

凶手捏着嗓子问郭子晋：“你怎么知道我极度自卑？你又怎么知道我极度自信？”

郭子晋冷笑着说：“从你杀的前四个人中，我就能看出来，你仇视那些傲慢的高学历、高收入的上层人士。你谦卑地伺候他们生活，同时你又鄙视他们……我猜，你想要埋王磊的那个坑，是给你们公司老板准备的吧？”

……

郭子晋在说到这一段的时候，我实在忍不住了，开口问道："你怎么知道？难道凶手开始不是想杀王磊吗？"

郭子晋不太高兴地嘟囔："你听我说完。"

凶手没有和我问相同的问题。既然被郭子晋看穿了，他也不再狡辩了。树下，郭子晋只能看到一团模糊的影子。

凶手说："如果彩琴没告诉我她正在和王磊谈恋爱，那么，下一个死的人，应该是我的老板了。"

凶手杀了这么多人，但他一点悔意都没有。凶手在树荫下嗤嗤怪笑，笑话江彩琴是个婊子，笑话她死了活该……

我从椅子上站起来，声音发抖地问："郭子晋，现在凶手怎么样了？"

"我没抓住他，凶手说完之后，他便走了。"

"你没抓住他？"我身上的汗毛倒立，"这么危险的人物，你居然随随便便放他走了？郭子晋，是你说一周之内会破案的！"

"是你告诉我不要用生命去破案的啊！"郭子晋调侃我，"我觉得你说得很有道理，但如果我被凶手杀了，等到颁发好市民奖章的时候，我不是领不到了？"

我气得哑口无言，可郭子晋收起了笑意说："我不抓他，是为了让凶手以为我抓不到他。从他张嘴说话的时候，我就认出他是谁了。事实上，在爆炸案后，我已经可以猜出来他的身份了，只不过一直没证据罢了。"

"原来你早知道凶手是谁了？"我惊讶道，"既然这样，那为什么不早点抓住他？"

郭子晋严肃地回答我："我没有证据啊！推理是一项极为精密的运算，任何一个环节出了差错，整个方向便都跟着错了。我为什么会放凶手走掉，正是因为我手里没有能指控他罪名的证据。如此，即便我当时抓住了他，没多久还是要把他放了。"

我觉得可惜，但也无可奈何。不过，现在他已经知道凶手是谁，最起码能免走不少弯路。

"凶手到底是谁啊？还有，我能不能帮你做点什么？只要我能帮到忙的，你尽管说。我今天辞职了，有的是时间帮你。"

"什么忙都肯帮吗？"

得到我的肯定后，郭子晋呵呵直笑，他似乎只是来跟我闲聊的。"我最近可能要出一趟远门，所以我想问问你，还需不需要回来取东西？"

"出远门？"我不明所以地问，"现在案子没破，你竟然要出远门？"

郭子晋叹气道："是啊，没办法。老家有一个亲戚结婚，我家老头一定让我过去……我现在马上要走了，所以我想问问你，有没有东西要取走。"

"那凶手怎么办？"郭子晋要走，我突然觉得周遭无比危险，"你是侦探啊！你怎么这么没社会责任感？"

可不管我说什么，郭子晋都要离开了。他安慰我说："凶手每天密切观察我，他知道我走了，肯定不会继续盯着我家屋子看了，他现在的精力应该都用在应付巡捕上。两天后我回来，我已经交代好了，你取东西的话，直接去管理处拿钥匙就好……我的车来了，我该走了。"

"你走吧！"我赌气地说，"你走了，我就把你家的东西都卖了。"

郭子晋无所谓地说："你能卖得出去，钱我都给你。"

我彻底气结。

跟他告别后，我从管理处取过钥匙，一边想着案子一边往郭子晋家走。等我走到门口时，楼梯间里还有一个男人在。

就在拐弯的时候，我再次看到了那个男人左手的六指！

我像是被雷劈一般，整个人头皮发麻。男人背对着我站着，我吓得浑身冷汗，不知道该怎么办。

在我犹豫着是不是要下楼报警时，男人突然和我说话了："呵呵，成小姐，出门回来了啊？"

那个男人，正是我第一天搬进来时警告郭子晋家漏水的楼管！

楼管说话嗓门大，整个楼梯间都是嗡嗡的回音。

"呵呵，楼管大哥。"我在暗处攥紧拳头，不自觉地往门口靠了一步，"你巡查呢？"

我佯装镇定，尽量不让楼管察觉到我已经认出他是凶手。我胃部忽松忽紧，一下下抽搐着。

其实在这里住了这么久，我真的从来没认真看过这位楼管的样子。他眉毛很粗，国字脸，皮肤粗糙，鼻梁上布满了雀斑。和其他做这类工作的人比起来，他的制服总是干干净净的。虽然嗓门大，但他跟人说话时很客气。如果不是他的左手比较有特点，我说什么都不会想到他是凶手。

我暗自庆幸，好在楼管不知道我认出他来了。

正当我想要松一口气时，楼管突然转身看我。

我惊恐地瞪大了眼睛。我十分害怕楼管冲过来，直接将我杀了。可楼管接下来的行为，却比杀了我还要让我害怕……

他的脸上挂着诡异而又疯狂的笑容，对着我举起左手的六指，晃了晃。

他这是……自己告诉我他是凶手?

此时此刻我也顾不得伪装了，发疯地用手去开房间的门。

楼管并没有冲进来的举动，他气定神闲地站在门外，很是满意地看着我。然后，他快步上楼，消失在楼道里。

越是见不到人，我心里的恐慌感越强。我努力地睁大眼睛去看，可连个鬼影都没有。四周仿佛生出无数双窥视的眼睛，看得我遍体生寒。

“喂！”我不敢轻易走出去，只能试着呼救，“有没有人啊！救命啊！杀人了啊！”

我每喊一声，都会在楼道里形成回声。回音反复冲进楼道里，导致我的声音听起来十分刺耳和惊悚。楼下神经衰弱的女人被我喊得不耐烦，她开门骂了一句：“烦人不烦人！大白天的哭什么丧！”

“是真的有歹徒！救命！”我喜出望外地说，“快点救我！我被人追杀！快点报警啊！”

楼下的女人骂骂咧咧地关上门：“这个小区到底能不能住了？楼上有个精神病男人还不够，怎么又来个精神病女人？还有人杀你，你当我傻吗？凶手会那么好心？还给你机会呼救？我才不……”

女人关上门，她说话的声音再听不见。

这样不上不下的感觉，真的是让人难受。我索性心一横，迈着步往外走……就在我低头准备开溜的时候，楼管再次如鬼魅一般出现在我眼前。

这个时候我也不管其他了，扯开嗓子便开始喊。楼下的女人已经骂够了，她连理我都懒得理了。楼管生拉硬拽地将我拖起来，带回了家。

楼管带我回的，是我家。

“大哥！大哥！”我蹭着地板往后退，好言相商道，“你看咱俩平时处得都挺好的，你这是干吗呢？我回来取点东西，我男朋友还在楼下等我呢！那个什么……你放我走吧！我什么都不会对别人说的！”

楼管蹲下看我，他脸上肌肉扭曲得厉害：“你撒谎，你是自己来的。而且我今天看见了，郭子晋早就离开了这里。”

“我不想骗你的，真的不想。”墙上的藏尸洞看得我心惊肉跳，我的声音抖得厉害，却哭不出来，“大哥，我一直挺感谢你照顾我的，所以我肯定不会害你。我知道你有苦衷，发生这么多的事情你一定也不想的。”

楼管冷笑着勾唇，他用匕首轻轻在我脖颈上摩挲：“行，你说你没骗我……那你告诉我，我叫什么名字？”

我被噎得说不出话。

“都他妈的喜欢撒谎！我呸！”楼管一口啐在我的脸上，恶狠狠地骂道，“你和江彩琴那个娘儿们一样！你个荡妇！你明明有男朋友，还和郭子晋睡在一起！”

“谁跟郭子晋睡在一起了？”我被骂得火气都上来了，“我和郭子晋先生只是邻居。”

楼管的匕首抵在我的脸上，我吓得浑身发抖。

我心一横，心想，反正是死路一条，干脆死得有尊严一点，豁出去算了。

“你就是心脏！所以你看人也脏！杀了那么多无辜的人，你还以为自己劫富济贫呢吧？其实你就是个变态！”

“我是变态？我是变态？”楼管怒了，他站起来一脚将我踹翻在地，“你他妈的懂个屁！你们城里人就是这样，自以为什么都懂，可事实上你们什么都不知道！江彩琴那个贱人该死！我杀的那些人通通该死！”

我回嘴道：“你只不过是给自己找借口罢了！你敢做不敢认！你不是个男人！”

“我和江彩琴是一个村子的，我们两家是邻居。”楼管翻转着手里的匕首，“我弟弟喜欢她，从小就喜欢！江彩琴喜欢的东西，我弟弟永远都是不遗余力地为她争取到；江彩琴想读书，我弟弟出去打工供她读书；江彩琴想留在北州发展，我弟弟便给她寄生活费。可我弟弟受了工伤高位截肢后，江彩琴却跟王磊那个杂碎好了！她知道我弟弟挣不了钱了，就一脚把我弟弟踹开了。”

楼管的眼睛红了。

“我弟弟……我弟弟……”他皱皱鼻子，“我弟弟还想着她，还在等她回去！我去找江彩琴，我去求她……她对我说什么？她说，我弟弟配不上她。她说，我弟弟为她做的一切都是活该！你们女人就是贱！只知道跟着有钱男人转！江彩琴害我弟弟那么惨，她自己不要脸，那我自然不给她留脸……你说，这样的女人，该不该死？”

可能是心理作用，刚才被楼管用匕首摩挲过的脸上似乎有点痒麻，我不自觉地动手摸了摸。楼管看到我的动作，冷哼一声，说：“放心，我会留着你的脸的。虽然你也不怎么样，可最起码你没害过我，在所有的住户中，你是少有的每天会跟我打招呼的人。”

楼管虽然怨念深重，可他最起码心里还是有善意的。

为了拖延时间，我尽量找些他感兴趣的话题说，“你弟弟现在怎么样了？”

“死了，喝药死了。”楼管说，“我爸爸也是在打工的时候受了工伤，他失去了劳动能力，只能在家躺在床上。因为没有钱，我妈跟别的男人跑了，她把我和弟弟丢给了瘫痪的爸爸……我弟弟很懂事儿，他知道我一个人养不起两个病人。我弟弟不想加重我的负担，两个月前，给江彩琴打过最后一次电话后，他就自杀了。”

心酸和惊吓同时涌上心头，我眼眶发酸，眼泪直掉。

“大哥，你听我一句劝。你还有瘫痪的爸爸，你别再做傻事儿了……生活中还有那么多美好和有意义的事情值得你去享受，把自己的一辈子都浪费在怨恨上，不值得。”

“在我看来，是值得的。”楼管走到藏尸洞前，眼神恍惚地说，“这里躺着的第一个男人，他是我在这里的第一个老板。我给他开车，他给我工钱。我们两个跟兄弟一样，每天他有什么烦恼和困惑都会和我说……可是，在他丢了钱后，他最先怀疑的人却是我。”

“为什么？”

“为什么？”楼管冷冷地回头瞪我，“因为我穷，所以他觉得这个理由便足够了。等到最后证明丢钱只是一场误会，我却没有得到体面的道歉，还丢了饭碗。”

“大哥，”我出言安慰他，“这种人只是少数啊！并不是所有人都是这样的想法——”

“你错了，是所有人都是这样的。”楼管纠正我，“不只是他，这两个位置埋的人也是如此。多好笑，多无奈，多可悲！明明都是一样的人，却因为收入的不同而被分为三六九等！你告诉我，这公平吗？合理吗？”

“我也觉得不合理。”我赶紧摇头。

楼管再次蹲下看我，现在我不觉得他让人害怕，反而觉得他很可怜。他眼神哀戚，睫毛上挂着泪珠。

“我试图炸掉大楼，是不想地下室的人跟蝼蚁一样，常年生活在地下，常年见不到阳光。这样活着，还不如死了算了！”

“成书瑶小姐，”楼管伸手擦掉我脸上的眼泪，同样哭得一塌糊涂，“这个世界已经变了，彻底变了！哪有什么亲情？哪有什么关爱？哪有什么温暖？你刚才求救那么长时间，有人救你吗？完全没有。住在一个楼里的邻居都如此，你还想对其他人有什么奢望？”

“你为什么杀我房东？”我问他，“我房东不是坏人，你为什么要杀他？”

“杀你房东，我也不想的。”楼管粗糙的大手拍着我的肩膀，我注意到他握匕首的手在渐渐松懈，“你房东人很好，我当时没地方住，想找房子，他愿意把他还未装修好的房间借我。他回老家，还会给我拿辣椒……我不想杀他的！如果不是他发现我杀了人，我真的不想杀他！”

楼管哭得凄惨，看来他对我房东的死真的是满怀愧疚。

我轻轻拍着他的后背，柔声细语地哄劝他。等到楼管手里的匕首掉下来时，我趁机抢了过来。

“大哥，你的遭遇，我真的很同情。”我从地上跳起来，举着匕首对着他，“可是大哥，你犯的错误实在是太严重了。人品不好并不犯法，就算有过错，但也不代表他们该死。”

楼管脸上伤感的情绪退去，眼神再次变得狠戾：“你们这些人果然都是这样，狡猾奸诈！”

我摇头道：“大哥，你又错了。本来就是你自己的问题，是你自己眼里带了卡尺，是你自己将人分成了不同的等级，所以，你看谁都是有偏见的，你对谁都是有怨恨的。”

“还有，那些被你害死的人……”我真心诚意地劝道，“在爆炸发生前，我见过他们中的一些人。虽然他们的居住环境恶劣，但他们每个都是怀揣着梦想来到这座城市的……你的爆炸不是帮他们解脱，你是让许多心怀梦想的人去死。”

即便我有刀，我也打不过人高马大的楼管。我试着放下匕首，眼神诚恳地看着他说：“大哥，你觉得这个世界畸形又冷漠，可你相信我，仇恨和杀戮，永远不是解决这一问题的办法。”

楼管也在看着我，他好半天没说话。

正当我们两个对视时，突然间，屋子的门板被撞开了。楼管反应过来，他动作敏捷地抢过匕首，将刀架在我脖子上。

郭子晋和闫树海等巡捕一起冲进来，我和楼管瞬间被围堵在卧室的窗户边上。

“放了她！”郭子晋抢了闫树海该说的话，“现在你被包围了，对面楼顶也安排了狙击手，你跑不掉了。”

闫树海被抢了话，他略微尴尬地轻咳后说：“现在你已经彻底被包围了！想想你的家人，想想你的朋友，不要再继续做傻事儿了……”

在吵吵闹闹的喧哗声中，楼管拉着我往窗户旁边退。

夕阳斜照，染红了西边的天空。外面乌鸦叫得凄楚，让人听后徒生哀戚。

血腥的印记

Chapter 6

郭子晋看到我脖子上的匕首，急得想要冲过来。不过，有这么多巡捕在，闫树海肯定不会让郭子晋胡作非为。

场面有点乱哄哄的，除了我和楼管沉默着，我感觉其他人似乎都在说话。

我现在的处境，在别人看来简直是危险至极。可我自己心里清楚，楼管并非真的想杀我。最起码，在我跟他说完那番话之后，他内心深处并不是完全无动于衷的。没有人天生想变坏，也没有人天生想灭绝人性、为非作歹。时势不仅造英雄，时势同样造就了许许多多身不由己、可怜可叹的小人物。

历史的车轮无情地在小人物身上碾过，他们给世人留下的，只是一声悲怆的叹息和一抹血腥的印记。

我的眼泪顺着脸颊掉在楼管的手背上，我用只有我俩才能听到的声音问他："大哥，真是对不住，认识了你有一段时间了，刚才又和你说了这么长时间的话……我居然还不知道你的名字。"

我眼睛里满是眼泪，不远处的郭子晋都变成重影的了。我尽量保证自己声音不变，礼貌地问他："大哥，我叫成书瑶，你叫什么名字？"

有微凉的液体滴落在我的后脖颈里，凉得我不禁缩了缩脖子。嘈杂声中，身后的楼管嗓音发哑："成小姐你好，我是你家楼下的楼管，我叫王根生。"

"呵呵，王大哥，你好。"

王根生情绪激动，他手一抖，匕首在我的脖子上划出一道血痕。

郭子晋猛地冲了过来，闫树海怎么都拉不住！

郭子晋虽然受过警校专业训练，但王根生魁梧的身子也实在是扛打。加上王根生手上有我当人质，郭子晋难免投鼠忌器。

“郭子晋，没事儿的！”我不想过分刺激王根生，赶紧出言阻止，“他不会伤害我的！”

郭子晋不再有动作，眼睛炯炯发亮地盯着王根生。

王根生和我再次退后，我能感觉出，王根生的后背应该已经挨到窗户了。

“把窗户打开。”王根生命令郭子晋道，“不想成书瑶小姐死的话，你现在给我跳下去！”

“行，我跳。”郭子晋二话不说，抬腿就要往窗台上跨。

然而就在郭子晋的一条腿迈出窗户后，王根生又改了主意：“行了！不用跳了……郭先生，我一向不喜欢你。”

“哼，我用不着你喜欢，我也不需要你喜欢。”郭子晋不客气地说，“你们刚才的话我也听到了……你说的那些，不是你自甘堕落的借口！这个世界再烂，不还是有人活得好？这个世界再好，不还是有人活得烂？你自己钻了牛角尖，干吗要怨恨别人？”

郭子晋的话一出口，在场的人齐齐倒抽了一口冷气。

我喉头滚动，狠狠咽了口口水。

郭子晋还是没有住嘴，他越说越来劲，话语也越来越刻薄狠毒：“你活该被人轻视！你活该被人瞧不起！是你自己把自己放在泥里，你又怎么能怪别人去踩你？以貌取人，本来就是人的天性。像你这种身材高大、长相粗犷的男人，难免会让人心生防备。别人说你像杀人犯，你自己就一定要不争气地去杀几个人？”

“郭先生，你很喜欢成书瑶小姐吧？即便你现在不喜欢，以后你也一定会喜欢她的。”王根生的匕首到现在已经完全成为摆设，它松松垮垮地搭在我的脖子上，我能感觉到王根生的漫不经心，“其实有时候，郭先生，我觉得我和你很像。”

“你跟我很像？你别往自己脸上贴金了！”郭子晋说的话让人哭笑不得，“我要是杀人，谁也别想抓住我。”

王根生不为郭子晋刻薄的言语所动，自顾自地往下说：“我们都是自己生活圈子里最聪明的人，我们一样被人排挤防备……我们也是一样的，渴望有人能给我们毫无算计、不计回报的信任……幸运的是，你找到了，我没有。”

王根生用粗粝的指头擦擦我脖颈上的血渍，他意有所指地说：“郭先生，感谢成小姐吧！不然的话，你很难保证，你以后会不会成为下一个我。”

“成小姐？”王根生轻轻地叫我。

“嗯？”我没听懂王根生话的意思，可我还是应了他，“你想对我说什么？”

“仇恨和杀戮并不能解决问题……但是你相信我，仇恨和杀戮，是让作恶之人深刻反思的最快方法。”

我想要回头去看王根生，可在我看到他的脸之前，他转身拉开另一扇窗，跳了下去！

王根生……死了……

“成书瑶！”

两扇窗户对开着，大风呼呼地倒灌进屋里。郭子晋抱起愣神的我穿过一众巡捕，直接回了他家。无论闫树海在外面怎么敲门，郭子晋充耳不闻。

“你抬起头，我把你脖子上的伤口处理一下。”郭子晋打开医药箱，里面的棉签撒了一地，“成书瑶，用酒精可能会有点疼，你忍忍。”

因为墙壁被打通了，隔壁吵吵闹闹的声音我们都听得异常清楚。

郭子晋看我没动没说话，叹了口气，小声解释道：“那个，今天这事儿吧……”

没等郭子晋话说完，我忍不住抱着他号啕大哭起来。郭子晋身体先是一僵，接着他拍拍我的后背说：“你吓坏了吧？别哭了，没事儿了。”

“我哭不是因为害怕，我是觉得王根生……”我把鼻涕、眼泪都蹭到了郭子晋的衬衫上，“王根生其实要求得并不多，他只是想要别人尊重自己而已。有时候我下班晚回来，他还送我上楼呢。这样的一个人，他怎么会做这么多可怕的事情？”

“人性有光辉的一面，势必会有丑恶的一面。”郭子晋估计是见得多了，他比我淡定得多，“你可得记住他对你的手下留情……成书瑶，你以后可以去当谈判专家了。你能让王根生不杀你，这能耐，一般人可没有。”

郭子晋最后的话可能是想逗我开心，但他显然做得不成功。我没有笑，郭子晋的表情也变得很是纠结。

闫树海不再敲门，而是直接从墙上的藏尸洞钻过来，说：“子晋，你先跟我来一下。你不是不想出庭吗，有些细节，我们还要敲定一下。”

郭子晋回头看我，我点点头示意他我可以自己待着。郭子晋把药棉塞到我手里，指指脖子，提醒我上药。我们两个默契得像是多年好友，已经不需要任何多余语言。

“成书瑶，你怎么样了？”

郭子晋过去没多久，邹珊珊便从墙上的洞钻了进来。墙上的白灰蹭到她的制服上，上面沾了不少白灰。

我不想和她说话，拿着药棉笨拙地给自己上药。邹珊珊坐到郭子晋刚才坐的椅子上，一脸扬扬得意的样子说：“子晋师兄今天骗你上来，是为了诱捕凶手上钩。可是我没想到你居然这么笨，没用师兄说太多，自己便来了。”

“咝……”药水刺激得伤口疼，我龇牙咧嘴地擦药，却还是没有说话。

“我跟你说过，是你自己不听。”邹珊珊抢过我手里的药棉，给我伤口消毒，“郭子晋的眼睛，只能看到案子，你知道吗，唐菲，就是这么被郭子晋害死的。唐菲死的时候，郭子晋发过誓，说他这辈子都不会跟别的女人在一起了。”

一辈子都不跟别的女人在一起了？如此偏执的话，还真像郭子晋会说出来的。

我觉得我没必要跟邹珊珊交代我和郭子晋的关系，但邹珊珊没完没了地跟我絮叨。

“成书瑶，郭子晋是不会跟你在一起的。你还是趁早死了心比较好。”

“呵呵，你是有嘴说别人，没嘴说自己啊！既然郭子晋不会跟别的女人在一起，你干吗还这么上赶着找他？你以为自己是谁呢？”我是一点瞧不上邹珊珊，“在这种犯罪现场，你却在这里跟我讨论儿女情长的那点屁事儿，你到底有没有点公德心？”

邹珊珊被我说得脸色微红，便随手把药棉放在茶几上，说：“行，那我祝你好运吧！千万别有那一天，我在解剖台上看到你……看你这细皮嫩肉的，我都不好下刀。”

我忆起刚才刀刃在皮肤上的触觉，不自觉打了个哆嗦。

接下来的时间，我又是录口供，又是写资料。我们先是在郭子晋家，后来又去了巡捕房，整整折腾了七八个小时才算完事儿。我低头看看时间，已经是凌晨两点了，也该休息一下了。

认识郭子晋后，进巡捕房似乎成了我的家常便饭。我由最初的紧张不安，演变到现在的处变不惊。晚上我和郭子晋从巡捕房出来，除了脖子疼，我丝毫没有不适感。

“成书瑶，”郭子晋挠挠脸，似乎有点难为情，“今天的事儿吧，我觉得……”

“你是说你骗我去你家的事儿啊？”眼见着郭子晋不太习惯道歉，我便抢先替他把话说了，“算了，我不会往心里去的。”

郭子晋回头看我，他显然不太信我说的话。不过话说回来，我是真的不在意。办案嘛，总会有人牺牲。牺牲小我保全大我的精神，我多少还是有的。

我看着郭子晋乱糟糟的头发，批评他说：“你能不能好好梳梳头发？整天乱糟糟的，看得我烦心。”

“头发？”郭子晋脸色一变，冷声问我，“我在跟你说很严肃的事情，你居然跟我说头发？”

“发型也是很严肃的事情啊！”其实，我真不觉得今天的事儿还有什么好说的，“虽然成大事者不拘小节吧，可你也……”

郭子晋抓住我手腕被挫伤的位置，我疼得乱叫。

郭子晋没松开手，他坚持解释道：“成书瑶，我会叫你回来，是因为只有你能骗王根生上钩。王根生知道你见过他的左手，所以他肯定要杀你的。我想，反正他会去找你，还不如让我安排一下……”

“大哥，你是我亲哥！”现在一提王根生，我还是有点感触，“虽然你短时间内抓到凶手让我钦佩，但我今天真的没有心情夸奖你。”

“夸奖的事儿我们以后再说。”郭子晋松了手，站在我对面，颇为认真，“我想告诉你的是，我既然敢让你来，那么我一定能保证你的安全……总之，我不会让你出事儿的。”

橙黄色的路灯下，我和郭子晋的影子被拉得斜长。光亮打在脸上，郭子晋五官深邃，英俊到让人心慌。此刻，一种莫名其妙的感情从我的心头往上涌，然后又不断地往下沉。

我犹豫着问出口：“唐菲……她那个……”

“去吃饭吧！”郭子晋快速地转移话题，显然不想说起唐菲，“我知道一家饭馆，烤羊腿特别好吃。老板娘知道我是侦探，每次我去，她都会多给我些羊肉。”

我探听失败，只好耸耸肩跟着郭子晋一起去吃饭。

在认识郭子晋之前，我每天的生活特别规律。早上七点起床，八点去上班。忙完之后，我每天晚上都在屋里疯疯闹闹，二十三点准时上床睡觉……可认识郭子晋之后，我似乎很少过正常人的生活。

饭店里羊汤香味浓郁，店里只有三两个人下夜班后来用餐。饭店的热气和夜晚的宁静形成对比，让人感觉舒坦。

我和郭子晋的汤面上来后，服务员又趴回到桌子上昏昏欲睡。

录了太长时间的口供，我和郭子晋都饿得要命。汤面上来，我们两个都忙着填饱肚子。我大快朵颐，连一滴汤都不剩。

我嘴里吃着东西，含混不清地对郭子晋说：“这就是人间美味，简直好吃极了！我要是告诉魏可可，她八成要羡慕死。”

“大晚上说什么死死死的，形容词也不是这么用的吧？”郭子晋吃得满头大汗，让他白皙的脸看上去红扑扑的，“你的那个同事魏可可，她认识你男朋友吗？”

“当然认识啊！”我拿纸巾擦擦鼻子，“我和魏可可一个学校的，不过是上班以后才认识……怎么了，是不是看上魏可可了，用不用我介绍给你？”

郭子晋对着镜子整理一下头发，转移到了另外一个话题上：“我的发型看着不好看吗？我看那些大明星，他们都是梳着这样的发型啊！”

“明星？”我的脑子里闪过最近很火的几位大明星，“你看的是什么电影啊？”

郭子晋显然苦恼得要命，他皱紧眉头，深深思考了好长时间才说：“好像是……吧？”

“好！真好！”我终于逮住了能笑话郭子晋的机会，哈哈大笑道，“我看你的发型倒不像是大明星，而是更像《西游记》里的牛魔王。”

我笑声太大，吓得昏昏欲睡的服务员都精神了。郭子晋怕我再干丢人的事儿，拽着我的领子将我从饭店里拎了出来。

“一旦有案子，我就兴奋得睡不着。”郭子晋越到晚上眼睛越亮，双眸跟狼似的，“成书瑶，反正吃完饭了，不如我们去公园跑步吧？谁输了，谁明早去旁边那个公园唱歌，怎么样？”

“我们刚才喝的是羊肉汤，又不是喝的酒，说什么醉话呢！”我没好气地说，“再说了，大晚上的，要跑你自己跑吧，我要回可可家睡觉去了。”

“唉！”郭子晋无意间拉到我挫伤的手腕，又随即松开，“成书瑶，如果我是你，我现在一定不回魏可可家。”

提到魏可可，郭子晋总是话里有话。

我不明所以，问：“为什么？”

“因为啊……”郭子晋流露出他惯有的令人讨厌的笑容，“因为你的那个处男小男友，现在正跟魏可可在一起呢。”

“他叫楚南！”我气恼地纠正郭子晋。

“哦，对。”郭子晋的样子颇为认真，“现在这个时候，还是要照顾一下你的情绪。”

“你少胡说八道了！”我对郭子晋的话嗤之以鼻，“你要是这么神的话，其他侦探还用不用挣钱吃饭了？”

“我又不是没见过魏可可。”郭子晋眯起眼睛，叹气道，“成书瑶，你真得谢谢我啊！不然以你的智商，别的男人不得骗死你？我见魏可可那天，天气并不算热，魏可可却穿着由低领衬衫改短的正装裙。她化了夸张的浓妆，喷了香水……她的打扮，在办公室里是不是有点过分了？”

我嗤之以鼻，觉得是郭子晋没见识，“办公室里穿成这样怎么就过分了？你嘴太贱了，人家一个好好的女孩子被你说成这样，女孩子爱美还不可以啊？”

“你也是女孩子啊，我怎么没见你天天打扮得跟夜店舞女似的去上班？”郭子晋反问。

我反驳道：“每个人审美不一样，我不喜欢那些。”

“行，先不说穿衣的问题好了。”郭子晋不跟我继续辩论，“我第一次见魏可可的时候，你还记得咱们三个人怎么站着的吗？”

郭子晋不说我还没注意，他这么一说，我也觉得好像哪里不对劲。

“魏可可从饭店屋里出来叫我，然后她……”

“然后她站在了我旁边，那才是我见她的第一面。”郭子晋一针见血地指出，“我猜，你应该和魏可可说过我住你家隔壁的事儿吧。你是不是跟她说我家住的是三居室？你是不是跟她说我接手案子很挣钱？魏可可是不是对我表现出很浓厚的兴趣？”

“对你感兴趣很正常啊！”我说，“我就对你很感兴趣，你是侦探，大家对你的职业肯定都很好奇吧？”

“错！只有你这种傻瓜才会感到好奇。”郭子晋摇摇手指头，“正常的人，他们都会对喜欢尸体的人感到害怕，所以会主动疏离。”

呃……

“魏可可是个对男人有极强企图心的女人，她很聪明，她知道哪种男人是有利于自己的。我猜你一定把魏可可的住址告诉楚南了吧？楚南找不到你，就一定会去找魏可可。魏可可知道你在我家住过，她要是不添油加醋地编派你一番，那算我眼瞎。一个痴男，一个欲女，夜深人静，干柴烈火的，你说会发生什么？成书瑶，你可长点心吧！”

我顿时觉得五雷轰顶，摇头道：“不可能，不会的，并不是所有的女人都爱男人的钱。”

“怎么不可能？怎么不会？”郭子晋毫不留情地说，“女人的通病在于，她们见了其他女人吃得好、住得好、嫁得好，就觉得自己也可以。先不说她其他的反常之处了，也就你，才会迟钝至此。”

我被郭子晋劈头盖脸地一顿数落，完全没了主意，苦恼着说：“那你说……我现在该怎么办？”

“问我啊？”郭子晋笑了笑，“要我说，当然是抓奸在床呗！”

“不行不行不行！”我连连摆手，“我最怕干当面撕破脸的事儿了，有没有更委婉一点的？”

郭子晋眼睛一转，说：“委婉的也有，明天早上，咱们去魏可可家楼下堵着，你自己亲眼见证，心里也有个数。”

“这个……其实，不好吧？”

“什么好不好的？”郭子晋拉着我往前走，“不亲眼见过，你总是不会相信，到时候你再稀里糊涂地嫁给楚南。等你结婚后，魏可可再带着孩子找上门，哭着闹着让你离婚……这样你就觉得好了？”

郭子晋想得也……太狗血了吧？

郭子晋开门上了一辆黑色的轿车，我赶紧跟着他坐上去。我还是第一次知道郭子晋会开车，我不敢置信地问：“简直太不可思议了，你居然有驾驶证？”

“谁说我有的？”

我随手指了指车里：“那这个车是……”

“我也从来没说我有车啊！”郭子晋一边倒车一边说。

郭子晋倒是淡定，可我却吓得去抓扶手，“等等，郭子晋，这车不会是你偷的吧？”

“你这话说得可真不好听。”郭子晋淡定地开着车，一板一眼地纠正我的用词，“我只是‘偷用’而已……这是闫树海的车。”

偷车？偷用车？有什么区别啊？

等我们到达魏可可家楼下的时候，天已经开始蒙蒙发亮了。我困得直打哈欠，建议道：“要不今天算了吧？改天我们再来。今天我实在是太累了。”

“好啊，反正他又不是我男朋友，你脑袋上的绿帽子又不在我脑袋上。”郭子晋无所谓地说，“你说回去，那就回去呗！”

“那再等一会儿吧！”我又有点不甘心，“再等半个小时。”

郭子晋把火熄了。

结果，没到半个小时，楚南便偷偷摸摸地从魏可可家的楼道里出来了。

我不断告诉自己不要把事儿闹大，也不断告诉自己，千万不能冲动。可当我看到魏可可衣衫不整、恋恋不舍地追下楼后，我便瞬间没了理智。

虽然我跟楚南的恋爱谈得不紧不慢、不温不火，但我认为，在恋爱关系中，最重要的是对彼此忠诚。这一点，我本来很有信心。

我完全没料到自己会如此生气，打开车门，气势汹汹地冲了过去。

看到我突然出现，楚南立马掩饰道：“瑶瑶，你去哪儿了？我都找你一晚上了！你怎么现在才回来？”

“找我一晚上，怎么没回家啊？”我回头看了一眼衣衫不整的魏可可，“找我一晚上，找得衣服都脱了啊？”

魏可可估计心里都乐开花了，干脆直接地说：“瑶瑶，我和楚南虽然对不起你，但你——”

“魏可可！你少胡说八道啊！”楚南连忙跟魏可可划清界限，“瑶瑶，我真的是来找你的！可可说，让我在屋里等你，我一不小心睡着了，这才刚离开……不过瑶瑶，你怎么现在才回来？我还没问你，你怎么和你隔壁这个男人混在一起了？你们两个什么关系啊？”

郭子晋下车走到我身边，我们两个在犯罪现场摸爬滚打了一晚上，身上都脏兮兮的。魏可可见状，反咬一口道："楚南，我跟你说你还不信，你自己看！他们两个衣服都成这样了，一定没干什么好事儿！"

可能是父母离异的原因，我自小就特别缺乏安全感，不容易对人敞开心扉。待人接物时，我很少会和人交心，魏可可和楚南，算是我为数不多的能交心的人……但是没想到，这两个我最信任的人，却背着我走到了一起。

"楚南，你看看人家。"魏可可态度暧昧地指着郭子晋，"人家可是署长的儿子呢！就你家那点钱，放在人家的眼中，那简直是不值一提。"

"我不想解释。你们两个好自为之吧，再见。"我有气无力地说，"郭子晋，我们走吧！"

我去叫郭子晋，但是郭子晋完全没动弹。我又瞪了郭子晋一眼，他用眼神示意我少安毋躁。

"走吧！别耽误人家甜蜜告别！"我对郭子晋说。

魏可可倾身过去往楚南身上靠，楚南奔过来想拉我回去。楚南一走开，魏可可一不留神扑了个空。就在楚南碰到我之前，郭子晋一把擒住了楚南的胳膊。

"我就等你过来呢！你动作也忒慢了点。"郭子晋笑得心满意足，"昨天抓凶手的时候我没能施展施展拳脚，现在可算给我机会了。"

"别动别动别动！"楚南一挣扎，郭子晋便牵引着他的胳膊暗自用劲，"你要是乱动，胳膊一不小心断了，那就不好了。"

"我告诉你，你可别乱来！"魏可可急着喊叫，"就算你有后台，也不能随便打人啊！是成书瑶自己管不住男人，你打楚南做什么？"

"我最瞧不起你这种出卖朋友的人了，还有他，一点男人的样子都没有。"郭子晋完全不把魏可可的叫嚣放在眼里，嘴角还挂着轻蔑的笑。他使劲掰了楚南的胳膊一下，楚南疼得大声号叫。

"还有啊，我爸是我爸，我是我，别混为一谈。"

魏可可气呼呼地看着郭子晋，一点没占到便宜。

"郭子晋。"我眼睛有点发酸，"算了吧，为了他这种人，犯不上。他爱怎么样怎么样，以后都跟我没关系了。"

"瑶瑶！"楚南被郭子晋压得生疼，声音都在颤抖，"瑶瑶你别走！你听我解释！我错了，真的错了……"

郭子晋没再继续为难，他一松手，楚南踉跄地摔在地上。魏可可过去搀扶，楚南直接推开了她。

即便楚南是真心悔过，我也对他没什么留恋了。别的暂且不说，单说他刚刚对可可翻脸不认人的样子……我觉得，这样的男人，我是无论如何都接受不了的。

我叫郭子晋离开，可郭子晋还是不动地方。我有点生气了："郭子晋，你到底——"

话还没说完，外面车道的警笛声突然由远而近。没多一会儿，几个巡捕便从巡逻车上下来了。

巡捕围着闫树海的那辆小轿车看了看，其中一个走过来问楚南："这车是你开的？"

郭子晋脸上没什么变化，而我也早已处变不惊。魏可可和楚南两个人一头雾水，表情稍显慌乱躲闪。

楚南不明白巡捕为什么会这么问，他指着郭子晋说："警长，这车不是我的，车是他开的。"

"是你的吗？"巡捕回头问，"你是东区的那个侦探，你来西区干什么？查案？"

郭子晋意有所指地看看楚南和魏可可，笑着说："是啊，来帮着客户查男友偷情的。"

"你说谁偷情呢？"魏可可急着辩解道。

"真好笑，我又没说你。"

看郭子晋这气死人不偿命的架势，魏可可愤怒无比，却无力反驳。郭子晋满不在乎地张开手，大方地说："车不是我开的，不信的话，你们搜我的身好了……我不会开车，我连驾照都没有。车钥匙在谁那里，车就是谁开的。"

我没明白郭子晋的意思，其他人同样不明白。巡捕在郭子晋的身上摸了摸，却什么都没摸到。

巡捕又继续问楚南："说实话！这车是不是你开的？"

"真不是我！"楚南一边掏着西装口袋一边忙着解释，"你看，这是我的……"

楚南的西装口袋里，赫然掉出来一把车钥匙！而我认出来，这个车钥匙正是郭子晋刚才开车时用的。

郭子晋什么时候把车钥匙放在楚南兜里的？郭子晋又是什么时候报的警？

"我……不是……那个……"

这下，楚南是有口也解释不清了。

巡捕义正词严地说："我们接到报警，有车主丢失了这辆小轿车。请你配合一下，跟我们一起去巡捕房调查情况……这位女士，你也跟我们一起去！"

没几句话的工夫，魏可可和楚南全都被带走了。我本来还觉得有几分心酸，现在却被这反转的结局逗得有点想笑。

天渐渐发亮，院子里只剩下我和郭子晋两个人。昨日种种，让我感觉自己像是做了一场悲喜交加的梦。梦醒了，空留惆怅和悲凉。

“他们两个不会有事儿吧？”我有点担心地问。

郭子晋呵呵笑道：“放心，不会，就是吓唬吓唬他们而已，虽说缺德吧，但坏人怎么说都要被教育教育……闫树海肯定能猜出来这事儿是我干的，所以，他不会太为难他俩的。”

“谢谢你！”我诚恳地道谢，“虽然你这个人经常冷血无情刻薄嘴贱，但是从某种程度来说，你还是挺好的。”

“承让承让。”郭子晋往楼上看了一眼，“你还要去魏可可家住吗，还是回你家住？”

呃，这个问题，好像颇为棘手。

看我不说话，郭子晋建议道：“要是没地方住的话，不如去我家吧？”

第二案

老宅密室杀人案

奇怪事务所

Chapter 1

毫无意外地，我和楚南分手了。顺其自然地，我和郭子晋住在了一起。

在北州这座城市，陌生男女合租住在一起并不是什么稀奇事，因为这里的房价实在是太高了。好吧，这些都只是冠冕堂皇的借口。事实上，让我下定决心跟郭子晋住在一起的理由只有一个——我缺钱缺得厉害。

我当初租下郭子晋家隔壁的房子，已经花掉了所有积蓄。现在房东死了，房东的女儿又远在国外。不出意外的话，我的钱是要不回来了。我现在没有工作，租的房子又不能住，爸妈家我又不想去，除了天桥下，没有我能去的地方。

“你可以住我家。”

也许是为了感激我，也许是出于愧疚，郭子晋决定免除我大部分的费用。郭子晋说：“按照我以前说的那样，你住在我家，水电费咱俩平摊。我不收你房租，但是你每天要负责擦地。”

我纠结半天，开口问道：“那个……水电费要什么时候交？”

“最近应该不用。”郭子晋挠挠下巴。

我不放心，又确认了一遍：“大概最近到什么时候？你给我个准确时间，我好准备一下。”

“这个……”郭子晋皱眉想了一下，“水电费的话，差不多两三年吧。”

我暗自庆幸，这么久的话，我差不多也搬出去了。

住的地方解决了，下面我要操心的就是找工作。

正式住进郭子晋家的第二天，我便开始疯狂跑面试找工作。几天下来，我跑了不知道多少个公司。没有案子的郭子晋像是处于休眠状态的熊，无时无刻不在睡觉。他家被窗帘挡得严严实实，他本人也像缺少阳光的植物般，完全萎靡下去。按照郭子晋的说法，他这是节省能量，以备不时之需……

这天在客厅里，我见到了眯着眼睛缩在沙发里，跟重症患者一样萎靡不振的郭子晋。

“你为什么会这么吵？”郭子晋狂躁地揉乱脑袋上的头发，“早知道你这么吵，我说什么都不让你住我家。”

我抱歉地说：“我这几天确实有点忙……不过你放心，等我找到工作就好了。等我找到工作，我天天上班，肯定就没人在家吵你了。”

“白天没人吵？你意思是说，你晚上就会吵？”郭子晋的情绪好像不太好，“我倒要看看，你找的都是什么工作。”

我把手里的一些文件资料递给郭子晋，他随意浏览了一下，毫不留情地说：“都什么破公司啊！成书瑶，你找的都是什么工作……”

“喂！”我气得直嚷嚷，“关你什么事啊！”

“还急了。”郭子晋挠挠脖子，熟练地抱着膝盖坐在沙发上，目光炯炯地看着我，“不就是找工作吗，我介绍个工作给你。”

“你介绍工作？”我才不信，“你能介绍什么工作？”

郭子晋反问我：“你会做什么工作？财会？翻译？内勤？秘书？采购？外联？”

听郭子晋说得像模像样，我也来了兴致，“你能给我什么工作？”

“我说的那几个岗位都缺人。”郭子晋打哈欠，露出满口白牙，“看你想干什么了。”

我以前工作的岗位，勉强算得上是内勤和秘书，现在……

我问：“那，钱的话……”

“你想要多少？”

我瞬间觉得郭子晋话不靠谱，“什么叫我想要多少？我想要座金山，他们能给吗？”

“可以啊！”郭子晋答得爽快。

“你耍我的吧？”我不高兴了，“即便可以，这个老板肯定也是精神病。”

“哈哈哈！”

郭子晋哈哈大笑，我也不知道自己说了什么让他觉得这么好笑，但是郭子晋显然是乐坏了。我又问了郭子晋一遍，他这才笑着从沙发上站起来。

我匪夷所思地看着郭子晋走到客厅的书架前，又匪夷所思地看着郭子晋从架子上面拿出一张奇奇怪怪的大白纸。

郭子晋珍而重之地掸掉白纸上的灰，对着我展示说：“我开的‘奇怪事务所’招人，我，就是你说的那个精神病老板。”

我目瞪口呆地看着郭子晋拿的白纸上写的加黑字体：郭子晋侦探事务所。

“你招人？招我？”我眨眨眼，“可是侦探的工作我什么都不会做啊！”

“挑你会做的做就可以了啊！”郭子晋又把白纸放回去，态度一点都不严肃正经，“幸好我这个老板什么都会做，所以你挑自己会做的做就行了。做人嘛，开心最重要了……怎么会有我这么好的老板？要不是我低调，估计我早已感动世界了。而且，我的钱也不是那么好赚的。”

见我的眼神怪异，郭子晋咧嘴笑道：“薪资高，危险大。侦探工作基本上常年在外跑，干的都是卖命的活。你只要跟我一起办案的时候不被吓死，过年我就给你发年终奖。”

“这种话可不能瞎说。”我干笑了两声，“你常年跑？哪里常年会有命案？”

郭子晋的表情高深莫测，可我觉得他完全是故弄玄虚。

可我没想到的是，就在我和郭子晋吃晚饭的时候，家里的步话机就响了。

这通电话，郭子晋整整打了一个小时。晚饭都凉透了，他才开门出来。

“怎么了吗？”我好奇地问。

郭子晋眼神迷茫地盯着桌角，心不在焉地问我：“成书瑶，你准备接受我提供的工作吗？”

我的心突然扑腾扑腾跳得很快，我问：“是有命案了？”

“不知道，不过看样子像。”郭子晋梳理了一下他那乱糟糟的头发，“如果你准备好了，那就现在进屋收拾东西，我去订车票。我们估计要去外地待几天，有一桩密室杀人案请我去调查。”

我虽然在书里看到过密室逃生，但我还是第一次在现实生活中听说密室杀人。我好奇地问郭子晋：“怎么回事儿？”

“我现在没时间跟你说这些。”郭子晋找着资料，“工作的事儿，你到底想好没有？”

“我能不能申请试试看？如果我觉得不合适，我再辞职。”

“试用期？”郭子晋的手略微停顿，似笑非笑道，“我还是第一次听说有人试用老板的……行，那我给你试用期。侦探的工作比较特殊，有时候一个月可能会有很多的案子，有时候十天半月都不会有一个客户。我们就拿一个案子给你当试用期，够不够？”

虽然我跟着郭子晋跑过几次现场，可上一桩案子，需要亲自调查的东西并不多。也就是说，我对侦探的工作还是一知半解。现在听说有试用期，我十分高兴：“行！那我先试试你，不行的话再说。”

郭子晋冲着我扬扬下巴，我不明所以地看着他。

郭子晋挥手驱赶我说："去收拾东西啊，傻站着干什么？"

刚接到工作就要远行，我兴奋极了，顿时工作热情高涨，郭子晋一声令下，我立马去准备。

收拾完东西，离出发还有一段时间。郭子晋换好了衣服，黑西装白衬衫，这让他看起来稍显沉闷。他坐在沙发上看旅游杂志，我便坐在沙发对面看他。

"成书瑶，你看我干什么？"郭子晋连头都没抬，淡淡地问，"收拾好东西后，你已经看了我十分钟了。"

我怎么看郭子晋的头发怎么不舒服，"郭子晋，我现在算是你的秘书了吧？"

"嗯。"郭子晋翻阅着杂志，懒洋洋地回我。

"作为一个好秘书，我深深为老板的发型担忧。"我动之以情晓之以理，"我知道老板你平时日理万机，没时间操心头发这点小事儿，可你的头发实在是太长了！别人看着不舒服，你自己也不舒适啊！"

郭子晋合上杂志，抬头问我："你到底想说什么？"

"嘿嘿。"我从身后拿出早藏好的剪子，"时间还早，我帮你修剪修剪头发吧？"

郭子晋轻哼一声，继续翻看杂志。

我锲而不舍地坚持道："老板，你看你的西装穿得很得体，可你总不能让你的形象毁在发型上呀！你要相信我的审美，我从小到大没少给别人剪头发，技术绝对过硬！我跟你说……"

劝说了有十分钟，我觉得我都要把自己说缺氧了，郭子晋依然不为所动，认真地翻看杂志。

正当我准备放弃时，郭子晋却松口道："好吧，你来吧！"

我大喜过望，嘿嘿笑着晃动手里的剪子，"郭老板，敬请期待吧！"

郭子晋闭上眼睛，脸上摆出一副慷慨就义的表情等着我。秋天天气干燥，郭子晋殷红的唇上略微卷皮。当我拿着剪子靠近时，郭子晋温热的气息轻柔地拂在我手背上。

我的个亲娘……我使劲咽了口口水。剪了这么多次头发，我还是第一次有怯场的感觉。

大概十分钟过去，我满身是汗地停下剪子说："好了。"

"镜子给我。"

我不太好意思看郭子晋，故作镇定地吹着剪刀上的碎发。郭子晋看了镜子好半天没说话，我这才回头问："你怎么……噗！"

"技术过硬？"郭子晋笑得阴险，指着额头上剪残的头发问我，"成书瑶，你这技术，未免太过硬了吧？”

我脸涨得通红，尴尬地挠挠脸说：“嘿嘿，我看反了。”

“我看你是脑子长反了。”郭子晋挖苦道。

已经到了出发时间，再修补肯定来不及。没有办法，郭子晋只能顶着个剪残的发型出门。从家里到车站，郭子晋被人笑话了一路。我是“罪魁祸首”，不好意思笑，只好尽量不去看郭子晋的发型，避免笑得肋骨疼。

郭子晋显然生我的气了，路上他一句话都没跟我说过。直到上了车，他才开始跟我交代案情。

“给我打电话的是个美国华侨，职业是律师，但现在并不在国内。”郭子晋说，“他叫赵海滨，今年 34 岁，哈佛博士。”

赵海滨的爸爸赵剑是大学的地质学教授，退休之后回农村老家准备养老。赵剑总共有三个孩子，赵海滨是老三。赵海滨有一个哥哥一个姐姐，哥哥姐姐都在国内。赵剑的老伴几年前去世了，所以他自己一个人住在新修建的大宅子里。赵海滨的哥哥姐姐定期会去照看老人，给老人送一些必需品。

“赵海滨讲，他们家的祖辈是军阀，祖上曾经跟某个将军盗过墓。当时他们的祖先将盗出的珍奇宝物传了下来，后辈们得以发家致富。”郭子晋不自觉地摸了摸他的头发，“原本赵剑马上要过八十大寿了，就在赵海滨起身回国的三天前，赵剑却死在了密闭的书房里。”

“密闭？”

郭子晋继续说：“房间的窗户被人从屋里锁上了，门也是。书房的钥匙在赵剑的兜里，所以书房是密闭的。发现尸体的人是赵剑的姐姐赵海娟。据她描述，赵剑死状恐怖，连心脏都被人掏出来了……”

“什么！”我的后背瞬间出了一层冷汗，“书房是密闭的，还死得这么恐怖……难道说凶手不翼而飞了？”

“我们去就是要查出为什么啊！”郭子晋调整了一下坐姿，“赵海滨的哥哥赵海涛说，赵剑会死，是因为他们家族都受到了宝物的诅咒……”

郭子晋的“诅咒”两字刚出口，车身突然就剧烈颠簸起来。我条件反射地握住郭子晋的手，吓得心脏突突跳。

“阿弥陀佛！阿弥陀佛！”我拍着胸口安抚自己，“郭子晋……你说，这个案子，会不会真的是古墓主人对盗墓者的诅咒？”

我觉得诅咒的说法也不是没有道理。

“书房是密闭的，死法还这么恐怖。这可是杀人诛心啊！我记得我爷爷以前跟我说啊，只有那种缺了大德的人，死的时候，阎王才会派小鬼下来把他的心——”

“我能允许我的秘书不懂专业知识，但是我绝对不能允许我的秘书没有脑子。”郭子晋估计还在对剪残的头发耿耿于怀，语气毫不客气，“成书瑶，我拜托你，稍微用用脑子！就算有诅咒这回事儿好了，墓的主人为什么只杀赵剑一个？为什么一早没杀，非要等赵剑快八十大寿的时候才要他的命？”

“那你的意思是？”

“谋杀！无论案件看起来多不可能，但赵剑一定是被谋杀的。”郭子晋合上笔记本，懒洋洋地往椅背上靠了靠，“委托人赵海滨也是这个意思。因为会涉及遗产继承的问题，赵海滨希望我们尽量不要让他的哥哥姐姐产生不好的误会。所以到了赵家，你还是尽量少说话吧！”

郭子晋闭上眼，他显然是想休息一会儿。我颇为小心地推推他，问道：“我再问你最后一个问题，我们两个明目张胆地去他家调查杀人案，凶手知道后会不会吓跑了？”

“所以我说你要少说话。”郭子晋的回答真是一点面子都没给我。

颠簸了差不多一天一夜后，我们到达了北方的某个城市。我和郭子晋匆匆吃过早餐，继续赶路。赵家宅子在一个我没听过的小村子的山脚下，位置很偏远。我和郭子晋整整走了一天，直到晚上八点多，才到了赵家宅子。

干侦探不仅是脑力活，还是一个体力活。我过去不是上学就是上班，常年缺乏运动。坐一天的车，我算是整整晕吐了一天。郭子晋最后看我实在是没力气，扒拉着我的脑袋让我靠在他身上休息。

郭子晋是“损人不厌”，我是彻头彻尾的“毁他不倦”。

我靠在座椅上，一不留神就睡着了。汽车颠簸得太厉害，等我醒来，发现自己的脑袋靠在郭子晋的肩膀上，流了他一肩膀的口水。

下车之后，郭子晋隐忍地咬咬牙道：“成书瑶，你真的是想应聘秘书的吗？你不会是其他侦探雇来整我的吧？”

“不好意思，不好意思！”我讪笑着擦擦郭子晋被口水沾湿的西装，“要不……你在门口换一件吧？”

郭子晋略微苦恼地打掉我的手，闷声不响地拉着我俩的行李往前走。我追着他跑没几步，却又吓得停住了脚步。

“郭子晋……”

夜晚的荒山里，我呼喊的回音在夜空回荡。刚才光顾着赔礼道歉没注意，现在一看，我吓得一步都移动不了。

赵家大宅远离村落，倚山建立，石墙石瓦，造型古朴老旧。我听说这里是新建的，可成片的房屋却一点没有新房子的样子。赵家宅子倚着的荒山叫黑龙山，因为像黑龙，所以得名。

来的路上，村里和我们同行的人说黑龙山有山鬼，山鬼能让人稀里糊涂地上山，然后彻底消失在山中。村民基本不会来赵家做客，因为他们觉得黑龙山的位置实在是太不吉利了。

我不知道黑龙山是不是闹鬼，单就它的造型来说，已经够触目惊心了。夜里站在我的角度去看，天幕之下的黑龙山活像一条张着血盆大口的巨龙。视线一晃，龙头好似会动一般。

此刻，站在赵家宅子门口的我和郭子晋，仿佛正准备着走进黑龙的口中。

“快走了！”郭子晋把行李搬到门口，又折回来接我，“黑山而已，有什么好看的？”

我紧张得吞咽口水道：“这么大的龙头……这也太可怕了。”

“呵。”郭子晋瞥了一眼，满不在乎地拉我往前走，“可怕？有什么可怕的？世界上要真有神仙鬼怪的话，估计也不会有如此多的冤假错案。破案都能找神棍的话，侦探不全饿死了？”

虽然郭子晋说得对，可我还是心有余悸。我尽量不抬头看，闷头跟着郭子晋走。到了大门口，郭子晋敲敲门板，木头被叩响的闷声，在寂静的山脚稍显突兀。

隔了有三分钟，院子里传来拖沓缓慢的脚步声。一个苍老低沉的声音问：“谁啊？”

我有点害怕，不自觉地握紧旁边郭子晋的手。

郭子晋回头看我一眼，他答：“您好，我父亲是赵剑老师的学生，我是代表我父亲来给赵老师祝寿的。”

“吱嘎……”木门开启的摩擦声让人头皮发麻，汗毛竖起。

木门打开后，我费了好大的力气，才忍住没叫出声。

里面探出头来的老人长得很是骇人，他的脸像是干枯的老树皮，上面沟沟壑壑，布满疮痍。老人的左脸缺失，没有眉毛，看不到眼睛，嘴也是歪的。

虽然我不是个以貌取人的人，可在夜晚的荒山里见到如此怪异的长相，说不害怕、不介意，那肯定是假的。

郭子晋眼疾手快，在我失态前，一把搂住我，将我的脑袋靠在他怀里。郭子晋笑着打招呼说：“不好意思，我们赶了一天的路，我太太身体不太舒服。”

有郭子晋护着，我多少能镇定些。我偷着去看，老伯怪异的脸上依旧没有表情。

老伯点点头，哑声问：“你父亲叫什么名字？”

“程天佑。”郭子晋回答道，“我叫程俊，这是我太太成书瑶。”

既然他介绍我是他的太太，我也只好硬着头皮跟他扮演夫妻。我克制住害怕的感觉，笑着和老伯打招呼，老伯还是面无表情地点点头。

“程天佑我知道，是那个地质局局长吧？我听赵老师提起过……不过他应该有给你父亲发通知吧，赵老师出了意外，生日宴取消，赵家最近也不接待外人。”

郭子晋明知故问道：“出了意外？”

“赵老师死了。”

可能由于环境的原因，怪异面容的老伯说出这样的话，实在是让我感觉毛骨悚然……

顾不得礼貌，我转身又藏到郭子晋身后。

郭子晋声音发哑，恰到好处地表达了自己的悲伤和震惊：“赵老师死了？我父亲最近在外地开会，可能他没收到通知……我听我父亲说赵老师的身体挺好的啊！到底是发生什么意外了？什么时候的事儿啊？”

老伯僵硬的半张脸突然抽动一下，也不知道是哭是笑。

门灯将老伯的脸映照得无比诡异，他阴森森地说：“死了，赵老师的爸爸是这么死的，赵老师也是这么死的，诅咒又开始了，这个宅子里姓赵的男人，没有一个能活下来。”

鬼气森森

Chapter 2

呃……我现在辞掉这份工作，不知道来得及吗?

“钱叔？”大院里有个男人叫道，“谁来了？是赵海滨回来了吗？”

“不是，是赵老师一个学生的儿子，来给赵老师祝寿的。”开门的老伯转过头说话，只给我和郭子晋留下一个斑斑痕痕的左脸，“海涛，要让他们进来吗？”

原来里面说话的人是赵老师的大儿子，赵海涛。

没一会儿，不耐烦的赵海涛走了过来。赵海涛四十岁左右，肿眼泡，酒糟鼻，眯缝着眼睛，十足一个酒鬼。

赵海涛醉醺醺地趴在门上来回打量我和郭子晋，酒气熏天地说：“我家老爷子已经死了，寿终正寝。用不着祝寿了，你们走吧！”

说完，赵海涛作势要关上大门。

“我父亲让我来给赵老师祝寿，也没想到赵老师会……我们既然来了，怎么说也要给赵老师上一炷香再走。”郭子晋先一步挡住门板，客气地说，“还有，赵大哥，你看这里坐车不方便，左右只有你们一户人家，我们能不能在你家先住一晚上？等明天村里的车来，我们两个再走，行吗？”

赵海涛挥着手想要拒绝，郭子晋立马拿出钱递过去：“这是我父亲的一点心意，请你一定要收下。”

“行吧！”赵海涛瞄了一眼郭子晋手里的钱，打着酒嗝说，“不过我们可说好了，就一晚上。”

钱叔应该是赵家请来的帮佣，看样子，钱叔并不太想给我们开门。不过赵海涛收了钱，钱叔又不得不照吩咐做。赵海涛接过钱后，心满意足地点着钱走了。从赵海涛厚重迷醉的眼皮后面透出来的目光，丝毫没有丧父的哀伤。

“造孽啊！”钱叔一边让出路，一边嘀嘀咕咕，“唉，真是造孽。”

我很好奇，却不能出言。郭子晋努力装出很悲伤的样子，不过我猜，他应该已经看出些端倪了。

赵家宅子的外面是鬼影幢幢，里面更是鬼气森森。院子里用白布搭了灵棚，赵老师的尸体直接停在了院子中间。正对着尸体的屋子里设了灵堂，却没有人守灵。山风吹过，阵阵香火味儿传来。白布无力地随风摇摆，赵老师煞白的脸在停尸板上时隐时现。

我拽紧郭子晋的胳膊，吓得手脚冰凉。

赵家宅子大，我们跟在钱叔的身后往客房走。到了客房，钱叔推门对我们说：“你们今晚暂时住在这里。”

“不好意思，”郭子晋礼貌地发言，“我们走了一天，肚子有点饿，请问有饭吃吗？”

钱叔用仅剩的一只眼睛盯着郭子晋看，郭子晋轻笑道：“如果能把厨房借给我们的话，我们也可以自己做。”

“晚上你们最好不要乱走，想吃什么可以叫我。”钱叔脸上诡异地扭曲着，“你们这都皮光水滑的，看到些不好的东西，小心吓坏你们。”

不用看到什么不好的东西，我差不多已经要吓坏了。郭子晋点头称是，拉着我进了客房。

钱叔没有立刻离开，站在客房门口好一会儿。钱叔佝偻的身影投射到屋里的地面上，我战战兢兢地往郭子晋身后藏……终于，钱叔离开了。

客房里满是老旧的气息，连空气都让人感到沉闷不适。木门木床木窗，不能说雕梁画栋，但最起码算得上古色古香。我立马把门上好锁。上好锁后，我又有点不太放心，挪动着门口的桌子把房门堵上。

郭子晋没拦着我，他好笑地坐在椅子上看我折腾。直到我气喘吁吁地停下，他这才开口：“忙完了？忙完听我说说？”

“你说吧！”不管郭子晋说什么，我心里已经产生了可怕的想法，“郭子晋，我觉得这房子肯定不干净。钱叔的话你听到没有？他说赵家的男人都是这么死的，还说晚上……晚上我们不出去了吧？”

郭子晋从包里拿水喝，他打开瓶子轻抿一口，说：“不出去了，走了一天我也累了。今天晚上咱们两个踏实地睡一觉，等到明天晚上，咱们再开始查案。”

“啊？明天晚上？”我不明白，“你看赵海涛的样子，他能让咱俩住到明天吗？你给他那么多的钱……咱俩去外面住都够了！”

“外面有什么好住的，有命案吗？”郭子晋冷笑一声，“既然受人之托，自然要把案子查清楚了再走。”

我眼神幽怨地看着郭子晋，我实在太害怕了，巴不得快些离开。

“你没注意到吗？”郭子晋问我，“那个赵海涛提到赵剑死的时候，他用了一个成语。”

我努力回想了一下，说：“寿终正寝？”

“是的，寿终正寝。”郭子晋双手交叉，来回转弄着拇指，“被人挖出心来，还能用‘寿终正寝’来形容……赵海涛如果不是没文化，那他一定是在掩饰什么。”

“你是说……”我顺着郭子晋的话推测，“赵海涛是凶手？”

“赵海涛那个人你也看到了，他抽烟抽得厉害，食指的位置已经被熏黄。而且，从他的精神状况和身体状况来看，搞不好还染上了什么毒品。赵海涛不让人知道赵剑是被杀的，恐怕是因为他想早点拿到遗产，逍遥快活。”郭子晋顿了顿，“从钱叔的脸上，你又能看出来什么？”

我回想了一下，哆嗦道：“钱叔的脸已经够……我看都不敢看了，哪里还能看出什么？你是看出什么来了吧？你快点说说！”

“钱叔脸上的伤疤很奇怪，上面都是细小的条状纹路。”郭子晋在自己脸上比画了一下，“而他左半边脸都不见了……我猜，他可能是上山的时候被舌头有倒刺的熊瞎子舔了。”

郭子晋解释完，我突然觉得钱叔还挺可怜的，“半边脸都没了……一定很疼吧？”

“唉，女人还真是不能当侦探。”郭子晋叹息。

跟郭子晋相比，我想的问题确实是太感性了。不过这是性格使然，我又没有办法。

毕竟是刚到这儿，郭子晋能推理出的细节也不是很多。郭子晋看了眼腕表，说：“我们早点睡吧，明天还有不少活干呢！”

睡？

我回头看了一眼只有一张床的客房，脸红了半天才憋出一句话来：“就一张床，咱们两个，要怎么睡？”

“睡呗！”郭子晋两手一摊，他倒大方，“该怎么睡怎么睡，一张床咋就不能睡了？”

郭子晋刚才当着钱叔的面说我是他太太，虽然是演戏，而且我不讨厌郭子晋，可我还没神经大条到跟他同床共枕的地步。

打开窗户，夜风凉凉吹来。我用手扇着自己发热的脸，说：“那个……郭子晋，我觉得有些事儿咱俩还是说清楚比较好。虽然我为你工作，住在你家，但我可不能接受……”

我一转身，却见郭子晋正在打地铺，后半句话被我咽了下去。接着，我问了句十分无脑的话：“你干什么呢？”

“打地铺啊！”郭子晋拍拍手上的灰，“咱俩总不能睡一张床吧？我供你吃、供你住，如果还要哄你睡，我这个老板是不是做得太吃亏了点？”

原本我也没想跟郭子晋睡一张床，可他现在打了地铺，我竟然又觉得有点失望。事已至此，我只好佯装高兴，“我也觉得老板说得实在是太有道理了！辛苦你了啊，不过秋天睡地板会比较凉吧？”

“不辛苦，一点都不辛苦。”郭子晋回眸一笑，对我展示着他头顶的锥子形发型，“反正睡地板的又不是我。”

“啊？”我突然反应过来，“你是个大男人啊！你总不会让我睡地板吧？”

“我是个大男人啊！可我也是老板嘛！”郭子晋一点都不客气地说，“你要做个好员工，是不是？你要为了我们事务所的效益做牺牲嘛！”

郭子晋的话分明在瞎扯，我辩驳道：“我们哪有什么效益？”

“当然有啊！”郭子晋一本正经地说，“你想想，我休息不好就破不了案，破不了案自然没有收入，没有收入，那不等于没有效益？所以你看看，你做的牺牲对我们事务所来说多重要。”

呃……我现在才知道，睡地板，会是一项如此有深远意义的行为。

我说不过郭子晋，只好把床让给他。晚上抱着被子睡地板，我心里有着说不出的委屈和怨恨。郭子晋在软床上没一会儿就睡着了，我自己躺地板上，脑海中杂念全无，只想着要如何报复郭子晋。

关灯之后，四下更显寂静。山坳中风刮进来的声音，听着都无比清晰。其他屋子的门似乎是被吹开了的门板，晃荡着发出嘎吱嘎吱的声音，在夜里听着无比凄凉。

郭子晋的呼吸声非常浅，我总感觉屋子里是我自己一个人。加上外面的风声、门板晃动声，刺激得我神经紧张。我不断告诉自己快点睡着，睡着就不害怕了……可越是这样想，大脑反而越精神。

“郭子晋？”我小声叫他。

郭子晋没搭理我，他还是静静地躺在床上。

我不再叫他，使劲闭上眼睛想让自己睡着。迷迷糊糊不知道过了多久，门外似乎有撞门的声音。一下一下，恼人得很。我迷瞪着眼去看，一个人形的影子投照进来。

“郭子晋？郭子晋？”

郭子晋睡得熟，我怎么叫他都不睁眼。我也不敢去开门，只好假装自己睡着了。

声音越来越大，我吓得捂住耳朵，试图忽略掉敲门的声音。可门外的人像是知道我醒着一般，拍门的力道越来越大。

“谁啊？”我从地上爬起来问，“谁在外面？”

我和郭子晋躺下的时候天上还看不见月亮，现在月正中天，洒了一地惨白的光。门外的人影不稳，东摇西摆地晃动。

有郭子晋在，我胆子还算大一点。我穿好鞋去开门，只觉得门锁拧动的声音分外刺耳。门外的人只是不断地拍打着门板，一句话都没说。

我推开门，浓重的臭味儿迎面扑来！凉白的月光下，赵老师那张化了死人妆的脸突然出现在眼前，他脸上皮肤煞白，腮部是不正常的鲜红……门打开的一瞬间，他猛地睁开眼！他手上的指甲竟然长达二十多厘米，坚硬得像是鹰钩！

“我的心呢？”赵老师的长指甲扎进他心脏的位置，反复地在胸口处掏挖着，“我的心到哪里去了……”

我愣在原地，吓得一句话说不出来。赵老师的长指甲里夹满了肉屑，腐烂的身体被他掏得千疮百孔。臭肉迸溅到我的脸上，让我几欲作呕。

找不到心脏的赵老师转头，眼神犀利地瞪着我：“是你……你拿走了我的心！你把我的心给我！”

长指甲刺进我的胸腔，疼得我撕心裂肺。鲜血不断从我的身体流出去，我忍不住大声叫着郭子晋……

结果，我用力过猛，把自己叫醒了。我一下从床上坐起来，大口大口地喘着气。

噩梦初醒，我满身都是涔涔的冷汗。

不知道郭子晋是什么时候把我换到床上去的，总之此时我已经睡在床上了。他躺在地上背对着我，肩膀有规律地起起伏伏。我拿出手表看了看，现在是凌晨三点多。屋外面天是黑的，没有月亮。

虽然难以启齿，可我还是将郭子晋推醒。

郭子晋眼神迷茫地回头看我，问：“怎么了？”

回忆起刚才的噩梦，我实在是心慌。

我不好意思地笑了笑，难为情地说：“我……我害怕……你陪我说会儿话呗？”

“行，说吧！”郭子晋答得痛快。

郭子晋的形象在我心目中一下子伟大起来，我感动得涕泗横流：“老板，你对我的好还真是深藏不露啊！”

“呵呵。”郭子晋仰面朝天地躺着，嗓音里带着睡醒后特有的沙哑，“你声音不稳，情绪紧张，呼吸急促，应该身上还在冒冷汗。现在突然半夜醒来找我聊心事……成书瑶，你是做噩梦了吧？”

郭子晋能看出来，我倒好开口了。顺着郭子晋的话，我绘声绘色地把我刚才的噩梦给他讲了一遍。

直到我说完，郭子晋都一言不发。

“郭子晋？”我叫他，“你睡着了？”

“没有，我在听。”郭子晋建议道，“成书瑶，你下来和我一起睡吧！”

“啥？”我觉得郭子晋是想抢床睡，赶紧摆手道，“不用不用！我是被噩梦吓的，说出来就好了，我自己睡床上可以的。”

郭子晋严肃地说：“难道你不觉得，这床……有点奇怪吗？”

空气陡然安静了几秒，我问：“你什么意思？这床哪里奇怪了？”

没等郭子晋回答我，院子里骤然响起了无比凄厉的女人哭声，惨烈的哭声划破夜空，直冲天际，被夜风挟卷着，响彻山涧！

我从没听人这么哭过，我也不觉得人会发出如此凄厉的哭声。

没等郭子晋再次发出邀请，我自己尖叫着从床上跳下来，用力抱住了郭子晋。

“其实她叫了很长时间了，”郭子晋叹了口气，又不着痕迹地稍微跟我拉开些距离，“只不过你刚才睡得熟，没听见罢了。”

“很长时间了？”郭子晋避开的动作让我也感觉有点尴尬，只好状似无意地转移话题，“怎么会有人叫得这么惨，咱们用不用去看看？”

“不用。”郭子晋平躺在我旁边，平静地说，“赵剑刚死没多久，除了没能赶回来的赵海滨，其他孩子应该都在家守灵。我们见过了赵海涛，那么现在的这个自然是……”

我接过郭子晋的话：“赵海滨的姐姐，赵海娟？”

“没错。”郭子晋跷起了腿，“看来，赵家的问题不小。从现在的情况看，还颇为棘手啊！”

女人惨叫了一会儿，便停了下来。我和郭子晋躺在地上，两个人都静静的，谁也没说话。刚才是因为形势危急，所以我才不管不顾地从床上跳了下来。现在如果我回去……好像挺尴尬的。

“我想去厕所。”

等上完厕所，我再回到床上去，这样不就自然多了？我真是佩服自己的聪明才智。

可外面太黑，我又有点发怵。想了又想，我只好叫着郭子晋一起：“你陪我去呗？”

因为这里是平房，所以厕所都修在了屋子外面。郭子晋穿上鞋，他打开门，外面凉风吹得我一哆嗦。我跟在郭子晋的后面，根本不敢抬头去看旁边阴森可怖的黑龙山，只想着快点回去，好能再睡一会儿。

在上厕所的时候，那个女人又开始惨叫了。我速战速决，抓紧完事儿。我提好裤子出去，郭子晋正望着声音的方向愣愣地出神。

“喂！”我拍拍郭子晋的肩膀问，“你怎么了？”

“没什么。”郭子晋奇怪地指着不远处院子中间的白布帘子，“成书瑶，你看那里，你看到有什么奇怪的了吗？”

为了应付郭子晋，我匆匆扫了一眼，说：“哪有什么奇怪的？郭子晋，我觉得是你比较奇怪，房里的床你说有问题，灵棚你又说奇怪……那我问你，你从灵棚里看到什么奇怪的了？”

“哦，其实也没什么奇怪的。”郭子晋淡淡地答。

我好笑道：“你天天总说我，你自己不也是疑神疑鬼？”

郭子晋轻描淡写地说：“我刚才只不过看见停尸板上的赵老师坐起来了而已……”

“啊啊啊！”

郭子晋的话没说完，我吓得尖叫起来。赵海娟和我的声音此起彼伏，在夜里跟二重唱似的。

“他妈的！大晚上的，还让不让人睡觉了！”本应该守灵的赵海涛满身酒气地从屋里走出来，“再叫，都给我滚！老爷子死了，这全都是我的！都是我的！”

赵海涛眯着眼睛看了我和郭子晋好一会儿，郭子晋比画了一下点钱的手势，赵海涛这才想起我们两个是谁，说：“大半夜的不睡觉，你们两个在外面溜达什么呢？”

“上厕所。”

郭子晋问：“请问她是怎么了？”

“你说她？”赵海涛冷漠地回答，“她是我妹妹，老爷子死了之后，她精神有点受刺激，每天都说胡话。总之，全是些疯言疯语。”

赵海涛对待亲人的态度让我反感，我脸上不自觉地流露出对他的厌恶。

可赵海涛曲解了我的表情，他还以为我是在害怕，调侃我道：“小姑娘就是胆小，这个世界上哪里没死过人？哪里没葬过人？要是真有鬼的话，那不满大街都是鬼了？”

“嗯，说得对。”郭子晋赞同地点点头。

“你们两个快点去睡吧！”赵海涛脸上挂着一丝不耐烦，“明天早上你们不是还要坐班车回去吗？”

正说话的工夫，钱叔动作缓慢地拿纸钱出来，闷声不响地蹲在灵堂前烧纸。黄色的纸钱丢进火盆后瞬间打了卷，变成了灰。忽闪忽闪的火光照在钱叔的半边脸上，诡异而又吓人。

赵海涛见我和郭子晋都在看钱叔，便解释给我们听："钱叔以前跟我爸是一个村子的同学，当年他和我爸一起去山上背书，结果不小心碰到了熊瞎子。原本熊瞎子要舔我爸的，不过钱叔救了他，后来，我爸说我们要世世代代养着钱叔……不过我觉得这完全是亏本的买卖，如果赔上半张脸就一辈子有人养，我还乐意呢！"

我忍受不了赵海涛自私自利的嘴脸，尖酸地讽刺他说："那你不成没皮没脸的人了？"

"是啊是啊！"赵海涛完全没听出我的意思，还一个劲儿地附和我，"你说得有点道理。"

"走吧！"郭子晋握住我的手，他掌心潮乎乎的，都是汗，"成书瑶，我们回去睡觉。"

我和郭子晋刚转身想往房间走，赵海娟的叫声突然加剧了。这次她的叫声稍显不同，撕心裂肺的，让人听着难受。我想尽快和郭子晋回屋，郭子晋却甩开我的手往声音的方向追去了！

赵海涛的酒似乎醒了几分，他问我："你丈夫干什么去了？"

钱叔丢下手里的纸钱，仰天叹息道："唉，真是造孽啊！"

我和赵海涛一起追过去时，郭子晋正站在门口喊道："打开门！把门打开！"

"钥匙在我这儿，"钱叔最后赶到，拿出钥匙递过来，"海娟精神状况不好，医生说不能随便放她出门……海滨和海涛说，先把她锁在屋子里面。给你钥匙。"

郭子晋接过钥匙，快速打开门冲了进去。

屋里味道怪怪的，腥膻甜腻。

我们三个刚打算跟进去，却被郭子晋拦住了："你们站在外面，谁都不能进来。"

"为啥？"赵海涛有点要耍酒疯的感觉，"这是我家，你还能拦我？"

郭子晋没搭理赵海涛的醉话，沉默着抬手将屋里的灯打开。

白炽灯的光亮刺眼，众人俱是一躲。可等我们渐渐适应了屋里的光线，却全都吓傻了眼。

屋子里的门窗紧闭，家具乱七八糟地倒在地上。地上的血泊里躺着一个三十多岁的女人，她的眼神空洞，胸口的位置上缺了一块，好像是……心被人挖走了。

白色的墙壁上，用鲜血写着一排大字，我只记住了最后四个字：圣显皇后。

赵家的宅子比较偏远，巡捕接到报案之后起码要五个小时才能赶到。赵海涛再一次见到亲人横尸当场，直接吓瘫软了身子。钱叔脸上肌肉抽搐得厉害，他急着想要进屋里查看。

幸好郭子晋有经验，他及时保护好了现场。

钱叔说什么都不让郭子晋进去，说是会冲撞了亡者的怨气。郭子晋不听，钱叔急得指着墙上的血字说："赵老师死的时候墙上也有这些字，这是佛爷的谥号！佛爷是来讨债的，佛爷不高兴了，是要继续杀人的！"

郭子晋没理会钱叔的嚷嚷，直接将钱叔赶了出去。不管钱叔在外面说什么，郭子晋完全无动于衷。钱叔恶狠狠地骂了一句："不听我的劝告，你死了活该！"

接着，钱叔便离开了。

凶案屋子里只有我和郭子晋，我左顾右盼，不知道该做些什么好。郭子晋围着尸体转了两圈，对我说："去房里把我的工具包拿来。"

"啊？"

"上面印着大树图案的那个。"

"啊！"

我稀里糊涂地出来，心里有一种如释重负的感觉。

从赵海娟的屋子跑回我和郭子晋的客房，中间要经过赵老师的灵堂。钱叔烧的纸钱已经差不多快灭了，泥盆里尽是没燃尽的火星点点。

"呸呸呸！"我一边呸着一边往客房跑，感觉外面似乎也没比凶案现场安全多少。

我跑回客房的时候，钱叔正站在门口。现在的天将亮未亮，钱叔的半张脸尤为可怕。我僵硬地打过招呼，进屋抱着郭子晋的包就往外跑。

钱叔在我身后叫住我："你们两个不是来给赵老师祝寿的，你们也不是赵老师学生的孩子。"

钱叔虽然看着不怎么正常，但是他有着敏锐的判断力。

"说吧！你们两个是为什么来的？是为了赵老师家的宝物吗？还是说，你们是为了他来的？"

"他？"我一边倒着往后走一边问，"他是谁？"

"别跟我装傻！"钱叔的吼叫声吓得我差点摔倒，他右半边脸上的表情更加狰狞，"赵家的事儿不是你们能管的，明天天亮巡捕来之前，你们就走吧！"

"成书瑶！"郭子晋从赵海娟房间探出头，"快点过来！"

也顾不得礼貌，我丢下钱叔，撒腿朝着郭子晋的方向跑。郭子晋接过我手里的包，拉我进屋，我仔细地将钱叔说的话跟他重复了一遍。

“他？”郭子晋说出了和我相同的疑惑，“他是谁？”

我摇头，示意我并不知情。郭子晋不再询问，他打开工具包，准备开始工作。

“我能为你做什么？”我看了一眼工具包里奇奇怪怪的工具，“现在我们要做什么？”

郭子晋递给我鞋套、手套和一次性帽子，慎重地嘱咐道：“把这些戴好了，犯罪现场千万不能留下你的丁点儿痕迹。”

我不敢马虎，听话地穿戴好。郭子晋拿出相机，仔细将房间各个角落拍了一遍。我站在一旁看着他专心地工作，也不敢出言打扰。

赵海娟和赵海涛长得挺像，他们兄妹俩都是一样的酒糟鼻和肿眼泡。钱叔说，第一个发现赵老师惨死的人便是赵海娟，看完之后她被吓傻了，所以疯掉了。

可是郭子晋，似乎并不这么认为。

“你仔细观察一下赵海娟，虽然她身上的衣服是干净的，可她的个人卫生却不好。你看，她的指甲残缺不全，头发还有味道。”郭子晋拿着镊子小心翻看赵海娟的耳郭，“你看她耳朵里的灰尘，她至少有一个月的时间没洗澡了……我估计，赵海娟实际上在赵剑死之前就已经疯了。有人伪造出赵海娟被赵剑惨死的模样吓疯的假象，为了掩盖一些事实。”

“会是赵海涛吗？”除了赵海涛，我也想不出其他人，“你说赵海涛好酒贪财还自私自利……如果赵海娟疯了的话，赵家的财产不是少了一个人和他抢了吗？”

“要是遗产问题的话，赵海涛的嫌疑和赵海滨应该是同样大的。”郭子晋继续拍照，屋里相机咔嚓咔嚓响，“现在的问题不是‘谁’，而是‘怎样’。”

“怎样？”

“钱叔说，这间房子只有一把钥匙，一直由他保管。从钱叔的说话、做事儿来看，他应该是值得信赖的人。既然他说钥匙只有一把，那应该不会错。”白色的胶皮手套让郭子晋的手指显得修长，他灵巧地动了动窗锁，“而且案发的时候，钱叔在烧纸，钥匙在他身上。我们跑过来那会儿，赵海娟刚刚被杀。窗户从里面锁着，门被从外面反锁。短短十几秒的时间内，凶手既要逃逸，还要写下血字，这是不可能做到的。虽然赵剑的书房现场被破坏了，但是我想，应该跟这间屋子的情况差不多。”

“赵家的人为什么不报警呢？”我觉得很是不能理解，“赵老师明显是被人杀了，但他们宁可请私家侦探都不报警，这是什么逻辑呢！”

郭子晋想了想，说：“可能是怕查出什么家丑吧！”

白墙上面的血字在墙上拉出无数触目惊心的血痕，我小心翼翼地问：“真的不是诅咒吗？像你说的，这么短的时间逃逸，一般人做不到吧？我总觉得，这几个字儿没准真是亡灵杀人诛心后留下的呢！”

“愚昧！你简直是不可救药。凶手想制造出被诅咒的场景，所以他在墙上留下了字。而这些字，恰恰是最大的破绽。”郭子晋拿着相机又拍了一张照片，“你看这些字，看出什么问题来了吗？就算是古墓主人要报仇，我们先不论什么书法习惯，至少不会用这两年才开始普及的白话简体字来表述吧？”

我顿时恍然大悟。

郭子晋穿着鞋套小心地在屋子里走，时不时拿着放大镜蹲在地上看看，或拿着小塑料袋装一些地面上的灰屑。我不知道这些有什么用，也帮不上什么忙，唯一能做的，就是闭上嘴，站在一边陪着他。我禁不住想，如果唐菲跟郭子晋一起来犯罪现场的话，不知道她会帮郭子晋做什么。

直到郭子晋反反复复查了好几遍，巡捕房的人才赶到。为首的巡捕是个大胖子，他一进门就差点被石阶绊倒。

郭子晋不合时宜地哈哈大笑，说：“王胖子，几年不见，你好像又胖了啊！”

重演现场

Chapter 3

“谁说的？我明明瘦了！”被叫王胖子的人吹胡子瞪眼地反驳道，“郭子晋，你怎么顶着个内裤头出来了？”

说完，他们两个当着所有人的面抱在了一起。

估计郭子晋看出了我的疑惑，便简短地介绍道：“这是我同学，王毅。这是我的秘书，成书瑶。”

“秘书？”王毅肥胖的脸上满是不可思议，“你居然还会找秘书？”

“试用期。”我嘿嘿笑道。

一旁的巡捕看不下去，好心地提醒说：“头儿，我们是来查案子的……”

“啊啊，对，查案子。”王毅随意地挥挥手，“开始吧！我们查案子！东西都搬进来！”

我以为郭子晋工具包里的东西已经够多的了，可巡捕们带来的东西就更多了。光法医带来的解剖剪刀就好几种，明晃晃的，看得我眼花缭乱。

“你怎么到哪儿都能碰到同学啊？”跟着郭子晋一起再次回到现场，我小声问他，“是不是全国的巡捕房的人你基本都认识？”

郭子晋难得谦虚了一回：“全认识不敢说，不过肯定比你们强。警校学生那么多，天南海北的，指不定哪天就遇上了。行了，我们要开始工作了。”

这句话，意思就等同于“你可以闭嘴了”。

王毅很胖，很随和，也没什么官架子。在我的印象中，巡捕房的人虽然不是个个都身轻如燕，最起码跑起来不会让人觉得笨重。我原本还担心他体力会跟不上，可是很快，我就被事实打脸了。

随意搬动尸体很容易破坏重要证据，所以一部分验尸工作只能在现场进行。王毅戴着手套，先是伸手在赵海娟的胸口处翻了翻，然后让身边的人记录，他说："死亡时间应该在七到八小时前；从死者身体的痕迹看，死之前有过打斗；死者的心脏是被利器剜出去的，从伤口形状上来说，凶器很可能是一把大剪刀。"

郭子晋补充道："花草剪。"

有巡捕在场做证，郭子晋终于能放心检查尸体了。

郭子晋捏开赵海娟的嘴，刮了些她舌苔上的黏膜，递给一旁的法医说："拿去化验一下，看看能分析出些什么。"

"为什么要化验舌苔？"王毅奇怪道，"如果说想知道死者死前吃过什么，到时候解剖胃部不就可以了？"

"不，不是吃的东西。"郭子晋没解释太多，"找人把现场看好，我们去书房检查一下。"

王毅和郭子晋关系好，所以对此不会多说什么。不过巡捕房的其他人意见就比较大了，郭子晋忙着查尸体没注意，我却分明看出了他们脸上的不悦。

去书房的路上，我拉拉郭子晋说道："我知道你着急破案，不会在意别人的评价。可是你也别太喧宾夺主了，毕竟你不是他们的领导，你总对其他人颐指气使的，其他人会讨厌你的。"

"讨厌就让他们讨厌好了！除了这些无意义的事儿，他们也不会做什么了。"郭子晋不耐烦地跟我说，"还有，成书瑶，你给我闭上嘴。我现在在办案，没时间听你说没用的。"

郭子晋的批评真是不客气，比我的前老板骂得还要狠……不过，被郭子晋劈头盖脸一顿说，我突然也觉得自己有点无聊。

案情大过天。

我也想着安安心心地闭嘴，但实施起来却并不容易。去了赵老师的书房，我提问的冲动就更强烈了。等到巡捕们将屋子用挡板层层围住，勘查现场血迹时，我更是激动不已。

"郭子晋，这是什么东西？这也太神奇啦！"

王毅忍着笑意问我："你是郭子晋的秘书，连这些都不知道吗？"

我像是没回答上老师问题的小学生，脸上现出窘迫与尴尬。

王毅却好心地给我解释说："这叫鲁米诺，也叫发光氨，它可以鉴别经过擦洗或是时间在很久以前的血痕。原理嘛，就是鲁米诺与血红素发生化学反应，显出蓝绿色的荧光。"

“这些……”我指着屋子里发亮的地方问，“这些位置以前是血痕是吗？”

“是的。”王毅点点头。

赵老师的书房被清理干净，我们进来的时候已经看不到任何的痕迹。用了发光氨之后，黑暗的书房里又是另一番景象。屋子其他地方只有零零星星几处血点，大片大片的荧光都集中在赵老师的椅背和书桌上。墙上的一排字迹，和赵海娟房间里的一模一样。字体边缘，是血液曾经滑落过的痕迹。

“发现问题了吗？”郭子晋问。

“一个吧……只不过没太想明白而已。”

我不了解郭子晋和王毅的关系好到什么程度，但他们两个显然非常默契。不用说太多，结论一出，两个人立马心领神会。

王毅展现了比他身体灵活的头脑，可他显然要比郭子晋稍逊一筹。从郭子晋脸上的神态我能看出，王毅没想明白的问题，郭子晋估计早想通了。

“这里不是第一杀人现场，是弃尸现场。”郭子晋不适地轻咳一声，“赵剑死于心动脉重伤大出血……动脉血管破裂时，破裂处血液在动脉血压作用下会向外喷溅，在一定面积内呈均匀圆点状分布，其面积大小与破裂的动脉血管直径成正比，而与喷溅的距离成反比……可从现在的情形看，只有椅背上有血，而且是流柱状，那只能说，这里是弃尸现场，不是杀人现场。”

现场有一个巡捕很不喜欢郭子晋轻慢的态度，不屑一顾地反驳郭子晋说：“如果说死者是在椅子上被凶手用刀刺心脏而死呢？凶手离死者近，喷溅的血迹自然都喷到凶手的身上了。”

王毅也一脸疑惑地看着郭子晋，显然，他也没想明白。

“哼。”

郭子晋讽刺的冷哼和高傲睥睨的态度让巡捕怒不可遏。

那个巡捕不满地说：“郭子晋先生，别摆出一副你什么都知道的样子。既然你什么都知道，你倒是证明给我看啊！”

“你能不说话了吗？”郭子晋不仅对我说话不客气，他对其他人同样如此，“你不如把你的眼皮拉下来，直接把嘴包上！”

郭子晋扯掉窗户上围着的挡板，屋里瞬间盈满了光亮，他招招手叫我：“成书瑶，你过来。”

“干什么？”没明白郭子晋想让我做什么，我懵懵懂懂地走向他，“是需要什么工具吗？”

郭子晋没回答我，把包里一个小水瓶的盖子用火柴烫出个小洞。他扯过一旁和证物相似的椅子坐下，说：“假设成书瑶是凶手，我是赵剑，我手里的水瓶是动脉……现在，成书瑶，你用工具包里的剪刀来刺我的‘动脉’。”

我忽然有一种梦想成真的感觉。

不过现在是案件重演，我不能笑场。要我杀气腾腾的，我也做不到。我没干过这种事，也不知道该怎么动手。

对一个有严重“选择困难症”的人来说，横切还是竖切，这是个值得深思的问题。

最后还是王毅好心帮我进入情境：“喂，小美女，想想郭子晋平时怎么压榨你的，现在，你报仇的机会来了。”

一语惊醒梦中人，我提起剪刀，刚要往郭子晋的“动脉”上扎……可没等我的剪刀碰到郭子晋的“动脉”，他一捏瓶子，喷了我一身的水。

要想跟着郭子晋重演案发经过，这不是什么好差事。我能料想到这个结果，但是我没想到，周围的巡捕全因为我的窘态而哄堂大笑。

“要是现在喷出来的是血，你们还会笑吗？如果死的是你们的亲人，你们还能笑得出来吗？”

郭子晋声音很轻，可他一说话，屋里瞬间安静了。看得出来，郭子晋是真的生气了。

“都给我严肃点！好好学着！”王毅训完巡捕，回头问郭子晋，“我们知道血会这么喷出来了，然后呢？”

可郭子晋没有回答，他继续吩咐我说：“成书瑶，你去里面把我的衣服换上。”

接着，郭子晋脱下他的白色 T 恤衫丢给我说：“记得把身上的水渍擦干净。”

我接过郭子晋的衣服，跑着去后面换。郭子晋洗澡的时候喜欢在浴缸里加薄荷精油，所以他衣服上也满是薄荷的味道。

等我换好之后出来，裸着上身的郭子晋叫我：“成书瑶，你趴到我身上来。”

“啊？”

“趴上来。”郭子晋比画着催促道，“你根据我的手势来。”

说着，郭子晋指挥出一个极其尴尬的姿势——他示意我劈开腿，横跨在他的身上。虽然我的臀部悬空，并未坐到郭子晋的腿上，可我们两个的距离实在是太近了。裸着上身的郭子晋，脸部更是直接对着我的胸部。

我刚想调整姿势，却被郭子晋及时叫住：“别动！”

如此暧昧的动作……我脸皮儿薄，羞红了脸。

“正常的刺杀，血迹形状会和刚才的情景一样。”郭子晋非常淡定，而我恨不得去撞墙，“可以说，凶手只有这个姿势刺杀的时候，血迹才会全喷溅在凶手的身上。像是，这样……”

说完，郭子晋再次用他的“动脉”进行演示。

水流喷溅到我胸部的位置，如瀑布一样往下流。

眼前的场景变得更加尴尬，我身上白色的T恤衫湿透，里面内衣形状无比清晰。水从我身上滴滴答答流到郭子晋光着的上身上，我们两个人都湿透了。

郭子晋略微沉默，还盯着我的内衣看了好一会儿。我有点跪立不稳，整个人滑着坐到了郭子晋腿上。

椅子上的空间太狭小，我的胸擦着郭子晋的脸而过。胸部衣料摩擦的触感，害得我整个脸像火烧一般。

气氛似乎变得不太对，隐隐的，我听到有吞咽口水的声音。我仓皇失措地推开郭子晋，赶紧从椅子上跳了下来。

王毅试图缓解尴尬，赶紧聊回案情上来，“子晋啊，我们都看到你和成书瑶的演示了……你能不能再进一步解释一下？”

“啊？”郭子晋接过毛巾擦脸，耳根微微泛红。

这还是郭子晋第一次在犯罪现场走神，虽然他走神的时间也只是短短的几秒钟。

接着，他语速飞快地说：“刚才的情形大家也看到了，如果说书房是杀人现场的话，那么只有第二种杀人手法可以解释血迹的分布。但是，用第二种手法却有着局限性。”

“怎么说？”王毅问。

“对这个案子案情的推理，我们不能片面地去进行，需要将很多环节连在一起，缺少一个环节，推理便不能成立。”郭子晋把毛巾丢给呆愣的我，“第二个手法确实可以造成现在的杀人现场，不过你们想过没有，凶手要是这么杀完人，他要怎么离开？”

这个问题让在场的人再次沉思起来。

“地上的血迹很少。”郭子晋沿着标注的血点位置走，“从血迹来看，凶手应该是杀人之后运尸过来的。从血滴滴落的间隔来推断，凶手的身高至少在一米七五。”

王毅赞同地点点头。

“你胡说的吧？”被郭子晋打击的巡捕虽然不甘心，可他显然已经接受了郭子晋的推理，“肯定还会有别的证据能证明这里是第一凶案现场的！”

郭子晋满不在乎地摊开手，“那你倒是证明啊！”

巡捕尝试张开嘴，可他什么都没说出来。

“凶手一直在误导我们，”郭子晋的脸上流露出欣喜兴奋的表情，“又是一个狡猾的对手啊！”

这时，有巡捕进来报告道：“头儿，赵家的小儿子赵海滨回来了，他正在外面。”

“我跟你一起去。”郭子晋可能觉得自己裸着去见委托人不太好，便动手扒下王毅的制服外衣套上，“我有几个问题要问问他。”

“还有一件事儿。”刚进来的巡捕面上流露出自责的神色，“头儿，赵家的大儿子赵海涛……他跑了。”

跑了？

“跑去哪里了？”王毅皱眉，“有看到吗？”

“好像是往山上的方向跑了。”

这下，不用郭子晋多说，我自己心里便直接下了结论——赵海涛一定是畏罪潜逃的。

赵海涛即便不是凶手，他也必定跟这个案子脱不了干系，况且他还是第二个案子的目击证人之一。王毅立马下令，派人去追。

安排妥当之后，王毅这才带着郭子晋去见赵海滨。

因为刚才的尴尬场面，我正犹豫着要不要跟去。虽然郭子晋表现得一派淡定，可我还是……

身上套着王毅肥大制服的郭子晋回头叫我：“走了！成书瑶！”

郭子晋好像并没什么异常，如果我在后面扭扭捏捏的，反倒显得我小气了些。我甩甩头，将刚才那些情绪通通丢在脑后，随即拿好郭子晋的大树工具包，小跑着追上他和王毅。

巡捕们的到来，倒是给赵家宅子增加了一丝人气和活力。穿着寿衣的赵老师被法医从灵棚里抬出来，倒是没有昨晚看起来那么可怕了。

青天白日之下，我壮着胆子去看黑龙山。少了夜幕的陪衬，黑龙山似乎也没那么可怕了。

赵海滨在偏房的书房里，我们到的时候他正在做笔录。巡捕问他问题，他回答时语气也是轻柔温和的。

跟哥哥姐姐相比，赵海滨的相貌要清秀得多，单眼皮，小薄唇，梳寸头，戴眼镜。赵海滨身上书卷气质很浓，彬彬有礼的，像个绅士。见到我们三个进来，赵海滨礼貌地点点头，算是打过招呼了。

“你是赵海滨？”郭子晋问。

“你就是郭子晋先生吧？”赵海滨并未对郭子晋奇怪的发型和衣着有所表示，他礼貌地起身握住郭子晋的手，“我是赵海滨，打电话请你来的是我。”

赵海滨的话说完，郭子晋做了一件让我们所有人都很尴尬的事情——他在毫无征兆的情况下，凑到赵海滨面前使劲地嗅了嗅。

郭子晋的行为实在是太不礼貌了！他跟狗一样，对着赵海滨猛吸鼻子。赵海滨稍微往后躲了一下，便停住了。对于郭子晋的行为，赵海滨虽然不高兴，但是看得出，他勉强还算可以容忍。

“你干什么呢！”我一边说，一边大力地拉郭子晋回来。他身上的扣子被我拽开，露出里面精瘦的腰线。

赵海滨愣了一下，转瞬又恢复正常。

“一晚上没睡，我脑筋有点不太清楚。”郭子晋牵强地解释完，立马问赵海滨，“你不是说要等几天手头的案子才能处理完吗，怎么今天就回来了？”

“我想办法把案子转移给其他的律师处理了，最近我一直在忙案子的事儿。”赵海滨抬抬眼睛，叹了口气，“为了能尽快回来给父亲送终，我这几天和另一个律师一起……”

郭子晋再次没礼貌地问道：“哪几天？”

“啊？”赵海滨没明白郭子晋的问题。

“你不是说你这几天一直和另一个律师在一起吗？之前你说过，你和另一个律师在一起，是为了移交案子细节吧？”郭子晋咄咄逼人地问，“这几天，是哪几天？”

我再次拉拉郭子晋的袖子，提醒他说：“‘这几天’只是个泛指，你别太较真了。”

“一天半前。”赵海滨心平气和地答。

“没什么事儿了。”郭子晋笑着说，“你先和巡捕聊吧！等下你有时间，我们再说。”

郭子晋来也匆匆去也匆匆，他动作麻利地脱下王毅的衣服，光着膀子从屋里出去了。作为秘书的我又是道歉又是圆场，在赵海滨错愕的眼神中，我也赶快跑了出去。

“喂！等等我！”我的小短腿追郭子晋还是有难度的，“我说那个……”

郭子晋突然停下来，我跟着猛地刹住。

正午的阳光正好，洒在郭子晋裸着的上身上，显得光亮又温暖。郭子晋回过身，我又一次想起刚才的事儿，微微羞赧。

“你干什么去啊？”我话问得轻声细语，“你就这么走了，把委托人丢下，也太不像话了！还有，你怎么能凑过去……”

郭子晋故技重施，他同样把脸凑了过来。不同的是，他并没有嗅我，而是看着我发笑道：“成书瑶，你怎么脸红得跟猴屁股似的？”

“喂！”我烦躁地推开郭子晋的脑袋，“你知不知道你的行为多不礼貌？赵海滨是律师，他手里有大把大把的客户。你跟他处好关系，以后他多给你介绍点生意，不好吗？”

郭子晋笑得不屑一顾："他？他能介绍什么生意给我，马上要成为阶下囚的人。"

"啥？你说什么？"

我喊的声音有点大，吵得来往人员纷纷回头。为了避免打草惊蛇，我拉郭子晋到一旁的墙根处，小声问："你别胡说八道了，赵海滨才回来，他怎么能杀人呢？"

"他刚回来？"郭子晋的笑意渐渐消失，"他说他刚回来就是刚回来？你咋知道他刚回来？赵海滨前几天给我打电话让我们来调查案件，我们到了没几个小时，赵海娟便死了。而赵海娟死了没多长时间，赵海涛就失踪了。就在这个时候，赵海滨回来了……成书瑶，你说，巧不巧？"

"这……"我呆愣愣地摇头，又接着点点头，"可是赵海涛跑了呀！他难道不是畏罪潜逃吗？"

"你见谁畏罪潜逃往山上死胡同跑的？"郭子晋否定了我的说法，"赵海涛之所以逃跑，我猜可能是他身上携带有禁品吧！不然的话，就是赵海涛不想承担自己隐瞒赵剑被杀一案的责任。"

我觉得，郭子晋说得对。

"而且家里出了人命，我刚才试探赵海滨的时候，他还能如此镇定。一般的人，这个时候一定会情绪特别低落，有时候情绪还会失控。我要是做出没礼貌的举动，他动手揍我都不为过……"郭子晋双手叉腰，"凭我的直觉，赵海滨是凶手的可能性很大。"

趁着我被绕得发晕时，郭子晋又一次凑过来。他说话的热气喷在我脸上，贱兮兮地问："成书瑶，你刚才到底是为什么……"

外面突然乱糟糟的，郭子晋后面的话我并没能听清。郭子晋没再继续往下说，他皱眉跑了出去。

上山搜找的巡捕回来了，他们是抬着一具尸体一起回来的。

"头儿，赵海涛死在黑龙山上了……他的心也被挖出来了。"

我心里咯噔一下。

空气瞬间凝固，众人的表情凝重起来。

众人身后突然响起一声刺耳的哭声，钱叔的声音像是猫爪子挠心般让人难以忍受："是佛爷来索命了啊！不仅赵家的后人要死，你们所有人也都要赔命！今天晚上，哈哈哈，就是今天晚上了……"

现在人多，又是白天，钱叔的这番话除了让人觉得他失心疯以外，并没人当真。

钱叔的目的似乎也并不是吓唬我们，他说完之后便跪在了地上，对着赵老师以前停尸的位置深深地跪拜下去，高喊道："赵老师！你在天有灵，可一定要保佑海滨啊！"

吵闹声中，赵海滨从屋里走了出来。

郭子晋的眼睛一直盯着他看，不肯忽略赵海滨任何细微的小动作……

赵海滨扶起钱叔，问："怎么了？又发生什么事儿了？"

钱叔因为巡捕来查案，怨气颇大。赵海滨走到他身边，钱叔拉着赵海滨一起跪下，继续高喊道："赵老师，现在赵家就海滨一条血脉了！你地下有知，可一定要保佑他啊！千万不要再伤及无辜了啊！"

"只剩我一条血脉？"赵海滨脑筋转得很快，他似乎不敢置信地问巡捕，"是我大哥……我大哥怎么了吗？"

说话间，巡捕抬着赵海涛的尸体进了院子。

王毅不太忍心，可是他只得硬着头皮，撩起盖尸布，说："赵海滨，你来看看，这个人是你大哥吗？"

帘子一掀开，赵海滨赶紧捂住嘴。赵海涛的死相比赵海娟还要难看，他不仅心被挖了出来，还少了半张脸。

我想起昨天晚上和赵海涛的对话，赵海涛说，他也想用半张脸换一辈子有人养……

赵海涛现在变成这样，不知道能不能算是一语成谶。

震惊、害怕、恐慌、不安……这些表情，赵海滨脸上兼而有之。他唯一没有的，就是失去亲人的哀伤。赵海涛如此，赵海滨也是如此。我估摸着，冷血可能是赵家人共同的特点。

昨天还骂骂咧咧、活蹦乱跳的赵海涛，现在却躺在地上，一言不发。

视觉的冲击力比钱叔的话带来的震撼效果更大，一种说不清道不明的阴森感爬上身。秋风吹打在未干的衣服上，凉得我直哆嗦。

我回头去看郭子晋，他脸上浮现出困惑难解的表情。赵海滨在场，我又没办法问他是不是有了新的想法。我憋得难受，却也只能咬牙忍着。

王毅轻咳两声，再次指挥道："小周，叫几个人，先把尸体运回巡捕房。法医留下两个和我走，一会儿我们上山，去赵海涛的死亡现场看看！"

小周就是刚才来通知我们的那个小巡捕，他有一对儿八字眉，天生自带喜感。

小周也确实是窘，王毅说完，他再次苦着脸说："头儿，我们走不了了，巡捕房的车……车胎被人扎爆了。"

"什么？"王毅脸红脖子粗地质问，"你说什么？巡捕房的车胎被人扎爆了，什么时候的事儿？"

小周眉毛一挤，愁苦的表情让人想笑，他说："什么时候的事儿不知道，不过刚才赵海涛的尸体被抬回来时我去车里拿箱子，这才发现，轮胎被人扎了。”

“看来，是有人要把我们困在这儿。”郭子晋话刚说完，像是又想到了什么，丢下众人跑出院子。

我和王毅反应过来，赶紧追了出去。

院子外面，几辆不同型号的巡逻车整齐排列着，郭子晋正仔细地扒着其中一个轮胎看。

见王毅出来，郭子晋指着轮胎上的手印，说道：“上学那会儿你就爱犯小错误，现在看看你带的巡捕，你看看，检查车胎怎么能不注意保护现场呢？现在可好，什么都查不出来了。”

“这个周泉……”王毅觉得在老同学面前丢了脸，当即咬牙切齿地咒骂，“等我回巡捕房，我一定要让他写一百万字儿的检查！”

王毅还没骂痛快，一直研究车胎的郭子晋却突然哈哈大笑。

“你笑点也太低了吧？”我对郭子晋不合时宜的大笑很是不爽，“别人被罚写检查而已，你用得着这么幸灾乐祸吗？”

王毅比我要懂郭子晋，他立马追问：“你是不是发现什么了？”

郭子晋挥洒着在地上画下一串的符号，骨节分明的手指看上去十分性感。

我一看，赶紧连蒙带唬地说：“摩斯密码？是……born enemy？”

“厉害啊！”王毅赞叹着竖起大拇指，对我刮目相看，“我就说嘛，郭子晋这么挑剔，他怎么会选择一个完全没有特长的人当助手？成书瑶，你看摩斯密码的本事，完全能够上专业级别了。”

我讪讪笑了两声，心里很是得意。

郭子晋没有戳穿我，蹲在地上一言不发。

王毅伸手在郭子晋的眼前晃晃，问：“你从哪儿看出摩斯密码的？”

“轮胎的扎痕。”郭子晋在说话，但他的眼神仍旧在发呆，“6 辆车，轮胎上的扎痕连起来，对应的是摩斯密码中的字符，破译过来是 9 个字母。”

郭子晋已经查出来，王毅也乐得省事儿。他问郭子晋说：“born enemy 什么意思？跟凶手有关系吗？”

“跟凶手没关系，跟我有关系。”郭子晋从地上站起来，随意地拍掉手上的灰，“王胖子，闻人航，你还记得吗？”

“闻人航？”王毅的眉毛先是皱紧，遂又松开，“是那个军校学生吗？他不是死了吗？你不会想告诉我说，闻人航的鬼魂和古墓的主人一起来索命的吧？可别逗了！”

郭子晋没有逗人的意思，他冷静地叙述道："他没死，他还活着。上个案子时我见过他，不过他用的是化名。不信的话，你问成书瑶。"

虽然我不知道这一切应该如何解释，但郭子晋说当时警卫中心的高航是闻人航，那我便信他是闻人航。

王毅求证般地看着我，我郑重地点点头。

"哦，天哪！"王毅低呼，"要是闻人航没死的话，那唐菲是不是也没死？"

郭子晋并没回答王毅的话，他边往屋里走边说："我去换件衣服，然后我们立马去山上勘查现场。"

门口只剩下我和王毅两个人，我没话找话地问："你和郭子晋，你们两个在学校的时候一定关系特别好吧？"

"不，我们那个时候基本没说过话。"王毅轻笑道，"你看郭子晋觉得奇怪吧？他上学的时候比现在还奇怪，天天不是研究尸体就是研究案子，我们宿舍里的人一直不敢跟他说话，也一直没人敢得罪他。"

"郭子晋总欺负你们吗？"

没人跟郭子晋说话我能理解，但是没人敢得罪他，我就有点听不懂了。

"不，那倒不是。"提起学生时代的事儿，王毅神色放松极了，"不过我们都害怕，害怕不知道什么时候得罪了郭子晋，被他无声无息地给宰了……郭子晋要是去杀人，恐怕普天之下没人能抓住他。"

"那倒是。"我轻笑。

我感觉出王毅对我还算信任，便试探着问："那个唐菲……"

"郭子晋怎么还没出来？"王毅笑呵呵地说，"还是别聊了，咱们去叫郭子晋出来吧！"

王毅明显不想谈唐菲的事儿，我碰了个软钉子，也只好作罢。没往回走几步，王毅便累得气喘吁吁。最后我只好让王毅在路上等着，自己跑去叫郭子晋。

"郭子晋，你穿好衣服了吧？"我直接推门往里进，"王毅说，我们该……"

我推开门，瞬间被吓得手脚冰凉。

门玻璃一晃，屋里照进奇怪的光晕。光着上身的郭子晋，正背对着我站在屋里。不知道郭子晋从哪里找出的剃头推子，正仔细地对着镜子给自己剃头。本来郭子晋的头发挺长，他这么一弄，脑袋上只留下毫厘长的头发楂儿。割断的头发打着滚从郭子晋身上掉下，说不出的诡异……

"郭子晋？"我试着叫他，"你干什么呢？"

郭子晋似乎也不理解自己的行为，我叫完他之后，他如梦初醒地回头看我，说："成书瑶，我在干什么？"

我眨眨眼，指着郭子晋剃出来的阴阳头说："你把自己的头发……"

"我为什么要剃头发？"郭子晋茫然不解地低头看看自己手上的剃头推子和头发碴子，"成书瑶，我刚才进屋是要做什么的？"

郭子晋如此反常，简直太让人惊讶了。我走到他旁边，踮脚摸摸他满是碎发碴的额头，说："郭子晋，你别吓我啊！别玩了……你不记得了吗？你说进屋穿衣服，让我和王毅在门口等你，然后咱们还要去山上勘查现场啊！"

随着我的话，郭子晋一点点回忆起来。

头发已经剃了一半，他干脆直接把头发全剃掉，一个有着孤傲气质的美男瞬间诞生。少了头发的遮掩，郭子晋俊朗的五官更加突出。

英俊啊，真是英俊。我看得脸红心跳。

"看着是不是更像变态了？"郭子晋理解错了我花痴的眼神，重重地呼出口气，"不好看也没办法了……行吧，先这样好了。"

等得不耐烦的王毅追了过来，脸上汗如雨下，他说："喂，你们两个到底好了没啊？郭子晋，你的裤衩头哪儿去了？现在这个时候，你还有心情剃头？时间就是人命啊！"

郭子晋不太适应地摸摸脑袋，擦掉身上的头发碴，快速套了件短袖。

我们三个加上其他人员，立马上山。

"成书瑶，要不你留在山下等着吧！"郭子晋对我说，"你从早上到现在都没吃饭，你该饿了吧？我们现在上山，还不一定什么时候能下来。再说了，你昨天没睡好，爬山你能受得住？"

郭子晋会为别人着想？我怎么想怎么觉得不可能。

我小心翼翼地问："你是不是怕我在山上拖累你？你放心，我一句话不说。你要是想要什么东西，我直接递给你就是了。"

走在一旁的王毅偷笑，他小声告诉我说："侦查工作太辛苦了，没时间吃饭那是常有的事儿。在巡捕房，一般都是女人当男人使，男人当畜生使……你细皮嫩肉的，郭子晋是不舍得你吃苦呢！"

王毅这话算是坑苦我了，因为他这句话，我一路上脸红得发烫。

不过我的大红脸并没引起别人的关注，因为山路实在太难走，其他人也累得满脸红光。有个女巡捕爬到半路开始眩晕，最后还是巡捕房的人轮流扶着她上去的。

路上郭子晋不断地低头沉思，时不时会蹲在地上看看。他偶尔对着树干点点头，偶尔又踩着地面摇摇头。王毅要和巡捕房的人一起，所以只有我和郭子晋两个人落在后面。我不敢出声，生怕吵到郭子晋。

黑龙山和其他山清水秀的山脉不太一样，它整体都是黑乎乎的。黑龙山地上的沙石也不是土色，同样黑漆漆的。

“赤铁矿。”郭子晋突然说，“黑龙山是一座高品质的铁矿山。我见过那么多铁矿山，黑龙山绝对算是极品矿山了。”

我也摸不准郭子晋是在和我说话还是自言自语，便举举手。郭子晋回过神，点了点头。

我问：“矿山多少都会对身体健康有害吧？赵老师是地质大学教授，他为什么要把宅子建在矿山脚下？”

“是啊！”郭子晋捏起一把沙土丢在地上，也是一脸困惑，“这个我也没太想通。”

“那个闻人航，他为什么又给你留摩斯密码呢？”我低头看路，“又是假扮警卫中心的专员，又是扎漏巡捕的车胎，闻人航的胆子也忒大了点。”

“他想把我们困在这里，逼着我把案子破了。”郭子晋皱眉，话里听不出是赞美还是讽刺，“原来这个世界上，真有比我还吃饱了撑的没事儿干的人啊！”

郭子晋不再查了，但是他似乎也不想追上王毅他们，我们两个慢悠悠地跟在队伍后面。

黑龙山的风景要是好些，这一段路，其实还挺有情调的。

到了现场，众人又是一通例行检查。按照郭子晋今天的推理，这里同样不是杀人现场。也就是说，除了赵海娟是被杀在屋里的之外，赵剑和赵海涛父子，都是被凶手搬运到弃尸现场的。

“伪造现场，山顶弃尸。我们先不说案件设计的巧妙程度，就从犯罪现场的空间跨度来看，我们是不是有理由怀疑，凶手不是同一个人？”王毅问。

郭子晋答得笃定：“不，肯定是一个人，只是现在的线索不够，我想不明白凶手是怎么做到的罢了。”

车胎被扎爆，一时之间巡捕房也派不过来这么多车过来接人。尸体运不出去，又会影响到案件的调查速度。

最后还是郭子晋提议，将几个没破的车胎换到一辆车上，这才把尸体运了出去。

王毅没有走，他觉得有必要留下来再检查一遍现场。长着八字眉的巡捕周泉被王毅留了下来，理由是担心周泉回去耽误其他人查案。

我和郭子晋是肯定不会走的。暂时被排除嫌疑的赵海滨，也留在了赵家。

天黑之后，我再次面临如何入睡的难题。

跑了一天，我累得都要昏了。晚上吃饭时，我幸福得欢呼雀跃。我狼吞虎咽地吃了两大碗饭，直到撑得肚子疼才停下。

“郭子晋,晚上你和我一屋吧！”王毅在饭桌上提议,“我还有些细节要和你讨论……咱俩可得说好了啊，这个案子你不帮着我破了，你可不能走。”

郭子晋不适应地去摸自己新剃的卡尺头，狂妄地说：“我帮你破案没问题，但是讨论细节就不用了，跟你讨论细节完全是浪费我的时间。”

“好吧！”王毅似乎想到郭子晋会拒绝，也没在意，“那晚上咱俩睡一个屋吧！自从毕业后，咱俩还没聊过。”

郭子晋放下碗，再次拒绝道：“不用了，我晚上还要跟成书瑶睡觉呢！”

“噗！”

听到郭子晋如此暧昧的话，我震惊得一口水喷了出来。

夜半诡事

Chapter 4

显然，郭子晋并不在意这句话会造成何等误解。他只是用手擦掉我喷出来的水，继续淡定地端碗吃饭。

王毅的眼神像看到鬼似的，一眨不眨地猛盯着我。周泉呵呵地笑，脸上那两道八字眉看起来滑稽无比。我坐在座椅上，羞得全身红得跟蒸熟的大虾一个颜色。吃撑的胃感觉有点疼，一顶一顶的，特别难受。

好像只要我稍微顺心些，郭子晋一定会想出幺蛾子来，让我不好受……我幽怨地看着他。

晚饭后，我心不甘情不愿地被郭子晋领回屋。郭子晋是我老板，王毅又是他同学。在荒郊野岭的宅子里，我被郭子晋欺负打压，敢怒不敢言。我如同受气的小媳妇般坐在椅子上，满腹苦水。

“成书瑶，你是不是忘了一件事儿？”郭子晋用湿毛巾擦擦他的卡尺头，漫不经心地说，“我们现在是在死过人的宅子里——哦，对，你是住过凶宅的。不过我必须提醒你，此时的情形跟你那时完全不同。”

虽然我觉得郭子晋的卡尺头很帅很爷们儿，但他自己似乎并不喜欢。郭子晋一边揪着他寸短的头发，一边对我讲道：“你以前住的，是你自己的屋子。而我们现在住的，是凶手的屋子。巡捕房的女人都走了，你不和我住一间屋子，到时候，万一凶手丧心病狂，或者他突然想要你的心，那你恐怕……”

郭子晋说的事儿，我开始并未想到。我只是单纯地想着屋子里没有死人便不会害怕了，但我忘了，凶手还没抓到。自己一个人住一个屋子，着实危险了些。

“当然，你也可以要求和王毅、周泉睡在一间房。”郭子晋大方地摊摊手，“运气好的话，没准他们会答应跟你睡一起。可是别说我没提醒你，王毅打呼噜的声音震天响。而周泉……从他腮部的咀嚼肌来看，他睡觉很可能会磨牙。行了，我就说这么多，你现在可以选择了！”

郭子晋一大通说完，我才后知后觉地意识到：他是生气了。

“你不高兴了啊？”我感到莫名其妙，“我也没说什么啊！睡一个屋子就睡一个屋子吧！又不是没睡过。”

“不好吧？千万别勉强你自己，不喜欢就直说呗！”郭子晋的话阴阳怪气，“王毅其实也很不错，他那一身汗酸味，可能你会喜欢呢。”

郭子晋的讽刺挖苦，真不是一般人能承受住的。打人打脸骂人揭短，这是郭子晋的必杀技！得罪郭子晋，绝对不是好玩的。

我使劲勾住唇，笑得夸张而又做作：“老板，我特别喜欢和你睡。能和你睡一个屋子，我简直是三生有幸。”

“虽然你的态度我接受不了，不过好在你形容词用得我很喜欢。”郭子晋没太为难我，笑着应承下来，“一会儿希望你不要对床位的安排再有异议了，不然的话，我没准会把你直接丢出去。”

“……”

我张嘴瞪眼的样子估计傻得要命，郭子晋将他手里的毛巾丢到我脸上。这次郭子晋没有打地铺，他自顾自地躺到床上去了。

夜里的橘黄灯光摇晃，郭子晋英俊的五官上面映出一层金色光泽……我看傻了，尴尬地咽了口口水，说：“老板啊，你睡床的话，你怎么也要把地铺让给我吧？你难道是要我坐着看你一晚上？”

“你自己找地方睡吧！”郭子晋连眼皮儿都懒得抬，“王毅应该和你说了吧？办案的时候，女人都是拿来当男人使的。在我眼中，咱俩没啥区别，我不会把你怎么样的，你快点上来睡吧！”

我连连摆手，赶紧说：“是，我是听王毅说过这句话。但是咱俩怎么能一样呢？我是男人的话，你就是畜生了呀！”

“……”

在郭子晋重新睁开眼前，自知失言的我赶紧关灯跑上床。不然，以郭子晋的性格，他可能直接把我丢到山上去。

我睡床外边，郭子晋睡床里面。外面的风声呼呼，我们两个好半天都没睡着。

“郭子晋，你是什么时候发现自己喜欢破案子的呢？”我提醒着自己别太八卦，可又忍不住去问，“我想象不出来，什么样的人生经历，能培养出你这种怪胎。”

我以为郭子晋会比较反感探讨诸如此类的问题，没想到他却笑了笑，回答我：“我父母都是巡捕，我爸你也见过，他年轻那会儿比我还要疯。我印象最深的是我八岁那年，当时城里出了个变态杀人狂，专门猥亵小男孩，然后再杀掉弃尸。我爸为了抓住他，用我做诱饵，引杀人狂出来。”

“最后成功了吗？”

“当然。”

怎么会有父母让孩子做这么危险的事儿！

我问：“你当时一定很害怕吧？你有怨你爸爸吗？”

“有害怕，但是完全没有怨过我爸。”郭子晋回答，“那次之后，我对抓犯人和办案这种事都极度热衷……就是我现在这个样子了！”

我揣摩不出郭子晋的心情，我也理解不了郭子晋的家庭。不过郭子晋的那些经历，我勉强算得上感同身受。因为自打上次抓住王根生之后，我对这个行业也变得热衷起来。

“郭子晋，你有没有想过改变自己？”我又一次想起了唐菲，“你要是一直这样下去，没有女孩子会喜欢你呀！”

郭子晋并不在意。他说：“不，我不需要女孩子喜欢我。男人和女人之间相互喜欢，无非是为了消磨时光，让自己无聊的时间变得有趣！我自己一个人办案已经够有趣了，既然这样，那我还要女孩子喜欢我干什么？”

“朋友呢？”我又问，“郭子晋，你难道一直没有朋友吗？”

“没有。”郭子晋答得干脆，“我没有朋友，也不需要朋友，我一直都是一个人。”

我躺在郭子晋旁边，无声发笑，也暗自为他感到心酸。

一个人要有多么冷血，才能说他没有朋友，也不需要朋友？

一个人要有多么寂寞，才能说这个世界上他一直都是一个人？

我嗓子发干，心里不舒服，但我连一句劝解的话都说不出来。不是我不想说，而是我觉得自己即将说的每句安慰的话都像是在侮辱郭子晋。

“怪人的世界，可能是我们这种凡夫俗子理解不了的吧。”我想。

因为郭子晋的一番话，我躺在床上也没那么紧张了。反正我什么样子他都看不进眼里，我反而乐得个轻松自在。

这张床并不小，我在外侧翻腾几圈，精神放松下来，入睡还容易些。

也不知道睡了多久，我被一阵规律的声音给吵醒了。

经过昨天晚上的事儿，我总觉得自己像是在做梦。然而我的身子发沉，声音却越来越清楚，我完全想不起是在哪里听到的这个声音。等我想起来时，明显为时已晚……

郭子晋拿着推子在剃我的头发！

我吓得不断往后躲，可头发还是被郭子晋手里的推子剃掉了一大块！

“郭子晋！”我跳下床，边跑边叫他，“你是不是疯了！你喜欢，你剃你自己的头发就好了，你为什么还剃我的？”

郭子晋着魔了似的，好像完全听不到我说的话。我跑下床，郭子晋拿着推子追了过来。外面的灯光一晃，郭子晋的眼眸毫无反应，就如同被人抽掉了魂一般，手上的动作完全是机械的。

莫非……郭子晋梦游？

“王毅！”我跑到门口，门锁却怎么都打不开。

我大力地拍着门板叫道：“救命啊！周泉！王毅！郭子晋疯了！”

呼救的工夫，郭子晋已经追到了我身边。他扯着我的头发将我按在桌子上，举起推子往我脑袋上按……万幸的是，推子掉了。

郭子晋脸上的表情僵得厉害，他不再贱兮兮地自吹自擂，但是现在的他看起来更加骇人。我拼命挣扎，他却不为所动。

趁着郭子晋弯腰捡推子的时间，我逮住机会抬脚去踹他！

踹开郭子晋完全不费力气，他像片叶子一般不堪一击。我刚才那一脚刚好踢到郭子晋的脸，他登时口鼻往外飙血。郭子晋摔在地上，他懵懵懂懂地低头，看着滴落的血迹。

我坐在床边上，号啕大哭起来。

“你这是干什么啊！”一时间，我心中生气、害怕、委屈的情绪汇集，哭得声嘶力竭，“我不就把你的发型剪坏了吗？你至于吗？至于吗？我剪坏你的发型，你就要来剃我的头发，你也太睚眦必报了吧？”

郭子晋捂着流血的鼻子，一脸疑惑地看着我。想起昨天郭子晋剃头时的场景，我止住哭声，问：“郭子晋，你不是……你不会又想不起来了吧？”

挨打后的郭子晋精神似乎正常了些，他眸子里的精光再次显现。看着我被剃得参差不齐的头发，郭子晋稍显愧疚地点点头。

“怎么会这样？”我擦掉眼泪，担心地问，“郭子晋，你不会是梦游吧？”

“没有。”郭子晋肯定地说，“我没有梦游的毛病，我睡觉连呼吸都不重。”

事情太过诡异离奇，但是现在也找不到答案。我拿着纸巾过去给郭子晋处理伤口，哑声说：“但是为什么会这样呢？你……”

“成书瑶，你记不记得你昨天做噩梦的事儿？”郭子晋没我那么多伤感的情绪，“你昨天做完噩梦之后发生的事儿，你还记得吗？”

“昨天？”我手指按着郭子晋窄挺、脆弱、受伤的鼻骨，想了想，说，“昨天我被噩梦吓醒了，然后我叫醒你，然后咱俩上厕所去了，然后命案发生了！怎么了？”

郭子晋摇摇头说：“不，昨天你醒了之后是……”

还没等郭子晋的话说完，赵家宅子里响起尖锐的叫声。

郭子晋淡定地说：“尖叫声。”

跟昨晚稍显不同的是，这次的叫声换成了男人的。听起来，应该是赵海滨。

“又出什么事儿了？”我起身打算开门去看，“不会……”

郭子晋拉住我，可是这一下惯性太大，我跌倒着摔在他怀里。郭子晋大腿上的肌肉紧实，摔得我有点疼。

被郭子晋环抱在怀里，简直是让我太不自在了。我刚想挣扎着推开他，他却猛地抱着我起身上了床。

外面的尖叫还在持续，可郭子晋一点要去查看的意思都没有。把我放在床上之后，郭子晋跟着躺了上来。我们两个躺在碎头发上，胸膛相抵。衣料摩擦的热度让我觉得不自在，我伸手去推郭子晋，却被他抱得更紧。

外面抑扬顿挫的叫声一直持续，一声声刺激我的神经。

这时，门口突然出现一道人影。门外的灯光将人影拉得修长，一时间我也没猜出是谁。郭子晋别开头，但是他抱紧我的手并没松开。他用眼神示意我，千万别出声。

我不敢出声，我甚至连大气儿都不敢喘。现在我也管不了别的，用力抱住郭子晋精瘦的腰，使劲把自己的脸埋在他的怀里。

听着郭子晋强健的心跳声，我感到无比安全。

过了大概十分钟左右，门外的人忍不住敲敲门，“子晋？你睡了吗？刚才是怎么了？你们发生什么事儿了？”

我松了口气……还好，是王毅。

我想要下地去开门，但郭子晋抱着我没松手。看我动得厉害，郭子晋这才小声警告道：“你老实点。”

门外的王毅听到响动，再次询问：“郭子晋？成书瑶？你们睡着了？快点，我有事儿！”

郭子晋不为所动，索性闭上了眼睛。我们两个肌肤相触的位置沁出汗来，热得我想发疯。王毅敲了一会儿门看实在没人应，又在门口站了五分钟左右，这才转身离开。

“郭子晋？”我小声说，“那个……”

“闭嘴。”

“郭子晋，”我坚持道，“我说……”

“闭嘴。”

我忍受不了，推开他说：“你再抱着我，我要热死了。”

郭子晋收回手，一翻身，进床里去睡了。热源消失，我身上黏糊糊的汗变得有点凉。

王毅走了，我规矩地躺在床上，摸摸被剃发后的头发楂，担心地说：“郭子晋，你刚才到底是怎么了？”

“还记得我昨天跟你说，我见到赵剑尸体坐起来的事儿吗？”郭子晋问。

“你是不是鬼上身了？”这是我唯一能想到的解释，“我觉得肯定是，不然的话，你为啥剃完自己的头又来剃我的头？”

“说是鬼上身，也差不了多少。”郭子晋淡淡地说，“这个黑龙山，确实有点邪门。”

郭子晋是一个唯物主义者，他会这么说……我不自觉地往他旁边靠了靠，“你是说这里真的闹鬼吗？那我们要怎么办？”

“不用怎么办。”郭子晋的话让我摸不着头脑，“睡在这张床上就好了。”

又惊又吓一晚上，我是怎么也睡不着了。赵海滨不再惨叫，屋外静悄悄的，没有丁点儿声响。

第二天，王毅早早地来敲我和郭子晋的门。这次郭子晋没拦着我，他点头示意我可以去开。我暗自笑话他疑神疑鬼，却也还是听话地把门打开了。

“早啊！”王毅笑呵呵的眼睛眯成一条缝，“昨天晚上睡得好吗？”

可能是不想我胡说，郭子晋率先抢着回答：“挺好的，昨天晚上难得清静清静。前天晚上实在是闹得太厉害了，所以昨天晚上困得有点狠了。”

郭子晋没提昨天晚上赵海滨惨叫的事儿。

“呵呵，是吗？”王毅笑呵呵地说，“休息好就好，我们今天再检查检查现场？巡捕房来电话，说车辆在调配上出了点问题。估计，我们差不多要到下午才能走。”

郭子晋也笑道：“先去吃饭吧！我现在饿得要命。”

我奇怪地看着郭子晋，我不明白他为什么要撒谎。我又看了看胖墩墩的王毅，也同样不清楚他为什么要撒谎。

言多必失，不懂的事儿，还是少说话的好。

“成书瑶，你头发怎么了？”王毅指指我的头顶，“你这里怎么缺了一块？长短都不一样了呢！”

郭子晋会对王毅撒谎，那一定有郭子晋的理由。我虽然不明白为什么，但我始终是信任郭子晋的。

虽然这个王毅人很好，可我还是没那么信任他，所以我也没跟他说实话："没什么，昨天被山上的刺球挂上了，洗又洗不掉，我只好让郭子晋给剪掉了。"

这个谎撒得极好，郭子晋满意地揉了揉我的头发。

王毅轻咳两声，笑说："走，吃饭吧！"

我们三个人一起往赵家的饭厅走，路上，王毅时不时对郭子晋提问两句。郭子晋心不在焉地随意应和着，看样子，他只是在敷衍王毅。

王毅不是那么好敷衍的，他话直白到不能再直白了："子晋，你现在对待案子可没以前那么上心了，果然是儿女情长、英雄气短啊！"

郭子晋仍旧是笑笑，多一句话都没有。

不寻常，真是太不寻常了。我甩着半长不短的头发，心里暗暗想。

去饭厅的路上，正好碰到钱叔抱着东西行色匆匆地往外走。可能是因为他只有一只眼睛，所以对距离的判断并没有那么精准。要不是郭子晋拦腰拉了我一把，钱叔差点撞到我身上。

"看路啊您哪！"王毅语气调侃地说，"钱叔，您这是要去哪儿啊？"

"头儿！"周泉顶着八字眉从屋里跑出来，说话都带着哭腔，"我不是故意起来晚的……我的闹钟不知道怎么……"

"行了行了！"王毅随意地挥挥手，又把目光对准钱叔，"您手里抱着的是什么，方便给我看看吗？"

钱叔的神情躲闪，转身想要跑。王毅肥胖的身子动起来还挺灵活，他挡住钱叔，话说得比较坚决："请您把手里的东西给我看看。"

王毅扬扬下巴，周泉心领神会地过来取钱叔手里的布包……

拉扯间，一把带着血渍的大长剪子露了出来！

我惊呼："这不是……"

凶器！

昨天巡捕们已经将赵家宅子翻了个遍，凶手没找到，凶器同样没找到。现在钱叔抱着带血的剪子仓皇失措地逃跑，这意味着什么，已经不言而喻。

钱叔没有说话，他闭上眼睛，似乎是在默认。

赵海滨脸色惨白地从对面屋子出来，他哑声问："这是怎么……钱叔，你拿的是什么东西？"

像是读懂了前因后果般，赵海滨情绪激动地揪着钱叔的领子吼道：“你怎么会有带血的大剪子？我爸他们是不是你杀的？你为什么这么做？我们赵家哪点对不起你，你现在居然要这么做！”

“赵先生，你先别激动。我们会把事情查清楚，还你一个公道的。”周泉赶紧上去劝阻，“头儿，现在找到了凶手，我们是不是应该要求巡捕房尽快派车过来？”

“是应该让巡捕房尽快派车过来。”王毅满是疲惫地看看郭子晋，“饭恐怕是没法吃了，我先去通知其他人吧。”

我不懂推理判案，但人情世故，多少还是懂一点的。赵海滨是个冷血无情的人，昨天见到哥哥的尸体时他都眼神漠然，今天这么一出，完全可以说是反常。

钱叔被铐起来，赵海滨依然愤愤不平，周泉存放好证物，王毅在一旁指挥。

我问郭子晋：“钱叔真的是凶手吗？为什么我觉得哪里不太对呢？”

一向喜欢吹毛求疵的郭子晋，这一次的回答却让我再次大跌眼镜：“现在人赃并获，钱叔显然是凶手咯！”

人赃并获？这……也太刻意了点吧？

“既然都已经抓到凶手了，赵先生，我们事务所的委托费麻烦你交一下。要不就按我给你的账户转账？”郭子晋一脸的公事公办，“王毅，剩下的环节按流程走吧！我们私家侦探也不方便在场，你们先忙，我和成书瑶先去吃饭。”

郭子晋似乎真的很饿，他迫不及待地拉着我往饭厅走。

按照郭子晋的性格，这种情况下，他不显摆一番实属难得。可现在他居然会放弃如此好的参与机会……

我懵懵懂懂的，脑子完全没反应过来。

我问道：“郭子晋，你不去看看啊？”

“有什么好看的？”郭子晋话说得含糊不清，“成书瑶，你不饿啊？”

“饿啊！不过现在不是吃饭的时候吧？”

郭子晋轻笑道：“我说是时候就是时候，你安心吃你的饭好了。”

饭厅已经准备好了馒头、清粥、小咸菜，典型的当地早餐。我的好奇心没有满足，饭吃得也索然无味。郭子晋善意地提醒我道：“多吃点吧！下顿饭，不一定什么时候吃了。”

“你能不能别说得这么吓人？”我被郭子晋说得没了情绪，“现在案子破了，我们也该回去了吧？”

郭子晋没回答我的问题，他问：“吃饱了吗？”

我放下手里的馒头，说：“不想吃，不太饿。”

“唉，真是浪费啊！”郭子晋拿出纸巾包好馒头，在我不解的眼神中，他提醒道，“现在检查一下你的鞋带和裤带。”

“啊？”我彻底不耐烦起来，“从昨天到今天，你够了吧！你是不是可以告诉我，到底是怎么了？”

无论我的情绪看起来是多么歇斯底里，郭子晋全都忽略不计。他把包好的馒头仔细地塞进外套口袋里，接着又转身到饭厅门口把门关上。

“喂！”我恼怒道。

郭子晋神神秘秘地对我伸出手指，说：“嘘。”

“准备好了吧？”郭子晋拉开饭堂的窗户，探出头往外看，“成书瑶，快点过来！”

我将信将疑地走过去，郭子晋拦腰将我抱起放到了屋外。没等我发问，郭子晋动作流畅地翻窗跳了出来。几乎没给我任何反应的时间，郭子晋拉着我撒腿就往山上跑！

郭子晋跑得很快，我耳畔的风声呼呼作响。渐渐远离的饭堂窗户里传出“砰砰”的敲门声，王毅的声音随即传来：“郭子晋，你和成书瑶在里面干什么呢？把门打开，我们也是要吃饭的啊！”

对于王毅的呼叫，郭子晋充耳不闻。等到了上山的岔路口，郭子晋又拉着我毫不犹豫地沿着一条路往上跑。

黑龙山的路上都是黑色沙石，我们两个跑得急，空气中起了一层薄薄的灰。

跑到一半，郭子晋停了下来，说：“成书瑶，现在，按照上山的脚印往回倒着退。要注意，千万别踩歪了。”

我心里纳闷，却还是老实照做。我回头往山下看，不远的赵家宅子处，似乎是有人开门追出来了。

郭子晋的神情凝重，我自然不敢怠慢。我们两个退回到十字路口后，郭子晋又拉我顺着岔路的另一个口往上跑。

我跑得上气不接下气，连鼻腔里都是灰土。跑了有十多分钟，我摆摆手停下：“不行了不行了！我真的是跑不动了！”

郭子晋气息未乱，他低头看眼手表，说：“可以了，我们休息一会儿。以王毅的体重，一时半会儿他们追不上来。”

“追？”我吐了口唾沫，“王毅为什么要抓我们？我们又不是犯人！”

现在离开了赵家宅子，又只有我们两个人，郭子晋终于能够畅所欲言：“这个案子的杀人凶手只有一个，不过同谋嘛，可不止一个。”

“怎么说？”其实我更倾向于诅咒杀人，“同谋不止一个……你是说闻人航吗？”

“有没有闻人航，这个我不清楚。”郭子晋跺跺脚，“可是我想，王毅肯定是参与到里面了。”

听郭子晋说话，我真觉得着急，问道：“你能不能连贯、准确地将这两天发生的事情给我讲一遍？”

郭子晋皱眉吐了口唾沫，估计他也是满嘴的灰，说：“我好不容易解开了所有的谜团，你怎么也让我炫耀——”

“郭子晋！”

“好了，我说就是了。”

事情的前因后果，要从郭子晋接到赵海滨的电话说起。

“赵海滨请我来，明里说是要我来调查他父亲的死，实际上，他是需要我们来为他提供不在场的证明。”郭子晋从头开始说起，“赵海滨一直在强调他的哥哥和姐姐会争遗产，其实他是想给我一个先入为主的想法。他想让我觉得，他并不在乎遗产……而事实上，对遗产野心最大的，就是他自己。”

我瞪大了眼睛。

“你来的第一天晚上会做噩梦，而我则出现幻觉，看到赵剑尸体坐起来。后来，我莫名其妙地开始剃头，还有附近村民都说过，黑龙山比较邪门。我估计，这些异常，都跟黑龙山的矿石成分有关系。你别看我现在还没有化验报告，但我猜，黑龙山的石头里，一定有容易致幻的东西存在。”

“那别人为什么会没事儿呢？”我不解地问，“你看钱叔，他虽然喜欢神神道道、自言自语……可我看他也没像你那样，动不动剃人头发呀！”

郭子晋赞同地点点头说：“你提的问题很好，但显然没有动脑。你忘了赵剑是干什么的了？他是地质学教授。地质的问题，他肯定很清楚。赵家宅子里的人都没出现问题，我想，应该是跟他们吃的东西有关系吧！难道你没觉得，咱们两个今天吃过饭后上山，与昨天空腹上山，感觉完全不一样吗？”

我对化学和地质方面的东西知之甚少，现在的谜团又太多，我决定问最想知道的。“行吧，你先告诉我，密室杀人是怎么回事儿？我们都在现场，赵海滨是怎么杀完赵海娟，然后带着凶器一起消失的？”

绝处逢生

Chapter 5

“凶手和凶器在密室里一起不翼而飞的事儿，这个世界上任谁也做不到。”郭子晋盯着山下赵家宅子的位置看，“无论现场看起来多么完美，也没人能做到密室杀人。你好好回想一下，钱叔拿钥匙打开门之后发生的事情。”

“钱叔拿钥匙，我们打开门……你打开灯，光线刺得我都流眼泪了。”我顺着郭子晋的思路往下说，“赵海涛看到尸体后吓傻了，钱叔想把你从屋子里拉开……后来我回去取工具，咱们两个一起拍现场的照片。”

郭子晋点点头说：“是的，因为有钱叔和赵海涛在一旁捣乱，所以我们并未能第一时间检查现场。”

“那你的意思是……”

“我们开门进屋的时候，赵海滨很有可能就藏在现场。”郭子晋推测道，“只不过视线上存有死角，我们并没发现罢了。钱叔一直执着地拉着我们两个离开，就是想让赵海滨有机会逃跑。”

我惊讶道：“钱叔为什么这么做？他不是一直很感激赵老师吗？赵老师被杀了，难道钱叔不想找到凶手吗？”

“这个等一下再说，我们还是说赵海滨的事儿。”无论我提的问题多混乱，郭子晋的思路仍旧清晰，“虽然我们两个后来一直待在现场搜证，但赵海娟的衣橱、柜子，我们并没有逐一检查。王毅来的时候，现场挤进来这么多的人，多一个少一个，我们肯定不会发现。赵海滨，一定是这个时候趁乱跑出去的。”

“你是说巡捕房里有人帮着赵海滨，是吗？你跟王毅关系好……他巡捕房里会有人跟赵海滨串通吗？”

郭子晋再次重申道：“我没有朋友，也一直没有关系太好、走得太亲近的人。我甚至认为，整个巡捕房除了周泉以外，其他人应该都和赵海滨是一伙的。”

“就剩下周泉是吗？那为什么只有周泉留下了？”

“很明显，让他留下的目的，和让我们留下的目的，是一样的。他们需要一个毫无关系而又说得上话的人做证人。诅咒也好，谋杀也罢，赵海滨和王毅，都想变着法儿把自己摘得干干净净。”

王毅？我真是白白相信他了。

休息得差不多了，郭子晋拉着我继续往山上走。

即便郭子晋说得有道理，可我还是觉得哪里不太对。

“郭子晋，你想没想过这个问题，从周泉发现赵海涛失踪，到赵海滨回来，这中间的时差不到一个小时……可从山下到赵海涛遇害的位置就已经需要四十分钟了，要是再把杀人、换衣服、处理血渍、伪造现场的时间算进来，怎么也要一个半小时。这么短的时间往返黑龙山一次，除非……他能跳崖。”我心里的疑问很多很多，“我真是不明白，赵海滨为什么一定要把现场伪装成被诅咒的样子呢？简直是太难为他了。”

“如果我没猜错的话，昨天晚上赵海滨和王毅是想故技重施，将诅咒的把戏再次用到他自己的身上。”郭子晋快速地说，“当然，赵海滨不会真的想杀死自己。他应该是想制造一些被诅咒伤害的假象，好让我们去相信，世界上真的有诅咒这一回事儿。赵海滨想找一个比较有名望的人，比如说是我，来给他当证人。可是他弄巧成拙，找了一个最具慧眼的侦探参与了这个案子。王毅发现赵海滨这个笨蛋请了我，诅咒的路子走不通，所以他们不得不变化手法，将罪证栽赃陷害给其他人。”

“钱叔？”

“正是。”

“可是，为什么呢？”我想得头都大了，“钱叔为什么心甘情愿地替赵海滨认罪呢？”

郭子晋带着我来到赵海涛遇害的现场，山顶风吹过他的衣领，他笑得很讽刺，“等下你自己问他咯！”

郭子晋的话刚说完，胖墩墩的王毅和赵海滨一起从山弯处拐了上来。王毅手里拿着枪，他累得气喘吁吁、面色通红，嘴上说：“郭子晋，你跑得够快的啊！”

“该减肥了啊！”郭子晋一点没觉得害怕，也笑得云淡风轻，“特意追上来找我们两个，也够难为你的了。”

沉默着不说话，但是我能感觉出来，他眼里面满是杀气。

“呵呵，郭子晋，别装了。”王毅撕掉假面具，“明人不说暗话，事已至此，我们都大方点。”

郭子晋带着我往后退，表情镇定地说：“我这人一直不怎么大方，你应该了解我。”

“还跟他废话那么多干什么？”事情败露，赵海滨有些气急败坏，“王毅，一枪崩了他！”

王毅还算理智，说：“那怎么能行呢？现在一枪崩了他，我们之前的事情不都白做了？”

“是啊！”郭子晋见缝插针地挑拨，“杀人这种蠢事儿要交给赵海滨你这种蠢人做，用王队长的枪杀人，那麻烦的肯定是王队长。”

“郭子晋，你是什么时候开始怀疑我的？”王毅还在大口喘气，“昨天晚上我去敲门的时候露破绽了，是不是？”

“不，不是。”郭子晋摇摇头，“我怀疑你，是从巡捕房轮胎被扎破开始的。”

居然这么早！

“不可能。”王毅不信，“我明明……”

“是啊！你明明都已经调查好了，是吗？”郭子晋笑得讥讽，“为了应付我，看来你做了不少的功课啊！我想，你得知赵海滨找了我来赵家之后，你一定向不少人打听了我的事儿吧？不用说，闫树海肯定是其中一个。”

所有人都没说话，都在看着郭子晋。

“闫树海，肯定是闫树海。我和闻人航的事儿，只有闫树海一个人知道。”王毅脸上惊讶的表情更加激发了郭子晋的表演欲，“闫树海还以为你是以前那个憨厚老实的师弟，加上咱俩之前是室友，所以，你找他打听我的事儿，他自然不会对你有戒心。而且，你还能将注意力转移到闻人航身上……王毅，你确实进步了。”

“可是……可是……”王毅结巴起来，“我做得没有瑕疵，根本不会引起你的注意！”

“赵剑会死，是因为他知道你们私下干的勾当……”郭子晋不理会王毅的结巴，他自顾自地往下说，“再让我猜猜，你们杀人、演戏、栽赃、陷害，其实……为的，就是这座黑龙山吧？什么大盗墓贼，什么亡者的诅咒，你们不过是想转移其他人的注意力，让其他人对黑龙山心生畏惧。你们最终的目的，就是不想让其他人知道你们想独占这座矿山！”

正说话间，郭子晋突然回头问我：“成书瑶，你信我吗？”

呃……不是在聊犯罪动机吗？郭子晋话题是不是转换得有点快？

“信啊！”虽然我觉得现在聊这个似乎不太是时候，不过看到郭子晋坚定的眼神，我无可奈何，“我不信你，我能跟你出来吗？”

阳光下面，郭子晋笑得灿烂。他闪亮的眸子里不再是不可一世的骄傲，更多的，是隐隐的期盼和焦灼。

郭子晋不仅话题转换得快，动作更快。在王毅和赵海滨错愕不已的时候，郭子晋抱着我，从山上跳了下去！

是的！跳了下去！郭子晋这个神经病！他真的抱着我从山顶跳了下去！

风声呼啸着从耳边刮过，轰轰的声音震得我耳膜疼。我看着郭子晋，他同样目不斜视地盯着我。

我在心里暗自叹气，郭子晋的脸，恐怕是我这辈子见过的最后一件东西了。

然而让我没想到的是，我竟然还活着。在黑龙山半山腰的位置上，有一个矮小的洼地。从山顶往下看时并不能看出任何端倪，等到真正跳下来的时候，你才会发现，这个洼地被人用气垫填充了起来。

山顶的吵闹声不甚清晰地传来，看情形，应该是王毅在责怪赵海滨。

郭子晋姿势调整得好，所以我们两个跳下来除了屁股疼，身上倒是没受什么伤。我心跳得跟地震一样，软着陆之后，我赶紧伸手去摸自己的脑袋、身体。

“放心，以赵海滨谨慎的性格，他一定试验过很多次了，不会有危险的。”郭子晋匆匆起身，又伸手拉我一把，“你说得没错，赵海滨确实是从山上跳下来的，所以他才能通过缩短时间来消除自己的嫌疑。我记得美国前年有一个案例，就是讲……成书瑶？你怎么了？你哪儿伤了？”

我摇摇手，示意郭子晋我没事儿。刚打算开口说话，我哇的一声，吐了郭子晋一身。

郭子晋阴郁地看看我，叹了口气，脱下被吐脏的上衣，说：“是不是跟我查案子，你就一定会吐？这次没有尸体，你吐什么啊？”

“不是尸体的事儿。”我强压下嘴里的酸腐味道，“我有点晕。”

郭子晋好心地从裤兜里拿出一块压扁的馒头递给我：“吃个馒头缓解一下吧！你空腹这么跑，很容易低血糖的。”

“我们现在怎么办？”我的脑袋晕得厉害，“赵海滨他们会不会跟着跳下来？王毅手里有枪……他不会开枪打我们吧？”

“跳下来应该不会。”郭子晋停顿一下，“不过小心一点总是好的。”

我咬了一口已经被郭子晋压成饼的馒头，过了一会儿，眩晕的感觉真的缓解了。

从现在的位置往山下看，路程应该不远了。可是这里的峭壁都是垂直的，完全没有能下山的路。

我仰头往上看了看，王毅和赵海滨好像也已经不在山顶了。

气垫太沉，质量又太好，郭子晋只能勉强将气垫推偏离了些许位置："虽然不能彻底毁掉这个垫子，不过以王毅的身材，他肯定是不敢跳的。不然，胖成球的他，很容易被气垫弹起来。"

虽然现在的形势很紧张，可郭子晋说的话简直是太有画面感了。

我憋着笑，问他："接下来我们该怎么办？"

"等着咯！"郭子晋不紧不慢的语气听得我着急，"我们现在的位置上不去、下不来……你那个馒头省着点吃，闫树海还不一定几天能到呢！"

我大感意外地说："你是说，你不要命一样带着我从山上跳下来，结果我们是自己跳进死胡同了，是吗？"

郭子晋看了一眼满脸忧色的我，说："其实换一种角度考虑可能好一些……你可以当我们是绝处逢生。"

"绝处逢生？"我指着下面的峭壁，心里还怀着一丝丝侥幸，"既然赵海滨能从这里出去，我们应该也可以吧？要不然，你抱着我再跳一次？"

"如果我们两个跳下去，八成会死得很惨。"郭子晋面露难色，"赵海滨是有准备的，他在这里预备了气垫床，那肯定也会有其他工具。"

我脸色铁青地瞪着郭子晋，说："既然这样，那你昨天发现这里的时候为什么不告诉我今天会有这么一招？虽然咱俩没有跳伞工具，但我可以多带点吃的啊！"

"成书瑶，我需要提醒你一下。我们两个是出来逃命的，不是出来野餐的。"郭子晋冷眼看着我，"再说了，我早上明明有跟你说，让你早饭多吃点的！"

哪有人会给这么不明显的提示？我感到无比悲愤。

郭子晋的表情似笑非笑，他说："而且，我刚才有问过你。是你自己说，你是信任我的。"

"我当然信任你。"这句话想都没想，我完全是脱口而出，"我没有后悔跳下来，我只是有点惋惜你馒头带少了而已。"

郭子晋耿耿于怀的表情消失，他再次咧嘴笑了。

我说的是心里话。虽然郭子晋有时让我生气，有时让我惊叹，有时让我啼笑皆非，有时让我恨得咬牙切齿……但更多的时候，郭子晋还是让我足够信任的。这是一种很奇怪很复杂的纠结情感，在我过去的二十多年中从未有过。即便我和郭子晋认识的时间不够长，但我那些繁杂的直觉几乎立刻会替我的大脑做出判断——信任郭子晋。

"你觉得闫树海要多久能来？"与其探讨该不该跳下去的问题，还不如多费神想想自己什么时候能得救，“你还带了什么东西，他来了找得到我们吗？”

“没带，我身上除了给你准备的那个馒头外，什么都没带。”郭子晋裸着的上身和干瘪的裤兜一览无遗，“我料想到我们可能会从高处跳下来，带硬物的话，很容易受伤。不过我有给闫树海留口信，想必他会尽快赶来。”

借此机会，我劝他道：“郭子晋啊，人都是需要朋友的。虽然你不愿意承认，但你跟闫树海，我觉得你们两个就还……”

“我没有什么朋友，也不需要什么朋友。”郭子晋冷漠的脸上竟生出一丝不易察觉的温暖，“可是成书瑶，我还有你啊！”

郭子晋飞速说完，然后转身去研究气垫床了。

在我的印象里，郭子晋属于智商满点、情商为零的生物。所以在郭子晋说完这句话后，我大脑空白了起码十秒钟。

正常情况下，男人如果说出这种话，无非是喜欢或是暧昧。无论是哪种，都不足为奇。可是郭子晋说出这句话，却让我很难接话。

在心里不自觉地微微窃喜后，我无比淡定地回了一句：“哦。”

“你猜，王毅和赵海滨他们两个在做什么？”为了转移话题，我特地问起了他们。

“要我猜，他们两个应该是跑去阻止闫树海了。如果在闫树海到来之前，我们能被饿死，那一定是王毅最喜欢见到的事儿。”提到案情的问题，郭子晋要兴奋得多。他仰头往山上看了看，说道：“要想跨省跨市地调查抓人，闫树海碰到的阻力估计不会小。而且以王毅在巡捕房的官阶，这事儿他恐怕不是幕后主使。盯着这座山不放的人，很可能官衔不低……况且，从赵剑书房的那些书来看，赵剑应该是一个敬业而又有良心的教授。”

说到这里，郭子晋感慨道：“恐怕是这位大官盯上了赵剑家的这块山头，但赵剑知道山上的矿石有问题，所以他不肯与其同流合污。说到底，这帮人都是被钱迷了心窍了。”

唉，各行各业，都是有害群之马的啊。

我又问郭子晋：“钱叔为什么会替赵海滨顶罪呢？”

“我不是说了吗？”郭子晋轻笑道，“赵海滨会告诉你答案的。”

赵海滨告诉我？赵海滨疯了吗，他会告诉我真相？郭子晋摆明是在唬我。

我继续刨根问底：“你骗人！刚才见到赵海滨的时候，他明明什么都没说啊！”

“你想想赵海滨的脸，”郭子晋伸手在自己的右边脸上比画了一下，“你再想想钱叔的脸。成书瑶，你难道没觉得，赵海滨和他的哥哥姐姐长得一点不像吗？”

“有的像父亲，有的像母亲，这也没什么奇怪的啊！”

郭子晋摇摇头，他点点我的鼻子说：“钱叔少了半边脸，他的嘴还是歪的，整张脸上的五官，只有鼻子是完整的。而赵海滨的鼻子，跟钱叔长得是一模一样。”

这个……我还真没注意。

“我想，钱叔一直不离开赵家，可能不仅仅是因为赵剑吧！”郭子晋冷静得吓人，“因为钱叔的儿子在赵家，所以他不想离开这里。至于还有没有更深入的理由，我就不得而知了。钱叔对赵家的一切情况都了如指掌，赵剑的死他肯定是心知肚明。钱叔不舍得自己的儿子被抓，便心甘情愿地来冒名顶替了。”

钱叔本就可怜，现在他如此用心良苦地救自己的孩子，我更加觉得他可怜。

我眼睛有点酸，哽咽着问郭子晋：“那赵海滨知道钱叔是他父亲吗？”

“知道不知道没区别吧？”郭子晋毫不留情地指出，“即便赵剑是养父，赵海滨下手的时候都没客气呢！一个又丑、又穷、又寒酸的亲生父亲，算得了什么呢？”

我再次叹气。

现在我和郭子晋困在山腰处，能做的事情只有聊天。

“郭子晋，你到底是怎么做到的啊？你脑袋是什么做的啊，你也太神了吧？为什么你能瞬间透过现象看本质呢？你居然在见到赵海滨的时候就猜到他是杀人凶手了……”

我想问的问题很多，郭子晋渐渐变得不耐烦起来。最后，忍受不了我骚扰的郭子晋说：“成书瑶，咱俩现在玩个游戏吧！”

“什么游戏？这种时候能玩什么游戏？”

“游戏就叫：谁先开口说话谁是小狗。”

“……”

我瞬间笑出声，笑得眼泪都流了下来。

郭子晋一脸哀怨地看着我，不得不说，他现在的发型很有威慑力。我憋着笑，收声，但是笑出的眼泪还是在往下掉。

闫树海不知道什么时候能赶到，王毅和赵海滨那两个人也不知所踪。秋天山风瑟瑟，我和郭子晋都被吹得头昏脑涨。我还好一点，最起码我身上还有上衣。郭子晋光着膀子站在风里，感觉文艺而又凄楚……

我不太好意思地指了指地上被吐脏的衣服，小声说：“对不住啊，我刚才实在是没忍住。郭子晋，你现在怎么样？冷不冷？”

郭子晋抽了下鼻子，还算客气地说：“还好。”

黑乎乎的荒山野岭，只有我和郭子晋两个人在。幸好有一个气垫，我们还不至于睡在铁矿山的地上。不过，我们也只剩下这一点可以庆幸了。

太阳落山，阳光一点点从黑龙山上退去。黑暗笼罩了大地，带来的是阴冷。太阳彻底落下山之后，郭子晋重重地打了个喷嚏。

“你把手给我。”我几乎是抢过了郭子晋的胳膊，一边搓一边说，“摩擦生热，你这样也能暖和暖和……我觉得吧，闫树海虽然推理办案挺不靠谱的，但他公关能力还是很不错的，你想想啊，上次的案子闹那么大，你说不想出庭，闫树海都没让你去……”

对于我的行为，郭子晋并未感到尴尬，他甚至还自觉地把另一只手递过来给我，说：“你说这个倒是。”

我这么一直给郭子晋搓胳膊，但是一点实际意义没有。而且我能做的，也仅限于给郭子晋搓胳膊了。山风这么大，别说不穿衣服的郭子晋，就是穿衣服的我都冷得受不住。

最后郭子晋想出了一个极好的办法，他用矿铁石的坚硬部位巧妙地划破了气垫床拼接的位置。

气垫床放出的气流大，我差点被吹下去。

放气放了很久，气垫床才瘪了。郭子晋撑着气垫床的布料，我哆哆嗦嗦地钻了进去。我们两个靠在一起，生热也比较快。

没多一会儿，我们两个都暖和了起来。

看着天上的星星，我由衷地赞叹：“郭子晋，这世界上为什么会有你这么聪明的人呢？”

我的身上虽然盖了东西，但脑袋却露在外面。山风吹得我头皮发麻，鼻尖凉得发硬。郭子晋早上带的馒头早就被我吃掉了，我们两个现在是又冷又渴又饿。

抱着不睡觉也没事可干的心理，我肆无忌惮地放任自己的困意。可正当我迷迷糊糊要睡着时，又想起一件事来：“郭子晋，钱叔的脸是在山上被熊瞎子舔的，我们躺在这儿，会不会有熊瞎子来舔我们？”

“你看这山上像有活物吗？”吹了一天的风，郭子晋唇上卷皮卷得厉害，“再说了，钱叔碰到的熊瞎子也不一定就是在黑龙山啊！”

哦，也对。

我口渴得厉害，怎么都睡不着。饥饿勉强还能忍受，但是干渴却不行了。体内缺失水分，皮肤像是要干裂开一般，我总是时不时地用舌头去舔嘴唇。山风加速了唇上水分的流失，而水分流失越快，我越忍不住用舌头去碰……这真是一个糟糕的恶性循环。

郭子晋看不下去了，他恶声恶气地提醒我说：“成书瑶，你要是再舔下去，你整个唇都要裂开了。”

“但是真的好渴啊！”我不知道郭子晋是怎么做到的，“你都不渴的吗？”

“当然渴，你以为我脑袋像机器，我就真的是机器吗？”郭子晋转转头，平躺在我身侧，“不然，我们做点不会渴的事儿吧？”

不会渴？接吻吗？

没等郭子晋说什么，我自己倒是面红耳赤起来。好在现在不是白天，不然恐怕郭子晋又要笑话我了。

我虽然口渴，但还是有理智的。

“不好吧？咱俩要是做这种事儿被人看见……万一王毅他们追来的话，这也太难为情了。”

“你说什么呢？”郭子晋莫名其妙地摸摸我额头，“成书瑶，你是不是出现幻觉了？”

难道我领会错郭子晋话的意思了？

“不是你说的吗？”我赶紧辩解，“不是你说，我们做点不会渴的事儿……”

郭子晋似乎明白了我的意思，笑道：“是啊！但我的意思是，我们可以画饼充饥、望梅止渴什么的……成书瑶，你是想到哪里去了？”

刚才有多害羞，我现在心里就有多失望。失望不是来自别的，而是自己自作多情的想法落空。我觉得我真是个傻瓜，我为什么会以为郭子晋会做这么浪漫有情调的事儿呢？

“成书瑶，”郭子晋佯装不懂地逗我，“你想的是什么啊？”

“你闭嘴！”

我奋力地转过身，决定在喝到水之前都不理他了。

“成书瑶，”郭子晋不甘心地推推我，“你是不是想喝水之前都不理我了？”

“你还真了解我。”我更加愤愤不平。

郭子晋虽然了解我的想法，可他并没放弃继续骚扰我。大概过了十多分钟，郭子晋又说：“成书瑶，快点起来吧！我带你去喝水。”

“我信你才——”

我转过身来，郭子晋正笑盈盈地指着山上。我顺着他的手指往上看，黑漆漆的山坳里，手电筒的光束在晃动。看样子，应该是有不少人爬上山来了。

“你不是说闫树海不会这么快到吗？”我心里忐忑不安，“会不会是王毅来抓我们了？”

“不会，从你开始想那些乱七八糟的事情时，我就已经看到他们了。”郭子晋从气垫里钻出来，开始活动手脚，“如果说是王毅的人，他们肯定会急着往山上跑……不过我估计王毅的人正跟着闫树海，闫树海自然不能跑得太快。”

“为什么？”我跟着从气垫里出来，寒风吹得我狠狠打了个喷嚏，“闫树海不是自己来的吗？他为什么要跟王毅的人一起？那我们还有救吗？”

郭子晋感慨道：“成书瑶，你的脑子，大概是空的。”

我不理会郭子晋的讽刺，因为我还想继续问问闫树海的事儿。没等我多说，山顶的光亮稳定下来，一个熟悉的声音对着山下喊：“郭子晋！成书瑶！你们两个在下面吗？”

闫树海的声音被无限放大，听得我是心花怒放。嘴唇干裂得厉害，郭子晋回话之前还特地润了下唇，大喊道：“放绳梯下来！”

闫树海简短地说：“你们一个人一个人往上爬，晚上天黑，危险。”

“我们不会是要自己爬上去吧？”我用眼睛丈量了一下距离，“郭子晋，我爬不上去，可以吗？”

郭子晋嘴贱得要命：“可以啊，当然可以啊！我上去之后，我会告诉闫树海，要他给你留梯子的。你放心，抓完王毅他们——”

“你不会想抓完王毅他们才来救我吧？”我现在一说话嘴唇都疼，“郭子晋，你这样也太不厚道了。”

郭子晋笑得奸诈：“不，我没说抓完王毅他们再回来救你。我是说，等抓完王毅他们，我会给你送水和馒头来。”

我瞬间垮了脸。

绳梯一点点被放下来，但是我丝毫没感觉到喜悦。我心里清楚，除非我自己爬上去，不然的话，想要逃生真的很难。

虽然不高兴，但我心里也知道，这是最好的办法。毕竟山这么高，郭子晋也帮不了我什么。

安全扣和绳梯吊在面前，郭子晋粗粗地给自己绑好。我可怜兮兮地看着他，眼见着他动作洒脱地爬上绳梯离开。

唉，最起码要有水喝了，我只能往乐观的方面去想。

郭子晋往上爬了两步，他突然停了下来，问：“成书瑶，你没啥想说的了？”

“没有了。”我强打起精神，“我就一个要求，你上去之后，不要给我送馒头了。我饿得要命，你先给我丢俩包子下来。”

郭子晋点点头，接着，他竟然从绳梯上跳了下来。

“你干什么啊？”我纳闷道，“你怎么还下来了？”

话没多说，郭子晋解下自己身上的安全扣绑住我，背对着我蹲下：“上来吧！”

在夜里，郭子晋的脊背线看上去十分有力。我顿时悲喜交集，又害怕郭子晋反悔，立马扑了上去。

郭子晋往上颠了颠我，他一边往上爬一边戏谑道："成书瑶，你要抱住我了。我如果一不留神掉下去，以后可没人气你了。"

说这话的郭子晋并没觉得什么，可听这话的我却感动得稀里哗啦的。我被郭子晋背着，身下就是黑漆漆的山洼。气垫已经破了，我们两个掉下去一定必死无疑……

我的眼泪蹭到郭子晋的后背上，他皮肤水滑水滑的。

我感动的情绪无以言表，说："郭子晋，你对我这么好，以后你惹我，我也不生气了。"

"那倒不错。"郭子晋的轻笑瞬间被山风吹散。

天黑梯窄，郭子晋一步一步爬得艰难。爬了有一百多步，我隐隐闻到一丝血腥气。郭子晋的身体紧绷了一下，我不放心地问："郭子晋，你没事儿吧？你还好吗？"

又爬了几步，郭子晋这才沉声回答我："还好。"

天黑得厉害，我什么都看不到。郭子晋说还好，我便没有多想。可等我们爬到山顶，有了光亮时，我才看清楚，郭子晋的整个手掌心，已经磨没了皮。

"郭子晋，你疼不疼啊？"我哭得伤心，"你刚才怎么不跟我说呢？"

一旁的闫树海被手电筒光亮照着，也没有打招呼，一上来便直接拿出手铐将我和郭子晋铐住，说："成书瑶，郭子晋，我们现在怀疑你们两个跟北州一起偷车案有关。现在你们两个给我老实点，我要带你们回巡捕房！"

"偷车？"我惊讶得连哭都忘了，"闫树海，我们偷谁的车啊，不会是上次你那个车吧？不是都结案——"

猛然间，我想起郭子晋说的，这次的事儿，上面还有官位更高的官员在暗箱操作。至于官位多高、多大，涉及面多广，我们目前不得而知。现在闫树海把我们两个铐起来……难道闫树海也参与其中？

我回头看郭子晋，他倒是没什么太大反应。有女巡捕在给他的手伤上药，鲜血滴滴答答往下流，郭子晋连眉头都没皱。

"哪儿那么多的废话？"闫树海不耐烦地打断我，显然他并不想让我把话说完，"给我带走！"

不对，很不对。

郭子晋既然敢放心叫闫树海过来，那么一定有他的道理。可是王毅也认识闫树海啊，他们都是一个学校毕业的，和郭子晋比较起来，闫树海应该跟王毅关系更好一些吧？

觉得不对的不只是我，黑压压的人群中，有一个粗犷的中年男声说道："北州来的巡捕跟我们就是不一样，连偷车小贼都亲自来抓。我一直跟我手下的人说，巡捕想要做得好，什么事儿都一定要亲力亲为。你们看看闫副探长就应该知道了，年轻有为也是有道理的啊！”

顺着声音看去，我看到了一个穿着署长制服的中年男人。灯光昏暗，中年男人的长相，我看得并不真切。

而这个时候我才注意到，王毅和赵海滨也一起跟了过来。

父爱无声

Chapter 6

“哪里哪里，秦署长您客气了。”不愧是外交上的一把好手，闫树海表情转换得极为自然，“案子比较特殊，所以我只好亲自来了。”

估计和水土有关系，当地的巡捕都长得人高马大。这个秦署长更是如此，他的年纪和郭子晋的爸爸差不多，体形却是郭子晋爸爸的两倍。

秦署长很富有求知欲，他执着地问：“哦？有什么特殊的？我很好奇啊！介意跟我说说吗？”

看秦署长的态度，闫树海不说明原因肯定是不行的。强龙压不过地头蛇，闫树海才不会笨到去跟秦署长硬碰硬：“秦署长，借一步说话。”

“什么事儿？”秦署长给了闫树海面子，但面子给得并不是很大。哪怕他们借一步说话了，秦署长说话的声音还是很大：“到底是什么案子，竟然会特殊到让闫副探长亲自过来？他们两个是皇亲国戚吗？”

闫树海无奈，只好老实说：“这个郭子晋……他爸爸是我们那儿的郭署长。”

“郭署长？”沉默许久的王毅头次开口说话，脸色微微讶异，“不可能吧？我在警校和郭子晋是一个寝室的，他爸爸竟然是郭署长，我怎么不知道？”

“郭子晋平时挺低调的，也很少会提起自己家的事情。要不是这次偷车的事儿让郭署长大发雷霆，我们也不会知道。”闫树海笑道，“郭署长可是个好领导，我过来的时候郭署长还说呢……”

闫树海顿了一下，然后用说悄悄话的姿态，警告所有人：“郭署长说了，这种仗着自己爸爸是署长而在外面惹是生非的不孝子，打死也不为过。”

秦署长的表情已经不似最初那般放肆，他阴狠狠地瞪了王毅一眼，估计是责怪王毅消息不够灵通。

阴狠的表情稍纵即逝，秦署长又笑了：“既然这样，那么你们还是尽快回去比较好。趁着现在天黑，我们抓紧下山。天亮的时候，你们差不多能到车站。从我们这到北州，正好早上有班车。”

“那个谁，和那个谁。”在别人的地盘上，闫树海也没法太放肆，“把郭子晋和成书瑶铐在一起，我们现在下山。”

我和郭子晋喝了水，吃了东西，体力算是恢复了一些。秦署长的人前后左右将我们夹在了中间，闫树海还算淡定，跟没事儿人一样和其他人交代任务。我心里却紧张得要命，不自觉地去抓郭子晋的手，可我忘了郭子晋手上上了药，等到他疼得哆嗦，我才如梦初醒。我想要缩回来，郭子晋却反握住了我。

“没事儿吗？”我尽量压低声音，小心问郭子晋，“现在要是……”

“你信我吗？”郭子晋掌心黏糊糊的，淡定从容地拉着我往下走，“我什么时候办过没把握的事儿？”

是，我是相信郭子晋不会做没把握的事儿。但是现在的案子太特殊了，当局的巡捕涉嫌谋杀、嫁祸、强取、豪夺……此时此刻，这已经不是什么私利、权力之争，这完全是生死存亡之战。

天黑路陡，郭子晋小心翼翼地拉着我往山下走。他手上的伤口裂开，血滴了一路。

走了没多远，队伍的后面突然间发出阵阵骚动声。我和郭子晋铐在一起，只能别扭地转身去看。一束束的手电筒光亮闪来闪去，队伍影影绰绰的，根本看不清全貌。

吵闹声中，一个尖锐的男声叫道：“头儿疯了！头儿刚才把赵海滨从山上推下去了！”

闫树海和他手下的巡捕机警地掏出手枪，秦署长的人第一反应也是如此。郭子晋趁机高喊了一声：“佛爷来报仇了，他把赵家最后一个男丁杀了！这黑龙山上有鬼啊，我们这些人今天都要变成祭品了！”

呃，赵海滨不是钱叔的儿子吗？

从现场的情形看，郭子晋的话完全是胡诌。他信口开河的说辞，将场面搞得更加混乱。不知道是谁的枪走了火，整个场面瞬间失去了控制，空气中硝烟味浓郁，枪响声在山里回荡，像是巨龙的怒吼！

郭子晋再次找准时机，拉着我飞速地往山下跑。周围的人都在忙着看王毅，所以我们两个很好地钻了空子。秦署长冲动之下想要开枪打我们两个，却被闫树海一撞，打偏了。

我们跑下坡的速度极快，身体俯冲失控的感觉让我自己都觉得害怕。虽然速度已经很快了，但郭子晋还是觉得我的短腿跑得太慢。他扯着我往山下跑，中间完全不带休息。

赵家宅子的大门开着，郭子晋谨慎地带着我跑了进去。我们两个都喘得厉害，口鼻里的尘土呛人。

“王……王毅为什么要把赵海滨推下去？”我气息不稳地问，“闫树海他们怎么办？会不会有危险？”

郭子晋摇头，脚步蹒跚地带着我往赵剑惨死的书房走。我们俩的手腕被铐在一起，我的袖子上面浸满了郭子晋的血。

“王毅胖，他爬一次山，吸入的尘土量是我们正常人的两到三倍。所以，王毅出现幻视幻听的现象要比其他人更严重。”郭子晋撬开赵剑书房的门，“闫树海会不会有危险……我不知道。”

“我们来赵老师的书房做什么？”我不解地问，“我们是不是应该去报警，然后找人援助闫树海？”

“报警？报警自投罗网？”郭子晋讽刺地一笑，扯着我进书房，“现在的情形你还没看明白吗？如果没有他人支持，秦署长怎么敢做得这么明目张胆？”

“所以呢？”

郭子晋的话掷地有声：“所以，我们两个现在是唯一清楚案件真相的证人；所以，秦署长一定会想办法灭我们的口；所以，我们两个不能死，不然，不仅赵老师白死了，还会有更多人因为黑龙山死。”

我想起郭子晋写在处分书上的话，不自觉地说道：“这个世界上，没有任何人、任何机构能够代表正义。”

“你……”郭子晋搜寻的动作略微停顿，声音里带了笑意，“那句话是我有一次和别人吵架后写的。”

“你居然会跟人吵架？”眼神逐一扫视过赵老师书架上的书后，我突然又觉得自己的话说错了，“不，应该说，竟然有人会跟你吵架，最后那个人怎么样，是不是被你整得很惨？”

郭子晋漫不经心地说：“那个人……最后她死了。”

“死……死了？”我心有余悸地看了眼郭子晋满是鲜血的手掌，“你不会……真的杀过人吧？”

“你想什么呢？我说的是唐菲。”

这似乎是郭子晋第一次如此正面地对我提到唐菲，我抓住机会问："唐菲是你的前女友？真是不敢相信，你竟然会有女朋友……她长什么样啊？她是邹珊珊的表姐，是不是跟邹珊珊一个身材？啧啧啧，还真是，无论什么样的男人，都喜欢大胸的女人。"

郭子晋狠狠地敲了我脑袋一下，佯怒道："成书瑶，你脑袋是不是空的？现在是什么时候，你竟然还有心情关注这个问题。"

"好奇啊！"我不死心，"你知不知道，人类的好奇心如果得不到满足，真的比杀死那个人还残忍！"

"这样的人类还真是无趣又无聊。"郭子晋似乎没打算满足我的好奇心，"你安静地帮我找东西，等我们平安活下来，我可以跟你讲讲。"

"真的？"我仿佛看到曙光一般，"你需要什么？我帮你找。"

"赵海滨在别的地方把赵剑杀了，可他为什么又冒着被发现的风险，把赵剑背回来呢？"

"不知道。"我应和道，"你说为什么？"

郭子晋像是在跟我说话，又像是在自言自语："这个书房里，一定有什么赵海滨宁愿冒死也要回来寻找的东西……赵剑不肯转让黑龙山的开采权，所以赵海滨起了杀机；赵剑不肯转让黑龙山，是因为他知道黑龙山有问题……我们是不是可以假设，赵海滨大费周章地抱着赵剑的尸体回来，是因为他想找到赵剑手里证明黑龙山有问题的材料？他想销毁资料，然后光明正大地继续开采黑龙山？"

我目瞪口呆。

世间的因果，都隐藏在一个个破碎零散的表象下面。虽然藏得并不深，却很难让人发现……可郭子晋总能通过一些蛛丝马迹，将所有的信息整合拼凑起来，呈现出连贯完整的因果来。

"这么多的书……"我看着赵老师家的红木书柜，突然觉得脑袋都疼，"你说的资料会在哪儿？我们总不能一本一本翻吧，我们找到证据以后又要怎么送出去？"

郭子晋对我的态度嗤之以鼻："先找，找到以后再说怎么办。"

我没忘了自己的使命，努力地四处寻找。不一会儿，我在书柜中间找到了一根鱼钩，献宝似的递给郭子晋。郭子晋的手受伤了，他姿势别扭地将手铐撬开，然后丢掉。

就在我们两个松了口气时，书房的大门处突然有了动静。

闫树海会想办法拖住秦署长他们，所以他们肯定不会这么快回来……我和郭子晋齐齐回头去看，竟然是钱叔。

钱叔戴着胶皮手套，手里拿着郭子晋剃头用过的推子。月黑风高，钱叔的半张脸看着惊悚吓人。钱叔哆嗦着手举着推子，一点点地逼近我和郭子晋。

郭子晋不着痕迹地将我护在身后，紧张地盯着钱叔。

然而，等他走到我们面前时，钱叔将推子狠狠地扎进了自己的心脏！我和郭子晋避闪不及，钱叔扎破的动脉血瞬间喷溅了我们两个一头一身！我连低呼都来不及喊出口，钱叔又动作迅速地将手套吃进了肚子里！

为什么？我彻底傻了、呆了、怕了……钱叔为什么这么做？

钱叔缓缓地跌倒在地上，身下流淌出一大摊血。沾满了血和郭子晋指纹的剃头推子被钱叔丢到我们脚下，钱叔的右眼盯着我和郭子晋看，似乎在无声地说着对不起。

我瞬间明白过来，钱叔是想把自己的死嫁祸给我和郭子晋！率先抵达赵海娟遇害现场的人只有我和郭子晋两个人，钱叔又这么死了，那巡捕们说什么都可以了！

虽然钱叔想要陷害我和郭子晋，但我仍旧觉得他很可怜。他活着的时候一辈子被人当异类一样看待，死的时候又一心只想保护自己的孩子……

我哭得凄惨，郭子晋却是满脸的冷漠。“钱叔，你儿子赵海滨，他刚才已经被巡捕杀死了。杀死你儿子，他们才能独占黑龙山。”在钱叔咽气前，郭子晋快速地说，“你现在不是帮你儿子，你是在帮杀他的凶手。”

钱叔的老眼陡然瞪大，他想要说话，但是嘴里大口大口地往外涌着鲜血。血水漫延，钱叔终于一动不动，死了。

赵家大门外面响起脚步声，估计是山上的那些人追来了。这个现场如果被他们看到，我和郭子晋必死无疑！

越到危急时刻，郭子晋越镇定，他顺着钱叔最后瞪视的方向，三步并作两步迈上了书柜。

郭子晋的动作利索，他很快翻找到一个黑色盒子，接着从书柜上面跳了下来。在秦署长打开书房门之前，郭子晋又迅速将盒子塞到了……我的衣服里。

我们两个人满身是血地站在尸体旁……屋门打开时，巡捕看到的就是这样一幅画面。

几个小巡捕开门先进来，秦署长和闫树海走在了中间。我并没看到王毅，估计神志不清的他已经被人带下去了。即便秦署长跟王毅沆瀣一气，但是在有外人在场的情况下，样子还是要做的。

看到满地的血，闫树海倒吸了口气，“这个……”

这次，我们恐怕是跳进黄河也说不清了。

“那个……”闫树海说话都有点跑调，“中间是不是有什么误会？啊？郭子晋，成书瑶，你们快点解释解释……秦署长，郭子晋以前是我的师弟，他的为人我是最清楚的，虽然他平时比较爱恶作剧，不过……”

秦署长架子端得大，“小闫啊，现场这种情况，应该没什么好解释的了吧？两个偷车的犯罪嫌疑人在逮捕过程中趁乱逃跑，又在偷窃的过程中被主人家的管家发现。恼羞成怒的盗贼杀了管家后被抓了现行……这件事情还不够清晰吗？难道说，你还有什么高见？”

闫树海想帮着解释，奈何他的应变能力实在是不怎么样。他支支吾吾说了半天，转头急道：“郭子晋！你倒是说话啊！”

我抬头去看郭子晋，眼神里充满了期待。我相信郭子晋一定会想出办法证明我们两个无罪的，他一定能。

然而秦署长并没给郭子晋解释的机会，他很严肃地说：“小闫，你来我们这儿抓人，我很支持你。作为署长，我甚至亲自赶来帮你的忙。可是现在的情况不一样了，你的犯人在我的地头上犯罪，我便要处置他。去！给我搜他们的身！”

郭子晋还是没说话。

我心怦怦地跳，衣服下面的盒子似乎都在变热。巡捕房中没有女警，所以搜身的只能是男人。我忍着没动地方，咬着唇等着审判的来临，可当巡捕的手马上要触及我的衣服时，沉默已久的郭子晋竟然开口了：“等一下！”

“你还有什么要解释的？”秦署长的语气笃定，他扬扬下巴，示意巡捕将地上的凶器收好，又继续对郭子晋说：“无论你解释什么，恐怕都没有用了。”

“我什么都不解释。”郭子晋笑得如沐春风，“我认罪。”

“你疯了？”我和闫树海几乎是异口同声。

“秦署长，郭子晋的脑子其实不太好使。”闫树海是被逼急了，“当年我们警校和军校比赛出意外的那次，你知道吧？其实在那次比赛中，郭子晋——”

“闫树海！”我看着旁边站着的郭子晋，他连耳朵都烧红了，“你闭嘴！”

闫树海大声呵斥道：“是你给我闭嘴！”

“秦署长，事情是这个样子的，”闫树海言辞恳切地说，“本来我校去往军校的代表应该是郭子晋，不过郭子晋不喜欢搞这些形式主义，所以当时顶替他去的人，是他的女朋友唐菲，可没想到的是，比赛预留场地发生了意外爆炸，唐菲在爆炸中被炸死了。唐菲死了以后，郭子晋一直很自责，所以他后来一直疯疯癫癫的。”

原来唐菲竟然是这么死的？难怪郭子晋不愿意提起。这么一来，郭子晋心里应该很愧疚吧？

果然，郭子晋的脸色变得铁青，他咬牙切齿地说：“我还真是谢谢你。”

“秦署长，”闫树海刻意忽略掉郭子晋的眼神，继续婉转地恳求道，“你不要听信郭子晋的话，他完全是在胡说八道。”

“你说的话，我相信。”秦署长假装为难地说，“不过，我不是法官，我只是个署长。犯人都当场认罪了，我没有不抓他的理由。现场给我继续调查！人给我带走！”

最后，秦署长不忘补充道：“把这个女的也铐起来！我就不信了，他们一个疯就算了，两个都疯？”

这下可好，郭子晋前脚刚撬掉了手铐，后脚又被铐了起来。

“你真是疯了，妥妥的。”和郭子晋一起被塞到车里后，我无可奈何地说，“虽然这些巡捕不是什么好人，但你也不能认罪啊！那个推子上有你的指纹，钱叔又死无对证……虽说法医会对这些证物进行检查，钱叔的死因也早晚会水落石出，但是郭子晋，你不要命了吗？现在认罪对咱们有什么好处？”

郭子晋眼神放空，冷冷地盯着窗外看。此时的郭子晋让我觉得极度陌生，我犹豫着，不敢继续靠前。

因为我们是在这里“犯案”的，按照规矩，闫树海不能跟我们坐一辆车。在车子发动之前，已经清醒过来的王毅挤上了车。

王毅坐到车里，车内空间立刻显得有点挤。我们几个身上的味道都不太好闻，车里不流通的空气让人反胃。

“哼哼，郭子晋，你说你，以前多不可一世啊！”王毅的脸上挂着冷笑，“在学校的时候，你的眼睛都要长到脑袋顶上了！学校的老师都说，你郭子晋一定会成为未来的新星……啊呸！狗屁！你推理能力强又怎么样？你脑筋聪明又怎么样？到现在，你不还是被我抓住了吗？”

王毅唠唠叨叨说着侮辱的话，以前他给我的印象有多好，现在他带给我的感觉就有多糟。

可不管王毅说什么，郭子晋都像没听见似的，一言不发。

郭子晋可以不在乎，我却忍受不了。虽然我不明白郭子晋为什么会认罪，但我听不了别人一直侮辱他，就在王毅扬扬得意地吹嘘时，我逮住机会，狠狠咬住了王毅的耳朵。

王毅身上的汗酸味熏得我脑仁儿疼，他耳朵的咸臭味儿更是让我几欲作呕。王毅耳朵上的血管被咬破，鲜血流了出来。

我已经横了心，无论王毅如何殴打、叫骂，我都咬住了不肯松嘴，反正我已经有了杀人的罪名了，再多一条也没啥。

前排开车的司机稍微慌了神，急得朝外面挥手示意。车里突然响起了铁器摩擦的声音，我从头发的缝隙间看到，郭子晋在神不知鬼不觉中，已经偷到了王毅的手枪。

“郭子晋！”王毅没怎么样，坐在他俩中间的我倒吓得要死，“你冷静一点啊！你要是看不下去，你揍他几拳可以，杀人可不行啊！”

此时我担心的是郭子晋又出现幻觉了，万一真弄出人命来，那我们可真就把罪名坐实了。

王毅不傻，他拉过我挡在胸前，威胁着郭子晋：“你猜，如果你开枪的话，是成书瑶先死，还是我先死？”

前面开车的是八字眉周泉，他苦着一张脸，犹豫着说：“头……头儿？你……你用犯人做挡箭牌，这不好吧？头儿，要不我帮——”

“闭嘴！你老实开你的车！”王毅呵斥道。其实王毅不笨，他也知道郭子晋不是杀人犯，“郭子晋，我倒是要看看，你舍不舍得杀成书瑶！”

现在这个时候，我用不用说一些冠冕堂皇的话，接着凛然赴死？

好吧，我觉悟实在是太低了。看着面前黑洞洞的枪口，我没出息地说：“郭子晋，你注意你的枪，千万别走火了啊！”

“是啊！”王毅因为我的话而扬扬得意，说出的话跟刀子似的往郭子晋身上捅，“郭子晋，唐菲的事儿你还记得吧，已经有一个女人因为你的失误死了，你想让成书瑶成为下一个吗？”

“你觉得，我是会在乎别人死活的人吗？不，我不在乎。知道你们为什么一直斗不过我吗？”郭子晋冷笑道，“你，还有寝室的其他人，你们之所以斗不过我，是因为你们总用一般人的逻辑去琢磨我的行为。”

郭子晋把枪的保险拉开，直接用枪抵在我的脑袋上，冷冰冰地对着王毅说：“这个世界上没有我郭子晋破不了的案子，同样的，这个世界上也没有我郭子晋杀不了的人。我不杀你，不是我不能杀你，而是因为我不屑杀你。”

窗外是黑夜，郭子晋的上身完全隐藏在黑暗里，犹如黑曜石般的眼睛在暗处发光……

我能看出来，这才是真正的郭子晋。我想起郭子晋在处分书上写的话，那段关于暗夜骑士的话。是的，黑暗中的骑士会为人点亮火把，他们融于黑暗却不沦陷于黑暗。他们披荆斩棘一路走来，是因为他们有一颗强大的心。

面对恶势力不会妥协，面对诱惑不会屈服。虽然他们一再和坏人接触，但他们永远不会变坏。像郭子晋这样的人，他们有足够强大的力量和意念支撑自己走下去！

“没有任何人、任何机构能够代表正义。”因为正义，永远在人们心中。

“王毅，我真为你感到悲哀。”枪口触碰在额心，我反倒觉得镇定了，“当初你是怎么宣誓的？你居然还好意思在这里大言不惭、耀武扬威？你都没有良心和良知的吗？”

车身抖了一下，王毅暗骂了一声，再次将我当人质，挡在他的身前：“少跟我说这些！良心？什么良心？良知？又能顶个屁用！我拼死拼活、我任劳任怨，现在捞点好处回来也是应该的！赵家老头傻，这么大一座宝矿，他居然不肯开采！”王毅甚至忽略掉对一切并不知情的周泉，话越说越激动，“我们好商好量他不肯，威逼利诱他也不听，老不死的，又臭又硬！既然如此，那就不要怪我们撕破脸！”

外面的风景一晃而过，车里又恢复了安静。

王毅继续粗声粗气地说：“我也明白地告诉你们，今天，你们两个是一定要死在这儿了！郭子晋，别说你爸只是个署长，就算你爸是天王老子——”

王毅的话还没说完，巡逻车突然改变了方向，大力地冲向了道边！

郭子晋眼疾手快，及时抽回枪关掉保险，这才避免了枪支走火。而车的惯性太大，肥胖的王毅弹起来，狠狠撞在了车顶上。

车盖呼呼地往外冒着白烟，脑袋受伤的周泉一脸愤怒地从驾驶位上走了下来。

周泉表情凶悍，哪怕眉毛很有喜感，眼神里透出的怒火也足够暴戾。周泉拉开王毅一侧的车门，在王毅头脑还不清醒时，狠狠给了他一记老拳。

我和郭子晋看得目瞪口呆。

虽然相处的时间不多，可在我们的印象中，周泉属于典型的老好人。丢了犯罪嫌疑人，王毅要骂他；记错了事情，王毅要骂他；集合迟到了，王毅也要骂他……似乎周泉的存在，就是供王毅撒气用的。

此时的周泉，跟以往的那个周泉完全不一样。他不再像往常那样忙着道歉、解释，而是一边殴打王毅一边说：“败类！害群之马！我们的脸都被你丢尽了……”

王毅被打得口鼻流血，倒在路边。

空气里满满都是汽油的味道，看样子，是汽车的油箱被撞漏了。我们担心会发生爆炸，便一起抬着昏过去的王毅远离车祸现场。

“你们走吧！”周泉擦擦脸上的汗，又恢复到以前的那个他，“王毅昏迷了，但是其他人估计不会放过你们。你们先平安出去，我会出面，为你们做证。”

“你家应该不止你一个巡捕吧？”郭子晋突然问。

周泉愣了一下，说：“你怎么知道的？正因如此，这个职业对我来说才如此神圣。虽然我做得并不好，可我依旧热爱我的职业。”

“别这么说，”郭子晋难得这么善解人意，“哪怕你不会推理，不会观察细节，又缺心眼儿……不过，最起码你有良心。”

周泉笑了，可他的表情看起来更窘了。

不管怎么说，此地不宜久留。找个地方检查一下黑盒子里的东西，这才是要紧的。

此时正好有一辆过路的货车开过来，我跟郭子晋赶快招手。好心的司机没有多问，让我和郭子晋搭了个便车。

车祸现场渐渐被货车抛在了身后，周泉瘦小的身子也慢慢融入了黑夜。赵家宅子和黑龙山，死去的人们和泯灭道德良知的巡捕……这些，也都离我们越来越远。

我感动于周泉的精神，却也更加担心他的安危。我问郭子晋："周泉会不会有危险？把我们两个这么重要的人犯弄丢了，秦署长不会难为他吧？"

郭子晋抿了下唇，他刚打算开口时，一旁的司机说话了："你好，侦探先生。"

我愣了，郭子晋也愣了。

显然郭子晋也并不知道这到底是怎么回事，他眉头微蹙，神情茫然。

这个声音很耳熟，我好像在哪里听过。但是在哪里听的，一时之间我又想不起来。

我没想起来，郭子晋倒是想起来了。

郭子晋提了口气，平静地说："闻人航。"

"是我。"

郭子晋警惕地看了看闻人航，但闻人航继续淡定地开车。郭子晋拿不准闻人航想做什么，可他仍旧不服输地问："你找我，有什么事？"

"没什么大事儿。"闻人航轻声细语，他的心情似乎很好，"从你现在的位置到下车，还有很长的路，这段时间跟我叙叙旧，不好吗？"

"我和你没什么好聊的。"郭子晋不屑一顾地冷哼。

"难道你不想听听我为什么没有死吗？"郭子晋又哼了一声后，闻人航话语里逗弄的意思更加明显，"难道你不想听听早些年我是怎么要你的吗？"

郭子晋深吸了口气。

没等郭子晋回答，闻人航自顾自地往下说："那次军校和警校的比赛，其实是我策划的……郭子晋，你别误会，当年我并不是要和你比赛，因为，我从来没拿你当过对手。所有人都说我不如你……呵呵，他们懂什么？他们哪里懂什么是真正的比赛！"

"这就是你每次故意输我 13 分的原因？故意输给我，然后想证明你比我聪明？"

闻人航笑得倨傲："是的，你看出来了，是吗？开始，我觉得还蛮有趣的，看着输家以为自己赢了而扬扬得意，这比什么奖项、奖励都来得让我痛快……可花心思戏耍笨蛋，本就是项无聊透顶的事儿。郭子晋，当我发现你也没那么好玩的时候，我便决定消失了。"

“你为了消失，故意制造出了爆炸案？”郭子晋微微恼怒，“你知不知道这会死多少无辜的人？”

“无辜又怎么样？无辜就不会死了吗？”闻人航和郭子晋一样桀骜不驯，可他比郭子晋冷血一百倍，“我管他们死不死呢，只要我不死就好了！如果继续生活在你们这些笨蛋中，我恐怕真的会无聊死。”

有人杀人是因为怨恨，有人杀人是因为愤怒，有人杀人是因为嫉妒，有人杀人是因为激情，我还是第一次听说，有人杀人是因为无聊。呃……这个闻人航是疯子吗？

“说吧！”郭子晋不想和闻人航继续闲扯了，“你找我，到底是有什么事儿？”

“你这个问题问得很好。”闻人航说话慢吞吞的，“郭子晋，我特地过来，是为了给你提个醒。”

“什么意思？”郭子晋不解。

“黑龙山，不止一个人在打它的主意。”闻人航拉着的长音让人讨厌，“黑龙山就像是横在路边的无主金矿，看到的人，个个都想分一点。你以为你破了案子，拿到了资料，便可以将恶人绳之以法，为好人沉冤昭雪了？你想得未免天真了些！”

闻人航是怎么知道我和郭子晋拿到资料了的？

郭子晋没插话，闻人航继续往下说：“上次梅河女尸的案子，你还记得吗？自从那桩案子之后，我忽然觉得你比以前在警校的时候有意思了，所以我不想让你那么快就死。我给你提个醒，现在找机会下车，也许你暂时还能保命。”

“既生航，何生晋。过去大家总把这话挂嘴边。他们觉得你是我的死敌，因为有你，所以我什么时候都拿不了第一。”闻人航呵呵笑道，“也该是时候证明，他们是错的了。”

郭子晋脸上的神情放松下来，隐隐的，我甚至觉得郭子晋有点小兴奋，“你是说，你想跟我正式地比一场？”

“是的，比什么，什么时候比，到时候你会知道的。”闻人航直言不讳，“所以，郭子晋，你现在立刻下车吧！你们刚才坐的巡逻车，一直有当地巡捕房的人监视着。王毅贪得无厌，秦署长本就想借着这次机会把他除掉。只不过你们两个命好，碰到了我……郭子晋，你我之间的较量，我竟然开始期待了。”

“那我是不是应该说句三生有幸？”郭子晋应该也很期待，可他的话说得讽刺，“不会还像上次见面那样吧，你冒充哪里来的官员，偷窥我办案？”

闻人航并不在意郭子晋的冷嘲热讽，义正词严地说：“作弊，同样是一项本事。”

这点我也很赞同。

郭子晋看我点头，恶狠狠地瞪了我一眼，然后催促道：“闻人航，最后一分钟，抓紧说你的结束语吧！”

闻人航不再纠缠不休，慢条斯理地说了最后一个问题：“郭子晋，我没有死，难道你不好奇……唐菲，她有没有死吗？”

唐菲死了还是没死，我们不得而知。因为没等闻人航说出答案，他便停下车，把我们都赶了下来，扬长而去。

坑，真是太坑了。

我和郭子晋来的时候光鲜靓丽，除了郭子晋被我剪残的发型有点俏皮外，其他都算说得过去。而我们从赵家宅子返回时，两个人不仅狼狈不堪，还双双挂了彩。

我们俩找了个安静的地方，郭子晋第一时间打开了盒子，查看里面的内容。

果不其然，里面的资料是赵老师搜集来的私自开采黑龙山的官员名单，还有黑龙山矿物质不适于开采的证据。整整 26 页的详细报告，看得我和郭子晋目瞪口呆。隐藏在黑龙山之后的黑幕，比赵海滨宣扬的“诅咒”还可怕得多。事件盘根错节、环环相扣，这要是抽丝剥茧一层层查下去，影响实在是太大了。

郭子晋刚开始拿到资料的时候兴致勃勃，但看完资料之后，他自己也拿捏不准该如何入手了。思量再三，郭子晋最终决定，把资料交给他爸处理。

我们两个想尽了办法，历尽千辛万苦，才终于到达了车站，又想办法联系上了闫树海。闫树海将我和郭子晋的一些物品带过来，我们几个一起回了北州。

第三案

“闹鬼”的太平间

英雄有个强悍的妈

Chapter 1

在车上，郭子晋三缄其口，对黑龙山的案子只字不提。

“郭子晋，”闫树海显然对案子也不太感兴趣，他还在担心之前的事儿，“我和秦署长说的那些话都是为了你好，虽然你是打算认罪之后再想办法出来，可我当时一着急便口不择言……我说的话，你千万别往心里去！”

闫树海解释了一通，他话说得世故又圆滑，可听得人心里暖烘烘的。

郭子晋沉着脸，一声不吭地看着窗外的风景发呆。闫树海以为郭子晋生气了，不断地自责。

我不太忍心地对闫树海说：“没事儿，郭子晋那么聪明，他会明白你的意思的。再说了，我们两个很感谢你能来救我们。要知道，你冒的风险也很大。”

“哪里哪里，应该做的。子晋帮了我那么多，以前他还救过我的命。”闫树海有了台阶下，对我十分感激，“我确实是做得不太对，就算情急，也不该在他的伤口上撒盐。而且，我还把闻人航的事儿告诉王毅……是我太疏忽大意了！这要是被他们成功转移视线，你们两个再放松警惕……那我不等于害了你们两个吗？”

我倒是不介意闫树海嘴碎惹下的麻烦，何况他又不是故意的。可郭子晋那个脾气怪得……

就在我和闫树海互相道谢时，郭子晋突然说：“谢谢你能来。”

闫树海和我双双愣住，不敢置信地看郭子晋。郭子晋的脸上虽然脏，但他上身已经套了件干净的外套。对于我们两个的错愕，郭子晋没有给出任何的解释。他抱着胳膊靠在窗户上，闭眼休息去了。

“小姑娘……”闫树海趴在我耳边小声问，“他刚才道谢了，我没听错吧？他是不是又出现幻觉了？”

我点点头，接着又摇摇头：“我觉得，他是真的在道谢吧。”

“不可能，完全不可能。”闫树海一本正经地分析，研究八卦时，他的推理能力倒是直线上升，“郭子晋竟然会说谢谢？让他道谢，还不如让他去吃川菜！”

我奇怪道：“川菜？川菜怎么了？”

累了一整天，闫树海却精力旺盛得很。“我也是以前听唐菲说的，当初郭子晋和唐菲谈恋爱的时候，唐菲总是拉着郭子晋去吃川菜，郭子晋却一口都不吃。他说他吃辣椒过敏，吃完辣椒，他身上会——”

“咳。”

郭子晋轻咳一声，闫树海识趣地闭了嘴。

辣椒？我记得我和郭子晋去疆域面馆吃饭那次，郭子晋也吃了辣椒啊？当时他好像还说，四川的辣椒和疆域的辣椒不一样。

不过，闫树海倒是给了我一个大大有力的武器，以后郭子晋要是欺负我，就用四川辣椒对付他。

下了车，有闫树海的人接应，我和郭子晋直接被送回了家。北州拥堵的交通和厚重的空气让我备感不适，却也极为安心。

回到家之后，我和郭子晋连洗漱都没来得及，立马各自回屋睡觉去了。精神紧张了这么多天，又是杀人又是车祸，又是幻觉又是跳崖……我累得已经忘记了其他，躺在床上很快便睡着了。

整整睡了一天，我和郭子晋才缓过来。

我醒过来的时候正好是午夜，我拉开客厅的窗帘，视线直接落在了我隔壁的卧室窗户上。屋子里没有开灯，黑漆漆的。

也不知道自己在想什么，我沉默了一会儿，竟然笑了出来。

“你傻了？”穿着深蓝色睡袍的郭子晋从卧室出来，神情萎靡地直接栽倒在沙发里，“成书瑶，做点饭吃！”

“你的手怎么样了？”我坐在郭子晋对面的沙发上，牵起他的手掌看，“等下，我先给你上药。”

郭子晋的卡尺头在皮沙发上蹭了蹭，打着哈欠说：“我先吃点饭，洗个澡，然后再上药。”

“你手伤成这样，怎么能洗澡呢？”虽然我也觉得郭子晋身上的味道不太好闻，可我仍旧坚持，“你整个手掌都磨破了，洗澡的时候沾上水，肯定是要发炎的。”

郭子晋无所谓地在沙发上缩了缩，说：“那能怎么办？我是能一直不洗澡，还是我能连洗澡也麻烦你？”

我脑海中不自觉又联想出一幅幅生动的画面：水汽弥漫的浴室里面，郭子晋举着手等我搓澡……我赶紧打住，不让自己继续往下想。

郭子晋困倦地趴在沙发扶手上看我，我面红耳赤地跑去厨房喝水。

我们两个吃了点速食饼干后没一会儿，门铃响了。郭子晋躺在沙发上一动不动地支使我：“成书瑶，去开门！”

“大半夜的，谁会来啊？”我有点心有余悸。

郭子晋连看都没看，轻松回道：“委托客户是不会半夜来的，闫树海敲门不是这个动静，我今天没吵没闹，应该也不是楼下神经质的女人，寻仇更不可能了，谁上门寻仇还敲门……这个时间，我要是没猜错的话，门外站着的是我爸。”

“你爸？”我低头看了眼自己身上穿的居家服，不安地说，“你爸来，我在这儿不好吧？”

也不知道郭子晋是真不明白还是装糊涂，居然反问我：“不好？有什么不好的？”

“你去开门吧！”敲门声害得我心烦意乱，我转身想往屋里跑，“我回房间待着，等到你爸走了，我再出来。”

郭子晋不耐烦地从沙发上起来，我还以为他是要去开门，然而他却举着手到我面前说：“成书瑶，我的手坏了。”

“你是手掌坏了，又不是手指坏了。再说了，开个门而已，能有多麻烦？”我才没蠢到让郭子晋看着我出糗，“再说了，刚才你不还说要自己去洗澡的吗？开门跟洗澡比起来，简直轻松多了吧？”

郭子晋挠了挠下巴，摆出霸道的样子说：“我手为什么会受伤，还不是为了救你？成书瑶，当时我如果不背你上来，你在半山腰便会既没有吃的，也没有喝的，还没有人陪。你想想，是不是？”

“我……是。”

“还有，你再想想。”郭子晋字正腔圆地教育我说，“你无家可归之后，是不是一直都是我收留你？我带你吃好吃的，让你洗澡，还让你跟我一起睡……没有我，你是不是跟流浪儿一样可怜？”

可是，为什么我觉得郭子晋的描述怪怪的？郭子晋语速快，我脑子转得又慢，被他说了一通后，我只剩下点头：“是，没有你，我真的跟流浪儿一样可怜。”

“成书瑶，我是不是特别善解人意？”

我像被洗脑了一样，只知道点头，说：“是，郭子晋特别好。”

“那我现在手坏了，让你去开个门，你怎么这么多话呢？”郭子晋照着我头顶狠狠敲了一下，“快去，你再晚一会儿，我家老头没准把门拆了！”

我踢踏着拖鞋，一路小跑着去开门。

本来我以为门外只有郭子晋的爸爸，可当我打开门看到郭子晋的爸爸和一个女人时，我瞬间愣了。同样的，本来郭子晋的爸爸以为开门的会是郭子晋，可当他看到开门的人是我时，他瞬间也愣了。

跟着郭子晋爸爸一起来的女人，不用想，我也能猜出，她便是郭子晋的妈妈。

站在身材高大的郭爸爸旁边，郭妈妈看上去小鸟依人。不过，她的小鸟依人完全是个假象——从开门那一刻起，郭妈妈的眼神就没从我身上移开过，将我全身上下打量了个遍。她的目光看似随意，但还是令我心里发毛，我感觉自己都快窒息了。

此时的郭子晋以为门外只有他爸爸一个人，所以他的态度比较温和。可等看到他妈时，郭子晋撇开拖鞋撒腿就往屋里跑。

“郭子晋！”郭妈妈一个箭步冲进来，动作迅猛地揪住郭子晋的耳朵骂道，“你真是胆子肥了啊！你行，你真行！要不是你爸跟我说，我没想到你现在居然这么出息了！”

郭子晋脸抽搐得厉害，他那接近一米九的个子，在他妈面前瞬间感觉矮了一截。没了往日的嚣张，郭子晋低声哀求道：“妈！妈！你听我说，事情不是你想的那样！”

“你倒是跟我说说，事情是什么样子的？”

“妈！”郭子晋想要甩开郭妈妈的钳制，可他的动作看上去十分无力，“妈，这次是我意外接到了一个委托，才跑去赵家宅子的。你们内部有蛀虫，而且你家老郭牙口好，我才肯把案子转交给他的！”

“你的意思是，你还想继续往下查，是吗？”郭妈妈气得脸色煞白，更加用力地拧了拧郭子晋的耳朵，继续吼道，“你以为就你聪明是吧？就你有能耐是吧？你知不知道，你差点坏了多大的事儿！”

脸被拧得跟根麻花似的郭子晋停下来，不敢置信地问：“妈，赵家的案子，难道说……还有其他隐情在里面？”

“那你以为呢？”

郭妈妈的话说一半，然后她意有所指地看了看我。郭爸爸立马上前帮着解释：“这姑娘叫成书瑶，上次藏尸案的时候跟郭子晋认识的，以前住在郭子晋隔壁。至于他俩现在为什么住在一起，这个我就不知道了。”

“她是我新请来的秘书，信得过的。”郭子晋的脸上被他妈掐得都是印子，“到底是怎么回事儿，有什么是我不知道的吗？”

“成书瑶，你以前也是他的同学吗？”郭妈妈松开了手，像是在自问自答，“不，肯定不是。从你手腕的位置看，你应该是个常年握笔的人；你脖子上晒黑的印子，形状像是女士西装的样式……成书瑶小姐，你以前干的是文职吧？”

神奇，简直是太神奇了。我除了点头，其他说什么都像是赘述。

一听我不是他的同学，郭妈妈立马换了张和蔼可亲的脸。她拉着我在沙发上坐下，亲切地说：“不好意思啊，你千万别往心里去。我们家平时很和谐的，今天我是气糊涂了……没吓到你吧？”

“我们家天天都这样好吧？”郭子晋一边揉着自己的耳朵，一边不满地嘟囔。

郭妈妈完全不搭理郭子晋，她笑着问我：“成小姐啊，别叫成小姐了，我叫你瑶瑶好了。瑶瑶，你家住哪儿啊？”

“我家不住在北州，我家在……”

郭妈妈仔细地询问着我的家庭状况，郭子晋和他爸爸无奈地靠在一旁站着。问了好大一会儿，郭子晋终于不耐烦起来，“妈，到底是怎么回事儿啊？”

“你闭嘴！”郭妈妈凶恶地瞪了郭子晋一眼，“你给我老实地站那里反省！”

郭妈妈完全不是惯孩子的家长，郭子晋的臭毛病在她那里完全要不出来。等跟我聊得差不多了，郭妈妈这才说：“赵家的案子，有专员在查。因为怕打草惊蛇，所以专员一直没有露面。你倒好，胡搅蛮缠地去查一通，差点惊动了大虫，坏了大事。”

案子的事儿我也比较担心，我小心翼翼地问：“郭阿姨，那案子以后要怎么办？”

“瑶瑶，你要相信我们嘛！”郭妈妈笑说，“虽然巡捕房里有不合格的人，但我们大部分人还是恪尽职守的。”

在郭妈妈面前，郭爸爸完全不像一个领导。他对着郭妈妈说话的时候，我甚至能感觉出明显讨好的意味。他说：“子晋他妈说得对，要信任我们。后续的事情，我们会处理好的。虽然相关人员还没接受处分，但黑龙山已经被封锁了。私自开采的情况，肯定不会出现了。”

那就好。我算是松了口气。

“还有，那个叫周泉的……”

“周泉怎么样了？”我刚刚放松的心又是一紧，“秦署长不会难为他了吧？他是个好巡捕，要是没有他，我和郭子晋没准已经死了。”

郭爸爸并没有因为我打断他的话而生气，他笑眯眯地说：“我也觉得那个周泉很好，为了避免被恶势力打击报复，在黑龙山的问题彻底解决前，我决定先调他来我们这里。”

“那真是太好了。”我由衷感慨道。

郭妈妈表情温和，她眼角的皱纹让人觉得温暖。郭妈妈和我妈妈不同，我妈妈一把年纪却依旧打扮得精致无比，可是在别人看来总是缺了几分真实感。但郭妈妈待人真诚，这一点我妈简直望尘莫及。

“有一桩案子，需要你去查一下。”教育完儿子，郭爸爸开始说今天晚上来的主要目的。“我有个老朋友，他是市五医院的院长。最近他给我打电话，让我帮他一个忙。他说，他们医院太平间最近闹鬼……”

“最近这些人都是怎么了？”郭子晋不屑地说，“自己解释不了的问题，就一定要想方设法地赖在鬼神身上。赵家的案子是这样，现在又是——啊！妈！别打了！我不说话了！”

郭妈妈总是踮着脚去拍郭子晋的脑袋，气呼呼地骂道：“郭子晋，我告诉你多少次了？推理是一个严谨的过程，无论什么时候，自大和自负都是要不得的！你还没看到现场就下定论，这是大忌！”

“可你不也是这样！”郭子晋不满地还嘴，“你也经常不看现场就直接下定论啊！”

郭妈妈踮脚打得不过瘾，便直接踩到沙发上打，边打边骂郭子晋：“你个浑小子！你跟我怎么能一样？跟你妈我比，你差得远了！你看看，这个世界上有几个像你妈一样智商这么高的？”

我惊呆了。原来，郭子晋的自恋是家族遗传病。

“我的老朋友要退休了，他们医院正在竞选院长。”吵吵闹闹声中，郭爸爸稍微提高些音量，显然他已经习惯在如此吵闹的环境下自处。“出现太平间闹鬼事件后，院长候选人中有一个暴毙，还有一个请了好长时间的病假，一直没来上班。本来我是要亲自去查的，但是，我的好儿子如今递给我一块难啃的骨头。这大半年的时间，恐怕我都要折腾黑龙山的案子了。”

即便是挨打，郭子晋仍旧坚持说：“我的委托费可是很贵的！爸，要是我破了案子的话——”

“你破了再说吧！”郭妈妈很不给面子。

“瑶瑶，你和子晋住在一起，以后他的事情我就要多麻烦你了。”郭子晋爸妈说完正事儿便早早告辞了，临出门前，郭妈妈一再嘱咐我，“如果以后郭子晋再敢接一些不知深浅的案子，你一定要第一时间通知我！对了，我给你一张名片，上面有我的联系方式。”

接过郭妈妈的名片，我有点哭笑不得。此时我觉得我不是郭子晋请来的助理或秘书，我完完全全是他爸妈安插在他身边的监视器。

被骂到一脸丧气的郭子晋走到我旁边，抽走我手里的名片，狡黠一笑，问道："我爸给你的名片呢？"

我想了想，说："忘了放哪儿了。"

郭子晋二话没说，面无表情地把名片撕掉，吩咐道："成书瑶，以后你离我爸妈远点，听见没有？他们两个是超级工作狂，你可要小心了，你跟他们两个待在一起时间长了，你也会变成我这样。"

"变成你这样？"郭子晋的表情让我想笑，我禁不住逗他，"郭子晋，你自己说说，你什么样？"

"像你说的那样啊，我就是冷血无情的破案机器。"郭子晋的表情像是在说玩笑话，我看不出来他真实的情绪，"成书瑶，我们家跟一般的家庭不一样。我们家的生活模式和一般家庭不一样，我们家感兴趣的事物，也不是正常人能接受得了的……我给你举个例子吧！过年的时候，正常的人家都在团圆和欢聚，而我家通常在这个时间里要回顾这一年里经手的经典案例，其中不乏碎尸、杀人、弃尸之类的……"

此刻，郭子晋犹如闫树海附体，唠唠叨叨地说了不少。也不知道是不是错觉，我竟然感觉出郭子晋有些紧张。

"以前，我一直在想你的父母是什么样子的，因为我几乎从来没听你提过你的父母……"我打断郭子晋的话，"你说过，你小时候你爸爸用你当诱饵破案。不过今天见过面之后，我觉得你的父母很有人情味儿。再说了，你给我的工作我都能接受，你的家庭我有什么接受不了的？"

郭子晋被他妈妈拧过的耳朵，似乎更红了。

"你虽然不和爸妈住在一起，但你们的关系很亲近，会彼此在乎，会吵闹斗嘴……我爸妈离婚后，我一直和我妈住在一起。我妈眼里基本只有我弟弟，我的事，她很少过问。"我其实挺羡慕郭子晋的，"你也见过了，我妈比较霸道。她所谓的关心，多数时候都是命令。我们每天见面，也并没有比一般母女亲近多少。"

被外人忽视的感觉已经够糟糕了，被家人忽视的感觉更加差劲……说出这些事，我感觉还挺丢脸的。

但郭子晋的反应完全没让我失望，他的一句话立马缓解了我的尴尬。他说："你妈再霸道，能狠得过我妈？"

因为郭子晋的话，我突然觉得，自己的伤感极度无聊。

和郭子晋在一起的生活，日夜完全是颠倒的。半夜我们两个出去吃东西，天快亮时回来继续睡觉。直到下午，我们两个才准备出门，去调查市五医院太平间闹鬼的事儿。正好郭子晋手上有伤，我们两个去医院也算是名正言顺。

可不知道怎么了，下午我们两个出门的时候，楼下围了不少新闻记者。

“快看啊！”我和郭子晋刚从楼道里走出来，记者们就高喊着围了上来，“这就是破获黑龙山杀人案的侦探郭子晋！”

呃……郭妈妈不是说黑龙山的案子要低调的吗？

“侦探先生，方便透露一下您对黑龙山案件的看法吗？”

“侦探先生，您参与到黑龙山的案子中，难道不会影响警方的判断和办事效率吗？”

“此次死了四个人，还有一个教授在黑龙山惨案发生前几天就死了。侦探先生，对此你有什么想说的？”

从问话中可以很明显地看出，记者了解到的情况并不比郭子晋和我掌握的内容少。他们抛出来的问题个个犀利，有从政治层面考虑的，有从人性层面关注的，有从家庭关系层面出发的……问题五花八门，想法更是千奇百怪。

跟从容的郭子晋比起来，我显得极其不淡定。记者闪光灯亮时，我第一反应便是捂住自己脑袋上被郭子晋剪残的那撮毛。

然而，跟我比起来，记者们的敏锐程度显然更高。看我捂住脑袋，他们齐刷刷地将镜头对准我一顿拍。

郭子晋虽然喜欢在推理的时候炫耀一番，但是今天也不知道是怎么了，可能是昨天晚上被郭妈妈批评教育，此时此刻的郭子晋看起来极为低调。就在记者们将矛头对着我头上的“毛”时，郭子晋瞅准时机，撒腿就跑。

“小姐，你能说一下你和郭子晋的关系吗？”

“小姐，请问，你是不是侦探先生的女朋友？”

“小姐，方便透露一下黑龙山一案的具体细节吗？”

郭子晋跑了，我的压力骤然增大。

“静一静！静一静！”面对见缝插针的记者，我脸红脖子粗地叫停，“我是侦探事务所的员工，请大家听我说两句。”

场面冷静下来，我却尴尬极了。接下来的话，我几乎是闭着眼睛说完的。“黑龙山的事情，我无可奉告。孰是孰非，警探们一定会调查清楚的！请大家耐心等待，巡捕房早晚会给我们一个合理满意的答案！”

人嘴两张皮，我的话一出，便引发了疯狂的追问。信任危机愈演愈烈，我被炮轰得面目全非。

逃出去的郭子晋还算有良心，在远处看够了我的糗态后，终于找来了场外的闫树海，让他来主持大局。所以，被记者在大门口围堵了二十多分钟后，我终于被匆匆赶来的闫树海救了出来。

“高兴点！”我和郭子晋会合之后走出小区，他的表情显得无比激动，“你今天衣着打扮不错，还挺上镜的。要是被你以前那个男友看到，他肯定会后悔的。”

一个人被丢下，我很难不臭脸。郭子晋的话说完，我冷笑着答他：“假如你没丢下我自己跑，估计我会更高兴。”

“我这也是办案需要嘛……”郭子晋挠挠自己早上刮胡子时划伤的伤口结痂说，“成书瑶，难道你不觉得，这帮记者的出现，很是反常吗？”

“觉得啊！”我举双手赞成郭子晋的话，“可是我们能有什么办法。跟上次墙里藏尸案一样，没有结论时，民众应该都很紧张不安吧？”

“可是，他们是怎么知道黑龙山的事儿的呢？”

这个问题我最初也想过，但我找不出答案来。

去医院的路上，郭子晋仔细给我分析道：“黑龙山的案子特殊，所以在参与人员全部找出来之前，巡捕房是不会对外公开的。”

眼前层层迷雾似乎被郭子晋拨了开来，他一板一眼地说：“我刚才记了一下记者的问题，他们问得够详细、够专业，肯定是有人把黑龙山的案子告诉记者们，所以他们的情绪才会如此高亢……当地怕影响不好，藏都来不及，所以他们肯定是不会说的。而闫树海带去的人是他的得力干将，经验丰富不说，就更不会乱说了……”

郭子晋说了一半，突然停住了。我拉拉他浅蓝色衬衫的袖子，问：“郭子晋，你继续说啊？你是不是突然想到什么了？”

“啊，一定是他。除了他，没人会这么做。”

我迷惑不解道：“他？他是谁？你能不能一次把话说完。”

“我刚才有点走神。”郭子晋难得地解释了一下自己刚才的行为，“我说的他，是闻人航。”

“闻人航？”郭子晋说完，我也觉得闻人航最有可能，“只不过，闻人航他为什么这么做？私自泄露警方没破的案子……这算犯法吧？”

郭子晋揶揄一笑道：“闻人航那种人，爆炸都干得出来，散布几则消息算什么？闻人航是在讽刺我啊！他是在示威给我看呢！闻人航想告诉我，我只有在他的提醒下才能从黑龙山逃出来，他却能随心所欲地泄露机密而不被抓……我们两个的比赛，现在已经开始了。”

我当然不指望郭子晋和闻人航之间的较量会打个手势，然后喊“选手预备开始”什么的，只不过现在这样完全没有任何准备就被动地加入比赛，我总是感到不爽。

“闻人航泄露了黑龙山的事儿，跟和你比赛有什么关系呢？”我理解不了他们的思路，“你是查出了黑龙山案子的前因后果，可是现在官方层面并没有认可你的功劳，你做的那些也很难被大众认可才对呀！”

郭子晋眉头紧蹙，眼眸中闪着不一样的光。“闻人航在给比赛增加难度……你没听到记者们刚才说的吗，记者的话能从侧面反映出闻人航的意图来，恐怕闻人航是想先把我打造成国民英雄，引起众人的注目。我现在被捧得有多高，失败的时候就摔得多重……”

“但是你不会输。”我期待地看着郭子晋。

郭子晋不在乎地揉揉鼻子道：“我是私家侦探，这样浮夸的虚名对我来说是个负担。如果我被大众熟知的话，恐怕以后查案子就不方便了。”

虽然郭子晋爱卖弄自己的聪明，可他并不喜欢对着所有人卖弄。我为郭子晋的担忧着急：“那我们现在该怎么办？看情形，记者势必要追着你跑几天。”

“我们先去市五医院，查完今天再说。”郭子晋冷哼一声，“居然有闻人航这种比我还不要脸的人……他是多信得过自己的能力？”

对郭子晋的自恋我不予评论，但对他身上的斗志，我却要给予高度的赞赏。

市五医院里人不少，郭子晋处理好手伤之后，我们两个拿着病历在医院里面四处溜达。郭子晋并没急着去找他爸爸的老朋友，而是自己先勘探地形。

在楼里转了一圈后，郭子晋带着我直奔太平间。看着太平间的大门，我心里竟然产生了一种别样的激动之情……

有生之年，能够来这么神秘的地方调查案子，我成书瑶这辈子，也算是完整了。

暴躁的老医生

Chapter 2

“哎，我说，”我一边往太平间里看，一边拍着旁边的郭子晋问，“我们白天来没用吧？就算有鬼，白天也看不到啊！你用不用问问你爸，看有没有别的细节线索……我的妈呀！你谁啊？”

我忙着自说自话的过程中，本应该郭子晋站的位置不知道什么时候换了个人。

在太平间门口发生这种事儿，我瞬间吓白了脸。

“你是谁啊？”我拍着胸口，“大白天，不声不响地跑人旁边来，你……”

等看清楚旁边人的长相，我话说一半又说不下去了。倒不是因为其他，主要是旁边站着的男人长得实在是太帅了……他穿着白大褂和西装裤，眼角微微上挑，薄唇抿成一线。他浑身上下散发着冷峻的气质，低头俯视我的神态，傲慢至极。

以前总觉得郭子晋挺英俊，现在一对比，郭子晋直接被眼前的医生甩出去好几条街。我暗自吞了口口水。

小说里的邪魅男主，应该就是这样的吧。

“你是谁？”男医生眉头微蹙，冷声问道，“来找人的？”

有人会来太平间找人吗？

男医生这么帅，我连说话的语速都不自觉地放缓了：“那个什么……我就随便来看看。我吧……好吧，其实我走丢了，然后不小心走到这儿来了。”

“是吗？”男医生反问一句，然后看了一眼墙上挂着的“太平间”几个大字，满脸的不信任。

“是啊，医生，你是这家医院的啊？”第一次碰到长得这么帅的男人，我瞬间都忘记自己站在太平间门口了，“你是这家医院哪科的啊？我以前是不是在哪儿见过你？”

男医生的眉头微微皱起，没搭理我，转身要走。

就在男医生迈开步子欲走没走时，郭子晋跑了过来，“成书瑶，你在这儿干什么呢？”

“我？”我被郭子晋问得迷糊，“我们刚才一起过……”

“是啊，我刚才去缴费，怎么一转身你就不见了？”郭子晋笑着挥挥手里的病历，又看看一旁的男医生，“你们认识吗？你朋友？”

我还在纠结谁先走丢的问题，说：“不是，郭子晋，刚才我们不是一起来——”

“是啊是啊！”郭子晋笑着点头，但是他话语温和、态度强硬，而且明显不想让我把下面的话说完，“我们一起来看病……我一个没留神，你就到处瞎跑！号挂好了，我们去找医生吧！”

说完，郭子晋亲昵地摸了摸我头顶，我立刻反应过来，自己顶着个荒谬的发型。我不高兴地拍掉他的手，他却执着地把手放到我头顶上。

年轻傲慢的男医生再也没说什么，大踏步走开了。

男医生一离开，郭子晋在我脑袋上捣乱的手也跟着放了下来。我抬头去看，郭子晋盯着男医生的背影看得专注。

“你不会看上他了吧？”我瞬间来了兴致，“嘿，我也觉得他长得真是帅啊！你看那鼻子，你看那眼睛……你傻啦？怎么还看呢？人都走没影了！”

郭子晋完全不理会我的调侃，他问我：“你认识他？”

说到这事儿我就生气，我捶了他一下，怒道：“你还好意思说？你什么时候走的？你把我一个人丢在太平间门口……”

“你不是说白天不闹鬼吗？”郭子晋说的话噎死人，“再说了，太平间都是死人，也没什么不安全的。”

“我也不知道他是谁，我一直以为你在我旁边啊！”我抱怨道。“我刚才一边跟你说话，一边往太平间里看了看。等我注意到的时候，那个男医生已经站在我旁边了，而且，我还把他当成是你拍了拍……怎么，你觉得这个男医生有问题？”

郭子晋眼珠转了转，暗暗说道：“很有可能。”

“走吧！”郭子晋突然又说，“我们去那个老医生家看看。”

郭子晋的效率高，早就问好了地址，我们两个立马前往。在去的路上，郭子晋跟我解释道：“暴毙的老医生名叫翟栋，今年55岁，男，是医院心血管科的主任医师。半个月前的凌晨，他死在自家的马桶上，直到早上八点多时，他的尸体才被家人发现。经法医检验，翟栋死于脑出血。”

“那他之前有什么病吗？”我问。

“问得很好，怪就怪在这点。”郭子晋若有所思地说，“翟栋身体很健康，他并没有心脑血管之类的毛病。法医猜测，有可能是因为他早上如厕的时候用力过猛，将脑血管给冲撞开，不过……”

我也学得聪明点了，接话道：“不过这并不是最奇怪的地方，是吗？”

“是的。”郭子晋赞赏地点点头，“奇怪的是，翟栋科室的同事说，翟栋死的前几个小时，他们曾经一起去过太平间。当时，他们在太平间检查了一个因心脑血管疾病暴毙的病人的尸体。”

我猛地吸了口冷气。

“从黑龙山的事儿之后，我也不相信这个世界上有鬼了。”我觉得很诡异，但是并没觉得多害怕，“对了，不是还有一个竞选院长的出事儿了吗？时间如此巧合，会不会是其他的竞选人做的？”

郭子晋点头，继续说：“王庆文，55岁，是和翟栋一起竞选院长的候选人。此次的竞选中没有其他的竞选人了，只有他们两个……”

“那肯定是他做的了！”我有点小激动，“我猜这个王庆文想要当院长，所以他想办法杀了翟栋。翟栋死了，老院长起了疑心。王庆文知道老院长请了你爸爸来，他又故意不来上班，想要推掉责任……是不是？我说得对不对？”

郭子晋懒懒地抬起眉说：“幸好你这话没让我妈听到，不然的话，她一定说你——”

“推理草率？”我抢话道。

郭子晋点头道：“是的。”

到了翟栋家楼下，郭子晋和我停住了脚步。我抬头去数翟栋家的窗户，郭子晋却站在我旁边说：“刚才那些，只是一部分。事情最奇怪的是，这个好多天没上班的王庆文，正是那天晚上跟翟栋一起去太平间的同事……”

“蹊跷啊，真蹊跷。”我学着郭子晋的样子，故作高深地说，“是不是因为这样，所以大家才觉得是太平间闹鬼，导致两个主任医师一个暴毙，一个休假？”

郭子晋伸出大拇指夸赞道：“成书瑶，你现在是越来越聪明了啊……如果说你刚才没有差点说漏嘴，我会对你更加佩服的。”

“哪里哪里。”我只听郭子晋前半段的表扬，后半段的冷嘲热讽被我无视了。“可是郭子晋，我不太明白。翟栋死了半个月，而且现在都已经下葬了，我们也什么都查不到，为什么还要先来他家呢？那个不来上班的王庆文才应该是调查的入手点吧。”

“王庆文还活着。”郭子晋将我揽到他身边靠着他，“活着的人很容易撒谎，他们远没有死人可靠。”

我啧啧称奇道：“不过，刚才在市五医院看到的那个男医生是真帅啊！不知道他是哪个科的，这种长相，不得让五医院的护士给生吞了？”

“……”

到了目的地，郭子晋按着门铃，不咸不淡地说：“刚才那个医生是心血管科的，跟翟栋一个科室。”

时间没给我提问的机会，翟栋家的大门便被打开了。开门的是个五十多岁的妇人，目测应该是翟栋的妻子。她打开门，隔着屋里的铁网冷声问：“你们是谁？”

妇人盯着郭子晋手上包扎的位置一直打量，似乎是误解了，厉声说：“你们还有完没完？是，我们家老翟是有错，可是现在他人都死了，你们还想怎么样？”

郭子晋暗自踢了我一下，他在示意我不要乱开口说话……

我斜眼瞪他，不满地想：“我又不傻。”

翟栋的妻子眼睛非常好使，她敏锐地察觉到了我和郭子晋之间的小把戏。她猛拉开铁门，不管不顾地喊：“我真是受够你们这些个家属了！钱不是都给你们了吗？你们还想怎么样？”

铁门拉开，郭子晋立刻带我往屋里冲。他步子坚定，老妇人怎么拦都拦不住。

郭子晋进屋之后跟发了疯一样，先是踹了翟栋家的茶几一下，然后厉声指责道：“我们想怎么样？我们想怎么样？翟栋是医生，他竟然犯这样的错误！现在他虽然死了，但是他的错误也不能就这么算了！”

错误？什么错误？

我满眼迷茫，刚才在路上，郭子晋也没说翟栋犯过什么错误啊。

“翟栋已经死了，难不成你们要逼死我吗？”翟栋的妻子哭着跌坐在地上，“半个月了，你们天天来闹，天天来闹！我知道我家老翟对不起你们，但是我们该赔钱赔钱，该偿命偿命，还不够吗？”

翟栋的妻子哭得凄惨，我看得十分不忍心。我刚打算告诉郭子晋，让他千万别做太过火了……而郭子晋根本没注意到她，眼神飞快地在屋子里扫视。

我知道，他是在找有用的证据。

我尴尬地站在他们两个中间，不知道该如何是好。

“好，我们知道了。”郭子晋收回视线，看样子他也明白了翟栋妻子最近的困扰，“我们不会再来了……可是，我要你们家一样东西。”

翟栋的妻子擦擦眼泪，哑声说：“我家其他的东西都已经赔给病患了，你随意吧！

有什么你想要的，你拿好了！只要你们不来了，你们拿什么都可以！”

郭子晋笑了一下，走到书架前，动作利落地拿起上面放着的相框说：“这张照片，我要了。”

“照片？”翟栋妻子惊讶地抬头看了一眼，“这张照片是老翟和他的学生一起照的……你不会……还想找什么人寻仇吧？”

需要了解的问题都了解了，郭子晋也不继续在翟栋家演戏。他指尖轻巧地把照片抽出来，说：“我劝你还是尽早搬家吧，你家老翟的医患关系处理得这么糟糕，小心真有人上门寻仇。”

郭子晋手上有伤，所以他只能用胳膊揽着我的脖子往外走。

我忍住好奇，直到到了楼下才问：“你吃错药啦？踢寡妇的门，你是预备断子绝孙吗？”

“你看看，”郭子晋把照片递给我，用他那缠着纱布的手指指给我看，“这个人是谁？”

“谁啊？”我漫不经心地去看，可看清之后，眼睛却陡然瞪大，“这不是那个……刚才在太平间门口的帅医生吗？”

医学院的学生不多，一个班也就三个人。帅医生应该是翟栋的得意门生，照相的时候，翟栋特意让帅医生待在自己身边。

郭子晋对我给医生的称呼很不满，他瞥了我一眼，继续往下说：“正是他，他就是翟栋的学生。进医院的大门板上，我就看到了科室的介绍表。现在你知道我刚才为什么不让你多说话了吧？”

“张傲……嘿，帅医生这名字起得，够霸气啊！”我翻看照片背面，感叹道，“唉，还是帅医生最好看啊！”

郭子晋冷哼着往前走，不屑地说：“又不是原装原版的。”

“不是原装的？”我追上郭子晋问道，“你的意思是说，帅医生整过容？不可能！你撒谎！”

郭子晋站在楼道边上，无可奈何地说：“那你就当我撒谎好了。”

“你是嫉妒，赤裸裸的。”我小声对着郭子晋后背嘀咕，“一定是你撒谎，我才不信帅医生整过容呢！”

郭子晋没带我去王庆文家，而是又带我回了医院。站在医院的门口，我费解地问：“又来这儿干什么啊？郭子晋，你老实告诉我，你是不是看上帅医生了？”

“如果我没猜错的话，”郭子晋毫不犹豫地敲了我头顶一下，“今天晚上，市五医院应该会有命案。”

“啊？”我惊慌失措地四下看了看，“会有命案？那我们还等什么，报警啊！”

郭子晋抱臂看着我，西沉的太阳给他的脸上镀了层金光。他说：“成书瑶，我刚表扬你聪明，你又开始犯傻。你要怎么报警？打电话告诉巡捕房，说你觉得今天这里可能会发生命案吗？所有人都像你这样浪费资源的话，巡捕们不得累死？”

呃，郭子晋说得有道理。

“那我们能怎么办？”我想起郭妈妈昨天晚上说的话，心里也拿不准这算不算“没深没浅”的案子，“我们总不能一直蹲在医院门口等着吧？还有，你是怎么猜出今天有命案的？”

郭子晋蹭了一下鞋底，笑着说：“市五医院的地形你也了解，太平间和其他的科室是分开的。也就是说，无论你怎么走，应该都不会路过太平间。但是今天下午，你在太平间门口居然会碰到张傲……我猜，他一定知道太平间里有问题。”

“你瞎说的吧！”即便知道郭子晋的能力，我还是忍不住想为张傲辩解几句，“没准张傲想要来太平间取点东西啊，没准他是去太平间办公室找同事的啊！再不然，他可以——”

“成书瑶，你出门的时候把智商放家里了吧？”郭子晋不客气地打击我，“你有看到张傲进办公室吗？你有看到张傲和哪个同事说话吗？你有看到张傲拿着病历诊断吗？”

“没有。”不用我说，郭子晋自己就解释了，“张傲什么都没有做，什么都没拿，谁都没见……因为，他根本是专门站在太平间门口看着的。”

郭子晋说得很笃定，我却不以为然，“在太平间门口还能看着什么？你就是嫉妒！你嫉妒张傲医生长得比你帅！你这个心胸狭隘的男人！”

“一个男人嫉妒另一个男人，无非是因为自己在外貌、地位、头脑、成就、女人上不如那个男人……”在郭子晋的眼里，我的行为就跟个笑话似的，“行，按照你说的，我在外貌上不如张傲好了。”

但郭子晋哪能轻易认输呢？他立马继续说：“社会地位上，我和张傲的工作都属于奉献型的工作。他治病救人，我抓贼惩恶。成就上，他只是一个普通医生，而我却是侦探界首屈一指的精英。”

自恋是一种病，一旦发作，任谁也拦不住。郭子晋一开始犯病，便再也无法控制：“女人嘛……这方面，决定权只有在你手上了。成书瑶，现在我让你说好了，如果你不是蠢到一定程度的话，我和张傲，你该喜欢谁，你心里应该有数吧？”

“行行行！”我忍受不了他的自恋，“我就是觉得张傲长得好看，我只是直觉上感觉他不像坏人……仅此而已。”

本来郭子晋的思路很流畅，但听我这么说完后，他整个人都愣住了。

我实在是没忍住，伸手在他脸上掐了掐，说：“你想问题怎么会这么上纲上线呢？你也太可爱了点。”

这下，郭子晋的整张脸都黑了。

自打跟着郭子晋办案，我觉得自己就没过过正常人的日子。到了市五医院，我们两个直接奔向了太平间。郭子晋找到个拐角的位置隐藏，这里不但能看到太平间门口，还有个小台阶可以坐下来歇着，一举两得。

“我饿了。”盯了三个小时后，我肚子开始叽里咕噜地叫，“郭子晋，天都黑了这么长时间了，我们先去吃饭吧！”

郭子晋看看表说：“再等一会儿，我估计即便有情况，也是十二点后……要不你自己去吧，我在这里等着好了。”

“既然你知道十二点，那我们为什么还来这么早？”我不满地抱怨。

现在天黑了，我自己不敢往外面走。郭子晋满不在乎的语气，更是让我想直接发火。

“喂，郭子晋！这么长时间，我们不是白等了？”

我的语气不好，郭子晋同样不是很高兴，他压着嗓子对我吼道：“成书瑶，我们现在是查案子，不是出来吃饭！别说三个小时，就是三十个小时你也要等着！如果你觉得你等不了，那只能说明这份工作不适合你！”

郭子晋懒得理我，背对我继续盯着太平间门口。

“你……”我觉得委屈，“我就是饿了啊……这么一天下来，我们几乎跑遍了大半个北州，从出门到现在，我连口水都没喝过。”

郭子晋僵直的后背略微松动。

一委屈，我的眼泪就往下掉。“我是什么都不会，还又笨又蠢，不过我也有在学习啊！你每次说案子的时候，我都自己试着往下推理……郭子晋，我只是随便抱怨两句，你就说我不适合侦探的工作，你是不是也太过分了？”

我看着郭子晋毫厘长的卡尺头，甚至想上去给他一下。

我忍了又忍，咬了两次牙，这才静静地离开。

“呼……”从医院楼里出来，秋夜的寒风吹得脸疼，我对着空荡荡的医院花园小声喊，“郭子晋！你去死吧！”

但由于周围太安静，我的声音显得稍微有点大，喊出口后，我自己都吓了一跳。

这时，我的身后响起一个不满的声音："怎么又是你？你怎么还没走，又走丢了？"

"帅医生？"一种不好的预感袭上心头，我讪笑着和张傲打招呼，"这么晚了，你怎么还没走呢？"

张傲眉头拧得很紧，问："你叫我什么？帅医生？"

"啊……我说的是……"我笑着想把话题岔开，"你晚上值班吗？"

这次张傲没急着走，他脖子高高扬起，点了点头。

"呵呵，我是来医院看朋友的。"我再一次信口开河，"医生，你们医院附近有没有什么地方卖吃的？"

张傲挑眉道："有倒是有。我正好也要去买点吃的……我带你一起？"

"呵呵呵，谢谢啊！"我虽然是有点花痴，但郭子晋都直白地告诉我张傲有问题了，我肯定不会傻到跟他一起走，"我还有朋友一起，我在等他。"

"今天跟你一起的那个男人吗？"张傲还真没白叫个"傲"字，说话全然是一副桀骜不驯的样子，"不过，你为什么又从这个楼里出来？你又去太平间了吗？你该不会以为这个楼是食堂吧？"

郭子晋虽然也傲慢，可他的傲慢并不让人讨厌。但是张傲的傲慢，却压得人喘不上气儿。张傲不张嘴说话的时候我还挺喜欢他，但是他刚才说话又拿腔又拿调的，我的小脾气就上来了。

我不悦地回答道："谢谢你提醒我这个楼不是食堂……不过，医生，我还是认识字儿的。"

我坐在花园旁边的椅子上，轻笑道："我一会儿和我朋友出去吃饭，就不和你一起去买了……谢谢你了，医生。"

之后的事，我便什么都不记得了。

我和我的小伙伴都惊呆了

Chapter 3

等我再次睁开眼睛时，天已经发亮。我躺在医院花园的长椅上，满身潮气，头疼得厉害，手脚也是僵硬的。医院里已经开始有配送早饭的餐车，清晨的阳光中，医生护士个个步履匆匆。

我伸手摸摸自己的身上，并没有任何外伤。但是之前的事情，我却一点儿也想不起来了。

我挪动着麻木的腿试图从椅子上下来，刚一动，脚下却突然传来“哎哟”一声低呼。

“谁？”我擦擦眼睛，“谁在那儿？”

在我腿边位置靠着的郭子晋重重打了个哈欠，随即用指甲挠了挠头皮。

郭子晋说话声音干哑得厉害，“我呗，成书瑶，不然你以为是谁？”

我使劲想了想，我好像是跟他生气来着。可为什么生气，我却一点想不起来了。

“喂，”我奇怪地拍拍郭子晋的肩膀，问他，“我怎么会睡这儿？”

“你问我啊？我还想问你呢！”郭子晋挤着在我脚边的椅子上坐下，他重重打了个喷嚏，“你走了之后就一直没有回来，我等了一个多小时，便从楼上下来找你，然后就看到你在椅子上睡着了。”

睡着了？我是饿昏了吗？

“那你怎么不叫我起来？”我稍微有点尴尬，“你还说你是聪明人呢，你居然就让我躺在长椅上睡了一晚上？而且，你居然就坐在地上陪了我一晚上？正常人的话，能干出这种事儿来吗？”

我指责郭子晋，郭子晋看上去反而很高兴，他无所谓地说：“我是不正常，但这也不能代表我不聪明。再说了，正常人能干的事儿，也不一定都是对的。成书瑶，我问你，你昨天坐在这椅子上之前，碰到什么人了吗？”

什么人？

我直言不讳地说：“我确实好像有碰到什么人，不过我睡得有点晕，记不起来了。”

“那就是了，你肯定是碰到什么人了。”郭子晋伸手摸摸我的额头，又探了探我的脉搏，“成书瑶，你昨天晚上不是睡着了，你是被人催眠了。”

“啥？”

天空中有乌鸦飞过，啼叫声让人心慌。我揉了揉心口，胆战心惊地问：“郭子晋，你快看看我身上有没有流血的地方？我的器官什么的还在吗，不会被人贩子挖走了吧？我说啊……啊！你……你掐我干什么？”

“你看，你知道疼吧？”郭子晋笑得狡诈，“为了叫醒你，我昨天晚上已经掐了你一晚上了。我听说，被催眠的人是无法感知外界的刺激的，除非你自己睡饱醒来。如果你身上有伤口，那你现在岂不是要疼死了？”

也是。

听郭子晋说完，我跳着从椅子上下来，活动了一下酸软的身体，只觉得大脑一片空白，肚子却是饥肠辘辘。我感觉自己好像忘记了什么大事，可是我拼命想了半天都想不起来。

“郭子晋，我饿了，去吃饭吧！”

提到吃饭，我心里突然有一种很委屈的感觉……可是具体是为什么觉得委屈呢，我丝毫回忆不起来。

“走吧！”郭子晋赞同道，“我也饿了。”

我和郭子晋一起，两个人满身臭气地往外面走。一路上，我们谁都没说话。直到走到饭馆门口，我才问郭子晋道：“我想起来了，昨天我们来市五医院，是为了调查案子吧？怎么样了，查出线索了吗？”

“没有，太平间什么事儿都没发生，连个鬼影都没有。”郭子晋转头问我，“你早上要吃点什么？”

“奇了怪了，”我纳闷道，“你这是转性了？以前每次你带我出来吃饭，哪次不是你想吃什么就吃什么，今天怎么这么好，让我决定？”

郭子晋笑得阳光灿烂，他说：“你天天跟我一起办案这么辛苦，听你的也没什么不对啊！”

是啊，正因为没什么不对，所以才很奇怪啊！

我没有心思深究郭子晋转变的原因，认真地选起了早餐。葱油饼太油，包子太腻，馄饨有点咸……

可是，正当我最终决定吃拉面的时候，郭子晋却一票否决了："不吃面条！成书瑶，跟你在一起，我决定这辈子都把面条戒了。"

"为啥？"

"因为，我不想成为全国第一个吃饭时笑到被面条呛死的人。"

"不，"我的思路好像很清晰，又好像很乱，"我是问你，为什么跟我在一起，你这辈子就要把面条戒了？郭子晋，你的意思是……是想和我在一起一辈子吗？"

郭子晋眼睛炯炯发亮，他盯着我看了几秒钟，终于深吸了口气喊："老板，我这里要两碗拉面。"

面条端了上来，我和郭子晋都没有动筷子。

我看了看飘着葱花的油汤，说："郭子晋，这家的面条并不好吃。"

郭子晋静静地坐在我对面，没有说话。

我继续自言自语道："哎，我是不是有点过分？当着面条的面说它不好吃……你看这些印记，像不像面条在哭？"

"成书瑶，你看着我，"郭子晋强迫我抬头，"你到底是怎么了？"

我也不知道我怎么了，坐在面馆里，我只觉得自己委屈，眼泪不断地往下掉，连我自己都觉得莫名其妙。

"你看，这个面条虽然难吃，可它也不想让自己这么难吃的啊！你总说我笨，我也并不想让自己这么笨的啊！世界上不是所有人都像你一样聪明，什么都知道，什么都会。"

"别哭了。"郭子晋沉声说。

"你一点儿都不会安慰人！"我脸上的表情就像不受自己控制一样，"现在这种时候，你怎么也要安慰两句，说我一点都不笨吧？就算是撒谎骗骗我，你也应该这么说啊！"

开始我肯定是在撒娇，但是说着说着，我的行为就逐渐演变成了撒泼。无论我骂他骂得如何狗血淋头，他始终面不改色、岿然不动。最后就连饭店老板娘都看不下去了，她跑过来指责我说："你这姑娘差不多得了啊！你看你男朋友多好啊，你说什么他都不吱声，要换我老公，他早削你了！"

"这儿不是面馆吗？"我的火气瞬间被吸引过去，"你管别人家的事干什么啊？"

老板娘登时火了，"我就是管你怎么了？我看不下去了，不行吗？"

在事态愈演愈烈到无法收拾之前，郭子晋连拉带拽地将我从拉面馆拖了出来。

我想，我一定是疯了。

可能是因为我爸妈脾气都很暴躁，所以我从小就比较软弱。跟人撕破脸，是我最害怕的一件事儿。像上次碰到楚南和魏可可出轨，我也只是说两句狠话了事。现在这样的行为，真是我从未有过的体验。

郭子晋拖着我从面馆出来，我甩开他一屁股坐在地上号啕大哭："你别理我了，永远别理我了！我有毛病，我精神不正常！郭子晋，我就是个二百五！"

"你是个二百五，我举双手赞同。"郭子晋挨着我一起在马路边上坐下，"你要说你有毛病、精神不正常……我也同意。"

我彻底悲愤了，这不是欺负人吗?

郭子晋办案还行，可他安慰人的功夫着实差劲。他不安慰我还好，一安慰我，我哭得更加来劲。如果说让他安慰跳楼的人，三句话之内，那人会立刻毫不犹豫地转身跳下去吧。

"哭吧！"郭子晋低头看着腕表，"你早上没有上厕所……现在就用眼泪排泄出来好了。"

"噗！"

等等，郭子晋以为我哭的是啥?

一个早上，我的眼泪不受控制地往下掉个不停。从早上七点多开始，一直哭到将近九点。一声不吭。我感觉自己眼睛要哭瞎了，但我就是停不下来。

到最后，郭子晋的衬衫上被我擦得满是眼泪、大鼻涕，我这才渐渐止住了哭声。

郭子晋沉默地坐着陪我。

"好了？"郭子晋用他手背的纱布给我擦了擦脸，"好了的话，我们去吃点别的吧！"

"吃点别的？"我说话的时候胸腔发疼，"我不饿，我不想吃……你想吃点什么别的？"

"走吧！"郭子晋站起身，他胳膊伸到我的腋下架着我起来，"只要不吃面条就行。"

我哭完闹完，心情虽然好，可这么哭这么闹，情绪平静下来后，我的脸上又有点承受不住……我刚才……都跟郭子晋说了些什么乱七八糟的啊?

郭子晋的神色始终风轻云淡的，一派从容地揽着我肩膀往前走。我的脸红如火烧，蓬头垢面，看起来要多骇人就有多骇人。

我们还是选了市五医院附近的小餐馆，不过这次吃的是饺子。中途郭子晋买了瓶冰水回来给我敷脸，冰凉的感觉让我的头脑清醒了几分。可是，我仍然回忆不起来自己昨天到底为什么跟郭子晋闹不愉快。

这次，我们两个终于心平气和地吃完了早饭。出了饭馆，郭子晋打着饱嗝儿说："昨天没有查到什么，今天可能还要过来……成书瑶，你晚上自己在家待着吧，不用跟我一起过来了。”

“为什么？”我擦了擦嘴边，哑声说，“不是说好试用期是一个月吗，不是试用期是我试用你吗？你为什么不带我来啊？你想开除我？”

“我怕你半夜会饿啊！”郭子晋轻笑道。

“活人还能让尿憋死啊！再说了，一顿两顿不吃，也算不得什么。”我觉得郭子晋完全是瞎扯，“郭子晋，你是不是觉得我耽误你办案子了，所以你想丢下我？我告诉你，我说，我说……”

我说了半天，在郭子晋的浅笑下，我的脑子终于有点反应过来，不甚清晰地回忆起昨天晚上的事儿来。

“我昨天晚上在太平间门口和你吵架了？”

郭子晋点点头。

“我和你吵架，是因为你不带我吃饭？”

郭子晋又是点点头。

因为老板不带我吃饭而和老板吵架，不仅一走了之，第二天早上还胡搅蛮缠地闹了一通……

等等，这些都不是重点，重点是，我以前为什么一丁点儿印象都没有呢？

“我说了，成书瑶，你昨天晚上被催眠了。”郭子晋抬手玩了玩我头顶支棱起来的头发，眼里的笑意藏也藏不住，“心理学是世界上最玄妙的一门医术，即便今时今日，医学快速发展，能体会到心理学玄妙处的人，依旧是少之又少。”

郭子晋一下下地揪着我头顶的毛，继续讲道，“催眠的时候，催眠师和被催眠者的心意在某种程度上是相通的。催眠师会挖掘出你自己都不曾知道的心意，甚至是你自己早已忘却的记忆……昨天晚上那个催眠师，他一定非常高明，极其高明。虽然我不知道他从你这儿问到了什么，但从你今天的反应看，他肯定是触碰到你的痛处了。所以刚才在面馆，你的反应才会这么反常。”

这真是一种不好的体验，简直是糟糕极了。有一个陌生人竟然触到了我自己都想不起来的想法……这太可怕了。

“郭子晋，你有没有办法帮我想起来，我昨天晚上遇见的是谁？”

“这个我无能为力，”郭子晋无可奈何地说，“别说我不会心理学，就算会，估计也没谁能做到的。”

“我好像……”我心里没底，“我应该也没什么不方便跟别人说的事儿，是吧？”

郭子晋坏笑着说："那要问你自己了。"

剩下的路，我和郭子晋两个都没说话。我想得头疼，但是始终没想起来自己昨天晚上见的是谁……朦朦胧胧中，似乎有一个男人跟我说过话。可那个男人的长相，我却一点没印象了。

市五医院门口人头攒动，来来往往看病的人着实不少。我还在认真地想着自己的事儿，可一旁郭子晋的眼神却变得不太一样了。

"你怎么了？"郭子晋炯炯的目光让我感到困惑，我推了推他的胳膊，问，"是看到什么了还是发现什么了？你跟我说说啦！"

郭子晋抬手指指，我一抬头，正好看见了从医院大门出来的大批记者。

可能是因为昨天被记者惊吓到了，我第一反应就是拉起郭子晋跑。

"走啊！快点！"我跟受惊的兔子似的，"可别让这些记者追上啦！他们比蝗虫还吓人！"

可郭子晋岿然不动地站在路边，我反倒被他拉到了怀里。

我在郭子晋怀里挣扎，别扭着说："郭子晋，我刚才在面馆和你说的话，其实我是……"

"嘘！"郭子晋显然没在意我的那些小心思，不耐烦地打断我，"你先别说话！"

似乎……好像……仿佛，那些让我诚惶诚恐的记者，并不是为郭子晋来的——记者们扛着相机，目不斜视地与我和郭子晋擦肩而过。

"市五医院这个事儿，真是太邪门啦！这个月已经是第三个了吧？不知道那个休假的主任有没有……"

第三个？什么第三个？

难道说……真被郭子晋说中了，有命案发生？

我吃惊地回头看郭子晋，郭子晋眉头皱得紧。不知道这个时候说话合不合适，我连喘气儿都不敢太大声。

"成书瑶，你觉得会是什么事儿？"郭子晋突然问我。

"我觉得？"我讪笑两声，说，"我哪有那个本事啊！你也知道我脑袋笨，从来都是胡说八道，要是说错了……"

郭子晋步子不紧不慢地往前挪："没事儿，你说。你即便胡说八道，我也喜欢听。"

我摸摸自己红肿的脸，似乎变得更烫了。

"成书瑶？"

"啊！我在这儿呢！"我回过神，赶紧跟着郭子晋往前走，"不是胡说八道，我是真的不知道该说什么啊！医院这么大……好吧，听那些记者的话，我估摸着应该像你说的，是有人死了吧？”

说完，我又觉得自己这话很多余。医院死个人不是很平常吗？

不过郭子晋并没有笑话我，他问：“嗯，还有呢？”

“还有……”我使劲想了想，犹豫着说，“还有，既然记者们会说邪门，那应该跟之前翟栋的死和王庆文的休假有关系吧？”

郭子晋漫不经心地回答：“不错，接着说。”

“接着我就不知道了。”我摊摊手道，“我已经尽力了……想笑就笑吧！我知道自己说的一定都不靠谱。”

郭子晋笑了。

“你说得很好。”郭子晋难得鼓励人，“基本上，还算是挑了几件有意义的事儿说。”

我摸了摸脑袋，害羞地笑了笑，说：“其实也没什么啦！我也是从你说的话里推断出来的……不过郭子晋，我们两个现在不去医院看看吗？你这是要带我去哪里？”

“王庆文家。”

“啊？”

市五医院门口人太多，我们两个费了好大力气才钻出人群，来到大街上。

“可是，我们为什么要去王庆文家啊？”我问郭子晋，“医院里刚死的这个人……应该不是王庆文吧？王庆文就算出事，也应该是第二个出事的啊！”

郭子晋揉揉眉心的位置，长出了口气道：“现在医院的人一定特别多，又是巡捕又是法医。媒体都惊动了，案子一定是闹得很难看。我们私家侦探过去不好，尤其经历过昨天的事情后。”

“那你知道是谁死了吗？”

“不知道。”

“不可能！”我才不信郭子晋的话呢，“你要是不知道，肯定就会冲到医院里去看了，怎么可能去王庆文家呢？”

郭子晋又开始一下下地揪着我头顶的头发，说：“我是知道……可是我说了，你不会伤心吗？”

“伤心？”我避开郭子晋一直作恶的手，“我有什么好伤心的，死的人是我认识的吗？”

郭子晋怅然若失地叹了口气，“你不仅认识，而且你还很喜欢他呢！”

“我很喜欢？”我瞬间明白过来了，连嗓音也控制不住，“你说的不会是帅医生张傲吧？”

郭子晋挑挑眉，他没承认，也没否认。

一路上我反复纠结着这个事儿，恨不得立马跑回市五医院去问问……而郭子晋也不在乎手伤了，扯着我的脖领子带我往王庆文家楼上走。我的脖子被勒住，险些没喘上气儿来，“郭子晋！你松开我！”

郭子晋会听我的才怪。

“为什么是帅医生啊？”我脑海中有影像在不断地往上涌，“等等！郭子晋，昨天晚上被催眠之前，我见到的就是帅医生！”

郭子晋停下了脚步，不再拉着我继续走了。事实上，这一次就连郭子晋也惊呆了。

“你说什么？你说你被催眠之前见到了张傲？你是什么意思，你的意思是说张傲给你催眠的吗？”他急道。

“我不知道，你别用这种眼神看我，我是真不知道！”我微微气恼地推开郭子晋，“从楼上下来之后，我在花园里喊了两声……正好一回身，我又看到了张傲。我问他哪里有卖吃的，他说他正要去买吃的，还问我要不要一起。我说我在等你，然后坐在公园的长椅上……这就是我记起的全部。”

郭子晋眉头深锁，再次沉默起来。

王庆文住的是老式住宅区，红砖院墙，很有意境。我和郭子晋站在小区门口，院子里的不少人在好奇地打量我们两个。

我和郭子晋正说着话，有个拿鸟笼的老大爷上来问：“孩子，你是不是郭子晋？”

“不是。”郭子晋毫不犹豫地否认。

郭子晋否认得很直接，但是在老大爷面前显得十分无力。老大爷招招手，院子里不少大爷大妈瞬间包围上来。

众人七嘴八舌地挤过来，郭子晋第一时间将我护在了怀里。

“我们昨天看报纸，里面有你的照片，还说你帮着警方破了黑龙山的案子哪！”老大爷跟见了大明星似的，情绪十分激动，“我昨天还和他们说，社会上还是好人多啊！你年轻轻的就知道为社会做贡献，可算得上是年轻人的榜样，值得大家学习！”

我被老大爷说得热血沸腾，眼里再次噙满了与有荣焉的泪水……

但是郭子晋不为所动，他冷冰冰地反驳老大爷的话：“不，我不是年轻人的榜样。我做的事儿，一般人都做不了。侦探是一门技术活，危险系数也高，所以年轻人们，还是不要模仿比较好。”

院子里的老人也许只是出于好奇加好心，结果被郭子晋这么一说，众人面面相觑。

趁着别人尴尬的工夫，郭子晋拉着我跑了。

“不去王庆文家了？”我感觉我们总是在路上，“现在我们又去哪儿？”

郭子晋没吭声，他来到路边的公用电话亭，打了电话给他爸。

也不知道电话里郭爸爸说了什么，郭子晋脸色难看得要命。电话接通后，郭子晋几乎没再说过话，他只是沉默地听着。

我们两个再次回到了市五医院门口。这一路上，郭子晋都保持沉默。

围着城区绕了一大圈，现在已经是下午四点多。市五医院门口围堵的不再是一个又一个记者，而是一群又一群的病患。

“这是怎么了？”我从没见过这么多情绪失控的人聚在一起，吓得往郭子晋身边靠，“会不会是……”

人群中爆发了震天的叫骂声，一个脑袋戴着孝布的男人站在市五医院的台阶上高喊道：“市五医院做了太多缺德的事儿，现在老天来收拾他们了！他们为了收取药商的提成，不顾病人的安危，给病人服用高价活血成分的药物！后来他们害死了病患，又想偷奸耍滑，掩盖过去……现在市五医院三名医生身上发生的事，就是他们遭天谴的最好证据！”

市五医院的医生非法敛财、坑害人命？虽然这些人说得有模有样，但从某种程度上讲，我觉得他们还是过于主观了。

情绪激昂的人群将医院围了起来，事态似乎正朝着一发不可收的趋势发展。

“好像，事情不简单哪！”我撞撞郭子晋，“有头绪没有？开始我感觉像是因为竞选院长而引发的血案，但是现在为什么我感觉病患家属说得也——郭子晋？”

在我没注意到的情况下，郭子晋又跑没影了。我正在发愣的时候，偷偷溜走的郭子晋又偷偷溜了回来，把我从人群中拉出来，带着我抄小路往医院后方走。

因为巡捕还未赶到，病患家属的情绪又太过激动，为了避免伤亡，医院的保安已经将医院大楼封锁了起来。大楼的窗户边上站满了向下张望的患者，他们脸上挂满了担忧。

此时此刻，整个医院里最冷清的地方便是太平间所在的那栋楼了。虽然太平间也被锁上了，可大楼前没有人看守。我看了看自己昨天晚上睡觉的长椅，心里隐隐泛着一阵寒意。

“来这儿干什么啊？”我问郭子晋，“这门都锁上了，我们进不去了。”

郭子晋对着墙上的铁梯子扬扬头，说：“我们从这儿上去。”

顺着梯子往上看，我的视线直到三楼停尸房开着的窗户才停下。

我想都没想，毫不犹豫地对郭子晋说：“你这是开玩笑。”

郭子晋干脆利落地回答我："一点没有。"

"不不不！"我摇着手解释，"郭子晋，我先声明，虽然我很喜欢和你一起到处跑着办案子，不过翻墙进停尸房的事儿，我真是——郭子晋！你放我下来！"

郭子晋举着将我放在梯子上，严肃地冷声道："你动作快点！不然的话，等下估计该有病患家属砸楼了！"

就如同应景一般，郭子晋的话刚说完，前面楼群便传来了打砸玻璃的声音……

郭子晋回头吼道："快点！"

市五医院在打仗的时候曾经当过指挥部，后来被改建成了医院。前面的楼是新建的，只有现在的停尸楼是以前的旧楼。不过好在格局老旧，墙上的铁梯子外面加建了一层防护。除了我心理上有些接受不了外，安全最起码还是有保证的。

越往上爬，不远处发生的场景越让我害怕。病患家属们完全疯了，他们不仅开始动手打砸医院，甚至连人都不放过。愤怒已经淹没了一切，场面越来越失控。

郭子晋害怕我在下面有什么危险，所以让我走在前面。可让我没想到的是，我刚打算从三楼窗户跳进去时，里面的场景却吓得我脚下一空，从梯子上滑了下去。好在有郭子晋在下面垫着，不然的话，我肯定要摔个半残。然而我下坠力道太大，郭子晋手掌的伤口被踩裂。隔着鞋底，我都能感觉出郭子晋疼得肌肉缩紧。

我不是故意的，我觉得很抱歉，可我真的是迈不开步往上走了。我话里带着哭腔，吓得身体都在哆嗦。

我用力地闭上眼睛，低声喊道："郭子晋！你快上去看看啊！里面有鬼！"

"成书瑶，你先放松。"郭子晋温柔的声音让我一点点镇定下来，"你的脚随着我的手走，踩在这个台阶上……你踩好，否则从这么高掉下去，咱俩后半辈子估计都要在轮椅上过了。"

我的脚顺从地跟着郭子晋的力道转移，然后稳稳当当地踩在了梯子上。等我站立好，郭子晋深吸了口气，从我后面爬了上来。我被卡在梯子上，呼吸有点困难。

当郭子晋的身子正好和我重叠时，我脸红得快炸开了。梯子外面有防护网，空间始终不是很大。我和郭子晋的身体挨得很近，我甚至能感觉到郭子晋的心跳。他喘出的热气喷在我的耳朵上，让我有些做梦一样的错觉。

只要错过最拥挤的位置，接下来就好办多了。郭子晋手脚麻利地往上爬，然后灵巧地翻进窗户。

等了有一分钟，我还没能看到郭子晋从窗户里探出头来。我不太放心地叫他："郭子晋，你没事儿吧？"

不远处的花园里，成批的巡捕终于赶到。场面渐渐趋于失控，眼看着就要爆发更大的冲突。

我害怕已经疯狂的病患家属，同时也担心跳进停尸房的郭子晋。我压抑住内心的恐慌不安，咬牙横下心往上爬。

实在不是我一惊一乍，主要是刚才看到的场面太可怕。我再次小心翼翼地眯眼去看，心肝还是微颤。

开着窗户的位置，就是昨天碰到张傲时我在眺望的太平间办公室。

停尸房保留了原建筑的格局，屋子里面是一个个的套间，外屋工作人员用来办公，里面用来停尸。办公室里没有人，我趴着的窗户直对停尸房门口。

停尸房的门没关，潮气夹杂着各式各样药水混合起来的味道，让空气变得极其难闻。我身子虽然在屋外夕阳里，却仍旧感觉阴气森森。

我跟郭子晋说这里面有鬼，完全不是我在开玩笑。刚才我在窗外探头往里看的时候，正好看到一个"鬼影"越过停尸架子……

而此时，那个鬼影又增添了一个。从外形上看，这个影子十分像郭子晋。

"郭子晋？"我像是怕吵醒停尸房里的尸体般，声音低到我自己都有点听不见，"郭子晋？你在哪里？"

"进来吧！"郭子晋的声音听起来冷冰冰的，"我在屋里面。"

我当然知道他在屋里面，我怕的正是他在屋里面。

都已经到这儿了，再往后退好像没什么实际意义。我姿势笨拙地翻过窗户，啪的一声仰面摔在地上。还没来得及揉揉受伤的后脑勺，我又吓得厉声尖叫！

郭子晋赶忙从停尸房里冲出来，顺着我的目光往棚顶上看。

煞白的棚顶上面被人用鲜血画了画，虽然只是简单几笔，但是人物却被刻画得活灵活现。从我的方向看，墙上是一个笑容诡异的女人。而从郭子晋的方向看，女人又像是在哭。

郭子晋拉起全身发抖的我，沉默着不说话。我站直身子，猛地又瞥见停尸间里的鬼影。

"不用怕，那是王庆文——准确地说，那是王庆文的尸体。"郭子晋冷静地对我说。"成书瑶，你先想办法给闫树海打个电话，你告诉他，让他把局里最先进的器材给我带来……我现在，需要自己静一静。"

我不敢怠慢，立刻找边上的办公室给闫树海打电话。我们简单地说了几句后，闫树海就心领神会地挂了电话。

郭子晋坐在办公室的转椅上，盯着天花板的位置看得专注。我心里好奇又害怕，可也不敢打扰郭子晋。

停尸房里摇晃的鬼影让我心有余悸，我心里好奇，却又不敢贸然上前。

“成书瑶。”一片肃静中，郭子晋突然问我，“我是不是有点太盲目自信了？”

“自信你倒是有，盲目应该不至于吧？”虽然郭子晋有时候确实很嚣张，但是我一点也不觉得他很讨厌，“你的办案能力大家有目共睹，你要相信你自己。”

郭子晋就像是自嘲一样，笑了。

“你现在知道为什么我妈得知你不是我的同学后，会那么喜欢你了吧？”

郭子晋突然问了我一个毫不沾边的问题，弄得我一头雾水，“不知道……为什么？”

“我的长相遗传我爸，我的智商、情商遗传我妈。”郭子晋的手指一下下轻叩办公室的桌面，“我从小就不和同龄的孩子一起玩，因为跟他们在一起玩，我非常容易情绪焦虑，甚至抑郁。”

我心里哀叹，这样的人，其实也挺可怜的。

郭子晋长出了口气说：“我上学的时候，虽然性格孤僻，不过还挺受欢迎的。那个时候，我还帮着破了不少案子……赞美多了，人肯定就会自我膨胀，我当然也不能例外。而作为一个必须时刻保持头脑冷静的侦探，理智才是最为重要的。”

“可是，这跟我没上过警校有什么关系啊？”我被郭子晋说糊涂了，“我虽然没上过警校，但我也能看出你办案推理很厉害啊！”

看得出来，郭子晋是对自己的能力产生了深深的怀疑。不过说着说着，他又倨傲地笑了，“如果你是警校毕业的人，那么，你会更加了解我的厉害。去开门吧，闫树海到了！”

判断失误

Chapter 4

郭子晋对闫树海的速度总是估计得异常准确，我在里面把办公室的门打开时，闫树海带着巡捕刚到门口。

“怎么了？”闫树海急得要命，他擦擦脑门上的汗问，“我刚从这儿把一个医生的尸体运回去……又有命案了？”

郭子晋一边接过巡捕递过来的隔菌服，一边扬扬下巴说：“在里面，是王庆文的尸体。”

“王庆文？”闫树海的眼睛瞪得老大，“不是没来上班那个吗，他死啦？这么多天没见，他怎么死在医院里了？他死在医院里，怎么没人见到过？……”

“换衣服吧！”郭子晋把衣服丢进闫树海的怀里，又转身拿了套衣服给我，“成书瑶，你要进去吗？”

我赶紧点头道：“当然了……郭子晋，可我还是个新手呢，你该不会是小心眼地记仇，还为了昨天晚上的事儿生气吧？”

“呵，我是那种人吗？我就算生气，也不会和你生气的。”还未等我细细咀嚼郭子晋的话，他又快速地提醒我，“你刚才看个影子就已经吓得从梯子上掉下来了……我是想提醒你一下，里面的场景可比影子吓人多了。”

从郭子晋的脸上，我完全猜不出停尸房里面的情况到底如何可怖。我悄悄打量了一下王庆文投射出来的影子，理性和感性在来回博弈。

准备进现场的巡捕忙着换衣服时，邹珊珊拿着工具箱走了进来，“闫老大，现在已经准备进现场了吗？”

“你怎么会来啊？”我嘟嘟囔囔，不太高兴地说，“真是巧啊。”

“我是法医。”邹珊珊听到我的话，举了举工作证，“我来这里，是天经地义的事儿。倒是你，怎么哪里都有你？”

心里的犹豫转瞬即逝，我几乎是瞬间将隔菌服从郭子晋手里抢了过来，“我可是你的秘书呢！我需要多多锻炼、多多学习，总不能每次碰到凶案现场我都往后跑吧？话说，里面真的那么恐怖吗？”

邹珊珊看了看郭子晋，又偏头看了看闫树海。见他们两个都没有说话，邹珊珊撇撇嘴，也没说什么。

郭子晋难得好心地对闫树海说：“一会儿进现场的时候，尽量还是不要带女人进去了，找些胆子大、心理素质好的吧，不然的话，在凶案现场被吓疯，这可是要算工伤的。”

闫树海的表情有些畏缩，可作为巡捕房的头儿，他又不得不往上冲。被郭子晋一番渲染，巡捕房的人心里都在打鼓。最终还是邹珊珊比较敢拼命，她第一个举手做志愿者。

“我们可是身经百战的。”邹珊珊讽刺地对我说，“你真的敢吗？”

我才不会接受邹珊珊的挑拨……

我不放心地小声问郭子晋：“如果，我是说如果……我要是在凶案现场被吓晕的话，你会笑话我吗？”

办公室的空间不是很大，邹珊珊很容易就能听到我和郭子晋的对话。她虽然淡定地在穿着隔菌服，可我能感觉出来，她的余光一直在我和郭子晋这边。

郭子晋没急着回答我的问题，他对闫树海交代完之后才转身看我。

在办公室所有人的面前，郭子晋弯腰为我拉上隔菌服的拉链。从侧面看去，他的鼻梁高挺而又脆弱。外面的夕阳倾泻，满室余晖，郭子晋俊俏的脸蛋被夕阳照得粉嫩。

郭子晋仔细地给我扣好扣子，恶作剧一般将隔菌服的帽子也给我戴上。他用力一系绳子，我肿胀未消的脸被勒得鼓胀。我气恼地用手打他，郭子晋被逗得哈哈大笑。

“会。”郭子晋好像一点都不觉得在停尸房门口大笑是件多么失礼的事儿，哈哈大笑着说，“不过你要是吓傻了，我就养你一辈子……我是好老板，会给你最好的工伤待遇。”

闫树海目瞪口呆，邹珊珊愣了几秒，气得将工具箱丢在了地上。

这算是个不小不大的插曲。整顿好之后，我们一行人谨慎地往太平间走。我和郭子晋走在队伍的前头，郭子晋握住了我的手。他掌心的血渍已经干透，上面硬硬的。

我是第一次来医院的停尸间，完全不知道该看哪里合适。停尸间里面的温度偏低，味道并不是很厉害。只不过这里保存尸体的技术不太先进，尸体只是平放在一个个的架子上，鲜血满地都是，而且都已经凝固。穿越一排排的停尸架子，血迹的面积也逐渐扩大。一开始我还能跟郭子晋并排走，等到里面的时候，我们只能一前一后地行走了。

走到最里面的位置，大家立即明白郭子晋在外面所言非虚。连闫树海这种见惯了凶案现场的人都经受不住，倒抽了好几口冷气。邹珊珊和我，更是吓得脸色惨白。

架子正中间的位置上，是一具悬空的血淋淋的男尸。男尸的皮肤被扒掉，身上只剩下肌理分明的血肉。最里面的那个架子被清空了，尸体都被整齐地分成了两排。尸体摆放的造型十分别扭，那些手腕上带着小牌子的尸体身体微弯，看上去像是在给中间的男尸鞠躬致意。男尸身后正好点亮了一盏灯，尸体晃动时，就会有影子照到门口……

原来，这就是我刚才看到的鬼影。

我靠着郭子晋的胳膊站着，忍着心底的恐惧，努力让自己看上去跟郭子晋一样气定神闲。可能是因为郭子晋进来之前说万一我吓傻了，他会养我，所以我心里有几分窃喜。

郭子晋指指那具血淋淋的男尸，解释道："从死者的身高、体型来看，他应该是王庆文无疑……不过具体还要法医化验一下才能确定，毕竟尸体的皮被扒掉了。面部和身体特征被毁掉的话，光靠我的猜测是不准确的。"

"哈？"闫树海显然不相信这是郭子晋会说的话，"你怎么的？这次这么谦虚？"

郭子晋并没理会闫树海的讽刺挖苦，调笑着说："谦虚而已……亏你还是副探长，这你都信。"

郭子晋一句自恋的话，瞬间让现场气氛得到了缓解。虽然邹珊珊及时捂住了嘴，可她还是发出了淡淡的笑声。

郭子晋颇为无辜地看看我说："成书瑶，我说错话了？"

"没有。"我并不觉得这有什么好笑的，"郭子晋说的是事实，他本身就很厉害——"

我的话还没说完，墙上悬挂着的"尸体"突然闷哼了一声，鲜血从他的嘴里往下流，新鲜的血液滴落在已经凝固的血浆上，稠密的感觉让人难受。

"快！"闫树海指挥着刑警大队的人，"快把他放下来！他还没有死！"

郭子晋的神情中再次闪现出迷茫……我知道，这是他少有的不自信的表现，郭子晋又开始自我怀疑了。

我给闫树海一个眼神，闫树海立马心领神会。即便闫树海是有目的地对郭子晋好，可他是现场除我之外，唯一一个毫无保留地信任郭子晋的人。

"这个凶手的刀法简直是太精湛了。"闫树海比我会安慰郭子晋，他及时地转移郭子晋的注意力，"你看他的身体被扒皮了，可却只是被扒皮了，没有伤及动脉，也没有伤到肌肉……这些血，是迷惑我们用的。凶手想给我们造成错觉，让我们以为……"

“不，不是给我们造成错觉。”郭子晋插话道，“是给我造成错觉。”

一个一直看不惯郭子晋的巡捕插嘴道：“哼，没那么大的本事，还总说那么大口气的话！”

邹珊珊不高兴地皱了皱眉，然后大声地训斥巡捕房的同事：“喂！郭师兄好心帮我们分析现场，他就算失误一次两次也没什么要紧的啊，你怎么能这么说他？”

“干你们的活！”闫树海气恼地呵斥手下人，“办案的时候哪儿那么多的废话！”

邹珊珊偷瞄了郭子晋一眼，而郭子晋只是冷着脸，一声不吭。

悬挂着的男人被解救了下来。他是让人用医用白大褂捆绑住，悬挂在半空中的。当把他手腕上的白大褂解开，我们这才发现男人没死的玄机——他的手腕被浸了血的白大褂盖住，里面藏了输液管，一面注入药物，一面注入血液。

凶手极为残忍，他似乎要让这个男人最大限度地忍受被扒皮的痛苦和折磨。几乎在巡捕解救下他的同时，男人也咽了气。

邹珊珊或许是太急着想要帮郭子晋解围，又或许是太急着想要讨好郭子晋，在男人咽气后，她又说了一句十分不长脑子的话：“你看，这不还是死了？郭师兄并没有说错啊！死亡时间只不过有几分钟的误差而已……”

“邹珊珊！”闫树海忍无可忍，当着整个巡捕房的面怒吼道，“你是法医！你怎么能说这么不负责任的话？”

“我……那个……闫……”邹珊珊面色通红，支支吾吾地说，“其实我是想……”

“你出去吧！冉德才！这个尸检工作交给你！”闫树海铁面无私，完全不给任何通融的机会，“邹珊珊，回去你给我写一份检查，写得不深刻，以后你就留在巡捕房给我洗验尸台！”

邹珊珊大哭着跑出了太平间。

“这是何必呢！”同为女人，我其实挺理解邹珊珊的，“郭子晋，她也是想为你好，你劝劝闫树海……”

“成书瑶，你是不是也想出去了？”郭子晋黑着脸训斥我，“你再多说一句不走脑子的话，以后你就留在家里给我擦地板！”

我没邹珊珊那么脸皮薄，事实上，我已经对郭子晋的出言不逊有了免疫力。何况郭子晋说的并没有错，我现在说这种话确实是不合适。

尸体被抬走，准备进行更进一步的身份确认。太平间架子上其他尸体被搬动过，所以每一具尸体都需要仔细检查，找到蛛丝马迹。为了保证郭子晋办案时心情愉悦，闫树海“体贴”地将不相干的人员支了出去。

无论外面闹得多厉害，太平间里始终是寂静的。

郭子晋蹲在地上，他沉思着说："我刚才进来的时候，虽然没有仔细检查过，可人死人活，我还是能看出来的……"

"嗯，我信你。"闫树海一脸的诚恳，"郭子晋，不是我安慰你，我实话实说，当时悬挂的男人生命迹象已经几乎看不出来了……如果不是他最后回光返照的一咳，恐怕我们也会以为他已经死了。"

"不，不是。"郭子晋肯定地说，"有人知道我会第一个赶到现场，有人知道我的弱点在哪儿，有人想让我产生自我怀疑……"

"怎么可能有这种人呢？"闫树海不信，"这是要多聪明的人才能办到呢？"

"不用多聪明，"郭子晋显然心里已经知道是谁了，"只要足够了解我就好了。"

对此，我质疑道："足够了解你？这个世界上，怎么会有人足够了解你？"

话说到最后，我像是想明白了什么，脱口而出道："会不会是那个……闻人航？"

郭子晋没说话，但从他的神情看，他显然已经默认了。

闫树海呆愣了几秒钟，不敢置信地说："闻人航……子晋，那个闻人航没死这件事已经够让人不可思议的了。他现在为什么要来找你？他又为什么犯杀人案？"

"杀人这件事不一定是闻人航亲手做的，这么精湛的扒皮技术，不是经验丰富的外科医生，一般人是做不到的。"郭子晋用手揉了揉脸，企图让自己更加清醒一些，"但是作案手法，恐怕是闻人航提供的……现场被摆成那样，恐怕是有更深一层的寓意。"

闫树海闻言倒抽了一口凉气，"子晋啊！那你一定要抓住这个闻人航啊！他几年前害死唐菲就已经够让你……你千万不要让他继续害人了啊！"

郭子晋眼神阴郁地盯着成排摆放的尸体，沉默着没说话。

哦，唐菲……我心里不太高兴地想，这个唐菲为什么比闻人航还阴魂不散呢？

"老天保佑。"闫树海看着满屋子的鲜血和尸体，眉头皱得紧，"这简直是人间惨剧……子晋，你说这个应该怎么——"

闫树海话还没说完，郭子晋突然拉着我往外走。

我脑袋有点蒙，纳闷地问："郭子晋，我们又要去哪儿？现在要查现场了，我们不留——"

"回家。"郭子晋对我说完，又大声对闫树海说，"我们两个先回家了！等你查完现场，记得把资料记录给我看啊！"

我不明所以，而且十分担心郭子晋的心情。郭子晋拉着我从停尸楼出来，我一句话没敢说。

外面围着很多巡捕，地上扔满了垃圾。吵闹的声音消失了，隐隐的，不知道哪里有人在哭。郭子晋脚步坚定地拉着我走出市五医院时，我恍惚中有一种从地狱迈回人间的错觉。

在家里楼下，我和郭子晋简单吃了晚饭。上楼之后，郭子晋一直窝在沙发上。整个过程，我们两个一句话没有说。我害怕打扰到郭子晋思考案情，转身准备回屋休息。

“成书瑶，”我刚拧开卧室的门锁，郭子晋困倦虚弱的声音就从沙发上传过来，“你帮我换下药，行吗？”

“当然。”

其实我早想给郭子晋换药了，只是他不说话，我一直没办法开口罢了。现在郭子晋主动要求，我立马乐呵呵地拿着医药箱过去。

一天一夜的折腾后，郭子晋手掌上的伤口惨不忍睹。尤其是我刚才踩过的那只手，伤口裂开，更是恐怖狰狞……以前我对于带血的伤口，总会特别害怕。可经历过今天的场面，我居然能面不改色地往郭子晋手上倒消毒水了。

“你有什么想问的吗？”郭子晋的话语有气无力。

我镇定地将纱布裹在他手掌的伤口上，说：“你有什么想说的吗？”

“我不喜欢唐菲。”郭子晋的话让我大感意外和吃惊，“可唐菲死后我发过誓，说我这辈子再也不会跟别的女人在一起了。”

我缠纱布的手略微停顿，又很快恢复自然，“你……是因为你对唐菲的死感到愧疚吗？”

还没等纱布缠好，郭子晋就把手抽了回去。他闭上眼睛不看我，似乎是在回忆，说：“是的，是因为愧疚……唐菲的爸爸也是巡捕，在她很小的时候殉职了，唐菲是她妈妈拉扯大的。她死后，她妈妈也疯了。”

白发人送黑发人本身就已经很痛苦了，更何况是一个寡妇。

我心情沉重地叹了口气，然后沉默地将药水瓶子盖好。

郭子晋继续说：“那次比赛前，我们警校的人要去军校做现场确认。可是那天，刚当巡捕的闫树海给我来了个电话，说他们在护城河里发现了一具女尸。上面给的压力大，急于破案。我对于现场确认不感兴趣，所以跑去帮着闫树海调查案件……”

“唐菲替你去现场确认了，”我顺着郭子晋的话往下说，“然后发生意外，唐菲被炸死了。”

“是的。”

郭子晋又在沙发上缩了一下，硬硬的头发在沙发皮面上来回摩擦。我不知道该如何接话，只好低头玩着手指头。

“我见过太多情绪激动的被害人家属，也见过太多的惨案。”郭子晋睁开眼睛，不再像往常一般，琥珀色的眸子里夹杂了一层雾霭，让人完全见不到底，“可是唐菲妈妈发疯时的叫声，我这辈子都忘不了。从我破第一个案子时我就告诉自己，我郭子晋哪怕不是什么好人，我也决不会做恶人……可没想到，我竟然会害死人，而且竟然会逼得人发疯。”

“你也不想的。”我安慰着郭子晋说，“你只是好心，你想帮着闫树海破案……”

“不，我不是因为好心才去帮着破案的。”郭子晋眼里的雾霭渐渐退去，他的话冷冰冰的，“我只是为了我自己，从来都是。我想要吹嘘我的聪明，我想要显摆我的能耐。我以为自己比别人聪明，所以我什么都能做到……可我做了这么多，更多的时候却是害了人。”

我感觉，郭子晋似乎陷入了一种很奇妙的逻辑圈里面。他对自己所做的一切都抱着怀疑、嘲笑、讽刺的态度，他不信任自己的能力，同时他又怀疑自己的用心……这是一个不好的现象，而且是个非常危险的信号。

“怎么会呢？你不要妄自菲薄！”我急着说话，语速都快赶上郭子晋了，“你抓住了王根生，你还帮着破了黑龙山的案子……”

“我没抓住王根生，是你引诱王根生出来的。”郭子晋的语气极度低迷，“王根生的案子，如果不是我多此一举，你的房东就不会死。不只你的房东不会死，江彩琴租住的大楼更加不会爆炸。还有这次黑龙山的案子，如果我不带着你过去，可能很多人都不会死了。不会有那么多的伤害和血腥，也不会有接二连三的麻烦、危险……成书瑶，因为这样，所以我带你从市五医院回来了。我不能再查案子，因为我怕我会带来更多的麻烦。”

“你胡说八道什么呢？郭子晋，你是不是故意气我的？你为什么要把罪犯的过失都揽到自己身上，你为什么要这么怀疑你自己？”我激动地反驳郭子晋，“如果你不发现尸体，那么王根生还会杀更多无辜的人！如果你不抓住王根生，那么社会大众还意识不到歧视和偏见有多么大的危害。大楼爆炸，谁都不想的。还有黑龙山发生的一切，跟你完全没关系！”

我越说情绪越激动，等到最后，眼泪就控制不住地往下掉。郭子晋迷茫的眼神让我很生气，我蹲在沙发边上，气急败坏地说：“你能不能别这么没出息？你能不能振作一点？闻人航设计了这么多，就是为了让你受打击！你为什么一定要傻乎乎地进圈套……”

在我忙着宣泄自己的情绪时，侧身躺着的郭子晋拉我到了沙发上。我象征性地挣扎了一下没挣开，接着便“屈服”地反身抱住了郭子晋。

“成书瑶，我要是早一点遇到你，那该多好。”

郭子晋说完这话，我的头开始疼得厉害。

是的，异样的不是我的心脏，而是我的脑袋。太阳穴的位置疼得像是要炸开一般，难受得我几欲昏厥。我眼前阵阵发黑，甚至连近在咫尺的郭子晋都有点认不清。我脑海中像是有个男人在不断地说话，他对我说：“成书瑶，郭子晋会喜欢你的……但是你要记得，你一定不要让他得到你的心。”

“成书瑶，”郭子晋偏头看了我一下，“我和唐菲，我们两个……”

我脑海中的声音越来越大，大到我已经听不清郭子晋在说什么。

“成书瑶，你要反复折磨郭子晋，你要让郭子晋对你欲罢不能……你会喜欢这种感觉的，这也是你需要的……”

郭子晋缠着纱布的手在我眼前摇晃一下，他的嗓音十分性感：“成书瑶，不然我们……”

“成书瑶，你要和郭子晋——”

“闭嘴！”一左一右两个声音折磨得我几乎疯狂，我大喊大叫地嚷道，“你们两个都给我闭嘴！”

烦扰的情绪让我忘了自己是和郭子晋挤在沙发上，我动手想推开郭子晋，自己反而从沙发上掉了下去。我仰面躺在地板上，天花板上印刻的花纹让我再次回忆起太平间办公室棚顶上的血色涂鸦。

这真是不太让人愉快的回忆。

郭子晋用手支着脑袋，半躺在沙发上看我。他眼里没了雾霭，也没了迷茫，炯炯有神的目光看得我发毛。

“我不对劲，是吗？”我哑声问郭子晋，“我是不是……不太对？”

郭子晋点点头说：“是，你是不太对劲。”

从在面馆开始，我就应该有所察觉了。像我这种生气都不会跟人撕破脸的包子，我怎么会有勇气跟人发疯？我要是真的非常非常喜欢郭子晋，那他刚才说过那番话之后，我应该很开心才对……可我现在想的却是不能让郭子晋安生，我要反复拼命地折腾他。

“可是，为什么？”我不太明白，“我为什么会不太对劲……和催眠有关系吗？”

“和给你催眠的人有关系。”郭子晋从沙发上坐起来，俯身看我，“我猜，给你催眠的人，是闻人航。”

又是他……

我没有起身，盘腿坐在郭子晋对面的地上。郭子晋的脑袋挡住了灯光，我的脸上一片阴暗。

我还是不明白，“催眠能有这么神奇？难道说，我的意志被改变了吗？”

“不是意志，是你的潜意识。”郭子晋十指交叉在一起，“闻人航应该是借助药物对你进行了催眠，虽然你的潜意识有保护自己的本能，可他很巧妙地避开了你本能的反击。他找准了你潜意识的弱点，然后把自己的意念植入你的思维里，让你在短时间内忘记你自己的想法，继而慢慢相信他植入你潜意识里的观念。”

“这么说，我是言不由衷的，是不是？”我忽然有一种如释重负的感觉，“我在面馆里，都是胡说八道的，对不对？”

郭子晋没有说话。

“那你刚才和我说那些是为什么？”我迷茫不解。

郭子晋这次回答我的问题了：“我只是想验证一下我的猜测，我要从你身上看出闻人航到底想做什么。”

刚才那些话都是骗我的吗？我心里一阵失落，说：“哦，原来是这样。”

“闻人航想用你来干扰我，他想让你玩弄我的感情。我如果一心沉迷在情爱之中，自然无心顾及案子。”郭子晋又恢复到以往办案时的笃定和自信，“真是开玩笑，我郭子晋会被外人干扰吗？我——成书瑶，你干什么去？”

在不知不觉的情况下，我已经从地上站起来了。我心里憋得慌，整个人感觉都不好了……

可当郭子晋叫住我时，我却说：“哦，没什么，我有点累了。你知道，我昨天晚上睡得不太好。我现在想进屋睡觉了，你也早点休息吧！”

郭子晋的话再次让我无语：“成书瑶，你不想听我给你继续分析案情了吗？”

“等有时间吧！我现在只想休息休息。”

我含糊不清地说完话，接着将郭子晋关在了卧室外面。几乎在门关上的一刻，我忍不住开始小声地哭了起来。

闻人航催眠我的同时，也唤起了我潜意识中我自己都不曾注意过的一面。我在面馆的行为虽然唐突，可我的身体没有任何不适的反应。根据郭子晋的分析，这是由于我的行为并没有违背自己内心的意志。

说白了，就是因为——我是喜欢郭子晋的。

刚才在沙发上，郭子晋对我做出亲昵、亲近举动时，我被篡改的潜意识不断提醒我要对郭子晋欲擒故纵，要反复折磨郭子晋的感情。而当我出现违反自身潜意识的行为时，我的身体又给出了相应的反抗。

头疼，烦躁，心慌意乱。情绪反抗得如此激烈，这也同样证明，我是喜欢郭子晋的。

既然郭子晋能看透我是被催眠的，既然郭子晋能通过我看穿闻人航的计谋……那么聪明的郭子晋，他怎么会不明白我的想法呢？

郭子晋不是不明白，他只是假装不明白罢了。因为唐菲的死，他发誓一辈子都不跟别的女人在一起。对我，他则冷眼旁观、做戏哄骗。

虽然郭子晋说他不喜欢唐菲，但唐菲仍旧是他的前女友。即便郭子晋说他没有朋友，身边只有我，可我依然是不能轻易影响他的“外人”。

想想也是，冷静如同一台机器的郭子晋，他又怎么会随随便便喜欢上像我这么笨的女人呢？

老鹰喜欢吃鱼，它们却一个在天上一个在水里；鱼喜欢吃蚯蚓，它们却一个在水里一个在泥里；我喜欢郭子晋，我们却一个是天才一个是傻瓜……

所有生物的共同特点，是它们会不自觉地喜欢自己可望而不可即的东西。

我就是这种生物，我就是这种笨蛋。

在没开灯的卧室里，我也不知道自己待了多久。似乎过了好长时间，外面一阵响动……应该是郭子晋开门出去了。

居心叵测的人

Chapter 5

唉……

我叹了口气，心想，如果说他会敲门进来哄哄我、劝劝我，那他恐怕就不是郭子晋了。

对于催眠的事情，我一点不了解。虽然事情发生在我的身上，可我丝毫不清楚发生了什么。外在的影响、内在的变化，很多很多，我即便知道，也还是无从下手。

微弱的月光映照在梳妆镜上，黑漆漆的视线中，我看到的是阴暗的自己。我看着自己，但又觉得这并不是我自己。一种被玷污的感觉尤为强烈，隐隐的，我竟然产生了自我厌弃的心理。

闻人航想要让我在感情上羁绊郭子晋？如果说，闻人航的目的不只是这一点呢？如果说，闻人航的催眠还有其他我们不了解的目的呢？如果是这样，我是不是会连累甚至陷害郭子晋？

这样的想法一出，我立刻变得惊慌失措。几乎是逃命一般，我收拾好行李先回了隔壁自己家。

我兜里没有钱，没有地方可以去，说我现在是走投无路也一点不为过。之前还有魏可可能够投靠，而现在，我只能灰溜溜地回家了。

在是去爸爸家还是回妈妈家这个问题上，我犹豫了好长一段时间。

人都说有后妈一定会有后爸，这个一点不假。我爸自从娶了个比他年轻十六岁的小老婆后，他整个人全变了。以前我爸脾气跟我妈一样火暴，但再婚之后，他便对小老婆唯命是从。不仅不管我，还把我八十岁的奶奶赶去了疗养院。

而我妈虽然脾气霸道了点，但她在家里总算可以做主。陆叔叔还行，只有我那个小弟弟比较难办一些。虽然现在回家势必要被骂，可骂一顿就可以不睡大街，好像也还……

正当我犹豫不决时，房间里的座机响了。

不是郭子晋啊……我失望得要命。

我接起电话，是我爸打来的。

“爸，”我兴致缺缺地说，“什么事儿啊？”

我爸再婚后的经济状况不是特别乐观，他的小老婆很快榨干了他的存款。因为害怕我管他要钱，所以我爸一般会尽量避免和我见面。我读女校的学费生活费，全是我妈和陆叔叔掏的。对此，我爸没有一句感谢，他只是觉得理所应当，一笑而过。

为了这事儿，我曾经和我爸大吵过一架。最后，我爸十分冷血地对我说了一句：“谁生你你找谁去，我是不是你爸还不一定呢！”

自打那以后，我便很少和我爸见面了。今天我爸估计是中邪了，他竟然会想着给我来电话。他是从我妈那里得到的联系方式吗？

“瑶瑶啊！”我爸那个小老婆的声音从电话里传来，“我是你梅姨，你现在有时间吗？你好久没回家来了……我和你爸挺想你的，你要是有时间，现在回来看看吧！”

嘿，还真是太阳打西边出来了。一个常年背地里叫我小贱种的女人，竟然会主动邀请我去她家。

“不用了，我还有事儿呢！”我冷冷地拒绝，“以后有时间再——”

梅姨在电话里嗤嗤地怪笑，她浮夸的声调听得我汗毛倒立。“瑶瑶，你也真是的。虽说你跟你妈住在一起吧，但老成怎么说也是你爸爸……处对象这么大的事儿，你为什么不跟我和你爸说呢？”

处对象？谁？楚南吗？

我还没来得及发问，电话便被我爸抢了过去。

“瑶瑶啊！不是爸爸说你，再怎么样，我也是你爸爸……如果你男朋友今天不来的话，你是不是不打算告诉爸爸你谈恋爱了？”

我爸热情的声音让我眼眶发酸，在我的记忆里，他从来没这么亲切地和我说过话。

男朋友？去家里？

我不知道我爸和梅姨说的是谁，但他们口中的人，一定不是楚南。谈恋爱的过程中，我只带楚南去过我妈家。我爸的家连我自己都不去，又怎么会带楚南去？

那么，会是郭子晋吗？

呃，似乎，好像……更不太可能吧？

我爸和梅姨两个人说话说得热闹，没有我的参与，他们两个聊得依旧开心。可能看火候差不多了，我爸把电话递给了我的“男朋友”。

我爸说：“你自己问问吧！”

“瑶瑶……”

电话里男人的声音像是火星，他一开口，熟悉的称呼瞬间引燃了我脑海中早就埋设好的火引。那些掩盖的秘密和处心积虑想要藏起来的心思，一时间被炸得七零八落。

“闻人航。”

不同于之前，闻人航的话语里夹带着虚假的温柔：“瑶瑶，我是特意来拜访你爸爸的。”

“你真是有心了。”我完全不知道该怎么应付，“不过，你为什么要拜访我爸爸，你又为什么说你是我的男朋友？”

电话那端一阵窃窃私语，从零星的词句中看，应该是闻人航想和我单独聊聊。我爸一点警觉性没有，他很讨好地对闻人航说：“请便。”

又是一阵响动后，闻人航柔声对我说：“瑶瑶，我是来帮你的。”

“我不用你帮。”我毫不犹豫地拒绝，“麻烦你不要再玩这么幼稚的游戏了，请你立刻从我爸家出来。”

“是吗？”对我的敌意，闻人航视而不见，“瑶瑶，你真的没什么需要我帮的吗？”

“你能不能别用这么肉麻、恶心的声音叫我？”我不满地嚷嚷，“你马上给我离开，不然我可报警了！”

就好像我在说笑话似的，闻人航哈哈大笑，他的笑声让我毛骨悚然。

“瑶瑶，既然你都从郭子晋家走出来了，为什么不来找我呢？难道你不想实现你的梦想吗？”

梦想？我的什么梦想？

我后背猛蹿起一股凉气……闻人航说的，不会是我潜意识里的什么想法吧？

偷窥其他人潜意识，这招简直比郭子晋的神推理还贱。毕竟郭子晋的推理是他自己看出来的，而闻人航的结论都是靠偷来的。在他人不允许的情况下强行催眠盗取信息，闻人航的行为可以说是卑鄙无耻！

“你到底想干什么？”我忍住怒火，尽量心平气和地说，“你想利用我去影响郭子晋是吗？让郭子晋喜欢我，然后让他患得患失是吗？我可以明白地告诉你，你打错算盘了！郭子晋的心里只有唐菲一个人，我对他来说就是个路人。你要是想郭子晋受影响，还不如想办法让唐菲复活，这样兴许能有用些。”

“唐菲？”闻人航慢条斯理地拉着长音，“唐菲不管用的……要是唐菲管用，那么也轮不到你了。”

“你会不会好好说话？”如果说郭子晋的吊胃口让我觉得很新奇，那闻人航的吊胃口简直令我很反感，“如果不想跟我说，那你还跟我提这些干什么？没事儿我要挂了。”

“瑶瑶，现在回你爸爸家来。”闻人航并没有忘记打电话给我的初衷，“看到路旁边停着的那辆车了吗？开门上去，司机会带你过来的……半个小时后我见不到你，那么你也别再想见到你爸妈了。”

说完，闻人航挂了电话。

我脑袋“嗡嗡”地响着回音，闻人航最后一句话，我听得很清楚。他说的不单单指的是我爸爸，而是我爸妈。

闻人航的本领到底有多大，我不清楚，估计郭子晋也不清楚。闻人航算是给我出了一道单选题，像是给我催眠时那样，我完全没有别的选择。我只能踏上闻人航指给我的路，一步步迈向自己不可操控的未来。

我无奈地下楼，上了路边的车，等我坐好，汽车立马启动。前排戴口罩的司机看都没看我，什么也没说。他既没问我为什么会上车，也没问我目的地。什么都安排好了，只等我上来，如此而已。

外面街灯、树木匆匆而过，为了避免头晕，我索性闭上眼睛。从我上车的位置到我爸家，不多不少，正好开了半个小时。

“爸！”我大力地拍着门板，“爸！我回来了，你在家吗？”

大门猛地被拉开，梅姨笑得跟掐了褶的包子似的说：“哎呀！瑶瑶回来啦！老成，快点！瑶瑶回来了！”

虽然刚才在电话里我已经有准备了，可直面梅姨和我爸反常的笑脸时，我还是忍不住哆嗦了一下。

闻人航坐在客厅的沙发里，他穿着西装，跷着二郎腿，全然一副心不在焉的表情。我被我爸和梅姨前呼后拥地迎了进来，直接推到了闻人航的身边坐下。

我偏头去看闻人航，而闻人航也在笑着看我。

闻人航和我第一次见的时候不太一样了，不只是感觉，他脸上的五官仿佛都发生了巨大变化。第一次见闻人航时，我觉得他的容貌很普通，但现在，闻人航的眉眼口鼻像是擦了墨，清晰得突兀。

其实，刨除性格方面的因素，闻人航的长相并不讨人厌。

“瑶瑶，”梅姨那市侩的笑声打断了我和闻人航的对视，“你爸天天和我说他想你了……你总忙工作，也不来看看我们。晚上吃饭没有，想吃点什么？梅姨做给你吃。”

我赶紧摇手，让梅姨做饭给我吃，我怕她会往里面吐口水。我说：“不用，我吃过饭来的。我回来看一眼，等下我就走了。”

“走什么呀！”我爸虽然在劝我，可他的视线一直没离开过闻人航，“好不容易回来一趟，晚上你和高航一起住这儿好了。”

我挑眉：“高航？”

“当然。”闻人航浅笑，在我爸和梅姨没注意的时候，悄悄凑在我耳边说：“谁像郭子晋那么蠢，到哪儿都用真名……不喜欢高航这个名字的话，我允许你叫我闻人。”

我学着郭子晋的腔调，挖苦道：“那我还真是受宠若惊啊！”

闻人航脸上的笑容徐徐展开，他再次凑前，轻轻亲了我耳朵一下。我像是触了电门，捂住耳朵红着脸躲开……

这一幕恰巧被梅姨看到，她笑得暧昧，拉拉我爸的袖子说：“你看这两个孩子，相处得真好呢！”

好什么好！

闻人航属于危险人物，我不敢轻举妄动，只得静观其变，再想对策。

不知道为什么，我爸和梅姨如同发疯一般讨好我和闻人航。大晚上十点多，梅姨变出了一桌子拿手饭菜来。

“吃吧吃吧！”梅姨热情得像我亲妈一样，“你看瑶瑶瘦的，应该多吃点，可不能总想着减肥呀！”

闻人航笑着接过我爸夹过来的菜，礼貌客气地道谢。我爸慈爱地看着闻人航，嘘寒问暖地关切道：“高航啊，你和瑶瑶处对象的事儿，你爸爸知道吗？”

“还不知道。”闻人航放下碗筷，笑容里是难以掩饰的漫不经心，“我公司还有一些生意需要打理，我想等一切步上轨道后，再和我爸爸说。”

我爸脸上的失望藏也藏不住，说：“是吗？原来是这样……要我说，恋爱结婚是大事儿，毕竟你和瑶瑶年纪都不小了，还是早点告诉爸妈好。”

“什么公司？”我反问，“你说你叫高航，你不会想说你爸爸是那个什么高志诚吧？你会不会夸张了点？嗯？”

闻人航但笑不语。

不知道闻人航许了什么好处，我爸和梅姨简直拿闻人航当菩萨一样膜拜。一顿饭下来，我是一头雾水。

趁着我爸和梅姨去厨房的工夫，我小声对闻人航说：“你不是想和郭子晋比赛吗？那你为什么要扯到我爸身上？他和他的小老婆都是很普通的普通人，禁不起你折腾的。”

“我这不是在帮你吗？”闻人航微微讶异，“瑶瑶，是你自己告诉我的。你说，你想让你爸和他的小老婆肠穿肚烂而死。”

“不可能！”我红着脸狡辩，“我怎么会有这么恶毒的想法？”

闻人航笑得让人脊背发冷，声音不大，却是斩钉截铁：“不准在我面前撒谎。”

“好吧！”我赶紧避开他的视线，“我是有过这样的想法，可那是爸妈离婚后我的偏激想法。退一步说，就算这是我的心愿好了，但是我看不明白，这和你闻人航有什么关系？”

我低头看闻人航裤子上的线头，而闻人航一直盯着我的头顶看。气氛尴尬地僵持着时，梅姨端着水果出来了，“饭后甜点！”

水果还没吃上，电话突然响了。我爸接过了电话，又将电话塞到了我手里说：“那个男人婆的电话。”

我爸口中的男人婆，正是我的母亲。

真是怪事儿，我妈居然会主动打电话给我爸？我狐疑地接过电话听，不确定地问：“妈？”

“成书瑶？”我妈稍微一愣，“你接了正好，我打电话来，就是想找你的。”

“妈，找我什么事儿啊？”我觉得事情一定非同一般，“是不是取——”

“你胆子挺大啊！”我妈气呼呼的，丝毫没给我插话的机会，“成书瑶，你倒是跟我说说，现在坐我家沙发上的这个叫郭子晋的男人到底是谁啊？”

“噗！”我将刚刚喝进去的水又吐了出来，小心翼翼地说，“那个……妈妈，郭子晋说没说他是谁？”

郭子晋绝对不会一时冲动跑到我家去，虽然我不知道原因，但郭子晋他一定有这么做的目的。虽然我不清楚郭子晋是怎么和我妈说的，但我生怕一不小心会坏了他的事儿。

“成书瑶，你是在问我？”我妈对我的回答并不满意，继续恶声恶气地说，“这个郭子晋，应该是上次我去你家时见到的那个邻居吧？你们两个行啊，把我骗得团团转，好玩吗？”

不好玩，一点不好玩。显然，我妈觉得自己的威严受到了挑衅……问题难办了，一般这种情况，我妈不闹个人仰马翻是不会罢休的。

如果放在平时倒好说，可是现在闻人航在这儿……

我爸和梅姨交换了个眼神，梅姨立刻满脸堆着笑，将水果递给了闻人航。闻人航没有拿稳，草莓翻滚着从他的指尖掉在了地上。我爸家养的沙皮狗特别馋，看到草莓，立马扑上去吃了起来。

“成书瑶！”没等到我的回话，我妈更是恼羞成怒，“现在你立刻给我回家！这个问题不解释清楚，以后你别想出门了！”

“妈！”我不再看地上吃得餍足的沙皮狗，无奈地说，“妈，其实事情是——”

“喂！男人婆！”我爸抢着把电话从我手里抽走，不高兴地嚷嚷道：“大晚上打电话给我，你什么意思啊？女儿好不容易来我这儿一趟，你就打电话催她回去？我告诉你，瑶瑶今天晚上不会去你那儿的！不但不会回去，我还实话告诉你，女儿今天是跟她男朋友一起来的！”

“啊呸！谁让你接电话的？说我男人婆，你怎么好意思？我要是男人婆，你就是捡破鞋的！本来我不愿意说，可你连自己的女儿都不管，却乐意跑去养别人的女儿！我说你捡破鞋都是好听的！你就是个蠢货！”我妈在电话那头破口大骂。

“你说谁呢？谁是破鞋？”电话瞬间被梅姨抢去，她顾不得有外人在场，跟我妈隔着电话骂战，“我是破鞋，那你就连破鞋都不如！老成愿意给我养女儿，那说明他爱我……当然，老成也是爱瑶瑶的。你一个做妈妈的，多花点钱养女儿还抱怨连天，我真是为你感到丢脸！”

梅姨虽然生我妈的气，可她没完全气昏。我和闻人航在场，她的话说得留有余地。

对于梅姨的呛声，我妈是不会客气的。事实上，他们几个每次碰到一起都会出现这种场面。不管什么场合什么地点，都是打完骂完再说。

“瑶瑶，”坐在我旁边的闻人航用只有我能听到的声音说，“呵呵，郭子晋现在是想干什么？他想抢你回去吗？”

我疲倦地听着爸妈他们三人的骂战，冷漠地回答闻人航：“郭子晋想做什么都不关你的事儿。”

“这个世界上，最了解你的恐怕就是我了……哪怕，我没有催眠你。”闻人航眯着眼睛和我一起看着骂得脸红脖子粗的一男一女，说话也是轻声细语的，“郭子晋有幸福的家庭，有爱他的爸妈。郭子晋和你不一样，他从小到大是被疼大的……瑶瑶，我和你的境况很像。父母再婚，每次见面都吵架……在我 13 岁之前，我每天都渴望我父母能出意外事故死掉。”

软弱如我，都会有类似偏激的想法，更何况是闻人航。

我忍不住问：“那你 13 岁之后是怎么改掉这种想法的？”

“改？”闻人航的下巴上有一道十分不明显的疤痕，他浅笑的时候，疤痕会微微皱起，“除了我自己，没有人能改变我的想法……不，我的想法从来不会变。我 13 岁后之所以不会有这样的想法，是因为我的想法已经实现了。”

我猛地瞪大眼睛。

闻人航脸上挂着让人毛骨悚然的笑意："是的，我 13 岁的时候就设计害死了我爸妈。而愚蠢的办案人员并没看出我的手法，我爸妈的死，都被定性为意外事件。"

在我爸妈闹得不可开交时，我恨过他们；在我爸妈再婚的时候，我恨过他们新的配偶；在我妈妈生下小弟弟后，我更是恨过弟弟……可归根结底，我的恨意也只不过是恨意罢了。这些恨没有任何的实际意义，更不会产生进一步的伤害。

闻人航说得没错，他的恨意我感同身受。但闻人航也说错了，他的恨意衍生出来的行为我完全不能理解。我给爸妈的爱意被他们忽略，他们本该给我的爱被其他人夺走。因为这样，所以，我才会恨他们。我恨他们，本质却是因为我爱他们。

爱，是不会害人性命的。

闻人航目光灼灼地盯着我看，我连躲开都忘了。另一旁的两个人吵得激烈，已经全情投入……这时，地上突然传来一声痛苦的呜咽声，吸引了所有人的注意力。

我爸养的沙皮狗全身抽搐、口吐白沫，身上的肉正一点点地腐烂，血水流了一地。

"狗都吃什么了？怎么这样了？"

屋里的气味儿难闻，刚才还在叫嚣的梅姨看到倒在血泊里的狗，先是大叫一声，然后又恶心地吐了起来。

"喂！你们这对狗男女！"客厅里静得要命，我妈尖锐的骂声继续从话筒里传来，"你们两个怎么不说了？继续骂啊！别以为你们两个一起来，我就会怕你们！说话！"

肠穿肚烂……

我回头看闻人航，他视若无睹地拿起草莓。

闻人航知道我在看他，而他也是吃给我看的。不用闻人航开口，我都能明白他的潜台词：成书瑶，我想下毒，简直是易如反掌。

我第一次为我的智商感到着急。

"男人婆！"一条死掉的沙皮狗丝毫没有影响我爸继续跟我妈吵架，"女儿既然带男朋友回来了，那我这个当爸爸的一定会给她做主！"

"你做主？你会不会太好笑了点？"我妈气恼得叫我，"成书瑶！你告诉你这个不要脸的爸爸，你说，你的男朋友是谁？你告诉你爸，现在和你一起住的男朋友是谁！"

"呃……"我脱口而出，"郭子晋。"

"啊哈！"我妈得意扬扬地炫耀，"你以为女儿拿你当回事儿吗？我是她妈妈，她谈恋爱怎么会不告诉我？她的男朋友，现在就在我家！"

我爸气得直喘："不可能！高航才是女儿的男朋友！"

“不服气？”我妈怎么会允许前夫在她面前炫耀，“不服气的话，你现在带着女儿和那个什么航来好了！”

我爸这辈子的脾气估计都耗在我妈身上了，他们两个是冤家斗鸡，不斗死一个不算完。而在他们争斗的过程中，受伤的总是我。虽然我妈对我不错，可她从来不会过多关注我……比如现在，他们闹成这样，也只是让我更丢脸。他们两个作为父母，丝毫没设身处地地想过我现在有多尴尬。

我爸妈的想法很简单，他们离婚又各自再婚了，不服输的两个人，只是在竭尽全力证明自己当初的决定并没错。

“我不会去的。”

我是笨，可我不是没尊严。虽然郭子晋和闻人航都不是我的男朋友，可我依然不想看着爸妈继续毫无顾忌地胡闹。

“妈，爸，你们两个聊吧！我要回家了！”

“回家？”闻人航上前一步，他动作轻柔地掐住我的手腕，“瑶瑶，你不想回家的。你想跟着我一起去你妈妈家，而且你一定要跟着我一起去。”

“成书瑶！”郭子晋的声音突然在电话里响起，“成书瑶，你接我的电话。”

“你是哪来的混蛋小子？”我爸怒不可遏地呵斥道，“你少癞蛤蟆想吃天鹅肉了！我的女儿是不会随便和你这种混蛋小子好的！”

“哼！”我妈霸道地插话进来，“你是想说女儿不能随便跟穷小子在一起吧？我告诉你，你这次看走眼了！我不知道你说的那个航是干什么的……但是，郭子晋的爸爸，你一定开罪不起。”

我爸已经被闻人航虚构的身份迷住了眼，不屑地说：“哼，我才不管那个郭子晋的爸爸是干什么的呢！我女儿喜欢高航，那我——”

“郭子晋的爸爸是郭署长！”我妈的话语里充满轻蔑，“要是想让我看得起你，那个谁，你最好不要改口。”

我爸瞪大了眼睛，转而问我：“瑶瑶，男人婆说的是真的吗？那个郭子晋，他爸爸真的是郭署长？”

“成书瑶！”郭子晋被我爸妈的话吵得不耐烦，他扯着嗓子在电话里叫我，“现在！听我说！”

我爸很识时务，赶紧把电话递给了我……

别说是我妈了，我这个做女儿的，都忍不住瞧不起我爸。

“喂。”我情绪不高地对郭子晋说，“什么事？”

郭子晋问了句废话："成书瑶，你和闻人航在一起？"

"嗯。"我不想跟郭子晋说太多，"你还有事要说吗？"

郭子晋听出我不高兴，他语速极快地说："我长话短说，你要和闻人航，还有你爸爸一起来你妈妈家……"

"为什么？"对郭子晋，我忍不住发脾气，"你是不是觉得我这一晚上丢的脸还不够？现在你想看着我当你面丢脸，是吗？"

闻人航摆弄着自己的手指，他似笑非笑，没有说话。

"成书瑶，你听我的话。"郭子晋尽量心平气和地劝说我，"如果你不听我的话，你爸很可能有危险，快！"

我抬眼看着正在和梅姨小声商量的我爸，气得说道："我爸自己愿意引狼入室，那是他活该……这样的亲人，我真不知道我为什么还要冒死维护他！倒不如现在让他消失的好，我眼不见为净。"

"成书瑶！"郭子晋的声音像一盆凉水兜头浇下，"你胡说八道什么呢？人命是最为珍贵的东西。失去了，就什么都没了。"

我的意识似乎被蒙上了一层灰蒙蒙的雾，连我自己也不清楚自己到底在想些什么，晕乎乎地说："郭子晋，我——"

"成书瑶，"郭子晋一字一顿地说，"你现在，又被催眠了。"

"什么？"

我爸在催促，闻人航在等我。没有办法，我只好压低声音跟郭子晋说话。

"上次在医院，闻人航对你采取的是'母式催眠'。他找到你思维和感情上的弱点，然后用一种温情的方式骗取你潜意识的信任，套换消息。"郭子晋耐心地解释给我听，"而刚才，闻人航用的是'父式催眠'。他用强硬命令的话语，威逼你过来……成书瑶，拒绝闻人航是没用的。你现在听他的话跟他过来，剩下的我会想办法。"

我不知道该说什么，郭子晋也没什么好说的了。

从我爸家到我妈家，我们四个人一路无话。直到到了我妈家门口，闻人航才开口叫住我："瑶瑶，你希望我和郭子晋谁赢？"

"什么？"我不确定现在的想法是不是我真实的意识，"我希望谁赢又有什么关系？反正我的意识已经不由我控制了，不是吗？"

闻人航笑了笑，没说话。

跟我爸家的小房子比起来，我妈家的大别墅像是天堂。陆叔叔带着弟弟去睡觉了，如同女王一般的我妈和郭子晋正坐在大厅等我们四个。

我妈和梅姨见了面，她们两个同时冷哼一声。

郭子晋此时坐在沙发上，穿着西装，打着领带……我知道，这是他在接到委托或者在比较正式的场合才会穿的服装。

“有什么问题尽快问吧！”我受不了郭子晋和闻人航的对峙，更加接受不了我爸和我妈的相互中伤，“这是郭子晋，这是——”

我的话还没说完，我妈拉着我到她身边。在所有人的注视下，我妈不客气地拍了我脑袋一下：“成书瑶！我当初生你的时候是不是把你的脑子给忘在肚子里了？”

“妈……”我怔怔地盯着我妈看，“你为什么打我啊？你为什么打我还打得这么疼？这次我又没做错什么！”

我爸和梅姨情绪激动，他们两个和我妈在客厅里再次吵得不可开交。郭子晋那双犹如黑曜石的眼睛一眨不眨地看着闻人航，而闻人航的眼神一直在躲闪回避，看上去很心虚。

良久之后，郭子晋才缓缓说道：“他，不是闻人航。”

“不可能。”我想了想又说，“不可能……吧？”

郭子晋轻笑道：“成书瑶，刚才你妈打你，你觉得疼了吗？”

“当然啊！”我看到郭子晋的笑脸就觉得气不打一处来，“我妈那么大的力气，打谁都会疼吧？”

郭子晋扬扬下巴，他点头示意我妈。我妈毫不犹豫地走到我爸面前，抡圆了胳膊，狠狠给了我爸一个耳光。

梅姨厉声尖叫，我妈又很不客气地给了她一个耳光。

而闻人航像是失声了一般，他只是看着，却并没有说话。

“摸摸你们的脸。”郭子晋无视我爸和梅姨的叫骂，淡定地说，“现在你们自己感觉一下，疼吗？”

那么大力气的耳光，不疼是不可能的吧？我爸和梅姨被打得脸上发红，五个掌印清晰明了……可在我诧异的目光中，我爸和梅姨竟然迷茫地摇了摇头。

“不疼吗？”我目瞪口呆，“怎么会这样？”

郭子晋没理会我的问题，他继续提问：“成书瑶，刚才在打电话的过程中，你爸爸家里发生了什么事情？”

“我爸家里……”我心有余悸地扫了座位上的闻人航一眼，叹了口气道，“我爸家养的沙皮狗被毒死了，肠穿肚烂，死得很恐怖。”

郭子晋转头问我爸和梅姨：“你们两个呢，你们两个又看到了什么？”

出乎我意料的是，我爸和，姨不但没有出言不逊，反而异口同声地说：“狗在地毯上吐了，而且还拉了泡屎。”

我一愣，转头纠结地看着郭子晋。郭子晋从椅子上站起来，伸手拍了拍我的肩膀，说：“他们三个人被人控制了。催眠术的最高境界，负性幻觉。”

“负性幻觉？”

“是的，负性幻觉，少有催眠师能达到的境界。”郭子晋笑得邪魅，“一般来说，正性的幻觉是，催眠师会给你很强的心理暗示，会让你把茶水当成香水用，或者是让你把硫酸当成碳酸饮料……而负性幻觉要比正性幻觉更加强大，它会强行篡改被催眠者的视觉，让他们看见了却没看见。”

“我没听明白。”我再次犯迷糊了，“什么叫看见了却没看见？既然是看见的东西，怎么可能会看不见？”

郭子晋看了我一眼，又移开了视线：“Hidden observer，意思是‘隐藏的观察者’。催眠师的意识根植于被催眠者的内心深处，不仅能够观察到被催眠者的心理活动，还能擅自篡改被催眠者的主观意识……你爸爸和他太太，他们跟你一样看到了沙皮狗倒在地上，可是他们主观的反应却不同，你觉得狗死了，可他们觉得狗拉屎了……这就是他们看见了却没看见的原因。”

这也……太可怕了吧？

郭子晋说的这些已经够可怕的了，而我爸和梅姨的反应更加可怕。像是印证郭子晋的话似的，他们两个瞬间安静了，不仅没有过多的话语，连呼吸好像都跟着减慢。

那个自称是“闻人航”的男人双手支着下巴，一言不发。

“我不知道你是谁，可能到了现在你也不知道你自己是谁了。”郭子晋眼里骤然凝满了寒气，“不过你可以告诉闻人航，要是想比赛，那他就自己出面好了。玩这些把戏，没有什么太实际的意义……我猜，警卫中心的高航也是个傀儡吧？”

郭子晋的话一说完，我爸、梅姨以及座位上的闻人航，三个人如同被抽了筋骨一般，瞬间瘫软在地。

而与此同时，我妈家的座机电话响了起来。

还没得到我妈的许可，郭子晋便自顾自地接起电话说：“说话。”

“呵呵，郭子晋。”现在说话的才是真正的闻人航，“能看穿我的催眠术，你还是第一个。”

郭子晋轻哼一声，他对闻人航的表扬不屑一顾：“是吗？不是你的催眠技术不好，只不过你卖弄的时候找错了人……你在他们三人右耳的位置植入微型听筒设备了吧？居然会用这种方式来进行催眠，你还真是丧心病狂。”

“呵呵，被你看穿了，也没什么要紧的。”闻人航丝毫不受郭子晋的影响，淡笑着说，“这个，只不过是给你的一个提示，提示你好好想一想，市五医院的案子是不是要继续往下查。”

“查，当然要查。”郭子晋答得笃定，“这么说来，市五医院的案子是你做的？”

“呵呵，”闻人航依旧在笑，“杀人案？不，相比杀人案，我对罪恶本身要感兴趣得多。杀人，是人人都能做出来的事情……而邪恶，不是人人能理解的。郭子晋，喜欢我送你的画吗？停尸房办公室棚顶上的那幅画，就是我对邪恶最好的理解。你们看着是在哭，可在我看来，却是在笑。”

闻人航不在屋子里，但他阴沉的嗓音却让人心里压抑：“郭子晋，既然你能领会到催眠的魅力，那么我相信，揭开市五医院的谜底对你来说只是时间问题。可我也要提醒你，市五医院的案子，你还是不要管比较好。等到真相水落石出的那一天，结果恐怕是你承受不起的。”

“这个不需要你操心。”郭子晋答得生硬，“你想玩什么花招，最好一次说清楚。你知道，我很忙的，我并不是总有时间接闲人的电话。”

闻人航终于不绕弯子了：“市五医院的案子，估计要走一段时间的流程。这段时间里，你会接到两个委托。如你所想，这两个案子，都是我策划的。如果你能找到证据，破了案子，最后把我挖出来，就算你赢了。”

“我不想跟你玩这种无聊游戏。”郭子晋低低的声音从喉间挤出，“而且，抓住你，是早晚的事儿。”

闻人航似乎已经想到了，他笑意更浓：“那我加大筹码好了，你如果不玩，成书瑶就要死。你可以解开成书瑶的衣服，看看她胸口的位置。我要说的是什么，你自然清楚了。”

我胸口？我胸口怎么了？

闻人航并没给我查看的时间，他淡淡地结束了对话：“该怎么做，你自己考虑好了。最后，唐菲让我向你问个好……再见，郭子晋。”

有我陪着你

Chapter 6

“嘟嘟嘟……”

电话的忙音一直在响，我们三个互相看着，都没有说话。我隔着衣服摸了摸自己胸口的位置，上面似乎是有一个不太明显的凸起。

我妈掐着腰，瞪大眼睛看我，“成书瑶，你不想跟我解释解释吗？”

解释？解释什么？又要从何解释？

我回头看郭子晋，但他并没看我。郭子晋沉默地将电话扣上，神情迷茫，若有所思……我郁闷地想，闻人航最后的话，恐怕对郭子晋的冲击太大了。

“我跟你说话呢！”我妈对我的表现很不满，她再一次重重地敲打我的头顶，“要不是今天我看了报纸，你还打算骗我多久？”

“妈……”我心里又委屈又难过，眼泪再也忍不住了，“你不要再打我啦！我已经够傻的了，你再打我……你再打我，我就离家出走！”

听我说完，我妈更加用力打我的头，“你还知道自己傻啊！我看你是不打不开窍！你干脆傻了吧，你傻了，我倒省心了，以后把你往家里一关，我后半生就伺候你好了！”

“可以了！”一直在神游的郭子晋突然开口道，他掐着我妈的手腕，力道适中地将她推开，“成书瑶是挺傻的，简单教育两下就够了。打的话……那还是不要了。毕竟她现在算是我的助理，你打傻了她，这个责任我负不起。”

我妈瞪着郭子晋说：“你弄了这么一屋子的混蛋过来，我还没跟你算账呢！行，助理是吧？我就把她打傻了，你还能把我怎么样？”

“我倒是不能把你怎么样。”郭子晋耸耸肩，无奈地说，“你把她打傻了，她的后半生都要我伺候了。”

后半生……我的后半生，真的会有人管吗？

我妈眯起眼睛看了看我和郭子晋，还想要继续开口说些什么。一直处于压抑状态的我终于忍无可忍，大叫道：“现在能不能有一个人仔细而又完整地将今天晚上的事情解释给我听？我昨天晚上睡在花园长椅上，今天还哭了一早上，刚才又亲眼见到一只狗肠穿肚烂而死……我很冷静，我也没有不耐烦，我只是想了解一下事情的前因后果！”

叙说前因后果，郭子晋最擅长了。

事情的经过，大概是这个样子的。

闻人航找来记者，本打算是让郭子晋成名的，但没想到，代替郭子晋发言的我却意外地在报纸上露了脸。我妈从报纸上看到了我，同时也看到了郭子晋的脸。心存疑虑的我妈开始疯狂找我，企图一问究竟。可是因为我当时和郭子晋在市五医院查案子，所以她一直找不到我的人。于是，我妈调动了一切可调动的力量，挨个调查，逐个排查。

首当其冲的，便是楚南。

上次的偷车事件，楚南算是被郭子晋坑苦了。借着我妈查探我的机会，楚南大吐苦水，什么郭子晋是个精神病啦，郭子晋是个无业游民啦，什么郭子晋好色好赌、偷鸡摸狗啦……总之，跟楚南见过面后，我妈对郭子晋的印象是一落千丈。

“晚上你回房间之后没多久，我就接到了你妈妈打的电话。”郭子晋冷静得像是说别人的事情，“成书瑶，我很纳闷，你真的是你妈妈亲生的吗？跟你妈妈相比，你不仅缺智慧，更是缺心眼儿！你妈妈在电话里很好地伪装了自己的情绪和音色，所以我完全没发现纰漏。她说有一个委托案子请我过来查一查，于是，我就到你妈妈家来了。”

“我是在让你复述事情的经过。”我咬牙切齿地说，“郭子晋，你显摆自己可以，别拉踩我。”

郭子晋倚在门框上，长眉微微一挑，说：“抱歉，习惯了而已。”

“说重点。”我没好气儿地说，“你怎么知道我在我爸那儿？”

剩下的事情，完全出乎我的意料。郭子晋知道我在我爸那儿，竟然是因为我爸之前给我妈留了一封信。

“不可能。”说我爸会给我妈发信，我才不信呢，“你刚才也见识到我爸和我妈吵架的架势了，我爸会给我妈发信？你快别开玩笑了！”

“确实是你爸留给我的。”我妈还算心平气和地把信递给我看，“我看到信的时候也很吃惊，只不过郭子晋说这封信有问题……不然，我怎么可能会打电话给他？”

我凑过去看了看，他发给我妈的信上只有三个数字。

“这是啥意思？”我不解。

“多笨算笨？”我妈敲了我脑袋一下，“这是报警电话。”

“可是为什么我爸要把报警电话——”

我的话还没说完，就瞬间明白过来……估计我爸是想报警，但是又没有可信的人，只好将信发给了我妈。

“我爸不是被催眠了吗？”我不想继续探讨我爸是否对我妈余情未了的问题，说多了也只是庸人自扰，“按照你刚才说的，催眠能让人连疼痛都感觉不出来，那我爸又怎么会找人去报警？总不会是闻人航命令我爸这么做的吧？”

郭子晋嘴角一勾，笑里带着一丝讽刺：“所有的催眠，都是在人的心理层面做文章……跟女性相比，男性的反抗意识要强一些。而你爸又属于那种反抗意识很强烈的人，有那么十几秒钟他能摆脱催眠师的束缚，也是完全有可能的。后面的事情，你都清楚咯！”

正说话间，我弟弟的哭闹声从卧室里传出来。我妈担心我弟弟跑出来会被吓到，只好先到卧室里去哄他。

房间里只剩下我和郭子晋，我尽量不去看他，但郭子晋一点避嫌的心思都没有，他走到我面前，说：“说到催眠时不能感觉到疼痛……”

没等话说完，郭子晋毫无预兆地动手解开了我领口处的衣服。

其实，这个世界上最动听的三个字，不是“我爱你”，而是“你瘦了”。

相反，这个世界上最让人恼火的一句话，不是“我恨你”，而是郭子晋此时此刻说的“成书瑶，胸瘦了”。

我气得咬牙切齿，抬手便给了郭子晋一耳光。

郭子晋估计是想查查闻人航说的“胸口位置”，不过他这个人没啥遮拦，所以只能直接动手。考虑到我作为女生会觉得尴尬、害羞，所以他才嘴贱地想开玩笑缓解一下……我也知道郭子晋没有恶意，可我就是觉得心里不舒服。

气过了，我沙哑着嗓子说：“是啊！我胸小还无脑，又傻又笨总让人骗！可你郭子晋管不着！”

郭子晋讪讪地收回手，半垂眼眸，没有说话。

安抚完弟弟，我妈妈轻手轻脚地从卧室里走出来。

“他们三个怎么办？”我妈眉头拧紧，问郭子晋，“你说他们睡醒催眠就会自动失去效力……不然我找人把他们三个送酒店去好了，这要是在我家醒来，他们还什么都想不起来，那我真是跳进黄河也洗不清了。”

“嗯。”

“成书瑶，你晚上回家睡吧！”我妈并没察觉出气氛的尴尬，小声地对我说，“你房子的事儿，郭子晋已经告诉我了。你要是想出去住，过一段时间你再好好找找。你一个女孩子，不明不白地跟个大男人住在一起，像什么样子？喂，我跟你说……你怎么还哭上了？”

我妈明显误会了我眼泪的意思，也更加误解了郭子晋的沉默。我妈以为我是不想跟郭子晋分开才哭的，所以她瞬间火气又上来了，“人都说女大不中留啊！成书瑶，你真是出息！我就让你回家住，你看你哭的！”

“还是让成书瑶住在我家吧！”郭子晋真是一点都不给我妈面子，“成书瑶现在的处境很危险，她需要全天二十四小时有人陪着。在你家稍微不留神，她很可能会再次被闻人航催眠。”

郭子晋说的情况让我妈很担心，可我妈并不肯服输，“呵呵，郭子晋，你这么说可就不对了吧？我家不也是成书瑶的家吗？我是她妈妈，我当然会照看她，保证她安全。我照顾女儿，还需要你一个外人教了？”

“你是她妈妈，这个一点不假。”郭子晋的声音幽幽的，“不过恕我直言，这里并不只是你的家。再说直接点，虽然你是女主人，但是这家人姓陆。而她成书瑶，是姓成的。我再坦白点讲，这家，跟她成书瑶一点关系都没有。”

郭子晋说的话，是我一直憋藏在心里，难以对我妈启齿的话。我不忍心说的，郭子晋全都替我说了出来。

“你只知道一味地指责成书瑶惹了麻烦不肯回家，可是你想没想过，作为一个母亲，你是否真的给过她家的安全感和归属感？”郭子晋直言不讳道，“我第一次见到成书瑶，是在她搬家来的那天。当时我不知道隔壁搬来了人，所以我并没注意自己的行为会给她造成什么影响。后来，她家的墙里发现尸体，她被凶手追杀，她被男朋友劈腿，她没有工作、没有收入，她居无定所，她差点要去睡大街……对，这期间你确实有来过，可你来是干什么呢？象征性地看一眼，又象征性地给了一些关心……可是，你的到来只是增添了成书瑶的不安和惶恐，然后你便走了。你除了让她喘不上气，我看不出你做的事情还有别的意义。”

“你这是在指责我？”我妈气得满脸通红，“是成书瑶自己不和我说的，我能有——”

“你能有什么办法？”面对我妈的怒气，郭子晋丝毫不肯让步，“事实上，你有的是办法！成书瑶是你生你养的，她的性格、脾气你应该比所有人都清楚！你能哄好你七岁的儿子，你怎么没想过稍微花点心思在成书瑶身上呢？你要是把查女儿是否和人同居的劲头用在关心女儿身上，那你就不用什么事儿都由我这个外人来告诉你了！”

说到后面，郭子晋已经是在吼了。整个屋子里的空气似乎都在震动，卧室里的弟弟被郭子晋吼哭了，陆叔叔不满地轻咳一声。

我妈回头看了一眼，这次，她没急着进去。

郭子晋和我妈一人一句，我完全插不上嘴。事实上，光是站在一旁听他俩讲，我已经哭得难以自抑了。

“哼，”郭子晋没理会我妈难看的脸色，继续说，“而我，对成书瑶来说，我并不算外人。最起码，在她没有地方住的时候，我提供沙发给她；在她被辞退的时候，我给她工作；在她被男朋友劈腿的时候，我会想着帮她出头、出气。虽然我时不时地喜欢欺负成书瑶一下，可我能做到不让别人欺负她！成书瑶的妈妈，跟我比起来，你不觉得你更像一个外人吗？所以你告诉我，你现在凭什么理直气壮地命令成书瑶不要跟我住在一起？”

“我说不过你！”我妈抱着手臂，弟弟一声声的哭闹让我妈心烦意乱，“其实瑶瑶已经是成年人了，她的决定我不应该干涉。可我是她的妈妈，我有义务提醒她——”

“提醒她什么？”郭子晋干脆直接地反讽道，“提醒她委屈自己，成全你当个好母亲？确实，一般人很难说得过我。可是，在成书瑶的事儿上，根本不是你说不过我，而是你一点没用心。你只是不想落你前夫的口舌，这样在你俩吵架的时候你能骂得他抬不起头……表面功夫谁都会做，但不应该由自己的妈妈做。”

郭子晋睨了我一眼，似乎在骂我哭得没出息。

我妈被郭子晋说得哑口无言，而郭子晋显然也不想继续这个话题，说道：“你想怎么处理他们，我就不管了。看在你是成书瑶妈妈的面子上，委托费我给你打个八折……这是最低折扣了，在我们侦探所，这是史无前例的价格。”

没做过多停留，郭子晋就拉着我的手往外走。我脸上的泪水被凉风一吹，冷冰冰的。

从我妈家出来，郭子晋却并没有带我回家。他脸色凝重地对我说：“去市五医院。”

“去办案吗？”我嗓子沙哑，“现在都快半夜两点了……郭子晋！”

“嗯？”郭子晋握着我的手，掌心传来淡淡的暖意，“不，我们不是办案……我要带你去……检查身体。”

郭子晋这么一说，我也有点担心。

“其实，你刚才不用和我妈妈说那些的。”我脑袋里面乱糟糟的，瓮声瓮气地对郭子晋说，“我觉得，我特别能理解我妈妈。她一个离婚带孩子的女人，日子本来就挺不好过的了。她忙着惦记我，还要顾虑陆叔叔高不高兴……我很少和她说我的事儿，就是怕她担心。”

“你算了吧！”郭子晋把我手心的汗蹭到他的西裤上，“我今天说这些话没有别的意思……你妈妈和你差不多，看着聪明，实际上缺心眼儿缺得厉害。你的心思细，你妈神经大条，你不告诉她这些，她永远不知道你多希望得到她的在乎。”

我被郭子晋的话弄得更加伤感，眼泪又开始往下掉。郭子晋叹了口气，揽着我的脑袋靠在他肩膀上，说：“女人还真是麻烦！无论多缺心眼儿，都不会忘了哭。”

我被他的话逗乐了，终于忍不住破涕为笑。

白天的事情过后，市五医院整个被巡捕、保安看守了起来。医院的氛围本就庄严肃穆，现在加上荷枪实弹的保卫人员，场面变得异常紧张。晚上也有来夜诊的病患，零零星星的。

郭子晋简单和我交代了几句，我也简单了解了个大概。市五医院的医患矛盾可以说是一个缩影。

救死扶伤本是医生的天职，但这次市五医院的医生不知道由于什么原因，给一位脑出血的病人开了活血药，导致病人死在医院。患者家属长期得不到合理的解释，情绪积攒下来，便闹得一发不可收拾。

病患心里有气，医生也很冤。毕竟这种事情过于罕见，大部分医生还是勤勤恳恳地在治病救人的。今天病患一闹，市五医院全体医生的名誉算是被彻底抹黑了。

郭子晋没有挂号，直接带我上了三楼诊室，还没等我看清门上的科室名称，郭子晋就拉我进去了。

“谁？”科室里的医生吓了一跳，猛地从椅子上跳起来，“原来是你，吓了我一跳，这一天真是草木皆兵啊！郭子晋，大半夜的，你咋来了？”

眼前的男医生，不，他长得简直是太像女人了，大眼睛，柳叶眉，皮肤细腻，唇红齿白……他如果不开口说话，我真的没想到他会是男人。

“给她检查一下！”郭子晋把我拉到身前，“除了妇科以外，全都查。”

“好。”男医生靠在办公桌上，笑着问郭子晋，“不带她查妇科，你来找我干什么？”

原来，这里是妇科诊室？

“找你不用排队。”郭子晋丝毫没有开玩笑的意思，“白鹿，现在你可以出去了，我要用下你的办公室。”

“真讨厌！”这个叫白鹿的男医生坏笑着走过来，伸手在郭子晋的脑门上拍了一下，“你就不怕我在仪器上给她做手脚？”

“你？”郭子晋面无表情地把白鹿的手拿开，“白鹿，你又不是第一天认识我了。

你要是敢在仪器上做手脚，我能直接在你身上‘做手脚’。”

郭子晋瞥了我一眼，冷静地解释道：“白鹿和我已经认识很多年了。”

“确切地说，我们可算是发小呢。”白鹿将脑袋转向我，他笑的时候左脸上有一个浅浅的酒窝，“我和郭子晋以前是邻居，我十岁的时候他救了我的命，所以这辈子我都得为他效力。”

“快去！”郭子晋被白鹿唠叨得不耐烦，“十分钟之后，如果你……”

白鹿了解郭子晋的性格，他也跟我一样清楚郭子晋没什么好脾气。郭子晋剩下的话还没说完，白鹿立马小跑着出去了。

我犹豫着开口道：“郭子晋，现在太晚了，要不我们明天再来吧？”

“脱衣服。”郭子晋一边拿起桌子上的手套戴上，一边命令我，“上身的外套什么的，都脱掉。”

“你干什么？”我双手抱胸，“你是不是……你是不是……”

郭子晋困得眼圈发黑，他阴沉着脸说：“成书瑶，我带你来医院是干什么来的，你还不清楚吗？难道你以为我大半夜不睡觉，就是为了在这种地方猥亵你？”

“可是……可是……”

“不要再耽误我睡觉的时间了，赶紧脱！”

“不过……不过……”

“脱！”

不仅郭子晋困，我也同样困得要命。被郭子晋一吼，我瞬间没了底气。

我红着脸，一点点将外套脱掉。他的视线落在我右边锁骨下的位置上，再也没移开。

“你……这是什么啊？”

我低头去看，发现自己右边锁骨下方的位置，赫然多出一道很小却明显的伤口……

我刚想去摸一下，可还没等碰到切口，郭子晋就大力拍开我的手说：“小心感染。”

“为什么会有这个？”我大为震惊，“这是怎么回事，为什么我一点疼的感觉都没有？”

郭子晋重重地叹了口气，说：“应该是在你被催眠的时间里弄出来的，所以你感觉不到疼。你被催眠后醒了过来，催眠时的心理状态又延续到了你被催眠后的生活中。”

我正打算穿上衣服，郭子晋又拍开了我的手，说：“我还没查完，你先不要动。”

“还查？”

郭子晋没回我的话，他又让我转身，仔细查看我的脊柱。我跟个婴儿一样蜷缩在检查床上，脸憋得通红。

郭子晋的手指移动到我背心位置，动作却停了下来。

“没事了。”郭子晋轻咳一下，接着收回手，“把衣服穿好，白鹿差不多该回来了。”

我面红耳赤地爬起来，又面红耳赤地把衣服穿上。郭子晋神色凝重地摘下手套，看样子没有什么好事。

过了没多长时间，白鹿推门进来了。他不情不愿地看了我一眼，转头对郭子晋说：“我跟我同事说好了，你现在可以带她去检查了。”

我不知道这个针眼是怎么回事，但显然不是什么好兆头。

检查完我的伤口后，郭子晋一句多余的话都没说。我困得要命，也没多少精力多说话。郭子晋却好像不知疲惫似的，带着我做各项检查。

“好了没有？”我已经困得完全睁不开眼睛，“到底还有多少项要查啊？”

“马上好了。”郭子晋大力拍着我的脸蛋，“成书瑶，你精神精神，先别睡了。”

我困得几乎丧失意识，只能迷茫地跟随郭子晋的指示行动。为了等检查报告，郭子晋要了张病床给我休息。医院的住房紧张，我和郭子晋最终被安排在了走廊上。

“哎呀，让她自己住这儿吧！”知道我是郭子晋的秘书后，白鹿对我的态度有了根本性好转，“郭子晋，我的办公室有休息床，你可以睡我那里。”

郭子晋直接拒绝了白鹿的好意，然后说了一句让我和白鹿都差点惊掉大牙的话：“不用了，咱俩躺一张床不合适，我和成书瑶挤挤就行了。”

白鹿估计已经习惯了郭子晋的性格，他摇了摇头没说话，自己回办公室了。

医院的病床比病房里的床还要窄一些，我和郭子晋侧身一起挤在上面，连彼此呼吸都要错开，不然很容易贴着脸。

郭子晋完全没把我当成女孩子看，他跟我挤一张床比和白鹿躺在一起都要自在。躺好之后，郭子晋闭着眼睛休息。他下巴发青，眼圈发黑，看上去风尘仆仆，十分憔悴。

没多久，外面的晨曦蔓延上窗台，新的一天开始了。

我困得要命，却睡不着。先不说我和郭子晋拥挤的姿势，单就我的那块伤疤来说，已经够让我纠结的了。

郭子晋闭着眼睛，神态安详，看样子他似乎是睡着了，我忍不住伸手揪了揪他的胡子。

“睡觉！”郭子晋展开胳膊将我揽在怀里，沉声威胁道，“再不老实，我就让你睡地上。”

刚才的姿势已经够尴尬的了，现在这样……

郭子晋依旧没放过我，他一开口，热气全喷在我脸上，“还不闭眼睛？”

我不知道该怎么办，甚至我都不知道自己做出什么样的回应才合适。而郭子晋似乎也没想得到我的回应，他扣住我的后脑勺，将我整张脸塞进他怀里。

我脑袋顿时晕乎乎的。在我晕得最厉害时，郭子晋突然说："成书瑶……对不起。"

"啥？"我猛地推开郭子晋，"你说什么了？"

郭子晋愠怒道："我说什么你没听见？"

"听见了啊！"我呆傻地看着他，"就是因为听见了，所以才觉得不可思议啊！"

郭子晋懒得理我，他极其艰难地转过身，留了个瘦削的后背给我。

我是彻底睡不着了。

我们挤在病床上休息了三个小时左右，我的检查结果就出来了。看样子郭子晋也没睡着，他的眸子里精光闪闪。但是郭子晋丝毫未见疲态，体力充沛地带我去见白鹿。

"这个……"白鹿拿着我的报告看了好一会儿，眉头皱紧又松开，"郭子晋，成书瑶的病不用看了。"

郭子晋眼神凶恶，白鹿则继续火上浇油："有这个时间，你不如带她该吃点啥吃点啥，该喝点啥喝点啥。你看她这里，这里被人注射了某种物质。"

白鹿说得清楚，我也听得清楚。至于被注射的过程，我一点印象没有。

我犹豫着开口询问："这个……它有什么危害吗？"

"危害大着呢！"白鹿提高了音量，"虽然我并不清楚你到底被人注射了什么东西，也许是慢性毒药，也许是传染病毒，但不管是什么，很显然，这个人的用心都很恶毒。注射的位置靠近心脏，注射进去的药物外部有一层可溶解的薄膜，药物虽然暂时不会让你发作，但以目前的医疗技术，也无法取出。"

我听得似懂非懂，郭子晋却惊得满头大汗。

虽然现在的情况关乎我的生命安全，可我一点没觉得惊慌。反而，因为看到郭子晋紧张、担心的表情，我心里隐隐还有一种窃喜……

"你想想办法！"郭子晋恼怒地捶了一下白鹿的办公桌，桌上放着的玻璃甚至都被砸裂，"你这么优秀，肯定会有办法的！"

"没有办法了。"白鹿低头抠弄指甲，笑着说，"别担心，她死了，还有我陪着你呀！"

"以前我一直说你嘴贱，完全是我不对。"我真心实意地对郭子晋道歉，"和这位白鹿医生比起来，你简直是太心慈手软了。"

郭子晋没理会我的调侃，他划拉着将白鹿桌子上的检查结果揣好。在白鹿的注视中，郭子晋一言不发地带我往外走。

"我们又要去哪儿？"我不断地打哈欠，困得眼泪往下掉，"也不知道我爸他们——你怎么了？"

在前面走着的郭子晋突然停了下来，我一没留神，差点撞到他后背。郭子晋站如松地伫立在市五医院门口，突然问我道："成书瑶，你难道没听到刚才白鹿说的话？你身上那个针眼，会要了你的命的！"

"听到了。"我不自觉地伸手触摸胸口的位置，"听到了又能怎么样？你既然拿着我的诊断结果去找白鹿，那么也就是说，白鹿的水平你是信得过的吧？既然白鹿都说他束手无策，我看你还是抓紧带我吃饭好了，我不想做个饿死鬼。"

"是我害了你。"郭子晋懊恼地说，"如果没有我的话，闻人航不会在你身上动手脚。"

"我没觉得是你害我的啊！"我安慰他道，"你说你害了我，这要从何说起？给我注射东西又不是你的主意，给我催眠的人又不是你……再说了，当初是我自己接受你给的工作的啊！你又没逼我、没打我……现在这些，应该都是职业风险吧？话又说回来了，郭子晋，你会给我治疗吧？"

郭子晋略微一哂，叹息着说："傻瓜。"

"我不是傻瓜。"我义正词严地纠正郭子晋，"我只是爱岗敬业，有职业道德而已。"

"饿了吧？"郭子晋话锋一转，努力装出高兴的样子，"想吃什么？这回真的是随便你点。"

"哎哟，这算不算临终关怀？"话一出口，我也意识到自己的玩笑开得有点大，郭子晋的脸色又难看了几分。

我立马纠正道："真随便我点了啊，大鱼大肉？"

"嗯，大鱼大肉。"

市五医院附近都是小的饭馆，我和郭子晋一人点了份鱼香肉丝……呃，有鱼香有肉丝，勉强算是"大鱼大肉"吧？

其实在我看来，说不担心，那是骗人的。随时随地可能丧命的感觉，并不怎么让人愉悦。不过为了消除郭子晋自责的情绪，我不断找一些没营养的笑话讲。一顿饭下来，我的"大鱼大肉"没吃好不说，郭子晋的情绪反而更加低落。

"闭嘴吧！"郭子晋被我吵得头疼，"成书瑶，你现在立马安静下来。"

"不然嘞？"我笑得没心没肺，"不然你咬我啊？"

郭子晋面无表情地拿起餐巾纸擦嘴，说："不然，我要在这儿亲你了。"

噗……我觉得我的听力一定是出问题了，不然就是我出现幻觉了！

"走了。"郭子晋丝毫没觉得自己说的话有什么地方欠妥，也更加没觉得我的反应有什么好笑，"你带钥匙没有？昨天去你妈家之前我有换衣服，钥匙放在那件……"

临出门前我是打算搬出郭子晋家的，所以他家的钥匙我并没有带在身上。我们正急着想找人来撬锁，可让我们没想到的是，郭子晋家的大门却是开着的。

“我有锁门。”我赶紧解释，“走之前我确认过，我用你的智商发誓，我绝对锁门了。”

郭子晋没说话，眉头皱得紧。他小心地把我护在身后，先一步往屋里进。

大门打开的缝隙不大，门上的猫眼被抠掉了，看样子是用特殊工具从猫眼探进去把门撬开的。不知道是谁有这么大的胆子，居然敢进郭子晋的家。这完全是抢银行的时候碰到巡捕发工资——自己往枪口上撞。

“怎么还不进来？”屋里是一个女人的声音，“子晋，我等你好长时间了。”

这个女人说话的声音清脆悦耳，煞是好听。还没看到人，我便开始对她的长相想入非非……不过这不是重点，重点是郭子晋都认识些什么人啊？主人不在家，居然自己撬门进来？

我看向郭子晋，他似乎已经傻了。

“喂？”我在郭子晋的手背上掐一下，“想什么呢，里面不是你认识的人吗？”

郭子晋深吸一口气，他闭上眼睛没有动。

对于屋子里面的女人，我感到更加好奇。可郭子晋没动，我又不能贸然进去。屋里的女人再一次充分发挥了主观能动性，她抱着“山不来找我，我就去找山”的理念，自己过来把门推开了。

“嗨，”站在郭子晋家门口的女人媚眼如丝，笑盈盈地同郭子晋打招呼，“好久不见。”

尤物，简直是尤物。

看清楚女人的长相后，这句话一直在我脑海中盘旋……

我还是第一次见到如此性感的女人，大眼睛，高鼻梁，眼眶凹陷深邃，五官轮廓骨感立体。她身材窈窕，凹凸有致，让人嫉妒。她裸身穿着郭子晋的深蓝色丝绸睡袍，睡袍只有腰部松垮地系着。

这是谁啊？干什么的啊？

“嗨。”郭子晋镇定地打着招呼，“唐菲，我们确实是好久不见。”

如果不是闻人航昨天在电话里提到，估计我会以为自己见了鬼。而现在虽然比见鬼好一点，可我神情中还是难掩吃惊……

她居然会亲自找上门来，恐怕是来者不善。

“嗨，”唐菲的眼睛像会勾人一般，咬住郭子晋的视线不肯放，可她的话题已经转向了我，“不给我介绍介绍吗？这位你带回来的小姐，她是谁？”

“是你的秘书吧？”唐菲自问自答，“我听珊珊说，你找了个智商低下的女人当秘书。”

“我是普通人没错，”我忍受不了唐菲这阴阳怪气的语气，反驳道，“可我不是智商低下。”

唐菲这才把视线转移到我身上，她傲慢的态度让我恼火，她说：“普通人，对我来说就是智商低下。”

“呸呸呸！臭不要脸！”我在心里骂。

“你什么时候来的？”郭子晋侧过身子走进屋，在玄关处一边换鞋一边说，“你来之后洗了澡？从浴室水汽蒸发的程度看，你来了应该至少有四个小时了吧？”

唐菲也不再和我较劲，跟个花蝴蝶似的飘进屋，说：“没错……你还看出什么了？”

郭子晋和唐菲一前一后进屋去了，我自己站在门口，不知道该如何是好。我试着往屋里迈了一步，又觉得不适合，所以缩回了脚。反反复复试了几次以后，我仍旧是在原地踏步。

“成书瑶？”郭子晋大声叫我，“你还在外面干什么？”

“我……”我犹豫不已，“我没事儿，还活着，在喘气儿。”

“还活着为什么不进来？”郭子晋已经变得不耐烦了，“站在门口不进屋……你当你是观光客吗？”

郭子晋的这句话，让我觉得自己有底气多了。即便我不像唐菲这么趾高气扬地窝在沙发上，但我坐在椅子上，腰板挺得还算直。

郭子晋坐在靠近窗户的单人皮质沙发上，他抽下鼻子，问唐菲：“还有什么……你眼周皮肤比一般人薄弱，熬夜的话，你的黑眼圈会更重。我看你的样子，应该是一晚上没睡吧？而一晚上没睡，凌晨左右又跑到我家先洗澡……你是刚从国外回来？你换掉的衣服上还有霉潮的味道……从西欧飞过来的？”

“呵呵。”唐菲抱着膝盖，“是，我刚从伦敦回来。下了飞机后我见到了邹珊珊，听说你带着秘书去看医生了……怎么样，需要我帮忙吗？”

坐在一旁听郭子晋和唐菲谈话，我心里很不是滋味儿。

前女友，恐怕是世界上最容易引起女人怨念的生物。尤其是像唐菲这种长得漂亮又聪明，还对前男友念念不忘的前女友，她的杀伤力完全可以和枪支弹药相比。不得不承认，他们两个才是一个世界的人，比我这种欺世盗名的狗屁秘书强多了。

唉，还是老实当你的秘书好了。我安慰自己，最起码，不会像现在这样心烦。

郭子晋和唐菲两个人的关系很微妙，我看不清楚，也听不明白。他们两个一直在闲聊，我困得不断打瞌睡。

当我的脑袋点了无数次后，郭子晋才对我说：“成书瑶，你进去睡吧！”

“嗯？”

我惺忪着眼看了看一脸坦荡的郭子晋，以及浑身散发着魅力的唐菲……呃，人家小别胜新婚，我真是没什么眼力见儿，于是说道：“那个……你们聊。”

我提醒自己忽略掉唐菲得意扬扬的眼神，转身回屋休息。其实，我是很想关注一下郭子晋和唐菲之间的感情进展的。

先不说我喜欢郭子晋的事儿，单就郭子晋和唐菲亦幻亦真的爱情故事，就已经够让人津津乐道了。

虽然我的思想很积极，可我的身体很不争气。还没等我听到什么劲爆的消息，我自己先躺床上睡着了。

我睡着了，却睡得并不踏实。我一会儿梦到郭子晋和唐菲大吵一架，一会儿又梦到郭子晋和唐菲步入婚礼礼堂；一会儿梦到市五医院鲜血淋淋的停尸房，一会儿又梦到看不见脸的闻人航……最后，梦境定格在白鹿坏笑着看着我，而我已经毒发身亡。

“妈呀！”我猛地从床上坐起身来，尖叫着喊道，“可吓死我——我的妈！你什么时候进来的？为什么睡地上？”

我被噩梦侵扰，但也不至于分不清梦境和现实。当看到睡在卧室地上的郭子晋时，我吓得狂拍胸脯。

“注意你的手！”郭子晋困倦地跃到床上，拿开我拍胸脯的手，床垫随着他的动作产生明显塌陷，“好不容易睡会儿觉，你一惊一乍的干吗啊？你现在情况不一样了，你不能再这么毛手毛脚——”

“喂！”我挥开郭子晋的手，执着地问，“你为什么睡地上？”

“床上没地方了。”郭子晋指指我难看的睡姿，“你躺得四仰八叉的，你让我躺哪儿？”

我睡觉的时候确实是挺不规矩……可现在不是讨论这个的时候吧？

“郭子晋，你怎么不睡自己的床？你跑我这儿来算怎么回事儿啊？”

“子晋？”唐菲在外面敲敲门，“你醒了吗？我做了意面，要吃点吗？”

“先吃饭。”郭子晋松开我的手，又当着我的面整理了下睡裤，然后才起身去开门，“剩下的事儿，我们等会儿再说。”

我不饿，却也顺从地跟着郭子晋一起出去。门外的唐菲已经换好衣服，她扫了一眼地上的床铺，心领神会地说：“走吧，去吃饭，成书瑶，我有准备你的份儿。”

跟郭子晋待久了，我说话的时候也多少有点阴阳怪气的：“那还真是谢谢你了。”

“客气。”

唐菲的笑，恨得我牙痒痒。

屋子里一个男人，两个女人，一个是未曾分手的“前女友”，一个是关系暧昧不清的小秘书……然而，对于此时的状况，郭子晋完全没有想解释的意思。他自然地去刷了牙，又自然地坐在餐桌前吃饭；唐菲自然地为他擦掉嘴上沾到的酱料，又自然地鄙视、嘲笑着我。

“成书瑶，我很好奇。”唐菲姿势优雅地用叉子绞缠着面条，笑着问道，“你是怎么有勇气和郭子晋生活在一起的？难道你从来没觉得自己像个笑话吗？”

“没觉得。”我闷闷地吃着面条，“倒是你……不是说你已经死了吗？”

死而复活

Chapter 7

“我？”唐菲倾身靠近郭子晋，笑着用手指划过郭子晋的脸部线条，“有子晋在，我怎么会舍得死呢？”

“有郭子晋，你不也‘死’了好几年了吗？”我嘎嘣一下咬在叉子上，酸得牙神经疼，“你管好你自己得了，我的事儿不劳烦你操心。”

郭子晋淡定地吃着面条，就像一个局外人，冷眼看着我们两个唇枪舌剑的女人。

或许是因为少了郭子晋的搭理，唐菲感到无趣，她又坐回到椅子上，继续对我冷嘲热讽：“我妈经常和我说，丑人多作怪。以前我还不是太理解，但是见了你之后我明白，丑人都是没有自知之明的。”

“说到你妈妈……”郭子晋这才有了点反应，“你没死这件事，你妈妈应该不知道吧？她还在精神病院里，你不去看看她吗？”

唐菲勾唇浅笑，满脸漠然道：“不去了，她疯了更好。最起码，在那里她还是安全的。”

“幸好我不是你妈。”我找到机会，恶狠狠地说，“我要是你妈，我都不生你这个白眼狼。”

唐菲不客气地还击：“幸好你不是我妈，不然我要像你一样丑了！”

“呵呵……”

唐菲话音刚落，郭子晋竟然笑出了声。

如果放在平时，郭子晋笑话我，我基本不太在意。可是现在唐菲这么嘲笑我，他竟然只知道看笑话……我气恼地丢掉手里的叉子，满脸怨气地瞪着郭子晋。

郭子晋没觉得怎么样，他继续吃着他的面条。他垂眼敛眉，眸子里是我看不出的情绪。

可唐菲嚣张坏了，她挽住郭子晋的胳膊，炫耀着对我说：“子晋，你是不是跟我的看法一样？你辞掉她好了，我回来给你当秘书，我可以帮着你办案呀，我可以帮着你做饭呀，我也可以让你做我……子晋，怎么样，嗯？”

唐菲的尾音调高，她给郭子晋的暗示已经不能更明显。

这个人，装死装了好几年，害得郭子晋自责、内疚，又害得自己的妈妈精神错乱，她居然能跟没事儿人一样，说回来就回来！

“你说！”我抢过郭子晋吃饭的叉子，已经被气得完全没有理智了，“郭子晋，你要她当秘书还是要我当秘书？”

唐菲的话不只是嘲笑我那么简单了，某种程度上来说，这完全是羞辱我。

郭子晋的唇角牵起，我心里没来由地涌上一股恐慌。冷静了几秒钟后，我突然觉得自己真傻。既然郭子晋能说出唐菲死后他不会再找别的女人这种话，那么现在他也一定是会帮着唐菲的……我顿时感觉万念俱灰，又觉得他俩在我面前过于扎眼，又气又急之下，我一把抢过郭子晋面前的意面，连盘子一起，扣在了他的脑袋上。

“啊！”唐菲做作夸张地叫道，“成书瑶，你疯了吧？”

我低头看了眼自己手上沾着的番茄酱，觉得自己特像个跳梁小丑。在眼前这两个人面前，我算是出尽了洋相。

此时此刻，我恨不得身体里的未知物质就是毒药，最好能立刻发作，我干脆死了算了！

郭子晋的头发本就剃得短，黏糊糊的面条扣在脑袋上，他看起来像是顶了个奇怪的锅盖。唐菲递过来纸巾，郭子晋却并没有接。他用骨感分明的手指抹掉眼睛上的酱汁，还是没说话。

可能因为我缺乏安全感，所以我做事一向喜欢给自己留点余地和后路，这也是为什么我一直不喜欢跟别人撕破脸的原因。现在可倒好，冲动之下往郭子晋脑袋上扣面条……这不是撕破脸，这完全是把脑袋砍掉了好吧？

“你们吃吧！继续吃你们的面条！”反正事已至此，我干脆豁出去了，“这个家里有她没我，你想留她在这儿煮面条是吧？那我走！”

“你干吗去？”郭子晋可算开口了，“成书瑶，你要去哪儿？”

“我去哪儿你都管不着！”

郭子晋揉揉鼻子，他眼睛眯起来看着我，“可是，你为什么要走？”

“我刚才说的话你没听见吗？”我被郭子晋的冷淡刺激到，忍不住反击道，“我说了，这家里有她没我！”

“你怎么会这么小气？”唐菲审时度势地瞥了郭子晋一眼，见郭子晋并未出言阻止，继续说：“这里有我的房间，我都没说这种话。”

原来……原来……原来那个房间真的是唐菲的！

此时此刻，此情此景，如果说郭子晋早已经对唐菲没有感觉，你信吗？

说郭子晋不惦念着唐菲，你信吗？

说郭子晋不会原谅唐菲，不会和她重圆旧梦，你信吗？

反正，我是不信。

话都说得这么明白了，我再继续坚持下去就等同于自取其辱。我也不逼着郭子晋表态了，这简直是太难为我自己。

像唐菲说的，我也该有点自知之明了。

“成书瑶，”郭子晋站起身，“你想怎么样？”

唐菲轻巧地接过话说：“她说了，这个家里有她没我。”

我脚下就好像生了根，寸步移动不得。我委屈地看着郭子晋，咬着腮不让自己哭出来。此时，我胸前伤口的位置跟针在扎似的疼，我不自觉地伸手去摸……

郭子晋几乎是从椅子旁边冲了过来，他脸沉得吓人，“既然都知道，你还待在这儿干什么？”

唐菲也从餐桌边上站了起来，眼神里闪过一丝慌乱。

郭子晋往前靠了一步，我甚至能感受到他的体温。他的脸上带着促狭的笑意，一字一顿地说：“成书瑶的话你没听见吗？她说了，这个家里有她没你……她不能走，所以只好你走了。”

我惊呆了。

很明显，唐菲也惊呆了。

不过，能够自己撬门进来的女人，才不会那么轻易地被打发走。

唐菲怡然自得地坐回椅子上，说：“子晋，我知道……”

“你的房间我并不是故意要留着，只不过是我一直懒得清理罢了。”郭子晋话跟刀片似的，一点情面不给唐菲留，“我没有生你的气，我也没想过用成书瑶刺激你。在我看来，你在不在我家待着，对我来说完全没什么要紧。可是既然你在我家会让成书瑶不高兴，那就请你，立刻，马上，从我家出去。”

美女都是骄傲的，像唐菲这样的美女更是如此。

郭子晋话说得直白，她自然不会死皮赖脸地继续待着。

“你们早晚会后悔的。”临出门前，唐菲意有所指地看了我一眼，“郭子晋，今天你怎么把我赶出去，以后你就会怎么把我请回来的。”

郭子晋明显拿唐菲的威胁当放屁，他没再多说，径直走到卫生间，清理脑袋上的意面酱汁去了。

“成书瑶，小心你的心，也小心你的命。”唐菲最后不忘嘱咐我，“郭子晋这个人，不是你能招惹的。”

“这话已经不新鲜了。”我尽量不让自己看起来太得意，“你表妹，邹珊珊曾经跟我提过你的事情，可她的事情，她没来得及告诉你吧？她有没有跟你说过，她其实也是喜欢郭子晋的？”

唐菲斜睨了我一眼，接着趾高气扬地走出去了。

哼，神气什么？你要是真这么神气，也不会被人赶出去了！

我气恼地大力关上门。

虽然郭子晋刚才说的话让我心花怒放，可实际上，我一个字儿都不信。即便郭子晋把唐菲从家里赶出去了，但我要是当真了，那我就真成傻子了。

郭子晋手上有伤，所以便戴着手套在浴室洗澡。我绕着客厅看了一圈，看到架子上堆满了奇奇怪怪的模型，还有各种各样的书籍……我趴在走廊的门框上，若有所思地盯着唐菲的屋门口看。

我还记得那间房子的装修、布局，粉粉嫩嫩的，很有小女生的风格。当我见到那间屋子时，怎么也不会想到房主竟然是这么“风华绝代”的尤物。

不只唐菲让我吃惊，郭子晋同样让我很吃惊。像唐菲这种“小心轻放”的女神，居然会跟郭子晋这么糙的大老爷们在一起，想想简直是……

“喂！”

身后突然响起的呼喝声吓了我一跳，我刚打算尖叫出声，嘴却被捂住。郭子晋脑袋上的水渍未干，滴滴答答弄了我一身。

他颇为苦恼地松开手，道：“最近几天，楼下那个神经质女人正处在经期焦躁中。我们一定要小心小心再小心，谨慎谨慎再谨慎……因为最近我们会很忙，所以我们不能给自己添不必要的麻烦。明白吗？”

“明白。”我点点头，一本正经地回答他，“如果说你不吓我的话，我肯定不会给我们添麻烦。”

“很好。”

郭子晋松开手，一边擦头，一边拿起桌子上的报纸。报纸上的焦点依旧是市五医院的事情。不过除了病患闹事儿和医生医疗事故，并没有谈及太平间摆放的诡异尸体。

“那些尸体不会被摆到明面上来的。”郭子晋读懂了我的不解，解释道，“先不说死者是谁，单就作案手法也不适合公布给大众看。不放出来也不见得是什么坏事，最起码有人可怜可怜老百姓的脆弱神经。”

我坐在郭子晋旁边的单人沙发上，静静地看着他，没插话。

郭子晋看我一眼，叹口气道：“行了，想知道什么，你问吧！”

“我什么都不想知道。”我撒谎道。

“嗯，你不想知道。”郭子晋随意地把玩着半干不湿的毛巾，“你不想知道，那就当我想说，行吧？”

郭子晋主动说？这真是让人喜闻乐见的事儿。

“虽然我还不知道闻人航怎么做到的，但几年前的爆炸案恐怕只是个幌子。至于这中间有几个人是真的死了，有几个人是想通过假死来掩人耳目，我同样不得而知。”郭子晋略微思索了一下，继续说，“昨天闻人航刚来找过我，没多久唐菲又回来……我看，这不会是个偶然。搞不好，当年闻人航准备爆炸案的时候，唐菲也有参与。”

“唐菲和闻人航他们两个想干什么？”我问。

郭子晋把脸埋在手掌里，他声音发闷：“肯定不是什么好事儿。市五医院的案子闹成这样，恐怕也是有人在后面推波助澜。”郭子晋脸上的皮肤被揉得绯红，“闻人航说的……又会是什么意思？什么叫结果我会承受不了？”

“接下来你想怎么做？”太多的前因后果我理不清楚，我能考虑的只是以后。而和郭子晋相比，我要更加感性一些，“你把唐菲赶出去了，真的不会后悔吗？”

郭子晋愣了一下，反问道：“后悔？我为什么要后悔？”

“唐菲啊！”我轻哼了一声，“你们两个没有分手，唐菲现在还算是你的女朋友吧？唐菲死了，你一直留着她的房间。唐菲死了，你发誓一辈子不找女朋友。结果你现在就这么把唐菲撵出去了，你……”

郭子晋耍赖的态度明显，“我是说过唐菲死了我一辈子不找女朋友，可我好像没说唐菲没死的话我要继续和她在一起吧？”

呃……郭子晋话说得太绕，我仔细揣摩了好几遍都没明白他的意思。

“成书瑶，唐菲没什么好让我后悔的。”

郭子晋侧身过来捏住我的下巴，我被迫抬起头面对着他。心脏跳得厉害，我都担心自己会控制不住晕过去。郭子晋微凉的指尖触碰在我红涨的脸蛋上，很奇妙地，竟然有细微的痒感。

“倒是你，”郭子晋弯腰的幅度很大，顺着敞开的领口我都能看见他小腹上的肌肉，

“成书瑶，昨天我说的话你不高兴，今天我说的话你依旧不满意……你到底想听我说点什么？”

想起昨天的事儿，我心里泛着丝丝凉意。

我试图拿开郭子晋的手，可努力了半天都没有成果。我沮丧地跌进沙发里，哑声说：“郭子晋，揣度人心方面，没有人比你厉害，所以你能很容易说出让人满意、让人高兴的话……我不需要满意，我也不需要高兴，我只是想听你的真心话。”

“是吗？”郭子晋的眼睛炯炯发亮，“那你怎么知道，我说的不是真心话？”

话音刚落，郭子晋低头给了我一个吻……

虽然已经习惯了郭子晋做事儿的出人意料，可我还是被他吓了一跳。

我的心跳加快，身体僵硬。我愣愣地看着郭子晋，好半天都没回过神儿来。

而和我比起来，郭子晋也没好到哪里去。一向自信又自恋的他，少有地表现出手足无措。脸上倒是装作云淡风轻的样子，手指却不停地晃动。

“该不会……”我的惊讶远远超过害羞，“郭子晋，这不会是你的初吻吧？”

虽然面色羞红，郭子晋话却说得淡定：“成书瑶，我喜欢你，我现在的话够发自肺腑了吗？”

“哈哈哈！”

其实郭子晋的行为很浪漫，可我不知道自己哪根筋搭错了，笑得几乎岔气儿，“哈哈哈，原来你连接吻都不会！哈哈哈！郭子晋，哈哈哈，我今天才知道，原来还有你郭子晋都不会的事情！我没别的意思，我只是单纯地想笑话你一下而已。”

“是吗？”郭子晋忍下怒气，他皮笑肉不笑地掐掐我的脸，“成书瑶，你的脑子还不如我的指头大，你居然还好意思笑我不会接吻？”

郭子晋不会接吻，想想也没什么意外的。其实我不是想笑，我只是……我只是觉得自己捡到宝了。

这个家伙居然会喜欢我？这是什么时候开始的事儿？

我笑得合不拢嘴，决定好好地问问他。“郭子晋，你是真的喜欢我吗？”

郭子晋冷淡地扫了我一眼，拒绝回答我这个问题。而我自然忽略掉他的拒绝，自顾自地往下问：“那你为什么喜欢我？你看，我没邹珊珊专业，我更没唐菲漂亮聪明……你说你喜欢我，让我怎么相信？”

“你是不相信我，”郭子晋一针见血地指出，“还是你不相信你自己？”

旁边那么多的椅子沙发，郭子晋还是挤着和我坐在一起。他一边揪着我脑袋顶上参差不齐的毛发，一边循循善诱道：“这个世界上有很专业的女人，有很漂亮的女人，有很聪明的女人，也有各项全能的女人……是不是碰到这样的女人，我都要娶回来？”

呃……就算他想，法律也不允许吧？

“成书瑶，你不动动脑子吗？”气氛似乎变得不太对，因为郭子晋越说越像结案陈词，“现在的工作多难找啊，多少人都在为生计发愁……我为什么没去雇佣一个专业的人，而一定要找你当秘书呢？”

“是啊！”我是真的不明白，“为什么啊？”

“你看我是谁。”郭子晋指着自己的鼻子问，“你现在看，你觉得我是谁？”

沙发上的空间拥挤，我动作艰难地用手去拍他光洁的额头，说：“你是傻了吧？你是谁？你是郭子晋啊！”

“是啊！”郭子晋笑得特别温暖，“我是郭子晋……就因为我是郭子晋。”

“啊？”我完全不理解郭子晋缺少承前启后和因果关系的话，“因为我看你是郭子晋，所以你会请我？因为我看你是郭子晋，所以你会喜欢我？”

郭子晋似乎对“喜欢”这个词儿非常敏感，每次我提起来，他的眸子里都会展现出不同程度的羞赧。本来我很没羞没臊、没心没肺，可郭子晋一羞赧，我也跟着羞赧。我们像是两个大番茄，坐在沙发上循环演绎什么是羞赧。

“正是。”郭子晋语速极快地解释，“其他人看我，无非是几个‘标签’——破案、怪人、精神病、不孝子、署长儿子……当然，我并不在乎其他人看到我的时候想到的是什么。可是成书瑶，你跟他们都不一样。”

郭子晋嘴上说着无所谓，可他眼里有着掩藏不住的落寞。

我试图安慰道：“有什么不一样的？闫树海虽然只是在办案的时候想起你，可我觉得他对你蛮好的呀……你不知道吧？我天天在心里骂你是怪人、神经病……”

“那不一样。”郭子晋的眼底仿佛蒙上一层雾气，看着暧昧而又温暖，“就算你骂我，你肯定也是说‘郭子晋是个怪人，郭子晋是个神经病’，你围绕着的主题，是我郭子晋。”

闻人航说，我们两个有相同的遭遇，所以我的心情他是最能理解的。其实闻人航错了，即便我和他两个人有相同的遭遇，可是跟我有相同心情的人，却是郭子晋。

如郭子晋表述的这样，很少有人是发自内心在喜欢他，或者是厌恶他。大多数的人，都是带着一种戒备、怀疑、畏惧的眼光看待他。还有的人躲着他、讽刺他，可同时又有求于他。郭子晋不但在精神层面上没有沟通交流的对象，在生活上，也从没有人真心地给过他安慰。在恩爱的爸妈中间，郭子晋总是会显得有些多余……

正因为如此，所以郭子晋更加能体会我的心情。所以，郭子晋能对我妈妈讲出那么一番话。

以前跟楚南在一起时，每次楚南靠近我，我都要不自在好久。可现在，我跟郭子晋的每一次接近，都像是认识了多年的老友一般自然而坦荡。

郭子晋拐弯抹角地把自己的内心表达出来，我也没啥好顾虑的了。我身体前倾，仰头吻上郭子晋的唇。郭子晋学习能力强大，不需要我过多的指引，他很快便能反客为主。

这时，外面传来了敲门声。

“谁啊？这时候来串什么门？”我恼火地问。

我有点郁闷，连带着语气也不怎么好。我骂骂咧咧地走去开门，从门眼里看到门外的人，我更加烦了，“楚南？你怎么来了？”

隔着门板，楚南用手指在门眼里转了一圈。

“你来找我有什么事儿吗？”

虽然我俩已经分手了，可隔着门板聊天毕竟挺不礼貌的。再说了，我早不把楚南放在心上，所以也没什么好介怀的。

我把门拉开，又问了一遍：“楚南，你来找我是有什么事儿吗？”

我说话的声调有点高，高到屋里的郭子晋正好可以听到。

其实吧，我也是有私心的。郭子晋即便是在忙中出错的情况下，依旧能冷静自持。看郭子晋冷静惯了，我非常想瞧瞧他吃醋失控的时候是什么样。毕竟他突然说喜欢我，我对此还没有太真切的感受。

楚南的视线在我穿着的男装上转了一圈，他沉声说：“成书瑶，你跟他在一起才多长时间啊，这就住在一起了？以前怎么没看出来你这么开放啊？你说咱俩在一起这些年，你要是多信任我一点，咱俩是不是就不会……”

楚南跟一个怨妇般，站在门口絮絮叨叨、没完没了。被郭子晋培养的，我现在看问题已经很容易抓住重点。在楚南原地踱步的过程中，我一眼瞧见了他无名指上的戒指压痕，我问他：“你跟魏可可是订婚了还是结婚了？”

“魏可可怀孕了，”楚南说得自己特别无可奈何，“瑶瑶，我是没办法才娶她的，其实我心里一直爱的是你。”

“呦，楚南，你可真搞笑。”我被楚南说得起了一身的鸡皮疙瘩，“当初你和魏可可上床的时候，你也是没办法的？你背着我和魏可可偷情的时候，你也想着你是爱我的？少说这些没用的了，好好跟你的魏可可生孩子过日子去吧！以后别找我了，我——”

“他是来找我的。”

在我和楚南呛声的过程中，郭子晋已经神清气爽地走了出来。我心里怨怼加深，看着郭子晋的眼神哀怨至极。

“楚南……”郭子晋说，“你找我什么事儿？简单直白、不加任何赘述地将你要说的事情复述出来。”

楚南不甘心又气恼，可他却无可奈何。

看样子，这次真的是我自作多情了，楚南真的是来找郭子晋的。

我不明白，楚南找郭子晋干什么呢？他也有案子要查吗？

楚南的爸爸是商人，在淘金者云集的大北州市虽然默默无闻，但他家绝对算得上是富豪阶级。他家具体做什么的我不了解，不过从楚南平时的话语中能感觉到，他爸爸的生意应该跟药材有关系。

医药……会不会是为市五医院的事儿来的？

“我爸让我来找你，他说他不方便过来。”楚南一字一顿地说，“我们家是开药厂的，前几天，有个经理……”

果然，又是跟市五医院有关系。

可能是为了尽快离开，楚南话说得言简意赅。简单来说，就是楚南家有个女经理在向市五医院的医生推销药品时遭到了性侵。

“我也知道，有的人为了赚钱，什么办法都使得出来，”楚南伸手挠挠脸说，“可是我说的这个女经理，她绝对不是这样的人……”

“你怎么知道她是什么样的人？”郭子晋的专业精神极强，他不会因为委托人是我的前男友而在处理案件时心存偏见，“你怎么证明她是被性侵而不是自愿的？”

楚南不了解郭子晋的脾气、性格，所以他以为郭子晋在找他的毛病，当即就急了，“要怎么证明？这还用证明吗？女经理被这位医生以聊工作的理由骗了去，然后就被非法囚禁了好几天！女经理回来之后，整个人衣不蔽体、疯疯癫癫的……她不是被性侵，还能是什么？”

“是吗？”郭子晋笑得狡黠，“那你刚才为什么没提到非法囚禁的事儿？为什么一定要我刺激你一下，你才说？”

楚南自知失言，立马红着脸，闭上了嘴。

“我总结了一下，”郭子晋并没理会楚南的沉默，迅速得出结论，“你一开始之所以没提到女经理遭遇非法囚禁的事儿，是因为这事儿跟你家有牵连吧？让我猜猜，是不是女经理被放出来之后，囚禁她的那个人提出私了？你家怕影响药厂的名誉，又不想承担工伤的赔偿，所以你们家和那个人一起逼着女经理的家人同意私了？”

楚南瞪大了眼睛，他不敢置信地问：“你……你怎么知道的？”

“惯例如此。”郭子晋不屑地冷哼一声，“怕落人口舌，你爸作为厂长，他自然不能出面。这件事儿关系重大，只能让你来。你急急忙忙地来找我，应该是你家知道昨天市五医院有人意外死亡的事情了吧？那几件案子，肯定不需要你来找私家侦探……是不是女经理丢了，需要我帮着找回来？”

楚南听得呆了，接着怔怔地点点头，直到郭子晋一口气儿说完，楚南才重重地应了一下：“是，全被你猜中了。”

我看看楚南，又回头看了看郭子晋……如此强烈的对比，愈发证明我是捡到宝了。

算了，就算被打扰了，也是值得的。

“把你家药厂的地址写下来。”郭子晋递了张纸过去，“这是我的银行户头，从我家出去，你就可以把委托费尽快打给我了。”

楚南刚来的时候还对郭子晋心存不满，甚至抱有怀疑，而经过郭子晋的一番解说，楚南现在完全是心悦诚服。

接过郭子晋递过来的便笺纸，楚南问道：“你们侦探事务所是怎么收费的？我需要给你多少委托费？”

郭子晋拿过一旁桌子上的水杯，轻轻抿了口水，说：“大家都是熟人了……你就给两万大洋吧！”

“这么贵？”我和楚南几乎是异口同声。

两万，还住什么公寓啊？买楼都可以了！

“一般人是不需要这么贵的。”郭子晋连眼皮儿都没眨一下，“不过谁让你是成书瑶的前男友呢。这是我给成书瑶前男友定的特别内部价，一般人还享受不到呢！”

享受？这完全是宰割好吧？

郭子晋说得无风又无波，但我突然意识到，他似乎并不像表面看起来那么满不在乎……我嘿嘿地傻笑，倒是楚南，气得脸都黑了。

“别想着举报我偷税漏税，”郭子晋洞悉到楚南的小心思，提醒道，“我虽然看着不着调，但我缴纳税费还是很及时的。”

“你……”楚南心有不甘，他猛地从椅子上站了起来，“我要是把钱给你，最后你没把人给我找到怎么办？再说了，你这价格定得太不合理了吧，你是在勒索我！”

“不。”郭子晋笑盈盈地放下水杯，“我不是在勒索，难道你没看出来，我完全是坐地起价。至于你担心这些钱会不会打水漂……我可以明白告诉你，如果我都找不到那个女经理，那么就没有人能找到她了。”

“哼！”楚南才不信郭子晋，“要是找不到，你都对不起你的口气！说大话是没用的，你是不是该给我个保证，你找不到的话怎么办？”

我还在想给楚南什么保证好，需不需要写个退款说明什么的……可郭子晋比我狠多了，他琥珀色的眸子像猫似的，咧嘴露出不怀好意的笑，说："找不到就找不到，反正我已经付出了劳动。你不高兴，你可以去报纸上曝光我啊！"

楚南气得转身就走。

可是临走前，楚南并没忘记留下地址。

郭子晋用手指挑起楚南留下的名片，言语间暗藏愤怒，"成书瑶，你知道一瓶药的利润有多大吗？"

我摇摇头。

"我们就说简单的消炎药好了。一瓶消炎药，它的原料成本和其他成本全部加起来，都不到售价的十分之一，有的甚至比这个数字更加夸张。"郭子晋的语气变得冷硬，"卖药的利润并不为药厂一家所得，中间会有药商、物流商、医生等一系列人抽成……楚南家的药厂，肯定也从中赚了不少。现在让他家放点血，贵吗？"

还没等我解释一下刚才我无意识地帮楚南喊冤的行为，郭子晋便拉住我的胳膊，我被迫跌坐在他怀里。他的鼻子抵在我的鼻子上，我们俩喘着气，看对眼了。

"我现在确实感觉自己智商在下降。"郭子晋神思恍惚，"而且我不仅智商下降，我的自律性也在下降。以前要是有这么有趣的案子，我能兴奋得几天几夜不眠不休……现在市五医院的案子来了如此关键性的线索，我竟然只想和你在家待着。"

"那我们在家待着好了，我看你的钱应该够咱俩花一辈子的了。"

我是开玩笑的，可郭子晋却当真了。郭子晋摇摇头，一本正经地说："不行，不能这样……即便不破案子，你那个针孔也要尽快想办法搞清楚是怎么回事。不然的话……"

"嘘！"我颇为不忍地俯身亲了郭子晋，"我的话，你不会每句都当真吧？我随便说说的，你不要往心里去。"

我刚跟他说不用把我说的每一句话都当真……郭子晋干脆一句话不听了。

第二天一早，即便我激烈反抗，他还是将我推出了家门。

"成书瑶，现在案件太多，我自己调查不过来。"郭子晋斜倚在门口上，给我安排工作，"闻人航阻止我查市五医院，那咱们两个只好分头行动，你去查市五医院，我去查楚南家。"

我一脸怨念地说："郭子晋，你的智商现在跌破表了吧？你让我去查市五医院，你也太信得过我了！"

"你去吧！"郭子晋显然对我极其放心，"我已经跟白鹿交代过了，他会看着你的。你只要记住细节，回来告诉我好了。"

白鹿……我小心翼翼地问：“我要去哪儿找白鹿啊？”

“你啊？”郭子晋低头看了眼腕表，“基本上你下楼就能看到他了，白鹿开车过来接你，你和他一起去上班，到时候白鹿会带你在市五医院里到处走走看看，你一定要跟紧他，千万别和别人走，也别和陌生人说话，听到没有？”

“我不想去！”我委屈、可怜地央求郭子晋，“你别把我丢给白鹿！郭子晋！老板！哥哥！你让我跟你一起去楚南家吧，我不想自己去市五医院！”

“胡说八道什么呢？”郭子晋重重敲了我脑袋一下，他严肃地叮嘱我，“你跟白鹿说话一定要小心一点，他很小气的。你开什么玩笑都行，就是不能拿他的性别说事儿。你一定注意点，他跟我不一样，他可真会动手修理你。”

郭子晋怪，他认识的人也怪。

他认识的人怪，喜欢他的人也怪……

我看讲道理没用，便假装号啕大哭起来，“郭子晋你是禽兽！你昨天晚上那么会讲甜言蜜语，今天一早就翻脸不认人了！”

郭子晋忍俊不禁。

“郭子晋！”我字正腔圆地指出，“你说，你是不是吃醋了？你是不是担心我跟你一起去楚南家，我和楚南一个不小心就旧情复燃？”

我随便说说，真的只是随便说说。我完全没想到，我说完之后，郭子晋的整个脸都红了。

郭子晋本就长得好看，他的脸一红，白净的面皮儿看了让人心动。

不，让我心动。

正在我们两个愣神的工夫，楼下神经质女人嗓音尖锐地高喊道：“叫叫叫！你们两个到底有完没完！”

郭子晋眼疾手快地摔上大门。门关上之前，他粉嫩的红耳朵一闪而过。

我站在原地看着门板好一会儿，挠挠脸，心想，郭子晋这是……害羞了？

好吧，这是深刻的哲学问题。

我一边思考着深刻的哲学问题，一边小心翼翼地下楼。刚走到楼道口，不耐烦的汽车鸣笛声就响起了。我顺着声音看去，坐在白色敞篷跑车里的白鹿在对我招手。

白鹿的车座位太硬，我坐在上面被晃得头昏眼花。白鹿掉转车头，偷偷地在倒车镜里打量我。在他看了我不下三百次后，我烦躁地开口问道：“你是不是有话想说？”

“是有话想说。”白鹿虽然是个男人，可是他确实长得好看，“不过我想说的话不重要，不说也罢。”

我最讨厌有话说一半，白鹿拐弯抹角，我也装糊涂，“你不想说那就别说了……哎哟！”

“你和郭子晋，你们两个是不是在一起了？”白鹿没我的耐性好，他猛地把车停在路边上，问我。

“你都知道了，还问我干什么？”被车一颠，我疼得龇牙咧嘴，“离市五医院还有三个街口吧？我下车走过去好了。”

“你等等！”白鹿拦住我，“可是我有问题！为什么郭子晋会看上你？”

我顶不住白鹿的刨根究底，打开车门，立马落荒而逃。他追着我问了两条街后意识到从我这里问不出结果来，这才一脚油门，开走了。

我垂头丧气地往市五医院走，心里恶狠狠地把郭子晋骂了个狗血淋头。

“成书瑶！”刚走到市五医院门口，一个陌生的男声在远处跟我打招呼，“嘿！我在这儿呢！”

“那个……”我想了几秒钟，这才想起他的名字，“周泉？你怎么来了？”

周泉的八字眉十分搞笑，他说：“呵呵，我被调到这边来上班了。”

“哦,对对对。”我恍然大悟,“上次的事儿还没好好谢谢你呢！你调过来还顺利吗？”

“有什么谢不谢的，这都是我应该做的。”周泉笑呵呵的样子让人觉得温暖，一边说，一边陪着我往市五医院里走。“挺顺利的，手续上没费太大事儿就迁调过来了。我现在在这边的一个分队，闫树海他们……对了，你来医院干吗，身体不舒服了吗？”

我赶紧回答：“没啥没啥！来这里问点事情……对了，你来医院干吗啊？”

“哦，这两天这里不太安宁，闫副让我来看看。你也知道我笨手笨脚的，以前又跟错了人，现在能有机会好好学习学习，当然要勤快点啦！”周泉身上穿着巡捕的制服，所以他十分注意形象，走路的时候，他和我保持着适当的距离，“怎么就你一个人？没和郭先生一起来吗？”

郭先生……该死的郭先生已经甩开我，自己去查案子去了。

我眉角抽动一下，说：“他没来，把我丢给一个医生朋友，他就跑了。那个医生朋友被我惹毛了，我现在还不知道该——周泉，你是来做现场调查的，是吧？那咱俩一起可以不？”

“咱俩一起……”周泉很纠结，他的眉毛更加纠结，“可是你不是巡捕房的啊……队长那面……而且，我是办案人员……”

“没事儿的！”我真心为自己的机智开心，我怎么能想出如此妙绝的建议，“你们闫副探长办案的时候还总带着郭子晋呢！你现在带着我，也没什么关系呀！再说了，你们队长派你来学习，我也是被郭子晋派来学习的……咱俩一起学习，强强联合怎么样？双赢！”

周泉笑得腼腆，脸上的表情质朴极了，憨笑着说：“你们城里的姑娘是不是都这么能说？我说不过你。”

“说不过我，那就跟我一起吧！”担心周泉反悔，我拉着他快速往医院走，“有你陪我一起，我心里有底多了！”

周泉不自然地抽回胳膊，略微尴尬地指指身上的制服，说：“注意形象。”

“抱歉抱歉！”

周泉虽然不是郭子晋那种高大威猛、又帅又爷们的形象，不过在我心中，他也是非常崇高的。能够用生命去捍卫信仰的人，都是值得敬畏的。

跟在周泉旁边走，我尽量让自己端庄一些，避免给周泉身上的这身制服丢人。为此，我连说话都轻声细语了，“闫树海让你来市五医院，他想让你查点什么？他是不是欺负你啊，怎么只有你一个人？”

“其实也没什么。”周泉挠挠头，说，“市五医院的情况基本上都调查清楚了，从前天晚上到今天早上，大概有五六拨人过来查过。本来我是要等一段时间才能上岗的，可我不想错过市五医院的案子，所以才求闫副探长批准我过来学习一下。”

一天没来，市五医院里的紧张气氛丝毫没有减弱。从周泉的口中我了解到，帅医生张傲是真的死了。张傲的死法也极为诡异，他是在太平间里突然脑出血而死的。等到其他医生发现他的尸体时，张傲趴在另一具尸体上，已经一动不动了。

想起张傲美得惨绝人寰的脸，我不禁唏嘘：还真是“蓝颜”薄命哪！

正如周泉说的，市五医院已经查不出任何来了。估计郭子晋和闫树海也知道查不出来什么，所以我跟周泉只是象征性地在医院里走走。

到了医院的走廊里，我问周泉：“黑龙山的案子怎么样了？后续的问题还要查很久吗？”

“反正在我走之前，秦署长是将麻烦都推到王毅身上了。”不像我这般没出息，周泉仍旧在积极地搜寻蛛丝马迹，我的问题他回得心不在焉，“听说案子往上递了，还要查多久也不清楚……希望不会像其他案子那样不了了之吧！不然的话，赵老师不白死了？”

我并没听明白周泉的话，可我还是装模作样地点点头道：“嗯，你说得对。”

走到心血管科室的时候，两个年轻医师恰巧开门出来。这两个年轻医师我好像在哪里见过，可是一时之间又想不起来。年轻医师并没看到我和周泉，他们中稍矮的那个小声说："张傲下个月就结婚了，没想到这喜宴却改丧宴了……唉，同学一场，真是为他感到惋惜啊！"

医生的话激起了我的回忆。郭子晋从翟栋医生家里拿走的照片中，这两个人也在。叫什么什么的，我又想不起来了。

那个高个子的医生冷哼一声，不置可否。

"呵呵，你心里还没放下呢？"矮个子医生似乎并没察觉出对方已经不高兴了，"张傲确实是挺过分的，抢同学女朋友这事儿办得真是够不讲究的……不过你看，张傲现在都死了，他跟乔爽也没结上婚，以前的事儿你也就算了吧！"

"不好意思。"我抢先跑过去问话，"两位医生，你们是张傲医生的同学吧？是翟栋老师那个班的？"

高个子医生一脸戒备地看我，问："你是谁啊？记者？"

"不不不，"我赶紧拉过周泉来解释，"我是和巡捕一起来办案的。"

高个子医生满脸的困惑，估计他怎么也想不明白和巡捕一起来办案的是何方人士。

矮个子医生冷淡地问："有什么事儿吗？我们已经录过口供了，该说的都说了，巡捕都知道。"

"是吗？"我回头看周泉，周泉诚恳地点点头。我仍旧不甘心地说："不过，我能问问乔爽是谁吗？她和张傲医生是什么关系？你和乔爽是什么关系？我听你刚才的话，你是不是跟张傲医生有什么过节？"

我又不是巡捕，医生肯定不会搭理我。果然，他们两个没回答我的话，转身走了。

"唉……"我挫败地叹了口气，"人生为何如此艰难。"

周泉哈哈大笑，他的眉毛一跃一跃地晃动着，说："成小姐，哪有你这么问话的？"

"我这么问不对吗？那个乔爽，显然是有问题的吧？"我感觉郭子晋平时好像也是这么问话的，"不这么问还要怎么问？难道我要问问他早上吃了什么，然后再切入主题？"

周泉伸手擦擦笑出来的眼泪，哑声说："如果都像你这样，巡捕还用不用查案子了？你这哪里是套供词啊，你完全是在逼供啊！"

被郭子晋笑也就算了，现在周泉这种不专业的人都笑话我……

这时，我突然看到一个熟悉的身影——现在站在一旁假装路人等待候诊的郭子晋，几乎把自己武装到了牙齿：脑袋上戴着花白的假发，脸形似乎也变长了。他规规矩矩地穿着西装布料裤和白衬衫，年纪看起来跟我爸相差不大。

"成书瑶！"此时郭子晋的声音压得很低，"侦探事务所的脸都要被你丢尽了。"

"我啥时候丢你侦探事务所的脸了？"我不信郭子晋能看到我出糗，"我现在查案查得好着呢！我刚才——”

“你继续走你的，不要往我这边看。”郭子晋示意我不要靠近，“闻人航不让我来查这个案子，所以他一定会派人在市五医院盯梢。你跟周泉四下看看，然后你就可以回去了……你继续往前走，别让其他人发现我在这儿。”

旁边的周泉一脸奇怪地看我，显然他并没有认出郭子晋来。

我只好掩饰性地晃晃脖子，说：“对不住，我认错人了。”

周泉讪讪地笑了两声，说：“是嘛……你着急回去吗？要是着急的话，你先走好了。”

“不急，没事儿。”我跟郭子晋擦身而过，“不是还剩下一个地方了吗？我们走吧！”

当我和郭子晋第一次来市五医院太平间时，郭子晋曾经说过，从其他科室是不能走到太平间的。

事实上，郭子晋说得并不准确。有一条地下暗道，是可以直接连通医院主楼和太平间所在的那栋楼的。而且，从暗道往太平间楼走的话，要比地上更省时。

“你也知道，太平间以前是军部。为了逃命，才挖了这么条暗道。在暗道里走，三分多钟的时间便可以走到太平间楼。”周泉伸手抠弄了一下墙体上的泥石，“听闫副说，为了保护病患隐私，现在这条通道只留给医院运送尸体用。”

暗道里面阴风阵阵，霉潮味儿很浓。我深吸了口气，提神醒脑。因为现在没有尸体要运送，所以暗道里的灯都是关着的。我和周泉站在主楼地道口处，看到的唯有一片漆黑。

我心里有一种很奇怪的感觉，问：“平时这里也开放吗？”

“当然不会了啊！”周泉拿手电筒往远处照了照，解释说，“这里应该算是医院太平间的一部分，肯定不会随便给别人看的。今天之所以对咱俩开放，也是因为闫副探长跟医院协商好了。这么多医生惨死，死法又那么诡异，院长也希望能早点破案，这才开了绿灯。”

我点头表示同意。

“我要进去查一查。”周泉显然对地道十分感兴趣，“你留在这里等我吧！”

周泉在破案推理方面确实是笨了点，可他身上却很有勤能补拙的精神。我虽然不是专业人士，但被周泉一说，我也跃跃欲试。

“我跟你一起进去吧！里面这么黑，咱们两个人还能有个照应。”

“那你拿着手电筒吧！”周泉很不放心，显然他真是个尽职的好巡捕，“你跟在我后面，要是有医生运送尸体过来，你千万别害怕，给他们让路就好了。”

“好，”我接过手电筒，“我们进去吧！”

通往太平间的地道仿佛没有尽头，地道里的黑暗几乎将入口的灯光吞噬了。我手里拿着的手电筒亮度极其微弱，只是勉强能照清脚下的路。然而周泉的手电筒却不太给力，走进地道没几步，手电筒的光亮一晃，便没有电了。

没有光亮的感觉压得人喘不上气，我拉拉前面的周泉，问：“从这儿到太平间，真的只需要三分钟时间吗？”

“嗯，是的。”周泉的声音在地道里空空地回荡，“如果从太平间往主楼走的话，耗时会更少……你难道没感觉出来吗，我们现在走的是个上坡路。”

这个我还真没感觉出来，不过刚才那种奇怪的感觉却又来了，我问道：“周泉，这条地道真的从来不对外开放吗？为什么我觉得这里好熟悉呢？我总觉得以前来过这儿，但是多早以前我却不记得了。”

“会不会你是做梦来过？”周泉说话完全不走脑，而且听上去还十分俏皮，“可能你上辈子是军统或中统的女特务啊，然后在这条地道里逃生过，也说不定啊！”

“喂，”我要是闫树海的话，估计我会天天骂周泉，“大哥，你是巡捕啊！你可不能吓唬我这样的老百姓啊！”

周泉刚想说话，地道里突然倒灌进来一阵阴凉的冷风。

“嘘！”我小声拉住周泉，“是不是有人来了？”

“不能吧？”周泉表示怀疑，“闫树海都已经跟院长说好了，除了要运送尸体外，是不会有医生过来的。而要运送尸体的话，是会有灯——”

虽然我们看不见，但真的是有人进到地道来了！正当周泉和我说话时，黑暗中的来人迅猛地用棍子将周泉击昏了！

我吓得连尖叫都忘了，胡乱地用手电筒去丢黑暗中的人，跟个无头苍蝇似的胡奔乱逃。

“喂！”黑暗中的人抓住我的胳膊反剪在身后，还可恶地拍了一下我的屁股。耳边，是郭子晋那熟悉的说话声，“别叫了，是我。”

即便睁开眼睛也看不到什么，可我还是吓得使劲闭紧眼皮，说：“不可能！你是不是闻人航派来的？”

“你倒是学聪明了些啊！”郭子晋笑说，“不过，你的聪明没用对地方。”

“你下这么重的手干吗？”我推开郭子晋，又看了一眼周泉可能所在的方向，“他救过咱俩的命，你不感恩戴德也就算了，居然还打他？”

郭子晋慢条斯理地说：“两个问题。第一，我下的手并不重，周泉不会有危险，他只不过是暂时昏过去罢了；第二，他救过咱俩的命和我打晕他，二者之间一点不冲突。”

“这还不冲突？”我埋怨道，“你是真黑心啊，现在像周泉这样的好巡捕越来越少了，他已经够笨的了，万一你把他……”

走廊的黑暗中，墙根位置似乎有东西一闪一闪地发光。刚才奇怪的感觉再次涌来，我突然觉得胸口的位置特别疼。

“成书瑶？”郭子晋敏锐地察觉出我的异样，他急着问我，“你是哪里不舒服了？我刚才是不是打重了？”

跟胸口的疼痛相比，屁股上的疼根本不算什么。我大口喘着气，双腿无力地靠在郭子晋身上。等了好一会儿，疼痛的感觉才一点点退去。

“好点没有？”听我呼吸平稳些了，郭子晋这才再次询问，“成书瑶，你还难受吗？你是不是不敢在黑暗的环境里待着？”

“我……”我摇头，沉沉地喘了口气，“郭子晋，你看看那边墙根处是不是有什么东西？”

郭子晋犹豫着松开我，戴上手套过去查看。我不管不顾地坐在地上，哑声说：“我刚才看到有亮光……你找到没有？是什么东西？”

适应了黑暗后，我大概能看清楚一些，郭子晋弯曲的脊背线稍显生硬。而有郭子晋的身体挡着，我也看不见他在干什么。

似乎过了好长时间，郭子晋仍旧没有转过身来的意思。

“郭子晋？”我捡起没什么用的手电过去，“你是不是看不见？我帮你照着点。”

“不用了。”郭子晋神色如常地转过身，他扯掉手套，顺便揪了揪我脑袋上的毛，“你脑子不灵光，眼神也不好使。什么亮光？明明什么都没有，亏我还信你，蹲这儿挖了半天的蚂蚁洞。”

“是吗？”我狐疑地问，“可是，我刚才明明看见——”

“行了，没什么好看的。”郭子晋把手套塞到口袋里，拉着我到周泉身边，“你好点没有？我们能走了吗？”

“走？”我指着地上的周泉问，“你把他打昏在这儿，我们要怎么走啊？”

郭子晋没解释，他直接动手扒周泉的衣服。虽然说现在能见度极低吧，可我还是不好意思地转过身去。

不知道为什么，看到郭子晋动手的姿势，我脑海中再次出现模糊不清的画面。这次的画面明显比刚才具体了不少……好像是我……在扒一个陌生男人的衣服？

这个陌生男人是谁？我又在哪儿？记忆里的事情到底是多久以前？

我不会真像周泉说的那样，是做梦来过吧？

“成书瑶？成书瑶？”郭子晋的衬衫扣子都来不及扣，嗓音微微沙哑，“你到底怎么了？你别犯傻！你快跟我说话！”

“我……我右面胸口的位置疼。”我这才发现自己已经蹲在地上了，“我没事儿，可能是地道里空气不好的原因。你穿周泉的衣服干吗，你不会想假装成周泉吧？他的衣服你穿不会太小了吗？”

郭子晋换上衣服我才发现，周泉的衣服穿在他身上并没有小太多。他咬着唇，一动不动地盯着我看。

又是一阵眩晕的感觉。

这一次，我脑海中又看见了一个男人，那个被我扒光衣服的男人再次出现了，不过这次他不是被我扒了衣服，而是被扒了皮。

男人身上鲜血淋漓，他还在喘气儿，嘴里甚至还发出断断续续的呻吟。我低头看，自己的手上握着一把血淋淋的手术刀……

记忆是我的，又好像不是。

我不想耽误郭子晋办案，扶着他的肩膀站起来，说：“要是想穿周泉的衣服，你还是快点吧！不然我们在地道里的时间太长，医院的人会……”

郭子晋一下从地上站起来，猛地从身后抱住我。

“我们不查了，回家了。”

郭子晋完全没有开玩笑的意思，他准备打道回府。

刚换好的衬衫又被郭子晋换过来，他俯身使劲掐掐周泉的人中，叫道：“周泉！醒醒！到站了！”

“到站了？”周泉表情痛苦地坐起身，他明显被郭子晋的那一棍子打得找不到北了，“到哪站了？怎么不开灯？天黑了吗？”

黑暗中，郭子晋用调侃的语气对周泉说：“你到家了。”

周泉醒了，郭子晋也不继续在这儿逗留，他脚步坚定地拉着我往回走。没多久，我们两个便出了地道。

“小心阳光，”刚一迈出地道，郭子晋立马用未痊愈的手掌挡住我的眼睛，“成书瑶，你把眼睛闭起来。”

我听话地闭上眼睛，郭子晋的唇自然地贴了过来。

郭子晋有点奇怪，而且是很奇怪。

在一众人好奇的目光中，郭子晋带着我从地道口的位置钻了出来，又在一众人匪夷所思的目送下，径直带我出了市五医院。

临出市五医院之前，郭子晋突然转身对着医院里的人流喊道：“闻人航，你赢了！

市五医院的案子，我不查了！”

说完，郭子晋动作连贯地将我塞进了白鹿停在路边的空车里。

迷雾重重

Chapter 8

“你是不是鬼上身了？”我不甘心，挣扎着想要回市五医院，伸手推了推郭子晋，“为什么不查了啊？为什么认输啊？你脑袋进水了吧？而且你又偷车！”

“你老实给我坐好了！”

郭子晋凶得吓人，他呵斥完我之后就开车离开。

我气得满脸通红，问道：“郭子晋，你到底是怎么了啊？”

“不查了，不想查了。”郭子晋把脑袋上的假发摘下，说话的声音发闷，“机器还有休息维修时间呢！我工作了这么长时间，怎么也该休息休息了。”

我毫不犹豫地戳穿他：“你撒谎。”

“这有什么好撒谎的？”郭子晋挠挠耳朵，心不在焉地说，“你也看到了，我的钱够咱俩花一辈子的了……查案子而已，用不着这么拼命。”

郭子晋要是不想说，那我肯定什么都问不出来。

见我不开口，郭子晋笑着回头看我，说：“成书瑶，现在我们不查案子了，你就没什么想说的？”

我找不出一个词来形容我此时此刻的心情。

“我们去逛街吧！”郭子晋笑意更浓，他嘴角的梨涡加深，“虽然我觉得逛街是在浪费生命，但赚了钱总要找机会花花，是不是？女人不都挺喜欢逛街的吗？从黑龙山回来，咱俩一天都没休息，趁着这个机会，好好给你买……成书瑶，你脸上那是什么表情？”

我实话实说道：“毛骨悚然的表情。”

郭子晋要逛街购物？这简直是比让我睡死人堆还吓人……

“郭子晋，难道说你突然长良心出来了？是不是你看我现在这个样子，觉得过意不去，所以今天想补偿我一下？”

“补偿你倒不至于。”郭子晋脸皮比我还厚，他答得理所当然，“要是我以后天天给你花钱，难道我天天都是在补偿你？”

我沉默了。

以后，我好像从没想过这个问题。

可能是因为父母的关系，我很少去想以后，也很难去想以后。

以后跟爸爸生活还是跟妈妈生活，以后是读书还是工作，以后到底在哪里过春节……从小到大，很少有以后的事情是我能做主的。

长这么大，我唯一靠着自己争取来的“以后”，就是搬出来住，住到了郭子晋的隔壁，和郭子晋在一起。

郭子晋漫不经心的话，却让我心里暖暖的。

终于，我也是有资格谈以后的人了吗？

楚南对我和郭子晋飞速发展的感情愤愤不平，那是因为他从始至终都没有了解过我。之所以和郭子晋关系发展神速，是因为我心里清楚，这辈子除郭子晋外，我再也遇不到自己更爱的人了……虽然郭子晋没说，可我能感觉到，他的想法，应该跟我是一样的。

接下来的路，我和郭子晋都闭上了嘴。到达目的地以后，我看了一下一旁的商业街，问他：“你真不办案了？大白天的你带我来逛街，我都觉得是种罪恶。”

“不查了。”郭子晋掏出钱包，笑眯眯地说，“楚南的钱也已经打过来了，我一会儿再给他还过去，免得他到时候真跑去报社告发我们，那也太得不偿失了。”

郭子晋转身往里走，可我却没动地方。

“怎么了？”郭子晋疑惑地停下来问我，“你不想把钱还他？”

郭子晋笑得讽刺，表情古怪地说：“也是啊，毕竟你们两个在一起那么长时间。把钱还给他的话，他就要给别的女人花了……是不是一想到这里，你特别不开心、不高兴？”

“郭子晋。”我没理会郭子晋的讽刺挖苦，严肃地绷着脸说，“你能不能跟我说真心话，你到底是怎么想的？”

郭子晋收敛笑容，说道：“成书瑶，你也没跟我说心里话吧？刚才在地道里，你不止是胸口疼那么简单吧？”

被郭子晋看穿心事，我整个人变得有些慌乱：“我……我也不知道该怎么跟你说，事实上，我自己也不清楚到底发生了什么。郭子晋，你理解吗？就是，很奇怪的感觉。”

我说得前后不搭，可郭子晋却好像听懂了。在人头攒动的大街上，郭子晋拉我到他怀里。他一寸寸地靠近我的脸，直到我们两个人鼻尖相触才停下。所有的光亮，仿佛都从郭子晋那双璀璨的眸子里照出来。

秋高气爽的天气，我却感觉如沐春风。

“想知道彼此的真心话，最好的方式是多多沟通。其实咱们两个之间最大的问题就是我听得太少，你又听得太多……行了，想不明白就别使劲想了。”在我刚被郭子晋的体贴感动时，他又说了一句非常破坏气氛的话，“好吧，成书瑶，其实我来的路上一直想跟你说，今天晚上你做饭吧！”

郭子晋的态度很坚决，我说什么似乎都不会起作用了。没有办法，我只好顺从地跟着郭子晋走。

把楚南的钱转还回去后，郭子晋竟然真的带我在大街上溜达。郭子晋依旧穿着中年人的衣服，手里拿着花白的假发。他的神情举止本就和正常人不太一样，现在这身奇怪的打扮，在大街上看起来更加是格格不入。

郭子晋丝毫没感到不适，而我却被路人的眼神瞄得极其不自在。

“换身衣服吧！”我拉着郭子晋尽量走小道，“还有，你脸上那些乱七八糟的是什么？”

郭子晋伸手在脸上搓了搓，肉色的颗粒状东西翻滚着往下掉，他解释道：“一种药膏，用来变装用的。你要不说我都忘了……你看着很别扭吗？”

对于郭子晋奇奇怪怪的举动，我早有了免疫力。哪怕他顶着一个带犄角的造型出门，我都觉得可以接受。可其他人却不同，商店里那些售货员，全用一种轻蔑的眼神看郭子晋。他们的眼神，让我感觉很愤怒。

无论郭子晋多么超然脱俗，他始终是要生活在世俗中的。而喜欢他的我，更是世俗到不能再世俗的女人。郭子晋不在意路人的眼神，可我却被深深刺痛了。

我拉着郭子晋，昂首阔步地来到一家高级西装店门口。柜员傲慢地看了一眼我和郭子晋的打扮，不屑地说：“有什么需要我帮你的吗？”

“这个多少钱！”我指着墙上一套西装，气势恢宏地问。

“这个啊……”柜员漫不经心地翻翻衣服牌子，“这套衣服现在打折，打完折我给你看一下……”

“打折？”我冷哼一声，“我不打折，我原价买，可以吧？”

柜员愣住了，郭子晋却笑了。

“呦，原价买啊？”柜员看看我和郭子晋，“只要您有钱——”

“我来买衣服，我还能没钱吗？”我瞪了柜员一眼，“你就告诉我价格，我原价买，行不行？”

“行行行！”北州这个地方本就鱼龙混杂、包罗万象，见我的态度如此坚决，柜员拿不准我是干吗的，自然也不敢怠慢。而且我原价买的话，她能拿到不少的抽成。

此时，柜员脸上笑得起了褶子，说：“您当然可以原价买了！”

“既然如此，”我又按住了郭子晋想要掏钱包的手，冷声说道，“现在，我不买了！”

柜员的笑容僵在脸上，她看着我，心里恐怕早把我从头到尾骂了好几遍。

我也没理她，我再次拉起郭子晋，气势汹汹地又去了对面的商铺。

其实，我并不会选男装，尤其是在西装方面，我的审美更是很差劲。以前跟楚南在一起时也帮他选过，不过每次我挑完，楚南都不会穿。郭子晋没那么多毛病，他也没那么多讲究。我拿什么他穿什么，我说可以，他就付钱。而且郭子晋身材好，他的五官和西装也很搭。

在一众柜员极力的吹捧和赞美中，我们买了一大堆的男士西装。出门的时候我特地看了一眼，对面店铺的那个柜员气得都要炸了。

虽然郭子晋对我的行为表示不理解，可他却很配合我。忍受了一帮女人叽叽喳喳的吵闹后，他出了商店才说：“这下高兴了？”

“马马虎虎吧！”换上笔挺西装的郭子晋，我怎么看怎么喜欢，“我这辈子还是第一次这么解恨啊！你看看那个狗眼看人低的柜员……你知道吗？我等这一天等很久了！我终于等到了这一天！这一天，我居然也能被别人指着骂‘你有钱了不起啊’，哈哈哈！”

我的低级趣味在郭子晋眼中，完全是幼稚无聊的。

瞥见郭子晋唇角的浅笑，我撞撞他的胳膊，说：“你干吗笑得这么奸诈，你是不是做了什么我不知道的事儿？”

“没有。”

“快说！”

“哦，也没什么。”郭子晋轻描淡写地说，“只不过你刚才和她们说话的时候，我将第一个柜员用假货换店里正品的事儿告诉他们老板了。”

跟我比起来，郭子晋的报复招数要更胜一筹。

我并不是一个购物狂，今天一口气买这么多衣服完全是一时气愤。现在气愤的感觉过去，我又惆怅了。

“唉，早知道不买这么多了。”我感觉郭子晋的钱包都在哭，“买了这么多……你工作那么危险，我还奢侈浪费，真是太不应该了。”

郭子晋倒觉得无所谓，他说：“我为什么工作这么危险？我工作危险还不是为了你能奢侈浪费吗？”

没想到郭子晋平时老是气我，现在他说话还挺中听……这时，我又小心眼发作，问他：“你以前跟唐菲在一起，也跟她说这些吧？”

“唐菲？”郭子晋又有避开话题的势头，我瞪了他好半天，他才缓缓地说，“我没跟唐菲出来过，像现在这样逛街，我们两个，从来没有。”

“不可能！”我使劲在郭子晋的腋窝下面掐，掐一下嘴里往外蹦一个字儿，“你！撒！谎！闫树海说过，以前你跟唐菲出去约会的时候，他还帮你上课答到！”

我掐他，在他看来完全是挠痒痒。他挥挥手，好笑地说：“闫树海说这个你记住了，闫树海说别的你怎么没记住？比如，我跟唐菲在一起不吃川菜……”

郭子晋夹住我胡乱动的胳膊，“你记得吧？”

我有印象，大概是从黑龙山回来的路上，闫树海在车上说的……可是我不明白，这两件事儿之间有关系吗？

“我吃辣椒，只不过是在唐菲面前不吃辣椒。”郭子晋使劲地用胳膊夹我，“我之所以不跟唐菲一起吃川菜，是因为有一次她在辣椒里下了药。川菜的味道重，容易被隐藏。”

我大感惊讶，问道：“她下了药？”

他们两个过去是男女朋友关系，唐菲居然给他下药？

“是啊！”郭子晋领会错了我的惊讶，扬扬得意地对着我炫耀，“我厉害吧？她用的那点小招数，我当时一眼就看穿了。”

“你到底明不明白我反问的重点？”我真想把郭子晋的脑袋撬开，“她给你下药，你还一直跟她在一起？你不怕她哪天毒死你吗？”

“我不是想措施了吗？所以我一直不跟她吃川菜啊！她给我下的那种药，只有和辣椒这种刺激性的食物混杂在一起才能起反应。”郭子晋跟我完全不是在一个次元上的，“再说了，就算她给我下毒，我也能察觉出来。”

我无语。

按照郭子晋的话说，他会答应和唐菲谈恋爱，最根本的原因，是唐菲是警校学生会干部。

“你也知道，我爸的工作有点特殊。”郭子晋解释得很认真，“虽然我不会拿着我爸的名号在学校里招摇撞骗，可有心人势必会拿我的行为去给我爸抹黑……唐菲是学生会的人，她能帮我解决不少的麻烦，比如晚上学生会查寝、早上学生跑早操。自打我俩谈恋爱后，我的行动自由多了。”

我哭笑不得地说："那唐菲呢？唐菲不见得不知道你的目的吧？她知道你是有求于她才跟她在一起，她不会不高兴吗？"

"她？"郭子晋笑得略微讽刺，说话声音变得冷硬，"唐菲正巴不得我有求于她！不然你以为她为什么给我下药？还不是希望等到毕业的时候，能够通过我爸的关系帮她安排个好的工作？"

"也太狗血了点！"我感慨，"你们这种人的爱情，跟我等平民就是不一样，吃个饭、谈个恋爱都能玩出这种花样来……既然你不喜欢唐菲，那她假死的时候，你玩什么一往情深啊？你还说这辈子除她之外再不找别的女人，你有什么目的啊？"

"确实很狗血。而且，唐菲给我下的药，是南方一种植物的花粉。这种花粉和辣椒混杂在一起，就会变成烈性……春药。听说，以前历史上还有一位皇帝用过。"

嗯?

之后的问题，郭子晋避而不谈。总之，郭子晋再次傲娇起来，拉着我往前走，边走边问我："走了这么长时间，你也饿了吧？吃点东西吧，西餐怎么样？"

郭子晋不想说，我也不问了。既然知道他不喜欢唐菲，那我算放心了。郭子晋第一次恋爱谈成这样……

我再次无语。

就算郭子晋换上一板一眼的西装，就算郭子晋现在跟正常人一样地逛街，就算郭子晋竭尽全力想要给我一个正常点的约会……可有些骨子里的东西，是无论如何也掩饰不了的。郭子晋注定不是一个流于俗套的人，他即便想要回到现实生活中，也只是徒添烦恼罢了。

比如，现在。

郭子晋带我来的地方还不错，属于中高档的西餐厅。此时来喝下午茶的人不少，我和郭子晋夹杂在其中。原本一切还算正常，可正当我开心地吃着抹茶蛋糕时，郭子晋却突然自言自语地说："他撒谎！"

"什么？"我用餐巾纸擦掉嘴上的奶油，满头雾水地问，"你说什么？"

"我身后那对情侣。"郭子晋镇定地端起咖啡杯抿一口，可能是咖啡的味道他并不喜欢，他又嫌弃地把杯子放在一边，挑挑眉说，"那个男人说他昨天晚上在开会，其实根本没有，他在撒谎！昨天晚上，他和女人的闺密在一起。"

"你怎么知道他在撒谎的？"我稍微移开了些身子去看，郭子晋身后餐桌的那对情侣正在小声说话。我除了能听出他们两个在争执，完全看不出其他。

因为隔着的距离并不远，那对情侣自然也能听到我和郭子晋的对话。女人爱面子，她气急败坏地从旁边桌冲过来，质问道：“你是谁啊？你凭什么说我男朋友撒谎？”

“我不是谁。”郭子晋目不斜视，他骨节分明的手指玩转着玻璃杯，“我随便说说的。”

“走了，”男人似乎有些心虚，不断地拉着女人回去，“搭理他干吗啊，神经病一个！”

吵吵闹闹的声音打破了西餐厅午后的静谧气氛，女人不依不饶地大声质问：“我男朋友很爱我！他不会骗我的！”

“是啊是啊！”郭子晋顺着女人的话往下说，可他脸上顽劣的表情却让人生气，“你男朋友真爱你，爱你爱得都到你闺密床上去了。”

我忍不住在桌子下面踢踢郭子晋，示意他不要再继续往下说了。

“你把话说清楚！”女人暴跳如雷，“如果你不把话说清楚，我要你给我道歉！”

“是啊！你把话说清楚！”看热闹的人多，男人的语气也变得蛮横起来，“要是不说清楚，咱们今天没完！”

“那要是我说清楚了呢？”郭子晋反问道，“我要是说清楚……你是不是要学狗叫给你女朋友道歉？”

男人满脸通红地反驳道：“我没做过，我为什么要道歉？”

郭子晋从椅子上站起来，他的个头比男人高出不少。我拉拉郭子晋的袖子，可他现在已经沉浸在这种较量的乐趣中不能自拔。

“啪！”

出乎所有人的意料，没等郭子晋去解释为什么，女人抬手狠狠给了郭子晋一个耳光。

她眼圈红得厉害，眼泪不断地在眼睛里打转。没理会任何人的目光，女人抢过座位上的包跑了出去。

“你他妈的多什么嘴！”男人恨恨地看着郭子晋说，“我又没惹你，你操的哪门子心！”

好好的一个下午茶，被郭子晋搞了个鸡飞狗跳。我不想郭子晋继续被屋子里面的人指指点点，只好匆匆结过账，赶紧离开了。

从西餐厅出来，郭子晋面无表情地揉揉脸。我已经没了继续逛街的心情，于是打算动身回家。回家的路上我试着劝说他：“郭子晋，你今天的事儿……”

“她连我的推理都不听，真是太遗憾了。”郭子晋说，“那样她就不知道她的闺密是怎么和这个男人一起骗的她……平时听我推理都要收钱的，免费讲给她，她还不珍惜。”

我叹气道：“她不是不知道，她只是想自己骗自己。要是你都说穿了，她连自欺欺人都做不到了。”

“为什么？”郭子晋不明白。

“什么为什么？”

“为什么要自欺欺人？”

为什么？我想了想说：“因为她还爱着他呗！想找个理由继续爱下去……人嘛，只要有爱，有时候连欺骗和伤害都能包容和忍耐。”

郭子晋看看我，没再说话。

我继续劝他：“以后这种路见不平的事儿，你就别做了。人家不领情，你还要挨打……我看着很心疼啊！”

不知道郭子晋是不是被打傻了，回去的路上他眼神发呆，沉默着没说话。

事情过去也就过去了，我并没太放在心上。可是到家门口时，郭子晋却突然开口道：“那个女人，她怀孕了。”

我呛了一下，说：“哪个女人？”

“打我巴掌的女人。”

“这你都知道？”

郭子晋不着痕迹地叹口气，说：“最近怀孕的女人流行吃一种营养药，味道有特殊的酸气。她骂我的时候，嘴里就是那种气味。那个男人想要跟她的闺密一起让她流产……我在反光镜里看到的，他几次拿出一管药要倒在女人的汤里。”

呃，这还真是我始料未及的。

事情的真相和你看到的，似乎永远存在着感官上的误差。人是主观动物，难免会戴上有色眼镜看人……就连我也一样。

我掏出钥匙准备开门，突然间却义愤填膺，“万一那个女人不知道你的用心良苦，你岂不是要被她恨一辈子了？你也太冤枉了！万一她不小心流掉孩子……不行，我要去找那个女人，我要把事情真相告诉她！”

“算了！”郭子晋拦腰抱住我，手里的衣服袋子掉了一地，“她骂不骂我，我并不是太在意，而且你现在去找，也找不到人了……其实没了孩子，对她也不见得是坏事儿。”

“但是……”

“别人的劝说总是不疼不痒，人还是要自己吃一堑，才能长一智。”

郭子晋笑眯眯地看着我，搞得我心里有些酸酸的，我弯腰去捡掉落的衣物，小声问他：“你那么喜欢破案推理……市五医院的案子，你为什么不接了？”

郭子晋没回答我的话，我又问了一遍，他还是没出声。我抬头去看，郭子晋却赶紧对我表示噤声，他指了指门上已经组装好的猫眼，比画着口型告诉我，有人在屋里门口的位置走动。

没等我问郭子晋是不是唐菲去而复返，家里的大门一下被拉开了。

呼，是郭子晋爸爸。

站在门里的郭子晋爸爸脸色阴沉地扫了我和郭子晋一眼，他冷声命令道："进来！我问你点事儿。"

我长长地松了口气，正打算弯腰去拾地上的纸袋时，又听到了耳光声。

"你什么意思？"郭爸爸横眉立眼，教训起郭子晋，"市五医院的案子，你为什么不接了？"

郭子晋依然漫不经心地说："我不想接了，我也没兴趣接了。"

"郭子晋，你是我的儿子，你是什么样的人，我会不清楚吗？"郭爸爸可能觉得当着我的面教育儿子不太合适，于是便收敛起怒火，转而对我说，"抱歉，能让我和我儿子单独待一会儿吗？"

我点点头，把衣服纸袋放在门口，脚步缓慢地往卧室里走。直到我回到卧室把门关上，郭爸爸都没再开口。

我淡定地关上卧室门，门一关上，我立马趴在门板上偷听。

这一次的郭子晋确实有点反常，居然连郭爸爸也惊动了……不过郭子晋的反常到底是为了什么？

郭子晋家的隔音效果勉勉强强，不过郭爸爸不想让我听到，那我肯定听不到什么关键的讯息。我趴在门上急得抓耳挠腮，半天后才想起打开窗户。

客厅的窗户没关，郭爸爸的话有一句没一句地传来。根据几个零星的词语，我自动脑补一下句子。

总之，郭爸爸训斥郭子晋没有职业道德。

郭子晋的情绪平稳，他回的话极为冷淡，我也听不太清。除了郭爸爸的话，我基本听不到郭子晋吭声。

被逼无奈的郭爸爸忍无可忍，他咆哮着说："亏你还是我的儿子！我是怎么教育你的？一旦你当了侦探，那么案子就不再是你个人的事儿！如果说你公私不分的话，你干脆不要当侦探好了！"

听郭爸爸这么说，我更是觉得满头雾水……郭子晋公私不分？是因为市五医院案子里有什么他认识的人牵扯进去了吗？

郭子晋又说了句什么，郭爸爸冷哼道："本来我把市五医院的案子交给你，是觉得你有能力把这个案子破了。既然你只是个没有勇气接受真相的懦夫……市五医院的案子，我会亲自去查。"

大门被大力摔上，整个房子仿佛都在跟着震动。

“郭子晋？”等了有五分钟，我这才小心翼翼地推门出去，“你……你爸爸走啦？”

郭子晋依旧神色如常，就好像他爸爸从始至终没出现过一般。

“是啊！过来，坐这儿来。”

“哦。”

我来到郭子晋旁边坐下，佯装无意地不断偷瞄他。

“别装了。”我实在是忍不了了，“你和我聊聊。”

“有什么好聊的？”郭子晋伸手挠挠脑袋，“说了一天，你不累我都累了。”

郭子晋会觉得说话累？快别搞笑了！郭子晋要是不一口气儿说死人，那算我不认识他。

我摸摸郭子晋一面挨了一耳光的脸，再次心疼起来，抱怨道：“你爸干吗生这么大的气啊？你也是的，总跟他呛着说干什么，他毕竟是你爸爸……唉，这么帅的脸，他们是怎么忍心打下去的呢？”

郭子晋一点不谦虚，他顺着我的话往下说：“是啊，我也很纳闷。我这么帅的脸，他们是怎么忍心打下去的呢？”

“郭子晋！”我一本正经地看着他，“你不要笑了，你说的笑话一点不好笑。”

脸上的笑容瞬间退去，郭子晋立马沉默了。

“你觉得不方便跟我说，我们换种方式交流好了。”我握住郭子晋微凉的手，使劲皱眉想了想，“我问你问题，如果我问得对的话，你就看我一眼。如果我问得不对，你就不看我。行不行？”

郭子晋对我幼稚的行为嗤之以鼻，我好说歹说，半天之后他才勉强同意。

我问：“市五医院的案子，你是不是了解得差不多了？”

郭子晋抬头看我，立刻又低下头。

这是什么意思？意思是说，市五医院的案子他了解了一半吗？

好吧，我能力有限，这个问题的答案暂且搁置。

“你之所以不打算继续查了，是因为凶手可能是跟你有关系的人，是吗？”

“我能退出游戏吗？”郭子晋的态度很诚恳。

我的态度很坚决：“不可以。”

郭子晋看着我没再说话……哦，果然是这样。

闻人航那天晚上说的话和今天我在暗道里回想起的场面，我都还记得。现在郭子晋又突然有了奇怪的举动，我即便再傻，也能猜到了。

“市五医院的案子，有可能是我做的吗？”

房间里安静得出奇。

我快速地说：“张傲死的那天晚上，我有很长一段时间是没有记忆的。而你后来在楼下发现我，会不会是我在被人催眠的过程中杀了人？你料想到凶手是我，所以你决定不接市五医院的案子了？”

我的心怦怦直跳，目光迫切地盯着郭子晋看。郭子晋不断抬头低头，低头又抬头，我被他晃得眼晕，急道：“到底是怎么回事儿？你倒是说呀！”

“成书瑶，你公平一点。”郭子晋再次耍赖，“你一下问了这么多，你想要我怎么回答你？”

从郭子晋躲避的态度中，我生出了一种不好的预感。一方面，郭子晋的情绪反常，他说的话又语焉不详；另一方面，闻人航更是明确表示了，市五医院案子的结果是郭子晋承担不起的。

我低头看了看自己白净的手掌，突然觉得，市五医院的案子肯定是我做的。但是，我是怎么做到的？张傲的死不说了，而王庆文……我属于连菜都不会切的菜鸟，我真的能用精湛的刀工，将王庆文的皮完整地扒下来吗？

像是突然想到了什么，我疯了一样往屋里跑。郭子晋跟着我进屋，即便他迅速敏捷，却还是没能抓住我。

我将浴室里洗衣篓的衣服倒出来，趴在地上，不停地在里面翻找。等找到那天我在市五医院穿的衬衫时，我彻底傻眼了。这两天事儿多，我还没有来得及洗衣服，也没有时间想太多。刚刚我一检查，才发现那天穿的衬衫领子位置，上面的水钻扣子不见了。

刚才在地道里，那个反光物和衬衫上丢失的水钻扣子，形状一模一样……

“我领子上的水钻扣子不见了。”我嘀咕。

郭子晋倒没觉得怎么样，不甚在意地说：“扣子没了再配一个就好了……不行明天我带你上街，你再买一件一样的。”

这根本不是扣子的问题，郭子晋明显是在跟我装傻。我们两个坐在一堆脏衣服上，静静地看着彼此。从郭子晋脸上，我一丁点的破绽也看不出来。我瞪得眼睛都酸了，郭子晋仍旧是坦坦荡荡的样子。

如果我真是在被催眠的过程中杀了人，恐怕我是难逃一死了。毕竟没有人能证明我杀人的时候是否有自己的主观意识，而且闻人航也乐见其成。一旦郭子晋破案了，凶手是我，不用等我被注射的药物发作，我也必死无疑了。

“郭子晋，”我将手里脏兮兮的衬衫扔回衣篓里，“我觉得吧，你还是继续查市五医院的案子比较好。我赞同你爸的观点，你既然答应了，就不能半途而废。再说，我也不认为你会是情绪化的人。要是这个案子跟我没关系，你会继续往下查吗？”

知道我猜想出了一些事情，郭子晋也不再隐瞒，他点点头，动作颇为沉重。

“有你这话，我已经很高兴、很知足了。”我实话实说，“可你要是把案子破了，我会更高兴……你先别插话！听我把话说完。”

我拦住了郭子晋，自顾自地往下说道：“你知道我为什么喜欢你吗？虽然我一开始觉得你破案的时候冷血又绝情，可是吧，我真的挺喜欢你这样的。你虽然看着冷血，但其实很有人情味儿。就拿那次抓王根生来说，你骗我当诱饵，王根生说让你从楼上跳下去换我的命，你想都没想就要往楼下跳……还有，刚才在咖啡馆的事情也是一样。你是个好侦探，你是个英雄，哪怕你自己对此不屑一顾，可我依然觉得你是英雄。所以啊，郭子晋，你要坚持你一贯的做人、做事儿的标准，无论是为了谁，也不要变……你想想，如果有一天你犯了杀人案，你爸会不会来抓你？”

郭子晋轻笑道：“我爸？我爸估计会亲自枪毙我。”

“是啊，你也应该这样……别笑，这有什么好笑的？”

郭子晋笑得上气儿不接下气儿，可他停住笑时却皱紧了眉。郭子晋眼睛和眉毛间的距离被缩短，眼神看起来更加深邃。

“如果你真杀了人，那一切反而好办了。”郭子晋扳着我的脑袋靠在他的肩膀上，“怕只怕，有人想利用你来挡枪……放心，我不会妥协的。只不过现在需要些时间，让我去好好考虑一下该怎么办。”

什么？郭子晋的话，又是什么意思？什么叫利用我挡枪？

没来得及细问，家里的门铃响了。郭子晋眉头拧得紧，我奇怪地问：“是谁啊？会是你爸吗？还是又有委托上门了？”

陪着我胡闹的郭子晋显然失去了灵敏度，他似乎也猜不出会是谁来。我们两个一起过去开门，从猫眼看，门外的人我和郭子晋都不认识。

“要开吗？”我有点担心，“会不会是闻人航派来的？”

郭子晋倒不像我这般紧张，他说：“开，当然要开。不开门，我们又怎么会知道是什么事儿？”

嗯，我觉得郭子晋说得有道理。

门外的两个男人穿着低调的西装，中等品牌，中等价位，中等……长相。两个男人的身高差不多，全都是双手叠在小腹处，双脚微微叉开，站姿标准。一看，就是经过特殊训练的人。

“你们找谁？”我问，“有事儿吗？”

男人直接开门见山道：“请你们两位跟我们走一趟。”

我茫然无措地回头看郭子晋，而郭子晋则波澜不惊地回道：“好。”

“等等！”我手脚麻利地将屋门关上，急着对郭子晋说，“你疯了吧？你看他俩的样子，跟黑社会似的，哪里像什么好人啊！你知道要带咱俩去哪儿吗你就答应？”

郭子晋笑而不语。

“要不，你赶紧想办法给闫树海报信吧？”

郭子晋没答我的话，他搂着我的肩膀就带我出去了。

门外两个男人姿势不变，一直站在那儿，似乎没把我和郭子晋放在眼里。他们不仅不担心我们会反抗，似乎更加不担心我们会做出其他举动。

大家很有默契，有条不紊地出门下楼。

我完全搞不懂此时此刻是什么状况，说是请人，可这两个人全然一副打劫的姿态。要说是劫持吧，他们又一点都没有使用武力……

等到楼下，我才明白郭子晋为什么会说出刚才的话。

楼下已经被“请客”的人围住了，五辆黑色轿车停在路边。

郭子晋看了看楼下的状况，竟然轻笑出声，说：“还挺看得起我的。”

我没问郭子晋更多话，事实上，我也问不了他更多的话了。我和郭子晋嘴上被缠了胶带，头上被套了一个像袜子一样的黑色头套。

“对不起，郭子晋先生。”来人客气地表达自己的歉意，“请您见谅，我们必须要采取点防范措施。”

为啥只跟郭子晋先生道歉？我就不配有姓名吗！

一路沉默，车颠得我骨架都快散开了。

一路上，我脑子里想象过了无数血腥的场面，比如说仇家买凶杀人，比如说黑寡妇抢亲，比如说黑道绑架，等等。

可是当我们经过长途跋涉，终于到了目的地，摘掉头套后，我整个人目瞪口呆。

在返回北州没几天后，我和郭子晋再次被带回了黑龙山。

【未完待续】

图书在版编目（C I P）数据

住在我隔壁的侦探 . 上 / 鹧鸪天著 . -- 成都 : 成都时代出版社 , 2022.12
ISBN 978-7-5464-3121-5

Ⅰ . ①住… Ⅱ . ①鹧… Ⅲ . ①长篇小说 – 中国 – 当代
Ⅳ . ① I247.5

中国版本图书馆 CIP 数据核字 (2022) 第 147872 号

住在我隔壁的侦探・上

ZHU ZAI WO GEBI DE ZHENTAN・SHANG　鹧鸪天　著

出品人　达　海
责任编辑　程艳艳
责任校对　张　巧
责任印制　车　夫
封面设计　有・态度 L'Attitude Design Studio 设计工作室 联系方式 qq461084
装帧设计　笛卡特

出版发行　成都时代出版社
电　　话　（028）86742352（编辑部）
　　　　　（028）86763285（市场营销部）
印　　刷　成都博瑞印务有限公司
规　　格　166mm×235mm
印　　张　34
字　　数　665 千
版　　次　2022 年 12 月第 1 版
印　　次　2022 年 12 月第 1 次印刷
书　　号　ISBN 978-7-5464-3121-5
定　　价　75.00 元（全两册）

Staread
星文文化

住在我
隔壁的侦探

THE DETECTIVE
NEXT DOOR

下

鹂鸪天　著

成都时代出版社
CHENGDU TIMES PRESS

目 录 / CONTENTS

001
第四案
真人逃生游戏

002 三分天下
017 一个让人唏嘘的秋雨天
030 下九流
038 我是凶手
050 大型密室游戏
063 子不语怪力乱神
078 自相残杀
091 绝境中的求婚
101 劫后余生

115 第五案 迷雾

116 案中案
129 命运不可抗拒
142 血案再起
154 大雾弥漫
167 看不见脸的男人
180 记忆篡改
191 山中异象
204 谁是嫌疑人
217 地狱之门
233 灵魂的欲望
241 离间反间双重计
249 怎样的挥别，都是纪念

259 后记 致亲爱的侦探先生
265 番外 “人民狗熊”郭子晋

第四案

真人逃生游戏

三分天下

Chapter 1

到黑龙山的时候已经是半夜，即便不是第一次见，我仍旧被黑龙山夜晚的景象吓了一跳。

“请允许我……”

男人客气地说完，然后将我嘴上缠着的胶带拿掉。我的心突突直跳，不自觉地去握一旁郭子晋的手。而这个时候，郭子晋嘴上的胶带也被拿掉了，他的反应淡淡的，并不像我这般惊讶。

我问：“我们是不是——”

“是。”郭子晋直接答。

“那我们会不会——”我很担心。

郭子晋再次打断我的话：“不会。”

“你也太敷衍了吧？”我不满地小声说，“你知道我要说什么吗？”

郭子晋显然是知道的，他说：“我们确实被人又抓回黑龙山了，不过我们不会有危险的。”

“那是谁带我们来的？”我小心翼翼地瞥了一眼在前面领路的男人，“闫树海会不会过来？”

郭子晋的脸上挂着虚假的真诚道：“我不知道是谁。”

好吧，我问的问题确实不合时宜。为了使我们两个看起来毫无还手能力，郭子晋竭尽全力地装傻充愣。我也学着他，装出无辜的样子来。

郭子晋是装傻，我是真傻。这是我和郭子晋最本质的区别。

我们下车的地方不是黑龙山龙头的位置，从山体的形状看，赵家宅子和黑龙山大概在我们的西面。同理可得，我们现在应该是在黑龙山的东面。黑龙山东西两面景致有很大的不同，东面的山体不再是黑漆漆的，往上看去，整个山的侧面被人种满了树。

月正中天，山上树影绰绰。郭子晋似乎察觉出我的惊讶和震撼，趴在我耳边小声提醒道："山上的树都是假的，黑龙山的矿石有辐射磁场，土壤根本无法让树成活。"

"假树？"我被自己的口水呛到，情绪激动起来，"这么多的假树……这要花多少钱啊！"

"是啊！"郭子晋赞同地点点头，"所以说，今天请我们过来的人，可是一位大佬啊！"

没走多远，一栋欧式建筑立在眼前。欧式建筑的门口有彩灯喷泉，即便是夜晚，三层楼高的大型建筑依旧灯火辉煌。建筑是巴洛克风格的，奢华、高调、有内涵……不过见识过那满山的假树后，这栋建筑已经不足为奇了。

我这一路没上过厕所，现在憋得要命。我忍住想要上厕所的冲动，捯着小碎步跟着郭子晋往里走。虽然整栋建筑灯火通明，但是异常冷清。

带路的男人礼貌地询问："你们是想先用餐，还是想先休息？"

"卫生间在哪里？"郭子晋帮我化解了尴尬，"我们想先去下卫生间。"

男人指了指楼侧的房间说："那里是卫生间。"

郭子晋点头道谢。在男人的注视下，我们两个迈步往卫生间走。空荡荡的大厅里，我说话都带着若有似无的回音，"郭子晋，你觉没觉得这里很邪门？"

"黑龙山本就邪门。"郭子晋笑着说，"你还走这么慢，你还能憋住吗？"

大厅非常大，从门口走到卫生间要走很久。打过蜡的地板发滑，我憋得脸都绿了，问道："不会有危险吗？"

"当然不会了，如果有危险的话，我们早就遇险了，对方又何必大费周章地从北州带我们过来？"郭子晋挑眉看我，"你不信我？"

郭子晋既然这么说了，我便一点顾虑也没有了。我松开郭子晋的手，撒腿往卫生间跑。

等我从卫生间出来，郭子晋已经在外面等我。他对我招招手道："走吧！听说他们准备了法式料理，我们去尝尝。"

如果用"金碧辉煌"来形容我和郭子晋置身的建筑，可以说是再恰当不过。只不过喷泉、金漆雕塑看多了，华美的场面渐渐变成一种令人烦躁的负担。等坐到加长烛光餐桌前，我的不安更是被无限放大。

“郭子晋？”我避开不断上菜的服务员，紧张地拉拉郭子晋的袖子，“我有点……我有点害怕。”

郭子晋在餐桌下面拍拍我的手，示意我放心。他把自己盘子里的法式煎鹅肝又给我，说：“吃吧！多吃点！我猜，这份菜里应该加了特别的作料，免得咱们两个受矿石影响产生幻觉。”

如果我们不是被挟持来，我想我会吃得相当开心。此情此景，我几乎是带着忐忑的心情吃完了晚饭。

郭子晋有个特别不好的行为，那就是他跟我吃饭的时候，完全不护食。我只要稍微表现出自己特别喜欢吃哪个菜，郭子晋便会立刻把他盘里那份又给我吃。所以在不算长的时间里，我被郭子晋纵容得极其挑食……一顿晚饭下来，我吃得快吐了。

吃了晚饭，该谈正事儿了吧？

然而事情的发展再次出乎我的意料，因为服务员又端了冰激凌和甜点上来。无论郭子晋怎么说，我都吃不进去了，我小声道：“郭子晋，你说请咱们来的这位大佬是不是想把咱俩当猪，喂肥了好卖钱？”

郭子晋用勺子往我嘴里塞冰激凌，说：“你想得也太好了，养你有养猪值钱吗？有谁像我这么心地善良，主动接手了喂养你这项赔本买卖？”

是我心地善良才跟了他好吧？

郭子晋调侃几句,我似乎也不太紧张了。被郭子晋喂了一大碗冰激凌,我这才停下嘴。

“我带你们去休息。”带我们来的男人再次出现，“请跟我来。”

郭子晋彬彬有礼地回道：“有劳。”

卧室同样极尽奢华。我躺在松软的床铺上，精神紧张，身体却困得厉害。

“郭子晋，你说我们是不是……”

后面说的什么话我自己也没听清，因为我跟猪一样，吃饱后便躺在床上睡着了。

难怪谁都想跟大佬做朋友，大佬家的床，也太软太舒服了！

似乎好久没睡得这么舒服了，早上醒来，我伸了个大大的懒腰。郭子晋挨我挨得近，我一不留神，就打到了他的下巴。

我还是不太习惯早上起床的时候身边有人，为了掩饰尴尬，我佯装恼怒道：“你怎么睡着了？”

“我为什么不能睡？”郭子晋打了个哈欠，“你知道我睡着多不容易吗？你这呼噜打得……”

“你骗人！”我红着脸狡辩，“我什么时候打呼噜了，我怎么都不知道？”

“还你不知道？”郭子晋说得有模有样，“你昨天晚上的呼噜声大得把自己都吵醒了，你不记得了？”

“你还说！”我扑过去狠狠地捶他，“你要是再说的话，你再说……”

行吧，他再说，我也还是没辙。

“哈哈哈！”郭子晋哈哈大笑，“我骗你的，你也信？”

“你不应该睡觉，很不应该。”我摆正坐姿，继续假装发脾气，“你看看！你看看！现在什么形势？你应该时刻保持警觉！万一有什么人闯进来了呢？万一有什么人……”

“我都告诉你了，这是不可能的事儿。”郭子晋半靠在床上，手指轻巧地玩着我肩膀上散碎的头发，“我们来的路上，昨天晚上吃的餐食……如果来人想害我们，那早就动手了。他好吃好喝地供着咱们却不露面，我想，他应该是想试试我们的态度。”

“我们的态度？”

“我们的态度……不，是我的态度。”郭子晋的身子又往床里陷了一分，他的脸在洁白的被单上蹭了蹭，“能把房子布置成这样，屋主一定不会缺钱。他叫我来，应该是想把我收为己用吧。”

郭子晋的能力我很清楚，他工作的性质我同样明白。这个屋主是好人就罢了，万一……万一有一天郭子晋开始为坏人做事儿，那我简直想象不出后果会变成什么样。

我们两个躺在松软的床上，好半天都没人说话。对于郭子晋的立场，我倒是不担心。我担心的是来人气势汹汹地铺了这么大的排场，如果郭子晋给不了他满意的答案，他会不会让我们全身而退？

郭子晋始终是那副样子，无论发生了什么事儿，他好像都不会太放在心上。我伸手揪了一下他的胡子，问：“郭子晋，你有没有情绪波动很大的时候？比如说很悲伤什么的？”

“很悲伤？”郭子晋闭上眼睛养神，一派淡定从容，“没有。”

“那你哭过没有？”

“没有。”

都没哭过，我骂他冷血真是没骂错！

我不甘心地继续问：“那你有没有设想过自己在什么样的情景下会哭？”

“这么想看我哭啊？”郭子晋单只眼皮挑开，桀骜地看我，“不过，你应该没机会看到我哭了。”

“哼，我才不信。”

可能是听到屋里有动静，外面的人礼貌地敲敲房门问："您起来了吗？现在需要用早餐吗？"

有人这么全方位地服侍，也不见得是多幸福的事儿。我不仅没感到便利，甚至隐隐有一种被绑架的感觉。

我小声地跟郭子晋抱怨了两句，他满不在乎地呵呵一笑道："我就喜欢有人这么全方位地服侍我……既然你不喜欢，那你好好学习一下。以后回家，你可以这么服侍我。"

我笑靥如花地回他："您可真不要脸。"

简单地洗漱后，我和郭子晋被引领着去吃早饭。早饭结束，总算进入了正题。昨天带我们来的男人领着我们去了书房，书房里有个中年男人已经在等着我和郭子晋了。

看清中年男人的脸后，我强忍着咽下自己的惊呼。如果不是怕给郭子晋丢脸，我真的想激动地大叫两声。

我会激动，倒不是因为别的，主要是书房里的男人简直是太有名了，他的照片时不时就上报纸头条，整个北州应该没几个不认识他的。

这个男人的身份很特殊，特殊到我都不知该从何说起。

中年男人叫陆泽楷，四十多岁，在北州有一个特别厉害的老爸。陆泽楷的眉毛很浓，即便人到中年，他的眼睛看起来依旧神采奕奕。我几乎是下意识地往郭子晋身边靠了靠……陆泽楷想要打黑龙山的主意的话，简直如探囊取物。

"呵呵，你们好。"陆泽楷声音响亮醇厚，十分有大人物的稳重感，"一路上多有得罪，就请恕我照顾不周了。"

我能认出陆泽楷，郭子晋一定也认出来了。或者在更早的时候，郭子晋可能就已经猜到了。

郭子晋有个优点，无论碰到什么人物，他总是不骄不躁、不卑不亢。

"没有，一路上我们被照顾得很好，谢谢您了。"

陆泽楷从烟盒里拿出一根雪茄，然后随意地将烟在桌子上敲了敲，"来一根？"

"谢谢。"郭子晋拒绝，"我不抽烟。"

我掐了掐郭子晋，暗示他千万别呛着陆泽楷说话。得罪了陆泽楷，我和郭子晋的八辈祖宗恐怕都别想安生了。

陆泽楷好像还挺好相处的，他似乎并不在意郭子晋的语气。他又象征性地问了问我，我讪笑着摇手拒绝。陆泽楷最后把烟收起来，他也不抽了。

"菲菲很看好你，她一直劝我找你聊聊。"陆泽楷双手交叉叠放在腿上，"我也不跟你拐弯抹角了，我找你来，是有事儿需要你帮忙。"

菲菲？不会是唐菲吧？叫得这么暧昧，陆泽楷不会是唐菲的……

“抱歉，让你失望了，我和菲菲并不是你想的那层关系。”陆泽楷看透了我的想法，“唐菲，或者说陆菲，她是我的女儿。这一点，你是不是早猜到了？”

陆泽楷说完，又将目光看向郭子晋。

郭子晋承认道：“猜到确实是有一阵子了。简单来说，这事儿大概还要从唐菲假死的时候说起。当时大家都以为唐菲死了，唐菲的母亲大受刺激，没出‘头七’便疯了。您应该也知道，唐菲的母亲没有什么亲人，所以唐菲一死，她的事儿就没人管了。当时，唐菲母亲入住精神病院的手续，是我亲自办理的。送她入院的那天，她手里拿着的唯一一件东西，就是一张和您的合影。”

陆泽楷叹了口气，可他的表情中却毫无歉意。这么一看，唐菲的神态，真的和陆泽楷如出一辙。

“我不知道您这样的人物会需要我帮什么忙，”郭子晋自嘲地一笑，“如果说你这么做是想让我娶唐菲，那我肯定是不会答应的。”

郭子晋话音刚落，我脑海中顿时浮现出一场相爱相杀的言情大戏来。

我过分纠结的表情逗得陆泽楷哈哈大笑，他立刻表态说：“你们年轻人的事儿，我不会过多参与的。我找你来，是有别的事儿。”

我暗自松了口气……万幸，万幸。如果说陆泽楷出面参与这件事，恐怕真的要相爱相杀了。

“黑龙山，是我看好的。”陆泽楷直言不讳道，“我的原则是，用一种和平的方式，高价收购黑龙山。可是我的命令在执行阶段可能被下面的人放大和曲解了，所以做事的时候急躁了些。”

“急躁？”郭子晋的年纪没有陆泽楷大，他身上的气势却一点不比陆泽楷弱，“害死了这么多人，这哪里是做事急躁？害死了这么多人，又何止是做事急躁！”

女儿多数像爸，因为唐菲——哦，不，陆菲——因为陆菲的关系，我对陆泽楷一点好印象都没有。郭子晋显然跟我是一个想法，至于他是不是因为讨厌陆菲才有的这种情感，我便不得而知了。

现在的气氛如此紧张，我是真不能再走神跑偏了。我努力集中精神，认真地听郭子晋和陆泽楷斗嘴。一番明枪暗箭之后，陆泽楷再次拐回到主题上：“我今天叫你来，不是要跟你说黑龙山的事儿。我知道你爸妈在查这件事，你告诉他们可以收手了。黑龙山已经被我名正言顺地买下来，而且开矿的审批，我也名正言顺地拿下来了。”

郭子晋轻哼一声道：“那您今天应该不是来跟我炫耀的吧？”

“每年我都会从警校挑选一批优秀的学生为我做事。”陆泽楷对郭子晋似乎相当容忍，他话锋一转，“当然，你可能并不知道。”

“比如闻人航和唐菲，是吗？”郭子晋的脑筋转得很快，“你想办法制造假象，让外界以为他们死了，然后把他们变成隐形人，让他们为你效力？”

陆泽楷身子前倾靠向书桌，笑着说：“没错！我本来是想把你和闻人航一起带走的。不过菲菲和我说，你不是一个容易妥协的人，所以，我当时也就放弃了招收你。”

“现在为什么又想要招收我了？”对于陆泽楷的讲述，郭子晋的态度有点咄咄逼人，“不会是闻人航已经脱离了你的控制吧？”

陆泽楷没说话。

郭子晋自然地往下推断：“黑龙山的案子，其实是你在背后操控的。而黑龙山的案子，也是闻人航捅出去的。不难看出来，你现在的处境应该很糟糕。呵呵，你是养虎为患了吧？”

陆泽楷依旧没说话。

郭子晋的嘴角挂着若有似无的讽刺，“让我猜猜，你选了这么多的学生是为了什么。培养杀手？刺探商业机密？我和闻人航接触的时间加起来不到半个小时，可半个小时却足够让我了解他这个人了。闻人航的野心不小，他不是甘于屈居人下的人。市五医院的案子是他一手策划的，闻人航是已经脱离你，自己当老大了吧？”

陆泽楷轻轻摩挲着自己的手指，微微一笑道：“菲菲说得没错，你很厉害。”

“我确实很厉害。”郭子晋拉着我，从椅子上站起身说，“即便我再厉害，我也没必要和你合作。至于闻人航，我会抓住他的。而你，我也一定会查出你背后干的那些事儿来！”

“何必呢？”还没等我和郭子晋走到书房大门口，陆泽楷低低的声音便从身后传来，“郭子晋，以你的能力，当一个小私家侦探，简直是屈才！你应该有更宽广的舞台，你应该有懂你的观众，你不应该每天只是查些离婚出轨、鸡毛蒜皮的委托案！”

郭子晋停了下来，他握着我的手微微发颤。虽然他的面上依旧毫无表情，可我能感觉出来，郭子晋的心绪已经被陆泽楷搅乱。

陆泽楷走过来，他的皮鞋鞋底敲打在大理石地面上，回音阵阵。

“郭子晋，闻人航脱离我之后，立马便回去找你。他想和你较量，他功成名就后第一件事儿便是打赢你……你呢？闻人航要是想和你较量，那不是你一句不参加就能解决得了的。可凭你现在的条件，和闻人航斗，你必死无疑。所以，你必须跟我合作，帮我解决掉闻人航。”陆泽楷开的条件极为诱人，“跟我合作，房子、车子、金钱、女人，只要你开口，什么我都可以满足你。”

郭子晋刚打算开口，陆泽楷便蛮横地抢过话说：“黑龙山的案子你爸妈想查，他们想知道幕后操盘手。没关系，我可以如他们所愿。不仅如此，他们还有更广阔的升职空间，任他们发挥自己的才干。如果你觉得还是不够……”

陆泽楷完全不给郭子晋说话的机会，他一股脑将条件全开出来：“黑龙山我可以转让给你，如何处置，全听你的。这栋房子，这栋房子里的所有，也全都归你……只要你跟我合作，只要你现在肯点头。”

诱惑，赤裸裸的诱惑！

陆泽楷为郭子晋开的条件，已经是天价了。从中产高干子弟到拥有金山银矿的大土豪，郭子晋只需迈出一步……

可这一步，跨度似乎忒大了点。

郭子晋的想法我猜不透，我紧张得心都跳到嗓子眼了。

直到陆泽楷全部说完，郭子晋这才开口道：“让我跟你合作，也不是不可以……”

陆泽楷的脸上挂着志在必得的笑，开出如此条件，对方如果还不动心，那就一定是傻瓜。

我虽能理解，但听郭子晋如此回答，或多或少还是有些失望。毕竟在我心里，郭子晋是那么的……

而让我没想到的是，郭子晋竟然提到了我。“闻人航在成书瑶身上做了什么手脚，你应该比我清楚。”郭子晋笑眯眯的样子十分英俊，“我的条件很简单，我帮你对付闻人航，你帮我把成书瑶身上乱七八糟的东西拿掉。你保成书瑶一命，我就帮你对付闻人航。”

“就是这样？”陆泽楷呆愣了一下，“你没有其他要求了？”

我傻愣愣地看着郭子晋，他答得干脆：“就是这样，我没有其他要求。”

陆泽楷眼睛微闭，他眼尾的位置堆了不少皱纹。他细细地看了郭子晋好一会儿，这才说：“可以，你的要求我答应。不过，关于我女儿菲菲……”

我心里担心，而且是很担心。

上次陆菲来家里，恐怕就是陆泽楷授意的。现在陆泽楷又提到陆菲……万一陆泽楷迫切想拉拢郭子晋当个上门女婿什么的，那我算是一点戏都没有了。

陆泽楷似乎觉得逗我很有趣，他故意把话说一半，好看我纠结为难的表情。

郭子晋瞧见我涨红的脸，又拉了拉我的手，说：“你女儿怎么了？”

“救她的命……这件事，只能由菲菲来做。”陆泽楷的话让我心里更加愤愤不平，

“闻人航给她注射的确实是一种特制的慢性毒药，这种药比较特殊，会在主控人需要的时候，让毒性发作。当初研制这种毒药的时候，我就没想过给别人留活路。你以前和菲菲是同学，你应该了解，菲菲在这个领域有多厉害。想要救你女朋友的话，只能让菲菲试着来弄。”

原来陆菲上次临走之前说的话是这个意思！让菲菲试试？说得倒是好听，我的命如果交在陆菲手里，她不得变着法儿地折腾死我？

郭子晋不像我这般气愤，因为他很快就发现了陆泽楷话里的漏洞，“你的意思是，以前还没有人用过这种药？”

“也不是从来没有人用过。”陆泽楷走回到书柜旁边，给自己倒了杯洋酒，“北方有个石油大亨，就是前年中秋节因为心脏病而死的那个……你有印象吗？”

郭子晋答了一个我记都记不住的外国人名后，陆泽楷笑着点头说：“他就是因为这种毒药毒性发作去世的。我跟他一直有合作，为了防止他坐地起价，才想出这么一个制衡他的办法。不过后来他为了给原油提价，不惜跟我翻脸。后来没多久，他就因为这个原因导致休克，死了。后来闻人航改良过这种慢性毒药，他可以通过药剂配比，随意地控制药效的发作时间。所以，要是你真想救她一命，最好的办法，就是接手闻人航给你的案子。”

也就是说，我身体里的毒药，简直是一枚不定时炸弹。

它带来的可怕后果倒还在其次，最致命的是，你根本料想不到它什么时候会突然发作，你得每时每刻都生活在它带来的死亡阴影之下……我不自觉伸手摸了摸胸口伤疤的位置。

郭子晋偏头看了我一眼，拦下我乱动的手。他继续问陆泽楷：“闻人航想让我查什么案子，你清楚吗？”

“大概清楚一些吧！”陆泽楷放下酒杯，踮脚拉下墙上挂着的地图说，“地图上标注的红点，你知道是什么吗？”

陆泽楷的地图是国内的，地图上画满了红色圆点。单就标注来看，也完全让人分不清是什么。

然而，研究地图对郭子晋来说易如反掌，他说：“这是原油厂？”

陆泽楷竖了下大拇指，接着问：“那些蓝色标注的地方呢？”

“发电厂。”

陆泽楷问的问题，郭子晋全都对答如流。要不是郭子晋抓着我的手，我真想给他鼓鼓掌。

“我也不瞒你们，红色的部分都是我的……”

我的天哪，这分明已经富可敌国了啊！

我忍不住插嘴问道：“那其他的地方呢？”

陆泽楷有求于郭子晋，所以他也就自动忽视了我的无礼。陆泽楷神色如常地解释说：“其他地方，是我父亲好友家孩子的。”

他父亲好友家的孩子？这个人的实力，应该也跟陆泽楷不相上下吧。

“真是了不起啊！”我实话实说。

“国内的这些生意，全都被我们个人买断经营了。”陆泽楷只是简单交代了一下背景，太深入的问题也不需要他多说，“分配业务买断之后，我们几个人曾经签订过一份协议。这份协议极为重要，所以藏得非常隐蔽，隐蔽到就连我们几个签订协议的人，都不知道藏在哪里。”

啊？连签订的人都不知道协议藏在哪儿，这是什么协议啊？

“所以，闻人航想让我查出协议在哪儿？”郭子晋眼睛炯炯发亮，“而你，却想让我阻止闻人航查出这项协议的所在，或者说，你是想让我毁了这份协议？”

“你说得没错，我是想让你毁了它。”

“过去人们形容一个人绝顶聪明，会说这个人‘智近于妖’，”陆泽楷的赞美之情溢于言表，“郭子晋，等你到我这个年纪，前途一定不可限量。”

即便陆泽楷身上霸道的气势让人畏缩，郭子晋依旧不忘出风头夸赞自己：“我觉得吧，现在的我，前途也是不可限量的……”

“哈哈！”陆泽楷十分欣赏郭子晋的胆识和气魄，“我就喜欢年轻人轻狂一些！”

我暗暗地舒了一口气。

陆泽楷没理会我们两个，继续往下说：“闻人航在我身边这些年，一直忙着调查协议的事儿。我想，用不了多长时间，闻人航会再次联系我。到时候他也会给你线索，让你根据线索往下调查。”

“只有这些了？”郭子晋问。

“不止这些。”陆泽楷一拉，地图嗖嗖地卷了起来，“剩下的细节，送你们回去的路上，会有专人解释给你们听的。”

我实在是忍不住心里的疑惑，小声提出质疑：“我和郭子晋被带到你这里来，闻人航肯定知道了吧？他知道的话，会不会……”

“你太高看闻人航，也太低估我了。”陆泽楷睥睨了我一眼，“我既然敢明目张胆地带你们来，那我一定有让闻人航对此查无可查的本事。”

“成交。”

我咽了口口水。郭子晋拉着我的手，我们一起往外走。

我们来的时候，主人家好吃好喝地招待我们；走的时候，主人家却稍显小气。我和郭子晋离开的时间将近中午，陆泽楷竟然连顿午饭都不给我们吃。

“唉，早知道这样，昨天晚上藏点食物就好了。”我坐在车后座上抱怨，“谁知道……陆菲？你怎么会在我们车上？”

陆菲笑道：“我纠正一下，这不是你们的车，这是我的车。”

“你的车？”我转头看看郭子晋，又转头看看陆菲，不确定地说，“陆泽……你爸爸说派人送我们回去，就是派你？”

陆菲点点头，她笑得稍显得意：“是，我和闻人航搭档了几年，他的事儿我完全清楚。协议中很多具体的细节是不能让外人知道的！成书瑶，如果不是放了行李，我早把你放后备厢里了。”

“没关系，你可以把行李放在我的座位上，让我去躺后备厢好了。”有郭子晋的偏爱，陆菲说什么我都不会在意，“反正你瞒着我的事儿，郭子晋都会立刻告诉我的，是不是，郭子晋？”

“不是。”

“……”

关键时刻，郭子晋掉链子也掉得太彻底了！

陆菲刚想笑，郭子晋却已经笑得像一只不怀好意的大花猫，他说：“因为我没有立刻告诉你的必要啊！以后你就待在我旁边，哪儿都不许去了。”

我高兴地在郭子晋脸蛋上重重地亲了一口，气得陆菲骨节泛白。

“你真是不要命了啊！”郭子晋趴在我耳边小声说，神情中却夹杂着罕见的温柔，“你可别忘了，她手里攥着你的命呢。”

我尴尬地笑了笑，说：“说起来，我得罪的人还不少呢。”

“你要是不得罪人，你就不是成书瑶了……”郭子晋讥诮地说，“陆泽楷的话你都敢打断，你也不怕他打击报复你？”

虽然我刚才是有打断陆泽楷的话，不过郭子晋没资格教训我吧？

“侦探先生，你是不是忘了，刚才没礼貌的人不是只有我啊！跟你比起来，我觉得我是非常落落大方的。”

郭子晋使劲掐掐我脸上的肉，哈哈一笑道：“要是没有我在你身边做对比，你以为陆泽楷会不在意你的无礼吗？你还没看出来吗，像他这种掌控欲这么强的人，怎么可能允许别人在他面前放肆？”

我被揉皱的脸瞬间垮下来，哭丧着脸说：“那怎么办啊？他会不会追杀我？他会不会去欺负我爸妈？我现在通知他们搬家来得及不？”

“所以说，成书瑶，你找我当男朋友简直是捡到宝了。我真羡慕你，傻人有傻福。”无论什么时候，郭子晋都不会忘记自吹自擂，“因为我刚才比你还没礼貌，我比你还放肆……所以咯，有我做对比，陆泽楷要找麻烦也只会找我的。”

郭子晋的食指和中指点在太阳穴上对我致意，顺便抛了个媚眼说：“我既然敢吃你这条咸鱼，自然耐得了渴……不用谢，请叫我活菩萨。”

“你说我是咸鱼？”郭子晋带来的感动让我心里发暖，“你是在间接表扬我身材苗条吗？”

“……”

前排开车的陆菲被冷落多时，听我和郭子晋越聊越放肆，她轻咳一声。我递一瓶水过去，明知故问地说：“怎么着，嗓子不舒服啊？喝点水吧！我妈以前跟我说，长途开车很容易口渴的。”

“不用。”陆菲黑着脸挥开我的手，“我不渴。”

我心里暗爽得要命。

男女之间的感情，一旦涉及第三个人，往往有一方会变得焦躁不安。正如现在车上的我们三个，总归有人要不淡定。

“陆菲，还是说你知道的细节吧！”郭子晋也收起了玩闹之心，“不然等回北州的话……”

“回到北州，我跟你们两个住在一起。”陆菲现在有了底气，她理直气壮地跟我和郭子晋谈条件，“开车的时候分神说事情是很容易出事的。再说了，现在精力不集中，我的思路也会跟不上。”

她说得对。

为了让郭子晋不再捣乱，我使劲地掐着郭子晋的腰背。郭子晋被我掐得满脸通红，却隐忍着没吭声……

陆菲上次好不容易离开，现在再回来，恐怕要后患无穷。

“而且，我需要观察成书瑶一段时间。”陆菲看不到我的动作，她自顾自地往下说，“我需要对她全身的状况做一个大概的了解，才能更精准地配制出解药来。”

陆菲这么一说，郭子晋更加不会拒绝了。

我掐得自己手都酸了，郭子晋愣是一声没吭。

“那你就住在我租的那个房子，就在郭子晋家隔壁。”我生气地说，“你住在隔壁，你方便，我们也方便。”

陆菲从后视镜里看到我的表情后轻轻一笑道：“你以为我不在国内就不知道你那个房子出过事吗？成书瑶，我又不是你这种傻瓜，我说了我要跟你们住在一起，就一定要跟你们住在一起。”

“是我傻还是你傻？”我终于沉不住气，“陆菲，我告诉你……郭子晋，你捂我嘴干什么，我的话还没说完呢！”

“闭嘴！”郭子晋皱眉呵斥，他眉宇间是掩藏不住的恼怒，“她愿意住就让她住吧！”

“你凶我？你居然凶我？”我委屈极了，“刚才你还说喜欢吃我这条咸鱼呢，现在你竟然为了她凶我？”

虽然陆泽楷有求于郭子晋，但是我们同样有求于陆菲。准确点说，我们双方手里的筹码基本上等重。虽然我明白郭子晋是为我好，可我还是忍不住委屈。

这之后，回去的路上，我们三个人沉默着没说话。

到了郭子晋家楼下，陆菲直接从后备厢里拿出行李。她趾高气扬地将行李箱递给郭子晋，跟他说：“钥匙记得给我准备一份，房间的话……我还是住在我以前的那间吧！”

现实永远比小说狗血，你永远想象不出这种“幸运”哪天会降临到你的身上。

陆菲搬进来了，而且是大摇大摆地搬进来了。

不仅大摇大摆，还理直气壮。

“真是没想到，我还能住上这间房。”次卧重新打开时，陆菲脸上带着惺惺作态的伤感，“子晋，我的东西你居然还留着，我——”

“不用太感动。”郭子晋耸耸肩，直白地说，“我不过是不喜欢收拾屋子，加上实在受不了你的装修风格。为了避免伤眼睛，所以我一直把房门锁上，假装我当初买的是两居室。”

哪怕男人如实解释了内心的想法，女人依旧更加乐意相信自己的判断。

我和陆菲皆是如此。

我对郭子晋的话抱有怀疑，而陆菲则对郭子晋的话心存希冀。

唉，我们住在一起的生活，简直是糟糕至极。

尤其是有陆菲这个长成那样，又穿成那样的女人在家里晃悠，显得我更像咸鱼了啊！

我哭，我闹，我不开心，我不高兴……郭子晋对我的行为，从开始的好言相劝，渐渐演变成无动于衷。等到最后，他干脆一言不发，静等我发完疯。

“你能不能说句话！”我被郭子晋的冷静逼得更加来气，“你看她天天在家里穿的！

那哪里是衣服……她说自己真心实意给我看病，你信吗？”

郭子晋冷笑道：“是你自己说不让我在家里看她的，现在你又问我她穿的什么衣服。要不你先自己玩会儿，我出去重新看看她穿的啥？”

我在气头上，说话自然有漏洞。郭子晋的话一出，我立马慌了：“你敢！”

“不敢，不敢。”一向高傲自大的郭子晋难得脾气好，“都是我不好，都是我不对，行不行？”

“行吧！”郭子晋的态度一软，我立刻没了怨怼，“其实，我也挺不好的……可我看到陆菲天天那样，我就一肚子的火！你懂吧？”

郭子晋摸了摸脑袋上的碎发，说：“我？我真的不太懂，这有什么好火大的？现在哪个女人穿得多啊？再说了，成书瑶，你也不动脑子想想，我要真喜欢她那样的，哪儿还有你什么事儿啊？”

我也不想自己天天跟个怨妇似的，没事儿总对着郭子晋发脾气。陆菲如果不是各方面条件都这么无可挑剔，她住着也就住着了。但她偏偏这么优秀，况且她还是郭子晋的前女友，动不动就往郭子晋身上扑，动不动对我冷嘲热讽。就是咸鱼也顶不住啊！

玩脑力，我肯定玩不过陆菲。每一次，陆菲都能把我气得暴跳如雷。而每一次，她都能算准时机，让郭子晋看到我发疯耍泼的样……玩心计，我是真不擅长。跟陆菲比起来，我只能说自己是个彻头彻尾的失败者，妥妥的。

最可气的是，当初分配房间的时候，我因为对陆菲的到来感到不满，所以陆菲来的第一天，我便执意要住到放杂物的房间去。为此，我跟郭子晋更是大吵了一架。两个人冷战了好几天，谁也不搭理谁。

存放杂物的房间朝北，现在是秋天，屋里没有阳光，冷得要命。最初郭子晋将这里用来放杂物，就是出于这层考虑。到了晚上，裹再厚的被子都没用，我身冷，心更冷。

郭子晋明白我心里不舒服，他尽量选择一种好接受的理由劝我，他说：“成书瑶，虽然说你现在身体感觉不到疼，可你这种状况还是要好好养养的。等过一段时间，你可能还要再经历一次考验……你跟我去主卧睡吧！”

跟他在一个房间睡……

该说不说，这诱惑还是蛮大的。

郭子晋说这话时，我们三人一人占据一个房门口，我脑子一抽，便倔强地回答道：“不要！我也要自己有个房间。”

即便郭子晋再三重申，陆菲的房间是早些年她趁着郭子晋不在家偷着弄的，可我还是很恼火，为什么她霸占了一个房间便随时随地可以回来，我却不能有自己的小空间？

我也知道自己强占地盘的行为愚不可及，但我却十分坚持。我们三人犹如三国鼎立一般，僵持不下。

等到最后，郭子晋终于对我忍无可忍。他抱起被子，去睡杂物间了。

我睡了主卧，我赢了陆菲。只是没了郭子晋陪着，我又怎么都开心不起来。

以前没和郭子晋在一起的时候，我好像对人也没这么多的要求。

我没那么多的要求，主要也是因为别人对我不重要，我对他们没奢望、没期待、没要求。不过郭子晋不一样，我对他的独占欲望很强烈。郭子晋越是忍让我，我反而越抑制不住地想要独占他。

“女人啊，永远是不知足的。”我想。

郭子晋说话不好听，可他极为纵容我。我的那些荒唐、矫情和无理取闹，他基本不放在心上。只是这一桩桩、一件件，陆菲看在眼里，气在心里。我天天难为郭子晋，她天天难为她自己。偶尔在厨房遇到，陆菲会酸溜溜地同我说：“郭子晋现在比上学的时候大度多了啊！”

“不，”我的成就感和虚荣心几乎爆棚，“郭子晋并不是一个多大度的男人，他只不过是包容我罢了。”

陆菲被我的眼神刺激到，手指都微微发抖。

郭子晋一直想搬回主卧来住，但他一直没能找到机会；我想郭子晋搬回主卧来住，可我一直没能找到台阶下。加上陆菲时不时从中搅和一下，郭子晋搬回来住的日子，似乎遥遥无期。

陆泽楷说到做到，在我和郭子晋回到北州的第三天，黑龙山的案子他便给出了交代。

当然，被抓的肯定不是陆泽楷，而是一个倒霉的替死鬼，而且来头还不小。

日子有不尽如人意的地方，自然会有非常不尽如人意的地方。黑龙山的案子刚告一段落，郭子晋便将另一个我得罪不起的人接到了家里。

如你所想，正是白鹿。

一个让人唏嘘的秋雨天

Chapter 2

一场秋雨一场寒，下雨的早上是锥心刺骨地冷。我起床后跑到郭子晋睡的北屋门外看了看，不晓得他晚上睡在里面冷不冷。

“呦，起这么早啊？”陆菲从对面房间打开门，“可惜你起得再早也没用了，郭子晋一大早就出去了。”

“出去了？”我不信陆菲说的话，自己动手推开门看了看。看到空荡荡的床铺，我又有点失望，“还真出去了。”

郭子晋不在，陆菲也懒得跟我较劲。陆菲一步三摇地往厨房走，看她露在外面的肩膀，我都替她感到冷。

虽然相互不待见，可吃早饭的时候却是避不开的。在这件事儿上，我和陆菲难得有默契。我拿着面包在沙发上啃，她端着咖啡杯站在厨房喝。

外面天阴得厉害，气氛十分压抑。

压抑了没多长时间，陆菲讽刺地开口道：“我听你昨天又跟郭子晋吵架了吧？”

我没理会陆菲的话，僵硬着脸，扫掉身上的面包渣。

“别看郭子晋不一样，可他终归是个男人。”陆菲傲慢的神情让我厌烦，“男人看女人的眼光是相同的，他们都喜欢漂亮温柔、善解人意的女人。郭子晋对你够不错的了，你还总是对着他又作又闹……啧啧啧，小姑娘还真是没什么恋爱技巧呢！”

沉默了几秒，我突然问：“你没爱过什么人吧？”

我没给陆菲开口说话的机会，淡淡地将吃剩下的面包放在一边，一本正经地说：“我以前也没爱过什么人，所以我以前的想法跟你是一样的。”

压抑的天气让人很有诉说的欲望，哪怕对着陆菲这样的情敌，我依然如是。

“我跟我以前的男朋友在一起时，别提多么温柔体贴了。除了他劈腿那次，我从来没和他红过脸。他说我们出去玩，我说好；他说我们行程提前，我说好；他说有事儿，约会暂时取消，哪怕我已经到了电影院门口，我还是不会发脾气，说声好……你死乞白赖地想要追回郭子晋，就是为了展示你那些虚伪的温柔？我告诉你，钓凯子才需要技巧呢，恋爱哪有什么技巧？你说的那些是假客气，不是真爱情。”

这些想法，是我从我爸妈的婚姻中深刻感悟出来的。

当初我妈和我爸在一起恋爱的时候，他们两个人就极力伪装出一种和谐、友爱的局面。可等到结婚后相处久了，他们才慢慢发现，彼此的性格并不适合在一起。哪怕他们再相爱，也还是不适合。

虽然我跟郭子晋相处的时间不长，但我们两个之间是很有默契的。平时的生活中，我即便作出大天来，郭子晋仍然会宠着我、护着我。而郭子晋破案的时候，无论他有何等怪异的行为举止，我都会信任他。

感情的事儿，冷暖自知。

除非是有一方存了出轨的心思，不然任何人想插一脚进来，都是办不到的。

陆菲没再说话，她静静地低头喝着咖啡。

郭子晋的行动，一向没有准则。我不知道他出去忙什么，也不好找他。玻璃窗上蒙了一层厚厚的水汽，吃过早饭之后，我懒懒的，有些犯困。

钥匙拧动门锁的声音响起，我估摸着是郭子晋回来了。陆菲的位置比我站的地方要靠门一些，她抢先冲了出去。难得地，这一次我没和她抢。至于为什么，应该就是我刚才提到的，我觉得她可怜。

陆菲的身世，郭子晋多少提到了些。可不用郭子晋细说，我也能猜到当陆泽楷的私生女有多难。陆菲虽然聪明要强，可到底还是一个缺爱的女孩子，郭子晋曾经的誓言让她产生了归属感。我的出现，怎么都让她有些心理失衡。

不过，这是没办法的事情……她想做什么就去做吧。我想，以后我还是不要太过于激她就好了。

虽然今天我并没有过激的行为举止，可陆菲依然受到了刺激。她大概刚跑到门口的位置，家里的大门便被打开了。

接着，陆菲高亢尖锐的女声几乎响彻了整栋楼："你怎么来了？"

能让陆菲失声尖叫的人，简直是不可想象。我立马穿上拖鞋跑出去，看到门口正在换鞋进屋满身雨水的人，我也惊讶了，"你怎么来了？"

白鹿站在郭子晋身后，满脸嫌弃地看着我和陆菲两个人。我随手拿过一旁挂着的毛巾递给白鹿，他将毛巾从我手里扯走，也没搭理我。

"你去市五医院了啊？"我踮起脚，用毛巾给郭子晋擦他湿漉漉的大脑袋，"白鹿今天不用坐诊吗？"

白鹿用力一甩毛巾，抖了我和陆菲满身的水。

白鹿叉腰怒喝："我愿意来，我愿意不坐诊！管得着吗你们！"

天地良心，我真的只是随口问问。而白鹿误解了我的意思，跟斗鸡似的以为我在挑衅。不过奇怪的是，这一次，白鹿的矛头全对准了陆菲。他阴阳怪气地讽刺道："哟嗬，你还没死呢？"

"我没死，我当然还没死。"陆菲也跟往日不太一样，她也不在乎形象了，叉着腰跟白鹿对骂，"你个人妖都没死，我哪里敢死啊！"

我的天！陆菲竟然敢直击白鹿的底线？

而出乎我意料的是，白鹿不但没生气，反而越挫越勇。他"呵呵"地冷笑着，眼神仿佛要杀人。

不寻常，简直是太不寻常了。

对于他俩的吵闹，郭子晋似乎并不感到意外。郭子晋把手放在我的颈窝里焐了焐，抽了下鼻子，问："家里有什么吃的吗？我早上还没吃饭。"

"你早上干吗去了啊？"我和郭子晋去了厨房，拉上玻璃门后，客厅两人的吵闹声却丝毫没有减弱，我给郭子晋焐着发凉的脸，问道，"你把白鹿接来干什么？"

郭子晋靠在料理台上，坏笑着说："白鹿一旦过来，我怎么也要腾出一个房间给他住不是？"

我的脸一下跟火烧似的，我拍了拍郭子晋的脸，惊道："你有毛病吧？你要是想回来……你要是想跟我住，你就直接回来好了，干吗把白鹿叫来？"

"哈哈！"郭子晋笑得直不起腰了，他避开我想捂他嘴的手，说，"成书瑶，你看看你的小样儿，一说和我睡，你乐得眼睛都冒光了！"

"你闭嘴！"我使劲地捶郭子晋胸口，"你要是再说……你要是再说……"

厨房门被猛地拉开，白鹿暴躁地对着郭子晋嚷嚷："郭子晋，你想办法！我不要跟这个女人住在一起！”

“为什么呀？”陆菲闲散地用手掌扇着风，“是不是跟我在一起，你忍受不了刺激啊？什么这个女人这个女人的，你是不知道我的名字，还是说……白鹿医生，你是不是羡慕我是女人啊？”

“我有什么好羡慕你的！”白鹿气得满面羞红，“我比你还像女人！”

陆菲仰着洁白纤长的脖子，走到白鹿面前，傲慢得像只白天鹅。他们一个是唇红齿白的美男子，一个是性感妖娆的御姐……两个人的容貌相互衬托，熠熠生辉。

呃，为啥我光看着他们，就觉得还挺般配的呢？

接下来，发生了一件让我更加目瞪口呆的事情。

陆菲突然伸腿对准白鹿的下身踢去，动作精准而又狠辣。白鹿登时疼得脸色发白，一声都吭不出来。

眼看着大战一触即发，在事情一发不可收拾之前，郭子晋及时地背起我，快步出了厨房。

“喂！”我摇晃着郭子晋的脖子，难以置信地说，“你就这么走了吗？会不会不太好啊，陆菲会不会被白鹿打啊？”

郭子晋没说话，一直背着我往主卧走。到了卧室，郭子晋把我放在地上，又转身把卧室的门关上了。

“嘿嘿，”郭子晋脸上挂着看热闹的笑容，“小姑娘，你就别操心了。”

郭子晋的样子逗得我哈哈大笑，我说：“他们再吵下去，楼下的大妈又要来敲门骂人了。”

“好吧！”郭子晋无趣地收回手，“你的笑点果然跟一般人不一样啊！”

“是你表述能力不好吧，叔叔！”

“我没有当你叔叔的年纪啊！”郭子晋借机夸赞自己，“我才不到三十岁，还是有为青年。”

因为郭子晋，我错过了一个看热闹的机会。我没有心思和郭子晋闲扯，担心地问道：“你带白鹿回来干什么啊，不会只是故意想找人刺激陆菲吧？”

“我有你说的那么无聊吗？”

郭子晋装模作样地坐在卧室床上，煞有介事地轻咳一声。我立马心领神会，快速跑了过去。

“郭先生，你累了吧？”谁说我不会温柔的，我声音嗲得自己都想吐，“先生，我来帮你捶捶腿好了。”

从陆泽楷家回来以后，郭子晋便养成了这个不好的习惯。只要他出去做事累了，或者是我惹他不开心了，他都会轻咳一声，示意我“表现”一下。

我跪在郭子晋身后的床上，强压下想吐的感觉，继续发嗲道：“先生，这里疼不疼，我给你捏捏？这里酸不酸，我给你揉揉？”

郭子晋享受地闭上眼睛，满脸的惬意。我按得手掌发酸，他还没有要说的意思。我气得正准备使劲捶他一下，可还没等我的手落下，郭子晋却缓缓开腔了。

“我信不过陆菲。即便陆菲说她喜欢我，我还是信不过她。”郭子晋睁开眼睛，目光犀利异常，“关乎你的性命，让她一个人来经手，我怎么也不会放心。”

“你想让白鹿来干什么？”我趴在郭子晋的肩膀上问，“你想让白鹿跟她一起给我配解药？”

郭子晋摇摇头说：“我想要他俩一起研究出配方，然后，我亲自试药。”

“啊？”

侧面看去，郭子晋浓密的睫毛卷而翘。而跟白鹿不同，郭子晋的睫毛即便长，也不显得女生气。

“陆菲也好，白鹿也好，任何一个医生都好……我很难保证他们不会被什么人收买。他们，我全信不过，除了我自己。”

我鼻子一酸，居然不自觉地哭了出来。

“为了保证万无一失，最近这几天我要去市五医院多查些资料。”郭子晋并没看到我哭，他静静地说，“所以成书瑶，这几天你只能自己跟白鹿和陆菲在一起了。不过你放心，我会交代好的，他们不会难为你。你怎么哭了？胸口的位置又疼了？”

我什么都不想说，也什么都不用说了。我托着郭子晋的脑袋，满脸鼻涕、眼泪地贴上他的唇。

郭子晋立刻反应过来，他拍拍我的脑袋安慰我。

厨房里的白鹿和陆菲似乎打得愈发激烈，我甚至能隐隐听到盘子碎裂的声音。楼下的大妈终于忍受不了，她再次破口大骂……不过此时此刻这些都和我没有关系了，我能闻到、能看到、能听到的，唯有郭子晋。虽然我不知道我会不会明天就毒发身亡，但我知道，我爱郭子晋，郭子晋也同样爱我。

有他这样对我，我就算现在死了，也没有遗憾了。

紧接着，外面传来了敲门声，是闫树海的声音。

我一头雾水，完全没明白闫树海此时要过来干什么。郭子晋的额头稍微皱起，遂又立马松开，跑着到客厅。

“快去隔壁，快！”

郭子晋来到客厅的柜子前，大力地用手将柜子推开。墙上的坑洞露出来，似乎还有风往外冒。

“郭子晋，你……”

郭子晋不给我说话的时间，扯过我的领子直接将我塞进了洞里。我猝不及防，整个人倒栽着掉在了隔壁卧室的地上。

自从房东死后，房东太太一个月里有十五天会往墓地跑。她光顾着伤心，隔壁的屋子自然顾不上。最近雨多，屋子里通风不好，霉潮加上残留的尸臭味儿，呛得我脑仁儿疼。

我呸着将嘴里的灰吐出来，还没等我询问郭子晋发生了什么，他也立马从洞口跳了过来。客厅里的白鹿和陆菲心领神会，竟然联手把坑洞堵上了。

“郭子晋，你——”

我的话刚一出口，郭子晋立马捂住我的嘴。他神情极为戒备，无声地暗示我别说话。

不用郭子晋警告太多，因为就在坑洞刚被堵上时，走廊里便响起了嘈杂的脚步声……刚才闫树海看似在叫门，实则是在提醒我和郭子晋。

巡捕来了。

“开门！”门外跟着响起一个陌生男人的说话声，“树海，你不是认识郭子晋吗？我记得他还是你的师弟。”

“领导，抱歉抱歉。”闫树海讪笑着给自己圆场完，一本正经地继续叫门，“子晋啊！我是闫树海，把门打开，我有事儿问你。”

隔了有十几秒钟，白鹿不高兴的声音响起，“这不是闫副探长吗，有事儿吗？”

“白鹿？”闫树海一惊一乍地说，“你怎么在郭子晋家里？你最近好吗？还在市五医院的妇科诊室？”

“咳！”那个男人轻咳一声，插话进来道，“闫树海，我们是来找人的，不是来叙旧的。”

“我明白，我明白。”闫树海说是这么说，却还是顺着自己的思路跟白鹿闲扯，“哎，咱们好些年没见了吧？我第一次见你的时候，还是你去学校找郭子晋……前两天市五医院出事儿的时候你在吗？唉，最近不太平，病患的情绪还是不太好。要我说啊，你还是别……”

外面吵吵闹闹的，我一直没有听到陆菲的声音。

本来郭子晋是打算把洞口堵上的，不过最近一段时间我们两个都在忙别的事情，所以没顾得上处理。也幸好没堵，不然的话，我和郭子晋现在已经没地方藏了。

我小声问道："他们这是来抓你的？"

郭子晋摇摇头，道："是来抓你的。"

抓我？

我又问他："为什么抓我？"

事到如今，郭子晋不再隐瞒了，他尽量简短地说："应该是市五医院的事情，我猜，闻人航是帮着别人策划了这起谋杀案。为了保证凶手的人身安全，闻人航便将罪名嫁祸到你身上。"

我脑海中再次浮现出地道里回想起的场景……

我很担心，这恐怕不是嫁祸。

郭子晋似乎看出了我的担忧，他说："无论你能想起什么场景，都不要相信。闻人航就是想要通过意识操控你，你不要被他骗了。"

我呆呆地望着郭子晋，思维彻底被搅乱。我的手脚冰凉，手指微微发抖。郭子晋攥住我的手指尖，我茫然无措地抬头看他。

别怕，还有我呢！他的眼神这样告诉我。

白鹿还在和闫树海以及闫树海的上级周旋，闫树海听着像是咄咄逼人地质问白鹿，可我能感觉出来，闫树海其实句句皆是为我和郭子晋打掩护。闫树海的那个领导很少开口，但每次开口便切中要害。

"呦，还真有搜查令啊！"白鹿也不是吃素的，他丝毫不肯退让，"郭子晋去外地了，我是来帮他看房子的。还有你们说的什么瑶，我不知道，也没见过……得了得了，你们烦我也没用，我上哪儿给你们变出人来？"

闫树海的领导威严地冷哼一声，说："我们已经对市五医院的案子进行了全面的调查分析。我们有理由怀疑，成书瑶便是杀害张傲和王庆文的直接凶手……如果你再不说实话，小心我将你一起带走！"

白鹿瞬间变了一个声调，说道："领导大人，你真厉害呀！你抓我，你抓我，你抓我啊！真是开玩笑，还有没有王法了？我每个月交那么多税，就是为了养你们这种滥用职权的巡捕吗？"

"为了保护人民生命、财产的安全，有时候，也不得已要牺牲个人利益。"那人是一点通融的余地不给，"他也是市五医院的医生吧？把这个人给我带到局里去！我们现在有理由怀疑，他可能是疑犯成书瑶的同谋。给我带走！"

"大队长！"闫树海出面调解道，"白鹿我认识好多年了，他就是小孩儿心性，他不会去当同谋的。而且他爸爸是……"

闫树海小声说了几句，我和郭子晋在隔壁一个字儿都没听见。只是最后听闫树海又说：“大队长，我们抓紧回去报告吧！上头还等着呢！”

“让郑局长先等一会儿吧！”大队长铁面无私，丝毫不为所动，“把屋子给我搜一遍！把这个白鹿给我带走！”

其他的巡捕应声而动，外面吵闹得厉害。可能是看出情况不妙，连楼下的大妈也不骂人了。

在一片嘈杂声中，大队长用低沉的声音问道：“闫树海，你刚才特地快我们一步上来，是在给郭子晋通风报信吧？”

“没有，怎么可能呢？”闫树海应该正好站在坑洞外面，他的声音听起来非常清晰，“我是公务人员，我——”

“没有是最好的。”大队长不听闫树海圆滑的解释，“我们巡捕房，是不会要假公济私的人的。”

此时，一边的闫树海恐怕已经满脑袋汗了。闫树海随意应和了几声后，大队长再次不依不饶地追问道：“成书瑶搬过来了，那隔壁现在有人住吗？”

闫树海慌了神，即便在隔壁藏着，我都能感觉出他说话有些破音：“大队长……咳！上次的案子破了之后，成书瑶和郭子晋就谈恋爱了。隔壁的屋子死了那么多的人，成书瑶一个女孩子怎么可能会再住那儿呢？哈哈哈，根本不可能嘛！”

“他们这个片区有管理人员吗？”大队长完全没听闫树海的话，自顾自地往下说，“小刘，去楼管那儿，要一把隔壁的钥匙！”

“大队长！”闫树海真急了，“没有搜查令，我们是不能搜隔壁房间的啊！”

大队长一意孤行地说：“没关系，办案的时候，我们可以灵活变通！”

“不行！”

隔壁似乎有肢体上的拉扯，摩擦的声音窸窸窣窣地响。闫树海应该是跑到门口拦人去了，他的声音渐渐远了：“……没有搜查令，我们不能擅自往里闯！”

“具体问题要具体分析，不能教条主义！”

“你这是强权主义！”

“我记得上次的结案报告里有提到过这里的墙是打通的吧？”

“大队长！”

“是不是这个位置？小刘，过来！你跟我一起把这个书架推开！我倒是要看看，是什么私人财产，会让闫副队长冒着降职的危险阻拦我！”

“大队长……吴国文！”

“小刘！推！”

客厅里吵得不可开交，可不知道为什么，瞬间又鸦雀无声了。

我盯着柜子的木板看，紧张得要命。由于太过紧张，郭子晋的手背都被我抠破了。直到他吃疼地哼一下，我这才回过神收了手。

事实上，隔壁静默的时间并不是很长，只不过是几秒钟的时间。可就是这几秒钟的时间，却好似钝刀子割肉一般折磨人。随着每一秒的流逝，事态的变化都是无法料想的。

果然，事情的发展再次出乎了我的意料。

一个说话声音和我类似的女人在隔壁开腔道：“不用去取钥匙了，我在家里。”

我听得头皮发麻，浑身颤抖。这个声音和我实在是太像了，甚至我有一种错觉，开口说话的人正是我。

郭子晋掐掐我的脸，比画着告诉我，让我少安毋躁。我困惑不解地在空中打了个大大的问号，郭子晋摊开我的手掌写了一个字——菲。

陆菲？她是在……学我？

门外传来纸张抻开的声响，应该是有人在核对陆菲的身份。在确认了陆菲的资料信息后，吴国文开腔询问：“你是成书瑶？”

陆菲一笑，我惊得毫毛倒立。她学着我的腔调，说：“你们刚才不是查过了，还问我做什么？”

吴国文没理会陆菲的讽刺，厉声问道：“郭子晋呢？”

“出去了。”

“不可能。”吴国文戳穿陆菲的谎话，“我们从今天早上拿到逮捕令开始，就已经将整栋大楼监视起来了。为了保险起见，就连闫树海，我都是在出任务的路上才通知他的……郭子晋早上从家里出发去市五医院，八点多带着白鹿一起回来。郭子晋回来之后，就再没有离开过。”

“行，就当他没离开好了。”陆菲嘲讽的意味更加强烈，“吴大队长，你的逮捕令上面只写着逮捕成书瑶，对吧？我看，上面好像并没有郭子晋的名字。我现在可以明白地告诉你，郭子晋确实是在隔壁。”

我的脑袋嗡的一声，头皮跟炸开了一样。我一下从地上站了起来，旁边的郭子晋差点被我撞倒。幸好外面吵得厉害，所以我们这面的响动并不明显。

郭子晋干脆坐到地上，他将我拉到怀里，凑在我耳边小声地说：“你冷静一下，没事儿的。”

没事儿？陆菲都把我俩出卖了，这能叫没事儿吗？

一阵沉重的脚步声传来，陆菲似乎是走到了架子旁边，她用满不在乎的语气说道："你想找郭子晋对吗？我已经告诉你他在哪儿了。你不是想去隔壁吗？我可以帮你把架子推开。不过吴大队长，别说我没提醒你。第一，你没有隔壁房子的搜查令；第二，你也没有郭子晋的逮捕令。只要你进了隔壁的门，就是利用职权之便，侵犯人民的隐私和财产安全。郭子晋的爸爸也不是什么小人物，虽然不是你的直属上级，但怎么也算你的同事……吴大队长，你真的想好了要这么做吗？"

吴大队长终于踌躇了。

和闫树海比起来，陆菲更能找到人的软肋。加上吴国文和陆菲不是上下级的关系，所以陆菲说话会更直接一些。

权衡了一番利弊，吴国文勉强松口妥协道："把白鹿和成书瑶给我带回去！我们走！"

过了好一会儿，隔壁才彻底安静下来。我拍拍郭子晋捂住我嘴的手，示意他放开。郭子晋松开后，我急得舌头打结："巡捕的意思是，我是凶手。"

郭子晋的反应淡淡的，他说："我知道。"

"他们把陆菲当成是我抓走了！"

"我知道。"

"还有白鹿，"我脑子里面一片糨糊，"白鹿也被那个吴大队长抓走了！"

"我也知道。"

我气急败坏地摇着郭子晋的身子，说道："知道知道知道！既然什么都知道，你倒是告诉我，我们接下来该怎么办啊！"

郭子晋被我摇得脸微微发红，他无奈地摊摊手说："我不知道。"

我满脑袋的问号，疑惑道："他们怎么会把陆菲当成我？"

"显然，陆菲是易容成了你。"郭子晋用手在我脑袋上拍了拍，都这个时候了，他还有心情开玩笑，"我真庆幸搜捕令上的照片过于粗糙，不然的话，陆菲想伪装成你，难度简直太大。"

"啊啊啊！"我更大力地摇晃着郭子晋，"你到底听没听到我说话啊？陆菲被当成我抓走了啊！你想想办法啊，郭子晋！"

"你这么说……"郭子晋像刚回过神一般，"我现在要去个地方。"

"去个地方？郭子晋，你要去……"

行吧，我的话被郭子晋无视了，因为没等我的问题问完，郭子晋便动作麻利地将我从地上拉起来往外走。郭子晋的动作吓到了我，我忍不住小声嘀咕道："你不会想要去劫巡逻车吧？”

郭子晋依旧无视我的问题。

开门出来后，郭子晋又回到了自己家。刚才来的人多，地板上踩满了深深浅浅的脚印。我跟着郭子晋来到陆菲的房间门口，郭子晋动动门把手，门上锁了。

郭子晋从我头上摘了一个黑色的钢丝发夹，随着他的动作，发夹已经没了最初的样子。郭子晋弯腰把钢丝插进了锁眼里，他只是稍微拐了几下，门锁便咔的一声拧开了。

“你真是太厉害啦！”我由衷地赞叹。

郭子晋似乎不太好意思，他自嘲地笑道：“我以前抓过一个小偷，他开锁才是真的厉害，基本上没有他打不开的锁。我从外地抓他回北州，撬锁的本事是路上跟他学的。虽然我以前也会撬锁，但技术掌握得不怎么成系统……成书瑶，你真的觉得我很厉害吗？”

“当然啦！”天虽然阴沉，不过陆菲的房间还是晃得我眼睛疼，“我还能骗你不成？”

“你倒不会骗我……”郭子晋一边在陆菲的房间里看，一边说道，“不过，一般人不会这么说。”

“一般人会怎么说？”

郭子晋随意翻动着地上零散的行李，随口答道：“一般人……像我妈，她就会觉得我学这个非常丢脸。按她的话讲，这是下九流的东西。”

我挨着郭子晋在地上蹲下，继续问道：“破案嘛，怎么也要变通一点啊……我看你妈妈应该也很厉害吧？那她要碰到锁上的门，她会怎么办？”

“她确实很厉害。”郭子晋嘴角的笑意扩大，“她会直接想办法把门劈开。”

呃……这好像确实是郭子晋妈妈能干出来的事儿。

郭子晋不再闲话，他从衣服堆里翻找出陆菲的化妆箱递给我，说：“拿着。”

我好奇地翻开化妆箱，里面的东西着实吓了我一跳，害得我差点将化妆箱扣在地上，我颤颤巍巍地对郭子晋说：“这里面……是什么啊？”

女人的化妆箱我熟悉，基本上是些眼影、粉底、睫毛膏……而陆菲的化妆箱里，则是一块块形似皮肤的东西。随着我的动作，这些东西甚至还像受惊般微微乱抖。我强忍着又往里瞧了瞧，箱子底部还有一块像鼻子一样的东西。

“变装用的，一粘，你立马会变成另一个人。”郭子晋头都没抬地对我解释，“这是她的拿手活。”

我听话地接过东西，又小心翼翼地合上化妆箱。虽然我给郭子晋当了一段时间的秘书，可是侦探的世界，我依旧看不懂啊！

“陆菲真好。”郭子晋忙他的，我唠叨我的，“她居然代替我被抓走，早知道这样，我之前就不跟她吵架了。还有白鹿……这个事儿过去，我一定好好谢谢他们。”

“白鹿可以好好谢谢，陆菲就免了吧！”郭子晋从陆菲的行李箱旁边翻出一套刀具，他用手指来回试着刀锋，“陆菲不是为了救你，她是为了保护我。”

“保护你？”

郭子晋偏头看了我一眼，笑道：“当然，不然你以为陆泽楷派陆菲来是干什么的？”

“为了救我的命啊……”郭子晋的话我是越听越糊涂，“难道不是吗？”

郭子晋用手掌挤着我脸上的肉，认真地看着我，说：“成书瑶，你真的是……很可爱。”

在郭子晋的词典里，“很可爱”便等同于“你很蠢”，等同于“你没脑子”，总之，不是什么乐观积极、正向阳光的表述。

“以陆家这样的财力和人力，绝对算得上是行业垄断级别的，”郭子晋手上的动作没停，他的思路却依旧清晰，“一般的行业垄断倒还好说，可如果涉及民生，危险系数就高了。”

“陆泽楷很危险吗？”

“是的，很危险。”郭子晋点头道，“我想，陆泽楷和几家行业垄断巨头们签下的协议，应该就是一种行业互救协议。”

“那你再说说，”我问郭子晋，“什么样的保证能让对方倾囊相助？”

“当然是彼此的把柄之类的啊！”郭子晋找到陆菲的车钥匙后终于停了下来，“所以，在知道闻人航要找出协议时，陆泽楷才会这么慌张。所以，在我们帮着他铲除掉闻人航之前，他会不惜一切代价地保住我们的命，所以他才会派自己的亲闺女监视我们。不然的话，她对陆泽楷也没有价值了。”

“怎么会呢？”我否定郭子晋的话，“陆菲是陆泽楷的女儿，他肯定是在乎她的！”

“你的愿望很美好，但是不切实际。”我的想法再次被郭子晋否定，“在陆泽楷这样的政客、商人眼里，唯有利益是永恒的。”

我不由得打了个哆嗦。

“不用担心陆菲，她比你有办法脱身。”郭子晋夹起东西带我离开，“陆菲在记录里本身即是一个已经死去的人，她不是任何人……同时，她也是任何人。”

我没心情听郭子晋说别的，我还在为陆菲的处境感到难过。虽说我和她之前总是针锋相对，但是现在想想，她的身世难免让人唏嘘。

“我们去找一个人，他可以让我联系上闫树海。”郭子晋动手脱我的衣服，“我们现在最重要的是要搞清楚，巡捕手里到底掌握了什么证据。”

“巡捕手里的证据，会不会是闻人航给的？”

我的衣服被他扯掉，身体突然一凉，猛地打了一个哆嗦。

我哑着嗓子问：“不是要出去吗？那你脱我衣服干吗？”

“‘你’既然被巡捕抓走了，那‘你’就不适合出现在光天化日下。”郭子晋拿出一个粘满陆菲香水味儿的衣服给我围上，他为难地皱眉，“不过，要把你伪装成陆菲，委实困难了些。”

情况紧急，我和郭子晋没有太多准备时间。我无奈地穿上陆菲的衣服，眼巴巴地看着郭子晋拿出陆菲化妆箱里那堆跟肉一样的东西，转身要往我脸上抹。

“你干吗？”我连连往后退，“你手里拿的是什么？”

“肤蜡，好像还不是一般的肤蜡。”郭子晋鼻子凑过去嗅了嗅，“大明星拍电影的时候，基本上都用这个来遮瑕、化妆，或者制造伤疤。我上次去市五医院的时候，也是用它……好了，我要稍微把你的脸颊和鼻子垫高……对女人来说，易容简直是太简单了。你们化上浓妆，便可以轻易让男人变成‘脸盲’。”

“怎么会没有区别啊？”我张口说话，散粉弄了一嘴，“如果我和陆菲一起化妆，你能认不出我来吗？”

郭子晋巧妙地避开我刁钻的问题，不过他也表明了自己的观点：“幸好现在没有皇帝，否则出巡的时候随手在大街上抓一个美女回来……晚上美女一卸妆，估计得治个欺君之罪。”

我扑哧一声笑出来，散粉吹了郭子晋一脸。郭子晋对我的反应丝毫没感到意外，他淡定地拿纸擦了擦嘴。

化妆变装，用了大概半个小时的时间。郭子晋巧妙地将我变成了跟陆菲神似的人，如果忽略掉我的身高和体态，一切可以说是完美。

“走吧！”郭子晋把有用的东西收整在一个大包里，牵着我的手下楼，“你现在这样，我还真挺不习惯的。”

我能说我也很不习惯吗？

虽说我不是凶手，可我现在已经沦为一名逃犯。逃犯要有一个逃犯的样子，嘻嘻哈哈肯定是不行的。我严肃着一张脸，动作迅速地跟郭子晋下楼。

下九流

Chapter 3

"我们要去哪儿？"

似乎我一直在问郭子晋诸如此类的问题，而郭子晋一如往常地忽略掉我诸如此类的问题。

不过看样子，郭子晋似乎也并不清楚我们要去哪儿。我们找到了陆菲的小汽车，他坐上车后就闭上眼睛，开始养神冥思。我焦躁极了，心里像被猫爪子挠似的。郭子晋却一点不急，一直在闭目养神。

想了许久，郭子晋开车来到路边的电话亭打电话。

我们两个挤在电话亭里，电话接通后，他说："我是郭子晋。"

"你有什么事？"电话那边的人问。

"生意。"郭子晋有点不耐烦，"不过，如果你再继续问我这些无聊的问题……"

"你打给谁了啊？"我有点好奇，便小声问了一句。

"你旁边说话的人是谁？别怪我多疑，最近查得紧，我只是以防万一。"电话那端的人明显警觉起来。

"她是我女朋友。"郭子晋开门见山，"这次的麻烦比较大，我需要见你一面。"

电话另一端的人似乎对郭子晋的麻烦不感兴趣，追问道："你的女朋友？你居然会有女朋友？你怎么可能会有女朋友？"

“你再说一句废话，”郭子晋冷冷地威胁，“我立马挂电话。”

那人很快回道：“好吧，好吧，好吧！我只是好奇而已……你来吧，来找我好了。”

总算可以走了，我迫不及待地上车，郭子晋却没动一步。

我疑惑地问他：“不走吗？”

“你知道地址吗？”郭子晋笑着反问我。

我惊讶地问：“你也不知道地址吗？”

“没人知道他的地址。”郭子晋说，“我等着他给我地址。”

郭子晋等了好一会儿才挂掉电话，发动汽车，说：“走吧！”

“他是谁啊？”我第一次见识到如此谨慎怪异的人，“是你的朋友吗？”

郭子晋笑道：“你说他啊？他就是我妈嘴里‘下九流’人物里的代表人物。成书瑶，前几年民间有一个叫‘猫哭耗子’的人，你听说过吧？”

“就是那个一夜之间名扬天下的‘情报贩子’？知道啊，当然知道啊！抓他的悬赏金额一涨再涨，都快有近百万了吧？”我不禁语噎，“你刚才那个朋友，不会就是猫哭耗子吧？”

郭子晋掉转车头，说：“正是他。”

我瞬间无语了。

几年前，全国上下各大报社的头版头条都在报道这个猫哭耗子的事迹。据说，这个人神乎其神，天底下就没有他找不来的情报。军统、警察局、军部全都在找他。小报上把他描绘成一个利用情报信息来帮人办事的传奇人物，还说他帮官方办过大案。不过近两年来，猫哭耗子突然间就销声匿迹了，至于这个人是男是女、是人是妖，没有任何人知道。

“你真的认识他？那可是猫哭耗子啊！”我顾不得看路，只是坐在副驾驶座上一个劲儿地感慨，“他是男的还是女的？你是怎么认识他的？天哪，我没想到，我居然有一天能认识猫哭耗子！你知道吗，我有个同学在上学的时候就把猫哭耗子当神一样膜拜。他说过，在情报领域，这个人可是数一数二的行家，在国际上都可以排上号的那种。”

“他是挺厉害的。”郭子晋肯承认别人厉害实属不易，不过，即便是这个时候，他依然不忘夸夸自己，“跟郭子晋一样厉害。”

“他到底是男是女啊？”我的好奇心瞬间爆棚，“他今年多大了啊？”

郭子晋轻咳了一声，不太高兴地撇撇嘴道：“你对他这么感兴趣啊？他那些都是下九流的东西……一会儿你见了不就知道了？”

即将见到猫哭耗子的激动心情，逐渐扫去了我心里的阴霾。我想想都觉得庆幸，多亏我当初同意了给郭子晋当秘书，才能见识到各个领域大神级别的人物，这辈子都值了。

车前的雨刷不停摇摆，豆大的雨点噼里啪啦地往车上砸。郭子晋七拐八绕，上了桥，又下了地下通道，开了二十多分钟才停下。

没有雨伞，郭子晋也懒得下车，我们俩都在车里等着。

我又问了一次猫哭耗子的性别，郭子晋但笑不语。过了有五分钟，一个穿着拖鞋的小个子男人从楼道里跑了出来。男人一手打着伞，一手拿着垃圾。他丢完垃圾，直接来到我们车上。

小个子男人打了个冷战，他拿下蒙着水雾的眼镜，笑呵呵地同郭子晋打招呼："没想到你这么快就到了。"

这个是猫哭耗子？

其实猫哭耗子身材不矮，只是他的背驼得实在是太厉害了。看他走路，我都感觉胸腔疼。猫哭耗子脸色白得厉害，而且是那种病态的苍白。看样子他是常年待在家里，很少出来晒太阳。他的四肢比女人还纤细，身体骨感十足……这就是猫哭耗子？

我大失所望。

"这是你女朋友？"我对猫哭耗子感兴趣，他对我也同样感兴趣。他年纪应该不大，但笑的时候眼角笑纹颇重，"我还以为这个世界上只有你是我的知己，没想到你也去谈恋爱了……唉，我太难过了，这次我要多收你点钱，来弥补我心灵上的创伤。"

"我们这次遇到的麻烦比较棘手。"郭子晋无心玩笑，一本正经地说，"巡捕在抓我们，可是，我却不知道因为什么。"

"巡捕？"猫哭耗子拿纸擦擦腿上迸溅上的泥巴，他的表情也很严肃，"郭子晋，你知道我是良好市民，一般我不参与违法犯罪的事儿。"

噗……

这话从一个通缉犯口中说出来，是不是太没说服力了？

"你还不信我吗？"郭子晋打断他的话，"你觉得，我会去犯罪？"

猫哭耗子咧嘴笑了，小虎牙看上去稍显尖利，他说："你没有吗？本来我还想，如果是你杀了巡捕中的哪个败类，我就给你打个折来着……好啦好啦，别这么看我，我给你查就是了。"

能在某个领域达到顶峰的人，多少有点稀奇古怪的脾气。从言谈举止中，猫哭耗子流露出的桀骜和不屑，可以说和郭子晋办案的时候如出一辙。

"嘿，郭子晋的女朋友。"我正琢磨着，猫哭耗子接过郭子晋递过来的笔记本，一边看我一边说，"你别对我有什么误会，我可是个好人。"

我一直打量着他，只觉得这个人甚是有趣。

他估计也知道我在想什么，继续解释说："之前报纸上那些关于我的报道，确实是有点夸张。不过我当时确实是太年轻，爱张扬，现在我早就不喜欢干这种事了……可以了，郭子晋，你想上我这儿找什么？"

"警队资料。"

"谁的？"

"闫树海他们局的。"

猫哭耗子的表情瞬间就亮了，"瞧瞧，瞧瞧，让我猜猜，现在是什么戏码，好兄弟互相捅刀吗？"

郭子晋略微叹了口气，"你觉得是就是吧！"

"真好。"猫哭耗子心满意足地摸摸胸口说，"案子总是比高潮要让人爽……所以啊，谁还需要谈恋爱呢？"

"……"

猫哭耗子平平无奇，他家里的装修……他家实在是太乱了，乱得我已经彻底看不出有什么装修。从门口地上一直到屋里，摆放了污损程度各不相同的锅碗瓢盆。脏衣服更是堆得比衣柜还高，上面落了一层灰。

他该不会是冒充的吧？

我正想着，猫哭耗子带我和郭子晋来到了客厅的一面墙前。我不解地看着他，他笑着炫耀说："下面，带你们见识一下我所在的世界。"

说完，猫哭耗子在墙壁上推了一下，墙壁就转了起来——老天，整面墙都被他做成了隐形门！

隐形门推开，里面别有洞天。一个接近一百平方米、三层楼高的私人图书馆，完完全全展现在了我们面前！

对于这样的场景，郭子晋早就习以为常。他拉着猫哭耗子先进去了，我在后面叹为观止。我走进去看了看，四面墙壁都打满了架子。架子上整整齐齐地摆放着一本本书，抬头往高处看，好像还有电影用的胶片。

情报员会收藏些什么书？我非常好奇。我拿起离我最近的一本书翻开，还没来得及看，猫哭耗子就突然凑了过来。

猫哭耗子像是从地下钻出来的一样，我被他吓了一跳。他看了看我手里的书，说："啊，我很喜欢这本，讲的是军统特务局局长和小秘书偷情的故事。"

"啊？"

“啧啧啧，非常刺激，手法非常专业，几乎没有被监听的可能。”猫哭耗子煞有介事地介绍说，“每次他和小秘书偷情前都会避开太太，两个人偷偷摸摸地换两次车，又改三次路线……但是很可惜，还是被我拍到了。”

“你……拍到了？”

“第三十二页，那里有我拍到的照片。”说起情报的事情，猫哭耗子倒是一本正经，“啊，你翻过了，五十六页的时候他们已经脱了……”

郭子晋从旁边走过来，他合上我的书，眯着眼睛瞪猫哭耗子，“不许跟她开这种玩笑！”

“你以为我要说什么？”猫哭耗子反过来指责郭子晋，“我说，他们到那里已经脱掉帽子了……啧啧啧，谈恋爱之后，你的思想都变得不纯洁了。”

郭子晋把我手里的书拿走，又放回到书架上。他拍了拍我的脑袋，笑着说：“他这里的东西不要乱看，稍微知道点不该知道的，小命都保不住了。”

“胆小！无趣！”猫哭耗子翻了个大大的白眼。

“关于市五医院案子的记录你有多少？”郭子晋问他。

猫哭耗子耸耸肩：“你要多少？”

“所有。”

“没问题，你要多少我有多少。”

我以为猫哭耗子是乱讲的，可没想到一会儿的工夫他就拿了一堆的文件资料过来。

“按照日期划分好的，看吧！”猫哭耗子自豪无比地说，“包括警察手上的证物，我都有记录资料。”

我震惊道：“你在开玩笑？”

“虽然我这个人非常幽默，但和工作有关的事情我从不开玩笑。”猫哭耗子摸摸下巴，“不过我的时间有限，这些资料只是搜集来，还没有检查……你们倒是来得巧，一起看看？”

郭子晋已经自己动手去看了。

我拿起离我最近的一本资料翻了翻，这是市五医院近一个月的食堂菜谱。早饭是什么，午饭是什么，晚饭是什么，全都记得非常清楚。就连市五医院食堂每天的流水账目，都记得清清楚楚。

“这些有什么用啊？”我拿起另一本，发现那是市五医院的白大褂发放情况，“这些和案件能有什么关系？”

“郭子晋的女朋友，你还没进过解剖室吧？”猫哭耗子笑盈盈地说，“等你进了解剖室，挖出死者的胃，你就知道这些有什么用处了。”

我想起第一次看郭子晋做解剖时的样子，瞬间有点反胃。

郭子晋完全不受我和猫哭耗子的影响，他迅速地翻遍了所有的资料，从一堆本子中拿出一盘录音带，问道：“这是什么？”

“咦，这是什么？”猫哭耗子也有点奇怪，“我怎么不记得有这个？”

“放出来听一听。”

猫哭耗子拎来了收音机，他将录音带放进去播放……前面有好长一段的空白。

“往后倒一点。”

带子迅速卷动，猫哭耗子连着倒了两次，才听到声音。

“啊啊啊啊……”

一个陌生男人的惨叫声猛地从喇叭里传了出来！

不知道惨叫的男人遭遇了什么，听着他撕心裂肺的声音，我都觉得肉疼。

雨声加上惨叫，氛围的渲染本应该让场景备感压抑，可不知道怎么回事儿，随着男人惨叫的声音出现，猫哭耗子家里跟着响起了各种各样的警笛声。警笛声东响一下西叫一声，还有五彩斑斓的灯光在闪烁，一时间，场面变得有点诙谐。

郭子晋恶狠狠地瞪了他一眼，猫哭耗子讪笑着将电源拔掉，说：“不好意思，我的预警设施……你也知道，最近风声有点紧。”

屋里的警笛声戛然而止，郭子晋将录音带拿了出来。他翻过录音带的背面，查看了一下上面贴着的时间……

那是我初次被闻人航催眠的晚上。

我刚才被逗出的几分笑意荡然无存，脑海中忽然浮现出一些陌生的画面。

接下来，我脑子里出现了市五医院太平间的画面：架子上一排排停放的尸体，看上去阴气森森。我脑海中的画面，像是电影中在逐渐拉近的镜头，虽然模糊不清，但最基本的人物还是能辨识出来。台子上坐着一个浑身赤裸的中年男人，我立马便认出来，他是王庆文。

电光石火的一刹那，之前我脑海中零星的碎片全被串联在一起。

郭子晋叫了我一声，我茫然地回头看他。

这时，我听到了郭子晋的声音，猫哭耗子的声音……还有录音带中我的声音。如同回放电影一般，眼前所有的画面、场景旋转着拉我回到了几日前……

“我一会儿和我朋友出去吃饭，就不和你一起去买了。”记忆里，在太平间楼下不远的花园里，我对张傲医生说，“谢谢你了，医生。”

张傲傲慢地哼了一声，他刚转身欲走，一个中年医生小跑着追过来，喊道："张傲！张傲！"

我听得出来，这个声音是王庆文的。

"你叫我干什么？"张傲大力地甩开王庆文的手，他似乎十分生气，额上青筋暴起，说话咬牙切齿，"我说了，以后不要在医院跟我说话。"

王庆文不放心我，张傲同样对我心存戒备。他对着王庆文扬扬下巴，示意有话去那边说。

那一天，我跟郭子晋吵完架后，满腹委屈。为了证明自己是可以胜任侦探工作的，我忍着饥饿，小心翼翼地跟在了张傲和王庆文后面。

张傲和王庆文十分警觉，他们两个走到了医院花园中心四处不着边的地方。唯一有掩护作用的，便是一座离他们一米开外的假山。站定之后，张傲大力甩开了王庆文的手。

我站的位置离他们有点远，听不太清楚他们两个在说什么。我轻手轻脚地来到假山后面，姿势难看地攀爬上去。假山的上方呈弧形，无形中拉近了我与他们的距离。张傲和王庆文的对话，一字不漏地传进我耳朵里。

王庆文哀求着说："这几天，他们一直囚禁我啊！张傲啊，你要救我啊！"

张傲的声音冷酷无情："哼！你也知道被囚禁的滋味儿不好受？当初你是怎么把乔爽囚禁在太平间里的？你有什么，也是你活该，是你咎由自取！"

王庆文一下下地扇着自己的耳光，声音听上去十分恐惧，"是我活该！是我咎由自取！我是畜生！我不是人……可是张傲啊！你一定要帮我啊！翟栋死了，他们又把我关起来……看样子，他们是要把市五医院的事儿全推到我们几个头上啊！张傲，你拿的钱少，但你不是一点没拿啊！你和乔爽的婚房，就是从这里拿的钱吧？在北州能买上房子，以你家的条件，谁能信你？假如巡捕们顺藤摸瓜地查下去，你肯定也得被查出来！"

突然传来一阵拳肉相触的声响，不知道是谁揍了谁。黑灯瞎火，又害怕被发现，我的视野始终有限。不过我估计，应该是张傲打了王庆文。

张傲的怒喝声震得假山似乎都在跟着颤抖，他说："你怎么能觍着脸跟我提乔爽？要不是因为你，乔爽也不会……你给我滚！我当初既然敢拿那笔钱，我就已经想好了后果！是判是罚，我认了！"

王庆文急得跺脚，他追着张傲，声音渐渐走远，"张傲啊！你怎么不听劝呢？他们要是想让我们顶罪，那就不是……"

从简短的对话中可以听出，王庆文口中的"他们"是相当不好惹的角色……

当时的我自知挖到了大新闻，兴高采烈地跑回去找郭子晋。可我刚往回跑没几步，便被一个身材高大的男人拦住了。

夜色里，我看不清楚男人的长相。即便我看清了，可能这段记忆也在我被人催眠之后丢失了。接下来的事情，我是完全没有自主意识的。那个似曾相识的男声阴冷狠毒地命令我、驱使我，在他的指引下，我已经不再是我自己。

接下来这些回想起来的事情，让我不寒而栗……

在夜色里，我追上了张傲，我用石块击昏了他，然后居然将他扛起，带回了心血管科室……办公室里没人，我把张傲伪装成休息的样子，又快步离开……当我打算从心血管科室出来的时候，不甘心的王庆文又跑回来找张傲。就在王庆文跟我擦肩而过的一瞬间，我狠狠地抄起一旁办公桌上的铜质奖杯，朝他砸了过去。

王庆文猝不及防，他闷哼一声，倒在了地上。

我如法炮制，背起王庆文迅速往下跑。顺着地道，我跑到太平间的楼里。而此时太平间楼里的另一端，郭子晋正在盯梢。等了大概有五分钟，郭子晋动身下楼去找我。郭子晋的身影刚消失在楼道里，我立马背着王庆文跑去太平间。

我的记忆到这里便戛然而止，可录音带里的内容却在继续。记忆里的内容和录音带里的声音完全吻合……

是我，我在给王庆文脱衣，然后剥皮。

我用了不到十五分钟的时间，就将王庆文的尸体处理了。等到我剥皮结束时，录音带也播到了头。

录音带播放完，屋里没有人说话，似乎连呼吸声都变轻了。

猫哭耗子神色复杂地看了我一眼，明显打了个哆嗦。

我是凶手

Chapter 4

“郭子晋的女朋友，”猫哭耗子精明地猜到了一些事情，“录音带里说话的女人，是你吧？我想，郭子晋说的麻烦……就是这个吧？”

“录音是假的。”郭子晋说。

“得了吧！郭子晋，你别说让我瞧不起你的话。”猫哭耗子不屑地冷哼一声，“你骗谁呢！虽然我不是侦探，可我也不是傻子！你连鉴定分析的过程都没有，你凭什么说录音是假的？”

猫哭耗子顿了一下，踢着满地的垃圾往屋里走，继续说：“郭子晋，我最早认识你的时候，那事儿你还记得吧？”

郭子晋点点头，说：“记得，当时在回北州的火车上，你正在被警卫中心的巡捕围堵。我认出了你，是我救了你。”

“是的！”猫哭耗子用脚一踢，垃圾四处乱飞。跟郭子晋比较起来，猫哭耗子的情绪很激动，“当时你对我说，你知道我是谁，你知道我经历了什么。你还说，你觉得我不是个坏人，所以你会帮我。”

郭子晋想要开口，可猫哭耗子却不肯退让地抢过话道：“那时候我只有 18 岁，虽然已经在社会上摸爬滚打多年了，但对人性善恶却还没有概念……是你告诉我的，你说做侦探和做间谍一样，全凭良心。一念成神，一念成魔，这都是你告诉我的……可是郭子晋，你看看你自己！为了你女朋友，你连最起码的业界良心都没有了！这么感情用事，你跟之前的我，有什么区别？”

“你说完了吗？”郭子晋拿出录音带，郑重其事地问，“你说完了，是不是可以我说了？”

虽然猫哭耗子是情报专家，可其实他很小孩子心性。谍战场上自有规则，生活中同样有规则。在玩家的眼中，无论场上场下，无论戏里戏外，不尊重规则的人，便是个彻头彻尾的失败者。

“人说出来的话，早晚会变成耳光，不是打在别人脸上，就是打在自己脸上。我郭子晋，不是一个喜欢自打耳光的人。”郭子晋好像也不太高兴，他说话时的表情略微僵硬，“猫哭耗子，你认识我好多年了。你觉得，我是那种能把出尔反尔、朝秦暮楚掩饰得滴水不漏的人吗？”

猫哭耗子稍显尴尬，他清清嗓子，语气也没刚才那么强势了：“那你倒是给我说说，你为什么说录音是假的？如果你只是因为犯事儿的人是你女朋友而认定录音是假的，那我是不会接受的。”

“你放心，要是这样，我自己也不会接受。”郭子晋话说得斩钉截铁。

直到郭子晋握住我的手，我才意识到自己的手有多凉。只见他单手操纵录音机，再次按下了播放键。

血腥的一幕重复上演，害得我胃部感觉不适。我感觉好像有个硕大的蜡块堆在食道位置，不上不下，憋得我难受。

就在王庆文惨叫之时，郭子晋暂停下来。猫哭耗子纳闷地问：“怎么不往下放了？”

“你难道没觉得什么地方不对？”郭子晋问。

“能有什么不对？”猫哭耗子抬眼看看我，对郭子晋说，“你觉得有什么不对？”

郭子晋没搭理他，转而问我：“成书瑶，你觉没觉得什么地方不对？”

“啊？”

郭子晋的问题让我有些措手不及，自打回忆起当天晚上的事情后，我自己都相信自己便是凶手。

猫哭耗子显然也是这么想的，他抢我的话说：“她觉得？她肯定觉得不对啊！她傻啊，她要是觉得对，那她不等于认罪了？”

“你闭嘴！”郭子晋不客气地呵斥道，“我没问你。”

“你问不问我也是这么回事儿啊！”猫哭耗子坚持道，“郭子晋，我看你是当局者迷！”

郭子晋深吸一口气，他淡淡地说："猫哭耗子，你要是再多嘴……"

猫哭耗子固执已见地认为郭子晋是被我迷惑了，所以看不清楚现实。"郭子晋，你的结论太草率了。你先鉴定一下录音，哪怕你鉴定完，再说录音是错的，我都信你。你就是不给我劳务费，我也要说。"

"我可以明白告诉你，我现在的心情很不好。"郭子晋冷冷地威胁道，"你要是再多嘴，我就把你的地址告诉你前女友。"

猫哭耗子立马闭嘴，态度很好地表态道："我不说话了。"

我和猫哭耗子还在等郭子晋的解释，郭子晋却突然拿起桌上的水晶杯，丢了出去。

郭子晋的力道大，水晶杯登时在墙上炸开了花。水晶的碎片迸溅开来，猫哭耗子心疼地哀号不已。

"你们听到了什么？"郭子晋神色淡定地问。

我已经完全沉浸在自己杀人的恐慌情绪中，太阳穴突突地跳着疼。郭子晋说什么我也反应不过来，倒是猫哭耗子伤感地接话道："我心碎的声音。"

"成书瑶，你跟我一起去过太平间。"郭子晋重重叫了我的名字，他似乎是想唤回我的注意力，"市五医院停尸楼的屋子举架很高，太平间里放的又都是架子。没有阻挡，声音能够很自在地传播……"

"你想说什么？"我茫然地询问，"你是想说……为什么王庆文的叫声没被值班的医生听到吗？"

猫哭耗子的脸上跟我一样迷茫，他的虎牙咬着下唇，看起来有点丧气。

郭子晋无奈道："天哪，你们两个，到底脑子里都是些什么啊！成书瑶想不明白也就算了，怎么你也……"

"眼睛骗了人，但是声音没有。"郭子晋一本正经的样子十分迷人，"甚至不用鉴定，我就可以肯定这份录音是有人故意栽赃陷害的……在太平间里发出这么大的响动，是应该有回音的。你们两个听听，王庆文的叫声，根本没有回音。"

呃……似乎，好像……还真是！

"可是……"我抿下唇，犹犹豫豫地问郭子晋，"可是为什么我记得这件事儿是我做的呢？"

猫哭耗子幸灾乐祸地说："啊哈！郭子晋，你看，她自己都承认了，你还……抱歉抱歉，我不说话了。"

郭子晋瞪视的小眼神收回来，等到跟我说话时，他语气变得感性多了："成书瑶，你信我吗？"

我依旧犹豫着沉默。

猫哭耗子忍不住举手，郭子晋点点头，猫哭耗子迫不及待地说："郭子晋，虽然你有怀疑录音真实性的理由，可是你别忘了，我们听的并不是原始录音。"

"什么意思？"我对这些问题一窍不通，"什么样的才算是原始录音？"

提到自己的专业知识，猫哭耗子显得很是兴奋。他说："我给你举个例子，你现在手里有个印章，你按压的角度、力度不同，按压出印戳的颜色深浅、形状便会不同。如果你用颜色深的印戳再去按一个印戳出来，你能说翻印出来的印戳便是印戳吗？肯定是不能的。"

我没听明白，可猫哭耗子的情绪依旧高亢："同理可证，我这里的资料都是从巡捕房备份过来的。至于巡捕房拿到的录音是不是原始录音，我们根本无法考证。巡捕房那份之前的录音有没有再备份录音呢？再再之前有没有备份录音呢？再再再之前……"

"那原始录音要怎么定义？"我彻底被猫哭耗子绕晕了，"按照你这么说，恐怕找不到原始录音了吧？"

"有是肯定有，不过恐怕很难找到。"猫哭耗子笑得扬扬得意，"全天下能找到原始录音的，怕是只有我一个人了。"

得，又来了个跟郭子晋一样自恋的。

我没有心情听猫哭耗子在那儿吹嘘，我同样没有心情去理会郭子晋的情绪。事实上，我现在心里特别烦躁。我只想找个地方自己待会儿，谁都别理我，就让我自己待会儿。录音和回想起来的记忆对我的冲击简直是太大了。一想那样血腥的画面，我的胃液便开始不断往上翻涌，心里有难言的情绪在叫嚣，吵得我恨不得死了一了百了。

"成书瑶，"郭子晋微凉的指尖钩住我的手，他还在坚持着刚才的问题，"你相信我吗？"

上次郭子晋郑重其事地问我这个问题的时候，他抱着我从黑龙山山顶跳了下去。而这次，似乎已经不是我信不信他的问题了，事实摆在眼前，我说什么好像都有些矫情。

如果闫树海被骗了呢？如果郭子晋被骗了呢？如果现在的一切只是场预谋好的更大的骗局呢？

我不能往下想，也不敢往下想。

"我有点累。"我揉搓着脸上的肤蜡，疲倦地问："郭子晋，我们晚上要去哪儿住？"

郭子晋没再继续逼问我，他理所当然地说："住这儿吧。家里我们最好先别回去，外面还下着雨，你也不能去住旅店……猫哭耗子，你家哪间屋子最干净？"

"那间吧！"似乎想起什么不美好的回忆，猫哭耗子抖了一下道，"里面好长时间没住人了，床单有点长毛，换个新的应该就能凑合。”

我简单洗了澡，脸上敷过肤蜡的地方油腻腻的。我没有胃口吃晚饭，郭子晋也不多劝我。

天黑了，雨还在下。我浑浑噩噩地倒在床上，心口位置疼得厉害。

记忆回来了，催眠的后遗症也渐渐显露出来。如同麻药退了药效一般，伤口处的疼痛极为突兀。好在伤了有一段日子，疼痛感虽然突兀，却还能够承受。

郭子晋一直和猫哭耗子在谈事情，他们两个研究什么，我已经无暇去关心。当案子跟我没关系的时候，我能斗志昂扬地参与。而现在我成了凶手，说什么都像为自己狡辩。

即便郭子晋坚持认为我不是凶手，可我心里清楚，这是没用的。就算证明了录音里的回音有问题，但还是有好多说不明白的疑点。像是录音里的人为何跟我有一模一样的声音，像是郭子晋盯梢的那段时间我在哪里、谁能证明……太多问题，多得解释不清了。

躺在黑漆漆的房间里听雨声，我头疼欲裂。我想得昏昏欲睡，房间里的电话突然响了。我如同触电一般坐直了身子，迷瞪着眼睛，接通了电话，“喂？是谁？”

接起电话我才想起来，这里并不是我和郭子晋的家。

“呵呵，瑶瑶，最近还好吗？我这一段时间在忙，所以一直没腾出时间打电话给你……你有没有想我？”

这是……闻人航的声音！

听到闻人航的声音，我竟然丝毫没感到意外。我说：“这么晚打电话来找我，有事儿吗你？”

“没什么事儿，有点无聊，找你说说话而已。”跟上次一样，闻人航的语气极为亲昵暧昧，“瑶瑶，这么长时间你都没想我吗？怎么不打给我？”

我打给他？我拿什么打给他？连郭子晋都找不到他，我要怎么打给他？

“你真是让我伤心啊！”闻人航轻柔的嗓音里带着让人毛骨悚然的温柔，他的声音又让我想起记忆里轮廓不清的高大男人，“瑶瑶，你难道没有注意到吗？我们两个第一次独处的时候，我已经把电话号码给你了。我一直在幻想，想你什么时候会打来……结果，你一直没打来。”

“你的电话……82。”

我也不知道怎么回事儿，轻易地就说出了两个数字。我的脑海中隐约有一个印象，好像是拨通这个电话就能找到闻人航。

北州民用电话都是五位数的，只有政府机关是两位数。而 82，是国民政府的电话号码。

闻人航当初把这个电话号码给我，是为了什么？

我刚想呼喊郭子晋，闻人航如长了眼睛一般提醒道：“你用不着找郭子晋，我打电话来，只是找你闲聊的。”

“找我闲聊？”我腿略微发软，无力地坐在地上，“跟我有什么好聊的，你是想看看我死没死，是吗？”

“死？”闻人航字正腔圆地发言，带着一股子播音腔，“那不是早晚的事儿吗？这个世界上，最公平的怕是只有死亡了。死亡不是出路，却是我们每个人的最终结局。”

我忍不住挖苦道：“可是并不是所有人都会像我一样，被你迫害，死得不明不白。”

“呵呵，那倒是。”

看样子，闻人航真的只是来找我闲聊的。而且，他似乎知道我好多事情。“瑶瑶，你还记得你读女校时欺负你的那个女生吗？那个被你陷害的女孩子……你知道她现在怎么样了吗？”

“我不知道你在说什么。”我口气冷冷的，“我也不想听你胡说八道了！”

“哦？你不知道吗？”闻人航颇有耐心地循循善诱，“那你应该记得你租房的奖学金是怎么来的吧？”

“是我赢来的。”我突然有点心虚地说，“我靠着我的努力……我自己赢来的。”

闻人航口气亲切地说：“那个女孩子叫丽娟，是吧？长得漂亮，学习优秀，父母也恩爱……条件这么好的女孩子，偏偏心肠很坏，喜欢欺负人。”

我呼吸加速了。

闻人航又说：“我知道，她总是嘲笑你，还联合其他女同学孤立你……你会诬陷她也很正常。”

“我没有诬陷她，就是她偷的试卷！我亲眼看到了！”

“是啊，我知道是她偷的试卷，但是，试卷的答案你也看到了，不是吗？”

“不看答案我也能赢得奖学金！”

“是啊！”闻人航亲昵地说，“可你为什么要看呢？”

闻人航的话说完，我的身体控制不住地发抖……这是我过往人生中，做得最错的一件事儿。

丽娟是我的女校同学，就像闻人航说的那样，她确实是样样优秀，但她的成绩一直不如我。毕业考试的时候，她收买了老师，买回了试卷。被我揭发后，她被学校开除，匆匆忙忙地嫁了人。从此我再也没见过她，只是听说她过得很不幸福。在她被开除后，我一直非常自责。如果没有我的揭发，可能她的命运不会那么凄惨。

我很后悔。

“我无心的，我也不想的。”我呢喃着说，“我其实……”

“没关系，和我说实话也没关系。”闻人航安慰我，“我从来不信什么与人为善，做人就应该睚眦必报……瑶瑶，她死了。我知道她欺负过你，所以帮你把她杀死了，我把她的血全都放干净了。虽然是我帮你做的，但我想，我只是按照你的意思去做的……瑶瑶，你以后可以放心了。”

“成书瑶，你是凶手，你是凶手……”

电话不知道什么时候被挂掉的，我呆呆地盯着地上。闻人航的话好像有魔力一般，不断在我脑海中回响。

“成书瑶，你是凶手，你是凶手……”

我怕得要命，全身上下都在发抖。为了避免自己惊惧地叫出声，我狠狠地咬住了自己的胳膊。然而唇齿间血腥的味道，反而让我更加难受。

虽然我怨恨过、憎恶过，可我对天发誓，我真的没想伤害谁。从来都没有。

不知道过了多久，郭子晋推门进来。屋子里很黑，我还蹲在地上。郭子晋一个不留神，差点踩到我。

郭子晋微微讶异道：“你不是早进来睡了吗，怎么蹲在地上？”

郭子晋往前走，又一个不留神踩到了地上的听筒。

这一次没用我多说，郭子晋瞬间了然于胸。

在郭子晋反应过来之前，我奋力抢过听筒，毫不犹豫地将听筒和电话砸个稀巴烂。

“成书瑶，你……”郭子晋微微讶异，尽量冷静地问我，“你是疯了吗？”

我没有疯，事实上，一天中，现在才是我最理智的时刻。

“郭子晋，我想好了，我要去自首。”

郭子晋抱臂站在对面，漆黑的环境里，我也看不见他的表情。我平静地说出自己考虑好的决定：“我想起那天发生的事情了，一毫不差地想起来了。我不知道录音的问题出在哪里，但是我清楚地记得自己做过什么；我担心留下指纹，我一直戴着手套；我害怕沾染到血迹，所以穿了医院的防护服……”

“还有呢？”郭子晋的声音不见丝毫异样，他心平气和地问我，“成书瑶，把你想起来的一次都说出来。”

郭子晋的冷静让我微微不安，我咽了口口水，继续说：“张傲是不是我杀死的，这我不记得了。不过王庆文，他一定是我杀的……被催眠也好，不知情也罢，犯下罪过，我一定要自己去承担……我不能逃避，郭子晋，我相信你能破案。可是我，我一定要去自首。”

听我说完，郭子晋缓缓开口道：“这么说，你想去自首，一刻也等不了了。你说的，是这个意思吧？”

我沉重地点点头，点完头，我又想起郭子晋看不到。

我小声回答道：“是的，你说得没错。”

郭子晋又问：“就算你是被人陷害的、被人冤枉的、傻了吧唧当了替罪羊的，你也要去自首，是吧？”

呃……为什么郭子晋领会到的意思，和我想说的意思，不太一样呢？

没等我回答，郭子晋边往床上走边说：“既然这样的话，你去吧！”

“啊……啊？”

郭子晋答应得如此痛快，我心里又开始踌躇，反问道：“你……让我去自首？”

“我让啊，我为什么不让？”暗中有风呼扇的声音，郭子晋应该是掀被子把自己盖上了，“成书瑶，你已经不相信我，那么出事儿是早晚的。既然如此的话，你今天死和明天死有什么区别呢？”

郭子晋话说得不冷不热：“我是个侦探，破案是我的职业，不是我的义务。敬业精神，也是有倦怠期的，不是所有案子都值得我去拼命的，我的命也没那么不值钱。我削尖了脑袋想破案，而你却一再想着扯我的后腿。”郭子晋冷哼一声，“你要是喜欢，你就去自首吧！外面还有电话，想打给我爸还是闫树海，你自便。”

“我——”

郭子晋利落的翻身声打断了我的话，我站在地板中间，尴尬得不知如何是好。我心里迷茫又害怕，被郭子晋凶了一通，更加不知道该怎么办。我缩在暗处小声地哭，反复地自我嫌弃和埋怨。如今我成了通缉犯不说，现在连郭子晋也讨厌我了……我悲戚地想。

等大鼻涕被我抹了满脸之后，郭子晋突然毫无预兆地从床上跳了下来。

郭子晋脾气古怪，他特别厌恶自己睡着的过程中被吵醒。以前我在家里的时候吵醒他，他甚至能不留情面地开门将我丢出去……而现在，我还没回过神儿来，他便暴躁地抱我上床了。

郭子晋伸手把被子给我盖上，粗声粗气地说：“睡觉！”

“郭子晋……”我的委屈瞬间有了宣泄的出口，立马号啕大哭起来，“我不是不相信你……我只是不相信我自己。”

“唉，从我三岁开始，医生就一直在提醒我，千万不要跟笨蛋在一起。”郭子晋颇为头疼地自责道，“跟笨蛋在一起已经够让我焦虑了……我为什么还要喜欢笨蛋？我是咸菜蘸酱吃多了，闲的吧？”

“你……”我哑声辩驳，“我不是笨蛋。”

“嗯，你不是笨蛋，我才是天下第一的大笨蛋。”郭子晋严肃地说，“成书瑶，我不喜欢看你哭，以后别再哭了。”

我刚产生一丢丢感动时，郭子晋嘴贱又刻薄地补充道：“像我之前说过的，你本来已经长得够丑了，再哭……我的天，你以后还想不想嫁出去了？”

“不想！”我所有的委屈转换成怒火，“我愿意哭！我愿意嫁不出去！行了吧！”

“不想就对了。”郭子晋哈哈大笑，他冷声反问，“你答应跟我在一起了，你还想嫁谁？你答应跟我在一起了，你觉得我还能让你嫁谁？”

眼泪再次汹涌而出，我抱着郭子晋的腰大哭起来，大鼻涕全蹭在他的胸膛上。郭子晋身上薄荷精油的味道让我异常安心，甚至让我忘记了闻人航带来的焦躁和不安。

“成书瑶，说正经的，你真的不能再哭了。”郭子晋极为无奈地叹了口气，“我觉得吧，你的眼泪八成都流进我脑子里……本来我打算回来想想案情来着，结果你这么一哭，我整个脑袋全是乱糟糟的，什么也推断不了。”

眼泪已经没了，可我还在抽泣，我想说的话，全变成细碎的抽泣声。

郭子晋有节奏地拍着我的后背，他难得好脾气地说：“睡吧，睡吧！你这人心大着呢！明天早上睡醒起来，你又什么都不记得了……”

我还惦记着他说的话，“郭子晋，你刚才是不是说喜欢我了？”

郭子晋嘴硬道：“没有。”

“你明明有说！”

“嗯，我说了。”

郭子晋突然承认，我反倒不知所措。

“我不喜欢会轻易放弃的笨蛋……所以成书瑶，不管你听说了什么，你都不要随随便便地轻易妥协。”承认之后，郭子晋好像自在些了，“成书瑶，我很难得会在死尸和破案之外喜欢什么……所以，你千万不要辜负我对你的喜欢。”

一晚上，我都在郭子晋或是感动或是气恼，或是尖酸或是挖苦的言辞中度过。天快亮的时候，外面雨渐渐停了。在水声的滴答中，我也慢慢睡着了。

可能白天想多了紧张血腥的场面，所以我睡得并不安稳，一会儿梦到死掉的王庆文，他不断地问我要他的皮；一会儿梦到张傲，他托人来请我和他冥婚；一会儿我又梦到回了女校，那个唇上带痣的丽娟满身是血追着我。最后的最后，我又跟一个见不到脸的男人站到了黑龙山山顶，望着黑洞洞的山下，他抱着我从山顶跳了下去……

我被梦魇困住，怎么也醒不过来。等掉在地上，我才猛然发现，摔死在旁边一直见不到脸的男人，是郭子晋。

我大声尖叫着从梦里醒来，可我无论怎样都用不上力气……我定睛一看，我的手已经被绑在床头上了。

“你醒啦？”猫哭耗子幸灾乐祸地推门进来，“你饿不饿？”

我强撑着红肿的眼睛看了看零散的床铺，哑声问：“郭子晋呢？”

“郭子晋啊，他不要你了。”猫哭耗子幸灾乐祸的表情更加明显，“我要是郭子晋，我也一定不要你。我昨天在隔壁听你哭了一个晚上……女人为什么总是喜欢哭呢？”

我静静地坐在一旁，没有说话。

猫哭耗子以为我没听懂，他强调着：“郭子晋走了，他说他不要你了……你就这反应啊？”

我懒得理他。

猫哭耗子自己站在一边嘀嘀咕咕的，看我是真的不信他，这才说道：“郭子晋查案子去了。”

“我饿了。”我对猫哭耗子幼稚的行为不予置评，“有什么吃的吗？”

猫哭耗子闻言，老实地端了早饭进来。在我吃饭的过程中，他没啥耐心地讲道：“郭子晋临走的时候让我给你带个话，他说他出去调查点事情，最早午饭后，最晚晚饭前，他差不多就能回来了……你有啥想问的没有？”

“有白糖吗？”我指指豆浆，“有点熬煳了，不好喝。”

“有。”猫哭耗子继续问：“没有别的想问的了？”

我想了想，说：“中午吃什么？建议还是喝汤吧。我的手被绑着，拿筷子也不方便。”

“郭子晋把你绑上了啊！”猫哭耗子不甘心地煽风点火，看上去如果我不和郭子晋大吵一架，他怎么都不死心，“你居然还能喝得进去豆浆？你还能吃得下去油条？你昨天晚上哭的劲儿哪儿去了？难道你不觉得郭子晋是不尊重你吗？”

我确实不理解郭子晋的行为，我更加理解不了猫哭耗子的行为。郭子晋绑的人是我，猫哭耗子那么激动干吗？

“从昨天开始，你一直竭尽全力地证明我和郭子晋之间有矛盾、有误解。”我放下豆浆，同时也放弃了让猫哭耗子取白砂糖的想法，“你到底想干吗啊？你是看上我了，还是看上郭子晋了？”

猫哭耗子闻言拼命地作呕，呕了好半天，他才轻蔑地说：“我看上你俩了？你咋好意思提呢？”

“郭子晋绑我，我一点不生气。”我咧嘴笑道，“实事求是地告诉你，他绑我，我还很高兴呢！”

“你们两个原来好这口？”猫哭耗子眼神复杂地盯着我被绑住的手腕看，“郭子晋破案的时候是有多无聊！”

我没跟猫哭耗子解释太多，我说的是大实话。郭子晋嘴上说让我去自首，让我别拖他的后腿，可实际上，他很不想让我去冒险……虽然他的表达有点问题，却并没有妨碍我读懂他的意思。

而我理解最深的，恐怕要数郭子晋的“尊重”了。现在自己被牵连进案子里，我才深刻领会到郭子晋说的“找出凶手才是对死者最大的尊重”。

猫哭耗子口若悬河地说了半个多小时之后，可能他自己也渐渐觉得无趣，没一会儿也不说了，端着我吃剩下的早餐，转身出去看报纸去了。

雨停了，天却依然阴沉着。我还记得刚才的梦，刚才那个关于郭子晋被摔死的梦。吃饱饭后我躺在床上，心里充满了不安。

不祥的预感如同北州上空的阴云一般，好多天不曾散去。而说最晚晚饭前回来的郭子晋，也好多天没了音信。

为了避免我憋死在床上，在郭子晋离开的当天晚上，猫哭耗子解开了我的捆绑。解开之前，他不放心地问：“成书瑶，你不会去自首吧？”

“自首？”我迈着内八字往厕所跑，“当然不会！”

显然郭子晋特意嘱咐过这个问题，因为我看得出来，在我说完话之后，猫哭耗子很明显松了口气。

郭子晋第一天没回来的时候，我非常坚定地宽慰自己，没事儿，他可能是要查的事情太多，还没忙完吧！

郭子晋第二天没回来的时候，我还算确定地说，郭子晋应该是在路上吧！他应该快回来了吧！

郭子晋第三天没回来的时候，我渐渐开始坐不住了。就算不回来好了，为什么连个电话也没有呢？

猫哭耗子调用了全市所有的眼线，可在北州想找一个人实在是太难了。除了市五医院侧街商店的老板娘大概看到过郭子晋，我们连他的衣服角都没见到。我们唯一确定的是郭子晋去过市五医院，可那已经是四天前的事情了。

郭子晋失联了。

或者说，郭子晋失踪了。

坐等了八天之后，我终于忍无可忍。

“我要出去找他，我要去找郭子晋！”

猫哭耗子将报纸上巡捕房的通缉令展示给我看，“现在大街上你的照片贴得比壮阳小广告还多，没等你找到郭子晋，你已经被巡捕抓到局子里去了！”

可我顾不了那么多了，我十分担心郭子晋会出事。在我的软磨硬泡下，猫哭耗子只好无奈地同意陪我一同前往。

出门前，猫哭耗子不算成功地给我们两个伪装了一番。他抱怨道：“我真是上辈子欠了郭子晋的，要不然，我就是上辈子欠了你的。”

我没工夫听猫哭耗子抱怨，迫不及待地拉着他往外跑。我的心情虽然急切，但是不知道该从何找起。我像个无头苍蝇似的，只能看着站牌干着急。

正当我发愁时，猫哭耗子突然问我：“成书瑶，你有没有觉得哪里不对劲？”

“哪里不对劲？”我知道很多人也在抓猫哭耗子，“是我们的行踪暴露了吗？”

阴天之下，猫哭耗子惨白着脸摇摇头，说：“你难道没觉得……大街上，一个人都没有吗？”

大型密室游戏

Chapter 5

猫哭耗子不说，我还真没发现。经他一提醒，我才发现大街上处处透着诡异。

我们虽然不是在高峰时段出门，可怎么说也不至于一个人没有。此时街上不仅没有人、没有车，甚至周围连一点声音都没有。

阴沉沉的天上云卷云舒，微风轻拂，带来的是泥土潮腥的气息。

“喂！”

城市发空，心里却发闷得厉害。我忍不住大叫一声，回音悠长。街拐角处好像藏了无数个我，在我呐喊的同时，发出应和般的嘲讽。

猫哭耗子没像往日那般和我开玩笑，他眉头皱得紧，眼神凝重又认真……我突然意识到，问题可能极为严重。

“到底是怎么了？”我一拍手，猛然间想起个特别的案例，“耗子啊，不知道你看没看过一条新闻，说的是有一个小女孩自己去鬼屋玩，她进鬼屋之前，游乐场里还有不少的人。可是当她从鬼屋走出来后，游乐场却一个人都没有了。”

猫哭耗子回头看我。

“游乐场没有人，而且游戏设施也全破败了。小女孩独自一人往家走，整个城区跟游乐场一样荒芜。她看到地上的报纸碎片，上面的日期写着 2036 年……其实鬼屋的门在她出来的那刻正好和时光隧道重合了，小女孩是不小心穿越到未来了。我们是不是也是这样？”我说得既振奋又害怕，伸手抠了抠站牌上的油漆问，“不然我们再上楼试试吧？没准我们上楼之后，又能回去了呢？”

“哈哈！”猫哭耗子哈哈大笑，“成书瑶，你是郭子晋请来耍我的吗？还时光隧道……你当是在拍电影呢？郭子晋居然找你当秘书，他到底是瞎了还是傻了？”

猫哭耗子的笑声在城市上空盘旋回荡，听得我毛骨悚然。我气得要命，反问道：“你觉得你聪明，你倒是解释为什么啊！”

“我的授业恩师告诉我，会在同一个地方跌倒的人，不是残废就是傻子。”猫哭耗子鼓足了气力，大声对着天空喊叫了一声。

在一片嗡嗡的回音中，猫哭耗子嘲笑着问我：“这才几天，郭子晋说的事儿你就忘了？”

啊！对！回音！有回音的话，是说明……

“没错。”见我想起来了，猫哭耗子也不绕弯子了，他淡淡地说，“有回音，说明我们在室内。”

“室内？”

我正是想不通这点。

“是的，室内。”猫哭耗子叉腰眯眼望天，“有人建造了一个超仿真的巨型街道，有人神不知鬼不觉地将我们搬了进来，有人啊……无聊到了极点。”

我摸了摸地上的水泥，又敲了敲路边的铁器。猫哭耗子的话让我真的很怀疑，难道有人竟然无聊至此吗？

“你不信我说的？”猫哭耗子斜眼看了看我，他大踏步地走在前面，“你跟我来。”

跟猫哭耗子说的那些相比，我更相信眼前的一切是时光隧道所致。可猫哭耗子不愿意跟我上楼实验，我只好小跑着跟他往前走。现在只剩下我们两个人，走散了就不好了。

城市街道一眼看不到头，我很难想象会有什么人专门为我们俩建造一个硕大的“电影棚”出来，而原因，又仅仅是因为无聊。

猫哭耗子带我去了街拐角的小商店，小商店里的货品整齐摆放，收银台上的灯还亮着，一切在正常进行。

只不过，没有人。

“你带我来商店干吗啊？”如同在鬼城穿梭，我心里十分害怕，“耗子大哥，现在不是购物的时候吧？”

猫哭耗子没回答我的话，他走到器材区，拿了高强度照明的手电筒便往外走。我跟在他后面战战兢兢地走，不过出商店的时候，我没忘了留下买手电筒的钱。

“成书瑶，你真是笨死了。”猫哭耗子觉得我的行为十分好笑，“还给钱……你就算把超市搬空了，也不会有人管的。”

我一头雾水地说：“我们的处境你清楚……是不是？”

猫哭耗子还是没回答我的话，他嘀嘀咕咕地说：“难怪我们一直联系不上郭子晋，而郭子晋也一直没回来，原来被隔离的，是我们两个人！不过咱们两个是什么时候被带走的呢？郭子晋走了以后吗？”

在前面拿着手电筒自言自语的人是猫哭耗子，在后面吓得屁滚尿流的却是已经呆傻的我。我跟着上了周边最高一栋建筑的顶层后，猫哭耗子拿着手电筒照天，让我目瞪口呆的是，我居然看到了云层后面一块一块黑色的钢板。

“影像。”猫哭耗子使劲将手电筒投出去，奈何缺乏运动的他实在是没什么力气。手电筒从楼顶掉下去，啪的一声摔个稀碎。“天空，远处的街道，全是假的。晴天阴天，刮风下雨，想要什么，自己布置就好了。”

我满脑袋的疑惑，可猫哭耗子说得太玄妙了。我想了半天，只说出一个字儿：“哦。”

“市五医院的案子已经够郭子晋忙的了，现在又发生了这事儿。”我努力瞪着棚顶，迫切希望自己是在做梦，“不知道郭子晋怎么样了，他回家看不到我们两个，估计已经急疯了吧？你说抓我们回来的人会不会给郭子晋留字条？要是留字条的话，郭子晋一定会找到……哎，耗子，你干吗去？”

“成书瑶，你饿不饿？”猫哭耗子问我，“想不想吃东西？”

“你现在还有心情吃东西？”我无可奈何地说，“我不吃，要吃你吃吧！”

猫哭耗子不急不缓地边往楼下走边说：“哦，你不吃？那正好，你给我做吧！我刚才看了一下，楼下的餐馆里正好有食材，你给我煮碗面。”

“……”

现在只有我们两个人在，我不煮面，猫哭耗子势必要饿死。

我煮好了面，猫哭耗子难得地开口道：“成书瑶，你看过国外最近流行的逃生类小说吗？”

“没看过。”

“哦。”猫哭耗子搅了搅碗里的面条，冷淡地说，“现在你就是在玩逃生类游戏……不过是真人版的罢了。”

猫哭耗子说话时我正在喝水，他的话音刚落，我一口水喷了出来。猫哭耗子对卫生完全没有要求，就算我的口水喷到了他的碗里，他依旧能淡定地把面条吃完。

吃完了面条，猫哭耗子打着饱嗝，说："对我这样的高手来说，是一点秘密没有。成书瑶，你刚才提到的时空隧道，有没有可能存在？肯定是有的。只不过那些隐藏在军方未解密的文档里，但也没你描述的那么夸张。而我说的游戏，也是真实存在的。有一小撮人，比如说郭子晋，他们有钱、有闲，四体不勤、大脑发达，他们最乐意做的事儿就是戏耍笨蛋。比如他们会制造一些密室，抓一些人进去囚禁起来，并制定逃脱规则，然后自己藏起来，看着这群笨蛋互相残杀，作困兽之斗……感谢上天让郭子晋找到了你。不然的话，早晚有一天，郭子晋也会走上犯罪道路的。"

"哎哎哎！"我觉得猫哭耗子比我还会跑题，"你接着说逃生游戏的事儿吧，别什么都往郭子晋身上扯……再说了，郭子晋是不会犯罪的！"

"是的，郭子晋是不会。"猫哭耗子坚持自己的观点，"那是因为他找到了你。"

好在猫哭耗子并没有跑题跑太远，他继续说："游戏也好，杀人案也罢，它都好比一件作品，有的粗糙些，有的精致些……世界上的作品大多有一个共通的特性，便是旨在反映作者的思维和情感构造。只要抓住了制造者的思路和思维死角，一切就好办了。"

我担忧地问："耗子啊，既然是游戏，咱俩应该不会有什么危险吧？"

"不好说。"猫哭耗子打了个哈欠，"如果没有危险的话，为什么要用这种方式把咱俩抓起来呢？"

我不自觉地打了个哆嗦。

猫哭耗子手指灵巧地转着筷子，我被他晃得眼晕。我们两个人静静地坐了好一会儿，外面淅淅沥沥下起雨来。

见到这样一幕，我突然感到无比伤感，"外面……我是说，实况天气，也是在下雨的吗？"

"可能吧！"猫哭耗子答得漫不经心。

我不知道我们两个为什么非得坐在空荡荡的餐馆里，可除了餐馆，这里好像没有别的地方可去。我想了好半天，才问："要不我们两个回你家吧，你家那么多的资料，你那么厉害，一定会查出来我们在哪儿的，是不是？"

"我看未必。"猫哭耗子说，"我家里的资料肯定都被换掉了。"

我不信猫哭耗子说的话，执意拉他回家。前几天我总觉得猫哭耗子的家里臭，可现在，我无比感恩他能有这么个窝。

我兴冲冲地跑到图书馆，去找他的资料看……然而此时我发现，之前那本军官和秘书偷情的书，现在已经消失了。

"为什么会这样？"我顿时泄气了，"为什么要这么对待我！"

猫哭耗子神色如常地倒饮料喝，安慰我说："你应该感到高兴，最起码家还在。"

我绝望地跌坐在地上，现在是未出虎穴又入狼窝。一身的麻烦不说，居然又碰到如此怪异的事情。我委屈地撇嘴，哇哇大哭道："郭子晋……你在哪儿？郭子晋……呜呜……"

"别哭了。"猫哭耗子鄙夷地看着我，"有那点眼泪，还不够洗脚后跟的呢！"

"你哭！你哭！你哭破大天去，郭子晋现在也来不了啊！你要是有孟姜女那两下子，我还陪你哭呢！

"成书瑶，算我求你了，你别哭了成吗？没有郭子晋，我也能带你出去的……我从九岁开始，玩游戏从来没输过！连石头剪刀布都没输过！真的。"

就在我们两个吵吵闹闹时，家里的收音机突然响了！我隐隐约约地听到，新闻里提到了郭子晋的名字！

听到郭子晋出现在新闻里，我擦擦眼泪赶紧从地上起来，"耗子，你大点声！"

"耗子，你大点声……"

猫哭耗子怪声怪气地学完我说话，配合着调高音量。

新闻导播从头到尾讲述了市五医院的案情……看样子，市五医院的案子破了。新闻里着重夸赞了郭子晋，说他在此次案件的破获中起到了至关重要的作用。

可就在我还想再听一些细节时，收音机突然关了。

"郭子晋没事儿……"我又哭又笑地说，"他没事儿就好啊！我要担心死他了！我还想他是不是被坏人抓走了……郭子晋没事儿，简直是太好了！"

猫哭耗子嫌恶地看了我一眼，回房间午睡去了。

就这样，我和猫哭耗子相安无事地在这里生活了三天。

这三天，真的是相安无事。白天我们两个去楼下餐馆吃饭，吃完饭之后便在城区里打探地形。按照猫哭耗子的话说，沿着一条路走到黑，总会发现什么的。

猫哭耗子在商店里拿了绘图工具和指南针，他的主要工作便是边走边记方位，然后画出城区地图。而可怜的我没有一技之长，只好沦为打杂的苦力和老妈子。路上需要的水和食物，全是我背着。开始的时候，我还记得往商店柜台里塞钱，可次数多了，有时候我自己也忘了给钱。后来，我干脆跟猫哭耗子一样无赖，进去直接拿，丝毫没有付钱的意思。

走了大概三天，猫哭耗子终于将城区地图大致画了出来。他抖搂开白纸，指给我看，说："我们家的位置，正好是在城区的中间。城区是圆形的，出口应该是在边缘地带。"

"耗子，"我拧开水瓶灌了一口，"你这话不等于没说吗？圆形上面可能有无数个点，虽说我们沿着边缘一直走就能找到出口，但是……”

“要真像你说的那样，反而简单了。”猫哭耗子卷起图纸，“我们知道了自己在游戏中，那就等于触发了相关剧情，一旦我们摸清了地图……”

“怎么样？”

“环境会再次发生变化的。”

“什么环境？”我随手指指四下空荡荡的街道，“难道说这些楼还会动啊？那也太高科技了点吧？”

猫哭耗子点点头说：“不好说。”

“成书瑶，你看。”猫哭耗子又扯出一张纸，画了个硕大的圆，在四点标注上东西南北，指给我，“第一天中午的时候，我们两个走到了圆形的北面。当时我们在边缘位置吃的面条，你还记得吧？”

我当然记得，说：“你吃的是过水面，我吃的是酱汁面，然后……”

“可以了。我重点不是要说吃什么的事儿。”猫哭耗子继续说道，“你去找热水，我在原地倒酱料。当时酱料迸溅到布景墙上，我随手把酱料抹开了。”

我听不出他说的有什么问题，问道：“咋了？”

“根据指南针的指示，我们现在应该是在圆形城市的南面。”猫哭耗子指了指墙上，“但是，我在北面弄脏的位置，现在却转移到南面来了。”

墙上脏兮兮的指纹印，还真是猫哭耗子弄出来的？

我颇为震惊，问：“为什么会这样呢？难道说，地在动？”

“不是地在动，”猫哭耗子收好地图，“应该是布景墙在动。虽然我还不知道它动的规律是什么，但它一定在动……出口可能有一个，也可能有多个。随着布景墙的移动，出口会不定时地出现。所以按照你说的顺着边缘找出口，肯定是行不通的。”

天哪……我听得头大。

“若能找到它运作的规律，找到出口便是轻而易举的事儿。”猫哭耗子叹了口气，“要是郭子晋在这儿，估计用不了一天我们就能出去了。”

三天来，我们还是第一次谈起郭子晋。倒不是别的，主要是谈起郭子晋太浪费时间。因为一提起郭子晋，我就忍不住想哭。

为了能尽快出去，猫哭耗子和我约法三章，谁也不许提起郭子晋。谁要是提郭子晋，谁晚上后半夜守夜。我不敢守后半夜，所以只能可怜巴巴地自己偷偷想。

现在猫哭耗子提起了，我终于能光明正大地……

好吧，我先不哭了，还是留点体力找出口比较好。

看我没哭，猫哭耗子反倒觉得意外。不过他没说什么，老实地遵守约定。

被关在大笼子里，任谁心里都不太舒服。加上阴雨绵绵不见日光，我和猫哭耗子两个人的情绪都有些低落。晚上，猫哭耗子安放完他设计的声控警报器后，回来躺在睡袋里一直没睡。

"耗子，"我裹裹身上的毛衣，问他，"你为什么做情报贩子啊？"

经过近半个月的相处，猫哭耗子已经对我没有戒心了。虽然他依旧说话讨厌还不爱干活，但总的来说，他对我还不错，我问的问题，他基本上会老实回答。

"缺钱。"

"当间谍挣钱吗？"我不相信，"你天天游手好闲的，拿啥挣钱啊？"

猫哭耗子笑我无知，他说："我这么说吧，我每天躺在家里收钱，一个月收入最少六位数。"

我还是不信，质疑道："你有那么多钱，干吗还跟郭子晋讨价还价？他少给你三千五千的，瞧你那小气吧啦的样子！"

"呦呦呦！"猫哭耗子挑眉看着我，"成书瑶，你不看看，就你那样，让郭子晋花点钱，你看你心疼的……钱我无所谓啊，但我在乎的是名誉，你懂吗？我的价格是和我的技术成正比的，你让我的价格打折，是不是在说我的技术不好？"

呃……是我的想法有问题，还是猫哭耗子强词夺理？

安静了一会儿，我又问："喂，政府要抓你，应该不只是因为你窃取情报的事儿吧？"

猫哭耗子闭上眼睛没说话，我以为他睡着了，所以也不再吵他。我从地上起来，趴在窗户上往外看。空荡荡的街道，熟悉又陌生，楼房拥挤地排列着，可还是死气沉沉的，一片寂静。

时间是午夜，全景投影上的天空依旧黑压压的。我陷入沉思，脑袋里光怪陆离的想法怎么也抑制不住。

如果我和猫哭耗子一直找不到出口，郭子晋又一直找不到我们，那该怎么办？

如果我和猫哭耗子找到出口了，却不能按照原路回去，那该怎么办？

如果我和猫哭耗子找到的出口是通向另一座空城的门，那我们，又该怎么办？

……

猫哭耗子设计的声控警报器异常灵敏，只要有轻微的动静，它就会响。我现在特别渴望有点噪声，噪声能让我有理由去相信，这个世界并不是只有我和猫哭耗子两个人。

正当我胡思乱想时，身后的猫哭耗子平静地开口道："我曾经给国民政府办过事。"

猫哭耗子在睡袋里挪动了一下，说："三年前，有几个分裂势力的组织成员在划船偷渡去日本时被抓，他们随身带的箱子里，有加锁的机密。因为事关重大，当地负责人立马打报告，送他们来北州。我之前的那些事儿都是小打小闹，虽然闹得大，可并不算什么恶劣的事情。按理说，赔钱是可以解决的……”

猫哭耗子破了不少财，却并没消灾。他被请去帮忙解锁加密文件，于是，这便成了他噩梦的开始。

“那个文件我只用了三分钟，就解出来了。”猫哭耗子讽刺地说，“他们想让我秘密协助办案，可是一点说法也不给我。说白了，我是干着巡捕的活，却丝毫没有收入保障。出了事情，最先被踢开的，便是我这种人。”

猫哭耗子佯装轻松地一笑，说：“所以咯，我解开了文件，狂妄自大地笑了他们一顿。他们给我立功奖状，又陷害说我看了机密……外面的那些人自然知道该找谁报复了。”

我感慨万千，长长地出了口气。

“这辈子，我想光明正大地活着，估计很难了。”猫哭耗子坦言道，“我的技术，谁都惦记着。黑道想把我变黑，白道又担心我变黑……木秀于林吧，既然想‘秀’，代价自然难免。”

猫哭耗子的话音刚落，外面骤然响起了警报声！

我心里一惊……是背景墙动了？

还是，有人来了？

以前看到过一个假设，说，当世界只剩下你一个人的时候，忽然听到敲门声，你会怎么样？

我设想过无数的答案，可能会惊喜，可能会害怕，可能会激动，可能会期待……可我怎么也想不到，有一天，自己竟然能亲自验证问题的答案。

“耗子，”我激动得连话都有点说不利索，“会不会是郭子晋来了？”

猫哭耗子并不像我想的那么乐观，他关掉屋子里的灯，示意我噤声。我听话地跟着他一起蹲下，心里始终满怀期冀。

在尖锐的警笛声中，一个粗犷的男人骂骂咧咧地喊道：“有人吗？”

“我们不去吗？”我问猫哭耗子，“我看他应该是喝多了吧？”

没多一会儿，男人顺着警笛声音来到我们暂住的楼下。他恼怒地将警笛电线扯断，骂道：“人呢？人都哪儿去了？设这些路障……巡捕也行！滚出来个人！”

男人被布景墙上的街道花纹迷惑，直愣愣地冲着边缘跑了过去。咚的一声巨响，他的额头生猛地撞在厚铁上面。整个穹形圆顶似乎动了动，云层也跟着晃荡。

毫无意外地，男人笔直地摔倒在地上，昏了过去。

“他额头流血了！”我扯着猫哭耗子的袖子叫，“怎么办？这里没有医院，他会不会死？”

男人四仰八叉地摔倒在路灯下面，额头上一大片血迹。猫哭耗子动作迅速地带我下楼，他率先跑过去看了看，说：“他没死，只是昏了。不过……”

“不过什么？”我一边拿纸给地上的男人擦血迹，一边问，“你发现什么了？”

猫哭耗子站起身来，他拉着我往后退，“我不是给你找过你的通缉令看吗？”

“什么？”

“在通缉令重金悬赏的榜单里，你的奖金金额是最高的……这个男人，他排在你后面。”

“啊！”

据我分析，凶手想尽快让我顶罪，所以才会出天价赏金抓我。

我很好奇，问：“这个男人，他犯了什么罪？”

猫哭耗子的眼神十分警惕，他说：“我了解的信息也不是很多，只是翻阅的时候看到了些。这个男人叫陈金，今年38岁。从部队退役后，在老家开了间小店。几年前因为跟顾客发生矛盾，他一气之下灭了顾客家满门。无论老幼，八条人命，全部遇害。”

“我的天哪！”我再次往后退了一步，“小孩和老人也杀，他是彻底灭绝人性了！”

猫哭耗子收起地上被踩坏的报警器，说：“这还不算完呢！陈金杀完人之后，一直在逃。为了养活自己，他专门干杀人弃尸的活计……如果能问他就好了，那样就能知道他是怎么来的。”

我们不能知道陈金是怎么来的，可我们清楚，如果不在陈金清醒前尽快离开，我们恐怕会明白自己是怎么没的。

“哎，现在城区里不只是我们两个了。”猫哭耗子好心帮我分担了一半的重物，“一定要小心、小心、再小心，千万别和他有正面冲突。不然，咱俩加起来也打不过他一个。”

我和猫哭耗子一晚上没睡，从城南跑回中心点的家里。猫哭耗子将门锁好，备感庆幸地说：“好在布景墙是按照我家门一比一制作的……到底是谁能有这么大的能耐呢？”

“能按照你家的门一比一制作，会不会是你的家人或者朋友？”我同样想不明白，“耗子，你有比较厉害的亲戚或朋友吗？厉害到能建造一座城市的这种？”

“我可以，我的朋友中没有。”猫哭耗子反问我，“你认识富可敌国的人吗？”

富可敌国，我第一反应是黑龙山满山的假树……可我不敢说。

“像我这样的人，我上哪儿认识这么厉害的人物去？”

猫哭耗子一点不觉得我是在开玩笑，他一本正经地点点头说：“你对自己还是蛮了解的。”

有一个杀人犯在城区晃荡，我和猫哭耗子也不敢轻易出去瞎跑。陈金的出现，无疑让我们找寻出口的难度增大了不止一倍。

可我和猫哭耗子没想到的是，陈金的到来，仅仅是个开始。

不到一天的时间，城区里多了五个，甚至更多的罪犯。猫哭耗子只认识两个，一个叫冉文涛，一个叫刑龙。

冉文涛是个二十多岁的小流氓，因为倒卖文物在边境被抓住。由于情节严重，他被判死刑。奈何老天爷不长眼，地震的时候牢房震塌了，他趁机越狱。

刑龙则是个五十多岁的商人，明面上是房地产商，暗地里一直在贩卖禁品。本来一切顺风顺水，结果他在女人身上翻了船。失宠的情妇不满，大闹着掀了他的老底儿，他的事才被曝光。

另外三个人则有男有女，身份完全不详，职业也各不相同。我这个重金悬赏榜单里第一的“杀人犯”和猫哭耗子这个手无缚鸡之力的“间谍”，跟这些人比起来，完全是学龄级别的“坏人”。

我不明白，设计游戏的人把我们抓来，到底是想干什么？他们把全国最危险的罪犯聚在一起，是想看罪犯们互相残杀吗？

要是这样的话，我倒觉得，设计游戏的人还算有社会责任感。

我和猫哭耗子的想法不谋而合，只不过他有一点很好奇，“你说设计游戏的人有社会责任感……难道你不认为咱俩是冤枉的吗？”

“他是人，他又不是神。”我顿了一下，“游戏难免会有错漏啊……设计者应该会尽快想办法弥补吧？”

猫哭耗子点头表示同意。

设计者会不会弥补，我不得而知。不过我在楼上，算是见识了人性堕落的过程。因为城区里面吃喝不愁，所以罪犯们倒是声色犬马地过起了日子。直到目睹一个女人在巷子里被杀后，我才终于意识到，这不仅仅是个游戏那么简单。

弱肉强食的场面，让我深深陷入没有巡捕的惊慌不安之中。我和猫哭耗子睡在一个屋子里，他地上，我床上。我们两个二十四小时刀具不离身，稍微有点响动，立马准备好自卫。

心惊胆战、草木皆兵地过了两天，我和猫哭耗子又迎来一个严重棘手的问题——我们没有食物可以吃了。

猫哭耗子耐饿，可我不行。半天我勉强还能坚持，要是三天不吃饭，我恐怕要崩溃了。再说了，现在的情况危急，需要我们随时随地保持体力和警觉。没有饭吃就没有力气，不是等着挨打吗？

“咦？”

我和猫哭耗子正在探讨到底该怎么吃饭时，外面的天突然放晴了。虽然日光也是假的，可对在阴天中待了半个月的我和猫哭耗子来说，这完全是恩赐。

“为什么会有日光呢？”我表示不能理解。

“我不清楚。”猫哭耗子情绪稍显低落，“唉，以前一直是我玩游戏，没承想，现在倒是让游戏把我玩了！成书瑶，你坚持坚持。现在情况有变，贸然出去找吃的，实在是太危险了。”

我无奈地点点头，又惆怅地揉了揉咕噜叫的肚子，说：“我去冲碗白糖咸盐水喝……”

太阳出来，罪犯们更加撒了欢。整个大街被搞得乌烟瘴气，尤其猫哭耗子家处于中心点的位置，情况最为严重。可能因为商店在这儿的原因，所以附近楼下一直有人在。

到了晚上，天竟然跟着黑了。夜幕降临，城区里又是一片欢呼声。

昼夜更替正常了，猫哭耗子反而很担心。我不明所以，问道：“你有啥好担心的？昼夜会交替，这不是好事儿吗？最起码，生物钟正常了呀！”

“成书瑶，现在距离巷子里那个女人的死，有二十四个小时了吧？”猫哭耗子眉头紧皱，“女人死后的二十四个小时，昼夜变化却正常了……这两点之间，肯定是有联系的。”

“有联系？有啥联系？”我还是不明白，“难道说，女人死后变成太阳了？”

我被自己的想法吓到，不自觉地打了个哆嗦。

“当然不是，”猫哭耗子担忧地叹了口气，“还记得我说过解锁场景的事儿吗？”

“记得，”我点点头，“你的意思不会是说……”

猫哭耗子再次重重地叹了口气，说：“是的，恐怕游戏场地里的人物消失，相关场景会跟着变化。”

“变化天气有什么用呢？”我是真的不懂了，“难道现在还会有人有心情、有条件晒太阳吗？”

“这个我也没想明白。”猫哭耗子稍显烦躁地揉揉头发，“千万不要让那些罪犯发现这事儿，不然的话……”

不然的话，恐怕真要天下大乱了。

猫哭耗子的担忧并不是毫无道理，事实上，能逃逸多年还没让巡捕抓住的罪犯，他们自然不是笨蛋。

尤其是在两个罪犯合伙设计杀了陈金之后，他们似乎也已经顿悟出杀人会使环境产生变化的道理。而更糟糕的是，陈金死后，城区里出现了大量的枪支弹药。

罪犯加枪弹，算是彻底不给我和猫哭耗子活路了。

入夜之后，枪声不断。我和猫哭耗子又困又饿，坐在黑暗中，谁也没说话。过了好一会儿，我问他：“既然是游戏……我们能要求退出吗？”

猫哭耗子反问我：“确实是游戏……但游戏开始时，有询问你是否愿意加入吗？”

“好吧。”

静默了几秒钟，我又问：“耗子，没有饭吃，又没有巡捕维护治安，现在罪犯手里还有枪支弹药，我们是不是要死在这里了？”

停顿了有一分钟，猫哭耗子回道：“可能吧！”

天将亮的时候，我和猫哭耗子才迷迷糊糊地睡着了。睡了没多久，大街上的喊叫声又将我们吵醒了。猫哭耗子警觉地拿好菜刀，他过于瘦弱的形象，让他这个举动看起来没有任何威慑力。

“你们这群笨蛋！谁让你们对着铁墙开枪的！”是一个女人的声音，“现在好了，流弹打死了那个老毒贩，大部分房子都被锁上了！你们舒服了？”

一个男人委屈地说：“唉，我忘了，刑龙那个老毒贩是个房哥。光是在北州，他就有上百套房子！艳姐，我们现在怎么办啊？”

“什么事儿都问我！”那个叫艳姐的女人一拉枪栓，铁器摩擦着，发出哗啦啦的响声，“看看哪个房子能住！找个隐蔽、安全一点的……暂时别跟倪强他们起正面冲突。”

说着，他们一行三人上了猫哭耗子家对面的楼。

“房子被锁了？”我小声问猫哭耗子，“这又是什么意思？”

猫哭耗子除了叹气，什么也不说。我软磨硬泡了半天，他终于开口道：“我估计，除了市中心的几栋楼之外，其他的楼都不能用来居住或藏身了……也就是说，他们发现咱俩的位置，只不过是时间问题。”

我手脚瘫软地跌坐在床上，不知道是饿的还是吓的。

“我去找吃的，你在家把门锁好。”猫哭耗子终于下定了决心，“为了逼我们这些人互相残杀，食物供给会越来越少。趁着另一伙人还没赶到，我先去偷点吃的回来。”

“我跟你一起去吧！”我手脚无力地从床上站起来，“你这副小身板，让你去偷吃的，你顶多能拿回俩面包……我和你一起，咱俩多少还有个照应。”

猫哭耗子豪气万千地拍了拍胸脯，可他力气用过了头，自己把自己拍得直咳嗽。他难得爷们儿一回，面红耳赤地说：“附近的路线我熟悉，他们轻易是抓不住我的。有你在，反倒多了个累赘。”

虽然很想跟猫哭耗子一起去，但我不得不承认他说得很正确。我的笨手笨脚只会添乱，真心帮不到他什么。

“那你注意安全。”我郑重地握握他的手，“我等你回来。”

猫哭耗子笑得灿烂，说：“你放心。”

我很难放心，而猫哭耗子也一直没回来。我急躁地躺在床上，手指不安地绞在一起。眼看天快黑的时候，房门才被叩响。

楼道里一片漆黑，我从猫眼里也看不清楚外面。

心怦怦地乱跳，我在开口和沉默之间反复挣扎。

如果是猫哭耗子在门外，那么一切好说。可如果不是他，那么我的说话声无疑会暴露自己的行踪。

等到房门第三次被叩响时，我气息不稳地问：“谁？”

“我。”

门外的人一说话，我整个大脑瞬间陷入一片混沌。

他轻笑道：“成书瑶，你把门打开，是我。”

是郭子晋……我手里的菜刀咣当一声掉在地上。

子不语怪力乱神

Chapter 6

我趴在猫眼上使劲地看，除了黑乎乎的一片，什么都看不到，现在是白天，可为啥走廊里那么黑？是猫眼坏掉了，还是被人堵上了？

“你到底是谁？”我不敢懈怠，捡起菜刀继续问，“你说你是郭子晋，你怎么能证明？”

郭子晋在门外轻笑道：“成书瑶，你终于问了一个比较有智商的问题。你第一次在我家做饭，是煮的面条。结果你煮完以后，面条都飞……”

真的是郭子晋！

我兴奋地丢掉菜刀，哆嗦着手开门。门一拉开，郭子晋笑盈盈地站在楼道里。他怀抱大张，等着我过去。我傻愣愣地看他，却不知道该怎么办好。

“半个月没见，不认识我了？”郭子晋迈步上前将我拉到怀里，“还是傻头傻脑的。”

“你干吗去了？”靠在郭子晋的胸口上，我才敢确定自己不是在做梦。我发泄地捶打着他的后背，气恼地说：“谁让你把我丢下的？谁让你自己去查案子的？每次都是这样！我一个没注意，你就跑没影了！你说你……你衣兜里的是什么东西？”

“你饿了吧？”郭子晋笑眯眯地岔开话题，他拍拍口袋，“我刚才在楼下商店拿给你的，面包。”

“你去楼下……”我回过神来，赶紧拉郭子晋进屋。我细致地锁好门锁，伸手就要去掏郭子晋的口袋："别的事儿等会再说，我先吃口饭！"

我已经喝了两天多的白糖咸盐水，整个人已经饿花眼了。郭子晋拿出面包给我，我狼吞虎咽地往嘴里塞。可是饿了太多天，越是着急，嘴里的食物越是咽不下去。

"郭子晋……"我急得呜呜哭，"我饿，但是我吃不进去。"

郭子晋心疼地叹了口气，他摸摸我的脑袋说："你慢慢吃，别着急，我去给你倒水喝。"

我真没想到，吃饭这种事儿居然也会欲速则不达。等喝了点水，我才感觉勉强好些。屋子里静悄悄的，郭子晋一直摸着我的脑袋，没说话。

我吃了一半，把另一半收起来，说："给猫哭耗子留点。"

"你挺关心他啊！"郭子晋话里带酸，"成书瑶，你在吃东西上，可从来没让过我。"

我被郭子晋说得委屈，眼泪再次往下掉，"你还说……要是没有猫哭耗子陪着，估计等你到的时候我早疯了！你把我绑在床上，哪儿也不让我去。我听你的话，结果却变成这样了……你知道当我发现自己被关在空无一人的城市里我有多害怕吗？郭子晋，我恨死你了！"

郭子晋轻轻扳过我的脸，他把手插进我的发丝里，托起我的头，安抚我的情绪。

"我也怕死了。"郭子晋的下巴顶在我的脑袋上，他的嗓音微哑，"我回到猫哭耗子家，可你们两个都不在了。我自己在卧室里坐了好半天，却什么想法也没有。我不断告诉自己要冷静，一定要冷静……但是完全没有效果。"

"那你……"我只是发发脾气、诉诉委屈，我其实并没有真的怨恨郭子晋，"那你是怎么找到我的？"

郭子晋安抚地拍着我的背说："我自己在屋子里坐了一晚上，第二天早上，我爸跑来劝我。他对我说，一定得先把市五医院的案子解决了。不然的话，即便找到你，你也还是保不住命……既然有人能神不知鬼不觉、费尽心力地把你抓走，他的目的一定不是害死你那么简单。至于市五医院的案子，你不用担心，已经解决了。"郭子晋柔声说，"王庆文不是你杀的……是张傲杀的。"

"啥？"

我不敢相信自己的耳朵。

王庆文确实是张傲杀的，张傲杀人是因为女朋友乔爽。乔爽被王庆文非法囚禁而折磨得发疯后，张傲一直伺机报复。那天晚上，张傲知道我跟在了他和王庆文后面，所以他把话说得滴水不漏。可等我走开，张傲立马将王庆文砸昏，带去剥皮了。

"可是说不通呀！"我想不明白，"我还记得，巡捕是先在太平间里发现张傲尸体的。咱俩赶到市五医院的时候，正赶上病患在闹事儿……咱俩翻窗进停尸楼，这才发现的王庆文尸体。”

“是的，没错。”郭子晋奖励般地在我唇上吻了一下，继续往下说，“张傲本打算早点将王庆文移动到太平间，可谁知道，他碰到了乔爽的前男友，也是他们科室的医生。”

张傲为了让王庆文放松心理戒备，假意同意把伤害乔爽的事儿私了。没想到，在张傲残杀王庆文的过程中，精神失常的乔爽却从家里跑了出去。

乔爽的精神不好，她只记得自己的前男友王迪。王迪断断续续知道事情的经过后，怒气冲冲地去找张傲算账。错乱中，王迪杀了张傲。而王庆文的尸体，也同样是王迪做的……

市五医院的事情还有好多没问，可我的心又一次开始焦躁，“耗子怎么还没回来，他会不会有危险？要是被那些罪犯抓住，他就有大麻烦了！郭子晋，你上来之前，有见到他吗？”

“他什么时候出去的？”郭子晋问。

“早上，七点多的时候。”我甚至不敢往下想，“现在马上要七点了……猫哭耗子他不会出意外了吧？”

“不，不会的。”郭子晋肯定地答我，“谁有事儿，他都不会有事儿的。”

“不会吧？”我知道郭子晋在劝我，“虽然猫哭耗子那个人警觉性很高，但是武力打斗他完全不拿手啊！你看他瘦得……难道说，他遇到危险了，不方便回来？”

我说了半天，郭子晋一直保持着沉默。我急得要命，摇了摇他的胳膊，问：“到底为什么你说猫哭耗子不会有事儿，你倒是告诉我啊？”

郭子晋深吸了口气，淡淡地开口道：“因为……我们现在玩的游戏，就是猫哭耗子设计的。”

什么？这个游戏……是猫哭耗子设计的？

“猫哭耗子跟你说过他之前的事儿吗？”郭子晋问我。

“说过一点，但是不太详细。”我挠挠耳朵，思路有点乱，“他帮着别人做事儿的时候得罪了分裂势力，而处理分裂势力的过程中，他又得罪了政府……你说的是这个吗？”

“我说的就是这个。”郭子晋往沙发座椅里靠了靠，“我认识猫哭耗子那会儿，他年纪还不大。其实他跟大部分年轻人一样，一心想着为国家出一份力。而他又跟大部分年轻人不一样，在办事的过程中，因为遇人不淑，最后被刷下来了。”

听郭子晋讲，猫哭耗子帮着国民政府的人解开文件里的机密之后，他便离开了。可是有心术不正的人恶意散播假消息，说猫哭耗子备份了文件的内容。分裂势力得知后，于始疯狂地围捕猫哭耗子。

“为了避免灾祸，猫哭耗子忍痛和自己相恋多年的女朋友分了手。”郭子晋的声音冷硬，“好人有好多种，坏人也有好多种。时势造英雄，乱世出奸雄……猫哭耗子要是想作乱，他绝对有实力当奸雄。”

想想猫哭耗子长年累月地待在屋子里对着一屋子的情报，没有人说话，没有人交流……我心酸地唏嘘道：“我觉得猫哭耗子不是坏人。”

“是啊！”郭子晋赞同我的话，“他心里应该是很矛盾的吧！他恨恶人，同时又恨巡捕……所以，猫哭耗子才会弄出这么一个游戏来。”

郭子晋的话，我听得似懂非懂，“怎么说？”

“现在城区里，总共 11 个犯人。”郭子晋松开握着我的手，他扯过一旁的白纸给我分析，“按照悬赏榜单上的罪犯排名，由你往下，还有 9 个人。不同的人物死亡，会给城区带来不同的变化。”

我有点伤感地说：“猫哭耗子告诉过我。”

郭子晋摸摸我的头发，他继续往下说：“女人能让男人心情愉悦，所以程冬英死后，城里的昼夜正常了；而陈金是最暴力抗法的一个，所以他死掉后，城里多出了军火；贩卖禁品的刑龙是个房哥，所以在他死了之后，多余的房子全部被铁板封死。还有……”

每一个人对应一种特定的属性，猫哭耗子应该是对悬赏榜研究很久了……也难怪，猫哭耗子见到陈金的时候，会对他有那么全面的了解。

“呼……”我长长地出了口气，问：“那我呢，我代表的是什么？”

郭子晋摇摇头说：“我不知道。”

“哈？”我没听错吧？郭子晋居然说他不知道？

“你这么看我也没用，我确实不知道。”郭子晋摊摊手说，“巡捕房的通缉榜，我背得比节目单还熟，所以我能很快地分析出猫哭耗子游戏环节设计的用意。可是你不一样，你没有杀人。猫哭耗子会如何设定你的属性，我是真的想象不出来。”

我咬掉了嘴上打卷的皮屑，问：“我不明白，你说猫哭耗子藏在城里，你还说他总共抓了 10 个罪犯……但是为什么你说城里现在是 11 个犯人呢？你少算了一个吧？”

“没有，没有少算。”郭子晋在人物列表上画了一下，说，“我现在是他——苏童，中缅边界的军火商。”

“啊？”

郭子晋淡淡地解释道：“不然你以为我是怎么进来的？我隐约记得，两年前猫哭耗子跟我提过游戏的事儿，当时我只是笑笑，并没有认真。发现你不见了之后，我立刻打电话给陆泽楷。他帮我想办法，将我换成了苏童。我被当成苏童抓起来，而且这几天我一直混在罪犯中。”

我心里既感动又担忧，感动郭子晋为了我以身犯险，同时又担心郭子晋的处境。我不擅长说煽情的话，只是傻呆呆地看着他。郭子晋笑着看我，欣然接受了我缱绻的目光。

温情的氛围被粗暴的敲门声打破，郭子晋朗声询问：“谁？谁在外面？”

“苏童，是我。”门外的男人吊儿郎当地说，“沈艳霞那娘儿们和倪强又打起来了。”

我用疑问的眼神看郭子晋，郭子晋用口型回答我：“冉文涛。”

郭子晋起身去开门，没一会儿，冉文涛一步三晃地走到屋里，“哎哟，你行啊你！现在城里供房紧张，你居然还能找到没上锁的！哈哈哈，这里送房子，还送娘儿们啊？”

冉文涛长了张精致的脸，细眉细眼，唇红齿白。唯一遗憾的是，他脸上有道寸长伤疤，正好划过左眼。

他吊儿郎当地摸着下巴看我，说：“苏童，你小子本事大啊！这小娘儿们，我看比沈艳霞好多了！兄弟一场，也别分你我了，这女人归我了，乐和一天是一天。”

郭子晋微微不悦，他眸子里暗藏波涛，说的话却波澜不惊：“我运气好罢了。”

“呵呵呵。”冉文涛跨坐在木桌上，晃荡着腿，“得了，别装了，你真以为我是倪强那个笨蛋啊？你当我看不出来，她是你相好的？我就是试探试探你罢了。”

我不敢瞎说话，郭子晋挨着冉文涛在桌子上坐下，说：“我确实挺喜欢她的，可她不喜欢我啊。你知道她是谁吗？”

冉文涛眯着眼睛看我，他脸上的伤疤皱起，“嘿，你要是不说，我还真没发现……榜单上什么时候有这么个小娘儿们？我记得沈艳霞，因为那娘儿们够狠啊，把情夫的那玩意都切下来了……你这位？”

“跟我这位比，沈艳霞可算不了什么。”郭子晋说得高深莫测，“北州市五医院的案子，你听说了吗？”

接下来，郭子晋绘声绘色地将市五医院的案子和黑龙山的案子都算在了我的头上。

“苏童，我知道你是想保护她，可是你跟我一样清楚，现在这个圈子，要的不是故事，要的是实力。”冉文涛听得津津有味，可他对郭子晋的话表示深深的怀疑，“你说这两个案子都是她做的？她？我看她可不像杀过人的。”

“千真万确。”

“你小心聪明反被聪明误。”冉文涛低头盯着自己的指甲，漫不经心地说，“第一天来的时候，我们有九个人。可是现在，人数一点点减少……我觉得，你的聪明，比不上倪强的枪。”

冉文涛轻笑了一声，声音让我觉得毛骨悚然。

“雌性动物身上有一种特殊的魅力，这种魅力会让雄性莫名其妙陷入对她们的痴迷与疯狂之中。而一般情况下，只有最强壮的雄性才有资格占有雌性……现在属于原始社会，食物大家一起用，女人肯定也不会是你自己一个人的。我说的，你明白吧？”

郭子晋明白不明白，我不清楚。不过我知道，我算是听明白了。

弱肉强食，物竞天择。这是规律，同时也是自然法则。在法制丧失、没有人能保护弱者权益时，这种自然法则的效力会更加突出，甚至说明显。男人欺压女人，壮年压榨老年，强的欺负弱的，拿刀的怕举枪的……像是一个停不下来的恶性循环。

突然之间，我好像想明白了猫哭耗子设计游戏的用意。

猫哭耗子现在悲惨的境遇，完全是某些不良巡捕造成的。他恨巡捕，他同样有能力去报复社会。可又如郭子晋说的，猫哭耗子心里还有残存的良知。他想做好事儿，他想当好人。他不想因为自己一时偏激的想法，酿成不可挽回的恶果。

为了排遣自己心里的怨恨，猫哭耗子想出了这么个办法。他用游戏的可操控性，去验证人性的不可预测性。他把最穷凶极恶的罪犯抓来，把他们放在一个空间里，看着他们产生矛盾，互相冲突，以此来告诉他们法制和道德的重要性……

我走神得太厉害，眼神一直在发呆。冉文涛伸手在我眼前打了个响指，调笑着说：“苏童，你喜欢的傻妹挺有趣的。”

傻妹？好吧，我觉得，总比叫小娘儿们受听点。

“我杀过人。”

郭子晋撒谎，肯定有他撒谎的道理。别的我帮不了郭子晋，帮他撒谎还是勉强可以的。毕竟不久之前，我真的以为自己是杀人犯。

“我剥过人皮，挖过人心。不仅如此，我还活生生地将一个女孩儿的血放干净了……你想听吗？”

冉文涛没想到我回过神来就是说这些，他略微错愕，遂又恢复如初，继续嬉皮笑脸地问我：“放血？听来新鲜……刚才那两个案子，你相好的跟我讲了。你倒是给我说说，放血是怎么放的？”

“用铁钩子，大概这么长。”我用手比画了一下，冷淡地说，“从琵琶骨的位置扎穿……这个位置连接颈部和肩关节，一旦骨折受伤，手臂将失去运动的能力……接着，我再用铁钩子挂在她的肋骨上，用肋骨承担她整个身体的重量……等她血被放干的时候，肋骨几乎脱离胸腔了。”

闻人航跟我说过他如何杀害丽娟的过程，那些话让我刻骨铭心。我掐着掌心的肉，尽量让自己说的时候不露怯。

等我说完之后，郭子晋的眼里满是担忧，而冉文涛却兴奋得脸都红了，“哇哦，你简直是太帅了！跟我说说，你为什么杀她？你和她有过节吗？”

“因为……”我冷冷地说，“她叫我‘小娘儿们’。”

冉文涛脸上一副吃屎的表情，看看郭子晋，又看看我。他咂咂嘴，没再说话。

郭子晋适时地开口道：“我们去找倪强吧！出来一会儿了，怎么说也该回去了。”

我简单地拿了两件衣服，跟着郭子晋出门离开。冉文涛吊儿郎当地走在前面，我找机会小声问郭子晋：“我刚才那么说……可以吗？”

郭子晋点点头，同样小声地回我：“你做得很好，继续保持。别让他们轻易看透你就好了。倪强比较难对付，万事小心。”

“你们两个在干什么？”冉文涛狡诈地突然回头，细长的眼睛里精光毕现，“你们不会是偷着亲嘴吧？”

冉文涛凑过来看我，调侃的话语中透露出对我的不信任。

“呦，那么心狠手辣杀人不眨眼的女人，居然会为我说的话脸红。我还真是备感荣幸呢！”

我使劲咬住腮部，逼迫自己不要流露出慌张的情绪。我克制住想要扑到郭子晋怀里的冲动，冷冷地擦着冉文涛的肩膀而过。

大部分的房屋关着门，无形中，城区的面积等于被缩小了。路上，郭子晋给我介绍了下情况。

不算猫哭耗子，现在罪犯剩下七个人，分成两伙。一伙是以倪强为主的“男人帮”，一伙是以沈艳霞为主的“娘子军”。

沈艳霞十五岁的时候和父母吵架，一气之下去了国内最大的欢场。打拼十五年，在欢场里算是首屈一指的“大姐大”。万事顺风顺水时，欢场女爱上了薄情汉。沈艳霞不但将忘恩负义的男友杀害，还将男友给碎尸了。

再说倪强。倪强是做人口贩卖生意的，主要经营皮肉生意。事实上，倪强的名字并没有出现在通缉榜单上。倪强很聪明，巡捕抓了他多年都没查到他的丝毫证据。他有良好的社会形象，而且从来不偷税漏税。倪强本人甚至还读过大学，在所有罪犯中，他是学历最高的。

“沈艳霞痛恨利用女人身体赚钱的人，所以她和倪强一直不对付。”冉文涛接过郭子晋的话往下说，“这不，我和郭子晋刚才过来的时候，他们又打起来了。”

我的态度随意，漫不经心地说：“哦？你为什么要跟着倪强混？”

“呵呵，走私犯的哲学，是保持独立，却不完全孤立。”冉文涛精明而又市侩，“找一时的庇护，安身立命……跟苏童一样，聪明人的做法。”

我不置可否。

沈艳霞那伙人住在大楼里，倪强的人住在拳馆里。我们到的时候，有两个男人正在研究武器。

见我进来，一个膀大腰圆的男人舔舔嘴唇说：“素了这么多日子，可算来点荤腥了。”

“你刚才不是说要去厕所吗？”郭子晋挡在我身前，他突然笑着对我说，“你先去吧！”

我说要去厕所了？

看着馆里凶神恶煞的男人，我不放心将郭子晋一个人留下。可他既然想支开我，我也愿意配合。

我一个人去了一趟厕所，转了一圈就想着回去。按着原路返回时，旁边突然有人拉了我一把……

居然是猫哭耗子！

“别回去！”猫哭耗子被关在隔板后面，他一脸严肃地警告我说，“郭子晋要杀你！”

“郭子晋？要杀我？”

猫哭耗子用力地点点头，说：“就在今天，我从小区出来之后……”

早上，猫哭耗子从小区出来之后便直接去了商店。因为商店的后门在小区里面，所以猫哭耗子完全避开了沈艳霞等人的监视。可没想到，猫哭耗子打开商店的后门时，暗处突然有人跟他说话了。

“你可算出来了，我等你好久了。”

说话的人是郭子晋。

“子晋，是你吗？”猫哭耗子很惊讶，同时他也很惊喜，“成书瑶在家里，我们——”

猫哭耗子的话还没说完，郭子晋反剪着将他的手别在身后。猫哭耗子哪里能是郭子晋的对手，几乎没用郭子晋费什么劲儿，猫哭耗子便被钳制了。

“你干啥？”猫哭耗子的脸被压在地上，身子不断地扭动，“郭子晋，你吃错药啦？”

郭子晋冷笑道：“我没吃错药，倒是你，你不该设计这么个游戏出来。”

“你说什么呢！”猫哭耗子不理解，“什么我设计的游戏？都什么乱七八糟的？”

郭子晋不为所动，“你承认也好，不承认也好，我无所谓……游戏，最后的冠军只能有一个。有资格平安出去的人，应该也只有一个，是吧？”

猫哭耗子心里纳闷，他不明白郭子晋为什么会这么说。不过郭子晋接下来的话，让猫哭耗子大感意外。

郭子晋说："来了三天，我已经彻底弄明白游戏的规则以及最后通关获胜的窍门了……只有杀光你们所有人，出口才会出现……"

讲到这里，猫哭耗子叹了口气，对我说："郭子晋说的方法，其实我早想到了。不然的话，游戏设计者为什么放这么多罪犯在城市里呢？游戏就是这样，把任务都做完了，才可以顺利晋级嘛！我只是没想到，郭子晋竟然会说这种话！他要是杀罪犯，我也不说什么了，毕竟自保是本能……但是，成书瑶，郭子晋竟然连你也不放过！他想杀你，把我抓来之后，他跟倪强就是这么说的……所以倪强才会同意让冉文涛和郭子晋一起去找你。把你骗来，等到最后再把你杀了。"

我愣在原地。

猫哭耗子眼神诚挚地看着我，说："成书瑶，我知道，一时之间，你很难接受我说的话，可我说的全是真的。郭子晋虽然爱你，可一旦涉及他自己的性命时，他就顾不上你了……成书瑶，郭子晋被游戏迷惑了，他已经没有人性了，你千万别信他的话！"

如果说猫哭耗子劝我救他，可能我会觉得他是在骗我。可现在如此危急的情况下，他只是一再地提醒我小心提防郭子晋，这反倒让我不知如何是好了。

我告诉猫哭耗子，我会看情况救他出来。猫哭耗子叹了口气，表示理解。在我准备离开前，猫哭耗子突然问我："成书瑶，你听过那个鬼故事吗？"

"哪个？"

猫哭耗子叹了口气，说："就是流传的一个鬼故事，是这样说的……有一年，一个登山社集体去登山，其中包括一对感情很好的情侣。当他们到达山下准备攻峰时，天气突然转坏了，但是他们还是执意要上山去。于是，他们就留下那个女的看营地。可是过了三天，都没有看见其他社员回来，那个女的有点担心了，心想可能是因为天气的原因吧。她等呀等呀，到了第七天，大家终于回来了，可是唯独她的男友没有回来。大家告诉她，在攻峰的第一天，她的男友就不幸死了，他们赶在头七回来，心想她男友可能会回来找她的。于是大家围成一个圈，把她放在中间。到了快午夜十二点时，她的男友突然出现了，还浑身是血，一把抓住她就往外跑。女孩吓得哇哇大叫，奋力挣扎，这时她男友告诉她，在攻峰的第一天就发生了山难，其他人都死了，只有他还活着……一面是挚爱的男友，一面是登山社的好朋友。成书瑶，要是你的话，你相信谁？"

猫哭耗子话里有话，可我唯有装傻。

我信任郭子晋，但我又不愿意当面质疑猫哭耗子。

正在我左右为难的时候，郭子晋敲敲厕所门问："成书瑶，你好了没？"

猫哭耗子点头示意，我默默地转身，回道："好了，我就来。"

我从厕所出来，郭子晋拉我进怀，他好似抱歉般用力抱了抱我，说："刚才出了点情况，我不得不让你离开。我一旦开始想问题，别的事情就顾不上了……我会努力克服这个毛病，在我克服之前，你配合我一些，尽量不要乱跑。"

"我上个厕所而已，"我回抱住郭子晋，轻柔地抚摸他后背肌肉的线条，"这哪里算乱跑了？"

郭子晋在我脑袋顶上吻了一下，说："去我看不到的地方，就算是乱跑。"

我趴在他怀里，轻轻笑了。

猫哭耗子说郭子晋要杀我，我完全不相信。哪怕郭子晋的话听起来多么可疑、刻意、漏洞百出，他也不会害我。顶多，他是有难言之隐，不方便立即告诉我。

上次分开前，郭子晋对我说过，如果我不愿意相信他，那么出事只是时间问题。而作为郭子晋的女朋友，我这个非专业人士能给他的，只有百分百无条件的信任。何时何地？随时随地。

我不知道猫哭耗子说的鬼故事最后结局如何，要是我的话，我一定选择相信自己的男友。

像郭子晋曾经说的，爱过的人，即便变成了鬼，也不会忍心伤害我们的。

所以，根本没什么好怕的。

郭子晋带我去休息室休息，他抱着我，让我躺在长椅拼成的床上，说："你睡吧！我看着呢，不会有事儿的，等明天早上，我带你去找东西吃。"

"好。"

郭子晋身上肌肉硬邦邦的，我枕着不舒服，却十分安心。抱着郭子晋，没一会儿，我便睡着了。

可我并没有睡太长时间，突然一阵晃动，我和郭子晋两个人翻滚着从长椅上掉了下来！

我看着室内震颤作响的储物柜门和棚顶抖动的吊灯，跟做梦一样茫然无措地问："郭子晋，是地震了吗？"

郭子晋护住我，冷静地说："不，是有人死了。"

震动持续了大概一分钟，然后便停了下来。我耳朵里都是铁器磕碰的嗡嗡回响，身子好像还在打晃。我长出了口气，问郭子晋："你猜，谁死了？"

问完之后，我自己又觉得不对……上次有如此明显的震动异响的时候是在出口开启，罪犯被放进来的时候。

我担心地说："会不会是又有人进来了？"

郭子晋拉我从地上起来，他也和我有着同样的疑问，毕竟有强烈的地颤出现，总归不是件好事儿。

"走吧，我们出去看看。"郭子晋把我脸上的口水擦掉，从储物柜里拿出一根铁棒子给我，"你拿好了，如果有人想欺负你，你什么也别管，直接往他胸口上刺。"

我手脚发软地接过来，小声说："你是……让我杀人？"

"不。"郭子晋将训练用的钢板背心给我套上，"我只是让你自保。"

我想起猫哭耗子说的话，谨慎地选择措辞，问他："郭子晋……我有一个想法，就是刚才突然想到的……你说，游戏会不会是要让我们互相残杀……只有最后活下来的那个人能出去？"

郭子晋的手略微停顿，手指缝隙间，他眼神灼灼地盯着我看。我低头敲敲钢板，试图缓解一下尴尬的气氛，"我就那么随便一说……背心就一个，给我穿了，你怎么办？"

"我？"郭子晋继续手上捆绑的动作，漫不经心地说，"只要你不死，我就死不了。"

"那要是我死了呢？"我仰头，执着地想要探听出郭子晋内心的答案，"要是我死了，你会怎么办？"

自嘲的笑容在郭子晋脸上转瞬即逝，他顽皮地伸手在我脑门的位置拍了拍说："只要有我在，你就不会死。"

我忍不住哈哈大笑，意识到自己处于危险的环境之中后，又立马收声。

现在是凌晨三点多，没有月亮，外面的街道都是黑漆漆的。估计是刚才震动的缘故，路灯全熄灭了。拳馆里虽然开着灯，可是感觉更加寂寥。无边的黑暗蔓延上来，光亮随时随地有被黑暗彻底压垮的趋势。

猫哭耗子在厕所那边说的事儿，我一直没想好该如何开口问郭子晋。问了，好像我不信任他似的。可是不问，又总让我有些无所适从。我在反复纠结中跟在郭子晋身后走，不知道自己能做点什么。

拳馆里非常安静，或者说，整个城区都是极其安静的。我握拿不稳，手里的长铁棍时不时会磕碰到墙壁或地面，发出令人心惊肉跳的声响。

刚开始，郭子晋对这个声响还能充耳不闻，淡定地在前方带路。后来他终于忍受不了，干脆收回武器，全都由他拿着。我乐得轻松，恨不得将铁板背心也脱掉。不过看看郭子晋威胁警示的眼神，我只好作罢。

走廊很长，好像永远不会走到尽头。郭子晋拿着铁棍走在前面，我跟在他后面。有东西扯住了我的裤腿，我偏头去看，却什么也没有。

等我抬头，郭子晋却不见了。

“郭子晋？”我对着空荡荡的走廊喊，“你在哪儿呢？”

回音袅袅，顺着走廊望去，别说人了，连鬼影都没有。

“郭子晋！”我急了，一边往前跑一边叫，“郭子晋！你在哪儿呢？你出来！”

我停下步子回头看去，整个走廊里只有我一个人。

不可能，完全不可能！我一低头一抬头的工夫，大概只有三五秒钟的时间。郭子晋别说跑了，就算他飞，也不可能消失得这么快。

能如此迅速消失，完全不是人力可以办到的。

难道是……鬼吗？

我狠狠咬着嘴唇，拼命告诉自己一定要冷静。现在我越是急躁，脑筋越是不清楚，越是深思，越是觉得毛骨悚然。

有郭子晋在，我是不会有事儿的。此时此刻，这是唯一能让我镇定下来的理由了。

我在找郭子晋，郭子晋发现我不见了，他也一定会来找我。拳馆的走廊不是很宽，灯光昏暗，有些角落看得并不是十分清楚。我犹豫再三，决定按原路走回休息室。

郭子晋找不到我，他应该也会顺着原路返回吧？

沿着能够看清楚的墙壁往回走，大概走了有一分钟，我停了下来。看着左手边的墙壁，我惊讶得目瞪口呆。

原本应该是休息室门口的位置，现在却变成了光秃秃的墙壁！

我不甘心地用手捶了捶，墙体发出沉闷的声音。我手脚发凉，喊得声音发颤，“郭子晋！你在哪儿呢？你快点出来！”

“郭子晋……你在哪儿呢……你快点出来……来……来……”

我的哭叫被走廊扭曲变形，声音在墙壁上来回碰撞后，终究变成了陌生的回音。诡异的声音和诡异的走廊刺激末梢神经，我汗毛倒立，头皮像炸开了一般。

我的指甲刺进掌心，上面已经是濡湿一片。我暗自命令自己镇定下来，抬手将掌心的血抹在了墙上。

画好了记号，我顺着刚才的来路往回跑。

这时我才注意到，别说是休息室，周围一间屋子也没有。整个走廊的墙壁，全是光溜溜的。

不正常，一切都太不正常了。

跑了有五分钟，我停了下来。我不敢置信地看着墙上的鲜血记号，那正是我五分钟前留下的。

墙上的血渍已经干透，在白色的墙上显得异常刺眼。

我的情绪失控了，不断用手捶打墙面，“不可能！这不可能！郭子晋！你在哪儿？你快给我出来！”

周围的回音震痛耳膜，我觉得我要疯了。

在我几近崩溃时，从阵阵回音里传来一个醇厚的男声。

郭子晋在不远处的位置，同样着急地在叫我：“成书瑶，你在哪儿呢？”

“我在这儿！”

我大喜过望，却望而却步。

整个走廊被墙壁围得严严实实，郭子晋，他是怎么进来的？

听我没动静了，郭子晋急着叫我：“你是怎么了？出什么事儿了吗？成书瑶，你说话！”

不是我不想说，是我真的说不出来了。虽然我不信猫哭耗子说的话，可我还是受到了他的影响。我蹲坐在地上，一声不敢发。我甚至想，还不如直接来个大妖怪，把我吃了算了。

得不到回应，郭子晋也不继续叫我了。走廊里响起脚步声，我害怕极了，更加用力地抱住膝盖。

直到头顶上的灯光一暗，我才不得不把头抬起来。

郭子晋逆灯光站着，他刀劈斧砍般的五官显得更加深邃。高瘦的个子，傲慢的神态，他眼神锐利，执着地盯着一个方向——我所在的方向。

“郭子晋……”我拉着长音，哭得无奈又无助，“你去哪儿了……”

郭子晋的神情稍微缓和了一下，在我旁边蹲下，柔声说：“这话该我问你吧？你去哪儿了？我怎么一回头，你就不见了？”

“我不见了？”我揉揉眼睛，委屈极了，“我哪儿也没去啊？为什么说是我不见了？”

“我也哪儿都没去！”郭子晋眸子中流露出不易察觉的温情，他拉过我的手查看我手掌心的伤，“怎么弄的啊？成书瑶，你真是够可以的了。我才离开多长时间，你就能把自己伤成这样！”

“我害怕，太害怕了……”

像个在外面受到欺负后，跑回家跟大人告状的小孩似的，我将刚才发生的一切绘声绘色地描述给郭子晋听。郭子晋一边静静地听我发牢骚，一边用纸巾为我清理手掌的伤。

等我讲完，郭子晋才轻笑一声。他伸手揉揉我的脑袋，好笑地说：“我说你是笨蛋，真是一点没冤枉你。”

“这次的事儿不怪我！是走廊太邪门了……”我为自己的智商据理力争，“我一抬头，你就不见了，我当然要想办法找你啊！”

“你抬头的方向是对着哪一面的？”郭子晋突然问。

“啊？”我被他问得有些措手不及，皱眉深思，“什么叫我抬头的方向是对着哪一面？还能是哪面？当然是走廊那面啊！”

郭子晋站起身，他的手伸到我的腋下，架着我站起来。郭子晋站在走廊里，复述着我刚才的话，“你说，你感觉到你左腿外侧被什么东西挂住了，然后你弯腰查看。结果你没发现有东西，所以就把头抬起来了……是这么个顺序吧？”

我点点头。

郭子晋按照我说的动作做了一遍，可他抬头后却是腰侧弯，脸对着走廊的墙壁。正当我觉得哪里不对的时候，郭子晋又问我:“成书瑶,我站在你的前面,你却往侧面看……你觉得，这样你能找到我吗？”

“可是……这个……”我急得挠头，“为什么是这个样子？”

“因为你笨呗！”郭子晋就着我手上的污血在墙上画，“拳馆是长方形的，各种健身室在中间，走廊在外侧。从外间走廊，可以直接走到各个健身房里。而实际上，一楼的平面空间里，还有一个被隐藏起来的圆形走廊。就是，我们现在站的地方。”

“圆形走廊？”

“是的。圆形走廊和长方形走廊在我们刚才经过的位置有交叠，而你傻乎乎地走错了路，进到了圆圈里。而圆形没有棱角，所以你会一直在里面绕……”郭子晋揽过我的肩，指着远处，“你觉得走廊没有尽头，也是这个原因。光线不够，你的视觉上存在误差。墙的颜色又一样，一个人在走廊里是肯定找不到出口的。如果你没在墙上做记号，估计你能在走廊里跑到死。”

这也太……玄幻了吧？

“其实我也是在外面找了半天才发现的，你算是误入歧途了吧。”郭子晋的话丝毫没让我感到安慰，“不要埋怨你的智商，它已经尽力了。”

“我们现在怎么出去？”我问郭子晋，“你手里的铁棍子呢？”

“被冉文涛拿走了。”

“你见到冉文涛了？”我惊讶，“那是谁死了？”

郭子晋的答案让我更加惊讶：“是姚壮。”

“什么？”

“姚壮是被冉文涛杀的。”郭子晋如是说，“没有什么好惊讶的，冉文涛本就是个两面三刀的人。他拉拢过我，又跑去拉拢姚壮……现在看倪强有偏袒我的迹象，他又见风使舵，杀了姚壮。”

“圆形走廊是因为姚壮的死才解锁的吗？”

“刚才震动得厉害，应该不是走廊的事儿。”郭子晋摇头，“不管产生了什么稀奇古怪的变化，总归不是好事儿。”

最后，郭子晋不忘嘱咐我：“出去之后，不管发生什么，你都要跟紧我。”

我点点头，说：“现在我们要怎么出去？你记得来时的路吗？”

“不记得了。”郭子晋无可奈何地摊摊手，“你刚才不出声，我还以为你出事儿了。一着急，我也忘了留记号。”

郭子晋说完，我忍不住抱怨道：“哎呀！你怎么这么笨？现在你也进来了，我们要怎么出去？你……我是说，那个，你会想到办法的，是不是？”

“呵呵，成书瑶，”郭子晋被我讨好的话逗乐了，他拍拍我的脑袋说，“其实有时候，你也挺聪明的。”

闲话说尽，郭子晋牵起我的手，道：“你拉住我，沿着那面墙走。这面墙灯光暗，我沿着这面墙走……等到有岔路口的时候，我们肯定有一个人能走出去。”

我有点紧张，赶紧擦擦手心的汗，“郭子晋，你千万别松开我啊！”

“放心吧，不会的。”郭子晋咂咂嘴，低声说，“我可不像那个在你床下面打了一星期地铺的家伙，专说一些骗人的谎话。”

我略微呆怔……郭子晋这是吃猫哭耗子的醋了？

郭子晋没给我询问的机会，他扯着我的胳膊带我往前走。有郭子晋跟我一起，这条路似乎也没那么可怕了。我晃了晃我们俩牵在一起的手，心里还在为郭子晋刚才吃醋的行为窃喜。

我太过得意，所以并没有注意走直线。猝不及防地，我额头砰的一声撞在墙壁上。

“哈……”

就在我疼得直叫的时候，一个浪荡的女声传了过来：“哪里来的小白脸和小婊子？”

自相残杀

Chapter 7

面前站着的女人三十多岁，穿着性感，大红头发，大红唇，脸上厚重的脂粉让她稍显老气，脚上一双高跟鞋，看着让人感觉她足足有一米八的个头。

她就是沈艳霞吧？我不禁愕然……穿成这样，是怕巡捕认不出她来吗？

郭子晋从圆形走廊里跨过来，他了然地看看沈艳霞和倪强，什么都没说。倪强很恰当地插话，笑说：“艳姐，我还没有介绍，这位是苏童的女朋友，成书瑶。”

“成书瑶？”

呃……莫非沈艳霞认识我吗？

沈艳霞强势地伸手过来，在她触碰到我的脸之前，郭子晋迈到了我们两个人之间。沈艳霞的手腕一转，顺势摸上郭子晋的前胸。

郭子晋肌肉紧实的程度让沈艳霞很满意，她笑得极其放肆。沈艳霞讽刺倪强道：“哎呀，真不了解世道是怎么了。名字里有强的不强，长得像小白脸的男人，反倒干着阳刚硬气的买卖……强哥，你说是吧？”

倪强冷笑着没说话。

“你们二位终于听进去我的话了？”郭子晋低头摆弄我的手指，“要是把内斗的时间省下来，没准我们早出去了。最起码，不会像现在这么被动。”

冉文涛和一个长得尖嘴猴腮的男人过来，冉文涛说：“强哥，艳姐，我们查过了，城里没有什么变化。”

“没道理啊，”倪强将询问的眼神投向郭子晋，“陈金死的时候多了枪，刑龙死的时候房子被关掉了……而刚才产生了那么大的震动，不可能一点儿变化没有。冉文涛，你查仔细了吗？没有多人吗？”

冉文涛摇摇头，那个尖嘴猴腮的男人说：“强哥，真是什么变化都没有。现在城区面积不大，我们没用多长时间就查了一遍。”

沈艳霞轻蔑地扫了倪强一眼，转头问郭子晋：“苏童，我信你！你有什么建议？”

不只是沈艳霞，另外三个男人也不约而同地回头看郭子晋。

郭子晋依旧摆弄着我的手指，低头保持沉默。

郭子晋不开口，沈艳霞和倪强同样不说话。走廊里一片静默，气氛沉闷得有点压抑。最后还是冉文涛圆滑，他吊儿郎当、嬉皮笑脸地问：“苏童，你说吧，你说什么我们听什么！”

等走廊里的人一致表过态之后，郭子晋才笑盈盈地抬起头，说：“大家都是道上混的，男人说话算话，吐口唾沫是个钉……既然你们愿意听我的，那我简单说说。刚才我和成书瑶经历的事儿，大家也知道了。”郭子晋攥着我的指尖，态度随意，“城区里的建筑、街道场景，里面可能都有暗道。如果一个不小心走进去，估计就不能活着走出来了……咱们现在六个人，两两一组，这样相互之间有个照应。”

沈艳霞和倪强相互看了一眼，接着又彼此厌恶地偏过头去。

郭子晋眯起眼睛，继续说：“即便不喜欢彼此，我劝你们最好也忍忍。我想，你们都明白死人意味着什么。你们应该没想过吧？如果说碰巧哪个人死后，城里能吃的食物或者是淡水跟着消失……”

众人倒抽了口冷气。郭子晋提出的假设是合理的，同时也是最让人难以承受的。如果说城里的食物没有了，我们又没能及时出去……那完全是死路一条。

“我想大家能够明白现在的处境了吧？”郭子晋点到即止，“大家已经想好联合了，趁离天亮还有些时间，我们抓紧休息。天亮之后，我们一起去找出口。”

倪强试探着问：“苏童，对找出口，你是不是有什么想法了？”

“目前没有。”郭子晋答得理直气壮且坦坦荡荡。

那个尖嘴猴腮的男人说话比他的长相还让人讨厌，“你什么想法都没有，那我们凭什么听你的？”

相处过几天，郭子晋的能耐他们了解。虽然其他人也有这样的疑问，他们却明智地没开口。

见没有人出言反驳，尖嘴猴腮的男人继续说："艳姐，我们还是别和他们在一起了。不如我们……"

"不如什么不如？"沈艳霞表明自己的立场，她鞋跟一转，挎住郭子晋的胳膊对男人说，"沈志宇，别以为老娘不知道你存了什么心思。你以为不跟他们一起，老娘就属于你一个人了？呸！你也不撒泡尿照照你自己！"

倪强笑着打圆场道："沈志宇会有这样的想法，还不是因为艳姐你的魅力大嘛！情有可原，情有可原！"

"呵呵，我什么样，我自己清楚。"沈艳霞不愧是风月场上的大姐大，她说话真的是生冷不忌，"倪强，我用不着你这个靠女人卖钱吃饭的男人多嘴。"

倪强依然在笑，不过他已经笑得有点尴尬。

沈艳霞上身紧贴着郭子晋的胳膊，我在一旁看得极为火大。我是女人，沈艳霞对郭子晋存了什么心思，我是一清二楚。

跟这帮亡命徒待得久了，我身上也生出一股邪气。不过我当包子的时间太长，并不敢明目张胆地反抗沈艳霞。我不着痕迹地拉扯郭子晋过来，郭子晋借力脱开了沈艳霞的手。

姚壮的死带来了什么后果，我们暂且不知。但是姚壮的死带来的蝴蝶效应，我们所有人都能看得到。对未知的恐惧以及对死亡的恐慌，带给了我们短暂的和平。

我还惦记着厕所里的猫哭耗子，却不知道该怎么跟郭子晋提起。估计郭子晋看出我有话想说，可他故意没问我。

郭子晋表达爱意很别致，他表达醋意同样与众不同……我突然有种即将被修理的不祥预感。

在重新分配住房的过程中，沈艳霞神色暧昧地小声趴在我耳边说："你知道，我第一天来见到你男朋友的时候，我有多高兴吗？"

我心里熊熊燃烧的怒火被沈艳霞下一句话生生浇灭，"你说，他们几个罪犯要是知道你男朋友是侦探，他们会怎么做？会不会把他切成片，活剐了？"

郭子晋站在离我三步远的位置忙着搭床，我心里不是滋味，却不敢过分声张。沈艳霞并不像表现出来的那么不知深浅，她勾唇浅笑道："我被抓来的前一天晚上，正好在酒店看到你发言的新闻……你猜，他们其他人有没有跟我一样看过新闻？我们这些坏蛋哪，最是痛恨巡捕。"沈艳霞一下下往我耳朵里吹气儿，看到我面红耳赤地愣神，她开心极了，"不过，跟巡捕相比，我们更加痛恨多管闲事儿的侦探。成书瑶，你知道为什么吗？"

我不说话，沈艳霞笑得更加欢实，“巡捕抓我们，天经地义。他们是猫，我们是老鼠。可侦探算什么？是不是有点狗拿耗子的感觉？没事儿讨嫌！”

郭子晋眼神疑惑，时不时地往这边瞄。他不知道我和沈艳霞在聊什么，眉宇间是掩藏不住的担忧。

我顺利和郭子晋的视线对接，情绪也渐渐平复下来。沈艳霞说的话，正是我所担心的……我突然想明白，沈艳霞发现我和郭子晋的身份却没有揭发，那说明，她也是有目的的。

“你想怎么样？”我问她。

“聪明人就是好，一点即透。我知道你男朋友有本事，如果说这里有什么人能找到出路，我相信一定会是他。所以，在他活着的时候，我要你们两个保我周全。”

“他活着的时候？”我不满，“他不会有事儿的。”

沈艳霞的大红头发蹭在我的脸上，我只觉得脸上痒痒的，她说：“小妹妹，女人终归是弱者，在当下的环境，更是如此……现在场面还没有失控，等真正失控的那一天，会发生什么，谁也猜不出来。”

“怎么说？”

沈艳霞的笑意更浓，说：“你会有机会看到的。”

我脑子转得慢，沈艳霞的话，我听得云里雾里。而沈艳霞也不再继续解释了，她突然高声说：“我看咱们所有人还是一起住到拳馆去吧，分屋子睡的话，彼此之间不好照应不说，万一再出现刚才的事情，也不好办。”

沈志宇挠挠他尖嘴猴腮的脸，说：“嘿！我看行！”

冉文涛表示无异议，郭子晋默不作声。而倪强最明白郭子晋的心意，他笑着问我：“我们这些男人没事儿……成书瑶呢？让她表个态吧！”

众人目光齐刷刷地投向我，我备感压力。看出我并不想和罪犯们住在一起，沈艳霞抢过话来说：“成书瑶是同意的，刚才还是她跟我提的建议呢……是吧，成书瑶？”

沈艳霞云淡风轻的话里满是威胁，我担心她把郭子晋的身份宣扬出去，只好勉强答应。

郭子晋眉头微蹙，却没吭声。他过来拉我的手，带我离开了沈艳霞身边。

大家住在一起，自然没有能说私密话的空间。沈艳霞勾搭勾搭，将沈志宇和冉文涛都勾搭到她床上去了。倪强瞧了瞧他旁边床位的我和郭子晋，似乎意有所指。

而倪强的意有所指，郭子晋显然是读懂了。郭子晋心有不满，也只能咽下去。他使劲把我抱在怀里，沉声说：“成书瑶，你再睡一会儿吧！”

我睡不着，事实上，屋子里没有人能睡得着。无论是表面的迎合还是暗地里的争斗，防人之心不可无。

早上五点多钟，屋里的人个个眼睛亮得跟灯泡似的。倪强在一旁冷着脸用刀具磨蹭铁棍，铁具摩擦的声音像猫爪子挠似的，让人难以忍受。对面的沈艳霞更是无视在她身上东亲西摸的两个男人，冷静地往弹夹里上子弹。

郭子晋闭着眼睛抱着我，我知道他并没睡着。我磨蹭着将唇凑到郭子晋的耳边，小声说："沈艳霞，她……"

"嘘……"郭子晋学我的样子，凑到我耳边，"我第一天来的时候，她就跟我说过了。"

哦，原来郭子晋早知道了。

"有办法没有？"

"目前没有。"

郭子晋淡定从容，我却极其不安。猫哭耗子的事儿，我想我也不能隐瞒了，"郭子晋，其实今天我在厕所里看到猫哭耗子了……他说……"

"他说，游戏只能活下来一个。"郭子晋不慌不忙地顺着我的话往下说，他果然也早知道了，"他说我会杀了你，自己往外逃。"

我心里过意不去，小声道："你不怪我？"

"怪你？"郭子晋疑惑，"我怪你什么？"

郭子晋越是这样，我越是觉得愧疚，说道："怪我不信任你呗！你为我做了这么多事儿，我却没及时告诉你。"

"笨蛋。"郭子晋轻笑，"如果你不是问我怪不怪你，而是问我会不会杀你……那我才会真的不高兴吧？"

我把脸藏到郭子晋的怀里，嘿嘿傻笑。

"其实，你不用多想。"郭子晋叹了口气，"猫哭耗子现在所说的每一句话，都是游戏需要。知道我为什么清楚猫哭耗子跟你说了什么吗？"

"为什么？"

"因为猫哭耗子跟每个人都说过类似的话……他告诉倪强，说沈艳霞要杀他；他告诉沈艳霞，说沈志宇要杀他；他又告诉冉文涛，说姚壮要杀他……"

原来大家都知道，这场游戏中能活下来的，只有一个人……难怪他们会如此戒备彼此。

我觉得很难过，说："我还一直觉得猫哭耗子是个好人呢！"

郭子晋淡笑道："他以前，确实是挺好。"

我对自己隐瞒的行为深表歉意，郭子晋却不以为意，他说："笨蛋一般都有你这样的行为。"

郭子晋给予别人安慰的时候是不遗余力的，在挽回自己颜面的时候他更是毫不留情的："他们拒绝相信天才的言论，然后为了证明自己不是笨蛋，他们更是会千方百计地找出'证据'，证明天才是错的。"

唉，这么多人在场呢，我决定，还是先接受郭子晋的说辞好了。

早上七点，外面下起了瓢泼大雨。吃过早饭之后，大家商量等雨小点再出门……可大雨一直没有停的趋势，中午十二点，外面的雨更是下得连地面都氤氲出一层水雾。

郭子晋已经一天一夜没睡过觉，有些人没休息的时间甚至更长。郭子晋一直不合眼地看着我，他眼眶黑得厉害。在倪强他们陆续入睡后，我小声说："你睡一会儿吧！"

"没事儿。"郭子晋还在强撑，他使劲揉下眼皮，"我不困。"

"睡吧！"郭子晋的样子让我十分心疼，"你要是倒下了，我可怎么办啊？"

郭子晋无奈地长出了口气，妥协道："那我睡一个小时，有什么事儿，你立马叫我。"

"好。"

郭子晋闭上眼睛，可没到一个小时，他又突然醒了。我不明所以地看着他，问道："你做噩梦啦？"

"成书瑶，你听。"郭子晋皱眉看着天花板，他问我，"是不是有水声？"

我笑道："外面在下雨啊，有水声不是很正常吗？雨下得大，当然——"

郭子晋猛地从床上坐起来，眉头皱得更紧。他从床上下去，哗的一下，激起无数水花。

我大为惊讶，立马低头去看……地上足足有十厘米深的积水。

其他的人听到响动，全都被惊醒。倪强哑声询问："苏童，发生什么事儿了？"

郭子晋沉声说："水……排不出去了……"

"水排不出去了？"沈艳霞推开自己身旁的两个男人，跟着从床上跳了下来，"没有理由啊！我们来的第一天就检查过，城市的循环系统是正常的。为什么水排不出去了，下水口堵住了吗？"

"是不是你们把尸体堆在下水口了？"倪强已经失了风度，他气恼地咒骂，"我就说了，跟婊子在一起，准没好事儿！"

"什么叫跟婊子在一起？"沈艳霞丝毫不肯相让，"你嘴里给我放干净点儿！"

"你再说我一句试试？我不把你脑袋打成蜂窝煤，我都不叫倪强！"

"我说一百句都敢！你就是个窝囊废！"

气氛变得有些剑拔弩张，倪强举枪要打。沈志宇和冉文涛见状全蔫了，还是郭子晋眼疾手快，缴了倪强的枪。

倪强眯眼看着郭子晋，他忌惮郭子晋手里的枪，咬牙切齿的，没说话。

郭子晋沉声质问："还嫌不够乱是吗？"

我已经看惯了郭子晋退居幕后的样子，如今见他横眉立目、独掌大权的样子，竟然有一股少有的威风。

"艳姐，如果你没有异议的话，我觉得你的枪最好也给我。"郭子晋说。

"为什么？"沈艳霞眯起眼睛，"苏童，你别忘了你和成书瑶……"

冉文涛狐疑地在沈艳霞和郭子晋之间看了看，接着又狐疑地看了看我。

"谢谢，我和成书瑶怎么样，我记得。"郭子晋不为所动，他强行没收了沈艳霞手里的三支枪，"我不希望有不必要的争端，引起不必要的麻烦，比如枪支走火打死人什么的。"

沈艳霞拿话提点郭子晋不成，反倒被郭子晋拿话提点了。现在屋子里，除了郭子晋，再没谁有枪支了。

而郭子晋也没存私心，他直接将枪支丢在地上的水里。

"我可以免费为你们解释一下，"郭子晋抱臂站在水里说，"目前除了专用的水下枪可以在水里用，其他枪支是不可以沾水的。别说我没告诉你们，像是这种导气管结构的枪支，泡水之后再拿出来用，是很有可能会炸膛的。炸膛是什么，不用我多说了吧？"

郭子晋才当了几分钟的领导人物，就已经开始不耐烦起来，补充道："有内斗的时间，不如想想办法。"

每个人脸上都布满担忧和凝重，这次连郭子晋也不例外。我倒是没觉得怎么样，而且我不明白他们为什么会如此紧张，于是问道："不就是屋里有水吗，把水扫出去不就好了？"

"你个傻娘儿们！你说话的时候能不能长点脑子？"沈艳霞没有枪支防身，她暴躁地将火气全撒在我身上，"上面不断地往下降雨，而雨水又排不出去……现在的城区就是一个密闭的大水缸，水装满，我们也就全嗝屁了！"

郭子晋冷哼一声，回击沈艳霞道："成书瑶有没有脑子，用不着你多嘴！你管好自己的嘴就可以了。"

跟沈艳霞的辱骂比较起来，我更担心现在的状况，转而问道："她说的是真的吗？"

"是的……凌晨的那声响动，应该就是整个城区的地下排水系统被关了。"郭子晋踢开地上的枪支，走回到床边坐下，"而且以外面的水速看，用不了一周，我们就会被淹死。"

“有什么办法吗？”

郭子晋没吭声，看样子应该是有办法的。只不过这个办法比较为难，不太好实施。

“当然有办法。”倪强冷声替郭子晋回答我，“杀人就可以了。”

屋子里瞬间安静了。

外面的雨声哗哗直响，郭子晋说：“拿好吃的和必要的其他物品，我们先往城市的高处走……”

“是啊，我们能苟延残喘一段时间。”沈志宇直接表达着对郭子晋的不满，“我们往高处走，就可以不用……”

没等沈志宇的话说完，沈艳霞突然抽出刀刃，果断地将他的脖子抹了！沈志宇的喉管被切断，鲜血瞬间涌了出来！

冉文涛一下从床上蹦起来，他埋怨说：“你干吗在床上杀他？弄一床的血，这还怎么睡？”

郭子晋按着我，将我的脑袋塞进他的怀里。

我虽然看不到血腥的场面，可是血腥的气味儿怎么也挡不住。我见过死尸，见过自杀，见过凶杀案现场。杀人，我却是第一次见……而且，杀人的竟然还是个女人。

有人被杀，对其他人来说已经是司空见惯的事儿了。除了担心场景发生意外变化，他们更多的是庆幸。

死了一个人，又有一份食物可以省下了。

别人忙着处理尸体，我趴在郭子晋怀里轻声问他：“猫哭耗子还在厕所里吗？我昨天见到他的时候，他被绑在厕所里。”

“应该不在了，反正我刚才去的时候没找到。”郭子晋低头看了我一眼，“你昨天检查过吗？他是真的被绑上了吗？”

呃……唉，我果然很好骗。

我略微惆怅地叹息一声，说：“猫哭耗子说你会杀了所有人……就是因为这句话，我才敢确定他在撒谎。”

“哦？”

“就是，我还没给你当秘书的时候，有一次我听到你和闫树海打电话。”我抿抿唇说，“不知道是因为什么，你跟闫树海吵得好凶。你有一句话，让我印象非常深刻。”

郭子晋有一下没一下地梳理着我乱糟糟的头发道：“接着说。”

我深吸了口气，说：“我听你跟闫树海说，‘嫌疑人怎么了？嫌疑人的人命就不是人命了吗？跟破不了案子比起来，冤假错案才是最深的过错。巡捕不应该让无辜的人去承受自己的无能’。”

郭子晋轻笑。

我继续说：“当时我就想，能说出这样话的人，无论他多么古怪、变态、神经兮兮……他也肯定是个好人。”

“成书瑶，你确定你是在夸我吗？”

没理会郭子晋玩笑的话语，我从他的怀里探出头来，“郭子晋，这次，我们两个是必死无疑了吧？”

郭子晋再次将我的脑袋按进他的怀里，说：“老天不舍得让我死的……我也不舍得让你死。”

“我们是不是可以走了？再待下去，水都要没过脖子了。”沈艳霞的声音突然插进来，她冷笑着讽刺说，“哼，罗密欧。”

可能因为刚才沈志宇的死，所以沈艳霞说“脖子”的时候让我感觉十分不舒服。我不自在地伸手摸摸脖子，沈艳霞则不屑地冷哼。

冉文涛不知道从哪里找到了一堆雨靴，给我们每人发了一双。沈艳霞本来不想穿的，可是水实在太深，最后没办法，她只好脱掉脚上的高跟鞋。

我们背着食物准备停当，决定按照郭子晋的计划行动。

“咦？”走在最前面的沈艳霞大力拉扯着拳馆的外门，奇怪地问，“冉文涛，你们刚才出去的时候锁门了？”

本身彼此已经互不信任了，沈艳霞的话一出，冉文涛立刻解释道：“怎么会呢？城里就我们几个，我锁门干什么？再说了，我想锁门，我也没有钥匙啊！”

郭子晋用力握住我的手，我隐隐产生一种很不好的感觉。

果然，在沈艳霞和冉文涛研究门锁的时候，倪强突然叫道：“你们看！水！”

我心里一惊，还以为是地下的水冒上来了。可顺着倪强的手势看去，屋里的水位竟然在逐步降低……

沈志宇的死，终于起作用了。

“哈哈，你们都欠老娘一命！”沈艳霞手叉腰，扬扬得意地笑道，“要不是老娘我杀了那个瘪三，你们全完蛋了。”

倪强皮笑肉不笑地说：“是啊，真是谢谢你了。要是没有你，我们也不用被关在这里。”

得，一句话说不对，这两个人又吵了起来。

郭子晋没工夫管闲事儿，他从雨靴里拿出尖刀，专注地撬着门锁。沈艳霞和倪强也不吵了，他们全神贯注地将希望寄托在郭子晋身上。郭子晋撬了一脑袋的汗，可终究无可奈何，只有放弃。

“打不开。”

“让我来吧！”冉文涛嬉皮笑脸地卷起袖子，接过郭子晋手里的尖刀，“我来试试。”

沈艳霞将信将疑，“你？”

“你看到我脸上这道疤没有？”冉文涛展示一般对我们炫耀一番，“我是偷古董起家的，我脸上这道疤，就是当初偷文物的时候，被门锁的弹弓伤到的。”

冉文涛的人品虽然不怎么样，不过他的技术让我们自叹弗如。没用多长时间，他便把门锁撬开了。

“这个锁是电流控制的。”冉文涛扒拉着松垮的锁眼，笑嘻嘻地说，“表面上跟普通锁没有区别，实际上却不是。要想撬开这种门锁，先要找到它侧面的控制线，使电路板短路……电路失灵之后，再撬锁便可以了。”

出去不出去，其实没有多大分别。外面的大雨还在下，雨水也并未排净。即便门锁被撬开，也没有人敢贸然行事。

郭子晋想了想，问：“冉文涛，城里的门锁都是这种吗？”

“是的。”冉文涛点点头，“我都不用细细研究，一打眼就能认出来。真不知道抓我们来的人到底是想干什么，如此大费周章，难道就是想买我们几条贱命？”

沈艳霞不管那么多，她开门要往外走。可不知道怎么了，沈艳霞的手刚碰到门把，她整个身子就诡异地扭动了几下，摔在地上。

“她触电了！”

郭子晋的话刚一出口，冉文涛和倪强立刻闪开。幸好我们脚上穿了塑胶的雨鞋，不然现在肯定被电倒一片。电压多强我们不清楚，不过看到沈艳霞竖立起来的红发，想必不会太低。

“暂时先不要出去了，”郭子晋沉重地叹了口气，“现在出去没准会被雷劈呢！”

倪强和冉文涛没有多话，他们两个默契地抬着沈艳霞往回走。郭子晋站在门口沉思了好半天，这才叫我：“成书瑶，我们也回去了。”

我们再一次被关了起来。

现在的处境跟开始的时候比较，条件要艰苦得多。最开始我发现自己被关在游戏里时，基本的生活还是有保证的。而现在，我们最害怕的事情，终于发生了……

本就不多的储备食物，正在一点点地减少。

沈艳霞被抬回来之后自己醒了，不过她似乎留下了后遗症，脾气比平时更加暴躁怪异。相安无事地生活了两天，屋子里始终是死气沉沉的。每个人都在担心自己睡着的时候被人杀掉，眼睛都瞪得血红。

第三天晚上吃饭的时候，沈艳霞再次挑起争端，她不客气地出言训斥我说：“成书瑶，你什么事都不做，就知道吃！”

大家齐刷刷地看我将面包塞在嘴里，我吃也不是，不吃也不是。

沈艳霞继续说：“我真不知道留你有什么用，你又笨又蠢，对我们大家脱逃一点帮助都没有。食物是我们之前从城里搜集来的，你什么都没做过，还好意思吃，是不是太不公平了？”

郭子晋把他手里未开封的食物放回去，说：“我的食物让给她。”

沈艳霞将火红的头发全扎起来，由于好几天没有洗脸，她脸上的妆花得跟个夜叉似的。“现在的食物只够我们这些人吃两天了，我们是不是该举手表决一下，想办法缓解缓解？”

“哦？”郭子晋不绕弯子，他直白地问，“你想怎么缓解？”

“你愿意把你的食物让出来给她，那是你的事儿。你想替她死，我们更管不着。”沈艳霞对另外两个男人说道，“不过，现在的生存空间是我们大家共有的。我想，我们中的绝大部分人，有权力决定谁生谁死。”

郭子晋不屑地冷哼，“决定谁生谁死？就像你对沈志宇那样吗？”

“反正现在食物已经快没有了，”沈艳霞咄咄逼人，“再死一个两个，应该也没什么要紧。”

倪强这次竟然没有反对沈艳霞的话。几乎在瞬间，我和郭子晋便被他们三人默契地围在了中间……

郭子晋把我护在身后，倪强和冉文涛已经掏出了刀刃。

现在说什么都晚了，既然他们三个人已经起了杀心，郭子晋想带着我逃命实在是太困难了。再说，现在整个拳馆被锁了起来，我和郭子晋也没有地方可以跑。

我好像还没看过郭子晋正儿八经地跟人打架，不过听闫树海说，郭子晋当初在警校的时候，身手是一等一的好……可闫树海说的话多数不靠谱，他总是帮着郭子晋吹嘘。

而且郭子晋有没有胜算，真是不好说。冉文涛和倪强是常年在刀尖上走的人，他们联合起来，郭子晋占不到什么便宜。再说了，由于食物的短缺，郭子晋这两天都没怎么吃东西。加上休息不好，打斗结果会怎么样，真不太好预测。

希望闫树海没有吹错吧……我默默祈祷。

“你一会儿不用管我。”我嘱咐郭子晋，“大不了咱们和他们同归于尽好了！哪怕我死了，你也别让他们中间任何人活着出去。不然的话，世界可就乱套了。”

郭子晋后背对着我，他似乎是在笑：“成书瑶，我还真没看出来，你觉悟倒是挺高的。”

听我和郭子晋在这儿闲话，他们三个人犹豫着没敢上手。郭子晋的身高摆在这儿，一般人也不敢轻举妄动。

最终还是沈艳霞先挑了头，“要你们两个窝囊废真是一点用没有……给我滚开！”

冲动是冲动，但沈艳霞并不傻，正面跟郭子晋单挑的事儿，她是不会干的。沈艳霞拿着尖刀直直地向我刺过来，而一旁的倪强则趁机和郭子晋扭打在了一起。

别说打架了，我连挨打的经验都不是很多。沈艳霞的刀刺过来，我只能凭直觉四处乱躲。郭子晋无暇分身，我更是无力自保。我狼狈至极地在各种拳术器材间来回穿梭，沈艳霞穷追不舍地在后面叫嚣。

恍惚中，我似乎看到冉文涛抱着胳膊在看好戏。

地上有未干的水渍，我一不留神滑倒在上面。几乎在刹那间，沈艳霞便满身臭气地追来了。

沈艳霞脸上污脏的妆容十分骇人，她笑容诡异地举刀，说：“我最恨比我年轻的女人了。”

我吓得立马捂住脸，手掌上的臭水蹭得满脸都是。空气中响起利器刺穿皮肉的声音，我身上瞬间布满黏稠温热的血浆。

“郭子晋，我死了……”我抹着脸上的血，哭哭啼啼地说，“我要是死了，你一定找个好点的女人……下回找女人，一定不要找我这么能吃的了，但是你也别找太漂亮的，不然我死了也不会放过你的……”

“郭子晋？”冉文涛吊儿郎当的声音传来，“郭子晋是谁？”

我眯缝着眼睛去看……刚才还凶神恶煞般想杀我的沈艳霞此时正被冉文涛揪着头发提在手里，沈艳霞的喉管被割断了，整个身体瘫软在地上。她的血迸溅到脸上，妆容看起来更骇人了。

“好了，我不管郭子晋是谁。”冉文涛白净的脸上也喷溅到鲜血，伤疤更是多了几分煞气，“那面打架的那两位，你们也给我住手。”

我手脚发麻，哭叫着去推她。奈何沈艳霞的身子太重，我慌乱中不得其法，还是郭子晋抽身跑过来将我架起，我这才勉强站住。

冉文涛咯了口痰吐在地上，他满不在乎地看了沈艳霞的尸体一眼。

“这娘儿们终于死了。”冉文涛舔舔牙，笑得发阴，“现在开始，这里的一切，都要听我的。”

郭子晋忙着给我擦身上的污血，沉默着没有说话。倪强大为不满，跳脚骂道：“你只是一个小贼，你想让我听你的？你做梦去吧！”

“哦？”冉文涛不紧不慢地从裤腰后面掏出一把手枪，冷淡地拉开保险，说，“现在呢？现在你想不想听我的了？”

冉文涛居然还有枪……枪不是都被郭子晋泡水了吗？

“你倒是开枪打老子啊？”禁闭的空间已经折磨得我们所有人的精神都濒临崩溃，倪强似乎变得有些疯癫，“你要不怕手枪炸膛，你倒是开枪啊！你开枪啊！”

冉文涛动作利落地对着棚顶开了一枪，无数的白色粉尘缓缓落下。冉文涛将枪口对准倪强，笑道：“你要不要试试？”

倪强不说话了。

冉文涛给沈艳霞当了多少天的孙子，我们全看到了。他隐忍的程度，真不是一般人可以做到的。可隐忍的人一般都是自私的，因为他隐忍不是为了别人，而是为了自己。

永远不要小瞧一个隐忍的人，隐忍的程度有多大，有朝一日，他反弹的程度便有多强。蹲得低才能跳得远，做人做事儿都是如此。像古代的勾践，又像现在的冉文涛。

“我们是该重新制定规矩了。”冉文涛驱赶着倪强，让我们三人站在一块儿，“屋子里的食物，我会妥善处理。你们三个，最好给我老实点！”

“能不能让我带成书瑶去厕所？”郭子晋没对局面发表异议，他不卑不亢地说，“她满身的血，在屋子里，味道不太好闻。”

“可以。”冉文涛出乎意料地体贴，“你们可以去，女人嘛，还是干净点好……去之前，你把倪强给我绑起来。”

郭子晋二话没说，毫不犹豫地用绳子将倪强绑了起来。

冉文涛很满意，他挥挥枪示意我们，“去吧！”

我哆哆嗦嗦地跟着郭子晋去了厕所，又哆哆嗦嗦地拧开水管洗手。郭子晋掐着我的肩膀，弄了他一身的血水。

郭子晋急着问道：“成书瑶，你告诉我，你那天在厕所哪里见到了猫哭耗子？”

绝境中的求婚

Chapter 8

“那儿！”我伸出血迹斑斑的手指给郭子晋看，“在那个隔断后面。”

郭子晋轻手轻脚地扳开隔板门，猫哭耗子早就不在后面了。而郭子晋显然也不是找猫哭耗子的，他站在空荡荡的隔板门里看，若有所思。

我哆嗦着去洗手，污脏的血水顺着地道往下流。郭子晋刚从隔断间里出来把门板关好，冉文涛突然拿着手枪闯了进来。

郭子晋神情冷淡地问他：“有事儿吗？”

“没有。”冉文涛笑眯眯地说，“时间差不多了，你们该出来了。”

我和郭子晋身上浸满了血，现在还没有能换洗的衣服。拳馆里的衣服都是一些运动服，又短又小。郭子晋一个大男人还好说，他光着膀子就可以了。我怎么都不好意思换，只能勉强穿着脏衣服。

不过，我的矜持并没有坚持多久。因为沈艳霞死后没多久，整个房间的温度开始急速上升。忍受不了腥臭味儿的我，只好扭捏着换了身运动服。

沈艳霞死了，食物多少充裕些。冉文涛更狠，他一天只给我们三个人一块巴掌大的面包吃。末了，他不忘说几句风凉话：“苏童，你可以不给倪强吃的，面包我给了你，分配权在你那里。”

冉文涛的目的很明显，他是想分裂、弱化我们三个。我们三个如果为了食物互相猜忌、怨恨，那么便没有多余的力气去反抗他。

郭子晋虽然脾气古怪了些，可他不至于像冉文涛那么狠毒。一块面包，我们三个人分着吃。倪强什么话都没说，但我多少能感觉出来，他是十分感谢郭子晋的。

因为通往外面的大门打不开，沈艳霞的尸体便一直放在屋子里。冉文涛疑心太重，所以不放心让郭子晋和倪强去处理尸体。别人无法劝说，尸体只好那么放着。

开始的两天，我们还能勉强忍受。时间一长，再加上温度过高，没多久，沈艳霞的尸体便开始腐烂发臭。又过了两天，冉文涛终于忍受不了每天捂着鼻子的日子了，说：“苏童，你和倪强两个人去把尸体处理了。”

对上厕所都不忘计算时间的冉文涛来说，此次放行可以说是大方极了，“丢到休息室，或者是其他任何地方，都好。我实在不想看见她的脸了。”

这么多天来，倪强第一次被松了绑。虽然我们身上都是汗馊味儿，但是倪强比我们要严重得多。倪强揉揉手腕，贪婪地拿起一旁的水杯，猛灌了一大口。

而郭子晋却没有动，松开倪强后，他又躺回到我旁边了。

“快去！”冉文涛挥动手腕，身上的汗珠跟着往下掉，“苏童，你和倪强一起！”

郭子晋懒洋洋地枕着胳膊，“你就不怕我跟倪强找到出路，一去不回了？”

高温让人脑筋转得比较慢，经过郭子晋的提醒，冉文涛的疑心病再次发作。

犹豫再三，冉文涛回头看了眼地上已经让人忍无可忍的死尸，提着我的头发将我从郭子晋身边拉起，说：“你去，不然的话，我杀了成书瑶。”

我后背的皮肤蹭在冉文涛胸口上，汗水滑腻腻的感觉让我感觉很不舒服。冉文涛用已经发热的枪口对准我的脑袋，威胁着郭子晋：“我给你最后一次机会……否则，你要处理的尸体，便是两具。”

郭子晋看了看我，无可奈何地叹了口气道：“行，我去就是了。”

高温加速了沈艳霞尸体腐烂的速度，在郭子晋和倪强两个人抬着她的尸体经过我身边的时候，我终于忍受不住，哇的一声吐了出来。

“真恶心……”冉文涛猛地推开我，指挥着，“成书瑶，你把这儿给我收拾干净了！”

冉文涛现在是天王老子，他说什么，我们就要听什么。我就算再不愿意，也得听命令。我一路吐一路擦，几乎把整个房间擦了一遍。

直到我累得几乎虚脱，冉文涛才叫我停下。

“你怎么自己回来了？”刚喝了口水，我就看到满身污脏的倪强推门进来。我迫不及待地往倪强身后看，问道：“苏童呢？”

倪强没有理会我的话，对着冉文涛伸手，“我照你说的做了……给我口吃的吧！”

我目瞪口呆地看着屋里的两个男人，冉文涛则像是驯狗一样摸摸倪强的脑袋，从裤兜里拿出一根香肠给倪强，表扬道："你做得很好。"

"你把苏童杀了？"我冲过去大声质问倪强，"亏得苏童天天还把我们的食物分给你！"

倪强脸上的表情麻木而又冷血，"什么叫把你们的食物分给我？食物明明是有我一份的，你们把我的食物还给我，每天还用一种恩赐的眼神看着我……"

"他没有死。"冉文涛拖着我的头发将我带到他身边，他脸上的伤疤让我很是畏惧，"我只不过是让倪强把郭子晋骗到圆形走廊里……是的，我知道他是郭子晋。从一开始，我就知道你们是谁。"

我瞬间如遭雷击。

"不过你放心，我暂时不会让你死的。"冉文涛细长的眼睛像蛇一样眯了起来，阴沉沉地说，"再怎么说，我也要留个女人给自己。沈艳霞的活不错，但是可惜，她太脏了，留不得……其实，门并没有通电。而沈艳霞会触电，是我设计的。我把电路板的电流接到了门把手上，所以，你们就都被我关起来了。"

冉文涛托起我的屁股，我被迫用腿圈住他的腰。

他笑得得意而又嚣张，"游戏的赢家只能有一个，那就是我冉文涛。"

心机颇深的倪强，身材健壮的姚壮，狠毒暴躁的沈艳霞，以及灭绝人性、早就死掉了的陈金……我们所有人，最后都败给了这个吊儿郎当的贼。

除了，猫哭耗子。

如果说郭子晋是智商高得离谱的人，那么冉文涛就是情商高得吓人的人。郭子晋能够巧妙看透事情的起承转合，冉文涛则精准地抓住了人性的弱点。根据人性的弱点设计布局，这也是冉文涛最终获胜的原因。

"你干脆打死我好了。"我试图从冉文涛身上跳下来，不断捶打他油光水滑的后背，"我宁愿跟郭子晋一起死，也不愿意跟你这个混蛋在一起！"

冉文涛哈哈一笑，说："你可以想，但是你没得选！"

我气噎。

冉文涛松开我，转身又将倪强捆上。倪强已经一点抵抗能力都没有了，只要冉文涛给他吃的，他就什么都肯干。我无语地看着他们两个，强迫自己冷静下来。

现在还没到斗狠的时候，郭子晋被关在走廊里，他还没死。我要是一不小心被冉文涛拿枪毙了，那也太得不偿失了。

所以，在冉文涛绑好倪强后，我立马流露出春天般温暖的笑容。

“文涛哥……”

呃……似乎有点过头了。

不过事实证明，无论什么样的男人都是喜欢说话犯嗲、眼神发浪的女人。被我这么一喊，冉文涛明显很受用。冉文涛搂过我的脑袋，毫不犹豫地在我脸上亲了一口。

闷热的空气，加上这一吻，我的胃里瞬间翻涌得厉害，脑袋里是阵阵眩晕。冉文涛押着我到地上的床铺，粗粝的手掌沿着我的腰线往上滑……我想躲开，却完全动弹不得。

“等……等等！”冉文涛头埋在我胸口时，我终于能开口说话了，“我去冲一下澡，行不行？这也太咸了……”

冉文涛皱眉，估计他也觉得我身上的味道不怎么样。拳馆有浴室，在休息室的旁边……之前不允许去洗澡，是因为冉文涛担心控制不了我们。现在郭子晋被困在走廊里，倪强又被绑上了。而我，冉文涛从来没觉得我有什么杀伤力。

“走吧！”冉文涛反剪着我的胳膊将我提起来，一点都没有怜香惜玉的意思，“洗干净了，让大爷也快活快活……”

我被冉文涛说的话恶心到了，却也不得不赔笑脸。冉文涛推着我往外走，临出门时，还不忘把门锁上。

“你难道不怕我骗你啊？”在去浴室的路上，我一边注意着路的岔口，一边问，“就这么跟我出来……连枪都不带了？”

冉文涛不以为意地轻笑道：“女人永远比男人实际，她们会判断谁是强者，谁值得依靠。等到局势变化之后，她们会最先做出判断，选择对自己最有利的，抛弃会拖累自己的。”

“你还真了解女人。”

我其实就是随口说说，没想到冉文涛竟然跟我闲聊起来。看样子是被关的日子里太寂寞，他很乐于跟我讲述自己的故事。

“我的妈妈、姐姐，就是这样……我爸爸生意破产之后，我妈就跟别的男人跑了。”

“你的家事儿，我其实不太想听。”屋里的温度跟洗桑拿似的，走没多远，我已经是大汗淋淋，“是不是快到淋浴的地方了？”

冉文涛对我的话充耳不闻，继续说了下去：“我妈不但跟别的男人跑了，还将我爸仅剩的房子骗走了。我姐姐比我大三岁，那个时候她已经有能力养活自己了。我姐姐找了个年纪和我爸差不多的男人，直接移了民。剩下还未成年的我，只能干些偷鸡摸狗的营生。后来我拜师学手艺，在家乡那一带算是小有名气的……可我妈带着她的老公来找我，她求着我让我帮她偷皇帝用的玉玺……我帮了她，她反而向巡捕房举报我。在偷盗上，我从来没失手过，从来没有！就是因为我的妈妈，我现在才会成为通缉犯！”

这人是什么思维？不反思自己偷东西不对，竟然跑来骂报警的？“大义灭亲”这成语他没学过吧？

当然，我并不能把自己心里想的话说出来。我伸手擦擦满脑袋的汗，心不在焉地顺着他的话往下说：“是吗？那还真是辛苦你了。”

“所以说，你们女人都是一样的！”不知道是我满不在乎的态度激怒了他，还是过往那些不愉快的回忆激怒了他，冉文涛架着我的胳膊将我按在墙上，眼神凶恶地咒骂道：“婊子！贱人！对你们，根本不用手下留情！”

我以为冉文涛只是抱怨一下，没想到，他竟然打算在走廊里对我动手！

出汗太多，身体缺水，我眼前一黑一黑的。我越是大力地踢打冉文涛，体力消耗就越快。冉文涛将我架在墙上，他冷笑着去脱自己的裤子。

我将毕生的力气都用在了反抗上，扯开嗓门大喊道：“郭子晋！你快点出来啊！你再不出来，你老婆就要遭殃了！”

“出来？”冉文涛的手不规矩地乱动起来，“那个圆形的走廊，没有两个人一起，是出不来的！你叫也没用了，不如留点力气，好好跟我办事儿！”

我才不信冉文涛说的话，可渐渐地，我便体力不支了，眼泪也忍不住地往下流。

就在这时，突然，一个满是腐臭味儿的人影扑了过来。还没等我看清，这个满身腐臭味儿的男人便跟冉文涛扭打在了一起……

是郭子晋！

“郭……郭子晋？”冉文涛颇为惊讶，“你自己怎么出来的？不可能！你自己不可能从走廊里走出来的！”

“呸！我走不出来？你以为一条几十米长的走廊就能困住我吗？”郭子晋挥动着拳头，“我还没死呢，你就想打成书瑶的主意？早知道这样，最开始陈金要杀你的时候，我就不应该帮你！”

“哼！”冉文涛回过神来，扭动着和郭子晋打在一起，“你当初帮我是心甘情愿的，我求你了吗？郭子晋，我不会领你的情的！”

郭子晋浑身上下脏得要命，要不是他炯炯发亮的眼睛，我差点没认出他来。

趁着郭子晋和冉文涛打斗的时间，我赶紧穿好了衣服，重新收拾一下自己。

对付一个冉文涛，郭子晋完全不用我帮忙。我整理好自己没多久，郭子晋拎着光屁股的冉文涛，直接将他丢进了圆形走廊。

“郭子晋……”我走到离郭子晋几步远的地方停住，皱着鼻子问他，“你是……掉粪池里了？”

“不是。”

还没等我松口气，就听郭子晋对我说：“我一直抱着沈艳霞的尸体，然后才找到了圆形走廊岔路口的。”

这……还不如掉粪池里呢！

虽然郭子晋是急着救我才弄得脏兮兮的，可我实在是受不了他身上的尸臭味儿。我捡起冉文涛的裤子，捏着鼻子给郭子晋擦身子。我的眼泪噼里啪啦地掉，也不知道是被臭味呛的，还是感动的。

“郭子晋，谢谢你。”

“不用谢。”郭子晋咧嘴笑，浑身上下只有牙是白的，“你都说了你是我老婆了，我不来救你谁救你啊！”

我扑哧一声笑出来，说：“我刚才那是激将法，为了刺激你的。”

“是啊，我是被刺激到了。”郭子晋抱着尸体走了那么远，情绪难免低落，“不过，幸好来得及。”

在我忙着给郭子晋擦上身的时候，他揽过我的脖子，让我在他怀里使劲蹭了蹭，“还擦什么啊！你跟我一个味儿，这样你就不觉得我身上难闻了……成书瑶，这回刺激了吧？”

要不是我肚子里已经没有东西了，我估计早吐了。

“走吧！”郭子晋的情绪好了点，他拉着我往回走。“上次你见过猫哭耗子的地方，应该就有连接外面的出口。只是之前我们一直没有时间检查，不过这次……”

冉文涛没想到郭子晋能靠自己的力量逃出来，所以并没有将门锁死。郭子晋没费太大的力气，就把门打开了。

见到我和郭子晋回来，倪强眼神迷茫地叫道：“你是怎么出来的？冉文涛呢？你告没告诉冉文涛，我有把你——”

“你闭嘴吧！”郭子晋照着倪强的脸上就是一拳。

屋里的高温让我眼花缭乱，进了厕所之后，我拿水管子，将我和郭子晋身上冲了个干净。郭子晋身上的秽物被水冲掉，渐渐露出白净的皮肤。他脸红得厉害，我也同样如此。

“能找到出口吗？”我跟着郭子晋一起仰头看天花板，“我看应该不可能了吧？厕所连个透气窗户都没有。”

郭子晋没理会我，他拿拖布杆捅了捅棚顶。天花板被郭子晋捅得咚咚响，从声音听，应该是空心的。

“应该就是一般的天花板，”我有些绝望地靠在门上，“郭子晋，不如我们试试——”

“啊哈！意外吧？”棚顶上的通风口突然出现冉文涛满是血污的脸，他踢开通风管道的护栏，恶狠狠地说，“想让我死？你们做梦！”

我的天……冉文涛竟然从棚顶径直爬了进来？

冉文涛的身上缠了一圈乱七八糟的电线，撑着厕所的隔板跳了下来，眼神里满是疯狂。“我从 14 岁开始干走私，什么大风大浪没见过？别说杀人，就连死人肉我都吃过！如果游戏只有一个人能活着，也只能是我冉文涛！只有我可以赢！”

“滚开。”郭子晋面无表情地说。

“既然我出不去，那么谁也别想出去。”冉文涛大力扯开电线外层的绝缘皮，他疯癫地说，“关在这里的日子，我也受够了……干脆，我们一起死好了！”

站在离冉文涛不远的地上，我甚至都能听到电流刺啦刺啦的声响。刚才用来冲澡的胶皮水管还在往外流着水，只要冉文涛将电线丢在地上，我们三个人必死无疑。

冉文涛是真的不想活了，他毫不犹豫地松开握着电线的手……

几乎就在冉文涛放手的同时，郭子晋率先抱住了我。电线掉在地上之前，郭子晋抱着我踩在一旁的垃圾桶上！

肌肤被电焦的气味，尸体被烤熟的气味，以及说不清道不明的垃圾味儿……各种味道刺激着嗅觉，我的大脑反而清醒起来了。

事情仿佛是瞬间发生的，在我和郭子晋踩在垃圾桶上的同时，垃圾桶的盖子立马碎裂了。虽然只是短短的几秒钟，却足以救我和郭子晋一命。

我和郭子晋摔在地上时，电路板也已经短路了。

不知道冉文涛是死了还是昏了，他的身体挂在仍旧冒着火星的电线上来回晃荡。四下一片漆黑，电线吱嘎吱嘎的声音让人头皮发麻。

“成书瑶，你还好吗？”郭子晋拍拍我的背，“你有没有哪里受伤？”

“没事儿。”我反问他，“你呢？”

郭子晋沉声道：“右手好像骨折了。”

我想要去查看郭子晋的手，却被他避开了，“我没事儿，成书瑶，你把门打开。”

“好。”

我听郭子晋的话，试着蹚水往外走。我推开厕所的门，郭子晋跟着走了过来……外面更是一片漆黑。

“整个城区的供电系统被破坏了，冉文涛也是够可以的了。”郭子晋叹了口气，“我们抓紧时间吧！”

没有光亮比没有昼夜更加让人恼火，唯一一点好处就是温度总算降下来了。我拉着郭子晋的左手，两个人摸着外面的马路往北走。

“郭子晋，我们两个走不出去的话，会被饿死吧？”我担忧地问。

“不。”郭子晋的话让我更加担忧，“现在没有电，城里的排气孔估计都被关上了……我们，会被闷死。”

走走停停，停停走走，我饿得眼前满是金星。好不容易跟郭子晋摸到商店，我凭着记忆找到了手电筒。

眼前可算有了光亮，我惊喜无比，“有没有感觉像出太阳了？”

郭子晋扶额道：“你想得可真多。”

“想得多点不好吗？”我拿着香皂使劲往我们两个人身上蹭，“你想啊，我们现在有光，最起码死的时候不会感觉黑……而我们现在有了香皂，死的时候不会像其他人那么臭了。”

郭子晋左手灵巧地玩着香皂，真诚地说着反话：“嗯，对，你说的都有道理。”

不管郭子晋是真的觉得我说得对，还是敷衍我，反正直到把我们两个弄得香了些我才停手。郭子晋的手受伤了，所有的用品全由我背着。之前跟猫哭耗子在一起走的时候，我时不时还会因为物品重而抱怨，可是现在，我简直是心甘情愿。甚至，我还有一种说不清道不明的喜悦……呃，算是劫后余生的喜悦吧。我才不会承认是因为终于有机会跟郭子晋单独待在一起呢！

“郭子晋，我们为什么不在厕所里找出口了呢？”我有点奇怪，“下水道应该会通向江河湖海什么地方的吧？”

郭子晋靠着我，身上满是柠檬香的味道。“如果说电力系统正常，那么还好说。现在电力系统被关闭了，估计出口也找不到了。”

城里的食物差不多已经被消耗干净了，我和郭子晋搜遍了整条街，才勉强找到两块饼干。吃了饼干，我们两个又十分艰难地走回猫哭耗子家。

这是我和郭子晋唯一熟悉的地方，也是唯一能给我们两个带来安全感的地方。

回到猫哭耗子家，我们两个强撑着洗了澡。上次我留给猫哭耗子的面包还在，我和郭子晋一人一半，就着白糖水把面包吃了。

吃过饭后，我们两个躺在床上。虽然没有明说，但是我和郭子晋都清楚，以我们两个目前的状况来说，想要凭自己的体力走出去实在是太难了。

“成书瑶。”手电筒的光已经没有最初那么亮了，郭子晋有气无力地开口，“你说会儿话吧！你说话给我听。”

“为什么我说话？”没有体力，我连喘气都懒得喘，“你为什么不说话给我听？”

郭子晋避开他骨折的右手侧躺下，他的声音听起来十分动情，“我想听你说话啊……虽然你平时叽叽喳喳的，说话总不着边……成书瑶，你要是死后埋在我身边，会不会也天天叽叽喳喳的吵得我不得安宁？”

听郭子晋的前半句话，我有点气恼，听他的后半句话，我又有点难过。在哭笑不得中，我没好气儿地说：“会啦！会啦！我一定天天跟麻雀似的，叽叽喳喳、叽叽喳喳，吵死你！”

“呵呵……”郭子晋轻笑，“那真好……我是不是应该写个遗嘱？等以后有人发现咱俩的尸体，记得要让他们把你埋在我旁边……咳咳咳……”

郭子晋似乎真的想要起来去写字儿，我赶紧拉住他说：“你疯了吧？你的右手骨折了，你还折腾什么？”

我抱着郭子晋的腰，这才几天，他瘦得肋骨都明显了。我在他的胸口上蹭了蹭，眼眶发酸地说：“不用写了，我就这么抱着你。咱俩就算死了，也可以省点地方……等人发现咱俩的时候，没准咱俩都烂到一起了。”

“那也不错啊……”

说完，郭子晋又是一阵轻咳。

“你怎么了？”我伸手摸摸郭子晋的脑袋，只觉得他浑身滚烫滚烫的，“你是不是感冒了？郭子晋，你发烧了啊？”

此时，我瞄了一眼窗外，觉得我的眼睛一定是花了。

“郭子晋，你看外面，是不是有亮光？我怎么感觉……我刚才听到有人说话了呢？”

“别胡思乱想了。”郭子晋拍拍我的脑袋，轻笑道，“成书瑶，你说咱俩不明不白地死在一起，是不是不太好？”

“有啥不好的？”我没明白郭子晋的意思，“咱俩难道还要死得清清楚楚吗？”

郭子晋挫败地摇摇头说：“唉，猫哭耗子以前果然是骗我的，什么万能求婚的桥段，都不靠谱啊！”

“求婚？”

郭子晋顾左右而言他，“唉，早知道，我还不如不用呢！”

“你是说求婚？郭子晋，你是在跟我求婚吗？”

郭子晋难得地坦白道：“是啊！”

我高兴得嘴都合不拢了，在昏暗的灯光中，我呆呆傻傻地看着他。

当初楚南跟我求婚的时候，我总觉得自己即将被琐碎的婚姻生活束缚住，满心的不想、不愿、不甘心……而现在郭子晋如此突兀地跟我提起求婚的事儿，我竟然不舍得死了。

郭子晋颇感头疼，他似乎不太好意思地掩饰说：“也就某个瞬间，我会突然觉得，死后跟你这个二傻子埋在一起，或许也挺好的……最起码，墓地不会静得发空。”

大哥，墓地不静得发空，难道还要天天放圆舞曲吗？

“二傻子？”我一愣，又心想，不，称呼不重要，“郭子晋，你是真的想跟我结婚吗？”

“行了，废话说得也够多了。”郭子晋累得眼皮儿都抬不起来了，“闫树海差不多来了，你去把门打开。”

“闫树海？”

我饿得厉害，脑筋更是赶不上郭子晋的思路。我将信将疑、磕磕绊绊地跑去开门，门一打开，我兴奋得以为自己出现幻觉了。

“闫树海，你真的来了啊！”

说完这句话，长久紧绷的神经一放松，我放心地昏了过去。

劫后余生

Chapter 9

我好像睡了不算长的时间，然后便被饿醒了。周围飘来米粥的香味儿，彻底唤醒了我的肠胃功能。我呢喃着从床上爬起来，跟个幽魂似的说：“粥呢……快……给我喝一口……”

“这儿呢！”我妈泪眼婆娑地端着粥碗过来，“瑶瑶，你饿了吧？快吃吧！”

揉揉眼睛，我迷茫地问：“妈妈？”

“你傻了啊？”我妈哭得嗓子都哑了，“我是你妈啊！你是不是哪里不舒服？医生！大夫！”

陆叔叔安慰似的拍拍我妈的肩膀，说：“你别太紧张了……瑶瑶应该没什么事儿，医生说她只是睡着了，醒了就好了。”

“我这是在哪儿啊？”我脑袋有点转不过来，“郭子晋呢？他怎么不在这儿？”

“谁知道他去哪儿了！我怎么会知道他去哪儿了？”我妈气呼呼地把粥碗放在桌子上，“他，还有他那个妈！简直是莫名其妙！”

好吧，能把我妈气成这样，看来郭子晋应该是没事儿。

“妈，到底是怎么回事儿啊？”

我妈声泪俱下地开始讲述我是如何如何被冤枉成犯罪嫌疑人的，我是如何如何被仇视社会的坏人抓走的，我是如何如何在游戏城区里饱受折磨的，我又是如何如何被英勇的巡捕救出来的。

“哦。”听我妈说完，我淡淡地点点头。

我妈对我的反应很不满意，说：“瑶瑶，你是不是脑子坏掉了？碰到了这么多的事儿，你居然就只有一个‘哦’字？”

“你少说两句吧！”陆叔叔好心地帮我解围，“瑶瑶经历了那么多可怕的事儿，你让她冷静冷静。”

是啊，我妈确实应该冷静冷静。她是不知道我胸口“定时炸弹”的存在，要是知道，估计我妈能直接昏过去。

“瑶瑶，你们在那个密闭空间里的事儿，妈都听说了。”我妈擦掉眼泪，坚定地握住我的手，“瑶瑶，什么事情你都不要怕，还有妈妈在呢！”

我是什么事情都不怕，继续问道：“郭子晋呢？”

“你不要管什么郭子晋了。”我妈的态度很坚决，“瑶瑶，妈妈以前做得不好，妈妈以后一定改……妈妈已经想好了，从今以后，妈妈一定不会让你一个人在外面生活了。你跟妈妈走，跟妈妈去国外。”

“啊？”

我试着收回手，可是我妈却更加大力地攥住我的手，“瑶瑶，正好你弟弟要去国外上学，我和你陆叔叔要过去照顾他，你跟妈妈一起去，好不好？”

“瑶瑶，”我妈再次拦住我想要抽回的手，她态度坚定地说，“你之前经历过的事情，我们都忘掉，好不好？你跟妈妈走吧！”

“不，妈，这中间肯定有什么误会。”我放弃了想要抽回手的意愿，试着劝说我妈，“这事儿我们以后再说，你让我先见见郭子晋。”

“见什么郭子晋！”我妈的音调突然升高，边哭边说，“要不是因为那个稀奇古怪的郭子晋，你至于变成这样吗？你知不知道，你差点死掉啊！你要是死掉了，你让妈妈怎么办？”

陆叔叔赶紧出言阻拦道：“瑶瑶，巡捕来电话通知你失踪之后，将近一个月的时间里，你妈妈都没怎么吃过饭……你先听你妈妈的话，好不好？嗯？”

我能拒绝我妈妈，但是我无法拒绝陆叔叔。他开口了，我怎么也要给他一个面子。我无奈地点点头，我妈妈才渐渐止住了哭声。

唉，我妈妈是不哭了，我倒是想哭了……

郭子晋，你到底去哪儿了啊？

如果我妈不想说，那我从她嘴里是问不出什么来的。我听话地吃饭，而且，我也真的是太饿了。

有后妈一定会有后爸，我爸是压根儿没有想来看我的意思。不过我已经习惯了，他不来，我倒是乐得清闲。

我醒过来后没多久，巡捕便带人来问话了。可能是为了照顾我的情绪，闫树海特意派我认识的周泉来。

“成书瑶，你为什么……”

我很想配合，可周泉问的每一个问题都让我想哭。虽然我自己没杀人，但是脑海中回想起游戏城区里的场景真是不怎么愉悦。场面恶心倒还是其次，人性的丑恶，使我受到的冲击最大。

见到我哭，我妈忍无可忍地将巡捕们通通赶了出去。我妈，她是彻彻底底地想歪了。巡捕说我跟一群暴徒关在一起，我妈满脑子想的是我被人糟蹋蹂躏的画面……其实我妈会产生这样的想法并没有错，如果不是有郭子晋，估计我真的会惨遭蹂躏。

尽管我极力在跟周泉解释之前的经历，但是在我妈那里，这些都是掩饰。我妈毫不客气地把周泉等人赶走，怒发冲冠地站在病房门口破口大骂道：“你们离我女儿远点！你们有能耐，就自己去查案子吧！问问问，我女儿什么都知道的话，还要你们巡捕干什么！”

“妈，你别这样。”我帮衬着说，“巡捕是为了尽快破案嘛……再说了，要是没有巡捕，我也不能活着出来啊！”

我妈固执地说：“瑶瑶，什么巡捕啊、记者啊，以后你别见，一个都别见！你就把之前的事情全部忘掉，跟着妈妈，好好开始新生活。”

一旁的陆叔叔似乎不太高兴，不过他没有说什么。我一面应承着我妈，一面想办法跑出去。

我不知道我妈是动用了何种神奇的关系，也不知道我妈是采取了何种奇妙的措施，总之，从那以后，再也没有巡捕来骚扰我了，也没有人能随意到我病房来了——我被我妈妥善地看护了起来。

换句话说，我被我妈严密地软禁起来了。

从被救出来后，我每天都会被注射有一定镇定作用的药物。不然，我夜里总是会大吵大闹。虽然我并不记得自己做过什么，可据我妈讲，场面十分骇人。

人的心理像是光滑的铁板面，一旦出现磕碰，创伤在所难免，不是自己的，便是别人的。曾经，接触杀人等恐怖案件时，有郭子晋在一旁帮我化解情绪，我很快便能恢复正常。如今我妈把我关在病房里，她不让我去找郭子晋……她不是避免我受到伤害，她这完全是把我往死路上逼。

不安全的感觉是心理活动，却毫无意外地会渲染到生理活动中。我最明显的一点，就是对物资的“匮乏”会异常恐慌。只要碗里的食物剩下不到一半，我便会莫名焦虑。无论是否吃饱，我都会小心地剩一半食物贮存起来。

我妈看到我这个样子，总是忍不住流泪。私下里，她还带我去看过心理医生。即便我听她的话去看病，但我知道，我的问题不在这儿。

我需要郭子晋，哪怕只是看看他，都行。

陆叔叔偷偷告诉我说，在我刚被送到医院的时候，我妈妈和郭子晋的妈妈大吵了一架。我妈妈属于感性思维比较强的人，而郭妈妈属于理性思维比较彪悍的人，她们两个吵架，会有多驴唇不对马嘴，我完全可以想象得出来……可能因为吵架吵输了，我妈是彻底不让我和郭子晋见面了。

没办法，我无法劝说我妈，只好暂时听从她的安排。哪怕我妈把我当成精神病人往心理医生的办公室推，我也只好接受。

我并不觉得自己心理有毛病，就算我自身表现出来的攻击性同样是空前绝后的，我也并不觉得自己有毛病。

给我看病的心理医生年纪不大，三十多岁的样子。身材高大，面目清秀，斯斯文文。我妈本来是带我来求医问诊的，可见过医生的长相后，她立马换了一副面孔，说：“医生，你是哪儿人啊？多大岁数啊？医生，我女儿现在还单身呢！她就是最近有点不开心……你们都是年轻人，你跟她好好聊聊，帮着她疏导疏导。”

我无语，医生面露尴尬。最后在我以死相逼的要挟下，我妈终于心不甘情不愿地出了办公室。

医生还算镇定地掏出本子，戴好眼镜说：“你的情况，你妈妈大概跟我说了说。”

“哦。”

对于我的冷淡，医生并没有感到太意外。心理医生的主要工作就是把自己当作局外人，随意地跟你聊天，然后从中了解你的处境，再想办法改变你的状态……我现在的态度如此不配合，医生只好想些积极向上的治疗方法。

心理医生的语气很温柔，他翻开本子，笑着说：“我准备了几个心理小游戏，我们来做一下，怎么样？不会太复杂，只是些简单的问题。”

“你问呗！”我的态度不怎么好，“反正我妈给你钱了……现在你主场，想聊什么，我都随你。”

医生忽略掉我带有攻击性的言语，他自顾自地问着我问题，我漫不经心地回答他。

他的问题不难，都是些“喜欢吃香蕉还是橘子”，或者“下雨打不打伞”之类的无聊问题。

“刚才，我们是测试你属于哪种性格的人。”心理医生很好脾气地说，“下面的比较难了啊，是看你是否存在暴力倾向。第一道题，如果你手里只剩下一个面包，而你又很饿，你是会选择吃掉，还是会……A. 留给猫哭耗子；B. 分给郭子晋；C. 自己吃……”

题目马上念完了，医生却停下了，说：“不好意思，我好像拿错本子了……我的朋友昨天来找我，他可能不小心往我的本子上写了些奇怪的东西。”

医生不懂没关系，可是我懂啊！我兴奋得跟打鸡血似的，拍着沙发的扶手说：“选B！选B！你接着往下念！”

“你……那好吧！”医生为了得到我感情、认知上的信任，只好好脾气地将本子往后翻，“如果说你选B的话，那么你直接可以到达第20题……”

“行了，我自己来吧！”我几乎是抢着将医生的记录本拿来，笑着念出声，“如果说，郭子晋现在正在门口等你，那你会……A. 听妈妈的话，继续把病看完；B. 立刻出来找郭子晋；C. 什么也不做，继续装傻充愣。”

这个问题我要还不会选的话，我就不是装傻，是真傻。

我将本子丢给医生，快步跑着去开门。医生稍显慌张地从椅子上站起来叫住我：“成小姐……你的病历！”

“不，医生。”我笑着回头说，“是你的病历！”

我从诊室出来时，吊着胳膊的郭子晋正站在走廊里望天。他穿着白色的粗线大毛衣，浅蓝色牛仔裤，神情看起来稍显忧郁。我心怦怦直跳，他漫不经心地跟我打招呼：“嗨。”

“你没见到我妈吧？”我比较担心，“我妈要是见到你……”

我真不忍心告诉郭子晋，最近几天，我妈几乎将所有恶毒的语句都用在了他的身上。可怜的我只好默默在心里为他反驳，然后神色淡然地听我妈说完。

“你妈妈？”郭子晋浅笑，“她被医生叫去了……应该是，探讨一下你的病情。”

我站到郭子晋的旁边，和他一起靠在栏杆上望天。在我的记忆里，似乎好久没见到郭子晋清清爽爽的样子了。有将近一个月的时间，郭子晋都是满身的污泥、污血、污臭。看到郭子晋现在的样子，我反倒有些不自在。

“你还好吗？”我捅了捅他吊着的胳膊，“很疼吧？”

“还好啊！”郭子晋不以为意地说着讽刺的话，“这要谢谢你，成书瑶，幸好你控制了下食量，不然的话，我就不是轻微骨折，而是粉碎性骨折了。”

我讪笑道：“哎哟！我的体重哪有你说得那么夸张！”

郭子晋用打量的眼神从上往下看了我一圈，说："我是不是夸张，你心里还没数吗？"

简单玩笑了几句，我们开始说正经事儿。

我问郭子晋："闫树海是怎么找到我们的啊？真是没想到，他速度倒是蛮快的。"

郭子晋拍拍自己手上的腕表，解释道："这里面有特制的监听器，在我遇到危机的时候，我会用它发信号给闫树海，通知他赶来的时间，还有我可能会需要的帮助。当然，传递信号的方式，还是用摩斯密码。第一次在黑龙山时，我也是用的这个办法。"

我啧啧称奇的同时，提出疑问，"闫树海的行动速度比我们在黑龙山的时候下降了啊！这都几天了，才找到我们？"

"那倒不是。"郭子晋难得帮闫树海说了一回话，"主要这款手表，是猫哭耗子帮我改装的。"

"啊？"

郭子晋用左手挠挠脸，说："是啊，所以当猫哭耗子知道我来了城区之后，他就想办法屏蔽掉了信号……冉文涛将城区的电路板击穿，屏蔽信号器不能正常运转。闫树海这才接到信号，找到我们。"

"这也忒先进了。"我由衷地赞叹。

"智慧改变生活，这句话可不是闹着玩的。"郭子晋收起玩笑，一本正经地讲给我听，"这些新兴玩意儿给人们带来便利的同时，也很容易让不法之徒钻空子……猫哭耗子此次做的事儿，就是想用一种冲击力比较大的方式，给人带来警示。"

"怎么说？"

郭子晋叹了口气说："法律或者制度，都是在出了问题之后，人们才想到改进措施和解决办法……"

猫哭耗子，算是一个比较悲剧的孤胆英雄。他所了解的信息远超旁人，他所拥有的能力也远超旁人，所以他能看透的，普通人并看不懂。他的理念，也不被人理解。猫哭耗子的想法比较极端，所以他一气之下搞了这么个实验，杀了这么多的犯人。

"猫哭耗子说，情报运用好了，是一样可以抓罪犯的。"郭子晋自嘲地笑了笑，"我个人比较注重推理，所以并不赞成猫哭耗子的提议。没想到，他这次竟然用自己的方式，几乎让整个通缉榜上的人闻风而动、互相残杀。我不得不承认，他比我厉害。"

郭子晋和猫哭耗子两个人，也算是惺惺相惜了。同样的不拘一格，同样的不被人理解，同样的恃才傲物……也同样的悲剧。

我对猫哭耗子的印象不错，能像他这样直白承认自己是假慈悲的人，多数是真的善良。

最起码，他在名字上就袒露了自己的性格。

“猫哭耗子会怎么样啊？”我伤感地说，“虽然是他害我吃了那么多苦，也不知道怎么的，我一直很难从心里认定他是坏人。”

“哦？”郭子晋眯着眼睛看我，“为什么？我不在的时候，他是给你灌什么迷魂汤了，你居然这么信任他？”

我没理会郭子晋醋味儿十足的话，平静地说：“我自己也说不好……可能是因为你带着我去见他的吧！你还没来，城里只有我们两个人的时候，我对他很是放心。我一直告诉自己，郭子晋介绍给我认识的人，一定不会错的。既然郭子晋都放心把我放在他家，我又有什么好怕的呢？”

“成书瑶，虽然你多数时候傻头傻脑的，不过……”

“不过什么？”

我用一副“你要是说不好听的，我就把你另一条胳膊也压断”的气势，生生阻止了郭子晋调侃的话。他笑嘻嘻地伸手揉我的头发，很识时务地说：“不过，多数时候你说的话，我还是挺喜欢听的。”

“乖，”我回敬地伸手去摸郭子晋的脑袋，笑道，“这样多好。”

“你进去吧！”来往路人纷纷侧目，郭子晋不自在地挪开遭受我荼毒的头颅，“你妈差不多快回来了。”

“你还没跟我说猫哭耗子到底怎么样了呢！”其实我是想跟郭子晋多聊一会儿，“还有市五医院的案子，我也有不清楚的地方。”

郭子晋使劲掐我的鼻子，他笑得眼睛都眯起了，“以前怎么没发现你对案子这么感兴趣啊？”

“你不知道的事儿多了。”我鼻子被掐，无奈地说道。

“猫哭耗子被抓了，市五医院的案子，恐怕巡捕还要去找你问话，你不用担心，他们问什么，你照实说就可以。记得的就是记得，不记得的，也没什么要紧。市五医院的案子我都调查清楚了，有什么不明白的，到时候你可以直接问闫树海。”

“闫树海？”

郭子晋没解释，他又低头看了眼腕表，“要是方便的话，过两天，我想办法带你见见猫哭耗子，算是辞别吧！”

“辞别？”

“唉，早知道会这样，上次我就不应该当着你妈妈的面，说话那么不留情面……”郭子晋在我额头上弹了一下，“我走了。”

“喂！”

郭子晋长手长脚，来去如风，没多一会儿他就走不见人了。我捂着发红的鼻子和额头，傻呆呆地站在医院走廊里，一个人唏嘘感慨。

“成书瑶？”我妈拿着诊断病历回来，她狐疑地问我，“你不是在看医生吗，怎么站在走廊里？”

机智的我，才不会说我和郭子晋险些把医生气死了呢！

为了迎合我妈的情绪，我乐呵呵地直拍马屁。老实说，我妈对于这一套极为受用。在我的极力讨好和吹捧下，我妈俨然忘记了心理医生有多帅、多合她择婿的标准的事实。

郭子晋没有说错，在我们见过面的第三天，闫树海带着巡捕房的人再次到来。上次的事情之后，一般的巡捕已经对付不了我妈了。

闫树海是巡捕房副探长，不过他的公关能力比刑侦能力强多了。一到病房，他对着我妈进行了一通深刻的自我反省和自我批评，我妈瞬间觉得自己倍儿自豪，倍儿有面子。

在闫树海言辞恳切的请求下，我妈终于慢条斯理，跟老佛爷似的点头应允道：“警民一家亲，我们也不是那种不懂事儿的人家。既然大队长亲自过来了，那就让瑶瑶简单说说！”

“副的……”闫树海说话谨慎，“副探长。”

行吧，不管他是正的副的，我妈不给他面子，局长来了都不好使。病房里的人全出去了，只剩下我和闫树海。

闫树海说了几句客气的场面话，又问了我些具体的事情。简单记录完之后，我说：“市五医院的案子，应该差不多了吧？”

我还记得当天晚上张傲和王庆文的对话，便问他：“当时王庆文特别害怕地提到了‘他们’。他说的‘他们’，你们知道是谁吗？”

“他们？”闫树海摇摇头，“其实，郭子晋也提到过。郭子晋怀疑，在市五医院谋杀案的背后，可能有一股势力在操控着医药市场。可是没有办法，张傲死了，王庆文死了，乔爽又疯了，而乔爽那个前男友王迪完全是个搅屎棍子。王迪中途插了一脚，把许多证据都破坏了。所以说，市五医院的案子，只能这么着了。”

王迪既然被抓，肯定是死刑没跑了……王迪被判死刑，可怜的只有疯掉的孤儿乔爽。

“案子暂时结不了，不过剩下的事儿是法院的了。警方调查这边的工作，应该是结束了。”闫树海把笔录本子合上，笑说：“你失踪之后，郭子晋算是疯了。他几天几夜没合眼，就盯着市五医院的案子查。”

我说道：“你真是郭子晋的好兄弟啊！你要是有锦上添花的本事，你去我妈那儿说道说道呗。你能让我妈扭转对郭子晋的印象，我一定好好谢谢你。”

闫树海连连摆手道：“你妈？我的姑奶奶，你快算了吧！刚才被你妈狂轰滥炸一顿，我回局里立马得吃速效救心丸……成书瑶，我是在好心提醒你呢！”

“提醒我？”我不明白，“对我有什么好提醒的？”

“陆菲，也就是唐菲……”闫树海以为我不清楚，他神秘兮兮地说，“郭子晋的前女友，她没死，你知道吧？”

我想了想，又很慎重地摇摇头，“不，我还真不知道。怎么了吗？”

“唐菲的表妹，也就是邹珊珊，我们局里的女法医，你知道吧？”闫树海充分发挥他的八卦精神，“这对姐妹花，为了郭子晋，在局里打得那叫个鸡犬不宁啊！我第一次看到女人打架打得如此有技术含量……”

说完，闫树海颇为同情地看看我，说：“你还是长点心吧！虽然说郭子晋跟别人不太一样，可你不得不承认，他是个很优秀的男人……再过两天，他的伤势就好得差不多了，可以出院了。听说啊，到时候陆菲和邹珊珊都要……而你妈又这样……我什么意思，你明白吧？”

我明白什么我明白？你话说一半，我明白个屁啊！

不过闫树海剩下的半句话没机会说了，因为我妈妈的忍耐已经到达了极限。在抓心挠肝地等了一个半小时后，我妈终于跑来敲门送客。

“啊，您来了。”闫树海机灵地从椅子上站起来，“我正打算去跟您告辞，我准备离开了。”

闫树海真是有本事，把我妈哄得倍儿高兴。要是郭子晋有这两下子，那该多好……

我忆起闫树海的话，他是什么意思？郭子晋出院，邹珊珊和陆菲是要怎么样？

不会……我怨念横生地想，她们姐妹俩要跑去郭子晋家住吗？不会吧？

不好说，很不好说。

郭子晋出院后的第二天，我也跟着出院了。可是在我妈的极力压制下，我并没能回郭子晋那儿。不管我怎么哭、怎么闹、怎么耍横、怎么叫，我妈都是面无表情的一句话：“成书瑶，你跟我回家。”

“我不回去。”我不想再继续接受我妈的安排了，“妈，那里是你和陆叔叔的家，不是我的家。”

开始的时候，我妈听我这么说，还会难过一阵儿，但没多久，我妈就能波澜不惊地回复说：“你想去郭子晋家？可以，和我断绝母女关系吧！”

“……”

好吧，我虽然很想郭子晋，却也不能为他跟我妈妈断绝关系。我磨磨蹭蹭地收拾东西，然后回家。陆叔叔开车，我妈坐副驾驶。我的弟弟陆小鬼和我一起坐在后排，我不是很待见他，他同样不待见我。

“明明，你跟姐姐问好了吗？”我妈一边给自己扣上安全带，一边教育陆小鬼，“你现在怎么一点礼貌没有了？快点！跟姐姐问好！”

“嗯，你好。”

陆小鬼盯着手里的玩具，连正眼都不看我。

陆叔叔稍显歉意地说：“瑶瑶，不好意思啊！明明还小，你别在意。”

我在意？我才不在意呢！我现在正巴不得陆小鬼跟我大吵一架，好让我妈和陆叔叔忙得不可开交，最后把我扫地出门……

我抱过陆小鬼的脸蛋一顿亲，“明明，好久不见了啊！你又长高了吧？感觉好像又胖了点啊！想没想姐姐？”

正当我打算对着陆小鬼继续作恶的时候，他惊惧万分地避开我说：“成书瑶！你疯了吧！你想对我做什么？”

“明明，你姐姐是喜欢你呢！”以前我跟陆小鬼水火不容，现在我如此关爱他，我妈甚感欣慰，“哎呀，你们姐弟俩早就这样该多好！”

“就是呢！”我尽量不让自己笑得狡黠，“经历了这么多事儿，我才发现，什么人也没有家人亲。血浓于水，一般人是比不了的！”

我妈自动将我说的“一般人”理解为郭子晋，她脸上的笑意更浓，“瑶瑶真是长大了啊！”

陆小鬼聪明极了，最起码，他比我小时候要聪明很多。见妈妈正在兴头上，他只好默默忍受我“烈焰红唇”的骚扰。从市五医院一直到家里，我亲了他满脸的口水。等下了车，他吓得撒腿往屋里跑。

“这孩子是怎么了？”我妈莫名其妙，“还没去吃饭，他怎么就跑屋里去了？”

我憋住笑意，严肃地说：“可能他着急上厕所吧！”

跟郭子晋在一起有段时间了，郭子晋的思想精髓没学到，一些旁门左道的东西我还是学了不少。在逼疯我弟弟陆小鬼这件事上，我简直将理论和实践完美结合了。每天早上，我妈都会将我和陆小鬼叫起来吃早餐。隔着一张桌子，我一个劲地对陆小鬼傻笑。开始两天，陆小鬼还能强装镇定对我的笑容视而不见。可他毕竟是个半大的孩子，渐渐地，他开始有点受不住了。

陆小鬼从小吃得好住得好，所以他虽然身高还不到一米五，却和我一样重。陆小鬼的脸蛋肥嘟嘟，弹性和手感都很棒。我又是亲又是掐，终于，在某天晚饭后，陆小鬼忍受不住地对我大吼一声：“你个老女人！你不要再碰我了！”

我泫然若泣，结果可想而知。我妈对陆小鬼进行了有生以来最严厉的批评教育，陆小鬼委屈地放声大哭。

“她天天总亲我……”陆小鬼委屈得要命，“你为什么不说她？我就知道，妈妈早晚有一天会被她抢走的！”

我咬得嘴唇都快破了，这才勉强把笑意压下。我使劲挤了几滴眼泪出来，默默地转身回房去。

虽然我妈很疼陆小鬼，可我毕竟也是我妈亲生的。见我如此，我妈心里也不好受，瞬间炸锅，极为凶残地“教育”了陆小鬼一顿。

晚上在我睡觉之前，被揍得鼻青脸肿的陆小鬼敲我房门进来。他扭捏地站在门口，细若蚊蝇地说：“对不起姐姐，你不要生我的气。”

“我不生你的气，一点都不生。”我张开手臂，笑意盈盈，“来，给姐姐亲亲！”

陆小鬼哇的一声，跌坐在地上号啕大哭起来，“你不要亲我了！你到底知不知道廉耻？男女授受不亲你懂吗？你这个样子，以后让我怎么见人？”

“陆小鬼……”

“我不叫陆小鬼！”他义正词严地捍卫自己的名誉，“我叫陆小果！陆小果的陆！陆小果的果！”

我抬抬手，“好好好，陆小果？行了吧！”

陆小鬼擦一擦鼻涕，慢吞吞地从地上站起来，“成书瑶，你说吧，你想怎么样！”

我被他鬼马精灵的样子逗笑，说：“你不必担心我把妈妈抢走，我不想住在家里，你帮我搬出去。”

“你不用想着去告密！”即便陆小鬼精明，可他毕竟年纪小，我瞬间看透了他的心思，“你如果敢去跟妈妈告密，我以后天天亲你！你上学前亲你，你放学的时候亲你！亲到你对口水过敏为止！”

陆小鬼憋得满脸通红，“你……你要我怎么做？”

“你不需要做什么，”我仿佛看到了曙光，兴奋地说，“你只要继续这么讨厌我就好了。”

陆小鬼的脸涨得更红，“我……我什么时候讨厌你了？”

我微微一愣，脸也跟着红了。

陆小鬼倔强地别开头，不屑地说：“你的那个男朋友来过家里……跟他比，你简直笨得要死。作为你的弟弟，我是担心你，以后你嫁过去受欺负怎么办？”

我感动得要命，抱着陆小鬼又是一顿猛亲。他嫌弃地推开我，对我说：“你放开我！我要回去睡觉了。”

有了陆小鬼的帮助，没用多长时间，我妈便在女儿和儿子的打闹之下崩溃了。看着我弟弟每天哭得红肿的小脸，万般无奈之下，我妈只好点头同意我搬出去住。

在我临出家门前，陆小鬼趴在二楼的窗口处目送。我送了他一个飞吻，他揪着胖脸上的肉对我做了个鬼脸。我哈哈大笑，对着他喊：“放心吧！他是看着聪明，在家里，总是我欺负他。”

陆小鬼咧嘴笑了。

我心情雀跃，一出门便直接往郭子晋家跑。到了他家，我迫不及待地敲门，“郭子晋！我回来啦！你在家吗？”

“谁啊？”

是陆菲的声音。

门打开之后，我才发现陆菲和邹珊珊都在。邹珊珊尖细着嗓子，拿腔拿调地同我打招呼，“呦，成书瑶啊！好久不见啦！最近还好吗？你这是来……看郭子晋的？”

“不，”我答得理直气壮，毫不客气地回敬道，“我是回家来的……倒是你们，你们两个来这儿干什么啊？看郭子晋的？”

陆菲笑着摆手道：“你别把火发我身上，这事儿可跟我没多大关系。而且你失踪了太长时间，家里的很多事儿都已经变了。”

“呦，成书瑶回来了啊！”

从屋里又走出一个高大的女人，我瞬间觉得自己崩溃了，说：“我是不是走错屋子了？还是郭子晋把房子出租给你们了？他人呢！”

“我在这儿呢！”郭子晋吊着胳膊，满脸漆黑地钻了出来，笑的时候露出满口白牙，“我就估摸着你这几天差不多该回来了，结果，你比我料想的还早一天……你弟弟现在哭功见长啊？”

“你是怎么知道……算了，郭子晋，你给我解释，这到底是怎么回事儿啊！”

“哼！”郭子晋来了，邹珊珊也不再继续说尖酸刻薄的话。邹珊珊蹭着郭子晋的胳膊走过去，蹭了一身的灰。

“你干什么去了？”仿佛我睡了觉做了一梦醒来，人间一切的事情全变了。我心里没底，甚至觉得恐慌，完全不知道该从哪里问起，“为什么家里多了这么多女人？”

“你好自为之吧！”陆菲本来想拍拍郭子晋的肩膀，不过看了看郭子晋满是灰土的肩膀，嫌弃地低头拿起高个子女人的手去拍郭子晋的肩膀，“这是你们两个人的问题……你们注意音量，千万不要打扰我们睡觉。现在成书瑶回来了，明天可算能干活了。”

陆菲扭着屁股进屋，高个子女人尾随她而去。门廊的位置只剩下我和郭子晋，我尴尬得不知道该如何开口。

“你……”

“你……”

我们两个同时开口，看了彼此一眼之后，又同时笑了。

“你还好意思笑！”我嗔怪他，“我才不在家几天，你就把家里弄得乌烟瘴气的！”

郭子晋跟我一起并排靠在门廊的墙上，他是发自内心地哈哈大笑。趁着我不注意，郭子晋用他黑漆漆的大手将我揽在怀里。他玩心不减，揉着我的脑袋，把我的脸抹得跟他一样黑。

虽然我费力挣扎着想要推开他，可郭子晋还是像牛皮糖一样黏了过来。他全身上下都脏兮兮的，唯有眼神里带着如水一样的柔情。

我想他，想得厉害。在家里的这段时间，我经常想他想得心尖发涩。现在好不容易见到他，我的心情很是激动。一般情况下，郭子晋很少会在人前做比较过分的举动。可能因为职业的关系，在人多的时候他都会竭尽全力保持自己冷静自持的形象。像是在游戏城区那几天，我们两个即便每日睡在一起，也还是隔了些许距离的。我估计，当时郭子晋一方面是顾虑到有外人在场，另一方面便是他担心自己失了理智。

然而，情难自禁，本就是人之常情。

可是郭子晋的情难自禁只是相对而言，跟我比较起来，他还是理智很多的。我深切地吻着他，手抵在他胸口的位置。这时，邹珊珊踢踏着拖鞋，吵吵嚷嚷着出来，去厨房喝水。在邹珊珊眼神的注视下，我和郭子晋只好停了下来。

我靠在郭子晋怀里，邹珊珊赖在厨房不走，扯着嗓门叫陆菲，“姐！水你放哪里了？”

陆菲在屋里含糊地答了一声。

屋里总共五个人，我和郭子晋一伙，陆菲和那个身材高大的女人一伙，剩下只有邹珊珊自己。女人是善妒的物种，没有小伙伴的邹珊珊是认准了要找我的麻烦。她表情不冷不热地站在厨房里，仿佛认定我和郭子晋不会怎么样。

我不是不好意思当着邹珊珊的面跟郭子晋接吻，我只不过是不想让郭子晋娇羞的样子被她看了去。我使劲在郭子晋腰身的肌肉上拧了一把，小声说：“你让她进去。”

郭子晋多数时候还是蛮绅士的，说：“她是女人，我是男人……这我可开不了口。”

“那你让她搬走。”我有点暴躁，“我不想让她住在这儿。”

“这个……也不行。要不，咱俩进屋吧？”

可能郭子晋是有什么难言之隐，所以他不太好直接赶邹珊珊走。我只能无理取闹地发着脾气说：“那你说怎么办！这里是咱们家，凭什么让她牵着鼻子走啊？她想干什么就干什么，她以为她是皇后娘娘啊？”

郭子晋听到我这么说，突然轻笑出声。

“要不这样吧！”郭子晋提建议说，“我试着劝她进屋？”

“你看看她那个样子！”我真是气不打一处来，“就算这里是你的后宫，那我也得当正宫娘娘！”

我的话音刚落，郭子晋突然低头吻住了我。郭子晋的声音，带着从未有过的暖意。“成书瑶，我好想你。”

我再也忍受不住，哭了。

第五案

迷雾

案中案

Chapter 1

郭子晋卧室中浴室里的浴缸是单人的，我们两个一起躺在里面洗澡有点挤。我躺在郭子晋的身边，稍微动一动，就会越出水面。

“你身上刚才怎么弄得那么脏？”我闭着眼睛，享受着泡澡的感觉，“还有，那个高个子的女人是谁啊？她为什么跟陆菲在屋子里？陆菲喜欢女人的吗？她不喜欢你啦？”

郭子晋拿着搓澡巾在我身上东蹭西搓，漫不经心地说：“你不是不喜欢陆菲的房间吗？我最近在弄那间房间的装修。”

“噢……什么？”我猛地起身，又感觉不太好意思，赶紧钻进水里，“你装修陆菲的房间？你想把那间房子改造成什么样啊？你现在弄装修，这么多女人睡在哪里？”

郭子晋将受伤的胳膊放在浴缸外面，单手拉过我的脑袋，动作利落地挤出洗发水给我洗头发。“没有那么多的女人，你没回来的时候，家里‘阴阳协调’，有两个女人和两个男人……那个高个子的‘女人’，是白鹿。”

“咳咳咳……”我被口水呛到，咳得满面通红，“什么？你说那个是白鹿？他彻底放弃男人装扮了？还有，他不是总和陆菲吵架吗？他们怎么……”

“别动，一会儿泡沫该流到眼睛里去了。”眼前郭子晋现在的样子就像个老妈子，顺手拿过莲蓬头给我冲脸。我脸上的泡沫散开，眼前郭子晋俊朗的面容清晰而又模糊。

“你失踪的那段日子，陆菲算彻底清醒了。她知道我是不可能接受她的，所以就换了心思。”

郭子晋胳膊上的石膏里进了水，他皱着眉往外倒水。

“陆菲不是那种会被爱情迷昏头脑的女人，以前她就不是，现在她更不会是。冉文涛对女人的理论你还记得吧？他说女人只会依附强者，陆菲就是如此。不过，陆菲要更识时务。她知道自己能掌控谁、不能掌控谁。不考虑其他因素的话，白鹿和陆菲还是很般配的。白鹿不介意陆菲强势，而陆菲只在乎白鹿是不是一个男人……这样不是很好？问题完美解决了。”

我和郭子晋面对面坐着，我老实地让他给我洗头发。我长出了口气，说：“他俩在一起，怎么看都有点别扭。其实陆菲只要不跟我抢你，她和谁交往我并不在意。可邹珊珊又是怎么回事儿啊？”

“成书瑶，你把眼睛闭好了，我把你脸上的泡沫冲掉。”

随着郭子晋手腕的动作，莲蓬头里的水哗哗浇打在脸上。我刚才问的问题，郭子晋听完就不了了之了。

直到我再次开口询问，郭子晋才说：“邹珊珊，她是特务派来的。”

“特务？特务和警署不是两个部门吗？邹珊珊在警署里当法医，怎么要帮着特务做事儿？”我扯过一旁的毛巾擦擦眼睛，“我还以为她是为你来的。”

这次没用我催，郭子晋便自觉地说：“上次在市五医院尸检现场，邹珊珊受了不小的打击。邹珊珊的性格好强，知道陆菲住在咱家，她说什么也要跟过来。邹珊珊确实是为我来的，可我估计，她自己可能都不知道身上已经被人安放了监听器。”

“什么意思？”我问郭子晋。

郭子晋反问我：“你看到邹珊珊的那对耳环没有？”

我回想了一下，说：“圆圆亮亮的那个？我觉得蛮好看的啊，有问题吗？”

“有问题，里面被装了微型的监听器。”郭子晋懒洋洋地靠在浴缸上，他挠挠下巴，继续说，“这种针孔监听器，全世界只有特工会用。只要装在被监视人亲近朋友的身上，便可以不着痕迹地记录被监视人的生活。”

我气恼地在郭子晋肩膀上咬，毫无意外咬了满嘴咸湿的泡沫。“监视你，为什么往邹珊珊身上安监听器，要安也要安在我身上啊，这样才能起到监视你的作用嘛！放在邹珊珊身上……她能监听出什么东西来啊？”

“你怎么连这个醋都吃啊？”郭子晋好笑道。

“那当然。”我不客气地再次躺倒在郭子晋身边，“我已经想好了，你是我的，这辈子都是我的。别说抢了，她们连看也别想看。”

话说完之后，我心里紧张得怦怦直跳。我还记得在猫哭耗子家，郭子晋半真半假地提到的那次求婚。可转危为安后，郭子晋一直没提，我只好想办法旁敲侧击一下。

然而郭子晋还是没有反应，他就着监听器的事儿继续说：“猫哭耗子建的工程太庞大了，不但惊动了巡捕房，就连总统府里的那帮人也收到了消息。先不说猫哭耗子的经济实力，就是他的能力，也不是一般人能达到的。”

“所以？”

“所以，总统府里的人很愿意相信，那个游戏城区并不是猫哭耗子一个人建造的。”郭子晋意味深长地说，“我用脚趾盖都能想明白，他们肯定以为是我和猫哭耗子一起绘制的城市蓝图……我又没做过，我为什么怕他们监听？所以邹珊珊不能走，她必须住在这儿。不然的话，我恐怕要和猫哭耗子一起吃牢饭去了。”

“那还是让她住这儿吧！”郭子晋的假设让我害怕，“呃，我突然觉得，邹珊珊好像也没那么讨厌了。”

水温适中，倦意渐渐袭来。迷糊中，郭子晋用唇轻轻磨蹭我的耳朵，说：“成书瑶，你的手术，不能再拖了。”

“唔。”我心不在焉地回完，才恍然反应过来，“为什么？闻人航，他是有行动了吗？”

从游戏城区出来，一切重新步入正轨。也就是说，我手术的事情要再次被提上日程。

“不，跟闻人航的关系倒是不大，这阵子估计他也知道咱俩被关起来了，所以他最近挺安静的。”关于我的身体状况，郭子晋并没有隐瞒，“猫哭耗子建造的城市里有太多不稳定的因素，加上最近这段时间你的身心都遭受了严峻考验，这些因素都能导致你的血液流速加快，加快毒性发作。”

我无奈地回答：“你还是直接告诉我出了什么事儿吧，要不你说了这么多，我只是跟你瞎着急。”

“我以前帮着你的主治医生解决了些麻烦，你住院后，他跟我简单聊了一下你的病情。”郭子晋表面的轻松没能掩盖住他眼底的惆怅，“从你的检查报告上看，你的身体状况更糟糕了。”

浴缸里的水似乎变得有些冷，我不自觉地打了个哆嗦。“郭子晋，我是要死了吗？”

“不会的。”郭子晋亲了下我湿漉漉的头顶说，“我在想，如果外部因素能影响你的血液流动，那么如果我们反其道而行之的话，是不是能带来相反的结果？”

“哦。”医学上的事儿，我是一点都听不懂，郭子晋说有办法，我也乐得高兴，“行，你做主吧！”

郭子晋点点头道："你好好休息，明天我带你去见猫哭耗子。后天他就要被带走了，别说是你，以后恐怕我也很难见他一面了。你有什么问题明天抓紧问他，免得你天天瞎猜。"

"嗯。"

说完，我再次陷入昏昏欲睡中。

我和郭子晋睡在主卧，剩下的三个人是怎么分配房间的，我并不清楚。有郭子晋在身边，我难得睡了个好觉。整整十二个小时，我连个梦都没做过。

第二天早上起来时，陆菲和白鹿已经出去了，家里只有邹珊珊在。

坐在一起吃早餐，我脸色略微尴尬。尤其是每次看到邹珊珊耳朵上的耳环，我总是忍不住闪烁视线。想到就连我和郭子晋亲吻的声音都要被总统府那帮人分析研究……想想就够丢脸的。

"郭子晋，今天你要干什么啊？"邹珊珊也不太喜欢搭理我，"昨天新上映了一部电影，你和我去看，好不好？"

表面上看，邹珊珊是因为市五医院的事情被停了职，可实际上是因为她父母工作出了纰漏，被政敌抓住把柄，帮邹珊珊安排工作的相关人员怕自己有麻烦，所以借着因由将邹珊珊撤了下来。

郭子晋告诉我这些后，我反倒有点同情邹珊珊了。刚认识邹珊珊时，她那个心高气傲，那个盛气凌人，完全是大户人家娇小姐的做派。而现在，虽然她依然摆出大小姐的做派吧，但是已经没人拿她当大小姐看了。

人走茶凉，有时候想想还挺凄惨的。

要不是邹珊珊跟我抢郭子晋，我真不会不待见她。尤其知道她家的事情后，我更看不了邹珊珊故作坚强、强装无事的样子。郭子晋经常骂我是不分是非黑白的老好人，可我并不觉得自己这样有什么不好。早上吃饭，我不着痕迹地将自己爱吃的培根蛋卷推到邹珊珊面前。

天地良心，我对郭子晋都没这般友善过。

然而邹珊珊不领我的情，她继续吵着郭子晋。郭子晋起床后的一个半小时内，是不可以惹的。要是稍微不留神触碰到他的神经，他势必要跳脚大骂一顿。

果然，郭子晋现在吊着个胳膊，看起来脾气很暴躁。邹珊珊说了没几句，郭子晋便指桑骂槐，把我推过去的培根蛋卷又拉回到我面前，"成书瑶，吃你的饭！再多管闲事儿，我以后就饿着你！"

好吧，我吃我的饭。

我总觉得邹珊珊的精神好像有点受刺激了，因为很显然，她十分容易激动。郭子晋的一句话之后，她冲动地跑到窗户边上拉开窗户。寒冷的风吹进来，她脸上被激起一层鸡皮疙瘩。

在寒风凛冽的早上，邹珊珊的声音顺着窗户散出去，而后笼罩在整个小区上方，“郭子晋，你要是再这样对待我……我就跳楼！”

“你别冲动！”我丢下手里的蛋卷，将嘴里的食物囫囵吞下，“邹珊珊，你上窗台上干吗？你快下来！”

邹珊珊对我的话充耳不闻，她满怀希望，回头看着郭子晋。

也不知道郭子晋是怎么想的，他神色淡定地拿过面包抹沙拉酱，一句话没说。

我急得跺脚，拉着郭子晋起来，“都什么时候了你还吃？你怎么比我还认吃呢！邹珊珊要跳楼了！”

“我知道，我看见了。”郭子晋不以为意，“她自己都不想好好活着了，那我干吗还要拉着？成书瑶，你有管别人的工夫，还不如管管你自己！你给我回来吃饭！”

郭子晋单手按着我的脑袋让我坐下，说：“抓紧时间，我们去看猫哭耗子的时间不多。那帮家伙才不会等我们呢，要是晚了，就见不到了。”

我为难地被郭子晋塞回到椅子上，小心翼翼地回头看邹珊珊。邹珊珊姣好的面容惨白惨白，好似外面的晨雾一般。

“郭子晋，你会后悔的，你一定会！”

邹珊珊大发脾气，将我和郭子晋吃的早点扬翻，又气冲冲地跑了出去。盘子摔在地上的声音过大，楼下的神经质大妈动作娴熟地开始敲暖气管子。

“我们……”我盯着邹珊珊跑掉的背影问，“不用去追吗？她自己一个人，不会有什么事儿吧？”

郭子晋脸上挂着讽刺的笑容，挖苦道：“你别忘了，邹珊珊是陆菲的表妹。她们两个是血缘至亲，骨子里的务实，是一样的。”

“我洗个澡，”郭子晋伸手擦掉脸上迸溅到的豆浆，情绪似乎好多了，“然后我们就去看猫哭耗子。”

在去看猫哭耗子的路上，我还在担心着邹珊珊。我问郭子晋：“邹珊珊她真的没事儿吗？”

郭子晋的起床气儿虽然消了，可他还是不太想搭理我的话。直到到巡捕房门口，郭子晋依然没回答我的话。下了车，他终于开口道：“目前猫哭耗子被关在巡捕房里，下午他就被转移走了。”

“猫哭耗子被转移去哪里呢？”我叹了口气，“他会不会被判死刑？”

以猫哭耗子的行为来说，枪毙几次都不多。不过既然总统府的人大费周章地想要抓猫哭耗子，肯定不会是让他死那么简单。

郭子晋同样叹了口气，说：“所有人都在惦记着猫哭耗子的技术。我猜，应该会作为透明人，收为己用吧！”

“透明人？”我反应还算迅速，“是像当初陆泽楷收用闻人航和唐菲那样吗？”

郭子晋赶紧伸出手捂住我的嘴，“我的小姑奶奶，今天要转移猫哭耗子，这儿到处是眼线，你说话稍微注意一点，要是让他们的人知道点什么……”

要是让他们的人知道郭子晋和陆泽楷的关系，恐怕下一个被抓的就是郭子晋了。

我和郭子晋缄默着走进巡捕房，在闫树海的带领下，去牢房里看猫哭耗子。闫树海明显累得有点虚脱，整个眼眶乌黑乌黑的，他抱怨着说：“现在最苦最累的就是我们巡捕，累死累活不说，还常年费力不讨好。”

“怎么了？”郭子晋轻笑，“猫哭耗子建造的违规建筑，又给你们惹麻烦了？”

闫树海苦笑道：“是的，是给我们惹大麻烦了。猫哭耗子买的郊区那片地，本来是准备建造体育场用的，结果猫哭耗子找人溜进了土地局，修改了审批的土地面积。在原有土地面积的基础上，扩张了十倍不止。”

“就没居民投诉吗？”我好奇，“那么大一片地被占用，居民就不奇怪那是干吗的？”

闫树海这次连苦笑都笑不出来了，说：“奇怪啊！怎么会不奇怪？问题恰恰出在这里。居民不止一次举报过，可是因为有土地局的特批令，所以接到举报的部门也没办法……现在真的出了事情，我们的麻烦也就大了。喏，邹珊珊的爸妈就是这么被牵连下来的。”

我不禁唏嘘，猫哭耗子的恶作剧，牵连范围也忒大了点。

“事实上，游戏城区的实际面积并没有你们感觉的那么大。”闫树海明白郭子晋为什么带我来，他尽量详细地讲解给我听，“只不过城区里面的墙壁画面叠加，增大了视觉上的误差。而城区也并不是圆形的，它只不过是呈十字交叉状的两条长街罢了。以现在的土木建造水平来看，规模如此宏大的模拟城区是修建不出来的。”

通过闫树海的描述，我大致了解了一些游戏城区里的情况。猫哭耗子所做的一切，比如说用手电筒照棚顶，比如说带着我东南西北地走着描绘地图……这一切行为不过是为了迷惑我，好让我相信城区真有我以为的那么大罢了。

没有正常的手续，所以闫树海只能偷着带我和郭子晋来猫哭耗子的牢房里。听到脚步声，躺在窄床上的猫哭耗子闭眼轻笑道：“是谁来了啊？我猜，是郭子晋和成书瑶。”

郭子晋拉出椅子，我们两个一起坐在牢房外面。闫树海手里的钥匙哗啦啦地响，他说：“大概能给你们二十分钟的时间，有什么话尽情地说吧！我在外面看着。”

闫树海从牢房出去后，猫哭耗子动作迟缓地从床上起来。手脚上的镣铐相撞，他嬉皮笑脸地对我和郭子晋说：“跑了这么多年，终于被抓进来了……睡牢房，我还真是踏实多了。”

“我来就是问你一件事儿的，”郭子晋不习惯跟人客套，直奔主题，“你的信号屏蔽器械，是用的什么材料？”

猫哭耗子并没理会郭子晋的问题，他干瘦的身子靠在墙壁上，“郭子晋，关于我的游戏，你没什么想说的吗？”

“有，有好多。”既然猫哭耗子问，郭子晋也不含糊，“最主要的一点，就是我觉得你和我这个侦探一样。你不是叫猫哭耗子吗，但是你为什么总喜欢干狗拿耗子的事儿？”

猫哭耗子但笑不语，他突然间问我：“成书瑶，你呢？你有什么想对我说的？”

“我？”我其实也有好多的问题想知道答案，可现在猫哭耗子在我面前，我又什么都不想说了，“我陪郭子晋来的。”

最近一段时间，我只要一见到郭子晋，就会询问他猫哭耗子的事儿。所以当我表示什么都不问时，郭子晋表现得十分愤慨。郭子晋没法当着猫哭耗子的面发作，只好将我问过他的问题重新拿出来问。“成书瑶没有杀人，你为什么把她抓到游戏城区里去？我们两个是好朋友，你为什么还要挑拨我和成书瑶的关系？”

郭子晋的问题过于“有个性”，猫哭耗子一下便看出是我想问的。不过猫哭耗子并没有拆穿，他淡淡地回答说：“本来成书瑶不在我的名单里。可是有一天……”

猫哭耗子的游戏，准备了整整三年。从动工到完工，从整理名单到确定抓人，每一个细节，都可以说是精雕细琢。

“等到游戏即将启动时，市五医院的案子正巧发生了。”猫哭耗子玩转着手上的手铐说道，“巡捕没有公布案件现场的信息，这反倒让我对案子的起因和经过更加好奇。我通过线人，调取了警方的档案记录，看了太平间里的犯罪现场，之后，我整个人的血液都沸腾了。”

猫哭耗子有些兴奋，他兴奋得脸蛋红润。“郭子晋，我瞬间明白了你每次碰到悬案时的感觉。如果能把市五医院案子的凶手放进游戏城区里进行比赛，那简直堪称完美。”

“可是我说了，我没有杀过人。”我委屈地辩解道，“难道郭子晋说的会是假的吗？”

猫哭耗子的话出乎我的意料：“不，成书瑶，在你和郭子晋没来找我的时候，我就已经知道你是市五医院杀人案的犯罪嫌疑人了……指认你杀人的录音母带，在我这里。而巡捕手里的资料，是我给的。”

猫哭耗子给的？呃……不是闻人航给的吗？

不仅我被绕得迷糊，郭子晋也同样感到诧异。如果说那份资料是猫哭耗子给的，那么闻人航为什么不否认是他做的？如果是猫哭耗子做的，那为什么他不揭穿闻人航的话？

从猫哭耗子的脸上看不出愧疚或者其他，他话说得理所当然：“郭子晋带着你来我家，我才意识到自己手里的资料是假的。不过游戏即将开始，我也只好将错就错。”

“就当你犯了一个错误，就当你是无心之失。你想凑齐参加游戏的人数，以达到使游戏完美的目的。这些我都能理解。”一直沉默不语的郭子晋突然强势地插话进来，“但是你能不能给我解释一下，为什么你要单独跟成书瑶在城区里待将近一周的时间？”

猫哭耗子没说话。

郭子晋咄咄逼人地追问道：“我偷换了自己的资料，顺利伪装成苏童。你的人将我带去之后，我一直被和那些罪犯关在一起。从罪犯被抓来的时间看，你应该是打算一天放一个人进城区里吧？”

一天放一个人进城区里？这是什么意思？

猫哭耗子还是没说话。郭子晋继续逼问：“你为了和成书瑶单独待在城区里，所以才推迟别人被送进来的时间吧？哼，你倒是够费心思的啊！”

那个……郭子晋的话，又是什么意思？

猫哭耗子没理会，他避重就轻地看着我说：“我是个合格的游戏设计者，这是你找到的漏洞。为此，我会还你一个福利。”

“福利？我要福利干什么？我都已经从城区里出来了。”

“你傻不傻？”郭子晋使劲掐了我一下，“白给的为什么不要？”

我彻底搞不懂郭子晋的想法了，无奈地摊摊手说：“你决定吧！”

郭子晋对着猫哭耗子伸伸手，说：“给什么，给我吧！”

“那不行。”猫哭耗子摇头，“是成书瑶和我在里面待了七天，我要亲自给成书瑶。”

“那算了，我们不要了。”正好闫树海在外面敲门，郭子晋拉着我便往外走，“猫哭耗子，祝你一路顺风。”

我和郭子晋都走到牢房门口了，猫哭耗子这才幽幽地说：“郭子晋，你不想知道，我的屏蔽器械用的是什么材料了吗？”

郭子晋停住了脚步，可他并没有回头。我和郭子晋背对猫哭耗子站着，我能清楚地看到郭子晋脸上的纠结。他面目狰狞地试了几次，可是都没能迈动步子。

“我不会告诉你是什么，但我可以告诉成书瑶。”猫哭耗子慢条斯理地气着郭子晋，“你抓紧时间，我应该快走了。”

郭子晋有点气急败坏，他松开我的手，闷声说：“你去吧！我在外面等你。”

“你真讲究。”猫哭耗子礼貌地说着客气话，“郭子晋，祝你一路顺风。”

郭子晋开门离开，牢房里只剩下我和猫哭耗子两个人。牢房在顶端有一个狭小的通风口，屋里的光线稍显昏暗。猫哭耗子瘦削的身子靠在栏杆上，他笑着对我招招手说：“成书瑶，你过来，我把东西给你。”

“你能带在身上？我怎么不相信呢，巡捕关你之前没有搜身吗？”

猫哭耗子手上的手铐哗啦哗啦响，“我藏在了他们搜不到的地方。”

我将信将疑地走过去，小心翼翼地伸出手，“什么东西，给我……”

在我说话的时候，猫哭耗子突然从栏杆的缝隙间伸手出来。他手指纤细却有力，大力扯我靠了过去。没掌握好力道，我的额头砰的一下，撞到了铁栏杆上。

登时，我疼得眼泪哗哗往下流。猫哭耗子隔着栏杆圈住我，他笑眯眯地说：“郭子晋到底是怎么忍受你的？你怎么会这么笨？”

我咽下自己的腹诽，伸手去推他，气道：“你松开我！”

“英雄，是有时效性的。”我们两个挨得近，猫哭耗子一说话，他呼出的热气全喷到我的脸上，“我做的事情你可能不理解，但是郭子晋一定明白。虽然我让你们两个吃了苦头，不过，我同样也保护了郭子晋。在情报上，没有任何事情能逃过我的眼睛。”

猫哭耗子将我的脸拉得更近，继续说了下去：“我看了市五医院案子的新闻报道，闻人航，他是想把郭子晋捧上神坛。他要神化郭子晋，捧红郭子晋。”

我尽量不让自己说话的热气冲进猫哭耗子的嘴里，可这实在是有点难。联想到此时此刻的造型，我实在是有点尴尬。

“那个……闻人航捧红郭子晋，他是想当经纪人吗？”

猫哭耗子又开始说不相干的话：“真好啊，郭子晋找到了你……我真嫉妒他，我们是一样的人种，他却比我懂得珍惜。”

都什么乱七八糟的。

“记住，混乱没有了，自然也就不需要英雄了。”猫哭耗子使劲捏着我的鼻子，“我见识了太多人性的黑暗……郭子晋，他现在满身都是麻烦。我的游戏结束了，别人的游戏才刚刚开始。”

猫哭耗子依旧笑得漫不经心，可这次他眸子里的警告意味十足。他眯缝着眼睛凑过来，轻轻在我鼻尖的位置亲了一下。

“这算是我对你的弥补，也算是我对你的祝福。”

猫哭耗子说的话，我连标点符号都没听懂，只感觉凉气顺着脊柱线往上爬，我突然觉得不寒而栗。我甚至都忘了自己是被猫哭耗子抱着，连挣扎都忘了。周身上下，如同套上了无数摆脱不掉的枷锁，拆了一层又一层，不知道何年何月能够拆完。

我呆愣地问他：“那个……你叫什么名字？”

“猫哭耗子。”

“真名呢？”我不知道自己为什么执着于这个问题，“你的真名是什么？”

猫哭耗子松开我，他笑得无比灿烂，瘦削的脸上布满了笑纹，“猫哭耗子，就叫猫哭耗子。”

我从牢房里出来，郭子晋敏锐地发现了我额头上撞出来的红肿。闫树海指了指我的脑袋，问：“没事儿吧？”

“没事儿。”我揉了揉被捏红的鼻头，只是很惆怅，“我被猫哭耗子耍了，他什么东西都没给我。”

郭子晋欲言又止，说：“走了，回家了。”

我跟在郭子晋的后面，他大踏步地往前走。从牢房一直到巡捕房外面，我气喘吁吁地叫他：“你倒是等等我呀！”

郭子晋没理我，他的步速不变，西装下摆胡乱地四下晃动。无论我怎么喊，郭子晋的速度只是有增无减。等到后来，我小跑着都赶不上他。

路上的人神色怪异地看着我和郭子晋两个人比赛竞走，我热得满头大汗，光顾着跑，没注意看路，一不留神踩到石头，脚踝一歪，整个人摔倒在路上。

估计是听到我的惨叫声，郭子晋掉头跑回来。没等我埋怨的话出口，郭子晋弯腰将我扛在了肩膀上。于是，刚才侧目的路人立马指指点点，好奇地看着吊着胳膊的郭子晋扛着我往前走。

我这才意识到，事情可能没我看到的那么简单。

以前郭子晋说，他能抱着我跑好几个街区，那时候我还不信他的话。而现在，我不得不相信了。郭子晋肩膀上的肌肉非常结实，我被颠得晕头转向。我辨别不出路线，只好强忍着胃部的不适，避免自己吐出来。

跑了大概有一刻钟的时间，郭子晋才在楼群的死角里把我放下。我推开他，扶着墙开始哇哇大吐。我吐得一塌糊涂，郭子晋也不知道避开。他迎着我呕吐的秽物上前，粗手粗脚地翻看我大衣的帽子。

“吐到你鞋上了！”我埋怨道，“你到底怎么了啊？”

郭子晋没回答我的问题，他火急火燎地从我大衣的帽子里翻出一个指甲大小的东西。

“这不是我的，”我一边安抚地揉着自己的胃部，一边奇怪地发问，“这是什么？”

“不知道。”郭子晋举起那东西左右翻看一下，“应该是刚才猫哭耗子抱你的时候藏在你帽子里的……这就是他所谓的‘福利’。”

猫哭耗子抱你的时候……郭子晋说这几个字儿时，分外咬牙切齿。

不知道为啥，我真的无法打心底里去怨恨猫哭耗子。

我在猫哭耗子家待了有一个星期，这一个星期的时间里，我见证了他的生活方式和行事作风。那些冰冷的语言符号，几乎占据了他全部的生活。

当时我问他：“耗子，你每天都是对着情报，不会觉得单调吗？”

猫哭耗子反问我：“你们每天见识那么多戴着虚假面具的人，你们就不觉得生活了无生趣吗？”

猫哭耗子完全是自问自答，他问我之后又自问自答，说：“跟捉摸不定的人心比较起来，我更信任情报，最起码情报不会对不起我，不会欺骗我。即便是情报出错了，错也是在我身上。”

当时，听猫哭耗子说完之后，我心里是说不上的苦涩。

猫哭耗子轻笑着说：“成书瑶，你会不会觉得我是个没担当又自私的人？”

其实，是有那么一点点的。尤其是我和郭子晋刚来的那天，猫哭耗子怀疑郭子晋向巡捕告密的时候。不过我告诉自己，也安慰他，看事情千万不能太片面。过度自我保护，也说明他极度缺乏安全感。因为害怕伤害，所以才会把自己封闭起来；因为不想互有牵扯，所以尽量置身事外。猫哭耗子和郭子晋，他们能做到别人做不到的事情，智商、天赋只是一方面，而另一方面，是他们舍得放弃一般人不舍得放弃的东西，选择一般人不敢选择的事物。

唯一的区别，是猫哭耗子比郭子晋更加极端，封闭自己封闭得更加彻底。

所以，郭子晋在抓人，而猫哭耗子在杀人。

郭子晋不高兴地推推我，说：“怎么的，还回味呢？”

猫哭耗子不是喜欢我，哪怕他抱我、亲我，我也能明白，他不是喜欢我。他只是寂寞，太寂寞了。虽然他把自己彻底封闭起来，虽然他站在良知和道德的对立面上，他也还是渴望与人亲近的。想要爱人，亦渴望被人所爱。

“猫哭耗子……”我又想起民居里那个佝偻、枯瘦的他，“他真的不会死吗？”

郭子晋收敛起醋意，叹了口气道：“你可能没有注意到，巡捕房的走廊里每隔五米就有一个人在执勤。想要得到猫哭耗子的人太多了，天赋是武器，也同样是诅咒……如果猫哭耗子不配合的话，恐怕他今天会有意外吧！”

即便我再笨，对郭子晋说的“意外”，我也能想明白。

绕开吊着的手，郭子晋揽着我进他怀里。站在楼道的拐角里，我情绪低落地说：“郭子晋，你说人为什么要死呢？”

“是啊，为什么呢？”

郭子晋的话音里是少有的迷茫，此时此刻，很多事儿已经心照不宣了。猫哭耗子可能会遇到的“意外”，对我们两个来说，同样是分分钟的事儿。

“回去吧！”郭子晋拍拍我的脑袋，又用袖子使劲擦了擦我的脸，“现在不知道有多少双眼睛盯着我们……小心为妙。”

我揉揉眼睛，听话地被郭子晋拉着走。

都没等我和郭子晋到家，路边的广播里便播报了运送猫哭耗子的收押车侧翻爆炸的消息。

我已经有了准备，却还是没能忍住掉眼泪。不想被外人看见，我使劲将自己的脑袋埋在郭子晋的胸口位置。

也许，是有人在用这种办法将猫哭耗子藏起来。

我自欺欺人地想，也许，我还是有机会再见到猫哭耗子的。

事情到底是什么样子的，恐怕我一辈子都不会知道了。郭子晋急着带我回家，一进到屋里，他立马去检查猫哭耗子给的东西。

这东西是一种微型的胶片，虽然看着不大，但洗出来都是一张张的照片，等到那里面的东西一点点显现出来的时候，我不解地问：“郭子晋，猫哭耗子给的都是什么啊？好像……是文件的照片吧？”

这东西看着虽然像是文件，可又不完全是。照片里只是孤零零的两排数字，没有任何解释以及说明。

我趴在郭子晋的肩头，自顾自地念叨着：“第一排是37，39，45，65，71，115，132……”

“6，10，52……”郭子晋接我的话往后念第二排，“56，73，92，118。”

“这些是什么？”我正看反看，无论怎么看都看不明白，“猫哭耗子给了我们一堆的数字……会是他银行存折的密码之类的吗？”

“密码一般都比较短，猫哭耗子给我们的显然不是。”郭子晋摸了摸石膏的位置，轻声说，“而显然，猫哭耗子留给我们的，是比密码还重要的东西。”

比密码还重要？比猫哭耗子无数的钱财还重要……会是什么？会存在吗？

“你知道了，是吧？”我伸手搂住郭子晋的脑袋，好奇地问他，“猫哭耗子为什么留给我们两个一份这么奇怪的东西啊？他多少也应该留下使用说明书啊！”

“成书瑶，你还记得陆泽楷让咱俩帮他找的东西吗？”

郭子晋话题转换得太突然，我的记忆似乎已经有点久远。我低头沉吟，渐渐回想起见陆泽楷时的场景。

“陆泽楷说，他要我们给他找出共同签署的文件……文件被什么人看管着来着？我们要和陆菲一起，把看管文件的人尽快找出来。”

“是的，尽快。成书瑶，你胸口的手术最多延迟一个月。”郭子晋胳膊吊着，他单手揉乱我的头发，“猫哭耗子给你的福利，有很重要的作用……这个，就是文件看管人的一个线索。文件看管人是一个群体，并不是单一的人。他们共同的使命和任务，便是看管这份文件。”

我被绕晕了，赶紧拦下郭子晋的话头，问道：“你慢点，我反应慢……你是说，我们现在要找的不是一个人，而是一群人，是吗？”

“之前是，”郭子晋的神情极为复杂，喜悦和难过似乎都沾点边，“如果猫哭耗子没有给我们这份资料，我们正儿八经地调查的话，要调查很长一段时间。”

我了悟地点点头，说：“我已经知道猫哭耗子给了我们一份很重要的文件，我也知道我们省了很大的麻烦……现在，郭子晋，请你简洁明了地告诉我，到底是怎么回事儿？”

郭子晋不再卖关子，他细致地将问题解释给我听。

命运不可抗拒

Chapter 2

事情很久远，大概，要从北州建立时开始说起。

自从少帅从他父亲手里接管北州之后，四大家族依然垄断着北州地区大部分的产业以及财富。政府军队之中，任人唯亲的现象极为严重。陆泽楷的父亲当时是空军司令，最初，政要们需要看陆家的脸色过活。可等到局势稳定了，政要们便不甘心继续仰人鼻息地过日子。

“英雄是有时效性的，”我想起猫哭耗子对我说的话，“政要这是想过河拆桥啊。”

“是的，陆家的权力太大，有的人当然不会满意。”郭子晋继续往下说，“陆泽楷的爸爸虽不是傻瓜，可也还是没能逃脱噩运。不过在陆泽楷的爸爸临死之前，他极力将几个军官家的孩子联合在了一起。”

郭子晋情绪略微激动，他越说越愤慨：“军阀和官僚主义，本质意义上讲没有任何的区别。陆泽楷的爸爸知道自己快不行了，便生生将四大家族手里的生意抢了过来。石油、天然气、矿产、宝藏，我们在陆泽楷家里见的地图上面那些标注位置，就是夺来的……”

“我的天哪！”我惊呼，“他们这是……”

“不要脸的盗窃行为！”郭子晋声调冷硬地下总结，“贪得无厌的、不要脸的盗窃行为。”

陆泽楷的爸爸是军队高官，所以对军队里的核心理论与机密一清二楚。用武力威胁着得到财产后，他的下一步便是考虑如何守护财产。显然，在这一方面，陆泽楷的爸爸做得很好。他充分发挥了军校里学来的特长，还将特务精神融入其中，完美地守住了陆家的财富。

郭子晋随手拿笔在草稿本上画着给我解释，说："他们签订的合同我没有看见，不过我想，那一定是份能够撼动政府根基的文件。陆泽楷的爸爸事先会准备一批文件看管人，他会告诉文件看管人，任务很重要，为了国家，千万不能曝光，诸如此类。然后，他继续从特务人选中再挑出几个得力死忠的人……"

"是又把文件交给死忠的人吗？"我皱眉，"要是这样的话，我们的调查难度可能会降低不少。让陆泽楷查查那份名单，一切不就好办多了？"

郭子晋惆怅地摇头道："不，我刚才说的所有问题，都是目前重点事件的一个背景，真正的重头戏还在后面。"

挑出死忠之后，陆泽楷的爸爸把死忠特务分成两批。一批负责拿号，也就是猫哭耗子送我的照片里的东西；而另一批看守人，他们负责拿本。只有本和号在一起，才能找到真正的文件所在。

按照数字找本上面的字句，这样的办法，在情报战中屡试不爽。

郭子晋看了几遍便将那两排数字背下来了，他用笔来回地在纸上写着："成书瑶，我们已经很接近答案了，最难的部分已经被猫哭耗子解决……数字有很多，本子却只有一个。"

虽然郭子晋说的问题很要紧，可我还有很多不得不问的问题，"下面我们该怎么办？陆菲现在和我们不是一伙的了吗，而她又是帮着她爸爸陆泽楷……郭子晋，我们真的能信任她吗？"

"除了信任陆菲，我们没有别的办法。"郭子晋的表情看不出喜怒，"晚上，很可能我要去陆菲那里一趟……不，是去她的房里。"

陆菲以前住的次卧正在装修，所以陆菲和白鹿只能住在放杂物的房间里。而可怜的邹珊珊，只能搭床铺睡在客厅里。

陆菲的主张是，她是来帮忙的，次卧装修，那么主卧理应给她睡。

邹珊珊的意见是，她是个女孩子，怎么也不能睡客厅。

白鹿什么意见他没说，不过从他说话的态度上来看，他应该也是想睡主卧的。

这一点，我对郭子晋是相当满意的。白鹿昨天晚上甚至很"好心"地跑来告诉我，郭子晋言辞简洁而又有力地拒绝了他们三个觊觎主卧的人。

“我跟郭子晋说，他自己住那么大的房间，简直是犯罪。”白鹿眼皮儿上的眼影亮晶晶的，“我是为了他才被家里赶出来的，他现在居然连个像样点的房间都不给我住。”

白鹿对我的态度好不容易和颜悦色了些，我怎么也不会犯傻到继续激怒他，于是顺着他说：“嗯，是，你说得简直太对了。”

“还有还有啊！”白鹿得到了我的支持，抱怨程度再次加深，“你知道郭子晋怎么回答我的吗？”

说到郭子晋的回答，白鹿不情不愿地看了看我，说：“郭子晋说：‘我让给你们睡主卧，这没什么。我去睡杂物间，也不是不可以。我这个人懒散惯了，对居住环境并不是很挑剔。不过我要是让你们三个女人中的任何一个睡了主卧，那成书瑶回来接受不了怎么办？别的女人睡过了，她还怎么睡？’你说，郭子晋是不是过分？成书瑶，你有那么多臭毛病吗？他自己想睡主卧，他就睡好了嘛！”

我心里高兴得要命，但又没法表现出来。我憋笑憋得表情都扭曲了，说：“是，郭子晋是太过分了。”

房间分配的事儿我是很满意，可现在郭子晋过分的要求却令我很不满……哟嗬，还去陆菲房间？还晚上去？

“你怎么不现在去啊？大晚上去干吗啊？”我看了眼外面的天，“现在的天这么好……再说了，你给她打电话就好了。”

“现在啊！”郭子晋将照片烧掉，他扯松了西装的领口轻笑道，“我现在有别的事情要做啊！”

“你刚才不是说，在和陆菲谈完话之前，暂时不轻举妄动吗？”我被郭子晋说得一头雾水，“做别的事情？别的什么事情？”

郭子晋一本正经地回答：“关于你的事情。”

“……”

可能是因为猫哭耗子的事儿，郭子晋的情绪总有点怪怪的。无论是说话，还是做事儿，一整天我都有点摸不着头脑的感觉。等我们两个洗过澡、吃过饭，陆菲和白鹿也回来了。

白鹿的鼻子灵敏地在空气中嗅了嗅，他很快得出结论：“奇怪了，邹珊珊没在家。”

经过白鹿提醒，我才想起邹珊珊来。我不知道该怎么开口说早上的事情，郭子晋倒并没觉得什么，他坦白地说：“邹珊珊今天叫我去看电影，我要陪成书瑶，所以没跟她去。”

陆菲还是很了解自己表妹的，她迅速反应过来，“珊珊发脾气了吧？我说我喜欢的那个陶瓷杯怎么不见了。”

郭子晋点点头。

“咳，不用管她。”陆菲晃晃手说，“她被我姨父姨妈惯坏了，小姐脾气太重。你让她出去转转，她情绪好了自己就回来了。”

虽然陆菲这么说，但是邹珊珊一直没回来。从早上到晚上，直到九点多，她还是一点消息都没有。

晚上我们四个聚在客厅里，白鹿拿出一本厚厚的打印的文件交给郭子晋，说：“这是我和陆菲这几天商量好的方案，从成书瑶在医院里的检查结果来看，出于特定的某些原因，她的身体机能正在一点点下降。”

“下降？”我问。

“是的。”白鹿身上还穿着白天出门时穿的西装，他从左胸处的兜里抽出笔，重点标注出化验单上的数据，“你看看你血液的分析情况……你最近有没有觉得自己特别累，或者特别困？”

呃，白鹿要是这么说的话……这两天我似乎确实感觉很疲倦。开始我以为是有郭子晋在所以我睡得比较安稳，难道是我自己的原因？

我回头看了郭子晋一眼，白鹿不以为然地说：“如果你的症状明显的话，你需要尽快做手术了。”

尽快做手术的事儿，之前郭子晋已经提过了，所以我接受起来并不是很困难。“白鹿，我要是继续这么下去的话，会怎么样？”

白鹿解释道：“你体内的毒药很奇怪，一般情况下，它都是很稳定的。不过一旦遇到某个磁场波后，它会跟着放射出辐射性物质。量不是很大，却很致命。它放射出来的物质会分解你血液里的血红素和血红蛋白，让你的白细胞骤然增多。直白点说，再不抓紧时间解毒，一个月或两个月后，你会得白血病而死。”

“手术吧！”郭子晋用手指拢拢头发，嗓音沙哑地说，“成书瑶对麻药过敏，这个有别的办法解决吗？”

“解决不了。”白鹿摊摊手，“她只能忍着。”

在白鹿和郭子晋讨论得热火朝天时，陆菲突然插话道：“你说的这个问题，我有办法解决。”

“你有什么办法？”白鹿似乎觉得自己男人的尊严被践踏了，“我就不信了，难道还有别的办法能解决麻药过敏的问题？别开玩笑了。”

“我没有开玩笑，我是认真的。”陆菲摆弄着自己精致的指甲说，“我工作的地方有很多高端的研究，超出现在医学研究的范畴。你们想都想不到，我们的研究能做些什么。”

陆菲隔着沙发的扶手，意味深长地看着郭子晋说：“你想救成书瑶吗？想的话，今天晚上来我房间，陪我。”

郭子晋是早知道陆菲会提这样的要求了吗？

“不用，有事儿你在这儿说就行了。”我觉得陆菲的歪风邪气不能助长，“再说了，你和白鹿住在一个房间里，郭子晋去也不方便。”

“怎么会不方便？”陆菲托着下巴，“我觉得很方便，反正白鹿也不在乎……也许，郭子晋瞬间就将我们两个人都安慰了。”

作为一个女人，陆菲怎么会说出如此不要脸的话？

“不行，不去，用不着。”连着用三个不字儿，我觉得我的态度已经表达得很彻底了，“想让郭子晋陪你？别说这辈子了，下辈子你也别想。”

“成书瑶，没有我，你会活活疼死在手术床上的。”陆菲表情笃定地看着郭子晋说，“郭子晋，晚上你过来找我，我会把方法告诉你的。不然的话，成书瑶会在手术床上发生什么，你跟我一样清楚。”

郭子晋的表情……第一次，我看他是这般的纠结。

“郭子晋，你好好想想，这笔买卖，怎么看都是你们合算。”陆菲笑容浅浅，她脸颊上的酒窝甜而腻人，“我的要求并不算过分。”

脑袋瞬间跟炸开了似的，我气冲冲地将文件丢在桌子上，“这还不算过分？你是来帮着我手术的，还是想来我们家挑拨离间的？”

陆菲眼珠转动一下，笑说：“都有吧！”

“你还有你爸！你们两个有完没完了？”我一肚子的邪火无处发泄，嚷嚷着叫道，“你来这里帮着我手术，这是责任，你懂吗？你是不是忘了你爸怎么嘱咐你的了？要不你打电话问问？我的命，是郭子晋用真金白银换来的！”

“成书瑶！”郭子晋不想得罪陆菲，他拉着我的袖子劝我坐下，“你好好说话，这事儿我们再重新商量商量。”

“没得商量，”陆菲斩钉截铁地说，“除了晚上陪我，没有别的办法了。只要陪我一晚上，成书瑶的命，我一定救。”

“没得商量，”我同样斩钉截铁地回绝，“如果你不想帮忙，大不了我们和陆泽楷一拍两散。”

我的“一拍两散”说得狠戾，郭子晋却听得心惊肉跳，他呵斥道：“成书瑶！你胡说八道什么呢？”

“呜呜……”郭子晋的一句话就将我的防守击碎，我忍不住号啕大哭起来，“这是干吗啊？有这么欺负人的吗？要是让你陪完她，还让我怎么好好活着？郭子晋，傻的是你吧？”

我们三个吵吵闹闹半天，一直在边上被忽略的白鹿突然开腔了，然而他的话却让我大跌眼镜：“既然郭子晋陪不了你……那我陪你行吗？”

“你？”陆菲的话说得尖酸刻薄，表情近乎绝情，“白鹿，你知道我为什么不介意你当我的男人吗？因为我不在乎你，我不爱你。你什么样，跟我都没多大关系。我喜欢男人，一直都喜欢男人。至于你喜欢谁，我无所谓。”

如果说我上次的话是刺痛了白鹿的神经，那么陆菲的话，简直是把白鹿的脸皮都扒下来了。

陆菲从椅子上站起来，俯视着白鹿，“我只是缺一个男人而已……白鹿，我说得够清楚了吗？”

白鹿的脸红了白，白了红，他咬着牙，眯着眼，努力压抑着怒气。

“郭子晋不会哄你开心。”趁着陆菲和白鹿静静对视的工夫，我赶紧插话说，“陆菲，你不能光顾着看外表。你看郭子晋挺强壮的，其实他是典型的外强中干！你不就是想要人陪吗？我认识一个不错的男孩子，我介绍给你怎么样？那个男孩子，那是相当——”

“你闭嘴！”郭子晋脸颊微红，他偷着在沙发下面掐了掐我的手，“你再多嘴……”

郭子晋的话没说完全，不过他话语间的警示意味十足。我不管不顾丢开郭子晋的手，冷声说：“不行，说什么都不行。你要是陪她，我现在就去死！郭子晋，你信不信？”

“强不强，干不干，我说了算。”陆菲还是保持原来的姿势看着白鹿，她笑道，“男人嘛，调教调教就好了。”

我挫败地低头，连反驳的话都说不出来……要我说什么呢？

“郭子晋，”陆菲偏头看郭子晋，“你的意见是什么？”

郭子晋的意见？郭子晋的脸上，是不争气的窃喜。在我们三个人的注视下，郭子晋淡淡地说：“为了救成书瑶，做什么事都行。”

我气得双腿发抖、手脚发凉，连眼泪都憋回去了。

“那就好。”陆菲站直身子，她一甩头发，幽香阵阵，“那我们……”

陆菲的话还没说完，白鹿突然再次发力了。估计白鹿跟我一样气得说不出话，他姿势威猛地用行动做出表态。陆菲还没反应过来，白鹿已经将陆菲拦腰扛在肩膀上。这姿势，这动作，跟郭子晋白天扛着我的时候几乎一模一样。

一切发生得无声而又有条不紊，陆菲没有挣扎，郭子晋同样没有惊讶。我虽然不理解，可也只是张大嘴巴，没出声。

那个平日里唯唯诺诺的白鹿荡然无存，他现在完全可以说是又帅又爷们儿。扛着陆菲回了房间，他用脚钩着将门关上。

“不错的男孩子？”郭子晋冷着脸，“成书瑶？”

郭子晋坐在沙发里，他琥珀色的眸子闪闪发亮。

我挠挠脸，纳闷地问：“这到底是……怎么回事儿啊？”

“你刚才也听到了，”郭子晋盯着我的眼睛一眨不眨，音调平稳地说，“陆菲所在的研究所有许多高端的科技。既然她不用麻药就能帮你进行无痛手术，那么让白鹿成为她的裙下之臣这种事……应该也不是难事儿吧？”

我瞬间放心了，“原来是这样啊！你早知道是吧？所以，刚才你是帮着陆菲的？好啊！你竟然骗我？幸好你骗我，不然……”

“我就是想看看你会是什么反应罢了。”郭子晋拿起我的手指把玩，“还不然……不然那你打算怎么样？不然你真的不做手术了？”

“是啊！”我说得很认真，“如果要我用这种办法救命，我宁愿不要好了。”

郭子晋的目光变得凌厉起来，他说：“你不要？你凭什么不要？你的都是我的，我都没说不要，哪里轮到你发表意见？”

“我的都是你的？”陆菲的事儿解释清楚了，我总算松了口气。我也有逗弄郭子晋的心思了，“你学了什么乱七八糟的东西？你的都是我的……你是不是要说，我的还是我的？”

“不，我郭子晋的，也是你成书瑶的。”郭子晋没有开玩笑的意思，他牵起我的手吻了一下，“所以，成书瑶，你一定不能死。没有我的允许，谁也别想让你死。”

怕郭子晋看到我的眼泪，我凑过去趴在他的肩窝里，状似无意地说：“我刚才是开玩笑的，你老实地听我的话，只要你不惦记别的女人，不到大街上看美女……我多小气你又不是不知道，你当我真的是傻瓜吗？我要是先死了，你把钱给别的女人花，我才不干呢！”

“不会的，”郭子晋一说话，他的肩膀都在发颤，似乎也是在开着玩笑，“就算你死了，我的钱也不会给别的女人花。到时候，我的钱，我都烧给你。”

郭子晋描述的场面，我光是想想就觉得心疼，于是说道：“你别烧钱，烧存折就好了。这样，等你用钱的时候还能去补办一下……我聪明吧？这办法既满足了我，又不耽误你生活，一箭双雕。”

“呵呵，”郭子晋轻笑的嗓音让我心里发酸，“你要是死了，我还有什么生活？”

他接着说："成书瑶，你记不记得你以前问过，我有没有伤心崩溃的时候？"

我点头说："记得。"

"我伤心崩溃的时候，你是没机会见了。"郭子晋顺着我后脑勺的头发说，"除非有一天你死了，否则，这个世界上就没有值得我郭子晋伤心崩溃的事儿。"

我不知道怎么回答郭子晋的话，我已经泣不成声了。

"成书瑶，你知道吗，刚遇到你的那天，我正经历人生中最大的转折。"

可能受白鹿和陆菲的影响，也可能是因为我病情的关系，总之，莫名的情愫已经将郭子晋的情绪渲染到了一个从未有过的高度。

郭子晋平静地对我袒露自己的内心："你刚搬来的那天，我其实非常沮丧，甚至差点做错事。"

"啥？"我满脸是泪地从郭子晋怀里探出头来，"你干吗？你疯了吗？"

郭子晋面无表情地点点头，淡定地说："那个时候，我刚侦破了一个跨国贩毒集团的案子。毒贩的手法很低劣，低劣得让我连讽刺都吝啬给予……而在罪犯被收押之前，他对我说了一句话。"

"他说什么了？"

"大概跟你以前的话类似吧！"郭子晋伸手为我擦了擦脸上的眼泪，"他说我是破案的机器，没有人性，比他更可怜更卑微。"

郭子晋回到北州后调查了一通，他这才知道，那个毒贩之所以贩毒，是因为他挚爱的妻子得了尿毒症。这个毒贩以前家徒四壁，没有钱给妻子治病，在万不得已的情况下，只好铤而走险，参与贩毒。没承想毒贩在贩毒的过程中沾染上了毒品，这才一发不可收拾，最终害人害已。

"毒贩被判无期，可是因为他知道一些贩毒集团老大的事情，所以在牢里没多久就被人害死了。"郭子晋叹了口气说，"我要找的犯人，被杀、被抓的不计其数，可不知道为什么，我对这个毒贩一直印象深刻。尤其是在他被杀的前一天，我去牢里看他，毒贩问了我一句话，他说：'大侦探，你这辈子应该没有某个时刻，是为了别人而豁出性命的吧？'"

"你怎么说的？"

"我说当然有啊！"郭子晋自嘲地笑了，"我的工作，无时无刻不在豁出性命。为了抓犯人，为了破案。然后那个毒贩对我说：'正因如此，我才会说你是机器。你根本没有心，你也根本不懂得爱与付出。'"

"你别搭理他！"我摸摸郭子晋的脸，"不管什么原因，贩毒害人都是不对的。难道他为了自己的妻子害人，就算是付出了吗？难道出发点是好的，就可以作恶了吗？”

“是啊！”郭子晋点头，“我也是这么说的……你知道他又怎么回答我的吗？”

郭子晋笑道：“他说，爱，本来就是自私的。”

“后来呢？”我追问道。

“继续说我差点儿做错的事儿。”郭子晋话题转得快，“你第一天来的时候，我并不是故意要吓唬你的。当时我一直在思考那个毒贩说的话，越想越觉得他说的话也不是全无道理。心灰意冷之下，我突然想干点什么疯狂的事情，来证明他说的话是错的。”

“后来呢？”我问他，“后来怎么样了？”

郭子晋呵呵笑，跟刚才的假笑不同，他是真心实意地笑。“就在我想我应该干点什么疯狂的事情之时，我听到你嘀嘀咕咕的说话声。”

“啊？”我使劲想了想，“我怎么不记得自己有说话？”

郭子晋没解释，笑道：“不管怎么说，你那些蠢话真是很管用。我的注意力被转移了，我不再想着做疯狂的事儿了……之后，我有你了。”

幸好我来得及时，幸好幸好。

“爱是自私的，郭子晋也是自私的。”郭子晋拐弯抹角，才终于把话题绕到刚才的事情上，“咱们两个在游戏城区里的时候，我不止一次想过，如果能让你活命，什么人我都能杀。”

“不会的。”我记得其他人对我的提醒，心惊胆战地安抚郭子晋，“你最后还不是没杀人？郭子晋，我相信你，你也要相信你自己。”

郭子晋在我的额头上吻了一下，“只要，你别死。”

我姥姥以前经常对我说，生死有命，很多事情，都是人力无法抗拒的。像是你注定会经过哪条街，像是你无法预知自己会有怎样的未来，像是你不知道你会怎样死去……像是你猜想不出自己会怎样跟爱的人告别。

命运，总是带着不可抗拒的力量。

像是我会遇到郭子晋，又像是郭子晋遇到我。

可能是我神经大条惯了，所以即便知道自己的健康状况，我也并没有太慌张。郭子晋却跟我不一样，虽然他没说，我也还是能感觉出他的焦虑和不安。尤其是在晚上，郭子晋经常时不时地站在卧室的窗户边上发呆。

偶尔我醒来叫他，他便什么也不说，继续躺回来睡觉。每次郭子晋都是满身凉气地钻进被子里，冻得我忍不住哆嗦。

白鹿陪了陆菲三天。这三天里，他们两个都没有出过屋子。郭子晋罕见地勤快起来，他不仅包揽了所有的家务活，更是承担了送货上门的光荣使命。白鹿和陆菲需要的物品和饭食，全都由郭子晋亲自送去。

而邹珊珊，她一直没有回来。

我忐忑地问郭子晋：“她会不会出什么事儿了？我们用不用报警？”

“不用，”郭子晋答得笃定，“邹珊珊估计是不想在咱家睡客厅了吧，我猜她是回家去了……再说了，她不在不是更好？客厅空出来，晚上还能坐一坐，多好。”

不知道郭子晋的预测是不是准确的，反正我是不安极了。至于为什么不安，我也说不清楚。

姑且算我多虑了吧……姑且。

我大部分时间在睡觉，郭子晋大部分时间在研究我的病历。三天后，白鹿没精打采地从隔壁房间出来。相比较而言，陆菲则要神清气爽多了。

郭子晋忍不住笑话白鹿：“白鹿，我说，你怎么还不如一个女人有精神呢？”

好在白鹿并没有生气，他有气无力地笑了笑，接着狼吞虎咽地吃起早饭。

“陆泽楷的研究所里有一种试剂，可以完全取代麻醉剂。”陆菲摸了摸白鹿的脸，满意地拿起面包抹果酱，“不过我估计，陆泽楷应该不会给你。因为陆泽楷本人就对麻醉剂过敏，而且他每年都要进行一次规模不算小的手术。那种试剂提炼相当麻烦，给了你，估计他自己就没得用了。”

“陆泽楷要做手术？”我好奇地问，“陆泽楷有什么毛病吗？我看他挺健康的呀！”

陆菲阴阳怪气地笑说：“他是挺健康的……他的健康代价太大了。”

“什么意思？”我还是没听明白，“你的意思是说，陆泽楷在养生上面花的钱很多吗？”

陆菲的心情很好，她竟然跟我闲聊起家事来了。“陆泽楷那么忙，他哪有时间养生？他身上已经开了无数刀，移植肝、移植肾……每年的四五月份，他都要去南部的城市换血。”

“换血？”

“是的，换血。”陆菲的唇上沾了草莓果酱，看起来诱人极了。对于我的惊讶，她似乎觉得不值一提，“年纪大了嘛，身体总会有毛病什么的。陆泽楷防患于未然，年年都要去换掉一部分血。”

好吧，他们的研究确实很高端，我是一点都听不懂。不管怎么说，现在一切都已经准备就绪，我们终于可以安排行程了。

“我今天和白鹿去趟市五医院，”郭子晋指挥着说，“我要去拆石膏，白鹿要去办理休假的事情。成书瑶，你和陆菲先在家里。大概两个小时后，我和白鹿就能回来。”

“我不能跟你一起去吗？”我想跟郭子晋在一起，“反正我在家里也没什么事儿。”

陆菲好笑道：“成书瑶，你不用怕我，我不会吃了你的。我对女人没有兴趣，更何况是你。”

“我不是那个意思，”我担心陆菲误会，解释说，“我是想——”

“行了行了！”陆菲摆摆手，嘟着嘴埋怨，“我并不想知道你们两个郎情妾意的那点事儿……你跟我在家，我需要给你胸前的伤口做下检查。”

我有些犹豫，“等郭子晋在的时候一起查不好吗？”

“可以，不过即便郭子晋在家，他和白鹿两个人也不能看。我给你检查的时候，只能是我和你在场。希望你能理解，这是机密。”陆菲媚眼如丝地对着郭子晋抛了一个媚眼，“不是我不想给她查啊，是成书瑶她根本不相信我。”

“我不是那个意思……”我红着脸小声嘀咕，“郭子晋不跟我在一起，我多少会有点不安心。”

郭子晋明白我的意思，可他也无可奈何，说：“书瑶，你最好还是在家里待着……我不仅要去医院，还要去办点别的事情。再说了，你马上就要解毒了，以你的身体状况，还是尽量待在家比较好。”

哦，我想起来了。市五医院的案子马上要开庭审理，我和郭子晋，是要出庭的。郭子晋担心出现什么纰漏，所以他想在出庭之前将解毒这件事做完。

“郭子晋，有些事儿你是不是忘了？”陆菲的表情不变，她话里有话地提醒，“你别忘了，我来这里帮着你给成书瑶看病，你要帮陆泽楷——”

白鹿突然插话进来，他好奇地问：“郭子晋，你帮着陆泽楷干什么？还有，陆泽楷到底跟你和陆菲有什么关系，你干吗有事儿没事儿都偏向他？”

本来还算融洽的气氛被白鹿的一句话打断，陆菲脸上的笑意一点点退去……白鹿只是单纯地以为当年的唐菲逃过了爆炸案，他并不知道陆菲是陆泽楷的女儿。

这毕竟是他们两个人的事儿，陆菲不想告诉白鹿，我和郭子晋自然不会多那个嘴。郭子晋找了个无关紧要的事儿，话题便被岔开了。

话题虽然被岔开了，可是陆菲的情绪一直没有好转。陆菲坚持要我在家陪她，直到郭子晋和白鹿出门去了医院，陆菲的脸上还是没有笑意。

就现在来说，我和陆菲的关系没有多好，但也不至于多糟。最起码，她会主动先和我聊天了。

“成书瑶，你觉得白鹿这个人怎么样？”

白鹿？我很保守地说：“还成吧！长得不错，说话声音也好听。”

“那他这个人呢？”陆菲不允许我模糊焦点，她坚持问，“你跟我说说，你觉得白鹿这个人性格怎么样？”

陆菲或者是郭子晋，他们都属于高智商的种群。想要在他们面前撒谎，以我的道行来说还是差了些。为了避免尴尬，我只好实话实说：“白鹿有点敏感，心思挺细的……脑筋聪明，想自己多一些。”

“哈哈哈，”陆菲靠在窗户边上哈哈大笑，她的笑容未及眼底，眸子里一片冰凉，“你为什么不直接说白鹿这个人心眼小、爱发脾气，还自私自利呢？”

呃……这可不是我说的。

我没说话，陆菲也不介意，她呢喃道：“我和白鹿认识也好多年了。那个时候，他来警校找郭子晋，他明明是个男人，却长得比女人还精致……老实说，我一点也不喜欢这样的男人。”

“那……现在呢？”

“现在啊，其实现在也不喜欢。”陆菲手里拿着水杯，一下下地转着。她盯着水杯的水圈愣愣地出神，“可是，我喜欢白鹿。”

陆菲会这么说，简直是让我大感吃惊。

我不明白陆菲为什么会对我说这些，可她显然还要继续往下说：“白鹿他跟郭子晋不同，白鹿需要一个像男人一样的女人，来帮着他撑起一片天。”

“呵呵，你和白鹿还是挺登对的。”我这话说得真心实意，“无论是性格还是外形，你们两个都很般配。”

陆菲轻笑道：“是吗？”

“成书瑶，你想没想过，假如你死了的话，郭子晋会怎么样？”陆菲好像在问我，又像是在自言自语，“成书瑶，如果你死了，郭子晋以后的人生你不能参与了，你会不会很遗憾？”

陆菲问的问题过于深奥，我费力地皱眉道：“只要，我不死不就好了？而你说的……我要好好想一想。”

“行了，不用想了。”陆菲收起迷茫的情绪，她笑着说，“我想吃冰激凌，你下楼买给我。”

“你自己去啊！”

陆菲摇头说：“我不要，我要你买给我吃。”

“为什么？”我觉得她简直是莫名其妙，“你要是想吃，你自己下楼买好了。”

“我不要，我就要现在吃，我就要你买给我。”陆菲任性地说，“成书瑶，你的命还在我手里……冰激凌你买不买，你自己看着办。”

为什么我这么讨厌她威胁我？太可恨了！

血案再起

Chapter 3

我不喜欢受陆菲的威胁，可我又不得不受她的威胁。归根到底一句话，还是因为我的性格太软弱了。

初冬的天气糟糕至极，城市的上方雾霾弥漫。我从楼里出来没多久，整个街区便被辨识不清的大雾笼罩住。粉尘颗粒吸进气管中，我忍不住咳嗽。因为能见度太低，我时不时会撞到人或撞到树。

这个天气吃冰激凌，陆菲是火力有多旺？我拎着冰激凌的袋子，忍不住抱怨连连。“成书瑶，你能不能有点出息？你能不能硬气点？拒绝她有那么难吗？就说让她自己去买冰激凌，不行吗？”

我唉声叹气，也只是吸入更多的粉尘，换来更加严重的咳嗽。

“先生，”雾越来越浓重，在家楼下辨不清方向的我只好问路人，“请问一下，您知道站台怎么走吗？”

男人年纪不大，却拿着拐杖。男人站在雾里，高大的身材时隐时现。他说话的声音柔和、客气、有礼貌，穿着打扮斯斯文文的。

不过很奇怪的是，大雾天气，他竟然戴着墨镜。

虽然男人指了路，可除了大雾，我什么都看不见。

他轻声说：“你说的那个地方其实挺近的……原本沿着这条街走，没多远应该就能看到了。呵呵，用我带你过去吗？”

没等我回答，男人指指自己的眼睛，说：“我是个盲人，所以有雾没雾，对我来说没多大分别。”

“你是盲人？”为了掩饰自己失言的尴尬，我笑着说，“好啊！但是麻烦你送我过去……没关系吗？”

男人伸出一条胳膊递给我，他并没有因为我的失言而生气，“没关系，我最多的就是时间……能帮上你，我很开心。”

我不好意思拒绝，只得礼貌地扶住男人的胳膊。忽然之间，我竟然有一种很奇妙的感觉。不过这种奇妙的感觉从何而来，我却毫无头绪。

男人用拐杖一点点地探着路，随意地问：“雾这么大，你怎么还出来？”

“哦，我有一个朋友想吃零食，我下楼来买给她。”大雾中，男人若隐若现的侧脸十分具有朦胧的美感。我压抑住好奇的想法，礼貌地说：“先生，这么大的雾，你也应该早点回家。能见度太低了，影响司机们开车，你会很危险。”

“呵呵呵，不会的。”男人轻笑，“老天可怜我这样的瞎子……他已经夺了我的眼睛，应该不会想要更多了。毕竟，我现在已经是个废人了。”

男人的话让我心里觉得难受，我试着安慰他：“怎么会呢？我觉得吧，老天安排每件事儿之前，肯定都会有他的打算。”

“哦？”

“是啊，我跟你说啊！以前，我认为自己是最倒霉的倒霉蛋。”我绘声绘色地描述，“你知道我有多倒霉吗？我爸妈离婚之后，我好不容易能搬出来住，有自己的生活、有自己的空间……但是没想到，我租的房子竟然是个凶宅，墙里面被埋了尸体的。”

男人点头称是：“那你确实是挺倒霉的。”

“是吧！”我省略掉中间的大部分细节，尽量挑重点讲，“不过后来，我就不这么想了……你知道为什么吗？”

“不知道。”男人的脾气很好，他顺着我的话往下说，“为什么？”

“因为啊……”还没等解释，我自己先嘿嘿地傻笑，“因为这栋凶宅，我认识了好多人。比如我现在的男朋友啦，比如巡捕房的副探长啦，还有好多好多奇奇怪怪的人……当然，这些人里，有好人，也有坏人。虽然经历了许多可怕的事情，不过我觉得还是很值得的。”

男人静静地听我说，只是偶尔会态度温和地插两句话。我省掉案件的经过，又粗略交代一下自己的心得体会：“我现在生病了，大概……就是能死人的那种病吧！我男朋友很担心，我却没多大感觉……你知道为什么吗？”

“我不知道。”大雾像是水烟，男人的轮廓如同水墨画一般被渲染开来，“你告诉我？”

浓雾呛得我轻咳，我继续说：“我想，能活一分钟就笑一分钟，能活一个小时就活一个小时……如果已经注定我下一秒就要死掉了，那我总不应该让自己最后一秒都在难过中度过吧？”

“呵呵，”男人再次轻笑，“你说得很对，也很好。像你这样的女孩子，老天不会让你发生不幸的。”

我看得实在是太开了，聊着聊着也兴奋起来，“那是老天的事儿，我管不着。老天有自己的工作安排，我们过多地介入的话，不太礼貌。”

这些话，我说得虽然礼貌，可我的好奇心已经到了无法抑制的地步。趁着气氛还不错，我开口问道：“先生，我能问一下吗？我看你挺年轻的……你的眼睛是怎么……”

“你说我的眼睛？”男人用另一只手摸了摸镜片，他笑得温和，“几年前，我经历了一场重大的事故……我的眼睛，是我咎由自取。”

看来，是一番不堪回首的往事。

估计差不多要到了，我也准备跟男人道谢告别。让我没想到的是，男人竟然自顾自地往下说：“跟你差不多，从小，我就是个倒霉蛋。”

我调侃道：“比我住在凶宅还倒霉吗？”

“不相上下。”

“我的爸妈在我很小的时候离婚了，我被判给我妈妈。”男人的经历让我心有戚戚，“没多久，我妈嫁了一个男人。不过那个男人对她并不好，总是打她。渐渐地，男人不满足只打我妈，他开始欺负我。”

欺负一个孩子？我忽然觉得，陆叔叔对我真的是太好了。我惆怅地叹了口气，问：“然后呢？”

“像你刚才说的，老天所安排的一切，都自有他的理由……”男人推推墨镜，他静悄悄地说，“没多久，我妈嫁的那个男人死了。”

“那你……”我尽量不让自己的话伤害到他，“那你之后的日子有没有好过点？”

尽管很好奇，但我不能过多询问。想要窥探别人内心的念头，像是猫爪子挠一般。这时，男人却停下了脚步，说：“你到了。”

“哦。”我像是看着悬疑小说被强行割掉结尾一般，有点意犹未尽。我强打起精神，真诚地道谢：“谢谢你送我回来……天气不好，你多注意，别撞到车，也千万别让车撞到。”

男人轻笑了一声，声音温和地说："好。"

我垂头丧气地拿着买给陆菲的冰激凌回家，刚往前走没几步，身后的男人突然叫我："小姐！"

"先生，什么事儿？"我们还站在雾里，可是已经看不见彼此了。我问他："你是有什么危险了吗？用不用我送你回去？"

男人温润的声音从雾里传来："不用送我了，你送了我，我还要送你回来。"

我嘿嘿一笑道："那你找我还有什么事儿啊？"

"我是想说，以后有时间的话，我能来这儿找你聊天吗？"男人略微停顿，"就是，简单地聊聊天而已。"

虽然这个萍水相逢的男人让我觉得很温暖，但是也仅限于此而已。虽然我对这个男人的经历很感兴趣，但是也仅限于此而已。最主要的，如果我天天找一个大老爷们在家楼下聊天，郭子晋不得被气死？

"跟你聊天很愉快，可是很抱歉……"我婉转地拒绝，"我男朋友很小气……我不想让他多想。"

此时的场景实在是有点诡异，我能听到男人的说话声，然而周围大雾弥漫，我却看不见他在哪里。男人自嘲地挖苦道："你男朋友，他应该不会吃我这个瞎子的醋吧？"

"先生，你看你这话说得……"我用玩笑的口吻说，"虽然你眼睛不太方便，现在这种情况，你能看到路，我却看不到……那我现在不也属于瞎子了吗？"

男人似乎是被我逗笑了，"嗯，你说得也有道理。"

"很谢谢你送我回来。"我乐呵呵地对着大雾里挥手，"先生，你小心点！"

不知道男人是不是走了，他没有再说话。

我转身往楼里走，等到楼梯口的时候，我鬼使神差，回头看了一眼。虽然什么都看不到，可我还是忍不住驻足张望。

刚才那种很奇妙的感觉再次上涌，似乎在以前，很久很久以前，我曾经碰到过这个男人。

我甚至清晰地记得，在一个月色跟大雾一样弥漫的夜晚，我和这个男人坐在类似凉亭的位置。我们两个逆着月光坐着，他脸上的五官我看得并不清楚。好像，他还跟我说过话……可是现在，我却一点都想不起来了。

头疼得厉害，眩晕的感觉让我无力招架。给陆菲买的冰激凌已经化成了奶昔，洒了我满身满腿。

冰激凌没了，衣服也弄脏了。我什么都没记起来不说，反倒满脑袋的疑惑。我一边擦着身上的冰激凌，一边困惑不解地往楼上走。

刚到门口，一股浓重的血腥味儿熏得我几欲作呕。

“陆菲！你……”

我进门后，整个人都惊呆了！家里的大门敞开着，满地的鲜血！我扶着墙，才能勉强站稳。已经凝固的带血脚印引领着我，走到客厅，我彻底力竭，摔在地上。

白鹿倒在血泊里，他眼睛瞪大，唇色鲜红。胸口的位置被切开，鲜血正不断地往外涌。我到家的时候白鹿还没有断气儿，他躺在地上，睫毛无力地抖动。

“白鹿！”我跌跌撞撞地过去，努力想要按住他的伤口，“你清醒点！我去给你叫救护车！”

“别……去……”白鹿满是鲜血的手掌抓住我的手腕，眼睛已经不能聚焦，“告诉我，你告诉我……”

“陆菲！陆菲！”白鹿拉着我的手，我不敢用力地挣扎，只好跪在血泊里大声呼救，“陆菲！你在哪里呢？白鹿要死了！你快点出来！你平时不总是待在家里吗？你倒是出来啊！”

屋子里空荡荡的，没有人回应我。

白鹿脸色苍白，他整个人像是被抽干了一般。凭借最后的意念支撑，白鹿憋着一口气，问：“为什么……为什么要杀我？”

“白鹿，你先不要说话了。”我努力安抚住白鹿，眼泪噼里啪啦地往下掉，“你等等，郭子晋和陆菲，他们两个就快回来了。”

不管我说什么，白鹿只是一个劲地摇头。随着他的动作，身上的血更加迅速地流出来。我使劲地攥着他的手，他也同样握住我的手。

门口有轻微的响动……有人回来了。

“别走！”白鹿固执地拦住我，眼睛一眨不眨地盯着我问：“你告诉我……你为什么要杀我？”

我这才明白过来，白鹿是想交代杀害他的凶手。我握住白鹿的手，郑重地说：“白鹿，你想告诉我什么？是谁杀的你？”

白鹿再次摇头，他直勾勾地盯着我看，“成书瑶……你……你为什么杀我？”

“什么？”

我没明白白鹿话里的意思，而此时门外的人似乎已经跑开了。磕碰之间，我听到了拍照的声音……

无论门外站着的人是谁，肯定不是在干什么好事儿。

“白鹿，你先别说话了。”我决定暂时先稳住白鹿，“你等着，我去叫救护车！你能听见我说话吗？白鹿？白鹿？”

我一声声地叫着白鹿，可他已经听不到我的话了。白鹿握住我手腕的手逐渐脱力，他纤细的手指慢慢垂下，如同满地的鲜血，他的生命也走到了尽头。

“到底是……怎么回事儿？”我低头看着自己满手的血迹，甚至怀疑自己在做梦。

我手抖得厉害，尝试了好几次都没能从地上站起来。

三分钟不到的时间，闫树海带着人赶来了。闫树海看了看坐在血泊里的我，无奈地吩咐道：“去！把成书瑶抓起来。”

“白鹿不是我杀的！”我说的话完全没有力度，“我只是刚回来……我进屋时，白鹿便已经这样了。”

闫树海叹息着说：“成书瑶，我们接到群众举报，有证据指出，是你在自己家中杀害了白鹿医生。现在请你跟我们回巡捕房，接受调查。”

“我真的没有杀人。”我无力地辩解道，“我刚才出门去给陆菲买冰激凌，外面的雾大，我迷了路。等我回来，白鹿已经死了。”

“我很抱歉。”这句话不是巡捕房副探长闫树海对我说的，是郭子晋的朋友闫树海对我说的，“成书瑶，我们接到了报案，我不能不处理……实在是对不起。”

“没事儿，你也是职责所在。”我配合地伸出满是鲜血的手让周泉铐上，“我不是想为难你……我只是陈述一个事实，我没有杀白鹿。你们可以调查，这肯定是个误会。”

闫树海点点头，他没再继续看我。周泉带我下楼，他安慰着说：“成书瑶，你放心……没事儿的，你若没杀人，我们会还你清白的。”

我吞了口口水，小声问：“你知道郭子晋在哪儿吗？”

“不知道。”

这个答案我已经想到了，我茫然无措地问：“那我能给郭子晋打个电话吗？”

“这个……”周泉用询问的眼神看了看身边的巡捕，“可以，等到巡捕房，看看副探长是怎么说的吧！”

我沉默无言地被周泉带上车，一路上，我都没怎么说话。

大雾茫茫，一路上，车开得很小心。等到拐弯处时，我竟然忍不住笑了。

“成书瑶？”周泉略微担心地看着我，“你没事儿吧？”

我笑得上气儿不接下气儿，连眼泪都笑出来了。我动手擦擦眼角，笑道：“周泉，我今天还跟一个陌生的男人说，我这一辈子无时无刻不在倒霉……这不，我刚被放出来没多久，又要被抓到巡捕房里去了！上次是剥皮，现在是杀人……是不是把我关进牢里，北州的犯罪率会下降很多？”

“成书瑶，你别太难过了。”周泉皱眉，他的眉毛依然看起来很好笑，“你要相信，早晚有一天……”

“我会沉冤昭雪，是吗？”我在笑，可是眼底已经是一片冰冷，“我没猜错的话，一定有人拍下了白鹿临死前的照片，是吗？”

周泉苦兮兮地干笑。

刚才我就应该想清楚，什么吃冰激凌？什么人赃并获？一切的一切，都是陆菲设的一个局而已。

为了害死我，陆菲还真是煞费苦心啊！又是设计让白鹿喜欢她，又是编造自己的感情……她是想干什么？我死了，就没有人会拖累郭子晋了是吗？郭子晋不被拖累，他就能继续给陆泽楷办事儿了，是吗？

我知道自己现在在气头上，我想的一切可能都是错的。可是我的大脑完全停不下来，只能把事情越想越糟糕。

“成书瑶，清者自清，你要相信自己。”一旁坐着的周泉红着脸安慰我，“我相信你不会杀人的，哪怕是……”

周泉的话还没说完，车身突然遭到了猛烈的撞击！我整个人从车座上弹了起来，脑袋狠狠地撞在了车顶上。

我被撞得晕晕乎乎，额角似乎被撞破了，火辣辣地疼。车里的汽油味儿浓重，熏得我头晕目眩。耳边传来滴滴答答的声响，是汽油外泄的声音。

“成书瑶！”就在我不辨南北的时候，郭子晋咳喘着拉开车门，“快点！出来！”

“郭子晋？”我迷迷糊糊地被他从车里拉出来，“你怎么……发生了什么事情？”

郭子晋的额上也有未干的血渍，我伸手摸了摸他，问道：“你受伤了？”

“刚才撞的。”郭子晋不以为意地用袖子抹掉血迹，然后架着我往外走，“什么都别问，也什么都别说……成书瑶，你只管跟着我走就可以了。”

我脑袋虽然晕得厉害，可我还是有意识的。我记得刚才汽车里浓重的汽油味儿和外泄的汽油……我呢喃着回头张望，说：“郭子晋，周泉……周泉还在汽车里。”

“别管了！”郭子晋态度强硬地将我塞到路边另一辆完好的车里，“成书瑶，你进去！”

我勉强用手撑住车门，即便郭子晋没解释自己的行为，我也能明白他是想带着我逃跑。“去救周泉……周泉救过我们的命。”

“时间来不及了！”郭子晋死命地扯着我的手，忍不住发火，“成书瑶！你快点给我滚进去！”

平时我很听郭子晋的，只要是郭子晋的安排，我基本上都会遵守。但是现在的情况不一样，巡逻车的油箱过热，没多久就会爆炸的。我刚才在车里，周泉的伤势我很了解。如果没有人将周泉拉出来，他自己肯定是无法出来的，最后恐怕必死无疑。

“去救他！”大雾中，我看不到郭子晋的神态，可我依旧坚持，“郭子晋，我不是在开玩笑的……一命换一命得来的活命机会，我不稀罕。这点骨气，我还是有的……郭子晋，我一直很佩服你，你千万不要……让我带着负罪感活下去。”

几乎在我话音落下的同时，郭子晋便反身跑回去了。

四下都是烟雾，我只能靠着气味儿来辨识车的具体位置。街道上的汽车警笛声尖锐，脚步繁杂，视觉的误区让我感觉周围好像都是人。我心里不断呼喊着郭子晋的名字，却一个音调也发不出来。

如果，周泉死了怎么办？

如果，郭子晋被牵连进来怎么办？

如果，我们的生命即将终结了，又该怎么办？

形势危急，我的大脑却阵阵发空。不知道过了多久，郭子晋搀扶着周泉一起来到车旁边。郭子晋声音发闷地指挥道：“成书瑶，你去后排坐……周泉，他刚才把我和他铐在一起了。”

我心里一惊，身体迅速反应过来。没用郭子晋催促，我立马跑到后排座位老实坐好。到了车上，周泉便昏了过去。

郭子晋虽然也受了伤，不过他的情况要比我们好很多。郭子晋动作粗暴地伸手去找周泉身上的手铐钥匙，可是完全没有收获。

“妈的！”郭子晋气恼地拍了一下方向盘，他长出一口气，说：“成书瑶，你自己在后面坐好了。”

说完，郭子晋一脚油门踩下去。

外面雾大，看不清路，我却能清晰地听到身后有巡逻车在追赶我们。老天还算蛮照顾我和郭子晋的，毕竟雾天是最好的隐藏。郭子晋东摇西摆地往前开，他摘掉了石膏，可右手被周泉铐住。每当郭子晋想要转方向盘的时候，周泉的身体随着惯性的拉扯，总是会耽误郭子晋的时机。

“成书瑶！”郭子晋粗着嗓子叫我，“你来帮我一下！”

我尽量保持平稳地蹲在前排座椅的中间位置，努力不让周泉影响郭子晋开车……让我没想到的是，一直昏迷的周泉竟突然将我和郭子晋也铐在了一起！

“成书瑶……我相信你没杀人。”周泉的伤并不轻，他一说话，嘴里就有血往外涌出，“可是……可是……成书瑶，你需要向巡捕房证明……证明你没杀人，你才是无辜的。”

“屁话！胡扯！”郭子晋气急败坏地否认周泉的话，“巡捕能证明什么？巡捕要是真像你说的那样公正，猫哭耗子就不会死了！巡捕要是真像你说的那般高尚，黑龙山的案子也不会有了！”

“郭子晋！”我不想让郭子晋跟我一样，气愤时做的判断多数是片面甚至错误的，“你专心开车！”

如此恶劣的逃生环境，郭子晋确实该认真开车了。周泉说不过郭子晋，而且他也没力气继续跟郭子晋理论了。

没说几句话，周泉头一歪，昏过去了。

“怎么办？”我姿势难看地和郭子晋铐在一起，哑声问，“郭子晋，我们该怎么办？”

“还不是你做的好事儿？”郭子晋冷声责备我，“刚才闫树海的人马上就赶到了，周泉本来也不会死……你不用管他，他只是昏过去了。成书瑶，你蹲稳了，别再磕到你的头！”

郭子晋最后一句话简直毫无意义。我所在的位置，磕到头是在所难免的。车身摇摇摆摆，路上跌跌撞撞。在这条逃生的路上，我的脑袋被撞出了无数个包。

我和郭子晋是逃命的，所以我们两个竭尽全力去找求生的出路。身后追捕我们的巡捕是来交差的，所以他们一群人只是力图心安。郭子晋一发力，我们两个便甩开他们几条街。

中途，郭子晋换了一辆车。换好车后没多久，郭子晋带着我和周泉两个下车了。郭子晋站在中间，他一手搀着我，一手扛着周泉。手铐碰撞的声音清脆，听了让人觉得惆怅。

“郭子晋，我们这算是越狱吗？”我哑声问他，“我们是不是又碰到大麻烦了？”

“你把手铐藏好。”郭子晋没回答我的问题，将周泉的配枪拿好揣在自己身上，“等一下你去药店要点纱布和消毒药水，周泉的伤口需要清理……你小心一点，别人问的话，你就说路上出了车祸。”

“郭子晋，你多少跟我说说，行吗？”透过手铐，我攥住郭子晋的手，“白鹿怎么突然死了？是陆菲杀的吗？你去哪里了？陆菲又去哪里了？刚才在家门口的又是谁……郭子晋，你告诉我，好不好？”

郭子晋叹了口气，说：“不是有人想杀白鹿，是有人想杀你……我和陆泽楷，我们两个谈崩了。”

是了，白鹿死了，陆菲不见了……杀我很容易，只要时间再过去一两个月便可以了。

“白鹿是谁杀的？”我茫然不解地问郭子晋，“我刚才见白鹿，他为什么说是我杀的他？”

时间紧迫，郭子晋尽量简短地说：“我猜，是陆菲。我也是真大意了，陆菲让我下楼去给她买冰激凌，我竟然答应了。”

又是冰激凌！

我摇头道：“不会的，陆菲不会杀白鹿的。她刚才跟我说了，她喜欢白鹿。我也能感觉出来，她对白鹿的欣赏不是假的……她不会……不会杀白鹿的。我不信是陆菲做的，肯定不是。”

“这事儿等下再说。”郭子晋的左右两只手都被牵绊住，他侧身把西裤口袋凑近我，“成书瑶，你把钥匙拿出来。”

“哦，好。”

我两只手被铐着，而被铐着的手又和郭子晋连在一起。郭子晋扭着身子，我姿势别扭地从他口袋里拿出钥匙，问：“我们要去哪里？”

“你跟我来。”

郭子晋径直往前走，不知道他能不能看清楚，反正我是看不清楚路。中途有好几次，我差点被路上的石头绊倒。郭子晋惜字如金，表情冷峻。直到进了楼里，我眼前才有一种豁然开朗的感觉。而这个时候我才看到，周泉的脸色惨白。他身上满是黏糊糊的血，也不知道到底是哪里受伤了。

“天哪……”我吓得手脚发凉，“郭子晋，我们现在该怎么办？周泉这样……我们要不要送他去医院？”

郭子晋没好气儿地呵斥我：“你什么都不用做，你只要闭嘴就好了。”

我听话地闭上嘴，眼泪却忍不住往下掉。我相信郭子晋会有解决办法，但我不能不害怕。

如果周泉死了，郭子晋恐怕难辞其咎。即使白鹿的事儿能解释清楚，周泉的事儿也不会就此算了。郭子晋撞巡逻车，劫走犯罪嫌疑人，杀害巡捕……光是想想，我就怕得要命。

郭子晋没有说话，他步伐坚定地带着我往楼上走。走到顶楼的房间，郭子晋示意我道：“成书瑶，你把门打开，钥匙是刚才掏出来的那把。”

我眼睛里满是泪水，视线模糊不清。我用沾染血腥的袖子擦了擦，这才将郭子晋说的钥匙看仔细。我将钥匙拎起来，问他：“你开玩笑的吧？你说用这把钥匙开门？”

郭子晋说的钥匙，上面一个钥匙齿都没有，光溜溜的一根棍。说白了，郭子晋拿的是还未制作完成的钥匙。

“当然不是了。”还没等我询问别的，郭子晋又说，“你把我西装口袋里的小纸片拿出来。”

从郭子晋的口袋里拿出他说的小纸片，我反而更加费解了，问道：“这个……是干什么用的？”

“你要是多做事儿少说话，我会非常感谢你的。”郭子晋话说得尖酸刻薄，他烦躁地指挥着，“你按照我说的做，先把小纸片塞进锁孔里……对，然后，你再用钥匙去开门。”

长这么大，我还是第一次听说用这种方式开门的。我将信将疑地塞纸片和钥匙进去……

房门竟然打开了！

“新学的招数，万能开锁法。”郭子晋带着我和周泉两个进屋，“和冉文涛学的。”

要不是郭子晋提起，我的大脑会自动屏蔽那个游戏城区里的人和事儿。如此惨烈的经历，过去就让它过去好了……然而很多时候，事情并不会轻易地过去。看到屋子里的装潢，我更是深有感触。

郭子晋轻声说道：“这里是猫哭耗子的‘三窟’，他生前带我来过一次。也正是因为带我来过，所以这里被弃用了。这里很安全，除了我和猫哭耗子，没有人知道。”

“哦。”猫哭耗子还真是专一，他所有房屋的布局都是一模一样的。从摆设到壁纸，甚至连缺陷、瑕疵的位置都毫厘不差。

对于猫哭耗子家的陈设、家私，郭子晋是相当了解。从门口的抽屉里拿出小刀，郭子晋动作娴熟地撬开手铐。

我揉揉手腕，帮着郭子晋把周泉放在床上。郭子晋站在床边上，叉腰审视了一下，“成书瑶，你帮我把周泉的衣服脱了。”

“啊？”我无语，“又脱？”

上一次我和郭子晋同时遇到周泉，是在市五医院的地道里。当时郭子晋想要伪装成周泉，他忙着脱周泉的衣服……历史总是惊人地巧合，这一次，又是需要脱周泉的衣服。

“一定需要我在场吗？”见多了血肉模糊的场面，我心底有丝不易察觉的抗拒，“郭子晋，你自己不可以吗？”

郭子晋好笑地说：“不是你执意救他吗？要不是你想救他，我早把他丢在马路上了。”

好吧，我觉得郭子晋说得有道理。

巡捕们的制服厚重，周泉外套里的衬衫完全被血渍粘在了身上。我动手帮他脱衬衫的时候牵扯到伤口，周泉疼得直哼哼。

郭子晋去外面拿了医药箱回来，他骨节分明的手指在周泉的身上检查了一下，叹气道：“他的伤口不浅……不知道内里有没有出血，你放心给他脱就行。以周泉现在的状况，他应该是不大能感觉到疼的。”

“要是内脏……要是内脏出血的话，会怎么样？”我很是担心，“周泉……他会死吗？”

周泉要是死了，那郭子晋怎么办？

“死……”郭子晋静静地给剪刀消毒，颇为镇定地说，“可能吧！等体内出血到一定程度，又不能及时得到救治的话……”

郭子晋的话没说完，可是情况如何，我们两个心中已经有了定论。

“要不送他去医院吧！”我跌坐在旁边的椅子上，呆呆地看着手上的血渍出神，“郭子晋，我不想再死人了。尤其是救过我们、帮过我们的人，我更不想……”

郭子晋舔舔唇，他不客气地说：“成书瑶，你以为，我想有人死吗？”

我抬头看他，郭子晋还在有条不紊地进行着前期准备工作。“我可以带着你去巡捕房自首，我也可以跟着你一起坐以待毙、一了百了……但是你想过没有，如果我们两个死了，会有多少事情发生？”

我们两个死了？中毒的只有我一个，为什么死的是我们两个？

大雾弥漫

Chapter 4

不过在郭子晋看来，这个并不是重点。他继续说道："我猜，陆泽楷已经知道猫哭耗子留给我们东西的事儿了……有了猫哭耗子留下的东西，我们完全可以在不受陆菲监视的情况下将陆泽楷需要的文件偷换出来。对陆泽楷来说这意味着什么，你知道吗？"

经过刚才汽车的撞击，我脑袋疼得厉害。一摇头，我感觉天旋地转的。

郭子晋叹了口气说："陆泽楷现在多少还会有所忌惮，毕竟他需要拐个弯才能得到自己想要的。如果文件被曝光了，也就意味着陆泽楷建立起来的财富帝国崩溃了，所以，如果我们两个再说下去，也就意味着，周泉离死不远了。"

我不再多话，静静地等着郭子晋的安排。郭子晋最喜欢做的事儿，便是安排。虽然郭子晋的话说得强硬，但是他不用我再帮忙了。他自己动手扒干净周泉的衣服，然后细致地在周泉身上按压。随着郭子晋按压的动作，乌黑的瘀血缓缓地从周泉腰侧伤口处流了出来。我身子发抖，完全不知道手脚该放在哪里。

郭子晋突然叫我："成书瑶，你把针线递给我。"

我故作镇定地走过去，又故作镇定地想要去拿针线。可我的手脚发麻，实在不怎么听使唤，针线打着滚在地上滑，溜出去好远。

"掉了……"我自责得要命，"这该怎么办？"

郭子晋弯腰捡起来，他挥手示意我说："你进去休息休息，好好睡一觉。"

我不困，也睡不着，可我还是顺从地起身回屋了。关上卧室门后，我整个身体抖得更加厉害。

“帮不上忙不要紧，但是千万不要拖郭子晋的后腿。”我想。

屋子里太长时间没有人住，被褥霉潮得厉害。如同上次闻人航给我打电话的那个黑夜一般，我依旧蹲在门口的那个位置。外面的大雾遮天蔽日，虽然会有些许的阳光透进来，也还是于事无补。

大概过了有一个小时，郭子晋才推门进屋。他浑身上下蹭得满是血，样子触目惊心。我不敢说别的，只是小声问他：“你饿不饿？我去找找，看有没有吃的。”

蹲了太长的时间，腿麻得有点站立不稳。要不是郭子晋及时扶住，我差点摔在地上。

郭子晋似乎是下了很大的决心，说：“成书瑶，我们走吧，立刻就走。”

“周泉……”我不忍地看了外面一眼，“他死了？”

“还没有，不过也快了，除非现在立马送他到医院救治……”墙上的毛巾干得像咸鱼，郭子晋将手掌的血渍来回擦在上面，“如果我们现在走的话，估计还来得及。”

“那还等什么？走啊！”我动手拉扯郭子晋脏兮兮的袖子，“要不你换身衣服吧？猫哭耗子的衣服虽然有霉点，但是总比……”

郭子晋盯着我看，他认真地问：“可是成书瑶，你现在的身体状况……要是长途跋涉的话，你的身体会受不了的。时间一长，我担心你……”

要是能活着，谁会想死呢？

我不自觉地伸手摸了摸胸口的位置，还是决定表达自己的意见。“郭子晋，我如果死了，你千万不要说什么以后不找女朋友的话。我死了，你要找一个——”

“行了。”我的话还没说完，郭子晋立马动作粗暴地揽我进怀里。他的嗓音里，有一种释然的解脱：“我就知道问了也是白问，你傻，一直都傻。”

郭子晋说我傻，这我并不认同。从特定的角度看，我可以说是很有原则的人。连累他人丢了性命的事儿，我自己都不会去做，也更加不会让郭子晋去做。

临走之前，郭子晋把他的手表摘下来放在了周泉的枕边。郭子晋轻笑着，像是在告别，说：“这块表是猫哭耗子送我的，有好几次，它帮着闫树海找到我让我死里逃生……我把它给你，希望老天看在我这么大方的面子上，饶过你。”

我有些伤感，却又无可奈何。我握了握郭子晋微凉的手掌，安慰着他说：“等以后安全了，我送你一块表，送一块比这个还棒的。”

“好。”郭子晋并没有打击我的积极性，他带我出门，“我们快点走吧！”

在我们两个准备下楼时，带着大批巡捕的闫树海也赶到了。为了避免和巡捕的人正面冲突，郭子晋动作迅速地拉我回了屋子。

“里面的疑犯听着，你们已经被包围了。”闫树海拿着喇叭大声地在门外喊，“身为一个巡捕，我劝你们立刻无条件投降！要相信我们，要相信政府，我们会给你们一个……”

我感觉是自己拖了郭子晋的后腿，懊恼地说：“郭子晋，我们现在该怎么办？”

郭子晋打开窗户，探出头往下看了一眼雾霾弥漫的楼下，沉声说：“我们逃。”

逃？我透过猫眼向外看，楼道里满是穿制服的巡捕。不知道郭子晋是怎么打算的，他几乎没给我任何的反应时间。

郭子晋过来抱起我往窗户边走，他掐着我的腰将我递到了窗外。

空气中的粉尘颗粒呛进呼吸道，我强忍着憋下即将出口的咳声。郭子晋用手指了指楼上的位置，说道：“顺着窗户往上爬。”

这不是考验人，这完全是难为人。虽然有雾看不见下面，可半悬空着身体，挂在几层楼的高度有多危险，我心里还是清楚的。

我腿打着哆嗦，问他：“郭子晋，我该——”

“砰！”

不知道是不是有狙击手在盯着，当郭子晋准备和我一起越窗逃跑时，对面突然响起了枪声警示。我受了惊吓，手上一滑，险些从窗户上掉下来。

郭子晋不气馁地再次想要尝试，枪响声毫无意外地如期而至。郭子晋不敢大意，他扯着我的腿想要拉我回来，“成书瑶，你先进——”

“你不要管郭子晋了，陆泽楷是不会放他走的！握着我的手，成书瑶，我拉你上来。”

我低头看郭子晋的工夫，房顶上竟然出现了一个人……

是陆菲！

外面是几欲破门而入的巡捕，房顶上是满脸无辜的陆菲……我被夹在中间，一时之间不知道该怎么办才好。

一天之内发生了太多的事情，我也不知道自己是不是可以相信陆菲。关键时刻，还是郭子晋帮我做了决定，“成书瑶！你跟着陆菲上去！”

“那你呢？”我犹豫着没有伸手，“郭子晋，你要怎么离开？”

“你不用管我。”郭子晋托着我的屁股将我往上举，可能觉得自己刚才说话的语气太生硬，又不忘补充道：“我有办法出去。”

猫哭耗子的房子从里到外、从上到下都被围得跟铁桶似的，现在只有窗户的位置是死角，如果不尽快逃出去，用不了多久，巡捕会把这里也封死的。

郭子晋让我不用管他，说他有办法……他能有什么办法？即便郭子晋现在生出翅膀，他也得被对面楼上的狙击手打下来。

陆菲倒悬在顶楼的栏杆处，她伸手想要拉我上去。郭子晋站在窗边，他大力地将我往上推。

而我，早已经想好了出路。在陆菲即将触碰到我的手指时，我身子噌一下跳回到了屋子里。没等郭子晋说话，我动作麻利地将窗户关上。

“成书瑶，你……”郭子晋痛心疾首地问我，“你是在干吗呢？”

伤感的生死离别之际，我握了握郭子晋的手，对他说：“我不走，我留下来陪你……我知道你说能出去是安慰我的……不管怎么样，我们两个都要在一起。”

郭子晋虽然看上去很感动，但是他也实话实说道：“成书瑶，我真的不是在安慰你。我是那种会夸大事实真相的人吗？我说有办法出去，那就一定有办法……现在可好，你留下，反而麻烦了。”

我万万没想到会是这样，只好哭丧着脸说：“呃……要不我再上去？”

楼顶有金属磕碰的声音，郭子晋无奈地摇头，“你别去了，巡捕应该已经在上面了。”

好吧，我好像又闯祸了。

“我们现在要怎么办？”我问郭子晋，“上面走不了，下面也没法跑……”

郭子晋叹了口气，“我们哪儿也不去，我们就待在屋子里……成书瑶，你来帮我，我们先把周泉推出去。”

“啊？”

郭子晋说的话，我一点都不明白。可是我想，相信他总归没有错。想要避免自己继续犯不必要的错误，我唯有老实听话地遵从郭子晋的安排。无论外面如何吵闹，郭子晋充耳不闻。他的表情凝重，有条不紊地做着自己手上的活。

猫哭耗子的家是老式民居和老式装修，床板可以自由拆卸的那种。和我一起用床板抬着将周泉搬到房间门口，郭子晋开门送周泉出去。在巡捕们包围上来之前，郭子晋又动作敏捷地闪身回来。

我紧张得厉害，手心里满是汗渍。周泉被送出去，郭子晋反倒舒了口气，“成书瑶，你放心，周泉不会有事儿了。”

这种时候，郭子晋还在考虑我的感受……

我眼泪没有憋住，哭着摇头道：“你不用考虑我，想做什么，我都听你的。”

郭子晋咧嘴笑了，可他的笑容看起来极为苦涩。我伸手摸了摸郭子晋的脸，他哑声说：“成书瑶，我终究是……害了人。”

不知道该如何劝慰，我只能静静地听郭子晋说话。等郭子晋再次开口，他的情绪却已然好转。他说："成书瑶，你来，帮我把厨柜搬开。"

我没有多话，郭子晋让我做什么我便做什么。

猫哭耗子家的厨柜上面没有太多的餐具，柜子却十分沉重。我和郭子晋两个人一起用力，才勉强将柜子挪动了些许。

郭子晋脖子上的青筋暴出，我亦是累得满头大汗。当柜子和墙裂开一道一人宽的缝隙时，郭子晋才停下说："成书瑶，你进去！"

"我进去……"我信任郭子晋，却也还是不免疑惑，"郭子晋，你不会是想咱俩藏在夹层里吧？这不是一搜就能搜……郭子晋！你干吗呢？"

我的话还没说完，郭子晋又动作迅速地将柜子推上。

光源被遮，目及之处一片黑暗。

"郭子晋！"我大力地拍打着柜子，"你放我出去！你干什么呢？"

不知道猫哭耗子是怎么设计的，夹层里隔音效果特别好。里面和外面彻底被隔绝开，外面的声音我一点听不到。如同跌进了密闭的真空，无论我在里面多么用力地挣扎叫喊，都无济于事。

"郭子晋，你不会去自首吧？"我想起郭子晋刚才满是苦涩的笑容，喃喃自语道，"你别自首……你别丢下我……你去自首，也要带我一起。"

我自己跟自己说着话，郭子晋一句也听不见。黑暗好似死水，寂静的感觉让人焦躁不安。我搓着掌心细小的伤疤，努力用疼痛唤回自己的意识。

不知道过了多久，整个夹层忽然猛烈地动了起来！

过于强烈的震动引起了巨大的回声，声音扩散不出去，只在夹层中来回撞击。我张着嘴巴捂着耳朵，极力减少声音对耳膜的伤害。隐隐的，我感觉好像有粉尘一样的东西掉落在脑袋上，我的嘴唇边都是石灰味儿。

虽然不清楚为什么会发生如此强烈的震动，但我想，肯定不是什么好事儿。

郭子晋不来，我也不敢轻举妄动。我不断猜测着刚才的震动是从何而来。是地震？是塌方？还是其他的什么……总不会是警署用炮弹来轰炸我们了吧？

我很担心郭子晋，也止不住脑海中不断外溢的坏念头。在黑暗的空间里，我揪扯着头发，努力让自己保持清醒。可是清醒的结果，又是新一轮坏念头的循环往复。

所以，在夹层被打开时，我整个人瞬间迸发出一种抑制不住的狂喜。

还没等我看清楚来人，一双纤细白皙的手便捂住了我的眼睛。陆菲哀戚的声音骤然响起，"成书瑶……你还好吗？"

我使劲嗅嗅屋里煤气未焚烧彻底的味道，冷声问道：“郭子晋呢？”

屋子里发生了爆炸，看情形，应该是厨房里的燃气通道引起的。厨房的整个窗户被炸飞，碎玻璃散落得到处都是，原本布满霉点的老旧窗帘现在正在燃烧着。承重墙被炸塌，墙体有明显凹陷的痕迹。

屋外的巡捕已经不知所踪，地上有很多滴落的鲜血。焦煳的味道和煤气的味儿掺杂在一起，还未散尽的灼热熏得我皮肤发疼。

目光所及，皆是满地的碎块，满地的狼藉……从门缝间望去，屋里卧室的棚顶已经坍塌了。

陆菲没有对我隐瞒，她实事求是地回答道：“郭子晋，我不知道。”

“白鹿，是你杀的？”我声音冷得自己都忍不住发抖，“你杀了白鹿，然后你又折返回来，等到我进屋的时候，你再偷偷拍下白鹿临死的照片，用来诬陷我？”

陆菲和郭子晋属于一种人，他们很少会对其他人解释自己的行为。或者因为他们清高，或者因为他们孤傲。总之，多费唇舌地为自己辩解，在他们看来是极为掉价的行为。

难得的是，陆菲竟然很冷静地对我开口道：“白鹿是我杀的，但是证据不是我——”

“啪！”

我抬手给了陆菲一个耳光，陆菲眼神凶狠地瞪视我。要是可以，我真的希望陆菲能狠狠地揍我一顿。

但是陆菲没有多说，她仍旧音调平稳地开腔道：“我们走吧！”

“要走你自己走吧！”

不用说，我也能想象到屋子里发生了什么。郭子晋一定是打开了煤气阀门，将屋子里变成煤气爆炸现场。如果一开始我和陆菲走了，那么郭子晋还能有藏身的地方。可我偏偏一意孤行地想要回来……我不仅害了自己，也害了郭子晋。

“成书瑶！你跟我走！”陆菲强行架着我，想要带我离开，“巡捕只是暂时撤离，不到五分钟，他们就会回来的……趁着雾没散尽，你快点跟我走！”

“我不走！”也不知道自己是怎么生出这么大的力气，我几乎没费什么劲就把陆菲甩开了，“要走你自己走！你别碰我！”

陆菲咬咬牙，她不气馁地继续上前想要拉住我，说：“成书瑶！你别犯傻了！这场爆炸这么厉害，郭子晋在屋子里的话，他肯定活不了了！”

“你不是也活下来了？”我不理会陆菲的话，转悠着在屋子里寻找，“既然你能从爆炸中活下来，郭子晋为什么不能？”

陆菲无奈地说：“那怎么能一样？我们上次的爆炸是经过严格的计算和模拟的，不仅有事前准备，还有事后撤离方案，还有——成书瑶，现在不是说这些的时候！你快点跟我走！离开这儿！你听！你听！这栋楼有年头了，它随时可能会塌的！”

不知道为什么，我有一种极为强烈的感觉。我感觉郭子晋没有走，他还在这间屋子里，只不过他受了很严重的伤。

我不理会陆菲的话，自顾自地蹲在石块瓦砾中翻找。陆菲见说了我不听，她强行把我扛在身上。在陆菲抓起我时，我顺手抓了一块玻璃，毫不犹豫地将玻璃狠狠刺进了陆菲的肩胛位置。

玻璃很锋利，即便陆菲穿着防护服，她还是受了伤。猝不及防，我们两个一起摔在地上。我车祸中受伤的额头被石块撞破，鲜血顺着脸颊往下淌。

“郭子晋还在这里，他还在等着我！”我抹掉脸上的血迹，摇摇晃晃地从地上起身，“愿意走，你自己走吧！我要找郭子晋，我要跟他一起走！”

“成书瑶！”陆菲气得要命，拔出肩胛处刺进去的玻璃丢在地上，“你是不是傻？你留在这儿就能救郭子晋了吗？要不是你——”

“是！我知道！要是没有我，他可能已经跑出去了！”正因为这点，现在我恨不得自己立刻去死，“所以我说了，你可以走，你不用管我。我要找郭子晋，我没求你留下来。”

陆菲气得发笑道：“这就是我为什么一直讨厌笨蛋的原因！你们是傻瓜吗？明知道没有希望，明知道毫无结果，你们还要继续下去？那也不过是拖累别人！有彼此双赢的办法，难道不好吗？有能让自己获利的途径，为什么要放弃？”

“你说得没错，你说得有道理。”尽管处在危楼断瓦之中，我的心里却有着前所未有的平静，“让自己活得舒坦，是每个人的权利……但是，我们更有责任，让我们爱的人活得幸福。这个，是本能。”

陆菲别开头去，她脸色煞白，不再看我。

“今天的事情，是我不对。”我静静地擦掉脸上的眼泪说，“郭子晋曾经警告过我，如果我不信任他，那么会有更不好的事情发生……我不是不信任他，我只是想和他在一起。生在一起，死在一起。”

陆菲转过头来，我不闪不避，看着她说：“我不知道你为什么杀白鹿，我不知道你为什么会来，我甚至不知道在整个事件中你处在何种位置。但是我知道，我所做的一切，不是想和你置气或者怎样，我只是，要跟郭子晋待在一起。”

松散的瓦砾从房梁上掉下，我和陆菲两个人都没有闪避。楼下的警笛在响，却没有巡捕敢贸然上楼。

“郭子晋……”隔了有一分钟，陆菲才再次开口，“要是郭子晋不在了呢？”

我突然觉得，这并没有什么不好接受的。我说：“郭子晋不会不在的……我刚才说了，我和郭子晋，生在一起，死在一起，我们生死都在一起。”

“呵呵，真行……”背后肩胛的伤口疼得陆菲闷哼一声，她随即轻笑道：“郭子晋说得没错，成书瑶，你真是个大傻瓜。”

我拒绝接受陆菲的评价，说：“不，我不是傻瓜，我只是爱他。”

话音刚落，楼里意外地响起了电话声。

“电话？”我奇怪地问陆菲，“爆炸这么严重，电话线路还能用吗？”

呃……不过，这个时间，这个地点，有谁会打来？

我和陆菲费了好大的力气，才从碎石板下面找到手柄已经碎裂的电话机。在一片狼藉之中，电话响得稍显诡异。直到电话铃声停止，我们两个都没有任何动作。

“会是谁打来的？”我总觉得事情没有那么简单，“你……”

我的话还没说完，电话又一次响了起来。

陆菲没有犹豫，她拿起碎裂的话筒，“喂？”

“是谁？”我问。

陆菲摇摇头说：“挂了。”

话音刚落，电话又响了。

“你接。”陆菲比较有经验，“电话应该是找你的。”

找我？

我将信将疑地接过陆菲递过来的话筒，小心翼翼地问道：“喂？”

“瑶瑶。”

是闻人航。

这个时间，闻人航会打电话过来？

我的情绪有些失控：“你有什么事儿？你是来笑我的吧？我和郭子晋栽了跟头，你很得意吧？”

“是谁？”陆菲拉扯我脏兮兮的袖子，小声地问我，“是谁找你？是陆泽楷的人吗？”

我回答不了陆菲的话，我全身上下都气得发抖。发生了这么多事情，归根结底，全是因为闻人航。要是没有他，没有他无聊至极的好胜心，没有他莫名其妙在我身体里下的毒药……没有他的纠缠不休，我和郭子晋不会像今天这般举步维艰。

“瑶瑶……”闻人航应该是用了变声器，我感觉他的嗓音和上次听起来稍有不同，“我给你八个小时。”

我对闻人航的话不屑一顾，“你给我八个小时？闻人航，你打错电话了吧？我不会破案，我也没郭子晋那么聪明……你给我八个小时要我耍猴给你看吗？”

闻人航并未对我的话进行辩驳，他的嗓音低沉而又沙哑，“我给你八个小时，我让你找郭子晋。”

“你把话说清楚！”听到郭子晋的名字，我谨慎又戒备，“你让我去哪里找郭子晋？”

闻人航轻笑道：“我给你机会让你找郭子晋，瑶瑶，你想怎么报答我？”

“别听他的！”陆菲低声劝我，“闻人航很善于控制人心！你被他控制过，所以你会更容易——”

“你说吧！”我没理会陆菲的劝告，自顾自地问，“你想要我做什么，你又会为我做什么……只要你能告诉我郭子晋在哪里，你让我做什么都行。”

闻人航说：“我啊，还没有想好让你做什么……既然你这么说，我就当作你答应了。”

“好。”我的嘴唇被咬破，满嘴的血腥味儿，“我答应。”

“成书瑶！”陆菲着急地大声叫我。

我不知道自己到底答应了闻人航些什么，不过我心里清楚得很，只要能找到郭子晋，无论闻人航的要求多么过分，我都会答应。

而闻人航却没有立即提出要求，他淡淡地说：“巡捕们随时准备上楼抓你，但是我有办法拖延他们八个小时。这八个小时，足够你找到郭子晋了……八个小时之内你找不到郭子晋，你也不必找他了。”

不必找他了？我闭紧眼睛后又睁开，“你能拖住巡捕？”

“是的。”闻人航还算坦白，他据实以告，“不信的话，你可以找楼里的收音机，听听新闻。我在北州的其他地方安装了炸弹，所以巡捕们暂时没有足够的人手来抓你。”

我揪住闻人航的话不放，“是让他们以为有了炸弹，还是真的有炸弹？”

“这个你不用管。”闻人航狡黠地避开我的质问。

“你最好跟我说实话。”我不客气地说，“我不是在和你商量，而是在命令你。如果说你的‘协助’会造成伤亡，那我不同意。”

说完，我不忘补充一句：“郭子晋也不同意！”

“你还真是时时刻刻考虑着郭子晋啊……”闻人航的话里有些许惆怅，“不会有伤亡的，我答应你。八个小时，你抓紧时间……”嘟嘟……

闻人航越是好说话，我心里越是害怕。

“闻人航说什么了？”听到电话挂断了，陆菲赶紧凑上前来，“你又答应闻人航什么了？”

“你不是听到了吗？”我没好气地说，“你刚才离着我那么近，应该有听到吧？”

陆菲苦笑道："闻人航脾气太怪，我要是听到他不想让我听的，他恐怕会立马把电话挂断了。成书瑶？你干吗去？"

我丢下电话，立马去找报纸。

不知道楼里是本来就没有住户，还是住户已经被疏散了，反正楼里是死一般的寂静，没有丁点儿生气。石块、瓦砾滚动的声音非常细微，却让人心惊肉跳。

隔壁的门被炸飞，所以我轻而易举地就将它推开了。陆菲还跟在我身后，对于她的询问，我全部沉默以对。

"你不去找郭子晋，居然跑来找东西？"陆菲叹气，"成书瑶，你真是没救了。"

"你可以走了。"我丝毫不领陆菲的人情，"我没求你在这儿陪我。"

陆菲咬咬牙，她没说话，却也没走。

果然，我在废墟中找到一个收音机。我打开听了听，里面断断续续地播着新闻："我社记者刚刚接到消息……北州市中心位置发现炸弹……同时在北州市的……炸弹，恐怖分子声称每隔一小时……爆炸……总共八个……全北州市的所有巡捕全体出动，目前都集中在……稍后将继续为您报道。"

虽然只是只言片语，聪慧的陆菲也明白了事情的原委。陆菲踩跨着石块走到窗户边张望，压低声音说："巡捕竟然真的走了……"

证实了闻人航的话，知道他不是骗我，我也就放心了。现在不用担心巡捕，那我可以全神贯注地去找郭子晋。

"陆菲，你这是什么意思？"

我正打算返回猫哭耗子家时，路却被陆菲挡住了。陆菲不仅挡住了我的路，看她手里拿的匕首，大有和我拼命的架势。

陆菲对我的问题嗤之以鼻，她冷笑着说："巡捕，是闻人航给你支开的吧？"

"不关你的事儿。"

我的路再次被陆菲挡住，她的脸魅惑而冰冷，"闻人航的事儿，我不能不问。成书瑶，你和闻人航，你们到底是什么关系？"

我觉得我没必要跟陆菲解释这个问题，"我俩什么关系，跟你无关。你给我让开！"

"你最好告诉我。"陆菲不肯退步，"白鹿死了，能救你的，只有我了。"

"算了吧！"我不想继续跟她纠缠，"你不用救我，我也不用你救。"

我撞着陆菲的肩膀而过，陆菲没再过多阻拦。回到猫哭耗子家的废墟里，我从里往外一点点地挖找：石块堆里、破碎的木板下……每一寸，我都没有放过。而每一寸，都没有郭子晋的下落。

郭子晋像是人间蒸发了一般，消失得无影无踪。陆菲留了下来，她忍着肩膀上的伤和我一起搜寻。

直到天黑雾散，我们两个人依旧毫无收获。

“过去多长时间了？”陆菲问我。

我平静地答她：“四个小时。”

很难得的，我们两个人之间产生了一种难言的默契。如何分工、如何着手，不用多说，彼此自然而然，心照不宣。静谧的楼里，时间缓慢流淌而过，如同钝刀子割肉一般，带来缓重却锐利的疼痛。

离规定时间只剩下一小时的时候，我强撑着的体力彻底耗尽。要不是陆菲及时扶住，估计我直接就摔倒在石块里了。

“你休息吧！”可能是为了得到我的信任，陆菲主动把她身上的刀具丢给我，“我来找好了。”

我眼前阵阵发黑，胸口阵阵憋闷。对于找到郭子晋，我已经不抱任何希望了。

陆菲一边搬着石块，一边对我说：“以前我的老师讲过，一桩杀人案件的成立，最起码的标准就是死要见尸。没有尸体，我们就不可以过早下结论。无论听上去多么顺理成章，没有见到尸体，猜想也不过是谬论。”

我听了好一会儿才反应过来，问道：“你是在安慰我？”

“不，我不是在安慰你。”陆菲拍拍手上的灰，她淡定地说，“你刚才在墙里没有看见，可是我在楼顶上却看得真切。气爆发生时，郭子晋确实在屋子里。那么高强度的爆炸……”

我胸腔位置顿时一疼，一口气没捯上来，差点昏过去。陆菲用脏兮兮的手掐我的人中，她闷声道：“成书瑶，你放弃吧！郭子晋……他应该已经死了。”

“你为什么杀白鹿？”我认真地看着陆菲，“你为什么要杀他？”

“没有为什么。”

陆菲想要站起身，我却死命地拽着她的袖子，想要一个答案。

“你告诉我，你为什么要杀他？”

路灯的光亮从墙壁破掉的位置泄进来，陆菲的脸被映衬得蜡黄蜡黄的。她的胸脯起伏得厉害，我以为她会哭，可她激动的情绪很快又恢复如常。

陆菲状似无意地说：“因为，陆泽楷知道了白鹿的存在。”

“因为陆泽楷知道，所以他逼着你杀了白鹿？”

陆菲摇头，她披肩的长发散落下来。虽然她坚毅的脸上看不出丝毫伤感，可她眸底的哀伤却没能退去，说出的话也极为无奈和苦涩。

“不，陆泽楷并没有逼我……你见过陆泽楷，他的性格，难道你还看不出来吗？他不会逼人做任何事，从来不会。陆泽楷喜欢他人心甘情愿地为他做事。他会把一切都做好，然后将唯一的答案给出来，让你选。”

我掐着手上虎口的位置，问她：“如果你不选择陆泽楷给你的答案，会发生什么事情？”

“会发生什么？”陆菲笑得讽刺，“白鹿的爸妈、朋友、亲戚，所有跟白鹿有关系的人，都会死。即便我离开了白鹿，他们也逃不了……为了白鹿不恨我，我只有……杀了白鹿。”

我想起陆菲和白鹿之前相处的情景……这算不算相爱相杀？

闻人航规定的时间马上要到了，我和陆菲两个力竭地跌坐在石块、瓦砾上。陆菲没有跑，而我同样不打算跑。

透过被炸毁的棚顶，我看到了北州满是雾霾的肮脏的天空。

“白鹿临死的时候，他还想着为你开脱。白鹿可能清楚有人在暗处藏着，所以他急忙指证我是凶手。刚开始我以为白鹿是失血过多昏了头，现在看来，他是为了给你找活路。”

陆菲将脸埋在手掌里，她使劲地揉了揉脸。长时间没有喝水，陆菲唇上卷皮卷得厉害，开口说话的声音也跟着沙哑起来：“白鹿……他就是个傻瓜。虽然他看起来很精明，可实际上，他就是个傻瓜……和你一样。”

“我？”我自嘲地笑，“我不仅是个傻瓜，我还是个笨蛋。要是没有我的自以为是，郭子晋也不会……”

世界在此时静默了，我和陆菲两个人都没再说话。不知道过了多久，陆菲突然说道：“成书瑶，你说，郭子晋会不会是故意的？”

“故意的？”我像是看到了希望一般，急着问她，“你是什么意思？陆菲，你明白什么了吗？”

陆菲摇头，眉头皱紧又松开。“我刚才在想，以郭子晋的能耐，肯定不会就这样被炸死了。再说了，郭子晋非常了解你。你有什么样的举动，他会不清楚吗？”

我连滚带爬地到陆菲身边，求她道：“你再说清楚点！陆菲，我求求你，你再和我说说！”

不知道是不是因为相似的经历触动了陆菲心底敏感的神经，她不厌其烦地解释给我听：“我只是猜测，不能作数的。他可是郭子晋，有几个人能猜到他是怎么想的呢？以我对郭子晋的了解，即便我眼见着他被炸死了，他也同样有能耐逃脱……现在八成是有什么事情绊住郭子晋了，所以他不能立刻现身。”

“陆菲，你再说清楚点。”

“成书瑶，你想想，”陆菲轻声软语地安慰我，“郭子晋有多了解你？你一个眼神，郭子晋立马明白你心里在打什么主意。你不会跟我走，郭子晋也一定事先想到了。”

“如果按照你说的，郭子晋又有什么原因不现身出来呢？”

我的话音刚落，寂静漆黑的屋子里突然响起了闹钟的声音。闹钟急促，有如催命，刺耳的铃声听得人头皮发麻。

在气氛诡异莫测的危房里，陆菲的薄唇轻启：“八个小时，到了。”

看不见脸的男人

Chapter 5

闻人航规定的时间到底有什么意义，我们谁也不清楚。时间到了的那刻，我心里所有复杂的感觉瞬间消失不见。如同一种解脱，让人禁不住长舒了一口气。

八小时到了，我没有找到郭子晋，我没有等到奇迹。

“郭子晋……”

我的话只是开了个头，却再也进行不下去。

陆菲理解地拍拍我的肩膀说：“成书瑶，节哀吧！”

照理说，在见过白鹿的死后，我多少应该对陆菲有点意见或是想法……可不知道为什么，在陆菲刚才对我说了那番话之后，我对她竟然十分同情。

一个女孩子，要经历过怎样的事情，才会变得像陆菲这样？而一个女孩子，又是承担了多少，才能变得像陆菲这样？既然白鹿都没责怪陆菲什么，那么我一个外人，更没有立场责怪她吧？

漆黑中只剩下闹钟在叫，凄惨又烦人。陆菲从她的腰间抽出手电筒照了照，她皱眉道：“咦？”

“发现什么了？”我赶忙凑过去，“是看到郭子晋了吗？”

陆菲摇头，手电筒的白炽灯光照得她脸色惨白。“成书瑶……你说，刚才这里有可能进来人吗？”

进来人？

“楼里静成这样，别说进来人了，就连你头发丝儿掉地上都能听见。”我不明白陆菲为什么会这么问，“你是发现什么了？你说的人，是指郭子晋吗？”

她还是沉默不语。

“你不用跟我解释了。”我听得着急，“到底是什么事儿？你快点告诉我！”

陆菲伸出纤细的手指，她声音里似乎有不易察觉的颤抖，“这个闹钟不但没有坏，而且还按照规定的八小时时间响了……成书瑶，你觉得会有这么巧合的事儿吗？”

对于我的茫然不解，陆菲好笑地叹气道：“你摸摸闹钟，这上面是没有灰尘的。”

“好吧，我们在气爆后的屋子里发现了一个闹钟。”可能是我和陆菲的思维不一样，在细节推理方面，我总是会慢半拍，“主人很爱惜闹钟，闹钟上面没有灰尘……说明了什么？”

陆菲继续摇头，她指着躺在石砖上的闹钟说：“虽然气爆是发生在隔壁的屋子，可是这间屋子受到的冲击依旧不小……成书瑶，你看屋子里的陈设、布局，或多或少都遭受了毁坏。”

“可是闹钟上没有灰尘……”后知后觉的我瞬间感觉通体冰凉，“你的意思是……有人在我们忙着找郭子晋的时候进到了楼里，有人在我们没有察觉的情况下放了闹钟在这儿？有人……想提醒我们时间？”

陆菲动作僵硬地点点头。

闹钟会是谁放的？不是陆泽楷，那么就是闻人航。而无论是他们两个中的哪一个，情况都够糟糕的。

“你走吧！”我弯腰将吵闹的闹钟关掉，“陆菲，你走。”

陆菲苦笑着摇头说：“不管闹钟是谁放的，我们两个都走不了了。”

气氛忽然沉默了几秒钟，我和陆菲面无表情地看了对方一眼。事情几乎是瞬间发生，隔壁房间摇摇欲坠的屋顶猛地垮塌下来！本就被气爆动摇的楼体更加倾斜欲崩，整个地面发生轻度的歪斜。无数的石块、瓦砾翻滚着，稀里哗啦地掉落下去！

“成书瑶！楼要塌了！”陆菲从裤腰的位置抽出攀岩用的绳索，将绳头递给我，“你绑在身上，我带着你出去！”

我没有理会陆菲的话，挣扎着往猫哭耗子的屋里爬。指尖、手掌、脸颊……我身上的擦伤，可以说是不计其数。但是此时此刻，我已经顾不了那么多了。我忽略掉陆菲的喊叫，逆着石块掉落的方向往上爬。

“成书瑶，你干吗去？”陆菲吼叫着喊我，“你不要命啦？”

我想要和她说话，却接了满嘴的石灰。我不是不要命了，我是看到郭子晋了！

找了八个多小时的郭子晋终于出现了，他并没有被压在石块里，因为他一直在房顶上。随着房顶的塌陷，郭子晋也掉了下来。

很显然，郭子晋是被人藏在了房顶上。藏匿郭子晋的人似乎很有情调，因为郭子晋的周身都被缠上了红色的花布。不知道郭子晋是昏了还是死了，他脸色惨白、眼角乌青，不省人事地躺在地上。从墙体的缝隙间看去，他身子在重力的作用下，不受控制地歪倒着下滑。

“郭子晋！”我忍住想要咳嗽的冲动，一边爬一边叫道，“郭子晋，你醒醒！是我！我是成书瑶！”

谢天谢地，我极具穿透力的叫声起了作用。虽然郭子晋被包得跟粽子似的，但是他的身子很明显地动了动。

巨大的喜悦盈满了我的周身，我像是打了兴奋剂一般亢奋。我手脚并用地往隔壁爬，没一会儿，我便到了郭子晋身边。

“你怎么样？”我抱着郭子晋的脑袋哭，“郭子晋，你和我说话！我求求你！你和我说话！什么都可以，只要你和我说话！”

郭子晋身子动不了，他沾满污血的唇轻抖：“成书瑶……你好吵……”

我不知道该如何表达自己激动的心情，连呼吸好似都慢了些。楼体倒塌的趋势似乎缓解了，陆菲也赶了过来，说：“是闻人航……郭子晋是被……成书瑶！你看！”

我顺着陆菲的视线往上看，露天位置逆光站着一个男人。我看着他，他同样看着我。

不同的是，他能看清我，可是我看不清他。从我的角度望去，他的脸上一片暗黑。虽然看不见长相，可是他的身形我还是记得的。

除了闻人航，不会有第二个人了。

“瑶瑶，”闻人航的嗓音再次发生变化，“八个小时到了，郭子晋你也找到了。现在你该履行承诺了，上来，跟我走。”

“阿航……”

“你闭嘴！”闻人航冷冰冰地打断陆菲的话，“陆菲，我没和你说话。”

即便看不清，我还是能想象到闻人航冷森的眼神。

“瑶瑶，我没那么大的耐心。我说最后一遍，上来，跟我走。”

随着闻人航的话音落下，一个绳索似的梯子从上面垂了下来，掉在我的面前……

“你……”我的嗓子似乎被什么东西堵住了，几乎是吼着才把话说出来，“你想要我干什么？”

闻人航双手抱臂，他西装里的肩膀高耸，投下大片的暗影。“瑶瑶，我想让你做什么，你不需要知道。既然你已经答应我了，那么你必须要跟我走……”

“凭啥？”愤怒让我脑袋发空，说话也没了顾忌，“我凭啥听你的？我卖给你了？”

闻人航扬扬下巴说：“陆菲，你告诉成书瑶，如果她不听我的，会有什么事情发生。”

陆菲没有告诉我，她冷静地和闻人航商量道：“阿航，不管你想做什么，你能不能——”

“你在命令我？”闻人航毫不留情地打断陆菲的话，“现在不是在陆氏集团，我也不是你们家的长工。陆大小姐，你行行好，收回你的高见。不要再用你自以为是的眼光去指教别人。你知道吗？每次看你这个样子，我都感觉反胃。”

闻人航喜怒无常，话说得狠戾决绝。陆菲被他说得面红耳赤，她后面的话，直接被堵了回去。

“瑶瑶，最后一遍。”闻人航从后腰的位置拿出手枪，拉开保险，“跟我走，立刻，马上。”

我看了看地上的郭子晋，又回头看了看旁边站着的陆菲。陆菲笑得苦涩，她无能为力地摇摇头说：“去吧……要是你想郭子晋活着。”

即便陆菲不说，我心里也能大概明白。闻人航兜了如此大的圈子，为的就是将我和郭子晋分开。闻人航的意图我不得而知，但我不想让郭子晋出事儿的心，却无比坚定。

“我……”我弯腰摸摸郭子晋的脸，苦笑着说，“我这就来。”

好似心有灵犀一般，昏迷的郭子晋眉头猛地皱紧。不知道是不是做了什么不好的梦，脸上的表情极为痛苦。

“你走吧！”陆菲不再看我，她弯腰用匕首把郭子晋身上缠着的红布拆开，“郭子晋，我会帮你照顾好的。”

“好。”

说完之后，我没再回头去看。事实上，我的眼睛里已经全是眼泪了。我姿势别扭难看地顺着闻人航丢下来的绳索梯子往上爬，太阳穴的位置一阵钝痛。

爬上绳索，楼顶上等着我的是闻人航健硕的后背，还有另一个等待攀爬的绳索……竟然是直升机。

“你上去吧！”闻人航并没有想和我一起离开的意思，“只要按照吩咐做，就可以了。”

闻人航站在楼顶边缘的位置，他的半个脚掌都悬空在外面。我恐高得厉害，光是看着闻人航的站姿，我便已经觉得小腿发软、全身发麻。

楼体的坍塌还在继续，我忍不住回头往楼下看去。陆菲已经背着郭子晋离开了，地上石块堆里只剩乱七八糟的碎布。

“人都走了，还有什么好看的？”闻人航是在和我说话，可他的语调和语气更像是自言自语的挖苦，“郭子晋不是说过，陆菲要是死了，那他以后都不会找女朋友了。成书瑶，其实想想，这样不也很好？郭子晋的前女友失而复得，陆泽楷又得一佳婿。”

我不想理会闻人航的话，忍住惧意往绳梯上爬。螺旋桨的声音震耳欲聋，绳梯摆动幅度大得差点将我甩下。好在直升机上的人拉了我一把，我这才手脚并用爬了上来。

直到飞机升高开走，闻人航都保持一个姿势没有动。我努力地往下张望，可我不但没看见郭子晋和陆菲，甚至连闻人航长什么样都没看到。

在和闻人航缠斗的这段时间里，今天是他第一次公开露面。可到如今，我却连他的外貌也不清楚。

飞机上一男一女，一个负责开飞机，一个负责看管我。虽然他们没对我用上手铐脚镣，可我的处境依然不容乐观。

“你们要带我去哪儿？”我冷声问。

飞机上的女人很漂亮，她的表情和我的问话一般冰冷。无论我说好听的还是不好听的，客气的还是不客气的，她始终保持着沉默。

我身上有伤，心里焦虑。惦记着郭子晋的同时，我又十分担忧自己目前的处境。在多层压力的折磨下，我脆弱的神经不堪一击。没用多久，我居然浑浑噩噩地睡着了。

在飞机上，我做了许许多多奇怪的梦。梦里弥漫着大雾，我不断追着雾里的一个男人跑。梦境和现实交错出现，我神情恍惚，犹如梦游。我多希望自己一觉醒来之后还在郭子晋的家里，白鹿和陆菲叽叽喳喳地吵架，郭子晋没羞没臊地给我讲笑话，楼下大妈则像是个配乐师，时不时地拿棍子敲打暖气片……

梦境，美好得让人向往。

记忆，却真实得让人可怕。

等到飞机停下，我的梦境才终于停止。我茫然地从飞机上下来，整个人瞬间有一种无力的彷徨。

“为什么……又是黑龙山？”

晨曦之中，黑龙山雄浑的山姿若隐若现。风尘卷起沙石，黑色的矿物颗粒将枯叶彻底掩埋。

“为什么带我来这儿？”我战战兢兢地问，“为什么要带我来这儿？我不想来这儿……诅咒，肯定是真的。这座大山会报复对它不敬的人……来黑龙山的人，没有一个是可以离开的。早晚有一天，绕了一圈之后，来过这儿的人，会再回来。”

我絮絮叨叨说了很多话，看管我的女人依旧一言不发。

趁着进楼的工夫，我突然将看管的女人扑倒在地。长时间的不进食和精神紧张已经折磨得我濒临崩溃，我抱着玉石俱焚的心态和闻人航的人扭打在一起。

“你告诉我！闻人航到底是让我来干什么的？”我一边挥舞着拳头殴打身下的女人，一边叫喊，“你不说是吗？好，既然这样，我们还不如一起死了算了！反正郭子晋安全了，我也不怕——我的妈呀！”

本来我的爆发力十足，可没多久，我便吓得直往后跑。

被我打的女人痛苦地哀号着，而她张开的嘴巴里……没有舌头！

“你……”

虽然只是一瞬间，可我还是清楚地看见了女人舌根处的整齐切面。这个女人不是先天的残疾，而是有人用刀具将她的舌头切断了……

在黑龙山的地界里，割掉她舌头的人，不是陆泽楷就是闻人航。

脑海中零散的片段串联在一起，我和郭子晋来黑龙山别墅的场景历历在目。陆泽楷家的下人们那些古古怪怪的行为得到了很好的解释——他们不是不说话，他们是不会说话。

到底经历了什么事情，陆泽楷会将自己的地盘转让给闻人航？又是出于怎样的顾虑，陆泽楷会把他们的舌头都割掉？

无数的谜团笼罩在我的头顶，好似北州上空厚重不散的迷雾。

郭子晋不在身边，我更是找不到方向。黑龙山对我来说并不是个完全陌生的地方，可是，这里却让我前所未有地恐慌。

女人并不在意我的行为，好像没有舌头是一件正常到不能再正常的事儿。趁着我发呆的工夫，她姿势娴熟地将我的双手反剪在身后。

刚才的爆发已经让我没了力气，我瘫软着跌坐在地上。体力严重透支，我摇晃着昏了过去。

也不知道过了多长时间，我醒来时天已经黑了。我感觉自己的身体如同被车轮碾过一般，身上的肌肉又疼又酸。我的眼皮发沉，无论多用力都撑不开。我咬牙用力瞪眼想要看清楚身边的一切，可还是徒劳无功。

“瑶瑶。”床边上有男人说话，声音听着并不熟悉，不过我猜是闻人航。

在若隐若现的灯光里，我勉强能感觉到闻人航的轮廓。这个男人身上少了一丝桀骜，多了一丝迷茫，少了一分强势，多了一分随和。

他不解地问我：“瑶瑶，为什么你那么相信郭子晋？”

“没有为什么。”我没有力气睁眼，却有力气回答闻人航的话。或者可以说，我的意识完全不受自己控制，只是机械地张合唇瓣，“就是相信郭子晋而已。”

“呵呵呵……”闻人航轻笑，“第一次在黑龙山，你和郭子晋合作也并没有多久……万一郭子晋带着你从山上跳下来的时候出了意外，比如，你被摔死了。要是那样的话，你会恨郭子晋吗？”

跟闻人航一比，我觉得自己聪明极了，“我都摔死了，我还怎么恨他？”

“假设一下，比如说人死后是有意识的，你会后悔自己选择相信郭子晋吗？”

“我都死了，还要怎么后悔？你的假设不成立，我也没办法给你答案。”

闻人航从椅子上站起来，他走到我的床边坐下，身下柔软的床垫发生很明显的塌陷。香水的味道弥漫，我的鼻端满满都是闻人航衣服上的香气。闻人航伸手去触摸，他仔细地将我脸上的碎发收起，轻声说：“如果是我的话，我会怨恨，而且，是极度怨恨。”

“那是你的事儿。”我如实回道。

“瑶瑶，我以前一直觉得，我们是一种人。”闻人航的语调平缓亲切，让我不自觉地放下心理防备。然而时间长了，他身上浓郁的熏香依然让我脑袋发疼。“一样的离异家庭，一样被父母推来送去，一样的卑微可怜，一样的心怀怨恨……”

闻人航的衬衫沙沙响动，他继续往下说：“瑶瑶，其实我特别可怜你。虽然说我们两个拥有相同的境遇，但是你没有我的强壮，也没有我的能力。我可以杀了父母，你却还是卑微地生活在母亲的阴影下。”

“我不觉得自己卑微，再说了，家也不是讲理的地方。”不知道闻人航对我做了什么，我心里的话藏也藏不住，“而且，我很爱我的爸妈，即便他们经常忽略我，可我依然爱他们。还有我的弟弟，他——”

“哼！”闻人航的冷酷绝情再现，刚才的温柔和耐心荡然无存，“知道婴儿为什么经常不饿也会哭吗？那是因为他们自私！他们担心自己的爸妈再生孩子，所以他们本能地用哭声去打扰爸妈……人性本恶，亘古不变。”

对于闻人航的话，我没有反驳。此时此刻，我彻底无语了。一个婴儿而已，闻人航都能过分解读出这么多的内容……我只想说，他活得真累。

我是这么想的，同样也是这么说的。

闻人航对我的话并不介意，他只是呵呵地笑。

“我从小，就很难相信别人。”闻人航的声音听起来像是自嘲，“不相信兄弟姐妹，不相信父母亲人……在我看来，无条件去信任另一个人，是愚蠢至极的行为。所以，我也从来没设想过，生命中的某一天，我会爱上什么人。”

闻人航有一下没一下地摸着我的脑袋，好像是想到了什么好玩的事情。闻人航说出的话里带了笑意：“瑶瑶，我总觉得，你是另一个我。”

呃……咱俩的差别，还是很大的吧？

闻人航没理会我，他自顾自地往下说：“因为我觉得你是另一个我，所以我会忍不住想要完成你敢想却又不敢做的事情……”

“像是那个下唇上带痣的丽娟，是吗？”

闻人航点头说：“是的，像那个下唇上带痣的丽娟。”

我全身发冷，掌心冒汗。提起那个下唇上带痣的丽娟，我就禁不住害怕得发抖。我害怕她，真的是很害怕。这件事儿如同我心里挥散不去的阴影，就连在郭子晋面前，我都不敢跟他深入聊起这个话题。

闻人航了解我的恐惧，他是故意提起的。“铁索、铁钩穿过琵琶骨的过程中，她一直在高声哭喊……我站在一旁，静静听着她血液滴答落下的声音。当时我就在想，瑶瑶，如果你跟我站在一起观看那一幕，你会有什么感想？”

“你是变态！”我毫不犹豫地说，“闻人航，你是全天底下最恶毒的人！你被生下来，完全是个错误。我要是你妈妈的话，我也不会要你……不，我要是你妈妈，我根本不会生你！”

闻人航的情绪稍显激动，他动作缓慢地趴在我身上，使劲在我身上嗅了嗅后，轻声道：“瑶瑶，如果我能抹掉你脑子里关于郭子晋全部的记忆，你愿不愿意？”

不愿意，而且是很不愿意。

闻人航说的话让我心里害怕得厉害，情绪波动得也厉害。我甚至都能感觉出来，我的眼皮都在剧烈颤动。

“瑶瑶，你在反抗我？”闻人航的声音听起来很不高兴，他冷哼着说，“你的命在我手里，你居然还敢反抗我？你知不知道，你现在只剩下半条命了？刚才我派人给你检查过，你体内的各项数值，没有一个是正常的。”

说完，闻人航又“慈悲”地说：“你老实听话地待在我身边，这样，我让你活命……”

可能我的反抗意识真的起了作用，对闻人航的问话，我充耳不闻。闻人航不甘心，再次将问题问了一遍，我却像个死人一样完全没有反应。

“听我的话，难道不好吗？”闻人航的掌心有很多细密的伤疤，抚在我的脸上是麻酥的痒，“跟着我，我会让你少受痛苦。”

这次，没用闻人航多问，我立即斩钉截铁地说：“我宁愿跟着郭子晋受苦。”

“呵呵，郭子晋！”闻人航突然从床上起来，他暴躁凶狠地将地上的茶几踹翻，“郭子晋！郭子晋！郭子晋到底有什么好？你，陆泽楷，你们两个，为什么都心心念念地想要得到郭子晋？”

陆泽楷？怎么扯到陆泽楷身上去了？

闻人航似乎会读我的心思，他嘲讽地冷笑道：“你以为陆泽楷是想让郭子晋打垮我才找上你们的？你以为陆泽楷是惧怕我，所以才和郭子晋联手？”

难道……难道不是吗？

“不，当然不是。”闻人航步子缓慢地往回走，然后再次在我旁边坐下，“你看到的、你以为的，都是陆泽楷想让你看到的，都是陆泽楷想让你以为的。陆泽楷大费周章地设局，真正的目标，是郭子晋。”

郭子晋？

闻人航这种忽冷忽热的脾气，加上忽急忽缓的语速，将气氛弄得十分紧张。

“恐怕你想象不出一个人才对于一个领导者的重要性，不用有所怀疑，陆泽楷，他完全担得起‘领导者’这三个字。”

我倒不是怀疑陆泽楷的实力，我只是想不明白郭子晋对陆泽楷的重要性。按理说，郭子晋医术上不及陆菲，技术上不及闻人航，我真是搞不懂，为什么说陆泽楷真正的目标是郭子晋？

“瑶瑶，你难道还没看出来吗？”闻人航开始有一下没一下地摸我脑袋上的头发，“陆泽楷虽然表面上做的是正经生意，背地里却一直企图操控北州。”

“操控北州？”

“是的，操控北州。”闻人航把脚搭在床上，懒洋洋地说，“现在是战争时期，陆泽楷手里又没有兵权，你说总统府的那些人为什么惧怕陆泽楷？”

“为什么？”

闻人航发出了冷笑，脸上却一点笑意没有，说道：“因为陆泽楷手里的生意，都是掌握着北州经济、民生命脉的东西！大到石油汽化，小到医疗制药，没有一个行业是陆泽楷没干预到的。即便陆泽楷不坐在总统府里，实际发布命令的人，也都是他。”

我瞬间又觉得头疼起来，闻人航话里有话，信息量大。要是郭子晋在就好了，他多少能给我解释一下。

闻人航主动为我解释道：“市五医院的医生，是我杀的。但是王庆文口中的‘他们’，却不是我，而是陆泽楷。”

北州的医药行业，完全可以说是混乱至极。医药买卖中若是少了良心，便会演变成一场屠戮。

“每年年初的时候，总统府便会在北州的医药界内进行一次私下竞标。”闻人航说的事情，简直是我闻所未闻见所未见的，“是的，如你所想，像房地产类的竞标一样，比拼的就是药厂的财力。中标的药厂，则会负责下一年各个医院的药品供应。而药品的价格，除了有一个宏观的把控外，只要高得不是太离谱，基本上是没有人管的。陆泽楷的药厂，年年都会毫无意外地中标。中间他赚了多少钱，你想也想不到。”

而今年，新上任的总统下了大决心，决意整治陆泽楷。药监局的人花了好大的力气，想让暗中一直扶持的药厂在年初的时候中标。可是谁也没有想到，陆泽楷利用日趋尖锐的医患矛盾，狠狠地打了他们一个措手不及。

“市五医院的杀人案件好似大地震，地震虽然过去了，但是余震仍在。总统府的人不敢再轻易整治陆泽楷，而陆泽楷一段时间内也不会有大动作。”闻人航冷笑一声，“说实话，他们双方应该感谢我呢！要不是我恰到好处地将事情闹大，估计事情也不会这么好解决。”

我完全没有看出事情被如何解决了，同样地，我也看不出闻人航掺和进去有什么好处。

闻人航继续为我解答疑惑，他的答案让我震惊：“你的前男友，楚南，他家的药厂，便是我的产业。这家子都是蠢材，犯了错误又怕被我惩罚，竟然偷偷跑去找郭子晋帮忙！呵，真是丢我的脸！”

要是这样的话，问题似乎好理解多了。

我问他：“你是想取代陆泽楷，掌握医药界……是吗？”

如果说闻人航掌握了医药界，那简直是医药界的灾难。陆泽楷虽然贪婪、有野心，可他最起码精神是正常的。陆泽楷会顾及自己的形象，也会顾全他人的颜面……

而闻人航，他的喜好，都是由自己的心情来决定。

医药界的人没有慈悲心和功德心就已经够麻烦了，要是垄断医药的人是个杀人狂魔，那后果简直是不敢想象。

虽然还有很多事情没说清楚，可闻人航却准备离开了。

“瑶瑶，希望你在这里住得习惯。我会每天给你准备馒头，你一定要吃。不然的话，我可不知道你会不会受黑龙山的影响，再做出什么让人匪夷所思的事情了……过两天，我再来看你。”

听闻人航的意思，短时间内，我恐怕是别想离开了。

“还有啊，瑶瑶，”临出门之前，闻人航忽然说，“要是在以前，很久很久以前，我认识了你……是不是，我也不会变成今天这样？”

没等我回答，闻人航便开门离开了。

我像是做了一场梦，梦里面满满都是大团大团的雾气。我迷失其中，完全找寻不出方向。

跑，漫无目的地跑！可是我不知道自己为什么跑。

我嘶吼着，大声呼喊郭子晋的名字。天地之间，回声悠悠。除了自己的喊叫，什么都没有。

我也不知道自己睡了多长时间，才睡眼惺忪地睁开眼睛。这些天里，我感觉自己的身体越来越差，躺在松软的床铺上，浑身都是虚汗。我的双手酸软无力，完全动弹不得。

“有……有人在吗？”

一时之间，我辨别不出自己是梦是醒。闻人航说过的话我还记得，嗡嗡的声音在耳边徘徊不散。我甚至都怀疑闻人航的出现是我精神压力太大而产生的幻觉。

到底梦境是真实的，还是虚幻是真实的？

到底我是真实的，还是闻人航是真实的？

或者说，和郭子晋有关的一切，都是我的幻觉？

在梦境里面，我分裂出来无数个自己。而在梦醒的那一刻，分裂出来的无数个自己又随着影像的消失全部被我杀死……我像一个刽子手，不断地谋杀着另一个自己，循环往复，生生不息。

门外有人敲门，没多久，早饭便被人端了进来。他们静静地泡茶、倒奶、热咖啡，又扶着我起来，布置餐点……屋子里的一切，都在悄无声息地进行。

被扶起来后，身上的冷汗冻得我打哆嗦，我强撑着去拿餐碟里的馒头，狼吞虎咽地吃了起来。黑龙山的矿石辐射有多厉害，我已经领教过。闻人航昨天说了那么多，只有吃馒头这句话是最有用的。

为了能够保持体力，我每样早点都吃了些。体力虽然不会完全恢复，但是总比什么都不吃要好得多。有了力气，我就能找机会逃跑；有了力气，我就可以试着反抗；有了力气，我也能更好地去想郭子晋。

不知道郭子晋现在怎么样了，陆菲的医术不差，应该能救得了他吧？被杀的白鹿，藏在门口准备偷着告密的人……那个人，他是敌是友？他会不会害郭子晋？我的脑袋像是被人诅咒过，只要一想起郭子晋，头就像炸开一样疼。

闻人航又一次对我的身体做了手脚，我心里清楚。

在黑龙山的豪华建筑里，我的行动是完全自由的。只要不出去，我想做什么都没人管。

房子里静悄悄的，除了我之外，其他人好似行尸走肉一般。他们不会说话，不会笑，一个个全都面无表情地给我收拾烂摊子。无论我的行为多么无礼、讨厌、霸道、蛮横，他们都没有反应。

周围人的行为逼得我几乎抓狂，死水一般的氛围让我彻底发疯。闻人航说晚上会来，我便强忍着睡意苦苦坐了一夜。

可是这天晚上，闻人航并没有来。

闻人航不仅第二天晚上没来，接下来的几晚，他都没有来。闻人航装神弄鬼、神秘兮兮的，搞得我不胜其烦。

就这么过了一周后，我忍无可忍地抽出面包刀抵在送饭女人的脖颈上，说："我知道你不会说话，写字你总会吧？闻人航在哪儿？他什么时候回来？"

女人像是没听见一般，对我的行为视而不见。我只是吓唬吓唬她，并没想过动手伤害谁。可她不闪不避的，我手里的刀具难免将她的脖颈划伤。她脖颈的位置瞬间沁出血珠，她却恍若未觉，如同不知道疼一般，继续忙着自己手上的工作。

我呆愣愣地看了好一会儿，这才呢喃着回过神，自言自语道："她这是……被闻人航催眠了？"

实施催眠的是不是闻人航，我并不清楚，不过不难看出，屋子里没舌头的人全被催眠了……我摸摸自己胸前已经不是太明显的疤痕，迷茫地想，在过去的某一刻，会不会我也被闻人航催眠过了？

现在的我的想法和意识，到底是我自己的想法和意识，还是闻人航灌输给我的想法和意识？

我无法得知，同样也无法求证。我只能茫然无措地在屋子里醉生梦死，不断地在难为自己和为难他人的路上持续痛苦。

我的身体一天不如一天。我自己都能感觉得出来，我吃得多，体重却越来越轻。我睡的时候多，清醒的时候却越来越少。清醒的日子里，我只能不断地安慰自己，就当来减肥吧……可是我自己明白，我的大限将至，活不了太长时间了。

每天吃过午饭，我都会躺在窗外的台阶上晒太阳。看着漫山遍野的枯树残枝，我的心里却异常平静。偶尔精神好点，我会哼唱两句歌。有时候我也会胡言乱语，自己也不知道自己在说些什么。

我确实是没有遗憾，哪怕快死了，我还是觉得自己无怨无悔。与郭子晋在一起的日子，是我人生最有意义的时光。虽然……和郭子晋在一起的大部分时间，我已经不记得了。

不记得，是真的一点都不记得了。最初我想起郭子晋的时候，脑袋里还会发疼。可是现如今想起郭子晋，我的大脑里完全是空荡荡的。

为了努力记住和郭子晋在一起的事儿，我总是偷偷记日记，在纸上写好，再藏起来。但是这样的方法也是有弊端的，因为藏完之后，等我睡醒了起来，我又不记得自己把纸藏在什么地方了。而藏起来的纸上写的是什么，我更是想不起来。

闻人航虽然没有露过面，可是他无处不在。他逼得我精神崩溃，他残忍地将郭子晋从我的记忆里抹掉了。

我不想忘记郭子晋，但是我无力招架，也无可奈何。

就在我不断质疑自己会不会在忘记郭子晋前死去时，事情仿佛出现了转机。在一个阴雨绵绵的早晨，闻人航又抓了一个人回来——一个有舌头、会说话的男人。

不过，很遗憾，这个男人是个盲人，在大雾天帮我指路的那个盲人。

记忆篡改

Chapter 6

因为那天大雾，所以我始终未能看清楚盲人先生的长相。不仅没看清长相，我连他的名字也不知道。

我与他萍水相逢，自然谈不上有多深厚的感情。可是绝处重逢，却又平白生出几分亲近的感觉。

盲人先生是吃过早饭后被人带过来的，估计他走了很远的路，裤腿上面满是泥。他浑身上下湿答答的，整个人都在发抖。和我被抓来时一样，他是被两个哑巴下人押送过来的。

和我不同的是，盲人先生十分恐慌。

看不见、摸不到、听不着，恐慌的情绪逼得盲人先生惶恐不已。在金碧辉煌的大厅里，他撞碎了不少的花瓶、古董。我站在二楼的楼梯处看他，他的眼睛上缠着十厘米宽的纱布……

第二次遇到，我还是没能看见他的长相。

“谁在这里？”盲人先生喊得嗓子破音，他愤怒地踢踩着满地的陶瓷碎片，“为什么抓我来？你们是什么人？你们想干什么？”

挣扎打闹的过程中，盲人先生身上留下了不少的擦伤。鲜血和他身上的雨水混杂在一起，滴滴答答地流得满地都是。

我告诉自己，不要轻易地上当受骗，先观察他一段时间再……然而猝不及防地，盲人先生踩在了碎片上，滑倒在碎片中。尖锐的碎片刺进他胳膊的动脉，瞬间血流不止。

动脉血流的速度很快，没一会儿，盲人先生的嘴唇便因为失血过多而变得惨白。下人们想要过去为他止血，却全被盲人先生大力地推开了。

“滚开！”和我们最初相遇时不同，盲人先生完全没有了谦和有礼，他吼叫着喝退其他人，“你们别碰我！都给我滚开！”

那些人当然不会理睬盲人先生的话，他们从容有序地试图过去帮他处理伤口。

盲人先生身材高大，一般人很难制住他。扭打的动作加速了他血液流失的速度，他渐渐体力不支，跌倒在地上。

“你们……滚！”盲人先生气喘吁吁，生存的意志让他强撑着一口气没昏过去，“滚开！我不认识你们！你们都给我滚！”

眼见盲人先生即将一命呜呼，我终于看不下去，开口道：“那个……”

太久没有说话和与人交流，我甚至都忘了该如何开口。我只是说了两个字，盲人先生便认出了我的声音。他缠着布条的脸上瞬间迸发出喜悦，喊道：“小姐？是你吗？这里是你家吗？”

我不知道该怎么回答，盲人先生也用不着我回答。失血过多的盲人先生在听到我的声音后便摇摇晃晃地昏了过去。边上的人瞧准时机，赶紧上前输血抢救。

闻人航抓了两个奇奇怪怪的人在家里，我想不出他想做什么……在以前，我似乎也跟许多奇奇怪怪的人一起被关在屋子里，不过那时候的屋子，好像比现在的要大得多得多。

以前抓我的人是谁，我已经完全不记得了。最后怎么逃出来的，之后又发生了什么事情，我全然不知。我的记忆出现了巨大的断层，现实和虚幻之间的界限被彻底割裂。

我时而清醒，时而糊涂，盲人先生被带去抢救，没多一会儿我便将他忘干净了。吃过晚饭之后，我这才恍惚想起，屋子里新来了一个会说话的盲人先生。

我害怕自己又忘了，赶紧起来去隔壁房间看看。

盲人先生正在输血，他的脸色正在一点点变得红润。我伸手去碰，心里很好奇他纱布下面会是张怎样的脸……

可就在我的手即将触碰到他脸上的纱布时，我却退缩了。

被割裂的记忆片段忽闪忽现，我隐约记得，好像我的房间墙上有一个洞，是可以通到这间屋子的。

我跑到两间房子中间的位置去看，很失望，我并没有找到能够通行的洞口。墙壁上的壁纸贴得严丝合缝，别说洞了，连个褶皱都未曾见到。

我使劲地捶捶脑袋，小声地自言自语道："成书瑶，你怎么又犯糊涂了？"

"成书瑶小姐？"床上的盲人先生被我吵醒，他有气无力地叫我，"我刚刚听到有人这么称呼你，你能过来一下吗？"

盲人先生看不见，所以他只能通过我是否站在床边来判断我是否有认真听他说话。等我在他床边站定，他这才开口询问："这里是哪里？我在大街上走的时候被人拐了来，你知道那些人为什么抓我来吗？你也是……被抓来的吗？"

我摇摇头，摇完之后才想起来盲人先生看不见。于是我又补充说："不，我也不知道……先生，我能问问你吗，你叫什么名字？"

"我？"盲人先生轻笑道，"是我失礼了，上次我就应该告诉你我的名字……我叫莫照临。"

莫照临？我默念了一遍他的名字，是完全陌生的感觉。

"虽然这么说很唐突，可是我真的很好奇。"我尽量让自己的语气放缓，虽然这对我来说很难，"莫照临先生，我们第一次见面的时候，我有没有说我是去干什么的？"

"这个……"莫照临明显一愣，"你为什么这么问？"

我苦笑道："我也不知道自己发生了什么，我的脑子最近非常不对劲。好多好多的事情，我都记不得了。前几天洗澡的时候，我发现我胸口的位置有一道疤，可我一点也想不起来疤是怎么弄的。"

"呵呵，那你还能记得我，我真是备感荣幸。"莫照临的脸上少了戾气，人也变得很温和，他摸了摸脸上的纱布，说："太具体的，你也没有告诉我。我遇到你的时候，你说你是出来给室友买冰激凌的。北州雾大，你迷了路。还有，你说你有男朋友，你记得吗？"

"男朋友？"我使劲想了想，这些我还是记得的，"楚南吗？"

莫照临摇头道："我不知道你男朋友是谁，你没有告诉我。你只是说你男朋友爱吃醋，所以，我们还是保持适当的距离比较好。"

我觉得好痛苦，我头都想大了，却一点都想不起来。

莫照临似乎对我的状态比较担忧，他说："成小姐，你为什么会不记得以前的事情呢？那我被抓来这儿，是不是也会忘记以前的事情？"

虽然比莫照临早来了几天，可对于目前的处境，我跟他一样，一无所知。

为什么抓我们两个来？为什么我会不记得事情？到底还会不会有人跟我们一样被抓来？……这些，我都不知道。

时间太晚，我不方便继续留下打扰莫照临休息。临走之前，我嘱咐他一定记得吃馒头。莫照临知道我记性不好使，他好心地没问我为什么。

“等你能下床了，你记得来隔壁看我。”我充满歉意地说，“因为你不来的话，我很可能睡过一觉之后就把你忘了。”

莫照临的脾气好，他的声音听着让我心安：“好，明天一早，我就过去看你。”

虽然这么说很不好，可我觉得莫照临被抓来也不见得是坏事儿。最起码对我来说，这是一个莫大的安慰。不管他是敌是友，有人能跟我说话，是我现在最开心的事儿。无声的寂寞已经折磨了我太久，能有人跟我沟通交流，我简直是求之不得。

莫照临遵守承诺，第二天一早，他就坐着轮椅过来了。可能还不习惯屋子里的陈列与摆设，他的轮椅撞得墙壁上到处是刮痕。

听到敲门声，我心里泛起一种说不清道不明的喜悦。而这种喜悦很熟悉……曾经的某一时刻，我也有过这种类似的喜悦。

在世界末日般的城市里，在我以为自己被抛弃的时候，我就听到过类似的敲门声。当时，门外的男人也像莫照临这样，带给我无与伦比的喜悦……

我很费力地想，却一点也想不起曾经门外男人的脸。我很使劲地去看，却看不到莫照临纱布背后的脸。

我抓狂地挠挠头，毫无思绪。

“成书瑶小姐……”

“叫我成书瑶就行。”我被他的客气称呼弄得不胜其烦，笑着说，“我叫你莫照临……总先生小姐的，感觉像是服务生一样。”

大雨过后阳光满室，莫照临跟我一样笑了起来，“成书瑶，你真的什么都不记得了吗？”

“什么都不记得……倒也说不上。”我咧咧嘴，口腔里满是发苦的感觉，“我这几天时不时能想起一些事情，不过很奇怪，我又总觉得，想起的事情却不是我的回忆。”

“哦？”

我试着跟莫照临描述自己的想法：“呃，怎么跟你说呢？像是跑去饭店吃饭，但是一不小心抢了别人的菜单……你能明白吗？”

“抱歉，我理解不了。”莫照临轻轻地挪动着眼睛上的纱布，“能再仔细说说吗？”

仔细说？我咂咂嘴，眉头紧皱，回答道：“好吧，我记得我是念过女校的，但是学过的课程，我一点都想不起来。”

“那你能想起来什么？”

提到想起来的事情，我一下子变得滔滔不绝、口若悬河。“我记得尸案现场喷溅的血迹，我记得如何根据尸体腐烂的程度推断死亡时间，我记得新旧骨折的同一认定……这些本不该我记得的事情，我却全都记得……而且印象非常深刻。”

“我不是医生,所以你说的我并不是很能理解。”莫照临并没有被我的疯言疯语吓到，他冷静从容地帮着我分析，“会不会是你以前学过相关的知识，结果你现在不记得了？”

莫照临说的话，可能性简直是微乎其微。可是我记忆里的知识却有理有据、条理清晰。如果不是长年累月地研究刑事案件的专业人士，是不可能知道得如此详细的。

为了避免给莫照临造成恐慌，我没有继续往下讲。我推着莫照临去院子里散步，又是一阵阵的精神恍惚。此刻我的脑海中跳跃而出的画面，却是我推着莫照临在医院里散步的场景……不过据我所知，我之前只是跟莫照临在大雾天能见度极差的街上见过一次而已。

出乎我的意料，莫照临竟然突然问我：“成书瑶，你觉没觉得……以前，你好像也是这么推我出来的？”

熟悉的称呼，再次勾起记忆的错乱。有一个陌生男人的声音，不断在我耳边回响：

“成书瑶，这才是你搬来的第一天，我们来日方长吧！”

“成书瑶，你就找这种工作？”

“成书瑶，你这技术未免太过硬了吧……我看你是脑子长反了。”

“成书瑶……对不起。”

莫照临的话被我忽略，而他也没有再次问起。我努力想要想起说话的男人是谁，我心里清楚，这是对我极其重要的一个人。

推着莫照临的手停了下来，我伸手去摸，发现自己早已满脸是泪。

“成书瑶，你怎么了？”察觉到我的异样，莫照临问了一声。

我有点后悔让莫照临这么称呼我了，还不如叫成书瑶小姐好。

莫照临不甘心地追问：“你是怎么了？哪里不舒服吗？”

我强压着嗓子，尽量不让莫照临听出我哭过，“没什么，外面日头晒得我发晕，我们回去吧！”

“现在是冬天啊，”莫照临很直接地拆穿我的谎话，叹气着说，“我们两个被关在一起，我什么都看不见，你是我唯一信任的人……我希望，你能跟我说实话。”

莫照临的话让我心里微微发酸，我点头答道：“好，我答应你。我没什么，只是刚刚脑子又有点恍惚罢了。”

“怎么不清楚？”

我简单说了说，告诉莫照临，我的脑子里还是会有莫名其妙的记忆乱入。

莫照临似乎对我乱入的记忆很有兴趣，他问我："还是关于破案类的知识吗？"

出于本能的，我并不想跟莫照临说实话。

我含糊地说："差不多吧！"

莫照临没有继续追问，不过他失望地叹了口气。

可能因为中午的不愉快，莫照临晚饭的时候没有过来。我心里排斥的感觉加强，所以我也没有过去隔壁找他。还没等晚饭撤下桌，我便迷迷糊糊地睡着了。

午夜时分，卧室的门打开了。我没有睁开眼睛，但我觉得自己什么都能看见——一个身材高大的男人走了进来，坐在我床边，他身上满满都是薄荷精油的味道……

多么熟悉的味道。

我嗅了嗅，眼泪跟着流了下来。进来的男人在我身边坐下，他用亲切的声音唤我的名字："成书瑶……"

后面发生了什么事情，我不赘述了，总之，一夜好梦。

第二天下雨，我直到中午才起来。吃过午饭之后，我感觉自己全身都难得地神清气爽。莫照临下午一点多来找我，他背着屋子里的其他人，小声地告诉我："成书瑶，我有新的发现。"

"新的发现？"我没有冒犯的意思，可我实在不敢指望一个盲人能发现什么，"是什么呢？"

"你推我下楼吧！"莫照临拍拍自己的轮椅，"我讲给你听。"

我不知道莫照临在这栋房子里能发现什么，他说有发现，那就当有发现吧！反正我们两个也没其他的事情做，下楼就当溜达锻炼身体了。

"成书瑶，你往那面推。"莫照临侧耳去听，他专注地指挥我，"往东一点……不不不，你走反了。"

我分不清东南西北，即便有黑龙山作为指示标，我还是分不清楚。莫照临一本正经地指路，我跟个无头苍蝇似的四下乱走。不知道算不算歪打正着，我居然顺着莫照临的指引，摸到了墙壁上的破洞。

黑龙山的华美建筑外层是一圈的铁栅栏，地上长了不少的枯草，要不是莫照临的轮椅意外碰到，估计我怎么都不会发现这个破洞。

"这个……"我问莫照临，"你想干什么？"

"成书瑶，我们两个逃跑吧！"莫照临全然不像是开玩笑，"今天晚上等看守都睡着了，我们两个从这里跑出去，怎么样？"

莫照临说要“逃跑”，可我觉得这么说并不准确。毕竟从关进来到现在，我们两个的人身自由并未受到限制。休息时间、用餐时间、睡觉时间、溜达时间……我们两个都是完全自由的。

可是我犹豫了。

“逃跑？我们要跑去哪里呢？”

我的身体愈渐衰弱，记忆也残缺不全。莫照临更不用说，他根本不可能记得出山的路。我们一个睁眼瞎，一个闭眼瞎，这么横冲直撞地往外跑，简直是死路一条。

“顺着公路跑，总会找到出路的吧？”莫照临想得比较简单，同时又想得比较乐观，“有进来的路，那一定会有出去的路啊！”

我点点头，我觉得莫照临说得还是有道理的。

“但是……”我还是有点不放心，“会不会很危险？”

莫照临显然已经做好了决定：“成书瑶，我今天带你过来，不是想问你跟不跟我一起离开。你不记得以前的事儿，可是我还记得。虽然我看不见，可我也不想被人豢养起来。如果你想离开的话，晚上十点，你来隔壁房间找我。”

“今晚？”我实在是没有什么心理准备，“逃跑这么大的事儿，我们不用好好商量商量吗？”

“这有什么好商量的？”莫照临的表情坚决，“这个机会实在是太难得了。这个洞是个意外，谁知道屋子里的人什么时候会发现这个洞？万一时间一长，这个洞被发现了被堵上了，那我们不是再也跑不出去了？”

呃，好像，确实是这么回事儿。

但是不管莫照临说什么，我还是不能完全相信他。不过此时此刻，除了相信他，我好像也没有别的办法。

茫然无助之间，我总觉得自己想要叫什么人的名字……叫谁，我却无论如何都想不起来了。

楚南？好像不是，我想叫的应该是个三个字的人名。

莫照临？好像也不是。

闻……闻人航？他是谁？

这些猛然冲进脑子里的陌生人名，竟然让我莫名心安。闻人航……他是谁？我又是在什么情况下认识的他？

没有印象，完全没有印象。

“37、39、45、65、71、115、132。”我自己站在卧室里，默默地念出两组奇怪的数字，

“6、10、52、56、73、92、118……这又是什么意思？”

跟所有被我忘却的事情一样，我一点头绪都没有。

一种莫名的恐慌情绪迅速将我包围起来——要是有一天，我忘了我自己，那该怎么办？

带着这种恐慌，我像是逃一般，迅速跑到了莫照临的房间。

莫照临没有睡，而他的体力恢复得差不多了，自己也能站起来了。

“你来了？那我们可以准备拿东西走了。”

“准备拿东西？”我茫然无措地问，“我们需要准备什么？”

莫照临的准备很充足，他解开干净的床单，里面包裹的全是馒头、面包、牛奶和水……跟莫照临比较，我一点没有逃跑的样子。

我不好意思地说：“我什么都没准备，路上不是要拖你的后腿了？”

“不会啊！”莫照临笑得大方，“我一个瞎子，又看不见路。其实，是我在拖你的后腿。”

提到自己的眼睛，莫照临自嘲的语气总是让我心酸。我不知道该怎么安慰他，只是傻愣愣地站在一边。莫照临并不以为意，他背起布包说：“走吧，成书瑶，我把着你的肩膀，你在前面带路。”

“好。”

我强忍困意，强打起精神在前面领路。

我打开房门，外面走廊里的灯光幽暗。莫照临掌心的热度滚烫，搭在肩膀上，让我微微不适。

走廊太静，我也没法开口说话。我小心翼翼地在前面带路，却总觉得不太舒服。后来实在忍受不了，我小声地说：“莫照临，你觉没觉得，后面有人在看着咱俩？”

“有吗？”莫照临反问我，“你觉得是什么人在看着咱俩？”

我回头看了看，说：“不知道，很奇怪的感觉……快点走吧！我们轻点，别吵醒他们。”

莫照临很听话，我带着他往东他就往东，我带着他往西就往西。莫照临如此信任我，我也不好意思怀疑他。

好在一切都很顺利，我带着他来到了白天的栅栏坑洞处。

“你先过去。”我将布包先顺着坑洞丢出去，“要是有什么事儿，你就顺着盲道一直跑，千万别——”

“成书瑶？”我的话说了一半，莫照临不安地问，“你怎么了？看到什么了吗？”

是的，我确实看到了。

这个房子里都是哑巴，但是为什么，外面却有盲道?

盲道的砖块数量不是很多，零零散散，顺着弯曲的道路排布着。不过从土地上的痕迹看，以前的盲道应该是完整的，只是不知道什么时候，有人刻意地将盲道拆掉了。

我随意地敷衍了几句，莫照临没有再继续追问。莫照临跑到坑洞外面，他摸索着捡起地上的布包。他听见我没有发出声音，不安地问："成书瑶？你还在吗？"

"哦，我在。"我抬头看了看说，"你等我一下，我就来。"

身后豪华的建筑里灯火通明，和眼前这静谧的环境一对比，灯火反倒有一种说不出来的诡异。进来或者出去，都没有什么太大的分别。一切，对我来说都是未知的。

信任是种很奇怪的东西，一旦失去，便很难再恢复。虽然我跟着莫照临从坑洞里爬了出去，可是在心理上，我却对他产生了怀疑。

从一开始，我的直觉就没有错。能再次碰到莫照临，一定不是偶然或者巧合。

不管怎么说，莫照临想要带我出去必有他的目的。我沉默地在前面带路，莫照临沉默地将手搭在我的肩膀上。

毫无意外地，没有人追我们而来。屋子里的人还是照常地生活、行动，静悄悄的，好似世界末日。

沿着公路往外走，我和莫照临一路上都没有碰到一辆车。走累了，我们就坐下休息休息喝口水。我们两个人很有默契，彼此也心照不宣。

天蒙蒙亮的时候，在黑龙山的另一侧，我们见到了一家古朴的民居。

"要不要上去问一下？"我犹豫不决，只好把情况说了一下，跟莫照临商量，"可是，万一要是抓我们的那些人在里面……"

莫照临比我果决，他想了想，说："进去看一看吧！万一不是呢？"

我困得哈欠连天，眼泪就没断过。走到民居前面，黑龙山的龙头活灵活现地出现在眼前，吓得我一阵恍惚。要不是莫照临在身后扶住我，我非摔在地上不可。

"怎么了？"莫照临担忧地问我，"你看到什么了？"

我定了定神，告诉莫照临我没事儿。我走上前去敲了敲民居的门，声响在山谷间回荡。

"有人在吗？"

我喊出的话不断在山谷里回荡，声音渐行渐远，慢慢变了味儿。扭曲的声线，好像是一个陌生的女人发出的嘲讽。

"没有人。"我不甘心地又敲了一下，说，"我们下面要怎么办？"

莫照临把肩膀上的布包往上颠了颠，又伸手摸了摸脸上的纱布，说道："这里有民居，应该会有人居住吧？成书瑶，你再带着我去公路上看看，看看是不是有路牌什么的。”

我状似无意地问他：“你怎么会知道这里有人呢？”

“瞎子的直觉。”莫照临说得坦然，完全不像作假，“因为我看不见，所以到了新的地方，我都会事先找逃生路线。时间长了，我总结出了一套系统的理论。上次大雾的时候，我为什么能带你找到路？就是因为这个。”

我找不到能够反驳他话的论点，而且我暂时也不想反驳他的话。

按照莫照临的指示，我果然找到了路边的站牌。然而我并没有太高兴，因为上面写着：站台取消。

“没有人，站台也取消了。”我重重地叹了口气，“接下来我们要怎么走？还是沿着公路往前吗？”

莫照临以为我还会说别的，听到我的问话，他稍显失望，“哦，对，继续沿着公路往前走吧！”

闲话几句，我们两个继续整装出发，往前走去。气氛突然变得有些不太对，我只觉得别扭极了。虽然刚才我们两个也没有说话，可是气氛完全不似现在这般古怪。

往前走了半个小时左右后，忍受不住的我先开口道：“莫照临，你到底怎么了？”

“没什么。”莫照临说。

我能感觉出来，他是不高兴。至于他为什么不高兴，我却不得而知。

我们又往前走了一段路，莫照临突然说：“我本以为……你会表扬我。”

“什么？”我困得厉害，随口应道，“表扬你什么？”

莫照临自嘲地一笑，随即说道：“我以为，你会说我好厉害，即便看不到，也还是能找到路。又或者说，你会说我好聪明……诸如此类的话吧！”

我略微一愣，还是第一次有人如此明目张胆地要表扬。

不得不说，莫照临邀功的行为让我略微反感……就好像，以前也有人如此明目张胆地要过表扬。可是在我心里，却是不反感的。

那个人，又是谁？闻人航吗？

好像，也不是。

我想得出神，一时间忘了回答莫照临的话。莫照临伤感地叹息道：“果然啊，我这样的瞎子，是不配得到其他人的肯定的……也是，不过是我自己奢望太多了吧！不连累你已经够好的了，怎么还能痴心妄想得到你的肯定呢？”

本来我听莫照临提到他自己身上的残疾时，我还挺为他心酸难过的，可现在他总是拿这件事儿说事儿，我隐隐地生出一丝厌烦来。

我不好意思直白地说出来，只得婉转地安慰他说：“没有，我在想别的事情……你做得很好，你也别这么说自己……我觉得你很厉害。”

“是吗？真的吗？”莫照临笑得像个孩子，他摸了摸脸上的纱布，笑着问我，“你真的这么想的？”

“唔。”我含混不清地答道，“确实是这样想的。”

莫照临忽略掉我的敷衍，剩下的路程里，他全程吹着口哨，笑得极为开心。

我困得睁不开眼睛，好几次差点被石头绊倒。

“成书瑶，你看看附近是不是有民居？”天光大亮时，莫照临拍了拍我的肩膀，他的眼睛看不到，可他的鼻子和耳朵都异常敏锐，“我闻到蒸饭的味道了。”

我揉揉眼睛，还真看到农家了。

炊烟袅袅，让人振奋。我拉着莫照临，尽量快速地往农家院里跑。

站在大门口，我刚打算动手敲门，屋里一个尖锐的女声高喊道：“救命啊！杀人啦！”

山中异象

Chapter 7

门猛地被撞开，一个衣衫不整的女人横冲直撞地边跑边叫：“救命啊！救命啊！有人被杀了啊！”

“老妹儿！”女人跑过来藏在我的身后，神经兮兮地说，“救救我，我家里有人死了！”

刚一呼救完，女人又警觉地看了看我和莫照临，问道：“你们两个不是我们村的……你们是谁啊？和房客一起的吗？”

房客？

我这才注意到，女人跑出来的农家院其实是一间简易的家庭旅馆。女人三十多岁，皮肤白皙，雀斑稍多，脸上带着山里人那种不易察觉的市侩。她手上的血管明显，一看就是经常干粗活的人。

走了一夜的山路，又是爬坑，又是翻山，我和莫照临两个人全身上下都狼狈不堪。女人受了惊吓，一脸警惕地看着我们两个。

“大姐，你别怕，我们不是坏人，我们是从北州来的。”我安抚地拉着她的手，发现她掌心的位置满是血迹，“我听见你在喊……你家是怎么了？”

女人狐疑地打量着莫照临，不得不说，莫照临脸上的宽条纱布实在是太过突兀。别说女人接受不了，我刚见的时候也接受不了。

我试图把女人的注意力转移到我身上来，说道：“大姐，你可以告诉我实话，我是个侦探。”

我的话刚说完，不仅女人愣了，我自己都愣了。

女人眉头挑高，她将信将疑地问：“你是个侦探？破案子的那种吗？侦探一般不都是男人吗？我还是第一次见到有女人当侦探的。”

莫照临沉默着没说话，我也不知道该怎么解释。正当气氛有些许尴尬时，有别家的男人拿着铁锹跑出来喊道：“桂枝，发生什么事情了？你家的房客欺负你了吗？”

男人说完话，自然而然地将目光对准了我和莫照临，他凶神恶煞地举起铁锹威胁道：“你们别以为桂枝是寡妇就能欺负她！我告诉你们，我……我……”

“李文学，不是他们的事儿。”桂枝脸色微红，她拍了拍那个叫李文学的男人说，“是我家住的一个房客，他今天早上……死了！”

“死了？”李文学脸上慌张的神情和桂枝如出一辙，他不安地扫了我和莫照临一眼，小声问：“会不会……跟黑龙山有关系？”

桂枝同样慌里慌张地看了我和莫照临一眼，小声说：“应该不会吧？他们昨天晚上是有吃馒头的，但是今天早上……”

“赶紧报警吧！”终于碰到了活生生的人，我心里无比高兴，“大姐，我们能先在你家住下吗？我们在山里迷路了，现在又饿又困的。”

听我这么说，桂枝的防备之心似乎有所收敛。“你们是来山里历险的吧？真是搞不懂你们这些年轻人，有好好的地方不去，偏偏跑到这里来……唉，真是的，我家住着的那四个房客也是，非说什么黑龙山有金矿，这不就丢了性命？”

“什么？你们家的四个房客都遇害了？”我惊讶地问。

桂枝不太想说话，一直沉默的莫照临却连恐吓带威胁地说：“大姐，你最好还是告诉我们。不然的话，等巡捕来了，你想解释也解释不清楚。”

“呵呵，你不用吓唬我。”桂枝不上莫照临的当，一拍胸脯道，“我家男人以前就是黑龙山的看护人，附近的巡捕都认得我，他们会相信我的。”

“好，就当巡捕相信你好了。”莫照临的语气不急不缓，他伸手摸了摸脸上的纱布，继续说，“可是你想没想过，死者是在你家里被杀的，如果错失了抓凶手的最佳时机，命案的责任，你是不是要承担一部分？”

“这个……”

“行，就当你不用承担责任好了。”莫照临咄咄逼人地说，“你要是放走了凶手，担心你发现蛛丝马迹的凶手再折返回来，杀你灭口，你要怎么办？你是个寡妇，门前是非已经够多的了……如果夜深人静的时候凶手再次上门，又有谁能来得及救你？”

莫照临的话让李文学顿时红了脸。

桂枝顿时清醒过来，含糊不清地解释道："四个房客中，只有一个人被杀了，死的是一个胖子。我早上在厨房做好米饭，然后打算去叫他们起床，没想到……"

桂枝说，来她家借宿的是四个学生。这四个学生不知道从哪里找到一张黑龙山的矿产图，然后背着包，连夜赶来了黑龙山，在桂枝家住下。

"我男人以前是看守黑龙山的民兵，不过后来黑龙山总闹鬼，疯了两个教授，还死了一个大校，所以没过多久，巡捕房便派人把黑龙山的军事点给撤了。"桂枝想起了伤心事，情绪不太好，"我男人便是在黑龙山大撤退的时候死的，整个人掉下山，连尸骨都没找到。死无葬身之地不说，想拿个抚恤金都拿不到。"

那几个学生事先了解过桂枝家的情况，所以他们愿意出高价雇用桂枝当向导。桂枝是纯正的山里人，特别迷信。无论给多少钱，侵犯山神老爷的事儿她都不会干。

四个学生虽然遗憾，可是他们挖宝探险的热情并没有减弱。休息了一天，他们四个本准备今天上山。

桂枝解释说："外来人都不知道，白面馍馍是山神老爷最喜欢吃的东西。只要吃了白面馍馍，上山后就不会有事情。然而无论我怎么说，那个胖子执意要我今天早上给他做米饭，这下好了吧？他整个人都死在米饭里了。"

"死在米饭里？"

"是真的！我早上蒸饭的时候，厨房一个人没有，等我喂鸡回来，胖子的整个脸都扎进蒸米饭的大锅里了！简直是太惨了！他整个脸上的肉都被蒸熟了！"桂枝夸张地比画着，眼珠因为惊恐而变得异常突出。

虽然还没亲眼见到，但桂枝描绘的场景实在是太让人害怕。我不自觉地往后退了一步，一旁的莫照临不着痕迹地拉起了我的手。

惊恐不安的感觉还未散去，李文学又一惊一乍地叫道："我的天！不好啦！山神老爷发怒啦！"

我赶紧回头去看，黑龙山的整个龙头突然断裂，轰隆一声，掉了下来！

青天白日，朗朗乾坤，黑龙山上的龙头竟然整个断裂下来。李文学拉着桂枝，我拉着莫照临，我们几个面面相觑。虽然知道山体断裂的地方离我们远，可对大自然的畏惧，还是吓得我们蹲在了地上。李文学和桂枝嘴里念念有词，说着什么"山神老爷保佑"的话。

黑龙山特有的黑色尘埃冲天而上，遮天蔽日，有那么一瞬间，我真的以为山里有黑龙破山而出。

震动持续了大概一分钟才停下，大地似乎都被震得发抖。

莫照临说："是地震。"

"地震？"不知道是不是因为地震的影响，我说话都在发颤，"黑龙山断裂的位置，似乎……就在那个房子那里。"

"哪个房子？"莫照临反问一句，"是我们昨天经过的民居，还是我们逃出的别墅？"

我咽了口口水，说："是我们逃出的别墅。"

"真是万幸。"莫照临的声音稍显生硬，"我们还真是幸运。"

为什么我们两个离开别墅没多久，黑龙山的山体就发生断裂了？为什么那么多方向，龙头偏偏要掉在别墅的方向？那么多没舌头的人……他们还活着吗？

再说了，这一切，真的是巧合吗？

"看来确实得想办法赶紧通知巡捕房了。"桂枝一边念叨，一边招呼我们进屋，"老天保佑，千万不要再死人了。"

我想不出答案，也不能开口询问莫照临。桂枝刚带着我们进屋，就看见了三个看上去睡眼惺忪的学生。三个人，一男两女。男的留着长头发，耳朵上戴着耳环。他穿的衣服很奇怪，皮靴皮裤，看起来不像什么正经人。而那两个女人也梳着长头发，嘴里一直说着方言，好像很害怕的样子。

"他们两个是谁啊？"其中一个女人试探性地问道，"桂枝姐，他们两个也是你家的房客吗？"

桂枝吓得有些恍神，她茫然地答道："不，不是，我不认识他们，也是路过的……这个大妹子很厉害，她可是个侦探呢！"

提到我的职业，三个学生如临大敌。他们三个人互相看了一眼，神情古古怪怪的。

莫照临的手搭在我的肩膀上，他见我没有出声，便轻轻地掐了掐我，问："成书瑶，你怎么了？"

"你是成书瑶？"长头发的男人用他那尖细的嗓子出声问道，"我知道你是谁！你是那个侦探的助理！一个月前，巡捕房发布过你的通缉令！你杀了一个叫白鹿的男人！"

男人的话音刚落，我的头像炸开了似的疼。

我忍着疼痛，咬牙问他："你刚才说……谁？"

"白鹿！"长头发的男人往后躲了躲，"你是杀人犯，我不要跟你在一起！"

好像整个世界都安静了，周围人的吵闹声如同一种布景。桂枝在尖叫，那几个房客也在尖叫，只有莫照临的手还放在我的肩膀上，一直没拿开。

我不记得白鹿是谁，我也不记得自己做了什么。我并不怀疑自己以前给侦探当过助理，从我刚才脱口而出的话就能看出，在潜意识里，我对自己的过去并不是完全没有印象。不过到底发生了何事，我无论如何也想不起来。

“成书瑶，不要管别人的话。”莫照临的话像是凛冽的清泉流进我心里，“我相信你，你也一定要相信你自己。”

莫照临的话给了我莫大的勇气，我认真而又淡定地说：“我没有杀人，你们说的事情，我也不清楚。”

“鬼才信你！”长发男人对我的话嗤之以鼻，“如果世界上的事情都是这样，凭你一句话就能认定你没杀人，那巡捕和法官干脆都回家好了！”

莫照临蒙着纱布的脸对准了长发男人，长发男人畏惧地缩了缩脖子，没有多说。

“桂枝啊，大事不好了啊！”出去通知巡捕的李文学拿着铁锹跑回来，“出去的路被堵上了！巡捕们——桂枝，你怎么了？你拉我干什么？”

桂枝趴在李文学耳朵边小声地说话，李文学不适地挠挠耳朵，焦躁地说：“桂枝，你大点声说嘛！你这样，我根本听不到啊！到底是怎么了？怎么神神秘秘的？”

“哎呀，你气死我了！”桂枝气急败坏地跺了跺脚，“你真是个笨蛋！”

李文学还是没听明白什么事儿，一旁的长发男开口道：“李哥，可不好了，这个女人是巡捕房的通缉犯！我们几个从学校出来的时候，还看到巡捕的通缉令了呢！”

“什么？杀人犯？那个胖子是她杀的吗？”李文学心心念念地惦记着桂枝家的事儿，“桂枝你别怕，交给我就好了！”

“你少添乱了！”桂枝拍了李文学的脑袋一下，说，“就算她杀了别人，我家房客的死，也跟她没什么关系！”

“那现在要怎么办？山路出不去，我们整个被困在中间了，要不先把他们抓起来吧？”

李文学很实际，一听跟桂枝没关系，他也没那么紧张了。

“你们不能抓我们。”莫照临很冷静地说，“你们抓我们，算是非法拘禁，我们是可以告你们的。”

李文学他们没有文化，也不懂法律常识。他和那个长发的大学生一起，轻易地将我和莫照临抓了起来。

“现在你们抓了我，我也没有威胁了。”我还在惦记着凶案现场的事儿，“能带我去厨房看一眼吗？”

“你想干什么？”长发女学生中穿长靴的那个眼圈发红，“你是想找机会逃跑，还是想对胖子做什么？”

我无语了，这种智商的人，居然还来采矿寻宝？

“我要去看看案发现场！”我无奈地解释，“你们刚才也说了，我以前是侦探的秘书……现在你们的朋友死了，你总不希望他死得不明不白吧？”

桂枝面露犹豫，她商量着说：“文学，要不，让他们去看看吧？反正有你看着他们两个，应该也不会有什么事儿。”

“行！”李文学完全听桂枝的话，“他们两个，一个是女人，一个是瞎子，我还不信了，他们能跑得了！”

不知道为什么，一听到李文学说莫照临是瞎子，我心里便极其不舒服。我恶狠狠地瞪了李文学一眼，怒道：“请你说话放尊重一点，你说谁是瞎子呢！”

我恰如其分地表达了自己的愤怒，李文学立马变了脸色，他脸色一红，嘟囔道：“我没有说错啊，他确实是瞎子，你这么看我也没用。”

三个学生的反应略有不同，但他们对于李文学的行为也是唾弃的。李文学感受到责备的目光，他嘟囔着表示道歉。

桂枝毕竟是做小生意的，见过不少走南闯北的人，见识自然也比李文学广。出于自身的考虑，桂枝很明智地开腔道：“先不说别的，这个大妹子既然会破案，那么现场就让她看看吧！毕竟我们这么多人在，她也不能做什么。”

李文学是典型的山里人，完全没有自己的主见。别人说什么，他就听什么。现在换了桂枝说话，他又立马无条件地选择相信桂枝。

被押往厨房的过程中，莫照临一直紧紧攥着我的手。说心里话，我其实也非常害怕。我的害怕倒不是来自别的，而是因为我什么都不记得。这种感觉非常不好，跟做梦时在大雾中奔跑似的，辨别不出方向，看不透前程。

桂枝刚一打开门，扑面而来的是异样的肉香。这股子香味儿非常奇特，而且并不难闻。一个穿着毛衣、牛仔裤的胖子仰面朝天躺在地上，脸上满满都是米饭粒儿。我习惯性地拿出干净纸巾垫着手，又习惯性地去检查米饭、灶台……

我不知道自己的习惯是从何而来，可我心里清楚，顺着习惯走，总归是不会有错的。

就在我的手指触碰到胖子脸的同时，那个长头发的男生先一步挡在我的面前，说：“你是个杀人凶手，我不会让你碰我的朋友的。”

桂枝明面看上去是偏向那个男生，实际上她是在为我说话：“哎呀，阿豪，你让她检查检查，怕什么？我们这么多人看着，她又能干什么呢？再说，她又不认识你的朋友，你有什么好担心的？”

阿豪依旧寸步不让，倒是一旁的女生开口道：“阿豪，算了，让她查查。”

“可是，阿伊……”

原来，这个穿靴子的女生叫阿伊。

阿豪剩下的话都是用方言在说，我们谁都听不懂。

“我是杨硕的女朋友，我叫阿伊。”阿伊用普通话对我说，“你看看可以，但是麻烦你……不要破坏他的身体。”

我点点头，避开阿豪，蹲下去翻检那具尸体。

死者名叫杨硕，身高差不多一米八，体重看样子应该也有一百八十斤左右。相比较而言，他四肢较细，肚子偏大。叫他胖子，也算是恰当贴切。

“从尸体的僵硬程度看，杨硕的死亡时间应该在一个小时之内。他的脖子上有明显的瘀青，应该是在死亡前进行过一番打斗。他的鼻子中塞满了米饭粒，可是他的嘴里没有……”我边检查边说。

阿豪突然制止了我的动作，他问道：“你说的话什么意思？他的鼻子里有米饭粒，嘴里却没有，这能说明什么？”

“说明他不是在这里被杀的，厨房不是第一案发现场。”我检查得差不多了，便站起身将纸巾丢在还未烧尽的火里，“如果说杨硕是被溺死在米饭里，那他在不断挣扎的过程中，嘴里和身上一定会弄到不少的米饭粒。而现在，他不但嘴里没有饭粒，衣服上更是干干净净的。这就足以说明，有人在别的地方杀了杨硕，然后将杨硕的尸体搬运过来……从桂枝姐发现尸体，到黑龙山的山路被塌方阻挡，前前后后不到半个小时的时间。杨硕的身形庞大，想要杀死他，女人肯定不行。”

阿豪拍着大腿，激动地说：“哦，按照你这么说，杀害杨硕的人是我啊？”

“我只是假设而已，”我总觉得哪里不对，但具体是哪里不对，我还没有想出来，“你干吗这么激动？莫非是你做贼心虚？”

阿豪气得要过来揍我，幸好我一旁站着的莫照临挡住了他。莫照临虽然看不见，但是他的听力却是极好的。他比阿豪高大许多，真打起来，阿豪肯定不占优势。

阿豪的行为稍有收敛，说道：“我才不信你说的！你是个杀人犯，你能那么好心帮我们抓凶手？”

“你信也好，不信也好，我说的都是实话。”我拍拍莫照临的肩膀，示意他我没事儿，“巡捕来了，他们也会这么说。”

阿豪不屑地冷哼道：“你怎么知道？你又不是巡捕。”

就在我们两个互怼的过程中，前院传来了敲门声。桂枝要在这儿盯着现场，她只好派李文学去开门。

李文学拿着铁锹跑了出去，没多久他又拿着铁锹跑了回来，紧张地说：“桂枝桂枝！

外面来了一个外地男人和外地女人，他们是从北州来的，他们想——”

“现在不接待客人入住了。”桂枝心烦意乱地挥挥手，“你去赶他们走吧！你把我家休业的牌子挂上，除非是巡捕来，不然谁也别给开门。”

李文学点头称是，于是跑着走了。没多久，他又一次跑着回来，说：“桂枝桂枝——”

“又怎么了？”桂枝被他叫得火大，“你叫魂呢？有什么事儿，你赶紧说啊！”

李文学跑急了，他擦擦脑袋上的汗，喘着大气说：“门口来的一男一女，他们说，他们知道你家有命案……”

“知道就知道了！知道了又怎么样？他们是巡捕？他们能做主？还是他们能——”

李文学这口大气儿终于喘了上来，说：“哎呀！他们说……他们是侦探！”

“哟嗬！”桂枝挠挠眉心，她笑道，“我们这儿庙小，以前连个人都没有，今天真是稀奇了，有来寻宝的，有被通缉的杀人犯……现在又来了侦探，还一来就来这么多！”

说罢，桂枝又好奇地看着我，说：“妹子，你也是侦探，那现在来的侦探会是你认识的吧？你们都是一个行业的，应该会比较熟。”

来的人我认不认识，我自己心里也没谱。如果碰到熟人，不知道他会不会透露点我过去的事儿。

桂枝不想将店里死了人的事儿闹大，便带着我们几个去了她家的大厅。等自称侦探的男人和女人进屋，我瞬间有一种失望的感觉。

别说认识了，直到那对男女进到屋里，我也是一点印象都没有。那个男人很高，而且很瘦，发型看上去奇奇怪怪的，偏又说不上哪里奇怪。他的脸颊凹陷，皮肤透着一种看上去不太正常的白皙。他的鼻子高挺，眼睛炯炯有神。至于那个女人，她长相妩媚，一颦一笑，都有千种风情。

我突然觉得有点晕眩，差点摔在地上。莫照临及时拉我一把，他紧张地问：“成书瑶，你怎么了？”

“没事儿。”我揉揉眼睛，镇定地说，“我晕水。”

女学生中不知道名字的那个突然笑了出来。

男人的身体似乎不太好，但是精神还不错。虽然他一直被女人扶着，可看上去极其专注。

阿豪不屑地哼了一声，问：“你……我没有冒犯的意思，你是侦探？”

“是的，我是个侦探。”男人的眼神若有似无地从我身上滑过，“我不是那种调查老公老婆出轨的侦探，我是那种会挂牌的类似福尔摩斯的侦探。”

男人这话说得非常古怪，我忍不住瞥了他一眼，心里立马给他打上标签：怪人。

桂枝看我们之间没有什么交流，她狐疑地问：“你们都是从北州来的……你们彼此认识吗？”

“不认识。”

我跟那个男人异口同声地说。

桂枝一愣，她又接着问：“那你们见过吗？”

几乎就在同一秒钟，我们两个又一起回答：“没见过。”

阿豪挑着刺道：“北州能有多少侦探？你们同行之间，不认识就算了，怎么连见都没见过？难道说你们是负责不同领域的侦探？先生，你叫什么名字？”

“郭子晋。”男人轻咳了一声，讽刺地说：“虽然我们是同行，但是这一行里也有不少的笨蛋，而我最讨厌笨蛋……对那种记性不好的笨蛋，更是讨厌得不能再讨厌了。”

郭子晋低头的时候我正好抬头，我们两个四目相对，他的话仿佛就是对我说的。

我心里默念着：谁是笨蛋？你才是笨蛋！你这个人看着病恹恹的，看着就讨厌！

“我们本来是住在村头阿婆的民居里，刚才黑龙山发生意外，我们两个就跟着跑了出来。”郭子晋看着众人，不急不缓地说，“我能问问你们家里在做什么好吃的吗？这个香味儿很特殊。”

桂枝很迷信，她并不想让郭子晋他们知道发生了什么，毕竟家里死了房客不是太光彩的事儿。她支支吾吾说了一通，勉强算是掩饰过去。

不过这个叫郭子晋的男人十分厉害，几乎在桂枝说完话之后，他就下了判断。

“老板娘，你在撒谎。你们屋子里的肉香，根本不是一般动物的肉香。”郭子晋凌厉的眼神在屋子里扫了一圈，厉声喝道：“说！你们是不是杀了人，还把人肉炖了？”

郭子晋虽然瘦弱，可是他爆发出的声音却吓得众人俱是一抖。郭子晋身边的女伴反应比较镇定，面无表情地继续扶着他。

“那个……这个……”李文学慌了神，他左看看右看看，拿不准该说不该说。

还是桂枝比较圆滑世故，她瞬间接过话说：“哎呀，侦探先生，我们家里是出了点事情……不是我们不想告诉你，是我们不知道该怎么说啊！”

郭子晋没细细深究，他的脾气来得快，去得也快。转瞬间，他换了张笑脸，说：“既然这样，你们什么都不用说，直接带我去案发现场就好了。”

桂枝不敢再有所隐藏，她引着路走在前面。郭子晋和他的女伴趾高气扬，让人看着就觉得厌恶。他们两个的眼神……就好像全世界没有比他们更聪明的人似的……

哼，一对怪人。

我们离开没多久后再次回到了厨房。让我们大吃一惊的是，地上杨硕的尸体，竟然不见了！

“人呢？”三个大学生吓得捂住嘴，“不会是诈尸了吧？”

莫照临趴在我耳边小声问我：“书瑶，怎么了？”

在莫照临跟我说话的时候，郭子晋状似无意地回头看了我一眼。郭子晋眼神停留的时间很短，没等我有所回应，他又转过去了。

“杨硕不见了。”我觉得后背都冒着凉风，“刚才还在这儿……怎么没了呢？”

李文学赶紧跪在地上磕头，道：“山神老爷息怒啊！山神老爷……”

桂枝比李文学实际得多，她强行拉着李文学站起来，说：“你还拜什么呀！黑龙山的龙头断了……山神老爷已经不要黑龙山了，没有人能保佑我们了！”

李文学一屁股跌在地上，竟然呜呜地哭了起来。

“没用的东西！”这里是桂枝的家，什么事儿还要等着桂枝做主，“郭子晋先生……既然你和这位成书瑶小姐都是侦探，你们两个能不能帮我看看，到底是怎么回事儿？”

郭子晋兴趣盎然地问我：“成小姐是侦探？对于现在的情况，你有什么想法？”

“我？”我很不喜欢郭子晋的语气，我反问他，“你呢？你有什么想法？”

阿豪的嘴是真快，还没等郭子晋再次提问，他就把我是杀人犯这个信息以及我刚才的推理过程叙述了一遍。

郭子晋一言不发地听完，笑着呢喃了一句：“笨蛋……”

“你说谁呢？”现在的问题不好处理，我索性把烂摊子推给他，不知道为什么，凭着直觉，我认为郭子晋一定能把案子破了，“你不是笨蛋，你倒是解释给我听啊，为什么在短短的十分钟之内，死了的杨硕竟然不见了？”

“你不也是侦探？”郭子晋固执地问我，“那你怎么不告诉我，杨硕为什么在十分钟之内消失不见了？”

郭子晋知道我说不上来，他是故意逗我的。看我被气得抓耳挠腮，他好像十分高兴。桂枝追问了一遍为什么，郭子晋这才拉着长音缓慢地说：“你们家里，有碘酒吗？”

碘酒？他要碘酒做什么？哪里受伤了吗？

我不知道郭子晋为什么要碘酒，其他人同样不知道。郭子晋的体力很差，病恹恹的。他刚说了几句话，就累得呼哧带喘。他的女伴想要扶着他在一旁坐下，他坚持地摇摇手，“不行，这里是现场，现在没有鞋套已经很不应该了……不能再继续破坏现场的陈列、摆设，细微的变化，都会影响推理过程。”

郭子晋的话我听着耳熟，但是在哪里听过，我却记不住。潜意识里，似乎听这话时有三个人在，是个很重要的场景……

不过，直到桂枝拿了碘酒，我还是什么都没记起来。

随着呼吸频率的改变，莫照临感受到我的情绪在发生变化。可能知道我不会告诉他实话，莫照临只是叹着气，沉默着。

“喏，你要的碘酒。”桂枝嘀嘀咕咕说了一句。

他们这儿的方言跟普通话接近，所以我很清楚地听到她说的下一句：“脑子有病。”

在郭子晋接过瓶子把碘酒往地上洒时，我们都觉得郭子晋有病……可是当地上出现了一条条深浅不一的蓝色痕迹后，我们所有人都哑口无言。

“怎么会这样？”我由衷地感叹，连看郭子晋的眼神也不自觉地带着崇拜了，“这简直是太神奇了！”

郭子晋随身带着塑料手套，将手指套进去，快速地说：“没有什么好惊讶的，也没有什么好神奇的。碘酒遇到淀粉，自然而然会发生化学反应，从而变成蓝色。成大侦探，你不会连这个都不知道吧？”

“我当然知道！”我被郭子晋说得面红耳赤，只好拼命辩解，“我只是一时没想到罢了。”

有些事情看似简单，平凡无奇，但能把两个简单的事情联系在一起，这不是一般人能做到的。就在我们大家都还在他的“魔术”中回味时，郭子晋已经开始着手去挖大锅里的米饭了。

“你干什么？”我大为惊讶，“你刚才不还说不要破坏现场……你现在把最重要的现场破坏了！”

郭子晋不理我，他不断动手挖米饭，说：“你动，那是破坏现场。我动，就是破案。成书瑶，这是你和我的，天壤之别。”

刚才用碘酒，是为了让淀粉变蓝。现在他挖米饭，又让大家一头雾水。他总不会……自己用来吃吧？

呃，那也太恶心人了。

郭子晋把米饭挖出来之后，他转身问桂枝：“你早上蒸了多少碗的米？”

“大碗的话，大概有十碗吧！”桂枝想了想，配合地说，“因为胖子他们说要上山带着，所以我多做了些。”

郭子晋又问：“十碗米，能蒸出多少米饭？”

“一大锅。”桂枝照实回答。

“十碗米，一大锅。”郭子晋回头看我，他的问题好像有点多，“成书瑶，是你说，胖子身上和口腔里没有米饭，所以他是在死后被移尸过来的，是吗？”

“是……”

“你还觉得，胖子他是被人勒死的，是吗？”

“对，因为……”

“好了，我知道你的想法了，你可以不用说话了。”郭子晋转身去问其他三个学生：“你们三个人叫什么名字？你们之间是什么关系？你们和死者又是什么关系？麻烦你们说一下。”

经过了刚才神奇的一幕，大家都十分相信郭子晋的能力。

阿豪抢先开口道：“我叫陈伟豪，是胖子的发小。阿梅是我的女友，我们是大学同学。”

穿靴子的阿伊还未说话，眼泪就掉了下来，说：“我叫阿伊，是胖子的女朋友，我们两个在一起三年了。我和阿梅同班，还是室友。”

阿豪的女朋友不太喜欢说话，她言简意赅地答：“我叫张梅。”

郭子晋点点头，然后问了一个显而易见却没有人点破过的问题：“阿豪和阿梅是同学，阿梅和阿伊是室友……是不是说，阿豪和阿伊是同学？”

我扑哧一声笑出来，忍不住插嘴说：“这还用你说吗？”

郭子晋没理会我的嘲笑，他沿着地上的蓝线往外走。走没几步，他指了指厨房外面院子里的一个硕大的石头罩子，问：“老板娘，这个是什么？”

“这个？”桂枝赶紧解释，“这个是我平时用来焚毁垃圾的。你们也知道，山里运输垃圾不方便，只能自己将垃圾分解丢弃。我是一个寡妇，又没有男人给我干活，一般有死猪、病猪，整只埋掉的话不太方便，所以我都先用这个把猪绞成肉泥。你们看，我昨天晚上绞死的猪，现在还在里面呢！”

“你们三个，你们三个昨天晚上又在哪儿？”郭子晋的问题绕了回来，“一个一个说，简洁一点。”

阿豪按捺不住了，问：“你是怀疑我们吗？”

“我为什么要怀疑你们？”郭子晋不动声色。

阿豪觉得自己被侮辱了，他有点气急败坏，“那你干吗像审犯人一样审我们？”

“为什么觉得我在审你？”郭子晋说话速度快，他的思维转得同样快，“你难道觉得自己是犯人？”

阿豪被问得无力辩驳，他只好老实交代：“我昨天晚上在山道上散步，路太黑迷了路，到了午夜十二点，我才回来。”

阿梅说：“院子里太吵，我在房里，没出去。”

阿伊说："我睡着了，我不知道胖子干什么去了，我以为他是跟阿豪出去了，所以也没留意。"

听完他们三个人的交代，郭子晋毫不犹豫做出判断："陈伟豪，你在说谎！你没有对我说实话！"

谁是嫌疑人

Chapter 8

“你凭什么说我撒谎？”陈伟豪脸红脖子粗的，“说话是要有证据的！”

虽然我也觉得陈伟豪的情绪有点激动，但我觉得他并没有说错。郭子晋是侦探，他说话是要讲究证据的。

郭子晋回头看我，问：“成大侦探，你和你的这位朋友，你们两个昨天晚上应该是赶了一晚上的路吧？”

看了看如同煤球的我和莫照临，我心不甘情不愿地点头说：“是的，我们两个是走路过来的。”

“请问，你们两个有带照明的工具吗？”

我觉得这个叫郭子晋的人简直是太好笑了，没好气地回答道：“昨天白天下了雨，晚上天空晴朗，月亮照得如白昼，根本不用照明工具。我和莫照临绕着山路过来的，完全……不会迷路。”

“是的。”郭子晋摊摊手说，“就算他登上了黑龙山山顶，黑龙山的地貌特殊，几乎寸草不生，天上又有月亮照明……陈伟豪你告诉我，你是怎么迷路的？”

我再次佩服得五体投地。

什么样的人，算是一个好的侦探？

在我看来，那些能创造新的破案方法、找到破案新技巧的人，并不算严格意义上的好侦探。一个好的侦探，他必须要有锐利的眼神和敏感的神经，能够迅速将周围一切零散的信息整合在一起。

虽然我跟郭子晋见面不到半个小时，虽然我特别讨厌郭子晋狂妄自大、桀骜不驯的性格……可我不能否认，他是我迄今为止见识过的，最棒的侦探。

莫照临小声地跟我说着话，他离我很近，呼出的热气都喷在我的脸上，“成书瑶，你在想什么？”

“我在想啊……”我如实地说，“我觉得这个叫郭子晋的侦探，简直是太厉害了。”

然而我真心实意的赞扬并没有得到莫照临的共鸣，因为他搭在我肩膀上的手在用力掐我。我被掐得有点疼，不自觉地叫出了声。

郭子晋偏头看了我一眼，跟刚才一样，在我回头看他时，他又转回头去了。

“侦探先生，那能不能麻烦你告诉我……你这么厉害，肯定知道谁是凶手吧？”

在桂枝的眼中，郭子晋现在不是侦探，他简直比山神老爷还灵。要是可以，我觉得桂枝都恨不得对着郭子晋拜上一拜了。

陈伟豪气得要骂娘了，他指着郭子晋的鼻子咒骂道：“你个弱不禁风的瘪三，你翻来覆去地说老子说谎，不就是想说胖子是老子杀的吗？我告诉你！老子——”

“你没杀人，我从头至尾也没说你杀人。”郭子晋笑了一下，又轻咳了两声，“我是说你撒谎，因为你偷情。”

郭子晋的话音刚落，阿伊跳了出来，说：“喂，你怎么胡说八道？你不是查我男朋友被杀的吗？你怎么转头调查阿豪去了？你到底懂不懂破案啊，你的话一点根据没有，还不如那个女的说得好。”

阿伊口中的“那个女的”，自然指的是我。

我以为郭子晋会生气，没想到他反而哈哈大笑道：“是啊，你们当然会觉得‘那个女的’说得好，她不会看穿你们两个偷情，你们当然觉得她好！”

“阿梅！”阿豪转头对着女朋友阿梅解释，“你别听这个神经病瞎说！我跟阿伊，我们两个是清清白白的。”

阿梅冷淡地点头道：“没事儿，我相信你。阿豪，我相信你没做过。”

“阿梅，我最爱的就是你。”阿豪当着大家的面，在凶案现场毫不避讳地说着肉麻的情话，“阿梅，你千万不能离开我，我这辈子不能没有你。”

说话间，阿伊的眼底有一丝妒意一闪而过……女人的直觉，一向是最准的。从阿梅冷淡的样子看，她应该也能猜到自己的男友和闺密的关系不一般。难道是出于什么特殊原因，阿梅选择了保持沉默？

当事人没有追究，郭子晋却不依不饶，“阿梅，你昨天晚上在干什么？”

“在房间里，听收音机放歌。”阿梅的反应很平静，她从容地回答着郭子晋，“有什么，你尽管问好了。”

“说出三首你印象深刻的歌。”郭子晋也没客气，直接命令道，“想到什么说什么。”

“《流沙》《焚心劫》《Only》。”

郭子晋没给阿梅喘气的时间，他又问：“你昨天晚上吃了什么？”

“馒头，叉烧，枣糕……”

“你们是哪天来的？坐的什么车？在车上吃的什么食物？”

“17号来的，坐的火车，在车上吃的泡面和火腿肠。”

“重复一下，你昨天晚上听的什么歌，把顺序倒过来，再说一遍。”

“《Only》《焚心劫》《流沙》……”

郭子晋的语速很快，说话跟连珠炮似的，丝毫不留空隙给我们。接着，郭子晋又问了一些无关紧要的问题。每问两三个问题，郭子晋的话题最后都会转到阿梅昨天晚上听的歌曲名字上面。

大概问了半个小时，阿梅没乱，我们在场的所有人都乱了。

阿豪不满地对郭子晋说：“你是不是可以了？阿梅全说对了，她并没有撒谎。”

“不，就因为她都说对了，所以我才说她是在说谎。”郭子晋的话让我们所有人大吃一惊，“昨天晚上杀害杨硕的凶手，就是阿梅。”

“不可能！不会的！什么狗屁侦探！我看你就是个大骗子！”

阿豪气急败坏地想要冲过来揍郭子晋，但是郭子晋旁边的女伴实在太厉害，三下五除二，阿豪就被揍趴下了。

郭子晋俯视着阿豪，他淡淡地解释道：“我的老师以前说过一句话，他说，说实话的人会重组事件，可撒谎的人会早早地准备好说辞。正因为阿梅是杀人凶手，所以她才会刻意地记住自己昨天晚上的每个细节。我审问她，她没有越来越愤怒，而是一如既往地冷静……所以说，她就是凶手。”

“呸！”阿豪对着郭子晋的鞋唾了一口，“阿梅一直都这样！她才不是因为你的狗屁理论才冷静的呢！”

郭子晋淡淡地走到阿梅面前，静静地说：“麻烦你，伸出你的手给我看。”

“阿梅！不要伸手给他看！”阿豪被郭子晋的女伴按在地上，他不甘心地扭动着身子，“阿梅！不要听他的话！不要伸手给他！”

可是事与愿违，在狭小的空间里，郭子晋的女伴站在中间，一脚踩着阿豪，一手掐着阿梅，毫不费力地收拾了这对男女朋友。几乎没用废太多的话，阿梅的手掌就被迫送到了郭子晋面前。

郭子晋从容有礼地弯了弯腰，体贴又绅士地说："谢谢。"

还是刚才的原理，还是最初的理论。郭子晋用炉灶上的瓢舀水沁湿阿梅的掌心，接着，他将仅存的一点碘酒倒在了阿梅的手里。碘酒随着水波荡漾开来，过了一会儿，呈现出浅淡的蓝色。

"阿梅小姐，你能否解释一下？"郭子晋把水瓢丢进缸里，他客气地询问，"你的手掌心是怎么有淀粉的？从发现尸体到现在，你有碰过尸体吗？"

阿梅没说话，桂枝倒是开腔了："没有，她没碰过尸体。最起码我在场的时候，她没有碰到尸体。我惊慌失措地跑出厨房，阿豪和阿伊帮忙将胖子的尸体搬离炉灶。我当时还想，她这都不帮忙，也太冷血了。"

"是了，阿梅不是杨硕的发小，也不是杨硕的女朋友，她上前触碰杨硕的尸体，那一定会非常奇怪。"郭子晋蹲在地上指了指，"你们发现没有？胖子的身体应该是受外力影响，被大力拖出去的。如果要把胖子从锅里拉出来，胖子的衣服上就难免粘到米饭。米饭被碾碎拖拉，所以地上留了痕迹。"

"有痕迹，能怎么样？"阿豪嗤之以鼻，"有痕迹就能说明跟阿梅有关系吗？"

郭子晋没理会阿豪的挑衅，他顺着痕迹往外指，说道："杨硕的尸体不见了，你们在厨房外面没看到异样，那尸体只能从厨房走。厨房这么大的地方，也不通向外面，你们觉得，尸体会在哪儿？"

我不自觉地接着郭子晋的话往下说："是啊！会在哪儿？"

"当然还在厨房里。"郭子晋看了我一眼，淡淡地往下接话。

郭子晋说完，我忍不住哈哈大笑道："你开玩笑吗？杨硕一个一百八十斤的大胖子，他要往哪儿藏？"

"你们跟我来。"郭子晋招招手，他带我们来到厨房外的院子里，指着下面的血槽，问道："桂枝姐，这里是什么？"

"死猪。"不知道为什么，我觉得桂枝的脸有点红，"昨天死了，我本打算今天把它处理了，没想到今天出了这么件事儿。"

郭子晋又问："你的猪，是多大的猪？"

"二百多斤吧！"

郭子晋比画着血槽，说："二百斤的猪，绞了之后，根本不会有这么多血。桂枝，你经常绞死猪，你觉得，我说得对吗？"

“咦？”桂枝这才发现问题，“听你这么说，好像血是比平时多了一倍。”

郭子晋围着机器看了看，说：“喏，你们看这个机器上凹槽的痕迹，跟屋里地上拉出来的米饭痕迹粗细是一样的……阿梅安装了一种滑轮装置，在刚才你们没注意到的工夫，她把绳索安装在了杨硕的身上。一启动机器，绞刀带动滑轮，随着力度的增大，杨硕便也被带进了绞刀里。所以，你们再次回到屋子，才发现尸体不翼而飞。”

“哎呀，侦探先生说得似乎很有道理呢！这么说的话……凶手真的是阿梅咯？”

阿伊的这句话，怎么听怎么像火上浇油。

“你闭嘴！”阿豪没了八卦和吐槽的心情，他满脸的凶神恶煞，“你再多嘴，信不信我抽你？”

从阿豪的态度看，他应该是很爱阿梅的。既然这样，阿豪为什么出轨？

阿伊不甘心地说：“好嘛，不说就不说。”

“你说的都是理论，完全没有实际根据。”阿豪依旧为阿梅据理力争，这中间，阿梅一句话都没说过，“机器的声音非常大，昨天晚上桂枝绞猪肉的时候，你们在村头都听得到声音。好吧，就算是胖子被扔进了绞肉机里，那你告诉我，为什么我们刚才没有听到声音？”

“因为……”郭子晋猛地拍开绞肉机，“它根本没有声音。”

众人再一次目瞪口呆了。阿豪也彻底地傻了眼，呆愣愣地问：“怎么……怎么会这样？”

“我想，以前绞肉机之所以会发出巨大的声音，是桂枝想让它发出巨大的声音。”郭子晋笑眯眯地看着桂枝说，“寡妇门前是非多。要是晚上有人来桂枝姐的家里做客，有机器的声音掩盖，大家也就不那么尴尬了。”

桂枝面露尴尬，李文学则满面通红。

郭子晋的话说一半，但我们大家都心知肚明。

郭子晋又说：“以阿梅小姐的聪慧，她想必也发现了桂枝的用意。只要从厨房拿来点油，滴在绞刀的轴承上……喏，你们看，这不就一点声音都没有了？桂枝昨天晚上有朋友过来串门，她自然没有时间注意细节，比如轴承被上过油，比如地上安装了滑轮。”

“就当你的话都对好了，”阿豪做着最后的挣扎，“就算是阿梅策划的一切，也是阿梅毁尸灭迹……那你告诉我，你说的那个滑轮，又在哪里？可能阿梅走在后面，我们没有人注意到她在杨硕的尸体上做了手脚。可能阿梅的心思细腻，她做到了天衣无缝……但是阿梅有时间安放滑轮，她总不会有时间拆除滑轮吧？侦探先生，你把这个问题给我解释了。不然的话，我一定告你诽谤。”

阿梅从头到尾一直话很少，阿伊从头到尾都是幸灾乐祸的表情，唯有阿豪，还在咄咄逼人地质问郭子晋。

莫照临小声地问我："成书瑶，你觉得阿梅是凶手吗？"

从感性的角度考虑，我并不希望阿梅是凶手。跟阿伊比较起来，阿梅文文静静的，而且比他们几个要乖巧得多……可是，我的这些想法，终究敌不过现实。

"我相信郭子晋说的话，他说得有理有据。"

"呵。"莫照临反问我，"我跟你倒是相反。我听了一下，我觉得这个郭子晋说得完全没道理……就比如刚才那个滑轮消失的问题。"

"等着看吧！"郭子晋的女伴开始准备东西了，"看样子，他们应该是想案件重演。"

在地上铺了板子，又铺了塑料布，把整个犯罪现场都保护好后，郭子晋这才将女伴准备好的连着滑轮的绳索握在手里。郭子晋的女伴面无表情地走到机器前，然后抬手打开了机器的开关。

什么情况？如果郭子晋把绳索系在身上，那他岂不是必死无疑？

我甩开肩膀上莫照临的手，跑着到郭子晋的身边，不解地问："你不是……你不是开玩笑的吧？你不会往自己身上绑的，是吗？"

"为什么不会？能为破案而死，是我当侦探的自豪。"郭子晋手指灵巧地玩着绳索，笑道："你是怎么了？你舍不得我死？"

我被郭子晋说得面红耳赤，赶紧矢口否认："你胡说八道！谁舍不得你死了？"

郭子晋挑着我话里的漏洞，揶揄道："那你是想让我死？"

"我……"我真是跟这个郭子晋说不清楚，"你找个木头或者是石块不行吗？你这样，简直是太危险了。"

郭子晋更直接地问我："我危险，你心疼了？"

神经病，不知好歹！

我不再多加劝说，转身回到莫照临的身边站定。可不知道为什么，我并不希望郭子晋有事。所以在郭子晋把绳索扣在自己身上时，我倒抽了一口冷气。

绞刀的速度飞快，打在血面上，激起了无数的血沫。挂在绞刀上的绳索迅速地缠绕而上，快得简直让人咋舌。郭子晋的身子被带着往前走，他也跟着顺势跑！

在郭子晋马上要跌进绞刀里时，我情不自禁地大喊道："小心！"

我的话音刚落，郭子晋跟一条鱼似的，迅速将拴绑绳索的上衣脱掉了。绳索连带着郭子晋的衣服以及刚安置的简易滑轮一起卷进了绞刀之中。在锋利的绞刀面前，阿豪他们登山用的绳索跟纸似的，三下两下便被绞了个稀碎。

“你瞧。”郭子晋光着上身，笑着摊摊手说，“铁扣都能被绞碎，更不用说杨硕的身体了。你们觉得绳索不合适的话，我还可以用……”

“不用了。”阿梅冷静地承认，“郭子晋先生说得没错，是我做的！杨硕是我杀的，尸体我也是按照郭子晋先生说的方法处理掉的。”

“不可能。”阿豪不敢相信，他拒绝相信事实，“刚才那位成小姐说了，胖子死了没多长时间，而你从早上开始一直跟我在一起，你不可能有机会……”

“她当然有机会。”郭子晋似乎很乐意在人多的场合显摆自己的聪明才智，似乎证明别人比自己笨，才是他特别高兴做的事情，“因为，杨硕根本不是今天早上死的。”

“不可能！”我笃定地接过话来，“郭子晋，尸体你没检查过，但是我检查过……我想，关于死亡时间，你不如我有发言权。”

郭子晋背对着我，继而说道：“哦？是吗？那你继续往下说。”

“人一般在死后三个小时开始出现尸僵，而要是在高温多湿的情况下，尸僵会发生变化。”我一板一眼地说，“再有，杨硕的脖子上有明显的打斗痕迹。所以我敢说，杨硕是被人勒死的。”

郭子晋突然轻笑出声，“笨蛋，我的理论知识你学了不少，但是我的毛病你怎么也都学去了？”

“毛病？你的什么毛病？”我奇怪地问，“郭子晋先生，以前，我们认识吗？”

郭子晋转过身来，他漫不经心地笑道：“成书瑶，你的记性真是不好，刚才我不是说了吗，我们两个，并不认识。”

不认识就不认识呗，有什么好笑的？

“你说的那些理论，都是正常情况下的反应。”郭子晋关掉还在旋转的大型绞肉机，然后带着我们回到客厅，“你也说了，高温多湿的情况下，尸僵会发生变化。但是你忽略了一点，从桂枝走出厨房，再到桂枝发现尸体，这点时间，并不足以影响整个身体的尸僵。所以说，这种特殊的情况，用尸僵判断死亡时间，已经不再准确了。”

“是吗？”我点点头，突然觉得郭子晋说得好像有那么点道理，“那你倒是说说，死亡时间要如何判断？”

郭子晋突然转身，他笑眯眯地用手在我脖子上比画了一下，说：“当然是用杨硕脖子上的痕迹判断啊……成书瑶，那不是杨硕死前留下的，那是他死后留下的！那是尸斑，并不是致死的痕迹。我猜，阿梅杀掉杨硕的时间，应该是在昨天夜里，也就是阿豪和阿伊忙着会面的时候吧！”

“我没有偷情！”阿豪眼见事情成了定局，眼神彻底黯淡下来，“我爱着阿梅，只是爱着阿梅。我昨天晚上确实见过阿伊，但是我们两个并不是偷情。”

阿梅依旧是淡淡的，她坦诚地说：“偷情的人不是阿豪……是我。我和杨硕，一直爱着彼此。”

我的天啊，这剧情，也太急转直下了。这一点，不仅我没猜到，郭子晋同样没猜到。

郭子晋摇着头，小声嘀咕道：“唉，果然啊，我又心急了，还是出了差错……”

“怪人！”我嘴边带着轻笑，“呵呵。”

被冷落多时的莫照临摇摇我，说：“既然已经知道谁是凶手了，你能带我去休息了吗？”

“不好吧？”案件虽然破了，但是事情还没有结束，我总觉得现在就走不太合适，“要不，你先去休息？”

莫照临赌气道：“你是不是忘了？成书瑶！我是瞎的，我看不见路！”

“这个……”我实在是不想走，“要不你再等我五分钟？应该快好了。”

郭子晋一直没有吭声的女伴突然插话道：“这位朋友，你是想去休息是吗？用不用我送送你？”

“你？”哪怕是在别墅里，我也没见过莫照临如此出言不逊，“就凭你，也想送我去休息？你也配？”

我忙着打圆场，尴尬地笑了笑，说：“不好意思，我的朋友昨天晚上休息得不好，我跟你道歉，你不要往心里去。”

“成书瑶，”莫照临冷笑着拦住我，“你干吗跟她道歉？”

莫照临是怎么了？

“行了，差不多我们也该回去了。”不知道是不是因为莫照临的话惹得郭子晋不高兴，他拉着女伴准备离开，“桂枝，案子我给你破了。阿梅刚才认罪的那些话，我们都听见了，必要的时候可以作证……凶手你该怎么关怎么关，至于犯罪动机嘛，我不是巡捕，也不方便在这儿听。”

“陆菲，我们走了！”郭子晋招手叫他的女伴。

出乎意料的是，在郭子晋叫出陆菲的名字时，我头忽然疼得特别厉害。我的太阳穴像是要炸开了一般，疼得我恨不得拿脑袋去撞墙。

莫照临紧张地问我：“书瑶，你怎么了？你哪里不舒服，你和我说啊！”

这时候，别说说话了，我连喘气都觉得困难。我心里是一阵阵发堵，眼前是一阵阵地迷糊。要不是莫照临半抱着拍着我的后背，估计我早就摔倒在地上了。

我偷偷地打量了一下那个叫陆菲的女人。她脸上依旧毫无表情，无论谁跟她说话，她都是一脸冷冰冰的样子。

我心里满满的都是疑问。陆菲是谁？郭子晋是谁？莫照临是谁？而我，又是谁？

等我情绪好了一些，阿梅和阿豪被李文学带到地窖里关了起来。

本来四个好朋友一起出来寻宝，可是没想到死的死、被抓的被抓。阿豪虽然没有杀人，但是他执意要陪着阿梅。现在就只剩下阿伊自己一个人，场面稍显凄凉。

桂枝说到底算是东道主，现在能够抓住杀人犯，她是最高兴的。

“郭子晋先生……”桂枝对郭子晋礼貌客气极了，她笑着问，“那个什么，您也是从北州来的，我想问一下，这位成书瑶小姐，她有没有……”

桂枝八成是想问我是不是杀人犯，但是当着我的面，她又不好太直白地询问。

郭子晋的表情看不出任何异常来，他问：“桂枝，这位成书瑶小姐怎么了？你到底想问什么？”

其实，桂枝问的问题，我也很想知道答案。

“郭子晋先生，你在北州的时候，有见过我的通缉令之类的东西吗？”

“通缉令？”郭子晋转头看我，他闪闪发亮的眸子稍显深邃，“怎么，你犯过法？杀过人？断过案？”

郭子晋看着我，我也看着他。一时之间，我觉得内心无比宁静……似乎在以前某个时间里，我曾经跟郭子晋，也是如此对视过。

“哎呀，我也不知道，是那几个学生说的。”桂枝不死心，继续询问，“郭子晋先生，你是侦探，难道你没听说过什么吗？”

郭子晋在听着桂枝的话，但他一直看着我。他说：“没有，我也没见到过什么成书瑶的通缉令……别说通缉令了，我连成书瑶这个人都没见过。”

桂枝笑着点点头，说：“呵呵，没有就好，没有就好。”

说完，郭子晋就带着陆菲离开了。他们离开没多久，我们一众人又跟着桂枝一起迁到了郭子晋所在的那间民居。

“桂枝，你咋来了？”寄宿民居里的老奶奶笑得一团和气，“你来我家，是有什么事儿吗？”

老奶奶的耳朵稍微有点背，桂枝只能大声地喊着对她说：“宋奶奶！我家的房客死在厨房了！我借你家的房子住一住！”

“什么？你家的房子上长什么了？”老奶奶摇摇手，“山路断了，我儿子和媳妇还没回来……我啊，我帮不了你！”

“不不不，我不用你帮我！”桂枝指指屋里，“我要借你家的屋子住一住！”

“什么？”宋奶奶还是没明白桂枝的意思，“你想要去我家钓鱼？我家没有鱼！”

借住和钓鱼，这未免也差得太多了点吧？

她们两个鸡同鸭讲了好一会儿，还是没沟通出个所以然。最后还是郭子晋从屋子里出来帮忙，算是解决了难题。

莫照临站在门前不肯进屋，我被他拉住，差点摔了一跤。我奇怪地问他：“莫照临，你刚才不还说你困了吗？怎么不进去？”

“我不要……我不要跟那个郭子晋住在一起。”莫照临嘟着嘴，伸手摸了摸脸上的纱布，可怜兮兮地说，“成书瑶，我们换一家住，好不好？”

“刚才在路上我不是跟你说了吗？”我耐心地给莫照临解释，“整个黑龙山附近的民居啊，只有这两家招待外来人员。咱们不住在这儿，难道你要去桂枝家死过人的房子住吗？你敢去住，我也不敢啊！”

莫照临还是寸步不移，他坚持着自己的意见：“我不管，要是和他们住在一起，我还不如睡山沟里！成书瑶，你进去吧，你不要管我好了！反正我是个瞎子，自生自灭算了。”

甩开我的手，莫照临磕磕绊绊地往前走了一段，又在路边的土道上坐下。

我犹豫着，就这样丢下莫照临一个人似乎不太好。可我走了一晚上的山路，实在也没太大的力气来哄他。我走到莫照临旁边，商量着问他：“那你说，你想怎么办？”

“让我跟你进去，不是不可以。”莫照临气鼓鼓地说，“不过，晚上你要跟我睡一间房……我眼睛看不到，又到了一个新的环境中，晚上要上厕所的话，我需要有人引路。”

“啊？睡一间房？”我有点为难，“我是女生，带你去厕所的话好像不太合适……要不然的话，你和那个谁……”

“你要是不跟我住一间的话，你就让我睡在这儿好了！”莫照临大有往地上倾倒的趋势，“你进去吧！不用管我了！”

唉，我这该死的性格，就是看不了这样的……

我妥协地挥手道：“行了行了！走吧！我晚上跟你睡一间，行了吧？”

莫照临笑得跟个孩子似的，重复问道：“真的？”

“真的真的。”我有点不耐烦，“快点吧！我都困死了。”

到了屋里，我和莫照临才发现，我们两个刚才讨论的问题实在是太幼稚了……

整个民居给客人入住的房间，只有一张大通铺。也就是说，所有人都住在一起。

桂枝抱着被子准备往炕上铺，一边铺还一边问我：“成小姐，你和你一起的那位先生，你们两个是不是在搞对象？”

“不是，只是认识的朋友而已。”我如实回答，“桂枝姐，你不用特意给我们两个安排在一起。”

“成书瑶？”莫照临听到了我和桂枝的对话，他探摸着走到我身边，“晚上我能挨着你吗？要不然，我上厕所的话……”

“没关系，你上厕所的话，我可以带你去。”郭子晋抱着被子走了进来，“我晚上起夜比较勤，我能带着你一起去。你叫着成书瑶有什么用呢？她又不能跟你去厕所，顶多是给你送到厕所外面……再说了，成书瑶刚才也说，你们只是普通朋友而已。男女有别，晚上睡觉挨在一起，不好吧？”

桂枝犯难了，她说：“郭子晋先生，你和陆菲是对象不？要是的话，你们两个睡中间，正好能把男女生分开。”

郭子晋和陆菲的关系，我还是蛮好奇的。郭子晋看着体弱多病，如果找了陆菲这样的女朋友，我还真担心他会吃不消……

郭子晋摇了摇头，说：“不，她不是我女朋友。”

哦，还好。

“不过，”郭子晋轻轻地说，“她是我的太太。”

“太太？”桂枝欢喜地说，“哎哟！原来您都结婚了啊！您太太就是不怎么爱说话，身手和身材都挺不错的嘛！要我看……”

我没心情听桂枝对郭子晋说一堆恭维的话，我困得已经快哭了。他们说他们的，我忙我的，把被子往大通铺边上一铺，倒头就睡。

虽然我累得要命，可我睡得并不踏实。周围人说的话，我一字不落地听进了耳朵里。阿伊在小声地抽噎，莫照临发出了轻微的鼾声，桂枝则总是扯着嗓门喊。折腾了有好长时间，屋子里才安静下来。

屋子里不吵了，可我嗓子干渴得厉害，怎么都睡不安稳。我梦魇了，全身酸软无力。在我挣扎着想起来时，嘴里却不觉得渴了。

不知道我是不是在做梦，总之，我确实感觉到有略微发苦的水进入嘴里了。一个温热的东西滑进口腔，滑溜溜的，很是解渴。我不断地吮吸着……感觉还不错。

耳边是男人逐渐粗重的呼吸，鼻端是薄荷精油的清爽味道。我又想起之前的梦，感觉却稍有不同。虽然我都是一样看不见，但我能分辨出来，他们根本不是一个人。

此时此刻的感觉到底是梦境，还是真实发生的事情？我的脑袋，又开始犯糊涂。

我不想被梦境彻底禁锢，我想奋力从梦里醒来。

可就在我睁开眼睛的瞬间，却发现嘴里的感觉还在，嘴里却空荡荡的。

我咂咂嘴，一旁郭子晋却发出讨厌的轻笑。

“你怎么会在这儿？”

我猛地坐起来，又觉得脑袋一阵眩晕，赶紧跌回到床上。

郭子晋的脸又白了几分，他厉声呵斥道：“你干吗毛毛躁躁的？自己身体不好你不知道吗？你这么大力地起来——”

“你怎么知道我身体不好？”我觉得奇怪，“我身体不好，跟你又有什么关系？叔叔，你都结婚了，你年纪应该不小了吧？屋子里只剩下我们两个，你跟我躺在一起，这样真的好吗？”

郭子晋偏转脑袋，我被他看得不自在。轻咳了一声，问：“其他人呢？”

“出去了！黑龙山的龙头断了，听说村里有几家的屋顶被砸了，所以他们都出去帮着补房顶了。”

我在屋子里看了一圈，又问：“莫照临怎么不在？难道他也去补屋顶了？还有，你怎么不去？”

“我？”郭子晋闲适地枕着自己的手掌，“我身体不好，我可以不用去……至于你问的莫照临，我不知道他去哪里了。”

哼，不知道就不知道呗，干吗还瞪我一眼？

“成书瑶，你都不问问我有什么病吗？”郭子晋用胳膊撞撞我，“你都不好奇？”

“我干吗好奇？”我不想当着郭子晋的面示弱，只好忍不住小声嘀咕，“你有病跟我有什么关系？娶了那么一个老婆，不累出病才怪呢！”

显然，郭子晋听到了我的小声嘀咕，他乐呵呵地说：“我太太，我不喜欢她……她不会累到我的。”

“不喜欢？”虽然不是我该多嘴的，但我还是忍不住问，“不喜欢，你娶她干什么？”

“我嘛……”郭子晋盯着破旧的房顶，眼睛亮晶晶的，“我不喜欢太聪明的女人……我喜欢脑子长反了的女人。”

脑子长反了？哪有人会脑子长反了？

郭子晋把脑袋转过来，他笑的时候眼角有轻微的细纹，问道：“成书瑶，你刚才做了什么梦？”

我脸有点红，气急败坏地说：“我做什么梦，跟你有什么关系？”

“你是不是做什么好梦了？”郭子晋再次目光如炬地盯着我看，“你都不知道，你刚才——”

“你闭嘴！”

“你的表情已经泄露了你的心，”郭子晋的样子就好像他经常看我睡觉似的，“你都不用说，我就能知道你梦到了什么。你梦到了你的初恋情人，是不是？你看看，你脸红得。”

郭子晋笑得扬扬得意，我气得七窍生烟。

“我跟郭子晋只是今天见过，就这么跟他躺在一起，实在是说不过去……这个郭子晋不仅是个怪人，还是个变态。”我想。

正当我打算起床下地时，一旁的郭子晋突然过来拦住了我。我受了惊，条件反射地大叫：“我的妈呀！你干什么？你要吓死我了！”

“没有我的允许，谁也别想让你死。”郭子晋一改刚才的嬉皮笑脸和漫不经心，“成书瑶……只要，你别死。”

我呆愣愣地看着郭子晋，郭子晋则迅速地从大通铺上跳下去，出门不见了。

事情发生得太快，好半天我都没反应过来。我傻乎乎地摸了摸自己手背上的水渍——那是郭子晋刚才走得太快甩下来的。

郭子晋……他哭了？

我受了刺激，而且是不小的刺激。

可是我的脑袋不疼。

因为，疼的是我的心。

地狱之门

Chapter 9

显然，我和郭子晋是认识的。他那些奇奇怪怪的言行里，一定是想表达些什么。而他想表达什么呢？既然认识，为什么他不直接告诉我呢？

我们以前是朋友？同学？恋人？亲戚？

好像都是，又好像都不是。

又好像……是比这些还要更近一步的关系。

我一个人坐在大通铺上发呆，夕阳斜斜地照射进来。郭子晋掉落下的液体逐渐蒸发，只剩下一点微咸发苦的印记。

“不好了！不好了！”当手上的水渍蒸发殆尽后，桂枝再次在外面叫喊起来，“快出来看看哪！地狱的大门开啦！山神老爷彻底不要我们啦！快出来看看哪，大家伙！”

我揉了揉太阳穴，企图再次躺下睡。山里人也太迷信，什么地狱之门，我并不是太感兴趣……

可我刚盖上被子躺下，莫照临却磕磕绊绊地进屋了，他问道：“成书瑶，你还在睡着吗？”

“你干什么去了？”我下床扶莫照临进来，“你怎么没在屋里休息？”

莫照临已经将自己收拾干净，他身上穿的应该是李文学的衣服。他的上衣和裤子不够长，露出了小腿和手臂，显得十分有喜感。莫照临脸上的纱布换了块新的，不过看样子他没找到合适长度的纱布，只是暂时用桂枝的花手绢代替。

“书瑶，”莫照临对脸上的花手绢十分不习惯，下意识地伸手去摸，“外面的人说，黑龙山地裂，裂出一条地道来。”

“地道？”这倒是我没想到的，“什么地道？是用来存菜什么的吗？”

莫照临轻笑着摇头说：“不，不是用来存菜的。我问了下李文学，他说地道不像是人工开凿的，是天然形成的……地道通向哪里，谁也不清楚。有人说通往天上，有人说通往地狱。地道一眼望进去，根本就看不到底。所以大家都说，这是山神老爷发怒了。”

我沉思着没说话，莫照临问我：“书瑶，你是害怕了吗？”

“我倒不是害怕，我主要是觉得……”我疑惑的话没往下说，转而换了话题，“现在他们都在地道那儿吗？”

“他们？”莫照临少了丝温和，多了丝犀利，“你是想问他们，还是想问郭子晋？”

我干笑两声，没心没肺地开着莫照临的玩笑：“莫照临，别这么严肃。你看看你的样子，活像吃醋的糟老头子……你是不是没休息好？要不你再睡一会儿，我先出去瞧瞧。”

“你……”我刚想出去，却被莫照临拉着手拽到了他的怀里，我奋力地想要推开他，“莫照临，你干吗？”

莫照临下巴的胡须发青，鼻子线条坚硬。我被他囚在怀里，完全动弹不得。

莫照临一点笑意没有，他冷冷地说：“我，就是你爱吃醋的丈夫。”

“你胡说八道什么呢？”我是真的有点生气了，“你快点松开我！你——”

我的话还没说完，莫照临低头，准确无误地吻住了我！

莫照临很用力，亲得很用力，抱得也很用力。我都能感觉自己的肋骨收紧，肺部的空气被挤了出去。我推不开，也躲不开，只能不断地在莫照临怀里挣扎。

我跟莫照临在一起有一段时间了，我还是第一次见他这个样子。以前我们两个晚上一起聊天吃夜宵的时候，他从没有失礼过。而现在，莫照临是什么都不管不顾了。

“成书瑶，给我吧！”莫照临一个转身将我压在大通铺上，然后说了一句让我无比震惊的话，“你给过郭子晋的东西，通通都要给我！”

“我给过郭子晋什么？”我扯着嗓子叫，不断地用手去推打莫照临，“救命！你把话给我说清楚！莫照临，我给过郭子晋什么？郭子晋！你救救我！”

“闭嘴！”

莫照临的声音好像带着魔力，他说完之后，我竟然真的叫不出声来了。

“以后跟我在一起，不准提到郭子晋。”

我气得浑身发抖，害怕得两脚发软。

“以后，你要是敢看郭子晋……”莫照临的声音冷冰冰的，伸手摸着我的眼睛，“我就把你的眼睛挖出来！呵呵，没关系，反正你的眼睛漂不漂亮，我也看不到。只要你再看郭子晋，我就把你……”

“莫照临，你是疯了吗？”我眼泪往下掉，“你挖了我的眼睛，还不如杀了我。”

莫照临没理会我的问题，我不能呼喊救命，又被他压制得动弹不得。情急之下，我猛地一把将莫照临脸上的手绢扯了下来。

此时此刻，手绢下面莫照临的脸，似乎比他做的事情还要可怕。我捂住自己的嘴，不敢置信地说：“我的天……莫照临，怎么……怎么会这样？”

外面是血色的余晖，莫照临的身上也镀上了一层血红的光。光线映照在莫照临面目狰狞的脸上，场面十分骇人。

莫照临眼睛的位置没有眼球，眼睛的部位整个都是塌陷进去的。而他的眼球应该……是被人挖了去。

莫照临感觉到手绢被我摘掉，赶紧转回身。他神情怪异，声音冷得让人发寒：“我，不是莫照临。”

“那你……”我磕磕巴巴地问，“如果你不是莫照临，那你是谁？”

莫照临发出一声冷笑，接着，他就摔倒了。

莫照临的身后，站着的是气喘吁吁的郭子晋。郭子晋丢掉手里的石块，脸色难看地靠在床边上。

我推开莫照临，尽量不去看他的脸，然后小心翼翼地靠前，把莫照临的眼睛遮好。

郭子晋沉默地盯着我，我被他看得很是不好意思。

“我谢谢你救了我。”我努力憋住哭，委屈得话里带着哭音，“但是能不能……麻烦你现在别看我？你这样看我，让我觉得很不好意思。我还是……还是大姑娘呢！”

郭子晋一边笑一边跟我道歉：“成书瑶，真是不好意思！我真的不是想笑你……哈哈哈！你别往心里去！”

我好不容易憋住的眼泪瞬间流了出来……有这样的人吗？幸灾乐祸，还让人别往心里去？我是得傻到啥样？

可不管怎么说，是郭子晋救了我。我手软脚软地从床上下来，郭子晋却一直看着我，他也不说话。我被他看得心里发毛，只能转移话题道：“你是……你刚才听到我喊你了？”

“是啊！我听到你喊我了。”郭子晋的话半真半假，“每天我都能听到你在喊我‘郭子晋，你救救我’‘郭子晋，我不知道自己在哪儿’‘郭子晋，我什么都不记得了’‘郭子晋，你在哪儿'……"

"你怎么知道我什么都不记得了？"

问完之后，我才突然想明白。如果郭子晋认识我的话，以我的反应来看，他肯定知道我什么都不记得了。我心里的疑惑加重，问道："你认识我！既然你认识我，可是你为什么说你不认识我？郭子晋，你难道不觉得自己很奇怪吗？"

郭子晋没有多说，他咧嘴一笑，说："因为你笨，所以你才什么都想不明白。"

"谁说我什么都想不明白？"我下意识地反驳他，"我也是侦探，我也是很聪明的好吧？"

我以为郭子晋会笑话我，但没想到他竟然说："我知道你很聪明，而我，只是想骂你笨而已。再说了，身边养了狼都不知道，你说你不是笨蛋是什么？"

郭子晋眼神冰冷地看了看床上的莫照临，然后他又把带来的桂枝的衣服丢给我，说："换身衣服，跟我走吧！"

啊？

我摇摇头，很明智地拒绝道："郭子晋先生，你在跟我开玩笑吗？我今天早上第一次见到你，我们两个在一个空间里待了不到二十四个小时，现在你居然要我……"

对于我这段话，郭子晋只是很平静地问了我四个字儿："你走不走？"

八成，我是真的傻了。我被郭子晋吓得打了一个嗝，打完嗝以后，我说了一个连自己都不敢相信的答案："走。"

一直到我换好衣服，被打晕的莫照临都没有醒来。我从屋里出来，有点不放心地问郭子晋："莫照临不会死了吧？"

郭子晋在前边带路，他声音里的笑意藏也藏不住，"成书瑶，你到底是担心莫照临会死，还是害怕我杀了人？"

呃……好像，是后者。

见我皱着眉不开腔，郭子晋很是理所当然地说："那我就当你是害怕我杀了人好了。"

我是个特别喜欢跑题的人，不仅聊天爱跑题，思维也爱跑题。像我这种职业跑题的，最讨厌郭子晋这类善于抓住重点的人。

郭子晋的身体很不好，走十分钟的路大概要休息两分钟。我不知道郭子晋要带我去哪里，但是我十分放心。天渐渐地黑下来，而郭子晋还一直带着我往黑龙山的方向走。

走到最后，我终于忍不住问他："你不会是想把我拐卖了吧？"

"拐卖你？"郭子晋声音极小地在前面嘀咕，"我是能拐了你，但谁能买得起？当初有人出一座黑龙山，我都没卖。"

“你有什么话能不能当着我的面说？”我问。

郭子晋说：“马上就到了，就在前面了。”

谁问他这个了？

郭子晋的嘴跟铜皮铁桶一样严丝合缝。他要是不想说的，我是无论如何都问不出来的。后来我也学聪明了，干脆什么都不问。我就跟在他后面，听他神神道道，自言自语。

等到了郭子晋说的目的地，陆菲正在一棵枯树边抽烟。看样子，他们应该是商量好了。

陆菲没有对我的到来表示任何异议，她面无表情地递过两根带着血渍的登山索，说：“我刚才去桂枝家取绳索的时候看了，阿豪和阿梅，他们两个在地窖里被杀了。”

被杀了？

我瞪大眼睛，不敢置信地问：“为什么？谁杀的他们两个？”

“不知道，不清楚。”陆菲就像是钢铁铸造的似的，连眼睛都不眨一下，“反正我到的时候，他们两个已经死了。”

郭子晋沉吟片刻道：“是怎么死的？”

“从痕迹看，应该是嘴里被人塞了手榴弹。”陆菲说的话，我是一个字儿都没听懂，“威力不算小，两个人的整个脑袋都被炸开了。”

郭子晋微微讶异：“美国的吗？以你的了解，闻人航会做这种事情吗？”

“不好说。”陆菲回头看了看光亮点点的黑龙山山脚小村，“我估计，见过闻人航的人，恐怕都要死。”

在郭子晋提起闻人航时，我的心里产生了一种少有的暖烘烘的感觉——那是少有的，恋爱时才会有的悸动。不知道他们说的闻人航和我认识的闻人航是不是一个，要是认识的话……

“成书瑶，你过来。”郭子晋对着我招招手。

郭子晋叫我过去，接着用绳索将我们两个捆好。我犹豫着开口问：“你们说的闻人航是谁啊？你认识我，你还认识闻人航……是不是我也认识闻人航？”

“你不用知道啊！”郭子晋答得轻巧，“你都答应跟我一起走了，你还想闻人航干什么啊？”

我尴尬地看了看陆菲，小声地说：“你太太在这儿呢！你这么跟我说话，好吗？”

“没什么好不好的。”郭子晋揉了揉我的脑袋，“什么都别想，跟我走吧！”

顺着绳索，我看到了绳索另一头的枯树，然后问了一个连我自己都觉得特别傻的问题：“郭子晋，你带着登山用的绳索，你是想带我上山吗？”

郭子晋暂时忽略掉我的问题，他一本正经地嘱咐陆菲：“你自己多保重。”

“你们也是。”陆菲神色淡然地抬抬手上的烟。

“我不是带着你上山。”我们两个像螃蟹一样横迈了几步，突然，郭子晋带着我跳进了地面上的一个洞里，“我带你入地。”

“啊啊啊啊啊……”

耳边风声呼呼，我吓得不断大叫。洞里面都是喊叫的回声，震得我脑袋疼。上面的枯树被冲力拉倒，粗壮的树干整个横在了洞口的上方。静力绳索虽然没有弹力，可由于力道太大，绳子用尽时，我和郭子晋还是被弹得不轻。

我和郭子晋被吊在洞里面，抬头能看到些许月光，向下却丝毫望不到陆地……我呼呼喘气，问他：“郭子晋，你是来带我蹦极的啊？我们就这么一直吊在这儿？郭子晋？郭子晋？”

郭子晋的身体差，他比我喘得要厉害。等了有一分钟，郭子晋才勉强说出话：“我们……要跳下去。”

“这是哪里？”

“这是黑龙山震出的地道，”郭子晋的笑脸若隐若现，“山路都被封死了，我们要是被困在村子里，估计活不过今天晚上了。”

“可是，为什么？我们走了，村子里的人要怎么办？”

郭子晋说的事情我不是没想过，但我不明白。

“因为你们见了不该见的人，说了不该说的话。村子里的人你不用担心，陆菲会想办法的。”

说到这里，郭子晋突然问我：“你不是想知道闻人航是谁吗？”

“是啊！闻人航是谁？”看不到彼此的脸，我没有顾虑地畅所欲言，“我不记得了，很多事儿我都不记得了。我记得我在女校时的开学典礼和毕业典礼，我记得我想要搬家去个离单位近一些的地方住，我记得我的房东是个南方人，我记得楼下花园里的花花草草，我还记得我家墙上有个洞可以通到隔壁……剩下的事情，我就不再记得了。我莫名其妙地来了一个地方，莫名其妙地被一群没有舌头的人关了起来。”有郭子晋在旁边，我竟然觉得非常安心，“后来，又来了一个叫莫照临的男人。有一天大雾的时候，他帮着我指路，送我回家。可是莫照临说，我有一个爱吃醋的男朋友。而我印象中，我和我的男朋友已经分手了。”

在暗处，郭子晋的身子收紧。我能敏感地察觉出，他的呼吸变得沉重。

我没有停下自言自语式的唠叨：“我可以感觉出来，我的记忆缺失了一块，还是很重要很大的一块。我忘了很重要的事儿、很重要的人……不过我想，对我重要的人，我对他应该也是同样重要的吧？郭子晋，你说是吗？”

“嗯，是的。”郭子晋模棱两可地说。

我又问他：“那我，只要等着就可以了，是吗？”

“是的，成书瑶，你等着。”

虽然现在的事情我看不懂，但是有郭子晋这句话，我就安心了。记忆不在，身体的感觉却是忠实的。只要相信郭子晋，就好了。

闻人航的话题被打岔过去，郭子晋也不愿意多提了。

两根绳索相互缠绕，我和郭子晋晃荡着渐渐靠近。郭子晋恢复了些体力，他费劲地将上面打的绳结拧开。

我问郭子晋：“下面不知道多深，我们要怎么跳下去？”

“拿着这把刀，你顺着我的绳子往上爬。”郭子晋指挥着我，“等到我说可以的时候，你再停下。”

我没有表示异议，听话地往上爬。攀爬绳索，我真是不怎么擅长。我在郭子晋的身上滑下来好几次，这才被郭子晋托举着爬了上去。

我的脸蛋烫得厉害，也不知道是用劲憋的，还是脸发红导致的。等爬到郭子晋指定的位置，我已经累得满头大汗。

我踩着绳索上的绳结，费力地抓牢，不让自己身子下滑。郭子晋在我脚下的位置，用从容的声音给我力量：“成书瑶，把我上面的锁扣挂在你绳子最下面的锁扣上。扣好之后，你用我给你的刀把我的绳子割断。”

“割断你的绳子？”我有点担心，“静力绳的承受范围有限，我们的绳索最多只能承受一百二十公斤的重量……刚才我们跳下来，绳索受损。现在要是两个人用一根的话，我怕……”

在洞穴里，郭子晋的声音听起来有几分缥缈，“即便掉下去，也是我先掉下去……如果没有计算过的话，我怎么敢让你这么做？”

“可是……可是你要是算错了怎么办？”

郭子晋笑得倨傲，说：“我？我怎么会算错？我是郭子晋，我又怎么能算错？而且我们现在也是用一根绳索，不也是没事儿吗？成书瑶，不要想了，按照我说的做，抓紧时间。”

现在不同，如果割断郭子晋的绳子，我们两个势必又会受到不小的下降冲力。可是我有一种很不好的感觉，仿佛不按照郭子晋说的话做，马上就会有不好的事情发生。

“那你小心点。”我抽出郭子晋给我的刀子，“我要割了。”

“割吧！”郭子晋不忘提醒我，“割完之后，赶紧把刀子丢了。”

割断绳索，并没有费我太大的力气。绳索经过了摩擦和拉扯，已经不像最初那般结实。我按郭子晋说的，割断他的绳索之后，立马丢开了刀子。

我们两个再次快速下降，虽然力度不算很大，但是也够我受的了。我痛得嗷嗷直叫，耳边熟悉的风声也跟着回来了。

绳索还是差了一截儿，不过好在距离不是很高。当我的绳索抻平后，郭子晋迅速解开自己跳到地上。我在高处来回地晃荡，有点晕车的感觉。

少了郭子晋的垂坠，绳索勉强还算安全。郭子晋喘了几喘，他回头叫我：“成书瑶，来吧！你跳下来！我在底下接着你！”

跳……跳下来？

“还是不要了，我恐高。”我试图收回绳索续接一块，“你等等我，我再重新——”

“不行了，成书瑶，那个锁扣不安全。”郭子晋还在坚持着，“你跳下来！我接得住你！”

不，我还是不敢。

“成书瑶，你信我吗？”郭子晋的眼睛在暗处熠熠生辉，他仰头看着我说，“你信我的话，就跳下来！”

在我看来，我信他，和我敢不敢跳下去，这完全是两码事儿。

我相信郭子晋天文地理、天干地支样样精通，我也信他能够接住我，保证我不掉在地上。但一想是自己跳下去，我吓得腿都软了。

“不不不，还是不要了。要不你让我在上面待着？我觉得这儿其实也挺——”

话说了一半，我猛地闭了嘴。

从高处往下看，一支手枪缓缓地从暗处伸了出来。在郭子晋毫无防备的情况下，手枪准确无误地抵在了郭子晋的后脑勺上……

“你们是谁？”暗处一个男人沉声说。

“我们是那个——”

郭子晋抢过话来，打断我的解释，“我们两个是不小心掉下来的。”

“不小心掉下来？”暗处的男人看上去很精明，他并不信郭子晋说的，“不小心掉下来的话会随身带着登山索吗？不小心掉下来，你能事先算得这么周密吗？”

男人的枪进一步推了推郭子晋的脑袋，说：“老实说，别想骗我，不然我一枪崩了你。”

“你一枪崩了我，你就再也不知道我是谁了。”郭子晋好像一点不害怕，他有条不紊地讨价还价，“能不能先让我上面的朋友下来？有什么事儿，我们等下说好吗？”

站在暗处的男人知道自己手里有枪，所以他并不害怕郭子晋要花招。看我傻乎乎的，估计也不能有什么危险性，于是男人点了点枪口，示意郭子晋可以。

郭子晋轻声道谢，笑呵呵地对我说：“成书瑶，跳下来吧！陆菲现在走了，洞口被枯树封住，你肯定是上不去的。你总不能一直挂在那儿吧？我接着你，下来吧！”

在我有限的记忆里，我似乎还是第一次做如此艰难的决定。枪还抵在郭子晋的脑袋上，我很是担心他。我往上看了看，高处是一团黑漆漆的树根。

我咬咬牙，闭着眼解开锁扣往下跳。

闭不闭眼睛，其实并没有什么要紧。周围很黑，睁开眼睛也不一定能看到。不过心里的恐惧感太强，我往下掉的过程中，腿一直不断地哆嗦。

“哎哟！”

郭子晋接住了我，可我们两个也一起摔倒在了地上。周围骤然亮起强光，郭子晋先一步用手挡住了我的眼睛。

这里……怎么会有人？又怎么会有灯光？

等到渐渐适应了地下的光亮，我才看清眼前站着的陌生男人。男人梳着短头发，中等身材。他穿着迷彩裤和军靴，上身是件军绿色的短袖。

男人警觉地看着地上的我和郭子晋，再次问：“你们是谁？”

“游客，”郭子晋抖了抖地上的半截登山索，撒起谎轻车熟路，“带着绳索，准备爬黑龙山的。”

很显然，男人并不相信郭子晋的话。

“起来，你们两个一起。”男人扬了扬手枪，命令我说，“你，拿绳子把他绑上。”

郭子晋伸开手，他胳膊上有蹭破的部位在流血，“你可以绑我，只要你愿意相信我们。”

男人手里有枪，所以我只好按照他吩咐的做。我一边弯腰去捡脏兮兮的绳索，一边纳闷地下为什么会有人……而我刚捡起绳子打算往郭子晋身上绑的时候，男人又改了主意，“不用绑他了，你，去把这个女人绑起来。”

不知道郭子晋是不是一开始就知道地下有人了，所以他才会丝毫未显慌张。男人说什么，郭子晋都好脾气地照做。郭子晋过来绑我的时候，男人不放心地绕着过来看着。我和郭子晋别说小声说话了，就连眼神交流都不能有。

“好了，现在你们两个在我前面走。”男人用枪推着我和郭子晋，“顺着地道一直往前走，等到了地方，我会叫你们停下的。”

郭子晋终于回头看我了，不过他除了叫我放心，没有给我任何指示。

我无奈，只好奋力地往前走。

我们刚往前迈进了两步，身后突然响起了嘎啦嘎啦的铁轴转动的声响。我回头去看，脑袋却被男人生硬地推了回来。幸好郭子晋抱住了我，不然我非得撞在地道上。

虽然脑袋被推了回来，可我还是看清楚了。我们刚才下来的洞口位置上有铁板闭合……

整个地洞，被关上了。

我满头雾水地跟着郭子晋往前走，生怕前面突然蹦出什么牛鬼蛇神来。郭子晋抱在我肩上的手没松开，他几乎是推着我往前。

地道是普通的地道，墙壁两侧有照明用的白炽灯，有电线电缆往里延伸。地道之中，处处透着诡异。

在地道里走了大概有十五分钟，郭子晋累得上气不接下气，脸色煞白。我的肩膀几乎支撑了他身体的大部分重量，可他还是不停地喘息。眼前猛地豁然开朗，我们从地道进入了一间圆形的……呃，洞穴。

洞穴是圆形的，但是地上的图案却是六边形的。洞穴大概有几百平方米，或者是更大的空间面积。

在这空旷的场地，首先映入我眼里的，是两排书籍。除了书之外，洞里堆着各种各样的生活用品和军需用品，还有一张单人床、一副碗筷、一套洗漱用品和一件军大衣。

从种种迹象来看，这里，应该就住着一个人。

这个男人是谁？他为什么住在这里？他是军人？是特工？还是间谍？

不知道，完全的，不知道。

男人推着我和郭子晋到洞穴的中间位置，而我更是发现，我们刚才过来的地道，只是所有地道中的一条。以圆形洞穴为圆心，周围辐射着十二条一模一样的地道，通往十二个完全不同的方向。

在我惊讶之余，男人已经手脚麻利地将郭子晋绑好了。我和郭子晋一起跪在他的单人床旁边，男人踩着椅子，审视着我们两个。

好一会儿，他才再次开口：“你们是谁？”

“游客。”郭子晋的答案不变，“来黑龙山登山的游客。”

男人常年生活在地下，因为缺少日照，脸上很是白皙。

郭子晋说完之后，男人冷淡地说：“今天早上有人在黑龙山附近进行了爆破……我猜，目的就是想要找出我来。是你们做的吧？”

男人把手枪的保险拉开，枪口抵在我的脑袋上，问郭子晋道：“说实话！不然的话，我就杀了你的相好。”

“那个啥……”我不知道是不是有人还在意这个细节，“我不是他的相好。”

“你是啊！”郭子晋完全是一副逼死我的样子，浅笑着说，“成书瑶，你就是我的相好。”

我是郭子晋的相好？

就算我是郭子晋的女朋友，现在这种情况下，郭子晋也不能承认吧？他是想暴露自己的底牌，还是想增添对方手里的筹码？

怎么看，郭子晋都是在做亏本的买卖。

而手里拿着枪的男人的想法和我一样。男人有些扬扬得意地用枪戳了戳我的脑袋，说：“所以，你赶紧老实交代。不然的话，小心我把你这小女朋友的脑袋打个稀巴烂。”

打个稀巴烂？这话说得简直太有画面感了。

一想到自己的脑袋会稀巴烂，我瞬间害怕地抖了抖。男人感觉到我的惧意，笑得更加嚣张，“你看，她都害怕了！”

我强忍住惧意，不满地大声辩解：“谁说我害怕了？我才不怕呢！”

“嘿嘿！”男人笑道，“小娘儿们，还挺有骨气啊！”

郭子晋没说安慰我的话，同时也没求饶，“就算你打死她，我也是一个字儿都不会说的。你打死她，我立马咬舌自尽。”

男人笑得更加开心了，他说：“你吓唬我呢？先不说你能不能咬舌自尽，就算你自尽，对我来说又有什么要紧的？”

“如果我们死了，那么你每天都会在猜测我们两个的身份中纠结。”郭子晋脸上布满疲态，可是他的眼神极其锐利，“你不了解我们，但是我很了解你。”

男人毫不留情地说：“不可能，我是隐形人。在这个世界上，没有人知道我是谁！就连我的父母都不知道我在哪儿，我的朋友、老师、邻居……他们都以为我死了。你不会认识我，你更加不会了解我。”

“呵呵，”郭子晋淡定从容地笑，“你可以试试。”

郭子晋眼神迅速地在洞穴里看了一圈，快速地说：“你应该是军人，而且是上过战场的军人；你住在如此大的一个地道，又是一个如此训练有素的军人，说明你一定是在看守着什么东西；为了不让看守的东西泄露出去，一旦有什么风吹草动，你就会把地道封闭。我看你的样子，最少有五年没有出去过了——换句话说，你已经有五年没有跟人说过话了。”

郭子晋的话说完，男人抵在我脑袋上的手枪渐渐往下垂。我看不到身后男人的表情，但是瞧他的反应，郭子晋的话应该说对了。

等到郭子晋说完，男人彻底把枪收了回去，说：“你怎么知道我五年没有跟人说过话？”

“猜的。”郭子晋笑得自信，“喏，那面墙壁上有你用军刀刻下的正字。这么多的正字，我猜应该是计数用的……你一个人在这里，不用上班，也不用工作，你计数干什么呢？肯定是为了……等着出去的吧？”

男人的声音低沉，说：“那你再猜猜，我看看你还能猜出什么。”

“我猜，看护这里的任务，应该不会只交给了你一个人吧？”郭子晋的手脚被绑，他只好扬扬下巴说，“大概在两年前，你用军刀把前面的正字都划花了。而没多久，你又开始重新计数了……”

“这，你……”男人自知失言，只好继续往下说，“这你都能看得出来？”

既然郭子晋能在不看尸体的情况下把案子破了，那么分析这些事对他来说简直是易如反掌。

“你们这里的看守，大概是两年左右换一次。本该到你出去的时候，却临时发生了变化。你接到通知，知道自己要继续留守在这里，所以十分不满……但是愤怒并不能解决任何问题，所以你只好接受现实。这一接受，又是三年……我有没有说错？”

“没有说错。”男人跌坐在床上，他用枪口挠了挠脑袋，哑声说，“我是在这里待了五年，五年里，我都没有说过话……但是这不代表我不会杀你们！”

男人太久没有跟人沟通，他很容易暴躁发怒。男人从椅子上站起来，狠狠地将我踹倒在地，骂道：“老子让你看看！老子现在就能崩了你们两个！”

郭子晋轻咳了两声，不卑不亢地说：“是，你是可以杀了我们。但是你想没想过，你杀了我们，你要怎么处理我们两个的尸体？这里，应该是完全密闭的吧？”

郭子晋扫了一眼光溜溜的洞穴，继续说：“要不是完全密闭的，估计你早就跑了……杀了我们两个，我们的尸体就会在洞穴之中腐烂发臭，你该怎么办？”

男人收回了手枪，说：“你还挺聪明的。”

“事实而已。”郭子晋谦虚地说。

事情从白热化的状态渐渐变得胶着。双方来回拉锯，一时之间难解难分。

郭子晋适时地讨价还价道：“我可以告诉你，我们两个能帮着你从这儿跑出去。你也看到了，我们两个完全没有杀伤力。她是个连绳索都不会绑的女人，我是个没有缚鸡之力的男人……最重要的是，像你说的，我很聪明，我能帮着你跑出去。”

没想到的是，郭子晋这一句话如同捅了马蜂窝。刚刚有所缓和的关系，又瞬间跌至冰点。

男人下了狠心，他再次举起枪，说：“不，为了大局着想，我必须要杀了你们两个。”

男人眼里蕴含杀气，我能感觉出来，他是真的想杀了我和郭子晋。我的胃像是被人攥住了一般，整个人紧张得汗毛倒立……

就在千钧一发的时机，整个洞穴里骤然响起了震耳的警报声。

警报的声音犹如催命一般，吓得我不断往郭子晋怀里躲。男人几次举枪想要杀了我们两个，但是警报声烦得他终归没有下去手。

“妈的！”

男人咒骂了一声，紧接着将枪栓拉好别在裤腰上。他把我和郭子晋一头一尾地系在床上，这才跑去地道里查看。

“郭子晋！”我大声地叫着，“怎么回事啊？”

在一天的时间里，我还是第一次看见郭子晋流露出茫然不解的神情。郭子晋眼中的困惑跟我相似，他摇头说道：“估计……发生了什么不好的事情吧？”

男人的身影在地道里消失了五分钟，洞穴里的警报声也散去了。

警报虽散，回声仍在，地下的墙体被警报震得微微颤动。在震颤的共鸣中，我问郭子晋：“你到底……你到底是谁？”

“郭子晋。”他说。

我当然知道他叫郭子晋，可我不明白他一个侦探为什么要查这些事情。

“你到底是谁？”

“郭子晋。”郭子晋眸子里的犀利隐去，只剩下一片化不开的柔情，“对你，我就是郭子晋。”

我的心怦怦跳，比提到闻人航时还跳得厉害……记忆是会骗人的，但是身体的感觉却永远忠实。对于郭子晋说的话，我丝毫没有怀疑。几乎没有任何的质疑，我居然完全接受郭子晋是我男朋友的事实。郭子晋可能不方便说太多，我也便不再继续往下问。

“哦。”

“就说这么多？”郭子晋眼睛微眯，他眉毛和眼眶的距离拉近，这让他的眉眼显得更加深邃，“成书瑶，没有别的想问的了？”

我摇摇头，诚实地答他：“就说这么多，没有别的想问的了。”

等我说完话，郭子晋却笑了。

我努力地回想了一下，可我并不觉得自己的话有什么好笑的，“怎么了嘛？”

郭子晋摇头道：“没有，没怎么。”

“你是个怪人。”我说。

郭子晋点头道：“我知道。”

“那我是怎么看上你的？”我纳闷道。

“你说呢？”郭子晋反问我。

我挫败地答：“可能……因为喜欢。”

郭子晋摇头。

“不是？”我皱眉。

郭子晋轻笑道：“不是。”

“那是为什么？”

“因为成书瑶爱我啊！”

郭子晋说的是我爱他，可是他的脸红了。郭子晋说得坦诚而又大方，他真诚的样子不像作假。

洞穴里没有日照和阳光，常年亮着白炽灯。在白炽灯的晃照下，郭子晋粉嫩嫩的白脸，看得我也脸红了。

“那你……”我没有郭子晋那么坦率，我问得很不好意思，“那你喜欢我吗？”

郭子晋点头道：“我也很爱你。”

“那你……”我更加害羞起来，“那你为什么会娶陆菲？我们两个是已经分手了吗？为什么我都不记得了？为什么我会被抓到黑龙山山脚的大别墅里？为什么莫照临要跟我在一起？闻人航又是谁？”

郭子晋深深提了一口气，语速飞快地说：“我娶陆菲，是为了保你的命。我们两个，也并没有分手。你失忆了，是因为闻人航给你做了选择性失忆催眠。药物加上电击治疗，抹去了你脑子里最深刻的记忆——也就是我。配合催眠治疗，你的记忆就跟着被篡改了。至于其他的事情，也都是闻人航那个混蛋做的。”

自从郭子晋承认了他是我的男朋友，我对他的兴趣就比对其他人多很多。“为什么娶陆菲能保住我的命？我看你的身体好像很不好……你生了什么病？”

“你不是不好奇吗？”郭子晋开了一句玩笑，他接着说，“你不是被抓走的，你是自愿跟闻人航走的。你，是为了救我。”

郭子晋说的事情，我是全然不知情的。

“陆菲爸爸手里有强大的医疗技术，强大到你甚至无法想象的那种。当时大楼爆炸，我利用镜子的反射成像原理，让陆菲和陆泽楷的人都以为我被炸死了。闻人航看穿了我的计划，派人在我逃跑的路线上劫持了我……你为了救我，被逼无奈，只好跟闻人航走了。”

之前的事情，郭子晋大概给我讲了一下。我虽然听得不是很明白，但是其中的艰辛和无奈，我还是可以感受到的。而最让我忍受不了的是……

“你跟陆菲……你们两个真的结婚了？”

“是的。”郭子晋无奈地苦笑。

我又不知道自己该说什么了，只好哀怨地说：“哦。”

“成书瑶，你难道就不好奇闻人航为什么一定要你吗？”郭子晋问我，“我以为你很想知道。”

我本来是挺想知道的，可郭子晋说完了他和陆菲结婚的事情，我的情绪变得十分低落……我强打起精神问他：“为什么？闻人航为什么一定要抓我？”

郭子晋认真地盯着我的眼睛看，说：“成书瑶，你记得什么吗？”

“什么？”我不明白郭子晋想说什么，“什么记得什么？”

“比如……”

通道里传来了一阵响动，那个男人去而复返了。但是从脚步声听来，应该是两个人回来的。

我和郭子晋正奇怪的工夫，男人拖着眼睛上蒙着手绢的莫照临出现了。

是他……莫照临怎么会来这儿？

“嘿嘿！”男人笑道，“今天是什么日子啊？老天是不是看我太寂寞，所以故意派了这么多人来陪我？”

莫照临不知道是怎么下来的，他看不见路，身上撞得脏兮兮、血淋淋的。他唇抿得很紧，无论男人怎么殴打，他都一声不吭。

一个人待了太久，男人的脾气很是稀奇古怪。他倒不怎么难为我和郭子晋，就是揪着莫照临打个没完。莫照临骨头是真硬，额角被打破了，他都没说一句话。最后男人打累了，他气喘吁吁地扯掉了莫照临眼睛上的手绢。

“我的老天！”男人吓了一跳，他嫌弃地将手绢丢回到莫照临的身上，“遮着眼睛的时候感觉人模狗样的，摘了手绢怎么这么恶心……瞎子，我估计你是误打误撞进来的，我也就不绑你了。不过我可告诉你，你别自己瞎跑！要是跑到地道里，我可不去救你。”

莫照临吐掉自己嘴里的血沫，冷淡地把眼睛蒙上。

男人回身去拿桌子上的水壶，他一边喝水一边说：“还是刚才那个问题，你们两个到底是谁？你们最好实话实说，不然的话，看见我打那瞎子的力度了吗？就是这个——”

“砰！砰！”

地上的莫照临以迅雷不及掩耳之势从地上跳了起来，准确无误地抢下了男人腰后别着的手枪，然后照着男人的脑袋就是两枪！

不知道是故意还是天意，男人眼睛的位置被莫照临用枪从后面打穿，留下了两个狰狞的血洞……

灵魂的欲望

Chapter 10

黑龙山的地质地貌比较奇特，声音不太容易扩散出去。莫照临开了两枪，声音反反复复地在洞穴里回荡。我的手脚都被绑住，没有办法去捂耳朵，只好张着嘴，以减小伤害。

莫照临看不见我，郭子晋却被我的样子逗笑。莫照临的耳朵特别灵，他顺着声音举起枪，冷笑道："郭子晋，你在嘲笑我？"

"完全没有那个意思。"郭子晋话说得不合时宜，"老实说，你不值得我嘲笑。"

"砰砰！"

莫照临又是两枪，但他倒是没往郭子晋身上打。子弹打进单人床旁边的书柜上，整个钻进了木头里。

吵闹的声音又来，我被烦得大叫："能不能别开枪了？你就不觉得吵吗？"

"我要是打死你，你是不是就不觉得吵了？"莫照临冷冷地问。

"那你倒是打死她啊！"郭子晋话说得嚣张，"我不信你敢打死成书瑶……你很英雄啊！你很能耐啊！你口口声声说要跟我比推理，却常年为难一个女人。你想和我一分高下，可是拿你跟我比，我觉得丢脸！"

郭子晋和莫照临比推理？他们两个要怎么比？虽然我丝毫没有瞧不起莫照临的意思，可是，他确实是看不见啊！

当然，不排除一种极特殊的可能，那就是莫照临对事物有超强的感知能力。如果放在别的领域，莫照临的聪明睿智也许能成就一番大事业。不过要说推理的话，我觉得他还是差了些。毕竟缺少了敏锐的视角，是很难综合排查案件的。

郭子晋说了这么多，莫照临反而没有生气。莫照临收起手枪，摸索着过来为我解开手上的捆绑，说：“成书瑶，你告诉我，屋子里现在有什么。”

我揉揉发麻的腿，犹豫不决地看郭子晋。郭子晋点点头，示意我说：“说吧，没事儿，告诉他。”

“有单人床，有一个小桌，有一个柜子，柜子里面装了不少的个人用品和压缩粮食……还有一个书柜，上面放了两排的书。还有简易的卫生间和简易的浴室。剩下的，就没有什么了。”

这里到底有什么？死掉的男人又在守护什么？男人找到莫照临之前，他口口声声说什么大局为重……难道说，这里有什么是跟国家命脉有关系的？

我想得正出神时，莫照临拍上了我的肩膀。经过了之前的事儿，我对于莫照临的触碰感到无比排斥和反感。我挣扎着想要避开，却反而被莫照临抓紧抱住。

“你干吗去？”莫照临的下巴贴在我的脸上，新长出的胡楂刺得我微疼，“成书瑶，你就站在我身边。”

“凭什么？”我怒冲冲地说，“莫照临，我一直拿你当朋友看，可你又对我做了什么？你松开我！不然的话，你干脆杀了我好了！”

莫照临的力气很大，身上的肌肉也很结实。他一手按住我，一手拿枪，丝毫不耽误任何事情。

莫照临声音冷硬地说：“成书瑶，我现在还不想杀你，你别挑战我的底线。”

“呵呵，”我不屑地说，“你不杀我，我还要谢谢你吗？我又没求你。”

莫照临眼瞎心不瞎，他心里什么都清楚。“成书瑶，我非常非常不喜欢用胁迫人的手段。每次用胁迫这一招，我都觉得自己特别无能。而且，我很不喜欢用郭子晋去胁迫你……你逼着我用过一次了，不要再逼着我用一次。”

“什么？”我突然又愣住了，“你什么时候用郭子晋胁迫过我？”

遮住眼睛之后的莫照临并没有那么让人恐惧，如果他不是眼睛有残缺的话，完全可以称得上是美男子……不过，此时此刻，莫照临的唇角怎么看怎么别扭。

“是的，我用郭子晋胁迫过你一次，只不过你现在不记得了而已。”

“你这是承认自己是谁了？”郭子晋轻笑出声，“还真是不容易啊！你躲躲藏藏了这么长时间，总算肯承认了……承认你自己就是……闻人航。”

我大感惊讶，急着问他：“你是……你是闻人航？”

“呵呵，我是不是闻人航，这有什么要紧？”莫照临的话说得模棱两可，“郭子晋，我能打败你，这就够了。”

莫照临看不见，所以他只能用我当眼睛使。圆形洞穴的最外层有一条不起眼的排水沟，莫照临来的时候应该能感觉到。他又害怕路上还有沟沟壑壑出现，所以推着我在前面探路，开始往书架走。

“郭子晋，这次你比我先找到这儿，我算你赢一分……成书瑶，还有多远能到书架？”

“不，算平手吧！”郭子晋很公道地说，“你昏过去了，所以我才先赶到的。地道是你炸开的，应该算你多一分。”

“不，不小心给你机会把我敲昏，是我的错。”莫照临很客气，“你确实比我先了一步。”

“不——”

我打断郭子晋的话，“我不知道你们两个在比什么，但是我想说，现在这种时候，比分还重要吗？”

两个水火不容的男人异口同声地答我：“重要，很重要。”

好吧，我无语了。

“成书瑶，你先不要碰书。”莫照临的行为处处透着古怪，“没我的命令，你先不要翻看。”

“真好笑……你以为我想看吗？”我讽刺着说，“我是幼儿园阿姨？到了晚上休息的时候给你们讲睡前故事？这个架子上，放着的都是儿童读物！”

“儿童读物？”莫照临不解地问。

“是啊！”我觉得这个应该没什么需要隐瞒的，所以照实说道，“架子上总共放了两排书，书有年头了，纸页都已经发黄，都是些儿童读物。”

莫照临眉头皱得紧，好半天都没有吭声。

倒是郭子晋想明白了问题，他轻轻地开口问我：“成书瑶，你数一数，这两排架子上，是不是每层都是七本书？总共十四本？”

我心里疑惑，但还是照着郭子晋的吩咐做……

让我没想到的是，书架上书本的数量真的跟郭子晋说的一模一样！

“是的。”我压下层层疑惑，回答郭子晋，“跟你说的一样，是两组，十四本书。”

莫照临转头问郭子晋：“是我把地道口炸开的……你是不是该做点什么了？”

“我该做什么？”郭子晋笑道，“陆泽楷是什么人，你跟我一样了解，我如果不是忘了什么，也肯定会被陆泽楷问去了。”

我被他俩急得要命，急道：“你们有话能不能直说？这么打哑谜，我真是听不懂。”

“成书瑶，”莫照临从郭子晋那儿得不出答案，所以又来问我，“你记得什么吗？”

“我不知道，不记得。”我现在能做的，只有说几句解恨的话，“你把我的记忆都弄丢了，现在你反而来问我是不是记得什么？莫照临……或者说，闻人航，你是不是太搞笑了？”

郭子晋无所谓地撇撇嘴道：“那真是太遗憾了……要不你想想办法，再把成书瑶的记忆找回来？”

“呵，不可能。”莫照临说——不，准确地说，是闻人航说。

闻人航冷笑道：“成书瑶的大脑是不可能恢复了。我给她的这种催眠是不可逆转的，和之前催眠她的那种程度完全不同。”

郭子晋没了逗弄的心思，一脸恨意地盯着闻人航看。

闻人航揪着我的头发，使劲地拉扯道：“瑶瑶，你已经知道我是谁了，那么我也不用藏着掖着了。本来我是想用一种比较柔和的方式从你的口里问出密码……既然你忘了，我就帮着你想想。”

话刚说完，闻人航突然掉转枪口，对着郭子晋就是一枪！

子弹打中郭子晋的小腿，鲜血登时涌了出来。郭子晋脸上的血色好似都从他腿上的伤口流出，脸惨白惨白的。郭子晋的血和死掉男人的血混合在一起，地上看起来血流成河。

“你疯了吧？”我不知道从哪里爆发的力气，不断地挣扎着想要去打闻人航，“你怎么敢打他！我让你打他！我让你打！你个混蛋！”

闻人航推着我的脑袋让我远离他，我的胳膊不够长，怎么也打不到。

郭子晋哑声叫我：“成书瑶！你别打了！别伤到你自己！”

“我打死他这个疯子！”空气中的血腥好像沁进了嘴里，我满嘴的甜腥，“我一定要打死他这个杀人的疯子！”

“愤怒是懦夫才会有的表现。”闻人航冷淡地挖苦着我，“瑶瑶，你看看……啧啧啧，你真是可怜。”

“你才可怜呢！”我反唇相讥，“我是没有你厉害，我也没有你强大……但是最起码，我的心智和生活是健全的。闻人航，你看看，你呢？”

“我不需要健全的心智和生活，”闻人航的话说得倨傲，“我有强大的力量，我有富可敌国的钱财，我分分钟能让嘲笑我的人去死……我什么都不缺，我什么都不要。”

“是吗？”我气得浑身都在发抖，“既然这样……你可以用你的钱财压垮我，你可以用你强大的力量威胁恐吓我，那为什么你不从一开始就这么做？”

闻人航沉默着没说话。

“因为你需要别人的尊重，哪怕只是一点点。”我把自己的感觉说出来，“你和我们所有人都一样，你也希望有自己爱的人，你也希望有人爱你……你嫉妒郭子晋，赤裸裸地嫉妒郭子晋！”

“我嫉妒他？”闻人航对我的说辞嗤之以鼻，“我有什么好嫉妒他的？”

闻人航又把枪口对着郭子晋说：“只要我稍微扣动扳机，这个世界上就不会有郭子晋这个人存在了！我从来都不会嫉妒一个……不如我的人。”

“就算郭子晋不如你，但是他死了，我会一辈子记得他。”我静静地问闻人航：“你自己好好想想，你死了，谁会记得你？”

闻人航的气息有点乱，他说：“我用不着谁……记得我。”

“是用不着，”我咄咄相逼，“还是根本不会有？”

闻人航被我说急了，他松开揪住我头发的手，直接将枪口抵在我的脑袋上。枪身的位置有很浓的火药味儿，枪口更是发烫。

郭子晋急得叫我：“成书瑶！”

“你杀了我吧！”我笑里的讽刺意味更浓，“你觉得愤怒是懦夫的表现？可是闻人航你知道吗，在我看来，只会用武力威慑别人的人，才是真正的懦夫。”

没有人说话，洞穴里连彼此的呼吸声似乎都变轻了。很奇怪，虽然知道闻人航的手帕下面没有眼球，可我还是觉得他能看见……

静默了有半分钟的时间，闻人航这才收回枪，说：“瑶瑶，你是真不记得了也好，假不记得了也罢。我给你五分钟的时间，你最好想起来该想起来的。不然的话，我下颗子弹就照着郭子晋的脑袋打。”

“……我知道了。”

我拨开闻人航的手枪，赶紧蹲下查看郭子晋的腿伤。看着郭子晋腿上不断往外涌出的血，我眼泪都流出来了。

“怎么办？我记不起来了，郭子晋，你知道是什么吗？”

我用一旁的毛巾把伤口缠上，郭子晋疼得下唇发抖，他咬牙说：“我也不记得了，因为我知道陆泽楷会想办法套出我的话，所以我在治疗的过程中故意忘却了……成书瑶，你别哭，你好好想想，你记不记得什么特别的数字？”

“特别的数字？”我不明白郭子晋在说什么，“什么数字？”

郭子晋提醒我说：“如果我没猜错的话，应该是两组共十四个数字，但是什么数字，我不记得了。”

这么说的话……我一拍额头，猛然惊醒道：“我记得。”

“我就知道啊，当初我没白背给你听。”郭子晋赞扬地点点头，“是哪些数字？”

“37，39，45，65，71，115，132……”

我刚想起来的时候，自己还觉得莫名其妙。现在才发现，这串数字原来是用来救命的。在我说完数字后，郭子晋立刻做出了判断：“你按照从左至右的顺序翻开书看看。”

“书吗？”我没理会闻人航，只是根据郭子晋的吩咐做，“然后呢？”

“你看看，第一页的第三个字和第七个字是什么？”郭子晋又说。

“这个……”我纳闷，“都是些点点和横横。”

不仅郭子晋，连闻人航都兴奋了。

“你接着往下翻，第二本书第一页的第三个字和第九个字，是什么？”

我更加奇怪了，“还是一些点点和横横。”

虽然我不知道这些点点和横横有什么用意，总之郭子晋和闻人航觉得这些很有用。所有数字查出来的，都是点点横横，连个正经的英文字母都没有。

等所有的点点横横查完，闻人航轻轻地哼出来一串音节。

郭子晋见我听不明白，他用手指蘸着血写出了闻人航轻哼的字符。

–……——.–……——.–.–……——……–……–……–.–.——.——.–……

“是摩斯密码。”

摩斯密码？完全不懂啊。

郭子晋知道我完全不懂，他很善解人意地说：“刚才那串密码翻译成英文是‘Documents were destroyed’，意思就是说，文件已毁。”

闻人航的脸色变得有点难看，他不信郭子晋说的，疯狂地喊出声：“不可能！没理由！我亲口听陆泽楷说过的……那份文件对他很重要。”

“呵呵，是吗？”郭子晋气色不是很好，但是他笑了，“看来，我们两个都被陆泽楷耍了。”

陆泽楷不是陆菲的爸爸吗？陆菲既然和郭子晋结了婚，那陆泽楷就是郭子晋的岳父。陆泽楷耍了他们两个什么？又为什么要耍他们两个？

说时迟，那时快，整个地道里都响起了熟悉的轰轰声。咔嚓咔嚓的齿轮转动声，铁器摩擦的声音不断传来……我刚才见识过，这是地道被封上的声音。这些声音围成了一个圆圈，颇有点四面楚歌、十面埋伏的感觉。

郭子晋眼神锐利地扫视了一周，就连看不见的闻人航也举着枪转了一周。虽然我和郭子晋能看见，但是看到的并不比闻人航多。到底发生了什么事情，我们也不清楚。

“我们，”声音散去，郭子晋冷淡地说，“我们出不去了。”

闻人航突然拍手哈哈大笑，他手里的手枪没有上保险，看得我是心惊肉跳。等到笑容散去，闻人航的脸上又恢复了一片冷淡，面无表情的样子看起来阴森森的，“陆泽楷那个老狐狸，为了抓我，他还真是费了点心思啊！”

“不是费了点心思，是很费心思。”郭子晋补充道，“刚才被你打死的人说过，杀了我们是为了大局着想……我猜，他应该是陆泽楷派来看守文件的吧？”

郭子晋的眼睛里有光，继续说着我听不明白的话：“从一开始，陆泽楷的最终目标，就是杀你。一开始，陆泽楷在我面前表现得很弱势，其实他不过是想要我跟你对立起来……我们受了错误的影响，都以为陆泽楷受到了最初签署的文件的要挟——对了，猫哭耗子得来的那串密码，应该也是陆泽楷散播出来的。至于刚才死掉的那个男人，他被困在山下的时间和猫哭耗子拿到密码的时间，几乎是一致的……所以我猜，黑龙山的那个别墅也是陆泽楷‘无奈转让’给你的吧？从头至尾，我们都被陆泽楷骗得团团转。”

“呸！”闻人航不信，他跌跌撞撞地推倒了桌子，“陆泽楷，他算个屁！要是没有我，他早就死了！这么多年来，我给他除掉了多少麻烦？没有我闻人航，他陆泽楷能有今天？”

郭子晋叹息道：“就是因为你经常说这些，陆泽楷才会费这么大的心思除掉你。”

“我没有别的意思，但是我想插一句。”我终于忍受不住，“现在这种时候，我们能不能先不聊职场危机？我们能不能先一起想办法，看看怎么出去？”

两个男人都不说话了，静默了几秒钟后，他俩突然一起放声大笑。

“神经病！”

我低声咒骂了一声，然后赶紧过来给郭子晋松绑。闻人航听到我在做什么，但他没出言阻止。闻人航不傻，他知道，没有我和郭子晋，靠他自己一个人是出不去的。

郭子晋强忍着腿伤从地上起来，我翻箱倒柜找了一些药品给他用。虽然有些药品已经过期了，但是绷带还是干净的。郭子晋忍耐力真好，我往他的伤口上倒消炎药的时候，他愣是一声没吭。

等到伤口处理好，郭子晋问道：“闻人航，你不会是自己从上面跳下来的吧？你带了爆破的人来，他们会出来找你吗？”

没等闻人航回答，郭子晋就想出了答案：“也是，你是如此多疑的一个人，应该不会告诉别人你去了哪里、干什么。像文件那么重要的东西，被人知道了总是不好。”

闻人航还是没有说话，不过从他的表情看，他应该是默认郭子晋的话了。

洞穴里暗无天日，没有钟表，也不知道时间。地上的血渍已经变干凝结，看着让人恶心想吐。我扶着郭子晋让他躺在单人床上，又扶着闻人航在一旁的椅子上坐下。我分发了一下压缩干粮，三个人多少吃了点东西。

地上的那具尸体的眼睛看上去十分恐怖，好像无论我走到哪里，都在盯着我看一般。吃过东西之后，我找出一条干净的床单小心翼翼地给他盖上。

不管他是谁，能够为了这份责任而坚守这么多年，都是值得我们尊重的。

闻人航听到响动，他对我的行为嗤之以鼻，“人都死了，搞这些形式有什么用？”

安慰生者，敬畏死者，这不是形式主义。在我看来，这是一个人活在世界上最起码的道德和良知。但是跟闻人航说这些，无异于对牛弹琴。

我只得淡淡地回应：“是没什么用处，图个自己心安吧！毕竟，我也希望等我死了以后，有人能温柔地对待我的尸体。”

郭子晋以为我是在害怕，他轻轻地拍了拍我的手。

既然已经说开了，郭子晋和闻人航也没什么好斗的了。我们和闻人航没有话说，为了避免刺激闻人航，我也尽量不和郭子晋说话。而事实上，郭子晋已经累得没有力气说话了。他本来身体就虚弱，加上腿上有伤，吃过饭没多久，他就睡着了。

我看不到闻人航的眼睛，也不知道他是不是睡着了。我一直盯着闻人航的手绢看，渐渐有点眼花。

不知道是不是地道被封的原因，本就通风不好的洞穴里渐渐变得闷热起来。我强撑着不让自己睡着，时不时地去探探郭子晋的鼻息……没有药物，没有治疗，我真怕郭子晋挺不住。

过了两三个小时，郭子晋开始发高烧。这里又没有水，我急得要命。我的体力也透支得厉害，最后坐在床边上睡着了。

半梦半醒之间，我好像听到了哗哗的水声。开始我以为是自己日有所思、夜有所梦，不过后来，我又听声音不太对……

我强睁开眼睛去看，屋里竟然真的有水！

郭子晋烧得脸色通红，但他已经睁开眼睛了。郭子晋不放心地抱着我，闻人航则在原地转着圈。耳边的流水声还在，我困惑地问：“你们听到水声了没有？”

“听到了，当然听到了。”闻人航内心的暴躁情绪无处发泄，他胡乱地对着洞顶开枪，细碎的粉尘掉落下来。郭子晋却不以为意，“陆泽楷他真是可以……这回，他真是把我们当鳖捉了。”

我迷茫地从床上下来，却意外地踩了满脚的水。

“怎么……怎么会这样？”

“哼！”闻人航没好气儿地说，“陆泽楷的人正在顺着地道口往里灌水……他想活活淹死我们三个！”

离间反间双重计

Chapter 11

虽然地洞面积大、容积大，但是也架不住通过十二条地道一起往里灌水。水流的速度很快，我醒的时候地上只是有零星的积水，可过去不到一个小时，水已经到我的小腿了。

“这要怎么办？”我急得揪头发，“我们是不是出不去了？”

闻人航挖苦着反驳我：“我们哪里是出不去了，我们是一定会死在这儿了。”

我想要跑去地道里检查，却被郭子晋拉住。郭子晋没有太大的力气，我也不敢和他来回拉扯。

“郭子晋，我去地道里看看。我想到一个主意，你们要不要听听？”

“你能想出什么主意？”闻人航冷哼道，“你能不能安静一会儿，闭上嘴？”

在闻人航还是莫照临的时候，他脾气还是很好的。最起码我说什么，他即便不赞同，也会认真地听……可现在的闻人航就跟吃了炸药似的，我一说话他就呛我。

“你想出什么来了？”郭子晋不理会闻人航的话，鼓励我说，“你说，我听着。”

郭子晋的鼓励对我是莫大的安慰，我握着他的手专注地看着他说：“郭子晋，陆泽楷不是想淹死我们吗？我们只要不在洞穴圆心的位置不就可以了吗？”

“你的意思是说……”郭子晋一点就通，他解释着我的话，“我们可以去地道口的位置，等到水位涨上来，我们也可以顺着地道出去……对吗？”

我猛地点头，欣喜若狂地说：“是不是可以？”

“我看是傻得可以吧？”不知道是不是因为未知的环境让闻人航很不安，他再次对着我开炮，“我来的时候摸到了，墙上是有电线的。等水位上升到一定高度后，水便会导电。我们浮在水里上去？你找死吧！”

郭子晋在屋子里看了一圈，他理智地分析着我的想法的可行性。

“也不是不可以，这个书柜很大，坐我们三个人应该绰绰有余。不过……”

剩下的话郭子晋没说，我却心领神会。我们三个虽然能坐着书柜上去，但是中间的危险性实在太大了。水一旦导电，万一闻人航动什么歪心思，稍有不慎，我和郭子晋就有掉进水里的可能。

机会和风险并存……可若是不冒险，我们就只有等死的份儿了。

“郭子晋，”现在这种时候，我只相信郭子晋，“你说我们该怎么办？”

“等吧！”郭子晋悠闲地靠在床头上，他似乎一点都不着急，“成书瑶，柜子里还有干粮吗？给我拿来点……最好是有盐和白糖，你找找看有没有。有的话，给我冲杯水喝。”

郭子晋现在失血过多，又不能及时输液，只好用最原始的方法为他补充体力。我把压缩饼干泡了水，这样方便郭子晋吃。可是我在柜子里翻找了半天，里面根本没有调料。这里除了压缩干粮以外就是泡面，没有办法，我只好冲了一包调料粉给郭子晋喝。

条件异常艰苦，郭子晋却异常听话。我给他拿什么，他就吃什么。别说不高兴了，郭子晋连问都不会问。

在流水的哗哗声中，闻人航小声问：“郭子晋，你这么放心成书瑶？你难道不怕成书瑶害死你？”

“害死我？”郭子晋嘴角有饼干屑，我伸手为他擦掉。郭子晋笑说：“成书瑶就算害死她自己，也不会害死我……这点自信，我还是有的。”

闻人航唇抿得紧，他一句话都没说。

郭子晋也没多说，他现在是保存体力的时候。郭子晋吃得很认真，每一口都咀嚼得很用力。我站在一旁看着，眼泪哗哗地往下掉。

“怎么又哭了？”郭子晋停下喝调料汤的动作，笑着帮我擦掉眼泪，“我的腿不疼，最起码……现在已经不疼了。”

郭子晋越是这样说，我哭得越是厉害。我虽然什么都不记得了，但是我总觉得，过去的郭子晋一定不是现在这般模样。在我看来，郭子晋应该很强壮，即便不像闻人航那样肌肉结实，也不至于弱不禁风；郭子晋应该是骄傲的，即便不一定时时出风头，却也不会落魄至此。

郭子晋原来是什么样子，我再也想象不出来。我唯一能够看到的，只有郭子晋现在的样子。但是这个样子的郭子晋，却让我无奈、心疼、苦涩、伤感。

“成书瑶，你不用担心。”郭子晋安慰地拍着我的后背，“你再等等……等我吃饱了，我就有力气带你出去了。”

害怕郭子晋担心，我拼命地摇头道：“你慢慢吃……我不担心，我不害怕，我就是有点……不知所措。”

旁边的闻人航又是一声冷哼，“这戏，就是演给我看的。”

对于闻人航的话，我无力辩驳。人都快死了，谁还有心思演戏给他看?

我不想耽误郭子晋吃饭，用最快的速度将眼泪擦干。我和郭子晋在单人床上你一口我一口地吃饭，闻人航自己沉默地在椅子上坐着。

流逝的时间和水声很完美地融合在了一起，生命的每一次响动，我们都能清楚地听见。让我觉得万幸的是，我们还有东西可以吃。即便死了，我们也不是饿死鬼。

再说了，即便死了，也能跟郭子晋在一起。哪怕我什么都不记得，我依然觉得很满足。

“我听过一个故事，”我和郭子晋一起躺在床上，我讲故事给他听，“说有一个男人，他对他的妻子一见钟情。他们两个相爱相知，结婚生子……”

“很幸福的故事。”郭子晋说。

“是啊！”我继续往下讲，“但是天降厄运，男人意外发生了车祸，大脑受损，他接受了抢救。抢救过后，他虽然保住了命，但是失去了记忆……当然了，不是我这种选择性的失忆，他是完全不记得了。结果，在已经是‘陌生人’的妻子的照顾下，男人渐渐好了。”我给郭子晋讲故事，讲得我自己都感动了，“出院之前，男人突然问他的妻子：‘你结婚了吗？’”

郭子晋略微沉默，他问我：“他妻子怎么说？”

“他妻子说：‘没有，我没有结婚。’”我擦掉自己脸上的眼泪，静静地说，“男人拿出戒指，就地给自己的妻子跪下了。他说：‘不知道为什么，我从第一眼见到你的时候，我就觉得自己爱上你了，你能嫁给我吗？’”

郭子晋没说话，他用力地抱了抱我。在一片水声中，郭子晋把脸埋在了我的肩颈处。哪怕有闻人航在场，我也没羞愧于说出自己的感情，现在不说，我总觉得这辈子都没有机会再对郭子晋说了。

“爱一个人，是一种本能。有些人生下来就会，有些人生下来就不会。郭子晋，我虽然什么都不记得了，可在你说完我是你的女朋友之后，我竟然完全相信了你的话。我爱你，你爱我，没有任何怀疑，我觉得就应该如此。成书瑶爱郭子晋，郭子晋也爱成书瑶。之前我看你炫耀本领还挺讨厌的……但现在，我觉得你的名字都悦耳了。”

“别说了……”郭子晋的脸蹭着我的脸，“成书瑶，你什么都别说了，我都懂，我都明白。”

我和郭子晋依依惜别，坐在离我们五米远位置的闻人航看起来却备感苦涩。

事实证明，闻人航是不值得可怜的。我和郭子晋正难舍难分时，他突然不合时宜地笑了。

“呵呵，”闻人航双手抱着膝盖，他裤腿的位置已经有湿了一圈的痕迹，“瑶瑶，你说你很爱郭子晋，郭子晋也很爱你？”

郭子晋的情绪突然变得很激动，他厉声呵斥道：“闻人航，你给我闭嘴！”

“啊哈，你知道了，是不是？”闻人航的唇得意扬扬地勾起，嘴角挂着怪笑，“郭子晋，我猜你肯定知道我对成书瑶做过什么。”

“你闭嘴！”郭子晋爆发了力气，他突然从床上坐了起来，“你要是再说，我杀了你你信不信！”

不知道是气的还是害怕，郭子晋的手掌不受控制地发抖。我轻声叫他，他却完全没有理会我。闻人航很享受郭子晋失控的状态，因为郭子晋的反应让闻人航兴奋得脸都红了。

“好，我不说。”闻人航见好就收，他沾沾自喜的样子让人讨厌，“八个月后，该有什么，你就全都清楚了。”

“别理他。”我拍着郭子晋的后背，“你好好休息，一会儿我们走了，我们不带他。”

“你不带我？”闻人航话说得冰冷，“你不带我走，以后你要怎么跟孩子交代？”

孩子？我越来越听不懂了，闻人航说的什么孩子？

我茫然不解地回头看郭子晋，郭子晋眼里的怒气迅速敛去，对我说：“成书瑶，你说得对，我们别理他！”

“可是——”

“没什么可是的。”郭子晋话说得强硬。

此时此刻，郭子晋一直在等的人也来了。在蓄水的位置已经到达大腿时，划着小船的陆菲在地道口出现了，“郭子晋，怎么这么多人？人太多了，绳子经不住的。”

“陆菲？”闻人航的脸上带着怀疑，“郭子晋，你信陆菲？她可是陆泽楷的女儿！”

郭子晋扶着我的肩膀想要站起来，说：“我很清楚她是谁，而我也愿意给她足够的信任。”

“呵呵，我忘了。”闻人航故意说，“你们两个已经结婚了。”

这次忍耐不住的人是我，我说："你闭嘴！"

"该闭嘴的人是你们！"闻人航举起枪，"陆菲，把你的船给我。"

"你开玩笑。"陆菲并不害怕闻人航，她脸上挂着冷冰冰的笑，"闻人航，现在这种时候，你最好还是省点力气比较好。现在水位越来越高，外面也全都是陆泽楷的人，打死我，对你有好处吗？"

闻人航的脸上带着和陆菲相似的冷笑，"你觉得我会介意吗？"

"别吵了，"郭子晋稳定大局，他拉起我站在单人床上，"我们一起走。"

死掉男人的尸体浮在水面上，陆菲面无表情地用船桨将尸体扒拉开，说："你说我们一起走？郭子晋，那我告诉你，你是疯了。我只准备了能经受住咱们三个人重量的缆绳，多一个人，绳子都受不住。闻人航比你和成书瑶都要重，你确定你要带上他一起走吗？"

说完，陆菲动作麻利地从后腰抽出一杆枪。陆菲的姿势帅得要命，举枪对着闻人航说："现在，郭子晋，你觉得我们还有带上闻人航的必要吗？"

陆菲的出现让敌我力量的悬殊立刻显现出来。闻人航瞎了，他的武器也没有陆菲的威力大。

闻人航无所谓地一笑，他将手枪丢到水里，说："好，好，好。"

闻人航连着说了三个"好"，接着将脸转向郭子晋说："我知道，我杀了不少人，做了不少的错事儿。但是我觉得，我的审判场不应该在这里，也不应该由你们决定。"

"别听他胡说，"陆菲收起枪，她把气垫船拴在单人床上，"闻人航的嘴皮子能把死人说活……闻人航，我们不是对你审判，我们也不是决定什么。你不要想多了，我们只是单纯想见死不救而已。不过我想，这样的事情，你或许不会陌生。"

即便闻人航站在椅子上，不断升高的水面还是到达了他的小腿。

闻人航张开胳膊，说："你们可以见死不救，我不介意。但是在我死之前，你们听听我的遗言总可以吧？"

"瑶瑶，你把手给我！"闻人航自顾自地说着，陆菲则不为所动地拉我，"你坐在中间，我和郭子晋坐在两边，这样能很好地保持船的平——"

闻人航一拍手，笑呵呵地说："关于成书瑶的伤势，我有几句话想说。我可以直言不讳地告诉你们，成书瑶中的毒，我已经解了……"

"郭子晋，你小心点，船有点晃。"陆菲好像真的听不见闻人航的话一般，妥帖地安排着，"一会儿到了地道口，我们——"

"陆菲虽然对这件事不感兴趣，但是我想，郭子晋，你一定会很好奇过程。"实话实说，闻人航自己站在巨大水潭中的样子可怜又可恨，"当然，我告诉你们我救了成书瑶，并不是想让你们感恩，而是我和成书瑶有一些愉悦的接触。”

陆菲忍无可忍地抽出枪，她淡定地问郭子晋：“用不用我打死他？你不用觉得心里有负担……我的事儿，跟你没关系。”

“走吧！”郭子晋伸手解开绑住气垫船的绳索，“我们不用管他……”

“呵呵，真的不用管我吗？”闻人航突然大声地问，“郭子晋，难道你就不好奇成书瑶肚子里的孩子是谁的吗？”

孩……孩子？

我大感意外。

“我肚子里的孩子？”我呆愣地看着郭子晋，“我什么时候有的孩子？我们两个的关系，已经亲密到有孩子的程度了吗？”

陆菲无奈地摇头道：“闻人航给你下药的分量还真是够重的。”

“是的，我们已经亲密到有孩子的程度了。”郭子晋显然想要一笔带过闻人航的话，“既然我们已经亲密到有孩子的程度了，那你肚子里的孩子，也一定是我的。”

闻人航脸上带着疯狂的笑，他张开双臂站在椅子上，说：“郭子晋，大家都是男人。我会对成书瑶做什么，你能不清楚吗？瑶瑶，想想你之前的梦，你好好想想。”

之前的梦？

我情绪激动，要不是郭子晋拉着我，我差点从船上掉下去。

“我的什么梦？我的梦，你怎么会知道？”

“我当然知道。”闻人航放下手臂，水位又往上移了几分，“因为你梦到的人，是我。”

不可能！不可能！这简直是……太荒唐了！

不自觉地，我攥着郭子晋的手都有些用力。

郭子晋叹了口气，问闻人航：“你想怎么样？”

“带着我出去，我可以帮着成书瑶把记忆找回来。”闻人航开出价码，“我只求保命，不求其他。哪怕出去之后你报警抓我，我都没有异议。”

“你撒谎！”陆菲毫不留情地戳穿他，“闻人航，你用的手段都是陆泽楷研究所研究出来的，会有什么样的后果和副作用，我和你一样清楚。成书瑶能撑到现在不死已经是奇迹了。你说能把她的记忆恢复，你骗鬼呢！”

闻人航笑得倨傲，说：“陆菲，知道你们的缺点是什么吗？就是你们永远看低我！从以前便是如此，你们高看郭子晋低看我……低看我的后果，我怕你们承担不起。”

陆菲冷哼一声。

“走吧，郭子晋。”陆菲叫道，“你们要是想让成书瑶的记忆恢复，我会想办法的……

快走吧！再等一会儿，我准备的通道恐怕就不能走了。”

闻人航无所谓地耸肩，郭子晋却十分犹豫。

在陆菲的小船马上要划进地道里时，郭子晋突然叫住她：“陆菲，带着他走吧！”

“不可能！”陆菲手没停，继续往前划。

“陆菲，你听我的。”郭子晋握住陆菲划船的手，“我们带着闻人航一起走。”

陆菲的杏仁眼在我和郭子晋之间看了一眼，良久，她终于妥协道：“我真是服了你们两个了……快点帮着我划，马上要没时间了。”

就这样，我们荡荡悠悠地去，又荡荡悠悠地回。接了闻人航以后，我们再次启程。

船似乎往下沉了沉，陆菲嘟囔着说：“有了爱情就不要理智了？也好，干脆大家一起死好了。”

陆菲说的只是气话，她并没有放下我们不管。但是小船的速度明显慢了下来，陆菲和郭子晋两个人一起划都有点吃力。就在即将进入地道口的时候，洞穴里的白炽灯突然晃了几下。电流刺啦的声音爆响，整个地洞都黑了。

电源短路了。

“这下好了吧！”陆菲叹气。

没有灯，我们本就走不快的小船更是寸步难行。陆菲本来有带手电筒，可不知道怎么，她的手电筒进了水，不好用了。

四下里一片漆黑和肃静，连呼吸声都听得清楚。

闻人航的腿挨着我的，我心里厌恶，却碍于地方狭窄，不能避开。

我回想着闻人航刚才的话，不断地揣测闻人航话语的真假。

我要是真有了闻人航的孩子，我还不如去死！

“该怎么办？”陆菲没了主意，她问道，“郭子晋，我找不到岔路了。”

没有了灯光，郭子晋的判断能力大减。郭子晋沉吟了片刻，问：“陆菲，你准备的出口在哪里？”

陆菲果断地回答：“东偏南位置。”

好吧，我是帮不上忙了。

“呵呵，我可以找到岔路。”在我们三个不知道如何是好的时候，闻人航突然说，“我是瞎子，在暗处找路是我最擅长的事情。”

陆菲显然不信他，“你？”

“是的，我。”闻人航不卑不亢地继续往下说，“我说了，永远不要看低我……不信的话，你们问瑶瑶，我曾经在大雾中帮着她找到了回家的路。瑶瑶，是不是？”

我不想搭理他，只好烦躁地回答：“你不要和我说话！”

闻人航略微沉默，他坚持道：“我能找到路，我也不希望自己死在这里没有人收尸。”

陆菲不放心闻人航，但是她无能为力。毕竟现在的情况，只有闻人航的办法可以试试。

“郭子晋……”陆菲拿不定主意，只得叫道。

“把船桨给他吧！”郭子晋重重地叹了口气，“大家听天由命吧！”

郭子晋既然这么说，那我就信郭子晋的。

怎样的挥别，都是纪念

Chapter 12

闻人航没有说谎，在黑暗里找出路，没有人比他更拿手了。几乎没费什么力气，他就找到了地道的岔口。

找到岔口，那么一切都好说了。

郭子晋和陆非协力往前划的过程中，闻人航凑到我耳边，小声地说：“瑶瑶，你有什么想对我说的吗？”

“我想说，”我从来没试过用如此恶毒的口气对人说话，“你怎么不去死！”

闻人航话语里带着深深的恶意：“我倒是可以去死……但是瑶瑶，你到时候要怎么向孩子交代？你是不是要告诉孩子，当年他的父亲好心在地道里救了你，你却不知感恩，让他的父亲去死？瑶瑶，孩子会恨你的，因为你让他从小没了父亲。”

“这用不着你担心。”闻人航说的情况，我连想都不敢想，“如果我真有你的孩子，我就不活了。”

我不是开玩笑，闻人航也知道我不是在开玩笑。水摩擦着船底，皮质发紧的声音更加深了地道里的寂静感。

安静了不到一分钟的时间，闻人航突然说：“瑶瑶，你就这么恨不得让我去死？”

“是，”我毫不犹豫地答他，“要是可以，我巴不得你现在就死！一想起我们之前生活在一起，我就恶心得要命。闻人航，我真是傻到家了，之前我为什么把你当成朋友！”

“之前，你当我是朋友？”闻人航的声音有些自嘲，“谁会拿我当朋友？我一个瞎子。”

我实话实说：“是你拿自己当瞎子，我可从来没有拿你当过瞎子。事实上，在黑龙山别墅里的日子，我把你当作我唯一的依靠。早知道这样，我宁愿被砸死在黑龙山的别墅里，也不会和你出来。”

闻人航再次沉默了。

“到地道口了，”陆菲摸到了事先留在这里的东西，她打开一颗照明弹，整条地道里都是冷绿的光，“绳子在这儿，咱们四个人的重量，绳子肯定受不住。郭子晋，你带着成书瑶先上去，我和闻人航随后。”

“呵呵。”

在我们三个身后的闻人航突然笑了。

闻人航笑得不合时宜不说，他在照明弹下的脸更是十分怪异。

陆菲不满地警告道：“闻人航，你给我老实点，别耍什么花招。否则，我就——”

陆菲的话还没说完，闻人航突然倒仰着跳进了水里！虽然陆菲和郭子晋眼疾手快，但他们只是扯下了闻人航的衣角。我傻呆呆地坐在船上，过了好久才反应过来发生了什么。

“他这是……”我说不出话来了。

闻人航此时此刻的行为无异于自杀，虽然不至于被电击，但也难逃被淹死的命运。

就因为我的一句话，闻人航就自杀了？

陆菲显然不这么认为，她很担心地对郭子晋说：“你带着成书瑶先上去，我下到水里去找闻人航……闻人航太狡猾了，他就这么没了，我实在是不放心。”

“我们等你。”郭子晋接过陆菲递过来的枪，他也很担心，“你自己在这儿不安全，我们三个人，还能有个照应。”

陆菲没说什么，她脱掉上衣跳进水里。

照明弹烧尽，四下里一片漆黑。

游水的声音哗哗直响，水下却只有陆菲一个人的动静。我握住郭子晋的手，小声地问他：“闻人航是不是不会游泳？”

“你怎么知道？”郭子晋反问我。

“在别墅的时候，有一次闻人航洗澡……”

那次闻人航在洗澡，我却并不知晓。屋子里的人都是哑巴，肯定不会有人告诉我。我敲门进了闻人航的房间，意外地看见了洗澡没关门的闻人航。

洗澡的过程中，闻人航的表情狰狞。而他的后背，更是布满了深浅不一的伤疤。在花洒靠近身体的过程中，我能很清楚地看到闻人航身体的肌肉在紧绷……

那是闻人航在害怕，对水的害怕。闻人航对水的害怕是发自内心的，完全不是作假。所以闻人航自己跳进水里，我还挺意外。

“呼……”我和郭子晋有一句没一句地说着时，陆菲已经带着奄奄一息的闻人航从水里出来了。

陆菲不屑地说：“这个家伙果然还是不会水，掉进水里他就沉底儿了。下面太黑，我摸了好半天才找到他。别多说了，郭子晋，你和成书瑶先上去吧！”

“不，你和成书瑶先上去吧！”郭子晋想了想，他建议，“陆菲，你和成书瑶在前面走，我和闻人航在后边……陆泽楷真正想抓的人是闻人航，他应该不会太难为你们俩的。而闻人航，我并不想交给陆泽楷。”

陆菲不敢置信地说：“不把闻人航交给陆泽楷？那你来是干什么的？”

“我是说过帮助陆泽楷找文件，可我没说过帮陆泽楷杀人。”郭子晋对待这个问题很严肃，“陆泽楷就算有只手遮天的能力，但是在我看来，他也没有决定人生死的权力。闻人航伤人也好，行凶也罢，能够惩处和制裁他的，只有法律。”

陆菲直言不讳道：“郭子晋，你在治疗期间没看到陆泽楷的能力吗？你想和他对着干？”

“我不是和他对着干，”郭子晋很坚持自己的原则，“我是实话实说。”

陆菲叹着气说：“你疯了，你绝对是疯了！”

“我什么时候说过我正常？”郭子晋无所谓。

“你们夫妻两个斗嘴能不能注意一下场合？”虽然这句话说得有点酸，但我还算理性，“就听郭子晋的安排好了。”

二比一，陆菲投降。

陆菲是怎么设计绳索拉我们两个上去的，我并没看清楚。等到我们两个从地道口出去后，我终于借着月光看清楚了机关，简直叹为观止，“也太厉害了！”

“还可以吧！”陆菲一点不谦虚，“毕竟我是专业的……别说那么多了，帮着我拉他们两个上来。”

我身上的衣服半湿了，黏在身上特别难受。我帮着陆菲拉，绳索晃晃荡荡的，郭子晋和闻人航终于上来了。

此时的洞口已经不是我和郭子晋下去地道的洞口了。我和郭子晋下去时的地道口都是平滑的壁身，而现在上来的洞口，是倒“V”字形的，上面口窄，下面口大。郭子晋和闻人航没有着力点，我和陆菲拉得十分吃力。

而在马上要出洞口的时候，呛水昏迷的闻人航却突然醒了！

闻人航的衣服烂糟糟的，也看不出个完整形状。他冷冷地笑着，一脚钩住了旁边岩石的凸起，阻碍了上升的进程。我和陆菲顾虑郭子晋，所以也没敢有太过激的举动。如今郭子晋和闻人航是一条绳上的蚂蚱，同生共死。

“你想干什么？”郭子晋似乎早就料到闻人航会醒，他并没有感到太惊讶，“有什么话，在这里一次说清楚比较好。”

郭子晋和闻人航离着我们已经很近了，可以说我伸手就能触碰到。

闻人航是故意的，他说：“瑶瑶，你会把我的孩子生下来吗？”

“不会。”郭子晋斩钉截铁地替我回答了这个问题，“因为成书瑶根本不会有你的孩子。”

“呵呵，你还真是自欺欺人。”闻人航一咳嗽，他将呛到嘴里的水喷了出来，“既生晋何生航，郭子晋，我们两个也算是知己了吧？”

郭子晋大方地承认道：“你要是觉得是，那就是吧！”

“跟你死在一起也不错，最起码成书瑶在帮你收尸的时候，会看一看我。”闻人航蒙着眼睛的脸转头对着我，“瑶瑶，是吗？”

没等我开口，闻人航突然从腰间抽出一把军刀。月光之下，军刀明晃晃的，让人看了心惊肉跳……

然而闻人航没有杀郭子晋，他把牵着他们的绳索割断了！

“郭子晋！”

我伸手去拉，却只是扯下了闻人航的手绢。让我大感震惊的是，之前我明明见到闻人航的眼眶里没有眼球，可是此时，他的眼眶里却有一双黑漆漆的眼睛在看着我！

为什么……为什么会这样？我明明看到闻人航是瞎子！我记得清楚，他的眼球被人挖走了！可是为什么……他的眼睛又复原了？

难道说……难道说他不是闻人航？闻人航被调包了？

没容我多想，闻人航和郭子晋已经一起掉进了水里。下面的水不深，估计他们两个都摔得不轻。

“你干什么？”陆菲拦住想要扯动绳索的我，冷声说道，“现在不是逞英雄的时候，他们两个你谁也救不了……郭子晋把你交给了我，你必须快点跟我走！”

“你看，绳子还够长！”我不听陆菲的，“我们为什么不再放绳索下去救郭子晋呢？”

陆菲指指山上忽明忽暗的火光，耐心地解释给我听：“成书瑶，没有时间了，你懂吗？郭子晋自己会有办法逃生的，他用不着你担心……我们走！”

“你不是跟郭子晋结婚了吗？”我不明白为什么她不能回去救郭子晋，“既然你会和他结婚，那说明你也是爱着郭子晋的吧？”

陆菲沉默着摸了摸脖子上的项链。

“救他吧，别把他一个人丢下。”我声音沙哑地说，“没有绳子，从下面根本上不来。陆菲，求你了，救救郭子晋。他腿还伤着，他自己要怎么——”

我的话说了一半，大地再次发生了震动。我不知道震颤是因何而起，总之地面晃得特别厉害，陆菲抱着我在地上趴下，无数的石块、瓦砾飞起，打在身上，钻心地疼。

不过这些都不是最重要的，在震颤发生后没多久，我们刚爬出来的地道口便崩塌了，无数的石块掉落水里，最终洞口被碎石彻底地掩埋。

地颤结束了，我也彻底傻了。这次不用陆菲说，我自己也清楚，郭子晋，是救不出来了。

“走吧！”我站在原地静静地哭，陆菲依旧面无表情地过来拉我，“成书瑶，你跟住了，我们回去。”

“你……”我哑声说，“你不是跟郭子晋结婚了吗？郭子晋死了，你为什么一点反应没有？即便你说你不救他，但是哭两声你总会吧？啊？”

陆菲长得很漂亮，大眼睛，高鼻梁，皮肤红润有光泽……如果不是她此时此刻的反应太绝情，我真觉得，她的长相堪称完美。

“没有什么好哭的，”陆菲回头往山上看了一眼，“成书瑶，你要是想哭的话，我可以给你五分钟的时间。五分钟之后，你必须无条件地跟我走。”

“为什么？”我什么都不知道，但是每天却有无数的人告诉我我该做什么，我趴在地上不愿意起来，万念俱灰地说，“谁也别想命令我！”

陆菲没有太勉强我，她蹲在地上陪我。地下的水被石块挤了出来，地上是不易察觉的潮湿。陆菲伸手为我整理了一下头发，淡淡地说：“我不是命令你，我是请求你。成书瑶，请求你跟我一起走吧！在我们来之前，郭子晋已经想好了这样的结局。”

陆菲的话在我的意料之外，却又在情理之中。

“郭子晋告诉我，无论发生什么事情，一定让我保护好你的安全。至于其他人怎么样，那不是我的考虑范围。而我，选择相信他。”

听到郭子晋说这样的话，我心里难受得要命。害怕被坏人发现，我只能小声压抑着哭。陆菲把我半抱在怀里，她拍了拍我的肩膀，说：“你说要相信郭子晋的……信他吧！他值得你信。”

没用五分钟，我就止住了哭声。陆菲说得有道理，郭子晋既然能想到会发生什么，那他一定有办法出去。

陆菲不太喜欢安慰别人，见我不哭了，她立刻带着我往前走。而我，却总是忍不住张望。好像只要我回头去找，郭子晋便会出现在身后……为了避免耽误陆菲的行程，我掐着自己的手指，逼着自己不要回头。

从黑龙山往外走的公路基本上都被碎石砸坏了，也不知道村子里的人怎么样了，总之情况是不容乐观。陆菲带着我走走停停，等到天亮的时候，她才说可以休息一下。

“我不累，”我想快点出去，好找人去救郭子晋，“陆菲，你说地下那么多的地道……郭子晋是不是能找到出路？”

“应该不能了吧！”陆菲把事先准备好的馒头分给我吃，“为了保护地下存放的文件，地下的防御系统修建得非常牢固，只要有一方地道坍陷，棚顶装置的炸药立马会爆炸……即便有人误闯进去，也什么都发现不了。”

“会有什么文件放在那里呢？”

陆菲耸耸肩，说：“可能是什么机密吧！”

我只是个普通人，从来没有什么远大的志向。工作、结婚、生子、终老……对我来说，才应该是生活。

记忆的缺失，是很惆怅的一件事儿。我好像从童年一下走到了老年，一夜之间，我知道自己有了男朋友，我知道自己可能怀了孩子。而现在，我又知道了存放重大机密的地方……

这一切，简直太好笑了。

我坐在马路边上，笑得根本停不下来。

陆菲担忧地看着我，说：“成书瑶，你想哭的话就哭出来，你要是不想被我看到，我先去草丛里待一会儿。”

“不不不，不用。”我笑得肋骨疼，“你待你的，我笑我的。要是吵到你，我去草丛里笑一会儿。”

陆菲叹了口气。

“陆菲，你难道没觉得发生的事情很好笑吗？”我擦擦笑出的眼泪，说，“人生啊，真是大大超出了我的预期……以前你认识我吧？那个时候，我很享受这种生活吗？”

陆菲没说话，她再次叹了口气。

白天有人搜山，而且阵仗很大。我不知道搜山的人是谁，但陆菲显然是清楚的。陆菲带着我藏在不起眼的山洞里，给足时间让我们各自补觉。

陆菲靠着大树根，看上去是睡着了，可我一点都睡不着。

“成书瑶，你休息一下吧！”陆菲闭着眼睛劝我，“晚上我们要走一夜，你就算没体力，我也不会背着你。”

“陆菲，你以前也认识闻人航吗？”

“算认识吧！”陆菲说得含蓄。

“那闻人航，他真的是瞎子吗？”

“好像，是吧？”陆菲睁开了眼睛，又从水壶里倒了一口水喝，漫不经心地跟我闲聊，“闻人航是军校的，还是他那一届中最厉害的学员。他和郭子晋一样，都是当时的风云人物。”

“郭子晋……”我实在是笑不出来，唯剩满腔的苦涩，“他也是军校的？”

陆菲解释说：“不，郭子晋和我一样，都是警校的……他们提到的陆泽楷，是我的爸爸。我，是他的私生女。”

陆泽楷我知道，全国人民也都知道。陆菲能坦白告诉我她是陆泽楷的私生女儿，那她应该对我极其信任了。

我转念一想，也有可能，过去的我自己，也是知道这事儿的吧？可是，在这种情况下，陆菲说的事情，我像是第一次听说。

“陆泽楷为了扩充自己的势力，也为了跟总统府的人抗衡，不断地搜罗人才。他制造了很多爆破案，制造出意外死亡的假象，来将人才‘隐形’。我和闻人航，便都属于隐形人。你可以去查我们的档案，早在几年前，我们便都已经‘死’了。”

闻人航的能力像是一把双刃剑，而有能力的人，多数是有野心的。陆泽楷为了抑制闻人航的发展，在制造爆炸案的时候，对闻人航做了些手脚。

“闻人航的眼睛到底是不是瞎的，这个我也不清楚。”陆菲有点冷，她用力地抱了抱自己，“爆破案之后，我很少见到他。闻人航非常善用替身，每次你觉得他就是闻人航，没多久，你又会发现这是个替身……时间一长，我也懒得管到底哪个是真的闻人航了。”

忽然之间，我心里席卷过一阵难言的悲凉。如果说郭子晋搭上一条性命，只是因为闻人航的一个替身，那也太……

天马上要黑的时候，陆菲才要求再次启程。

陆菲戴着一块男士的腕表，样子稍显奇怪。我总觉得这表熟悉，所以不禁多看了几眼。陆菲把表丢给我，说：“郭子晋的，给你留个念想。”

握住腕表，我的眼泪再次往下掉。陆菲有点受不了我，她不高兴地小声嘟囔：“哭哭哭，有什么好哭的？人都死了……”

至此，我哭得更加伤心。

幸好这里没有什么车，也没有什么人。我浑身脏兮兮的，一边哭一边沿公路走，哭到最后，我眼睛肿得厉害。

就在这时，一辆车停在了我们眼前。

“巡捕房的车？”我见到巡逻车停在我们的面前，不知道是喜是忧，“郭子晋是不是——”

我的话还没说完，从车上下来的巡捕直接用手铐将我铐上了。我想起那些学生的话，想起自己还是个通缉犯，不免叹了口气。

“成书瑶，请你配合一下。”铐住我的巡捕长着八字眉，“我不会伤到你的，你不要害怕。”

另一个像探长的男人不断地指挥其他人，等到全部吩咐完毕，他才走过来。

从他看我的样子来判断，我想，他应该是认识我的。

“成书瑶，上次就是我把你和郭子晋从这里带走的。”他拍拍我的肩膀，郑重地说，“你放心，我还是会平安把你带回北州去的。”

看我满脸的茫然，他无措地回头看陆菲。

陆菲摇摇头道：“闫树海，成书瑶已经什么都不记得了。”

“那……”闫树海下了好大的力气，才问了出来，“郭子晋呢？”

陆菲没有说话，她只是摇头。

闫树海重重地叹了口气。

“上车吧！”闫树海指挥大家，“争取赶上最后一班去北州的火车！”

我凑上前去，使劲拉了拉闫树海的袖子，说：“郭子晋被埋在了地下，你们这么多人……你能不能想办法救他？”

“抱歉，成书瑶，”闫树海无奈地说，“我这次来，主要是带你回北州。”

又是带我离开。

事态一定非常非常严重，所以郭子晋才让陆菲带我从地道里离开。等到我们平安出来之后，他又让闫树海接我回北州……

那么，到底是什么样的事情呢？

我顺从地跟着闫树海和陆菲上了巡逻车，可开没多远，我们的巡逻车就被人截住了。

“呦，这不是陆泽楷先生吗？”闫树海笑着下车和陆泽楷打招呼，“能不能请您的车队把路让出来？我们抓了杀人犯，正准备往北州送。”

“杀人犯？”陆泽楷坐在车上都没有下来，“有人说你们把我的女儿抓走了。”

“这不可能，”闫树海一板一眼地解释，“我们是奉公守法的巡捕。”

“奉公守法，说得真是好听啊！”陆泽楷的人个个荷枪实弹地站在路边上，大战一触即发，“去，给我搜他们的车！”

“不行！”八字眉巡捕一拍方向盘，“他们这是不对的！这不是妨碍公务吗？”

陆泽楷既然想妨碍公务，那就妨碍了。现在这种时候呛着陆泽楷来，完全是找死……

我一边注意着前方的动态，一边小声地对身旁的陆菲说：“你爸爸来找你了，你要跟他回去吗？陆菲，你爸爸是不是有点……”

我一回头，身边的车门开着，陆菲早已经不见了。

陆泽楷的人在巡逻车上搜了一圈，没见到陆菲，陆泽楷只好作罢。闫树海说了几句场面话，陆泽楷的人便开车离开了。

“你们真是可以，为了骗陆泽楷的人，居然说我是杀人犯。”我晃了晃手铐，说，“陆泽楷的人已经走了，你们可以放开我了吧？”

闫树海十分抱歉地说：“成书瑶，我没有骗你，你是真的杀了人……你可能不记得邹珊珊了吧？两个月前，邹珊珊在郭子晋家拍下了照片，她指控你杀害了市五医院的妇科医生白鹿。我们真是来执法的。对不起。”

白鹿？我还记得他。他是我杀的吗？

我对闫树海说：“没事儿的，我要是真杀了人，你们公事公办就好。”

闫树海感谢地点点头，他安慰我说：“成书瑶，我不相信你会杀人……你跟我回去，到时候，巡捕会给你一个公道的。”

“陆菲呢？”我有点担心，“陆菲的爸爸杀气腾腾地来抓她，陆菲会不会有危险？”

闫树海给出的答案跟陆菲说的是一样的：“郭子晋来黑龙山之前跟我说过，我只要带着你平安地回到北州，剩下的事情，他让我不要管。你不用担心陆菲，她很厉害的。我想，她既然能当着这么多人的面溜走，那她肯定会想到办法脱身。”

就连那么厉害的郭子晋，都被陆泽楷设计的机关埋在了地下。陆菲一个单枪匹马的女人，她能有什么办法脱身？万一……

唉，但愿她能跑出去吧！

所有的一切，都像是大梦一场，瞬息万变，发生了又很快逝去……巡逻车缓缓地开动时，身后突然响起了一声尖锐的鸟叫声。

闫树海奇怪道：“这山里没有植被，怎么会有鸟呢？”

“是郭子晋吧！”我回过头去看，这一次我没有哭，“郭子晋，他是在和我……说再见。”

“成书瑶，你不要太担心了。”闫树海眼圈微红，他笑着说，“郭子晋是猫，他有九条命，死不了的……没准他还会比我们先到北州呢？没准，他已经在家里等你了呢？”

闫树海说的场景，我想象不出来。

虽然我坚信郭子晋不会就这样轻易地死去，但是我也同样清楚，他能活下来的希望十分渺茫。

我握紧了陆菲交给我的手表，心想，事情如果按照郭子晋预期的轨迹发展，那么郭子晋一定能想出办法。

他一定会想办法逃出生天。

又或者，他会想办法和我，挥手告别。

致亲爱的侦探先生

Afterword

早春三月，春暖花开。此时距离我被带回北州，已经过去整整四个月了。

这四个月的时间里，我每天做得最多的事情就是接受审讯和传话。没完没了的问题，没完没了的审判……我的回答都是五个字：我不记得了。

不记得，我是真的不记得。我的记忆停留在搬家之前，之后的事情，不过都是我脑海里零星的碎片。

比如现在。

“这个是王根生，”闫树海拿着资料给我看，“他是你们小区的楼管，杀了人，藏尸在你的房间里。你和郭子晋帮着我们巡捕查出了凶手，只不过王根生没有认罪伏法，他从你的窗户跳了下去。”

我摇摇头，这样的话我都数不清自己说几次了：“闫树海，你不要问我了，我是真的不记得了。”

“你再看看这个，”闫树海并不甘心，继续拿犯罪现场的照片给我，“这个是黑龙山赵家宅子的杀人案……这可是你和郭子晋接的第一个案子啊！黑龙山的地质分析资料，是你和郭子晋一起冒死拿出来的啊！”

看我没有反应，闫树海急得拉八字眉巡捕过来。闫树海没控制好力道，八字眉巡捕整个扑在了桌子上。

“他是周泉，以前在黑龙山分局！他救过你和郭子晋的命，你也救过他的命。你和周泉一起去过市五医院的地道，市五医院的……成书瑶，你真的一点都不记得了吗？”

我无奈地点头道：“我真的一点都不记得了。”

闫树海松开周泉，他烦躁地挠挠脑袋说：“成书瑶，要是想不起来，过两天开庭你要怎么办？你跟我说你不记得，我信你。但是你如果对法官说你不记得了，他肯定会以为你在撒谎啊！”

看着闫树海和周泉焦急的样子，我心里过意不去，只好抱歉地说：“谢谢你们……对不起。”

“该说谢谢的是我，成书瑶，没有你的话，估计我早就死了。”周泉一笑，他的眉毛看着更窘了，“我相信你不会杀人，我一定想办法帮你证明……郭子晋不在了，我不会让你在监狱里把孩子生下来的。”

哦，对了。郭子晋不在了，我已经怀孕了……

这两点，我也经常忘记。

巡捕派人去调查过了，黑龙山的地颤是炸药所致，两次都是。第一次的爆破是闻人航做的，那么第二次估计也是他。虽然巡捕没有充分的证据证明这个猜测，但是他们有绝对的理由怀疑就是他做的。更让人无法接受的，是黑龙山山脚下的村民都死了。耳聋的宋奶奶、寡妇桂枝、耳根子软的李文学，还有阿伊，都死了。至于是谁杀的他们，一点线索都没有。巡捕房猜测这些案子有可能是闻人航做的，也可能是陆泽楷派人做的。至于这个人为什么杀村民，同样没有人知道。

郭子晋和闻人航被活埋的山洞，巡捕派人去找了一遍。黑龙山的山体被炸药震得松裂，人力挖掘肯定要费些时间，大概用了半个月，地道才初步清理干净。

正如陆菲所说，最中心的洞顶位置已经被炸塌。想在硕大的地下迷宫里找到郭子晋和闻人航，完全是不可能的事情。地下的积水多，郭子晋和闻人航被冲到哪里都不知道。闫树海的意思是，郭子晋即便没被石块砸死，他也肯定被巨大的冲力震成重伤了。

四个月没找到，郭子晋活着的可能性微乎其微。

因为黑龙山被非法爆破和没有查出凶手的屠村命案，整个巡捕房都承受着巨大的压力。百姓备感不安，全北州到处都是游行和示威的人群。巡捕个个忙得焦头烂额，一个脑袋两个大。

闫树海很担心，在违反纪律的情况下，他偷着告诉我：“成书瑶，你被抓的时候，那个位置很敏感，不行，你适当撒些谎吧，不然的话，你很容易被某些人拿来当替罪羊。”

要是能好好活着，谁又想去死呢？可是撒谎，我是做不到的。现在的情况如此，我什么都决定不了。除了等待，我没有别的办法。

闫树海重重地叹了口气，他挥手对周泉说："带着成书瑶下去吧！"

我的案子比较特殊，所以待遇也比较特殊。加上我又是个孕妇，怕我有闪失，巡捕房的人特意将我关在了单间里。然而对我来说，这不是特殊优待，这简直是特殊折磨。我成天顶着巨大的压力，又没人跟我说话，我简直要疯了。

用混吃等死形容我，太贴切了。我什么都不记得，反而觉得安心。有饭万事足，我现在是一人吃饱，两人不饿。

可能是即将上庭的缘故，我的伙食特别好。每天四菜一汤，偶尔还有水果。我想不明白为啥我的伙食如此丰盛，索性不想。

吃过晚饭，我早早上床躺下。即便睡不着，也当闭目养神了。

我的身体一直都不好，听闫树海说，这是因为闻人航之前害过我一次。后来我又在一次逃生游戏中受了某种辐射的影响，差点送命。知道我怀孕后，闫树海整天都担心我的身体，害怕我活不过两个月。

闫树海想让我保命，但是他又不想伤害到郭子晋的孩子。毕竟郭子晋死了，而我肚子里的孩子是郭子晋唯一的血脉——前提是，我肚子里的孩子是郭子晋的。

孩子是谁的，我不知道，闫树海更不知道。郭子晋活不见人死不见尸，我想做个血液比对都没办法。

而最让我意想不到的是，郭子晋的父母，也在一夜之间不见了。

对于肚子里的孩子，我真的很难有任何的感情。我不记得之前的事情，只是凭空大了肚子。如果孩子是闻人航的，那么我更是接受不了。

可让我没想到的是，在我萌生拿掉孩子的念头没多久，我肚子里的孩子竟然救了我一命。

由于我贫血非常非常严重，被抓到巡捕房后，我经常会出现眩晕、咳血、便血的情况……可在肚子渐渐显怀后，诸如此类的症状竟然消失了。

闫树海不敢怠慢，他冒着被降职的危险，带着我去最好的医院检查了一遍身体。医生得出的结论，是我们所有人都没想到的——我肚子里的孩子，竟然通过脐带，倒输血给我。

"一定是郭子晋在天有灵啊！"闫树海当场激动得流泪，"成书瑶，这一定是郭子晋的孩子。"

我也希望他是郭子晋的孩子……也是自此，我才有了当母亲该有的自觉。

不到午夜，巡捕之中突然出现了不小的骚动。我并不好奇，所以也没多加关心。

可意外的是，骚动的巡捕开了门竟然直奔我而来。

闫树海是喜忧参半，他脸上一夜之间冒出了不少的细纹，说："成书瑶，你可以走了……陆菲来自首了。"

"陆菲？"我以为自己听错了，"你说陆菲来自首了？"

"是的，"闫树海为我高兴，又为陆菲感到惋惜，"陆菲供认不讳，还承认是她杀了白鹿……邹珊珊也来自首了，她说是因为嫉妒你，所以才故意栽赃陷害你的。"

我奇怪地问闫树海："你不是跟我说陆菲和白鹿曾经是男女朋友吗？你还说，陆菲脖子上戴着的项链是白鹿的……既然这样，陆菲为什么要杀白鹿？"

"我也不知道，"闫树海挠了挠额头，"陆菲有目击证人，记录上显示，你在白鹿被害的时间段出门去了。同时，陆菲还有血衣和指纹证明……成书瑶，你不用担心了，你清白了。"

被折磨了四个月，竟然如此轻易地被证明了清白，我不知道应该高兴还是应该难过。

"我能见见陆菲吗？"

"可以，但是今天不行了。"闫树海拿出车钥匙，"你跟我把手续办了，我送你出去。这两天你先住我家，先不要回郭子晋那里了。我太太可以照顾你，正好她在家没有事情做。"

我对闫树海表示感谢，老实地跟着他回家。

闫树海的太太年纪跟我差不多大，她笑起来嘴角有酒窝，很是好看。因为我身体虚弱，闫树海特意嘱咐太太对我多加照顾。

把我送到家后，闫树海就急着去巡捕房了。临走之前，他不忘嘱咐我道："成书瑶，就拿这里当你自己家……明天早上，我来接你去见陆菲。"

我点头称谢，然后闫树海急匆匆地离开了。

"你是郭子晋的女朋友？"闫树海的太太对我很友善，"树海一直都很感谢郭子晋，郭子晋帮了他不少的忙……郭子晋跟你说过吧？"

我茫然无措地摇头道："不，我并不知道。"

闫树海的太太很善解人意，看我的气色不是很好，她便没有继续和我聊太多，还为我准备了干净的床铺，安顿好我之后，她先睡了。

四个月来，我还是第一次睡在巡捕房外面。抬头没有看到铁栏杆，我很是不习惯。

迷迷糊糊中，我睡到了天亮。吃过早饭之后，加了一夜班的闫树海也回来了。

闫树海的情绪很糟糕，他一边喝着豆浆一边跟我说："成书瑶，你不用去看陆菲了，今天早上，陆菲在巡捕房里自杀了。"

我拿着油条，试了好几次都没能吃进去。略微沉吟后，我问他：“为什么？”

“陆菲临死之前指证了陆泽楷。”闫树海转着豆浆杯说，“从陆菲临死前的认罪书看，很多事儿都是陆泽楷背后操控的。黑龙山的案子、市五医院的案子，甚至还有猫哭耗子的死。”

闫树海的太太不理解，她说：“树海，既然有人指证了，你干吗还不高兴呢？案子不等于破了吗？”

“知道了，也没有用。”闫树海苦笑道，“只是一份死人的指证而已，能说明什么呢？抓陆泽楷，需要的是确凿的证据。”

相比较陆泽楷是否被抓，我更关心陆菲的死。

“你能……带我去见见陆菲吗？”

“可以，”闫树海放下杯子，“等你吃完早饭吧！”

灌了两大杯豆浆后，闫树海才肯带着我去看陆菲的尸体。担心我吐出来，闫树海路上一直在做我的思想工作……可等我们到了巡捕房才发现，闫树海的思想工作都白做了。

因为，有人先我们一步，将陆菲的尸体转移走了。

“送我去郭子晋家吧！”我心里空落落的，“我和郭子晋的家。”

闫树海对我的选择表示理解，他说：“好，正好，郭子晋临走之前把钥匙交给了我。”

不知道为什么，我总有一种很强烈的感觉。郭子晋，他肯定没有死。在世界上的某个角落，他跟我一样，在用力地活着……

我把我的想法说给闫树海听，闫树海笑着告诉我，什么都是有可能的。

闫树海这么说，我知道他是在安慰我。郭子晋已经死了，我的感觉不过是自欺欺人罢了。

“前面怎么这么多人？”我奇怪地指着楼下，“那里就是我和郭子晋的家吗？”

闫树海把车停下，他谨慎地摸了摸腰间别着的配枪，说：“是的，那里是你和郭子晋的家。”

“但是楼下怎么会这么多人？”长时间的审讯过后，我已经不习惯面对人群，“是社区有什么活动吗？我看他们的肩膀上都戴着丧布，是有什么人死了吗？”

闫树海也同样想不通。正当我们纳闷的时候，人群中突然举起了一张巨大的黑白照片……

是郭子晋的照片！

在看到郭子晋照片的瞬间，我的眼泪不受控制地流了下来。眼泪模糊了视线，脑海中的想法却越加清晰。

按官方给出的确定时间算，郭子晋已经死亡整整一百天了。

这些人，是来祭奠郭子晋的。

“为什么……”我拉住祭奠队伍里的人，哑声问他，“为什么你们要祭奠郭子晋？”

郭子晋是个侦探，他破了不少大大小小的案子。可即便如此，我也不认为这是人们会自发祭奠他的理由。

果然，被我拉住的青年很惊讶，他说：“大姐，你不看新闻的吗？郭子晋先生临死前将陆泽楷和多个企业家签订的保密合同曝光出来了！因为郭子晋先生曝光出来的合同，很多的贪污问题、腐败问题都能得到治理……就在刚才，陆泽楷已经被巡捕房抓起来了呢！黑龙山也被封住了，总统府刚才发出了声明，黑龙山永远不允许开掘和采挖……还有医药的问题，药品竞标会也被取消了。”

听了青年的话，闫树海喜出望外地去打电话到办公室核实。

青年觉得很好奇，说：“大姐，你是刚回到北州吗？侦探郭子晋你竟然不知道？他是个好侦探，是我们的英雄。”

在我模糊的记忆里，郭子晋似乎并不喜欢被人称作英雄。

我望了一眼祭奠游行队伍最前面的英俊照片，内心痛苦无比，脸上却毫无表情。

我用手擦掉脸上的眼泪，哑声说：“不，我不记得他。”

北州今天的阳光尚好，照在身上暖暖的。

人群继续向前移动，郭子晋的照片离我越来越远。

阳光一晃，他的眼睛似乎又炯炯有神地发着光……

我站在人群里，泣不成声。

再见了，亲爱的郭子晋。

永别了，住在我隔壁的侦探先生。

“人民狗熊”郭子晋

Extra Chapter

我叫成书瑶，今年28岁。未婚，单身，有一个不到4岁的儿子。

怀孕的时候，我身体虚弱得厉害，尤其是贫血症状，更是严重。当时因为一些特殊原因，我不得不在巡捕房接受了长达四个月的盘问。这四个月期间，便血、咯血的事情偶有发生，医生甚至都担心我和我的孩子都活不下来了。

也许是天意如此，也可能是我命不该绝。孩子刚生下来时，他全身都雪白雪白的，跟个雪娃娃似的。医生又是输血又是抢救，这个孩子才勉强成活下来。为了能让他身体越来越好，我决定给他取名叫成壮壮。

成壮壮的到来让我措手不及。最严重的问题是，我根本搞不清这个孩子的父亲是谁。虽然我心里只有郭子晋，可是另外一个叫闻人航的男人却说，在我失忆的那段时间，我跟他有过肌肤之亲。

我曾经无数次想要去找郭子晋或者闻人航，可是我始终找不到郭子晋和闻人航的尸体。郭子晋的爸妈一夜之间消失不见了，而闻人航，他根本没有任何的档案记录。

好吧，我也只好就此作罢。虽然过去的很长一段时间，我连自己做过什么都不记得，现如今，却有一大堆的事情等着我负责。

不过好在成壮壮并不让我觉得痛苦和负担，他长得很像我，让我尤其欣慰。

周一早上，我叫壮壮起来，准备给他穿衣服送他上学。可是壮壮躲在被子里，说什么都不肯出来。我又是哄又是求，威逼利诱一番，壮壮才勉强探出脑袋来看我。

“妈妈，我是谁的儿子？”

人生的境遇，往往都是那么的不可思议。四年的时间，我丢了一段记忆，却多了一个儿子。壮壮不是第一次对这个问题好奇，他之前也总会问我。

我什么都不记得，只好这么回答他：“你是我的儿子。”

壮壮很不甘心，他继续追问：“妈妈，我是你和谁的儿子？”

这个问题真是太为难我了，我想了四年，都没有想明白成壮壮到底是我跟谁的儿子。

我只好敷衍道：“你是妈妈自己的儿子。”

“不可能。”壮壮摇摇小脑袋，他圆圆的眼睛盯着我说，“妈妈，我如果是你自己生的，那我岂不是会很笨？”

“……”

我无话可说。

壮壮却突然哭了起来，“妈妈，我不要跟笨蛋在一起上学！我跟他们在一起时间长了，我也会变成笨蛋的！妈妈，我想和你去巡捕房，我想找周泉叔叔！”

我隐约记得，医生说成壮壮智商比一般的孩子高，跟同龄人在一起，他很容易焦虑。这种时候，他需要的是大人的关心和理解，若是强行逼着他去上学，搞不好会有反效果。

无奈之下，我只好带着他来到了巡捕房。

等到了办公室，壮壮坐在周泉的脖子上不肯下来。周围的人都在认真工作，我也不好对壮壮太过严厉。没有办法，我只好暂时答应，让壮壮上午跟周泉待在一起。

下午我收拾完准备去接壮壮，却发现周泉不在办公室里，只有壮壮和一个陌生男人在。陌生男人穿着西服蹲在地上，背对着我，我看不清楚他的脸。壮壮和陌生男人玩得不亦乐乎，两个人谁都没发现我进来。我看了好一会儿，犹豫着该不该上前打断他们的欢乐时光。

男人的背影，我看着很熟悉，可我完全想不起来他是谁。

这时，壮壮伸手摸了摸男人的脑袋，说话慢吞吞的：“你跟我玩，我真高兴。巡捕房的别人都好笨，我用这个机关他们都没发现，就周泉叔叔看穿过一次……”

“你叫什么名字？”

“我叫成壮壮。”

“壮壮，我是你爸爸。”

“啊？”壮壮眼睛瞪得老大，表情夸张极了，“你是我爸爸？”

这个时候，壮壮转过身看到了我，他丢开男人的手，立刻朝我奔跑过来，边跑边喊：

“妈妈，这个人，他说是我爸爸！他是我爸爸吗？”

“他不是你爸爸，”我抱着壮壮往外走，“你爸爸死了。”

壮壮智商再高，也还是个孩子。听我这么说，他眼泪立马就流了下来。壮壮连哭带闹地不肯消停，我顾不得那么多，抱着他就往外跑。

这时，身后的男人站起身，对我说：“书瑶，我回来了……”

周泉推门进来，他看了看我，看了看哭闹的壮壮，又看了看我身后的男人。周泉帮着我把壮壮抱过去，笑着说：“怎么，你们两个，吵架了？”

“他什么时候回来的？周泉，你知道吗？”

对于身后男人的突然出现，我没有丝毫的喜悦。不仅没有喜悦，我还感觉非常愤怒，气得我肺都要炸了。我不想当着孩子的面发火，只好强忍着怒气说：“周泉，你带着壮壮先出去，下午还得麻烦你送我们去一趟医院。”

“好，那你们聊，我抱孩子先出去了。”

周泉还想说些什么，可他看了看身后的男人，欲言又止。

屋子里只剩下我和男人两个人在，好长一段时间，我们两个谁都没有开口。

当一个死了四年的人猝不及防地出现在你的面前，哪怕这个人是你的爱人，你的反应也绝对不是喜悦。反正不管别人怎么想，我肯定不是喜悦。

四年了，这四年的时间，我每天都生活在失去他的自责和懊悔之中。四年了，我每天都在问自己，孩子的父亲到底是谁？如果郭子晋果真如他在黑龙山说的那般爱我，为什么这四年里，他从来没和我联系过？

他不声不响地装死了四年，现在又突然冒出来……郭子晋，你当我是什么？

郭子晋始终背对着我，我们两个都在想着如何跟对方开口说话。可是最终，我们谁都没有开口。

最后，我打开办公室的门，直接出去了。

郭子晋静静地站在我身后，还是一句话都没和我说。

四年的时间不算很短，起码对我来说，不短。时间像是横亘在我们两个人中间的鸿沟，想要马上就迈过去，并不是一件很容易的事儿。对我，对郭子晋，都是。

带着壮壮去医院的路上，他一直都很安静。没过一会儿，壮壮又睡着了。

我抱着壮壮，问周泉：“郭子晋的事儿，你此前知道吗？”

“嗯……”周泉在开车，他答得有点漫不经心，“以前听闫树海提到过一次，大概是两年前吧，当时闫树海偷偷告诉我，说郭子晋可能还没死。因为当时情况并不确定，所以我就没敢告诉你。”

两年前？我顿时火冒三丈。

“我就知道，郭子晋肯定不会凭空出现在巡捕房。就算他是凭空出现的，你也不可能那么冷静。你们一个个的，真是行啊！全都骗着我！你们明明知道我想要找郭子晋……算了，别跟我提这些了，我不想知道。”

我不是那种喜欢无理取闹的女人，如果说郭子晋有什么难言之隐，逼得他这四年里不得不隐姓埋名地生活，那我也能够理解。真正让我生气的是，郭子晋根本没想来找我。郭子晋和闫树海关系那么好，我在干什么，闫树海不可能不告诉他。要是想找我，郭子晋怎么可能连个口信都没捎给我？

生气归生气，该关心的还是要关心一下。

我抽了下鼻子，装作满不在乎地问道：“那个什么……闫树海有没有说，郭子晋是怎么活下来的？”

“这个倒是没说，但是我估计闫树海也不知道吧。”周泉回答得很中肯，“不过我想，郭子晋能从黑龙山跑出来，肯定受了不少的苦。我们到了，你们先下车，我去把车停好。”

周泉不说了，我也没办法继续问，只好作罢。

到了医院，周泉都已经安排好了。壮壮生下来的时候身体不好，来医院简直是家常便饭。以前每次来市五医院，他都是又哭又闹的。今天可能知道不用打针吃药，他难得比较安静。

医生在办公室里给壮壮做检查，我和周泉坐在外面等着。

“瑶瑶，你记得闻人航长什么样子吗？”

“闻人航？”我想了想，又摇了摇头，“我好像每次见到他的时候，他的模样都不一样。具体哪个才是真正的他，我也不清楚。”

周泉给我接了一杯热水，继续问道：“如果让你猜的话，你觉得，那些人里，哪个才是闻人航？”

“我猜的话，应该是眼盲的那个吧！”这个问题，其实我已经想过好多次了，“如果说他想找个替身，怎么也应该找一个身体健全的。让一个看不见东西的人当替身，很容易穿帮。”

周泉轻笑道：“你倒还挺了解他。刚才在车上，你的话没有说完。你是不是想说，你要给壮壮和郭子晋验血？”

既然周泉点破了，我也不隐瞒，“我确实想去，但是我又不敢去。万一壮壮不是郭子晋的孩子，那我该怎么办？”

“这有什么难办的？”

这是我最头疼的问题，我想要见郭子晋，却十分害怕见到郭子晋。

“要是壮壮是闻人航的孩子，以后我该怎么继续面对郭子晋？再说了，闻人航做过那么多坏事，我要怎么告诉我儿子，说他爸爸是个杀人不眨眼的坏蛋？”

周泉眯起眼睛，笑着安慰我说：“你别想太多了，事情不是你的错，你用不着自责。再说了，不管壮壮是谁的儿子，我都一样疼他。”

周泉的话倒是不假，壮壮长到这么大，有事儿没少麻烦他。周泉家离我现在租的房子近，壮壮半夜三更生病发烧，我自己忙不过来，多亏了他。跟我来医院的次数多了，护士小姐们都以为周泉是我老公。我解释也解释不过来，周泉却并不当回事儿。

“成壮壮的家属在吗？”护士拿着病历出来叫我们，“你们可以进来了。”

“我是成壮壮的妈妈，”我坐在医生的对面，急着问，“医生，我儿子情况如何？”

“没什么情况，一切都挺正常的。”医生一边写一边跟我说：“小孩子可能活泼好动，不碍事儿的。”

既然没事，我就放心多了。晚上我和壮壮回到家，他自己安静地在角落玩着玩具。这时，门外有人敲门。

“谁？”我问，“你找谁？”

郭子晋轻笑道：“成书瑶，是我啊！”

我看了看自己身上穿的睡衣和油腻腻的头发，尴尬地说：“你有什么事儿？”

“我有事儿，”郭子晋继续敲，“你把门打开。”

我把门打开一半，看了看门外站着的郭子晋，说：“这不是人民英雄郭子晋吗？你大晚上的来找我，能有什么事儿啊？”

听出了我话里的揶揄，郭子晋笑得灿烂，“什么英雄不英雄的，英雄也得回家啊！在家里，我就是狗熊。”

“别啊，那多不合适。”别说狗熊了，就算他说自己是狗屎，我也不会轻易放过他，“你该干吗……喂！你干吗啊？”

郭子晋挤着我进屋，又弯腰摸了摸壮壮的脑袋，说：“壮壮，你在看什么呢？”

我的脾气和懊恼全部涌上心头，闹了一通，最后还是没拗得过他，只好去厨房给郭子晋做饭。然而我一边点着火却一边纳闷地想，凭什么我要给郭子晋做饭？

因为记忆的缺失，我对郭子晋的喜好一无所知。可是郭子晋明显对我十分的了解，他特意避开了我火气最大的时候，还特地在我能听得进去解释的时候回来……很久之前，郭子晋是不是也这么对付过我？

熟悉的陌生人，真是好奇怪的感觉。

“吃吧！”做好饭后，我端着清汤挂面给郭子晋放在餐桌上，“吃完你就走吧！我们孤儿寡母的，你一个大男人在这里不方便。”

郭子晋坐上椅子，抱着壮壮到腿上。他看了我一眼，表情夸张地学着我的样子说：“壮壮，妈妈赶爸爸走呢！你说妈妈是不是坏人？”

“爸爸？”壮壮并没有像之前在巡捕房时那么兴奋，他眼神很迷茫地看了我和郭子晋一眼，反问道，“什么爸爸？”

我在心里默默地为壮壮叫好，真不愧是我的好儿子。如果就这么轻易地认下郭子晋这个爸爸，那简直是太便宜他了。

我表情严肃地看着郭子晋，说：“这四年，你去哪里了？当初，你是怎么从黑龙山跑出来的？还有，你既然没死，你为什么没告诉我？”

过了好一会儿，郭子晋才开口道：“四年前，我也不记得自己是怎么跑出黑龙山的。”

随着郭子晋的话说出口，那些久远的记忆跟着往外跑了出来。死掉的乡民、犯案的大学生、自杀的陆菲……还有那个不知真假的闻人航。

“闻人航割断绳子之后，我们两个一起掉进了水里。”郭子晋低头看着自己的手指，他语调平静，“在掉到水里的同时，我和闻人航便失散了。闻人航去了哪里，我并不清楚。差不多在我们两个掉到水里的同时，山体就发生了爆炸。”

随着郭子晋的话，我再一次回想起当时的情景。一想起这些前事，我便控制不住地想哭。

“郭子晋，我想回去找你的。我当时非常害怕你会死……陆菲跟我说来不及了，所以我们没回去。”

郭子晋一边拍着壮壮的脑袋，一边安慰我道：“你听陆菲的话就对了。在下到地道之前，我就估摸着会有类似的事情发生。爆炸发生后，中心位置受到的冲击比较大，地道的位置还好，除了地道口出不去了，十二条地道还是通着的。”

在地道里，他找不到出路，腿又受了伤。不用郭子晋说，我都能想象出当时他有多么绝望。

不知不觉间，我紧紧地握住了郭子晋的手。

郭子晋看了看我，他继续往下说：“我查了好多年的案子，大大小小的事情都处理过，什么大风大浪都见过，但是在当时，我真的以为自己快要死了。所以我放弃了自救，只是顺着水流往外漂，不觉得疼，也不觉得苦。”

我握着郭子晋的手紧了紧，说话的声音都跟着紧张了，“那最后你是怎么出来的？”

“我？”郭子晋轻笑道，“可能老天舍不得让我死，也舍不得让你哭，更舍不得壮壮没爸爸吧！也是我命不该绝，我顺着水流漂了两天，最后从地下的洞里流了出来。”

“流了出来？”我实在不明白郭子晋是怎么从地下流到地上的，“流出来的位置是哪里？”

郭子晋摇摇头，笨拙地将壮壮抱了起来，说：“我出来的时候，几乎要昏迷了。我能大难不死，可能真的要感谢山神老爷吧！等我被别人发现，再由我爸妈带回北州时，已经只剩下半口气儿了。”

我的心里顿时充满了哀伤之情。从那里回来后，我当时在巡捕房里养胎，而郭子晋在家里养病。那几个月，我过得极其痛苦，郭子晋也不好受。

“我腿上的枪伤因为泡水太久，有好几次，医生都建议我截肢。”郭子晋说得云淡风轻，可是在我听起来却有一种心惊肉跳的感觉，“我妈不放弃希望，她一再坚持……妈妈，真是世界上最伟大的存在。”

我能听明白，郭子晋这句话有着双重的意思。不知道从什么时候起，我已经听哭了。

“爸爸，也很伟大。”

“成书瑶，”郭子晋垂眉道，“我不太会说安慰人的话……在你之前，我从来没碰到过想要去安慰的人。不过，如果我继续努力的话，是不是能做得更好？”

郭子晋的话像是尖刀，刺得我心口疼。我的那些别扭、不安、陌生、隔阂，通通被郭子晋的一句话击碎。我不管不顾地扑在郭子晋的怀里，小声而压抑地哭。

“成书瑶，我是想安慰你的。”郭子晋以为自己说错了话，脸色有些不安起来，“我怎么还把你说哭了？果然啊，我除了破案，别的事情都做不好。”

无论郭子晋说什么，我都只是小声地哭。

“你还真是除了破案，别的事情都做不好。”我眼睛哭得红肿，就连说话声音都沙哑起来，“郭子晋，这四年，我都在想你……”

见我哭了，郭子晋反而笑了。郭子晋伸手为我把眼泪擦掉，笑着说：“虽然知道是这样，可我还是想听你说出来啊！四年没见……就算我是高傲自大的郭子晋，我也会有不自信的时候啊！”

我忽然想起一件事情，急着对郭子晋说：“闫树海告诉你没有，当时在黑龙山，和你一起从绳索上掉下去的男人，可能不是闻人航？”

这个情况，似乎是郭子晋完全没有想到的。他疑惑道：“你说……你说的什么意思？”

我将当时的场景详细地给郭子晋讲了一遍，郭子晋越听脸色越难看。听我说见到“有眼睛”的闻人航，郭子晋更是直接从椅子上站了起来。

“郭子晋？”我不太放心他，“你没事儿吧？”

“啊？啊，我没事儿。”郭子晋是在安慰我，可是他明显还沉浸在自己的思绪中，“其实，我也觉得闻人航没有死。虽然陆泽楷倒了，却还有很多的疑团……”

还有很多什么疑团，郭子晋没有说明白。话说了一半，郭子晋彻底沉浸到自己的思绪中去了。我坐在他旁边看着他，没有说话。

然而他却叹了口气，继续往下讲道：“成书瑶，你……你想没想过，你和壮壮为什么能安然无恙地活到现在？”

郭子晋的话，是什么意思？

“在当时的情况下，白鹿死了，陆菲死了，我也死了。成书瑶，你难道就没有怀疑过，你在巡捕房的三个月里，陆泽楷为什么一直没找机会杀了你？”

我顺着郭子晋的话问：“为什么？”

“就算我有交代过让闫树海照顾你，但在陆泽楷的手底下，闫树海根本没能力保护你……”郭子晋的语气低落，“虽然我很不想承认，可是，确实是闻人航的人在保护你，也只有闻人航的人有能力保护你。”

“闻人航的人……在保护我？”我喃喃自语。

“没错，就是他的人。”郭子晋沉吟了片刻，“还有，壮壮确实是我的孩子，闻人航之前说的话，都是骗你的而已。但是我想……他可能真的对你动过心，所以才会派人暗中保护你。”

“到底是谁在保护我？还有，壮壮真的不是闻人航的孩子吗？”郭子晋的话吓到我了，我不自觉地抱紧了壮壮。

“成书瑶，别自己骗自己了。”郭子晋轻笑道，“我查过了，周泉，一直都是闻人航的人。”

“周……周泉？”我不愿意去承认郭子晋说的话，“周泉他……”

“我知道，这四年中，周泉很照顾你和壮壮，我都知道。”郭子晋叹了口气，“我和你一样，我也不希望周泉是坏人。但是成书瑶，我记得所有的事情，我比你更清楚周泉的问题所在。”

我没有说话，我还是不敢相信这件事。

郭子晋继续往下讲：“我们最初认识周泉的时候是在黑龙山，周泉是我同学王毅的手下……当然，这些你都不记得了。”

“我记得。”我插话，“只是记得不全面而已。”

郭子晋继续说：“然后是在市五医院，你和白鹿吵架，那么巧就碰到周泉；又是那么巧，我打晕周泉的位置就有你衬衫的扣子；还是那么巧，周泉后面受了伤，拖累我们……

我当时为了救你，开着车去撞巡逻车，这中间有多大的力道，我自己心里是清楚的。可是周泉，却伤得那么重……”

郭子晋说的话，我大部分都没有印象。我一脸迷茫地看着他，没有说话。

郭子晋用力摇了摇我的肩膀，安慰我说：“不怕的成书瑶，只是没了几个月的记忆，我们还会有新的记忆，更多更好的记忆。”

“但我还是会觉得有遗憾吧！”我叹了口气，“大侦探，不都说你料事如神吗？如果周泉真是闻人航的人，为什么你一直没发现？”

“还不是关心则乱？”郭子晋哀叹一声，“在黑龙山山脚下的时候，我惦念着如何带你跑出去，没顾得上他；在市五医院的时候，我又怕你是杀人凶手，也没顾得上他；撞车救你那次，我不想因自己错手杀人而加重你的心理负担，更是没心思想这些事……而这次回来，我是真的不想失去你和壮壮。”

听到他说出这些话，我努力想要憋住笑，可是笑意还是从嘴角流出。我不甘心地继续打趣道：“可算了吧！那你现在怎么突然又发现了？”

“因为太过反常啊！”郭子晋坦诚道，“而且，我不想失去你和壮壮。”

“你刚才说，我并没有跟闻人航……那都是真的吗？壮壮真的是我跟你的孩子？”从郭子晋回来到现在，我一直在各种情绪中无法自拔。喜欢郭子晋，这个不是假的。我的别扭，同样不是假的。这么多年来，虽然我一直回避这个问题，如今终于要得到我想要的答案，我简直悲喜交加。

“当然，这一点，在调查周泉的底细的时候，我已经得到了证实。”郭子晋似乎看出了我的煎熬，为了让我开心点，他突然转移了话题，“成书瑶，在黑龙山最后的事情，你还记得吗？我说的是摩斯密码提到文件被毁这件事。”

我稍微转移了些注意力，问道：“是那些点点横横？我很奇怪，不是说文件被毁了吗？那你后来又是怎么找到文件并举报陆泽楷的？”

“是的，就是那些点点横横。那些符号，因为查看的顺序不同，得到的答案就不同。”郭子晋解答了我藏在心底四年的疑惑，“藏文件的人很谨慎，也很聪明，从左往右和从右往左，得到的提示完全不一样。当时我们都以为文件被毁了，等我从黑龙山出来之后，我把那些书都找齐了再研究。我发现，如果颠倒顺序，摩斯密码的内容就变了。”

“变成什么了？”

郭子晋敲了一遍，并说给我听：“转换成英文，意思就是‘文件在山里’。”

闻人航太计较得失，所以他得知文件已毁时，便陷入了自己的执念中。而郭子晋不同，郭子晋跳出了事件本身，比起得失，郭子晋更在乎还原事件的真相。也正是因为这样，郭子晋能扳倒陆泽楷，而闻人航却不能。

忘却的记忆，不是毫无用处的。不记得的事情，也不表示没有发生过。虽然之前的事情我忘得差不多了，可是只要我跟郭子晋在一起，熟悉的感觉还是会一点点找回来的。

一扑，一抱，我和郭子晋同时往前迈了一步。

昏暗的卧室里一片暖意，郭子晋笑得满足，我也同样笑得开心。

四年的时间鸿沟，似乎在慢慢消失。

“书瑶，我想了你四年……”郭子晋揉揉额头，然后重重地叹了口气，“不过我这次，确实是为了一个案子回来的。”

唉，我就知道……

图书在版编目（CIP）数据

住在我隔壁的侦探 . 下 / 鹧鸪天著 . -- 成都 : 成都时代出版社 , 2022.12
ISBN 978-7-5464-3121-5

Ⅰ . ①住… Ⅱ . ①鹧… Ⅲ . ①长篇小说 – 中国 – 当代
Ⅳ . ① I247.5

中国版本图书馆 CIP 数据核字 (2022) 第 147871 号

住在我隔壁的侦探 · 下

ZHU ZAI WO GEBI DE ZHENTAN · XIA　　鹧鸪天　著

出品人　达　海
责任编辑　程艳艳
责任校对　张　巧
责任印制　车　夫
封面设计　有态度 L'Attitude Design Studio 设计工作室 联系方式 qq461084
装帧设计　笛卡特

出版发行　成都时代出版社
电　　话　（028）86742352（编辑部）
　　　　　（028）86763285（市场营销部）
印　　刷　成都博瑞印务有限公司
规　　格　166mm×235mm
印　　张　34
字　　数　665 千
版　　次　2022 年 12 月第 1 版
印　　次　2022 年 12 月第 1 次印刷
书　　号　ISBN 978-7-5464-3121-5
定　　价　75.00 元（全两册）
